KNAUR

THOMAS
THIEMEYER

DEVIL'S RIVER

Thriller

KNAUR

Besuchen Sie uns im Internet:
www.knaur.de

FSC
www.fsc.org
MIX
Papier aus verantwortungsvollen Quellen
FSC® C083411

Redaktion: Regine Weisbrod
Umschlaggestaltung: ZERO Werbeagentur, München
Umschlagabbildung: Miles Ertman / Getty Images;
FinePic®, München
Karte: Thomas Thiemeyer / 1900 map of the
New York Central and Hudson River Railroad
Satz: Adobe InDesign im Verlag
Druck und Bindung: CPI books GmbH, Leck
ISBN 978-3-426-51715-4

2 4 5 3 1

»Dem schlecht'sten Ding an Art und an Gehalt
leiht Liebe dennoch Ansehn und Gestalt.«
(William Shakespeare, Ein Sommernachtstraum)

»Welcome Beauty, banish fear,
You are queen and mistress here.
Speak your wishes, speak your will,
Swift obedience meets them still.«
(The Beauty and the Beast)

The Herald

MONTREAL I FRIDAY, OCTOBER 29, 1928 I QUEBEC'S OLDEST DAILY I SINCE 1778 I SPORTS FINAL

Die Totentrommeln des Mont Tremblant

Von unserem Sonderkorrespondenten Fréderic Clement

Ziemlich genau vor fünfzig Jahren ereigneten sich in der Bergregion nördlich der Kleinstadt Sainte-Agathe-des-Monts eine Reihe mysteriöser Vorfälle. Der Kurort, gelegen am Ufer des Lac des Sables, am Oberlauf des Rivière du Nord, entstand 1892 im Zuge des Baus der *Canadian Pacific Railroad.* Die Ortschaft war ursprünglich eine Niederlassung katholischer Frankokanadier und erhielt 1915 ihren Stadtstatus. Seither ist sie ein beliebtes Ausflugsziel der Montrealer. Im Zuge der Errichtung verschiedener Sanatorien sowie einer Klinik für Tuberkulosekranke entstanden etliche prächtige Villen, die der Stadt noch heute ihr unverwechselbares Aussehen verleihen.
Doch wer hierherkommt, spürt schnell, dass ein düsteres Geheimnis auf der Region lastet. Es ist, als könnten die umliegenden Berge, die wilden Flüsse und dichten Wälder nicht vergessen, was hier vor langer Zeit geschehen ist.

Mont Tremblant, der *Zitternde Berg*, liegt inmitten einer Wildnis, die jahrhundertelang ausschließlich von Indianern bevölkert wurde. Heute ein beliebtes Ausflugsziel, war er viele Jahrhunderte lang das spirituelle Zentrum der ortsansässigen Algonkinstämme. Er war ihr heiliger Versammlungsplatz und Heimstatt eines der bösartigsten Geister, die in den alten Erzählungen Erwähnung finden. Das Ungeheuer, das der Legende nach auf der Spitze des Berges haust, soll seinen Opfern das Herz bei lebendigem Leib aus der Brust gerissen und durch einen Stein

ersetzt haben. Die Betroffenen irrten noch tage- oder wochenlang durch die Landschaft, wurden sich und ihren Angehörigen fremd und starben schließlich unter schrecklichen Qualen.
Immer wieder brachen in den folgenden Jahrzehnten Abenteurer auf, um dem Geheimnis auf die Spur zu kommen, doch niemand konnte auch nur den kleinsten Hinweis auf die Existenz einer solchen Kreatur finden. Bis das Suchkommando der Royal Canadian Mounted Police in diesen letzten Tagen des Novembers 1878 auf etwas stieß, was eine Welle der Betroffenheit im ganzen Land auslöste. Auf dem Gipfel waren die Schädel Hunderter von Menschen verscharrt worden. Kein Bestattungsplatz wohlgemerkt, sondern eine Opferstätte, die über Jahrzehnte hinweg Schauplatz grausamster Verbrechen gewesen sein musste. Untersuchungen ergaben, dass nicht nur Indianer zu den Opfern zählten, sondern vor allem Weiße: Siedler, Holzfäller, Jäger, Landvermesser.
Einige der Mounties berichteten von merkwürdigen Klängen, die oben auf der Bergspitze zu hören gewesen waren. Geräusche, die entfernt an das Schlagen von Trommeln erinnerten und sogar unter den Füßen zu spüren gewesen sein sollten. Schon bald verbreitete sich das Gerücht von den Totentrommeln der Algonkin.
Obwohl die Entdeckung jetzt bereits fünfzig Jahre zurückliegt und die Toten angemessen bestattet wurden, spukt noch immer der Schatten der Vergangenheit in vielen Köpfen herum.
Nicht unerwähnt bleiben sollte die Tatsache, dass die Entdeckung der Kultstätte mit einem Ereignis in Verbindung stand, das 1878 hohe Wellen schlug: die Verfolgung und Gefangennahme des Frauenmörders Nathan Blake. Rückblickend betrachtet, mag dieser Vorfall ebenso mysteriös erscheinen wie die Entdeckung der Kultstätte selbst, doch genau wie das Rätsel des Berges wird auch er vermutlich niemals vollständig aufgeklärt werden.

Sollten Sie sich also entschließen, Ihre nächsten Sommer- oder Winterferien in den zauberhaften Laurentinischen Bergen zu verbringen, lassen Sie sich die Stimmung nicht von alten Geschichten trüben. Genießen Sie Ihren Urlaub, fahren Sie Kanu, angeln Sie mit Ihren Kindern, oder wandern Sie im Schnee. Und sollten Sie des Nachts in Ihrem Zelt erwachen und glauben, die Totentrommeln der Algonkin zu hören, drehen Sie sich einfach um, und schlafen Sie weiter. Vermutlich waren es nur ein paar herabfallende Steine oder Äste, die im Wind gegeneinandergeschlagen haben.

1

Gegenwart …

Die Testamentseröffnung fiel auf einen Freitag, den Dreizehnten. Kein aufsehenerregendes Datum, schließlich bin ich nicht abergläubisch. Schwarze Katzen, zerbrochene Spiegel und Tierkreiszeichen – dieser ganze Hokuspokus ist nichts für mich. Und was die Kirche betrifft, darüber möchte ich lieber schweigen, schließlich gibt es genug andere Dinge, um die ich mir Gedanken machen muss.

Der Londoner Verkehr war für einen solchen Tag normal. Die Strecke zwischen Phillimore und Kensington Gardens gehört zu den am stärksten befahrenen Abschnitten der Innenstadt. Hier ist eigentlich immer etwas los, besonders, wenn alle gegen Ende der Woche noch schnell ein paar Besorgungen erledigen wollen. Vor mir rauschte ein Mercedes zu dicht am Bordstein vorbei und besprühte ein paar unvorbereitete Passanten mit Gischt, was eine Welle der Wut und Empörung zur Folge hatte.

Es war ein Dezembertag wie jeder andere: stürmisch, regnerisch und von geradezu spektakulärer Bedeutungslosigkeit – wäre nicht vor drei Wochen meine Großmutter gestorben und mit ihr ein Großteil dessen, was mir an dieser Familie lieb und teuer war. Ihre kurze heftige Krankheit, ihr Tod und die Beerdigung hatten eine Leere hinterlassen, die ich weder zu erklären noch auszufüllen vermochte. Es war, als würde ein Teil von mir mit in dieses Grab steigen, als würden all die Fragen, die ich ihr noch hatte stellen wollen, nun niemals eine Antwort erfahren.

Rupert erwartete mich mit einem Regenschirm in der Hand. Er stand unter dem Vordach des Notariatsgebäudes und begrüßte mich auf unnachahmliche Weise: charmant, hochgewachsen, taktvoll – Markenzeichen der van Aldens. Er wusste, wie sehr ich meine Großmutter geliebt hatte.

»Hallo, Eve.« Küsschen links, Küsschen rechts, ein warmherziger Händedruck. Genau, wie es das Protokoll verlangte. Meine Eltern sahen uns durch die Glastür zu, da verbot sich ein Kuss auf den Mund. *Natürlich.* Er trat einen Schritt zurück und betrachtete mich mit sorgenvollem Blick. »Du meine Güte, Käferchen. Du bist ja völlig durchnässt. Warum hast du keinen Schirm genommen?«

»Du weißt doch, ich mag den Regen.«

»Willst du damit sagen, du bist den ganzen Weg zu Fuß gelaufen? Warum hast du denn nicht angerufen, ich hätte dich doch mit dem Auto abgeholt.«

»Nicht nötig, es geht mir gut. Danke, dass du gekommen bist.«

»Ist doch eine Selbstverständlichkeit. An guten wie an schlechten Tagen, erinnerst du dich?«

Ich lächelte gequält. Mein Verlobter war in jeder Hinsicht perfekt. Gutaussehend, aufmerksam, wohlsituiert. Ein Mann mit Prinzipien. Er war gebildet, besaß Niveau und war obendrein auch noch Kirchgänger. Wo fand man so etwas heute noch? Ein Traum von einem Schwiegersohn, wie meine Mutter nicht müde wurde zu betonen.

Sein Blick wanderte zum bleigrauen Himmel hinauf.

»Scheußliches Wetter. Gesellen wir uns zu den anderen?«

»Na klar, warum nicht?«

Ohne rechte Begeisterung hakte ich mich bei ihm unter und ließ mich ins Innere des Gebäudes führen. Ich wollte das alles möglichst schnell hinter mich bringen.

Das Notariat Waterstone, angeschlossen an eine Rechtsanwaltskanzlei für Erb- und Familienrecht, lag an der Kensington High Street, schräg gegenüber der St. Mary Abbot Church. Ein alter Bau mit Ziegelfassade und kleinen Fenstern, die wie Schießscharten in den grauen Tag blinzelten. In der Eingangshalle dominierte schwarzer Travertin.

Meine Mutter empfing mich, wie sie es immer tat: mit hochgezogener Augenbraue, den Kopf leicht zur Seite geneigt, der kleine Mund unzufrieden und streitlustig. Der Mund einer Frau, die der Überzeugung war, dass sich das Leben gegen sie verschworen habe. Anscheinend hatte auch ich mich gerade wieder mal eines Vergehens schuldig gemacht, wenn ich die Signale richtig deutete. Ich blickte an mir hinab. Aber ja, ich trug die bordeauxrote Tweedjacke, die mir Großmutter Lizzy geschenkt hatte. Außerdem waren meine Schuhe vom Regen durchweicht und mein Haar unordentlich und nass. Ein Affront!

Meine Mutter war ein wandelndes Ausrufezeichen in Sachen Benehmen und Etikette. Der Hut mit Schleier und Rose ruhte wie eine Feder auf ihrem leicht ergrauten Haar. Das auberginefarbene Betty-Barclay-Kleid saß tadellos, und der Schal aus schwarzem Kaninchen glänzte, als würde er gleich davonhoppeln. Wie hätte ich jemals den Ansprüchen einer solchen Frau genügen können? Das war mir nicht gelungen, als ich noch ein kleines Mädchen war. Heute, mit sechsundzwanzig, war es schlimmer denn je.

»Du bist spät dran, Eve. Deine Brüder sind bereits vor dir eingetroffen, das will schon etwas heißen.«

»Ich habe die Entfernung unterschätzt«, erwiderte ich. »Aber es ist ja nichts passiert. Es hat ja noch nicht mal angefangen.«

»Sie ist zu Fuß gelaufen«, ergänzte Rupert. »Dabei hätte ich sie doch mitgenommen. Aber meine Liebste hat ihr eigenes Köpfchen, und dafür liebe ich sie.« Er setzte mir einen Kuss aufs Haar.

Margrets behandschuhte Hand berührte seinen Oberarm. »Du ahnst gar nicht, wie sehr ich mich freue, dass mein kleines Mädchen doch noch jemanden gefunden hat. Damit war kaum noch zu rechnen. Nicht nach all den Versagern, die sie angeschleppt hat. Du machst mich sehr glücklich, Rupert.«

Ich verdrehte die Augen im Geiste und wandte mich meinem Vater zu. Grau und unscheinbar stand er im Hintergrund und lächelte mir zu. Auch das ein vertrautes Bild.

Alfred war früher ein anderer gewesen. Ein fröhlicher Mann, der zwar grauenhaft schlecht Witze erzählte, selbst aber gern und herzlich darüber lachte. Doch irgendwann während der letzten Jahre war er verstummt. Das Lachen war seltener geworden und einem Dauerschmunzeln gewichen, das wie aufgemalt wirkte. Er verließ die Kühle im Schatten meiner Mutter höchst ungern, und dann auch nur, wenn es darum ging, ihr einen Wunsch von den Augen abzulesen. Man sah ihn oft in irgendwelchen Zimmerecken stehen, gleich einem Farn oder Ficus, den Kopf gesenkt, dafür aber voller Gedanken. Mochte der Himmel wissen, woran er die ganze

Zeit dachte. Vermutlich war es der Job, der ihn am Leben hielt, seine Praxis für Augenheilkunde und der Kontakt zu seinen Mitarbeitern und Patienten.

»Wo stecken denn eigentlich Paul und Jason?«, fragte ich. »Ihr sagtet doch, sie wären bereits da?«

»Oh, sie sind drinnen bei Waterstone.« Dad deutete hinüber zu der schweren Kirschholztür. »Müssen noch ein paar Personalien nachtragen lassen, ihre neuen Anschriften und so. Aber ich denke ... ah, da kommen sie.«

Die Tür schwang auf, und Pauls verstrubbelter Kopf erschien. »Ihr könnt jetzt reinkommen.« Als er mich sah, huschte ein Lächeln über sein Gesicht. »Hallo, Eve, schön, dich zu sehen. Wir hatten schon Sorge, du wärst verlorengegangen.«

»So schnell gehe ich nicht verloren, das weißt du doch«, sagte ich und grinste. Es war mir unmöglich, in Pauls Gegenwart ernst zu bleiben. Von meinen beiden Brüdern war er der jüngere und mein besonderer Liebling. Er studierte an der Royal Academy of Music und war unverschämt begabt. Sechstes Semester Geige, und schon jetzt trudelten die ersten Orchesteranfragen ein.

»Klar, weiß ich doch«, sagte er. »Und ich weiß auch, was es dich für eine Überwindung gekostet haben muss, herzukommen.« Er trat auf mich zu und schloss mich in die Arme. »Es tut mir so leid«, flüsterte er. »Ich weiß, wie viel sie dir bedeutet hat.«

»Lieb von dir«, erwiderte ich, gegen die Tränen ankämpfend. Ich war so verdammt nah am Wasser gebaut. »Sie hat ein erfülltes Leben gehabt und wäre sicher zufrieden gewesen, wie es jetzt gelaufen ist. Einschließlich ihrer Beerdigung.«

»Die Friedwaldbestattung war eine prima Idee«, sagte

Paul. »Ein bescheidenes Grab unter Bäumen, das passt zu ihr.«

»Besser jedenfalls, als von einem kalten Marmorblock erschlagen zu werden«, ergänzte ich und warf einen kurzen Blick hinüber zu meiner Mutter, die nicht mal so tat, als würde sie weghören. Ihr Mund war auf einen winzigen Punkt zusammengeschrumpft, ihre Brauen bildeten eine durchgehende Linie.

Margret hatte die Friedwaldbestattung aufs schärfste missbilligt, konnte aber nicht dagegen vorgehen, weil es von meiner Großmutter ausdrücklich so verfügt worden war. Noch heute war es mir ein Rätsel, wie diese beiden Frauen Mutter und Tochter sein konnten.

»Genug geredet.« Sie ging an uns vorbei. »Wir wollen Mr. Waterstone nicht warten lassen. Zeit ist schließlich Geld. Alfred, kommst du?«

Mein Vater folgte ihr treu ergeben, und auch ich und Rupert gingen hinein. Paul schloss die Tür hinter uns.

Archibald Waterstone senior war seit ewigen Zeiten der Notar unserer Familie. Ein gebeugter alter Mann von etwa fünfundsiebzig Jahren. Sein Haar bildete einen schlohweißen Kranz, und auf seiner langen, spitzen Nase saß eine Brille, deren goldener Rand im Licht der Deckenleuchte kostbar schimmerte. Als er uns begrüßte, bewegte er sich langsam und vorsichtig, als bestünde er aus Glas. Doch kaum hinter seinem Mahagonitisch verschwunden, wurde er agil. »Nehmen Sie doch bitte Platz«, sagte er und deutete auf die bereitgestellten Stühle. Ich ließ mich nieder und genoss den würzigen Geruch, der den Lederpolstern entströmte.

»Wir haben uns heute hier versammelt, um das Testament von Mrs. Elisabeth Wachowski zu verlesen, und um ihren Nachlass zu regeln.« Waterstone legte beide Hände auf die zwei vor ihm plazierten Aktenstapel. »Mir liegen Aufstellungen über die gesammelten Besitz- und Vermögenswerte vor, und ich möchte sie gerne im Einzelnen mit Ihnen durchgehen. Grundsätzlich kann ich Ihnen die erfreuliche Mitteilung machen, dass Ihre Mutter – beziehungsweise Großmutter – ein beträchtliches Vermögen hinterlassen hat, das sie zu gleichen Teilen sowohl zwischen ihrer Tochter Margret wie auch den drei Enkelkindern Jason, Eve und Paul aufgeteilt sehen möchte. Dabei muss zwischen Immobilienwerten, Aktien, Firmenanleihen, Gold und Barvermögen unterschieden werden. Wenn es Ihnen nichts ausmacht, würde ich jetzt gerne die Positionen im Einzelnen mit Ihnen durchgehen …«

Ich versank im Lederpolster. Zahlen, Konten und Depots ließen mich kalt. Klar, es war erstaunlich, wie reich meine Großmutter anscheinend gewesen war, aber im Gegensatz zum Rest der Familie hatte sie mich nur als Person interessiert.

Lizzy war eine Außenseiterin gewesen. Geboren in irgendeinem Kaff in Devon und über Umwege in London gelandet, wo sie meinem Großvater, einem Fotografen und Lebenskünstler, begegnet war. Die beiden durchlebten die Zeit des Aufbruchs, der Beatniks und der sexuellen Revolution, mieteten eine Wohnung und führten ein ziemlich verrücktes Leben. Sie reisten gerne, am liebsten im VW-Bus, verbrachten einige Jahre im Ausland, rauchten dann und wann etwas Gras und trieben sich, wenn sie mal wieder in London waren, vorwiegend in der Intellektuellenszene herum. Die Tatsache, dass mein Großvater für das Nova Magazine fotografiert hatte, war daran sicher nicht ganz unschuldig gewesen. Die beiden waren gerngesehene Gäste, sie waren witzig, intelligent und ein bisschen verrückt. Mit Lizzys Schwangerschaft und Margrets Geburt änderten sich die Dinge. Die Reisen wurden an die Schulferien gekoppelt, die Partys seltener, die Zahlen auf dem Bankkonto wuchsen. Nicht, dass sie es nötig gehabt hätten, Lizzy entstammte mütterlicherseits einer wohlhabenden Kaufmannsfamilie, aber dieses Geld wurde nie angetastet. Stattdessen lebten sie vom Selbstverdienten, und das genügte, um sich dann und wann etwas leisten zu können. So wie die kleine, aber feine Kollektion von Hasselblad-Kameras meines Großvaters und Lizzys Indianerschmuck. Anhänger aus Türkis und Silberblättern, Schlangenringe mit Malachit oder Korallenketten – sie liebte das und war die Einzige, die es tragen konnte. Andere Frauen hätten lächerlich damit ausgesehen, bei ihr wirkte es authentisch. Niemand wusste, woher dieses Faible kam, und sie selbst gab darüber keine Auskunft. Nichts an ihr war indianisch, und, soweit mir bekannt, gab es auch keinen familiären Hintergrund. Irgendwie hing es wohl mit ihrem Glauben zusammen, obwohl sie nicht darüber sprach. Aber in Zeiten, in denen die Menschen scharenweise nach Indien und in die Ashrams pilgerten, in denen Kristalle besungen und mit Wünschelruten umhergetanzt wurde, waren das ohnehin Peanuts. Lizzy war einfach ein bisschen anders, dabei aber bodenständig und realitätsbezogen. Außerdem war sie eine begnadete Heilerin. Ich war vielleicht drei oder vier, als mir zum ersten Mal bewusst wurde, dass Menschen von nah und fern zu ihr kamen, um sich behandeln zu lassen. Nicht, dass sie eine medizinische Ausbildung gehabt hätte, das nicht. Sie war nur ungeheuer treffsicher in ihren Diagnosen. Sie fasste die Menschen an, horchte in sie hinein, sprach mit ihnen und verwies sie an den betreffenden Arzt. Für mich war sie ein Vorbild und der Grund, warum ich beschloss, Medizin zu studieren. Doch nun war sie tot, und nichts würde sie jemals wieder zurückbringen.

»… und damit kommen wir zum abschließenden Punkt des Letzten Willens, dem Haus und Grundstück an der Ecke Ladbroke Grove und Lansdowne Walk im Stadtteil Notting Hill«, hörte ich Waterstone sagen und erwachte aus meinem Tagtraum. »Frau Wachowski hat verfügt, dass das Haus sowie der gesamte Gartenanteil an ihre Enkelin Eve fällt, in der Hoffnung, der Besitz möge ihr Freude bereiten.« Er schob die Brille zurück auf die Nasenwurzel. »Wenn Sie erlauben, möchte ich an dieser Stelle aus dem Letzten Willen Ihrer Großmutter vorlesen:

Liebe Eve,
ich kann nur vermuten, wie sehr mein Tod dich schmerzt. Jemandem, der uns nicht kennt, mag es schwerfallen, zu begreifen, was uns verbindet. Aber die vielen Wochen und Monate, die wir zusammen waren und in denen wir geredet, gelesen und geträumt haben, waren etwas ganz Besonderes. Für mich bist du mehr als nur meine Enkelin. Du bist eine Geistesverwandte, eine Ojichaagwan. Manch einer wird mich für verrückt halten, aber ich glaube fest daran, dass das Bewusstsein der Menschen auf ihre Gebäude übergeht und dass unsere beiden Seelen in diesem Haus vereint sind. Mir war immer bewusst, wie sehr dich die Fragen deiner Herkunft und Familie beschäftigen, und ich möchte dir heute die Gelegenheit geben, mehr darüber zu erfahren. Es ist ein langer Pfad, und er

wird Strapazen und Schmerzen bereithalten, aber vielleicht lernst du etwas über dich und bist für das Leben danach besser gewappnet. Ich möchte, dass du mein Haus erbst und dort glücklich wirst.

In Liebe

Deine Lizzy.«

Waterstone richtete sich auf und öffnete eine Schublade. »Zusammen mit dieser Nachricht wurde etwas für Sie hinterlassen.« Er legte einen Luftpolsterumschlag auf den Tisch.

Ich entnahm ihm zwei Schlüssel, wie sie unterschiedlicher nicht hätten sein können: einen unscheinbar aussehenden Haustürschlüssel, wie er zu jedem handelsüblichen Sicherheitsschloss passte, und einen anderen. Größeren.

Ich musterte ihn und drehte ihn zwischen den Fingern hin und her.

»Keine Ahnung, wozu der gehört«, sagte ich. »Diesen Schlüssel habe ich noch nie gesehen.«

»Tatsächlich?« Waterstone hob eine Braue. »Nun, mir liegen keine Informationen darüber vor. Sie werden das Rätsel vermutlich alleine lösen müssen.«

»Sieht so aus«, sagte ich und strich sanft mit dem Finger über das schwere Messing. Es fühlte sich an, als wäre es elektrisch aufgeladen. Ich bemerkte den argwöhnischen Blick meiner Mutter, ging jedoch nicht darauf ein.

»Nun, was immer Sie herausfinden werden, ich wünsche Ihnen alles Gute für Ihre Zukunft. Mögen Sie in diesem Haus glücklich werden. Und den anderen möchte ich sagen: Falls etwas unklar sein sollte oder Sie Fragen haben, ich stehe rund um die Uhr für Sie bereit. Ich kannte Frau Elisabeth Wachowski seit über vierzig Jahren. Sie war eine besondere Frau und eine gute Freundin. Ich fühle mich ihr gegenüber besonders verpflichtet. Wenn Sie also Hilfe benötigen, zögern Sie nicht, mich anzurufen. Und nun möchte ich mich für Ihre Aufmerksamkeit bedanken. Haben Sie noch einen schönen Tag.«

2

Der Anblick des Hauses weckte eine Flut von Erinnerungen. Der Ziegelbau mit seiner Unzahl von kleinen Türmen und Schornsteinen war mir lange Zeit eine zweite Heimat gewesen. Ein lustiges, verwinkeltes Gebäude, dem der unverwechselbare Charme von Londons Kleinbürgertum anhaftete. Der weiß verputzte Eingangsbereich mit seinen zwei Säulen und dem darüber aufragenden Erker, den man über den zweiten Stock erreichen konnte, ließ eine vertraute Wärme in mir aufsteigen. Wenn ich mich umdrehte, blickte ich direkt auf den Ladbroke Square Garden mit seinen alten Bäumen, den großen Rasenflächen und den weißen Bänken. Hier hatte ich mit Lizzy meine Decke ausgebreitet und Picknicks veranstaltet. Hier hatten wir Federball gespielt, Frisbeescheiben und Bumerangs geworfen und nachts zu den Sternen hinaufgeblickt. Die langen, heißen Sommer hatte ich fast ausschließlich in diesem Haus verbracht, und selbst die Urlaube mit meinen Eltern und Geschwistern verblassten angesichts der großartigen Zeit, in der ich hier hatte wohnen dürfen.

Und nun sollte es mir gehören.

Ich stand immer noch sprachlos auf dem Bürgersteig, als ich das Herannahen von Schritten hörte. Mir blieb kaum Zeit, mich vom Anblick des Hauses zu lösen, als ich auch schon gepackt und umarmt wurde. »Komm her und lass dich drücken, kleine Eve.«

Wer mich da so stürmisch an ihren gewaltigen Busen drückte, war niemand anderes als meine beste Freundin Rita, mit der ich zusammen Medizin am University College Hospital studierte. Eine achtzig Kilo schwere Wuchtbrumme mit feuerroten Haaren, hellblauem Lidschatten und klingelndem Ohrgeschmeide.

Rita Cole war eine Naturgewalt. Ein Tsunami mit scharfem Verstand, blitzenden Augen und einem Mund, der immer zum Lachen, Küssen oder Essen bereit war. Verglichen mit ihr, war meine Familie Toastbrot.

Als ich mich endlich aus ihrem Griff löste, war ich völlig benebelt. Ich sah Tränen in ihren Augen schimmern und hätte fast selbst angefangen zu weinen.

»Ach, meine Kleine«, sagte sie. »Wenn ich nur wüsste, wie ich dich aufmuntern kann. Aber ich bin selbst so nah am Wasser gebaut, dass ich bestimmt keine große Hilfe für dich bin.«

»Doch, das bist du«, erwiderte ich. »Ich könnte mir niemanden vorstellen, den ich jetzt lieber an meiner Seite hätte. Als ich von der Erbschaft erfuhr, konnte ich es selbst kaum glauben. Ihr Haus. Ich bin immer noch ganz überwältigt.«

»Wie hat denn deine Familie darauf reagiert?«

»Dreimal darfst du raten.«

»Ich hoffe, sie haben sich für dich gefreut. Schließlich sind sie ja selbst auch sehr gut weggekommen, wie du mir am Telefon erzählt hast.«

»Könnte man meinen, ja«, sagte ich. »Klar, meine Brüder und Papa haben sich gefreut, aber du kennst ja meine Mutter.«

»Allerdings …«

»Sie war verstimmt, weil sie keine Sonderbehandlung erfahren hat. Sie musste sich die Erbschaft mit ihren drei Kindern teilen, und das geht natürlich gar nicht.« Während ich mit dem Schlüsselbund klingelte, verstellte ich meine Stimme und schlug einen klagenden Singsang an:

»Was hat sich Elisabeth nur dabei gedacht? Was soll denn mein kleines Mädchen mit diesem alten Haus anfangen? Wenn es wenigstens ein schicker Neubau in Chelsea gewesen wäre, den hätte man bei den derzeitigen Immobilienpreisen sicher gut verkaufen können. Aber so eine völlig verbaute Hütte … da müsste man erst mal von Grund auf sanieren … und was das kostet dieser Tage …«

Rita verdrehte die Augen. »Eine der schönsten Wohnlagen Londons, und deine Mutter hat immer noch etwas zu mäkeln.«

»… na ja, das Grundstück mag für Liebhaber ja einen gewissen Reiz haben, aber so nah an der Portobello Road … mit all diesen seltsamen Menschen. Davon abgesehen wirst du ja ohnehin bald bei Rupert einziehen, nicht wahr, Liebes? Eine Familie gründen, Kinder bekommen …«

»Das ist jetzt nicht dein Ernst, oder?«

»Wort für Wort. Ich glaube allerdings, dass es etwas mit unserer Familiengeschichte zu tun hat. Irgendwie scheint ihr die ein Dorn im Auge zu sein, und sie möchte verhindern, dass ich zu tief darin herumwühle. Ich habe ein paarmal versucht, das Thema darauf zu lenken, aber sie kam nur mit Ausflüchten. Ich habe dir ja schon mal erzählt, dass ich das Gefühl habe, sie würde sich für irgendetwas in der Vergangenheit furchtbar schämen, ich habe nie Genaueres erfahren. Auch nicht von Lizzy. Sie sagte, eines Tages würde ich schon selbst darauf kommen …«

»Und dein Vater?«

»Alfred stand wie gewohnt daneben und schmunzelte. Aber ich nehme ihm das nicht übel. Er muss mit dieser Frau Tag für Tag leben, da will er sich natürlich nicht gegen sie stellen.«

»Ist ihr denn überhaupt nicht klar, was dir deine Großmutter bedeutet hat? Ich meine, die Zeit, die du hier verbracht hast, euer Vertrauensverhältnis …«

»Margret ist extrem phantasielos, wenn es darum geht, sich in andere hineinzuversetzen. Sie hat Lizzy nie wirklich verstanden, was dazu geführt hat, dass die beiden sich ziemlich auseinandergelebt haben.« Ich zuckte die Schultern. »Aber ich habe keine andere Reaktion erwartet. Für meine Brüder freue ich mich, und was Margret und Alfred mit ihrem Geld machen, ist mir egal.«

»Und Rupert?«

»Tja, das könnte ein Problem werden …«

»Wieso?«

Ich warf einen kurzen Blick in Richtung Park. »Er möchte weg von hier.«

»Weg von London?«

Ich nickte. »Er hat das Angebot bekommen, die Zweigstelle der Kanzlei in Edinburgh zu übernehmen. Sein Vater meint, er sei jetzt erfahren genug, und hat ihm den Posten angeboten. Rupert würde dadurch in den Vorstand aufrücken.«

»Ja, aber … *Schottland?*« Rita schnappte nach Luft wie ein Goldfisch auf dem Trockenen. »Und was hast du geantwortet?«

Ich zuckte erneut mit den Schultern. Langsam wurde ich schon wie mein Vater.

»Nein. Das glaube ich nicht. Du spielst tatsächlich mit dem Gedanken …«

»Noch ist nichts entschieden.«

»Aber was ist mit uns? Mit deinem Studium? Ich dachte, wir ziehen das gemeinsam durch. So, wie wir es immer geplant haben.«

»Ich könnte mir ein Jahr freinehmen und mich dann

auf die Uni Edinburgh umschreiben lassen. Die städtische Klinik dort hat einen guten Ruf. Ich habe gehört, dass sie da händeringend nach guten Leuten suchen …«

Die Luft entwich aus Ritas Mund wie aus einem geplatzten Ballon. »Dafür, dass noch nichts entschieden ist, hast du dich aber schon recht gut informiert. Ehrlich, ich weiß nicht, was ich davon halten soll.«

Ich versuchte es mit einem Lächeln, aber es wollte mir nicht recht gelingen. »Nicht sehr viel, wie es scheint.«

»Das wäre noch untertrieben.« Sie schüttelte den Kopf. »Wenn du mich fragst, du machst da einen Riesenfehler. Haus, Ehemann, Kinder, das passt nicht zu dir. Das ist deine Mutter, die da spricht.«

»Vielleicht bin ich ja reifer geworden«, erwiderte ich, vielleicht eine Spur zu heftig. »Woher willst du wissen, dass ich mir nicht genau so ein Leben wünsche?«

»Weil ich dich kenne, Herzchen. Und ich kenne Margret und Rupert.«

»Rupert ist in Ordnung, lass ihn aus dem Spiel.«

Sie stemmte die Hände in die Hüften und sah mich schräg an. »Jetzt mal ehrlich: Rupert ist ein angepasster Spießer. Typen wie er leben noch in den Fünfzigern. Er will, dass alles geregelt und geordnet ist, damit seine Karriere reibungslos abläuft. Ziemlich egoistisch, wenn du mich fragst. Oder hast du das Gefühl, dass er sich wirklich für dich und deine Träume interessiert? Wenn dem so ist, halte ich umgehend meine Klappe. Tatsache ist aber, dass ich es bin, die jetzt hier neben dir steht, und nicht er. Klar, er ist nett und sieht gut aus, aber wenn der Lack erst mal ab ist, kommt der Rost durch. Denk an meine Worte.«

Ich presste die Lippen aufeinander. Ich hatte Rita nicht hergebeten, um mich von ihr auf offener Straße maßregeln zu lassen. »Könnten wir jetzt bitte hineingehen?«, fragte ich. »Ich brauche jetzt erst mal einen Tee.«

Meine Freundin stand einen Moment lang unschlüssig neben mir, dann senkte sie den Kopf. »Sorry, Kleines, da sind wohl gerade die Gäule mit mir durchgegangen. Ich wollte dich nicht in die Enge drängen, es kam nur so überraschend. Du wirst wissen, was am besten für dich ist. Ich hatte kein Recht, dich so anzufahren. Was ich gesagt habe, tut mir leid, ehrlich.« Sie legte den Arm um mich und drückte mir einen Kuss aufs Haar. »Und jetzt komm. Ich glaube, es wird gleich wieder regnen.«

Ich nahm den Haustürschlüssel und steckte ihn ins Schloss.

Alles war noch genau so, wie ich es in Erinnerung hatte. Nichts hatte sich verändert. Weder der überschwenglich mit Pflanzen und Buddhastatuen dekorierte Eingangsbereich noch der Geruch nach Räucherstäbchen und Curry, der die Räume durchwehte wie einen indischen Tempel. Dieser Duft war so fest mit dem Gemäuer verwoben, dass er als olfaktorischer Fingerabdruck gelten konnte. Ich lauschte.

Fast bildete ich mir ein, Lizzy herumlaufen zu hören. Leise, wie sie es immer tat, mit einem kleinen Lied auf den Lippen oder etwas klassischer Musik im Hintergrund. Es war gespenstisch, wie präsent sie noch immer war. Als würde sie jeden Moment um die Ecke kommen und uns begrüßen. Doch das geschah natürlich nicht. Alles war still. So still, dass es in den Ohren dröhnte. Nicht einmal das Ticken der Standuhr war zu hören. Ich war froh, Rita bei mir zu haben, die Gefühle hätten mich sonst überwältigt.

Vom Flur mit seiner Garderobe und Schuhablage ausgehend, zweigten zwei Glastüren ab, durch die man in die Küche und das Wohnzimmer gelangte. Keine der Türen ähnelte der anderen. Die Bleiverglasungen waren mit Jugendstilmotiven besetzt und leuchteten in unterschiedlichen Blau- und Grüntönen. Da es heutzutage kaum noch jemanden gab, der diese Art von Einlegearbeiten anfertigte, war meine Großmutter immer sehr darauf bedacht gewesen, dass ihnen nichts zustieß. Ballspiele jeglicher Art waren im Haus verboten gewesen, Herumrennen und Fangenspielen sowieso. Wer toben wollte, ging in den Garten oder besser noch in den Park, der ja direkt vor der Haustür lag. Links von der Küche befand sich eine unscheinbare Holztür, die in den Keller führte. Noch weiter links eine massive nachgedunkelte Holztreppe, über die man in den oberen Stock gelangte.

Ich zog den massiven Messingschlüssel aus meiner Jeans und wog ihn nachdenklich in der Hand. Für einen Türschlüssel war er zu klobig und zu unförmig. Eine Schublade vielleicht oder ein Schrank?

Rita sah mich neugierig an. »Wo sollen wir anfangen?«

»Keine Ahnung. Am besten, wir gehen systematisch vor. Raum für Raum, von unten nach oben, so lange, bis wir wissen, wozu er passt. Bist du bereit?«

Die Suche entwickelte sich zu einer Reise durch die Vergangenheit. Durch die Gärten des Vorderen Orients, die Ornamente und den Schmuck Nordamerikas bis hin zu den Skulpturen und Götterbildern Mittel- und Südamerikas. In den Bücherregalen stapelten sich Bildbände zu den Mayas und Azteken, den Dogon und Anasazi, hin zu den Tempeln und Wundern fernöstlicher Kulturen. Die Städte Babylon, Ur, Machu Picchu, Tikal – das war ihr Ding gewesen. Lizzy war zeit ihres Lebens fasziniert gewesen von Kunst, Mythen und Spiritualität, vor allem aber liebte sie die Legenden und Überlieferungen der frühen Hochkulturen. Viele dieser Länder hatte sie selbst bereist, in einigen, wie zum Beispiel Nepal, sogar längere Zeit gelebt. Zwischen Traumfängern und Sonnensymbolen hingen Fotos, die meine Großmutter als junge Frau zeigten. Zu Pferd durch den Hindukusch, mit Rucksack und Wanderstab im Kaukasus oder auf dem Rücken eines Dromedars im Atlasgebirge. Ich kannte diese Bilder seit meiner frühesten Kindheit, aber für Rita schien das alles neu zu sein. Alle paar Minuten musste sie stehen bleiben und die Exponate in Augenschein nehmen.

»Das ist ja unglaublich«, murmelte sie. »Ich komme mir vor wie in einem Museum. Die ganze Welt in einer Nussschale. Mir war nicht bewusst, dass deine Großmutter so viel herumgekommen ist.«

»Warst du denn noch nie hier?«

Sie schüttelte den Kopf. »Ich bin immer nur bis zur Haustür gekommen, ein paarmal bis in die Küche. Gerade lang genug, um hallo zu sagen, einen Schluck zu trinken und mit dir in den Park zu düsen. Deine Großmutter hat mich nie hereingebeten, deshalb dachte ich, es wäre ihr vielleicht unangenehm. Wenn ich gewusst hätte, was für Schätze hier lagern …«

»Hat sich ganz schön was angesammelt über die Jahre«, sagte ich. »Viele Sachen kenne ich natürlich, aber noch längst nicht alle. Dies hier zum Beispiel muss sie in jüngerer Zeit erworben haben.« Ich hielt ein Lederband hoch, an dem ein dunkelblauer Stein hing. Er lag auf dem Schreibtisch neben einigen anderen Schmuckstücken.

»Sieht indianisch aus.«

»Und ziemlich alt. Nicht so ein billiger Tand von irgendeinem Straßenhändler. Ein Stück mit Geschichte.« Ich hielt ihn dicht vors Auge. Er war überraschend schwer und mit blauen, schimmernden Adern durchzogen.

»Ich bin kein Fachmann in Gesteinskunde«, sagte Rita, »aber das scheint ein Korund sein. Ein heiliger Stein der Ureinwohner Nordamerikas.«

»Lizzy hat sich immer sehr für die indianische Kultur interessiert. Sie war mal drüben und hat längere Zeit dort gelebt. Anfang der Achtziger war das, glaube ich, nachdem Margret bei ihr ausgezogen ist. Vielleicht hat sie das Amulett von dort mitgebracht.«

»Woran ist sie eigentlich gestorben? Ich meine, neunundsiebzig ist doch kein Alter für eine solche Frau.«

»Der ärztliche Befund lautete schwerer Schlaganfall«, sagte ich. »Eine Ablagerung in ihrer Halsschlagader, die sich gelöst und das Gehirn erreicht hat. *Zack.* Das Herz war es jedenfalls nicht, habe ich mir sagen lassen. Es muss sehr schnell gegangen sein. Ich hoffe, sie hat nicht gelitten.« Ich schluckte.

Da war es wieder, dieses Gefühl der Leere und Hoffnungslosigkeit, das ich schon während der Beerdigung gehabt hatte. Ich atmete tief durch. »Immerhin kann sie sich nicht vorwerfen, etwas im Leben ausgelassen zu haben. Sex, Drugs and Rock 'n' Roll, du verstehst?«

»Gras?«

»Bis zum Schluss. Nicht viel, aber regelmäßig. Ich wette, wenn wir einen Blick in diese vielen bemalten und lackierten Holzdöschen werfen, finden wir irgendwo noch ein paar Bröckchen Schwarzer Afghane. Auch in Sachen Alkohol war sie kein Kind von Traurigkeit. Das war übrigens mit ein Grund, warum Margret es immer gehasst hat, wenn ich mich hier länger aufgehalten habe.

Sie fürchtete, ich könnte versehentlich etwas davon in die Finger bekommen.«

»LSD?«

»Na klar, was denkst du denn? Das gehörte damals doch fast schon zum guten Ton, genau wie Koks. Aber nichts davon hat sie süchtig gemacht. Sie war nur einfach verdammt neugierig und wollte viel ausprobieren.«

Rita grinste. »Eine ziemlich coole Bitch, deine Großmutter, das muss ich schon sagen. Ich wünschte, ich wäre so lässig drauf, wenn ich mal so alt bin. Hat sie noch weitere Kinder?«

Ich schüttelte den Kopf. »Margret ist Einzelkind geblieben. Ich glaube, sie war bereits als kleines Mädchen so anstrengend, dass Lizzy die Nase voll hatte. Vielleicht entspringt ihre Zuneigung zu mir ja einem tiefen Wunsch nach weiteren Kindern, aber, wie gesagt: Es blieb bei der einen Tochter.«

»Und wie sah's mit Männern aus?« Sie zwinkerte mir zu.

»Darüber wurde nicht gesprochen. Obwohl ich von etlichen Verehrern weiß und davon ausgehe, dass nach Jackys Tod noch einiges gelaufen ist. Aber sicher bin ich nicht. Lizzy hat meinen Großvater abgöttisch geliebt. Er und sie, das war wie Bonnie und Clyde. Wie Red Butler und Scarlett O'Hara – eine Romanze, bei der die Post abging. Bis zu dem Tag, an dem er bei diesem Bombenanschlag ums Leben kam.«

»Ein Bombenanschlag? Das wusste ich gar nicht.«

»Habe ich das nie erzählt? Er war Fotograf, der unter anderem für das *Nova Magazine* fotografiert hat. Sie wurde irgendwann in den Siebzigern wieder eingestellt.«

»Und der Bombenanschlag? Hatte die IRA etwas damit zu tun?«

Ich nickte. »Das war am 27. März 1976. Es gab eine Fotoausstellung im Earls Court, als oben an der Rolltreppe eine Bombe explodierte, die in einem Mülleimer deponiert worden war. Jacky war sofort tot, viele andere wurden schwer verletzt.«

»Scheiße …«

»Da es ein Terroranschlag war, wurden die Ermittlungen auch in Richtung der Opfer ausgedehnt. Konnte ja sein, dass sich einer der Attentäter versehentlich selbst in die Luft gejagt hatte. Jedenfalls kamen die Ermittler zu uns nach Hause und stellten alles auf den Kopf. Kannst dir ja vorstellen, was in dieser Zeit bei uns los war.«

»Lebhaft …«

»Ich glaube, damals distanzierte sich meine Mutter innerlich von Lizzy. Sie wollte nichts mit Flower Power, Drogen und der ganzen Kriminalität zu tun haben. Sie war fünfzehn und hat das alles voll mitbekommen. Sie muss wegen ihrer Hippieeltern in der Schule fürchterlich gehänselt worden sein. Bis hin zu dem Punkt, an dem sie sich schwor, nichts mehr damit zu tun haben zu wollen.«

»Irgendwie verständlich …«

»Schon. Aber dass es gleich so extrem sein musste …« Ich seufzte. »Doch ich will hier nicht über meine Mutter sprechen, sondern endlich ein Schloss für diesen verdammten Schlüssel finden. Bisher sind wir nicht besonders weit gekommen. Ich habe alle Schubladen, Schränke und Schatzkästchen hier unten durchprobiert.«

»Dann lass uns woanders weitersuchen.«

»Abgemacht.«

Wir suchten im Keller, in der Küche, im Speiseraum, draußen im Gartenhäuschen, dann oben im Bad, im

Schlafzimmer, im Gästezimmer und im Wintergarten. Überall Fehlanzeige. Blieb nur noch der Dachboden. Wir waren verstaubt und verschwitzt. Die erste Euphorie war einem Gefühl von Ernüchterung gewichen.

»Und wenn der Schlüssel nirgendwohin passt?«, fragte Rita.

Ich zuckte die Schultern. »Dann weiß ich auch nicht weiter. Lizzy hat keine anderen Immobilien. Sie sagte immer, wer reisen will, darf sich nicht zu viele Klötze ans Bein binden. Aber uns bleibt ja noch der Dachboden.« Ich nahm den langen Stielhaken aus der Besenkammer, und gemeinsam machten wir uns auf den Weg nach oben.

Der Dachboden war für mich immer ein verzauberter Ort gewesen. Im Alter von sechs Jahren hatte mir Lizzy zum ersten Mal *Alice im Wunderland* vorgelesen, und seitdem war ich süchtig nach diesem Buch. Für mich war klar, dass sich die Tür zum Kaninchenbau nicht etwa unter einem Baum befand, vielmehr war sie hier, hoch oben in einem Dachstuhl. Ich konnte mich erinnern, dass ich oft alleine dort gewesen war und mit meinen Stofftieren ein Teekränzchen abgehalten oder eine Partie Schach gespielt hatte. Seit meinem letzten Besuch hier oben mochten gut zehn Jahre vergangen sein, und ich spürte ein nervöses Kribbeln. Ob der alte Zauber noch immer wirkte?

Den Stab fest umklammernd, erreichte ich den obersten Stock. Über uns war eine Falltür in der Decke eingelassen, die man mittels eines Riegels öffnete. Ich schob den Haken durch die Öse und zog die Klappe herunter. Die Spannfedern gaben ein knarrendes Geräusch von sich, als ich die Ausziehleiter nach unten zog und hinaufkletterte. Rita zögerte kurz, als überlegte sie, ob die schmale Holzleiter sie wohl tragen würde, dann folgte sie mir.

Ich war bereits oben, als ich sah, wie sie den Kopf durch die Luke schob. »Gibt es hier irgendwo einen Lichtschalter?«

»Da drüben an dem Pfosten«, erwiderte ich. »Warte einen Moment, ich mache es uns etwas heller.«

»Pass bloß auf, dass du nicht stolperst.«

Im schummerigen Licht ertastete ich mir den Weg durch das Labyrinth aus Kisten, alten Möbeln und Regalen. Im Laufe der Jahrzehnte hatte sich ganz schön was angesammelt. Ich fand den Schalter, eine einzelne Glühbirne flammte auf.

»Wow.« Rita sah sich um. Das Licht der Lampe schimmerte in ihren Augen. Sie hatte denselben Ausdruck, wie ich ihn wohl damals gehabt haben musste, als ich den Raum zum ersten Mal gesehen hatte.

Sie kletterte nach oben, machte ein paar Schritte und konnte sich nicht sattsehen. »Also das nenne ich mal einen schönen Dachboden«, sagte sie. »Nicht so eine Abstellkammer wie in den meisten Häusern. Ein richtig gemütliches kleines Nest.«

Ich konnte nicht anders als ihr beipflichten. Die Magie war sofort wieder da. Im Zentrum des spitzwinkeligen Dachstuhls lag ein alter, ausgefranster Teppich, um den einige abgewetzte Sessel standen. Zum Schutz gegen Staub und eindringende Feuchtigkeit waren sie mit Plastikfolien abgedeckt. Die niedrigen Regale und Faltkisten waren bis zum Anschlag mit Büchern, Spielen, Schachteln, Puppen, Kissen und sonstigem Krimskrams vollgestopft. Ich ging in die Hocke, zog das eine oder andere heraus und betrachtete es liebevoll. Im Nu war ich von herumfliegendem Staub umgeben. Er roch muffig und stach mir in die Nase. Mein Gott, war das alles lange her. Als hätte ich eine Zeitmaschine betreten – als würden die Jahre von mir abfallen und das kleine Mädchen zum Vorschein kommen, das damals hier gespielt hatte.

Das meiste war unverändert, doch es gab auch neue Stücke. Ein mächtiger Globus zum Beispiel, der von Licht und Wasser fleckig und braun geworden war. Oder die geschnitzte, etwa ein Meter zwanzig hohe Figur eines schwarzen Mädchens aus der Kolonialzeit, die auf dem Kopf eine Schüssel trug, in die man Obst legen oder eine Pflanze stellen konnte. Aber da war noch etwas anderes, und Rita hatte es ebenfalls entdeckt. »Schau mal dahinten«, sagte sie. »Sieht aus wie eine Truhe oder so.«

Oder so. *Genau.*

3

Die Truhe war neu. Nicht fabrikneu, sondern neu im Sinne von *noch nie gesehen*. Ein solch schweres, aus antikem Holz zusammengeschustertes Unikum wäre mir bestimmt aufgefallen. Unwillkürlich stellte ich mir die Frage, wie Lizzy den Transport auf den Dachboden wohl bewerkstelligt hatte. Bestimmt hatte sie die Kiste nicht alleine geschleppt. Aber selbst die Vorstellung von zwei muskelbepackten Transporteuren, die sich die schmale Leiter hinaufquälten, schien mir abwegig. Und dennoch, die Spuren auf dem Boden ließen keinen Zweifel: Die Truhe war kürzlich bewegt worden.

Breite Metallbänder umspannten das Holz, zusammengehalten von einem vorsintflutlich anmutenden Vorhängeschloss. Der Schlüssel in meiner Hand schien schwerer zu werden. Rita sah mich neugierig an.

»Größe und Form könnten stimmen.«

»Wir werden sehen.« Ich steckte ihn ins Schloss. Ein sanfter Widerstand, ein sattes Klicken, dann sprang es auf.

Der Deckel gab beim Anheben ein knarrendes Geräusch von sich. Ein Geruch von Alter stieg mir in die Nase. Altes Leder, altes Papier, altes Holz, dahinter eine ferne Andeutung von Harz und Gewürzen. Wenn das Abenteuer einen Duft hat, so war es dieser. Mir schlug das Herz bis zum Hals.

»Du lieber Himmel«, stieß Rita aus. »Was ist denn das? Sieht aus wie der Koffer eines Kolonialwarenhändlers.« Ich hätte es nicht treffender formulieren können. »Lass uns nachsehen«, sagte ich und wühlte ein bisschen darin herum. Nicht zu wild, denn die Dinge schienen alle einen festen Platz zu haben. »Was haben wir hier? Eine Feder, eine Silberkette, Steine, Baumrinde, daneben einige in Leder gebundene Folianten. Oh, und hier ist etwas, das wie ein Tagebuch aussieht.«

»Vielleicht solltest du noch nicht allzu sehr in die Tiefe gehen, sondern zunächst hiermit beginnen.« Rita deutete auf den länglichen Umschlag, der ursprünglich obenauf gelegen hatte, durch unsere Öffnungsaktion aber etwas zur Seite gerutscht war. Das Papier war schwer und mit einer leichten Leinenstruktur versehen. Ich zog ihn hervor und erkannte die Handschrift meiner Großmutter.

»Für Eve«, las ich vor. »Erst nach meinem Tod zu öffnen.«

Mit einem vielsagenden Blick in Ritas Richtung drehte ich ihn um. Der Umschlag war verschlossen, die Klappe mit Wachs versiegelt. In der Kiste lag ein Armeemesser, die Klinge schwarz vom Alter. Vorsichtig schlitzte ich das Papier auf, legte das Messer zur Seite und zog zwei engbeschriebene Seiten hervor. Die Schrift war klein, und ich musste etwas ins Licht rücken, um besser sehen zu können.

Ich überflog die Zeilen, und was ich las, machte mich nur noch stutziger. Rita sah mich an wie ein Hund, der um einen Knochen bettelt. Auf ihren Lippen formte sich das Wort: *Bitte*. Ich lächelte.

»Meine kleine Eve«, las ich laut vor. »Wenn du dies hier liest, werde ich nicht mehr bei dir sein. Sei nicht traurig. Ich habe ein schönes Leben gehabt, und es gibt nichts, was ich bereue. In der Truhe findest du viele Dinge, die dir fremd erscheinen mögen. Ich habe lange darüber nachgedacht, ob ich dir nicht früher davon erzählen soll, glaube aber, es ist besser, wenn du alleine auf Entdeckungsreise gehst. So wie ich, als ich vor dreißig Jahren loszog, um das Unbekannte zu erkunden. Manchmal muss man alleine gehen, um die Dinge klarer zu sehen, muss alleine den dunklen Wald durchqueren, um zum Licht zu gelangen.

Was dich erwartet, ist eine Geschichte, so seltsam und faszinierend, dass es schwer sein wird, sie zu glauben. Aber sie ist wahr, Wort für Wort. Überstürze nichts und ziehe keine voreiligen Schlüsse. Lass dir Zeit. Nicht alles, was auf den ersten Blick abgründig erscheinen mag, ist wirklich dunkel. Manchmal genügt eine kleine Veränderung des Blickwinkels, um die Dinge anders zu bewerten.

Ich weiß, wie sehr wir uns wünschen, mehr über uns, über unsere Eltern und Ahnen zu erfahren. Du genau wie ich. Nicht jeder hat das Glück, das Geheimnis seiner Herkunft zu lüften. Einhundert oder zweihundert Jahre können eine lange Zeit sein. Armut, Kinderlosigkeit, Kriege – es gibt so viele Gründe, warum manche Geschichten im Nebel verschwinden. Oft sind die Hinweise zu spärlich, als dass es sinnvoll wäre, die Spuren nachzuzeichnen. Doch in unserem Fall ist es mir gelungen, so viele Puzzlesteinchen zusammenzusetzen, dass man ein einigermaßen vollständiges Gesamtbild erhält.

Als ich mich damals auf das Abenteuer einließ, hatte ich keine Ahnung, wohin es mich führen würde. Ich wusste nur, dass in mir eine Kraft schlummerte, die nicht ruhen wollte, bis auch das letzte Geheimnis gelüftet wäre. Ganz gelungen ist mir das zwar nicht, aber was ich erfahren habe, genügt, um irgendwann in ferner Zukunft die Augen schließen zu können und das Gefühl zu haben, die Fackel weiterzureichen. Die Fackel, die du nun in Händen hältst.

Das klingt ziemlich pathetisch, ich weiß, aber bitte gönne mir dieses kleine Vergnügen. Immerhin haben nicht viele Frauen meines Alters die Freude, ihren Hinterbliebenen eine beinahe lückenlose Familienchronik vorweisen zu können.

Unsere Wurzeln reichen bis nach Nordamerika. Es mag 1981 gewesen sein, dass ich zum ersten Mal davon hörte. Es war während eines Vortrags über die Indianer der nordamerikanischen Ostküste und ihre Legenden. Ich erinnerte mich, dass mein Vater, der polnische Musiker und Komponist André Wachowski, mir eine dieser Geschichten erzählt hat. Ich habe sie in meiner kindlichen Erinnerung als Märchen abgespeichert, aber das stimmt nicht. Die Geschichte handelte von einer unheimlichen Kreatur, die tief in den Bergen lebt und die den Menschen ihre Herzen stiehlt. Über Jahrhunderte, wenn nicht gar Jahrtausende hatte sie dort gehaust und die Bevölkerung in Angst und Schrecken versetzt. Bis sie eines Tages besiegt wurde. Nicht etwa von Kriegern auf Pferden oder von Siedlern mit Planwagen und Gewehren, sondern von zwei Menschen, wie sie unterschiedlicher nicht hätten sein können. Einer jungen Frau, strahlend wie der Tag, und einem Mann, finster wie die Nacht. Ihre Geschichte hat sich in den Mythen und Legenden der Region niedergeschlagen. Ich erinnerte mich, dass mein Vater einen Namen genannt hatte, und beschloss, der Sache auf den Grund zu gehen. Dieser Name war das erste Puzzlesteinchen einer Reihe von Hinweisen und Indizien. Er war es, der die Lawine ins Rollen brachte. Er lautet Nathan Blake. Du wirst später von ihm erfahren.

Als ich diese Truhe von meiner Reise mitbrachte, wusste ich bereits, dass sie einiges an familiärem Sprengstoff enthielt. Ich stellte sie an einen vermeintlich sicheren Ort, doch leider stellte sich heraus, dass er nicht ganz so sicher war wie erhofft. Nach einigen unerfreulichen Begebenheiten, auf ich hier nicht näher eingehen möchte, ließ ich die Truhe auf den Dachboden schaffen, wo sie nun auf dich wartet.

Du wirst viele Gegenstände entdecken, die dir unsinnig oder befremdlich erscheinen mögen: Steine, Federn, Rindenstücke. Ich möchte dich bitten, nichts davon wegzuwerfen. Zumindest jetzt noch nicht. Sie alle haben eine tiefere Bedeutung. Auch eine Menge Briefe, Zeitungsausschnitte und alte Fotos sind vorhanden. Ich habe sie chronologisch geordnet, um dir die Arbeit zu erleichtern. Die wichtigste Quelle – der Punkt, an dem du beginnen solltest – sind zwei Bücher. Ein altes, wurmstichiges Tagebuch, geschrieben in einer merkwürdigen Mischung aus Englisch und Ojibwe – einer Indianersprache –, sowie ein anderes, moderneres. *Mein Buch.*

Ich habe versucht, die Fragmente zu einer Geschichte zusammenzufassen. Dabei erhebe ich keinen Anspruch auf historische Korrektheit. Dies ist kein Tatsachenbericht, sondern eine Zusammenfassung der Ereignisse, *wie ich sie interpretiere*. Möglicherweise kommst du zu anderen Schlüssen, das sei dir unbenommen. Insgeheim hoffe ich sogar auf Widerspruch, denn das würde bedeuten, dass die Erzählung deine Neugier geweckt hat und du mehr darüber herauszufinden gedenkst.

Meine Angaben stützen sich auf die Aufzeichnungen einer gewissen Myra Preston, Tochter von Scott Preston. Er war Deputy in einem kleinen Ort namens Morrisonville, westlich des Lake Champlain und nahe der kanadischen Grenze. Hier nimmt die Geschichte ihren Anfang. Also schnapp dir das Buch, schenke dir eine gute Tasse Tee ein und lass dich von mir in eine ferne Zeit entführen. In eine andere Welt …«

4

1878 …

Der Wind wehte von Osten. Über die Green Mountains und den Lake Champlain bis hinüber nach Morrisonville, wo er die regenschweren Wolken gegen die Bergflanken des Saranac presste und sie zwang, sich zu entleeren. Die Einheimischen nannten ihn Autumn Widow – Herbstwitwe. Waabani-noodin in der Sprache der Indianer. Ein kalter, feuchter Wind, der von der Küste her wehte und in kräftigen Böen durch die Stadt fegte. Regenschauer prasselten auf die Dächer der Holzhäuser und füllten die Vertiefungen in den Straßen im Nu mit einer unansehnlichen, braunen Brühe. Erste Vorboten eines frühen, frostigen Winters.

Deputy Scott Preston stand vor dem Büro des Sheriffs und starrte die Hauptstraße entlang. Jemand kam durch den Regen auf ihn zugerannt. Kein Erwachsener, dafür war er zu klein. Ein Kind.

Der Junge trug ein maisfarbenes Hemd und braune Hosen, die mit dünnen Trägern an den Schultern befestigt waren. Auf dem Kopf saß eine braune Kappe, deren Ohrklappen beim Laufen wie Hundeohren flatterten. Scott kniff die Augen zusammen. Der Junge schlug immer wieder Haken, wobei er Steinen und Pfützen auswich. Seine Füße waren augenscheinlich nackt.

»Sieht aus wie der kleine Rogers.«

»Was hast du gesagt?«

»Na, der Junge da.« Scotts Freund Isaak schob seinen

Kautabak in die rechte Backe und spuckte einen hohen Bogen über die Brüstung. Die Augen leuchteten aus seinem schwarzen Gesicht wie Sterne in der Nacht. »Das is' doch der kleine Rogers. Ich frag mich, wo der wohl hinwill. Geht doch keiner freiwillig raus bei dem Scheißwetter.«

Isaak hatte Augen wie ein Luchs. Er hockte auf einer Holzbank neben der Eingangstür und blickte versonnen in den Regen. Im Ort war er fürs Schweinehüten zuständig. Normalerweise hielt er sich drüben bei der Winfield-Farm auf, aber bei dem Wetter waren die Viecher natürlich im Stall. Er war ein paar Jahre jünger als Scott, einundzwanzig oder zweiundzwanzig, und stammte aus der Ecke von Louisville. Nach dem Krieg war er zusammen mit vier seiner Landsleute hierhergekommen, auf der Suche nach Arbeit. Scott erinnerte sich, wie sie hier eingetrudelt waren: ein Haufen magerer, halbverhungerter Schwarzer, denen die Rippen durch die Haut stachen und die nichts als die zerlumpten Uniformen besaßen. Von den vieren war nur Isaak geblieben, die anderen waren weitergezogen.

Er war ein feiner Kerl, Scott mochte ihn. Er war ruhig, konnte gut zupacken und ging einem nicht auf die Nüsse – was man von den wenigsten in seinem Alter behaupten konnte. Und was das Spucken betraf, war er Weltmeister.

Der Junge passierte den Eisenwarenladen und kam jetzt am *Green Turtle* vorbei, dem ortsansässigen Saloon und Hurenhaus. Eine der Hinterzimmerbräute rief ihm etwas hinterher, doch auf die Entfernung war es nicht zu verstehen. Noch immer machte der Kleine keine Anstalten anzuhalten. Der Ausdruck in seinem Gesicht war besorgniserregend.

Scott strich sich die blonden Haare aus dem Gesicht. »Scheint wichtig zu sein. Ich gehe ihm mal entgegen.«

Er kannte Jimmy, seit er auf der Welt war. Jeder im Ort tat das. Ein aufgewecktes Bürschchen von neun Jahren. Sein Vater war Dorfschmied, drüben am westlichen Ende der Stadt. Der alte Rogers hatte das Geschäft kurz nach dem Bürgerkrieg übernommen, und seitdem florierte der Laden. Er arbeitete eng mit Sven Olsberg, dem schwedischen Eisenwarenhändler, zusammen, einem rauflustigen Sonderling, der einen fatalen Hang zum Alkohol hatte. Rogers war der Einzige, der mit ihm klarkam, und das auch nur, weil er den Schweden einmal mit seiner stählernen Rechten so in die Erde gerammt hatte, dass dieser seitdem einen Sprachfehler hatte.

Sheriff Tanner – Scotts Chef – war mit Rogers und dessen drei älteren Söhnen gerade in den Hügeln unterwegs. Angeblich trieb sich ein Gesetzloser in der Gegend herum. Ein Mann, der steckbrieflich gesucht wurde und über den einige äußerst merkwürdige Gerüchte im Umlauf waren. Bis die Männer zurück waren, konnten noch Stunden vergehen.

Scott griff nach seinem Hut, der seitlich am Nagel hing, und ging die drei Stufen zur Straße runter. Fast augenblicklich versank sein Schuh im Matsch. Fluchend wich er seitlich auf festeres Gelände aus und stakste dem Kleinen entgegen. Der Regen veranstaltete einen Trommelwirbel auf seinem Hut.

Das Wasser strömte nur so an Jimmy herab. Sein Hemd klebte ihm am Körper. Etwas musste passiert sein. Der Junge würde sonst nicht so panisch durch den Regen rennen. Scott hob die Hand. »He, Kleiner, wo willst du denn hin? Bleib mal stehen, ich will mit dir re…«

Jimmy stolperte und fiel Scott in die Arme. Sein Atem

ging stoßweise. Er war patschnass und fühlte sich eiskalt an. Große verzweifelte Augen blickten zu Scott auf. Ein krächzender Laut, der vielleicht mal ein Wort werden sollte, kam aus seinem Hals. Scott überlegte, was er tun sollte, dann packte er kurzentschlossen den Jungen, hob ihn hoch und stapfte mit ihm zurück. Den Kleinen erst mal ins Trockene bringen, weg von den neugierigen Augen, die hinter den Fenstern lauerten.

Jimmy war schwerer, als er aussah. Der Matsch schwappte Scott in die Schuhe, aber das war egal. Er spürte, dass etwas Schlimmes vorgefallen sein musste.

Isaak kam ihm entgegen und nahm ihm den Jungen ab. Gemeinsam brachten sie ihn ins Büro und legten ihn dort auf eine Liege in einer der Zellen. Sie standen zurzeit alle leer.

Während Isaak einen Pott Kaffee aufsetzte, zog Scott dem dürren Kerlchen die patschnassen Klamotten vom Leib. Der Kleine war bleich bis auf die Knochen und zitterte wie Espenlaub.

Im Spind nebenan hingen ein paar trockene Sachen für den Notfall. Es kam immer wieder vor, dass jemand, der die Nacht wegen Trunkenheit hier verbringen musste, sich bekotzte oder gar einnässte. Die Kleidung war zwar grob und viel zu groß, aber sie erfüllte ihren Zweck. Zusätzlich legte Scott noch eine Decke über das zitternde Bündel, dann war der Junge versorgt.

Jetzt kam auch schon der Kaffee.

»Hier, Jimmy.« Isaak hielt ihm den Blechnapf hin. »Trink das. Und verbrenn dir nicht die Lippen, das Metall ist verdammt heiß.« Vorsichtig half er ihm, die Tasse zum Mund zu führen. »Extra stark, mit drei Löffeln Zucker. Isaaks Spezialrezept für kalte Tage.« Er lächelte aufmunternd.

»Nun erzähl mal«, sagte Scott. »Ist was mit deinem Vater oder mit deinen Brüdern? Haben sie sich schon zurückgemeldet?«

Kopfschütteln.

»Hast du was beobachtet? Es muss doch was passiert sein, so wie du gerannt bist.«

Der Junge gab keine Antwort. Stattdessen schaute er an Scott vorbei auf den Steckbrief an der Wand. Der Blick dauerte nur wenige Sekunden, doch er veränderte alles. Scott merkte, wie der Kleine sich versteifte. Der Pott entglitt seinen Händen, und kochend heißer Kaffee schwappte Scott über den Arm.

»Jesses!« Hastig wischte er das schmerzhafte Gebräu weg.

Isaak sprang auf. »Bleib sitzen, ich hol rasch etwas Wasser.« In diesem Moment fing der Junge an zu schreien. Das Kreischen war unerträglich. Es fuhr einem durch Mark und Bein. Wie ein Schwein, wenn Schlachttag war. Jimmy saß da, die Hände vor die Ohren gepresst, und schrie und schrie. Seine glasigen Augen waren fest auf den Steckbrief gerichtet. Den Steckbrief von Nathaniel Blake.

Scott brauchte nicht lange, um zu begreifen. Er riss das Bild von der Wand und hielt es Jimmy vors Gesicht. »Der Mann«, drang er auf den Jungen ein, »kennst du ihn?«

Der Junge wollte nicht aufhören zu schreien. Scott zögerte kurz, dann gab er dem Bengel eine Ohrfeige. Nicht zu stark, aber doch so heftig, dass das Kreischen aufhörte. Jimmy zuckte zusammen, die Augen weit aufgerissen. Scott war immer noch erschrocken über die unerwartete Entwicklung, doch Isaak packte den Jungen bei den Schultern und sah ihm eindringlich in die Augen.

»Der Deputy hat dir eine Frage gestellt. Du musst antworten, wenn dich ein Mann des Gesetzes was fragt. Also spuck's aus: Hast du diesen Mann gesehen?«

Ein kaum erkennbares Kopfnicken.

»Wo?«

»W… Werkstatt.«

»In eurer Werkstatt?«

»M … mm.« Ein feuchter Fleck breitete sich unter der Hose des Jungen aus.

Scott hatte genug gehört. Er riss den Revolvergurt von der Wand und prüfte, ob die Waffe geladen war. Dann ließ er sie ins Holster gleiten und setzte seinen Hut auf.

Isaak sah ihn erschrocken an. »Was hast du vor?«

»Na, was denkst du denn? Rübergehen, natürlich.«

»Wäre es nicht besser zu warten, bis der Sheriff zurück ist?«

»Du bleibst bei dem Kleinen. In diesem Zustand können wir ihn nicht allein lassen.«

»Aber …«

»Keine Widerrede.«

In diesem Moment erklangen schwere Schritte auf der Veranda. Es klopfte, und Benjamin Vanderbilt, der stämmige Kolonialwarenhändler von nebenan, steckte den Kopf zur Tür herein. »Kann ich helfen? Ich hab ein Kind schreien hören und dachte, ich schau mal vorbei. Hallo, ist das nicht der kleine Jimmy?«

Isaak nahm den zweiten Revolvergurt von der Wand und band ihn sich um die Hüfte. Noch ehe Scott Widerspruch einlegen konnte, wandte sein Freund sich an ihren Besucher. »Mr. Vanderbilt, würden Sie bitte kurz auf Jimmy aufpassen? Es ist dringend.«

»Was soll ich …?«

»Es könnte sein, dass Nathan Blake in der Stadt ist.«

Die buschigen Brauen schossen in die Höhe. »Sind Sie sicher?«

»Wir müssen nachsehen«, erwiderte Scott. »Jimmy hat da so etwas erzählt. Sehen Sie sich den Jungen doch an, er ist völlig durch den Wind. Und wenn nur eine winzige Chance besteht, dass wir Blake erwischen, müssen wie sie nutzen.«

Vanderbilt sah sie erschrocken an. »Aber das ist Sache des Sheriffs«, stieß er aus. »Wenn es wirklich Blake ist, sollten Sie auf keinen Fall ohne Verstärkung hinüberreiten. Haben Sie nicht gehört, was man sich über ihn erzählt? Angeblich soll er etliche Frauen …«

»Mr. Vanderbilt, *bitte.* Nicht vor dem Jungen.«

»Wir würden nicht fragen, wenn's nicht wirklich wichtig wäre«, drang Isaak auf ihn ein.

Unter dem Stetson arbeitete es gewaltig. Nach einer gefühlten Unendlichkeit lenkte der Ladenbesitzer ein. »Nun gut. Aber sehen Sie sich vor, meine Herren. Wenn Sie nur die Hälfte von dem gehört hätten, was mir über diesen Mann zu Ohren gekommen ist, würde es Ihnen den Angstschweiß auf die Stirn treiben.«

5

Der Regen hatte nachgelassen. Nur hier und da fielen noch ein paar Tropfen, der Rest war mit den dunklen Wolken davongezogen. Scott und Isaak hatten die Pferde gesattelt und ritten an den neugierigen Blicken vorbei in westlicher Richtung die Hauptstraße hinunter. Seit der Wolkenbruch aufgehört hatte, verließen die Menschen wieder ihre Häuser. Kunden wechselten die Läden, Passanten eilten seitlich über die Planken, während Transportunternehmer und Händler versuchten, ihre Pferdefuhrwerke aus dem Matsch zu befreien.

Die beiden jungen Männer passierten die Druckerei von Émile Jouvet, der gerade an der Wochenendausgabe des *Morrisonville Pioneer* arbeitete und Kästen mit Bleilettern durch die Gegend wuchtete. Der französischstämmige Verleger hatte es sich in den Kopf gesetzt, eine Zeitung zu gründen, vermutlich, weil er dachte, dass seine Französischkenntnisse im kanadischen Grenzgebiet vielleicht von Vorteil wären. Nicht die schlechteste Idee, wie man an der wachsenden Auflagenzahl ablesen konnte.

Sie kamen an der methodistischen Kirche St. Mary's vorbei, in der Pater Holcombe gerade die Nachmittagspredigt vorbereitete. Auf dem Hügel gegenüber sah man die Gebäude der Morrisonville Brickworks Company, die die Stadt und viele umliegende Ortschaften mit Ziegeln versorgte.

Die Schmiede lag am Stadtrand, etwas abseits der Hauptstraße. Anwohner hatten sich über den Lärm beklagt, weswegen der alte Rogers nach etlichem Hin und

Her eingelenkt und einen Hof außerhalb von Morrisonville erworben hatte. Inzwischen war die Stadt allerdings so gewachsen, dass die ersten Häuser schon wieder in seine Nähe rückten. Scott erinnerte sich noch, was für ein Theater das damals gegeben hatte. Ein zweites Mal würde Rogers sicher nicht von dort weggehen.

Er lenkte den Mustang über den Straßengraben und eine Böschung hinauf, dann quer über die Wiese und auf das Wäldchen zu, hinter dem Rogers' Haus lag.

Hannah war kurz nach der Geburt des kleinen Jimmy an einer Lungenentzündung gestorben, und Lucas hatte danach nicht wieder geheiratet. Er und seine vier Söhne bewirtschafteten das Anwesen gemeinsam. Sie waren eine verschworene Gemeinschaft. Die Jungs waren wie die Orgelpfeifen und genossen im Ort einen zweifelhaften Ruf. Einerseits waren sie fleißige Arbeiter, die ordentlich zupacken konnten und sich nicht über kargen Lohn beklagten, andererseits sah man sie etwas zu oft im *Green Turtle* oder im *Wascomb's*, etwas die Straße runter. Scott war ein paarmal mit ihnen aneinandergeraten, meist wegen Trunkenheit und unziemlichen Benehmens. Doch im Großen und Ganzen mochte er die Jungs. Sie konnten schließlich nichts dafür, dass ihre Mutter gestorben war. Und wer außer Hannah hätte ihnen Manieren beibringen sollen? Der alte Rogers war doch selbst der Schlimmste von allen. Cholerisch, aufbrausend und jähzornig, aber ansonsten ganz in Ordnung. So wie der Rest der Familie.

Scott und Isaak ritten im Schutz der Bäume auf die Farm zu. Das Anwesen war dreigeteilt. Wohnhaus und Schmiede lagen zur Straße hin, die dahinterliegende Scheune wurde als Lagerraum und Werkstatt genutzt. Hier standen Fuhrwerke mit Achs- oder Radschäden,

Pflüge, deren Schar oder Streichbleche verbogen waren, oder Sensen, die geschärft werden mussten. Hauptauftraggeber von Rogers war Sven Olsberg, der mit dem Weiterverkauf gebrauchter und von Rogers reparierter Feldwerkzeuge und Haushaltsgeräte eine gute Stange Geld verdiente. In Morrisonville musste jeder sehen, wo er blieb. Wer eine neue, gute Geschäftsidee hatte, der konnte es hier zu Wohlstand und Ansehen bringen.

Scott zügelte sein Pferd und stieg ab. Er band den Mustang an einen schlanken Baum und signalisierte Isaak, dasselbe zu tun.

Zwischen den Zweigen hindurch blickte er auf die Farm. Rogers und seine Söhne waren offenbar noch nicht wieder zurück, das Grundstück wirkte verlassen.

Er legte den Finger an die Lippen und gab Isaak zu verstehen, sich leise zu verhalten und seine Waffe zu ziehen. Der Colt Kaliber .45 lag schwer in seiner Hand. Das Metall war von der Luftfeuchtigkeit kalt und rutschig, doch er zweifelte keine Sekunde an der Funktionstüchtigkeit. Unter Profis hatte die Waffe einen guten Ruf. Sheriff Tanner hatte trotz des hohen Preises auf ihrer Anschaffung bestanden. Sie verschoss die gleiche Munition wie die Winchester .73, weswegen man nur noch eine Sorte von Patronen mit sich zu führen brauchte.

Scott war ein guter Schütze, hatte jedoch noch nie einen Menschen getötet. Er hoffte, dass das auch so blieb.

Mit angehaltenem Atem lauschte er in die Stille. Nichts. Nicht mal das Gackern von Rogers' Hühnern. Vermutlich warteten die Tiere erst mal ab, bis der Boden trockener wurde, ehe sie zum Scharren nach draußen kamen.

Der Schmied besaß einen Hund, der auf den originellen Namen *»Whiskey«* hörte. Man mochte gar nicht glauben, wie viele Köter hier draußen so hießen. Als wäre die Anzahl von Hundenamen von Gesetz wegen begrenzt. Vielleicht lag es aber auch einfach daran, dass die Leute ihn sich besser merken konnten, schließlich führten sie ihn ohnehin ständig auf der Zunge.

Whiskey war eine krummbeinige, beißfreudige Mischlingstöle, die wegen chronischen Rheumas über die Jahre hinweg noch übellauniger geworden war. Die meiste Zeit lag er angeleint in seiner Hütte neben der Haustür, doch hin und wieder erlaubte Rogers sich den Spaß, ihn frei herumlaufen zu lassen. Dann beobachtete er mit diebischer Freude, was geschah, wenn Besucher kamen. Der einzige Weg, unbeschadet zum Haus zu gelangen, bestand darin, sich rechtzeitig einen Knüppel zu besorgen und zu hoffen, dass Whiskey das Signal verstand.

Genau das tat Scott.

Den Colt in der Rechten, den Stock in der Linken, ging er auf die Haustür zu. Er fühlte die Anspannung. Wenn jetzt der Hund herausschoss und kläffte, würde er sie beide verraten. Doch es blieb ruhig. Die Hütte war leer, die Leine hing in Fetzen. Seltsam.

Scott drehte sich um und winkte Isaak zu sich.

»Teilen wir uns auf«, flüsterte er. »Wenn es stimmt, was Jimmy gesagt hat, dann war Blake vorhin in der Werkstatt. Am besten, wir kreisen ihn ein. Du gehst rechtsrum, ich links. Und wenn du drüben angekommen bist, ballere mich bitte nicht versehentlich über den Haufen. Augen auf, verstanden?«

Sein Freund nickte.

Gemeinsam machten sie sich auf den Weg.

Ein kalter Windstoß trieb die Wolken auseinander und ließ die Sonne durchkommen. Einzelne Lichtflecken aus Gelb und Orange wanderten über die bewaldeten Hänge. Noch hingen die Bäume voller Laub, aber lange würde es nicht mehr dauern, bis die Herbststürme die Blätter von den Ästen fegten.

Scott richtete den Blick nach vorne. Ihm ging der Hund nicht aus dem Kopf. Eine verlassene Hütte, eine zerrissene Leine. Wer hatte das getan, oder war Whiskey das selbst gewesen? Und wo steckte er jetzt?

Die Antwort wartete hinter der nächsten Biegung auf ihn. Scott richtete sich kerzengerade auf. Der Anblick war barbarisch. Jemand hatte an dem Tier an der Rückseite des Hauses ein makabres Exempel statuiert. Mit durchschnittener Kehle war der Hund an die Scheunenwand genagelt worden, die Vorderläufe ausgebreitet, die Hinterläufe wie bei einem Balletttänzer übereinandergeschlagen. Aber da war noch mehr.

Mit dem Blut des Tieres hatte der Mörder ein Kreuz auf die weißgetünchte Hauswand gemalt, und zwar dergestalt, dass der Hund wie eine perverse Imitation des gekreuzigten Gottessohns aussah.

Scott spürte seinen Herzschlag in den Ohren pochen. War es das gewesen, was Jimmy so außer Fassung gebracht hatte? Wer tat denn so etwas? Gut, der Hund mochte einen mürrischen Charakter gehabt haben, aber er war verdammt noch mal nur ein Tier. Ein Tier, das Freude, Trauer und Sorgen ebenso verspürte wie jeder Mensch. Womit hatte es das verdient? Und warum diese gotteslästerliche Zurschaustellung?

Seit dem Tod seiner Verlobten Maggie vor über einem Jahr war Scott ein regelmäßiger Besucher der sonntäglichen Messe. Er hatte Trost in der Vorstellung gefunden, dass seine Geliebte im Himmel auf ihn wartete und dass selbst die unsinnigste Aktion irgendeinen tieferen Zweck erfüllte. Aber welchen Sinn sollte es haben, ein Tier abzuschlachten und es anschließend zu kreuzigen? Eine solche Tat entzog sich nicht nur seinem Vorstellungsvermögen, sie widerte ihn an. Sie trug die Handschrift eines gleichsam kranken wie gefährlichen Geistes, den aufzuhalten die Aufgabe jedes gottesfürchtigen Menschen sein musste.

Einen Moment rang er mit sich, ob er den Kadaver von der Wand lösen sollte, doch zuerst musste er sichergehen, dass keine Gefahr mehr drohte.

Vielleicht war es doch ein Fehler gewesen, sich aufzuteilen. Ein kranker Geist reagierte vermutlich anders auf Bedrohung als ein gesunder. Auf keinen Fall durfte man den Fehler machen, ihn zu unterschätzen.

Er hatte den Gedanken noch nicht zu Ende gedacht, als ein leises Geräusch aus dem Inneren des Schuppens ihn zusammenfahren ließ. Ein Poltern, gefolgt von einem unterdrückten Husten oder Keuchen. Scott spürte, wie es ihm den Hals zuschnürte. *Da war jemand!*

Die Waffe schussbereit erhoben, schlich er zum Scheunentor – nur, um es unverschlossen vorzufinden. Vorsichtig drückte er dagegen, so dass es ein wenig aufschwang.

Dunkelheit quoll aus dem Spalt.

Ohne lange zu überlegen, stemmte er sich dagegen, drückte das Tor in seiner Gänze auf und hechtete seitlich in Deckung. Fest damit rechnend, das Krachen von Schüssen zu hören, zog er den Kopf ein.

Nichts passierte.

Auf dem Dachfirst über ihm zwitscherte eine Drossel.

»Keine Bewegung! Hier spricht Deputy Scott Preston. Ich bin im Auftrag von Sheriff Tanner und Bürgermeister Albright unterwegs. Werfen Sie Ihre Waffen weg, und kommen Sie mit erhobenen Händen heraus. Ich rate Ihnen, dem Befehl Folge zu leisten, andernfalls sehe ich mich gezwungen, das Feuer zu eröffnen.« Irgendwo hörte er zwei Metallstücke im Wind gegeneinanderklappern.

»Ist da jemand? Haben Sie verstanden, was ich gesagt habe? Ich weiß, dass Sie da drin sind. Also machen Sie keine Schwierigkeiten, und kommen Sie raus! Ich werde nicht zögern, von der Waffe Gebrauch zu machen.« Er fand, dass das ziemlich überzeugend klang. Allein, die Reaktion war gleich null.

Scott reckte den Hals vor und warf einen zaghaften Blick in die Werkstatt. Es war still. Zu still.

Im Inneren sah er einen Anhänger und einen Pflug. Etwas weiter hinten standen weitere landwirtschaftliche Geräte. Seitlich an der Wand baumelten Sensen und Hacken. Wo steckte Isaak? Rufen konnte er nicht, und zu mehr fehlte ihm die Zeit. Der Gesuchte wusste nun, dass sie hier waren, und würde sich gewiss einen Fluchtplan zurechtlegen. Scott musste etwas unternehmen. Jetzt.

Die Zähne zusammenbeißend, richtete er sich auf und huschte in geduckter Haltung durch die Tür. Hinter dem Fuhrwerk suchte er Deckung und wartete, bis seine Augen sich an die schlechten Lichtverhältnisse gewöhnt hatten.

Der Schuppen schien verlassen zu sein. Staubteilchen flirrten durch die Luft. Sonnenstrahlen fielen durch die Ritzen und warfen einen Fächer aus Licht in die Dunkelheit. Auf der gegenüberliegenden Seite war eine zweite Tür zu sehen. Auch sie stand einen Spalt offen. Isaak hatte also den gleichen Gedanken gehabt.

Scott lächelte grimmig. Der Gedanke, dass sein Freund dort drüben wartete, verlieh ihm Mut. Am liebsten hätte er ihm etwas zugerufen, aber sein Instinkt riet ihm, dies nicht zu tun. Stattdessen richtete er seine Pistole nach oben, hielt sich das rechte Ohr zu und feuerte einen Warnschuss ab. Der Knall zersprengte die Stille und riss ein Loch ins Dach.

Staub rieselte herab, ansonsten blieb es ruhig. Wenn hier tatsächlich noch jemand war, dann hatte er Nerven aus Stahl.

Scott grübelte, was er jetzt tun sollte. Letztlich blieb ihm nur eine Wahl: Er musste das Versteckspiel aufgeben. Eine Aktion, die nicht ungefährlich war. Aber diesen Job bekam man nicht, ohne hin und wieder ein Risiko einzugehen.

»Ich werde jetzt aufstehen und rauskommen«, rief er. »Und ich bin nicht allein. Mein Partner hält sich ebenfalls versteckt. Er wird mir Feuerschutz geben und Sie erschießen, wenn es notwendig ist. Ich würde Ihnen also raten, nichts zu unternehmen, was Sie später bereuen, verstanden? Gut, dann komme ich jetzt raus.«

Die Stille war zermürbend.

Er biss die Zähne zusammen. Sein Atem ging stoßweise. Schon beim ersten Schritt merkte er, dass seine Beine weich wie Pudding waren. Ein schöner Gesetzeshüter war er. Den Colt nach vorne gerichtet, umrundete er das Fuhrwerk und betrat das Gebäude.

Es war still. Wie in einer Kirche.

In der Mitte des Raums war ein vier auf vier Meter messender Bereich freigeräumt worden. Der Boden war übersät mit Schleif- und Trittspuren. Irgendjemand hatte hier kürzlich kräftig aufgeräumt. Am zentralen Punkt und genau unterhalb des Dachfensters befand sich eine Liege, die auf zwei Holzkisten stand. Die Anordnung war mit grobem Kattun abgedeckt, der an manchen Stellen eigenartige Beulen warf.

Scott hielt den Atem an und trat näher. Er nahm seinen ganzen Mut zusammen, packte den äußeren Zipfel der Plane und zog sie mit einem Ruck zur Seite.

»Grundgütiger!«

Da lag Cecile Albright. Die Frau des Bürgermeisters. Ihre Haut war aschfahl, die Augen starr nach oben gerichtet. Sie trug ein weißes, an der Hüfte leicht geschnürtes Kleid mit Stickereien. Das Haar war hochgesteckt und mit einer Spange aus Perlmutt fixiert. Schuhe trug sie keine, und ihre Strümpfe waren schmutzig und an vielen Stellen durchlöchert. Der Kragen war zwar hochgeschlagen, bedeckte aber nur notdürftig die Würgemale am Hals. Die aus dem Mund herausquellende Zunge sah aus wie eine dicke, blaue Schnecke.

»Mrs. Albright?«

Scott streckte die Hand aus, zog sie jedoch gleich wieder zurück. Sie begann bereits kalt zu werden.

Kein Zweifel, die Frau war tot!

»Isaak, komm her und hilf mir. Ich brauche dich hier.« Seine Stimme klang dünn und hoch. Als wäre es nicht seine eigene.

»Verdammt noch mal, du sollst herkommen, habe ich gesagt. Ich habe Mrs. Albright hier liegen. Sie ist tot. Ich glaube nicht, dass sie …«

Wieder erklang dieses Krächzen, gefolgt von einem Klopfen. Zaghafter als vorhin. Scott wandte sich von der Leiche ab und lauschte. Die Geräusche klangen, als wäre irgendwo ein Rabe eingesperrt worden. Was war das? Und wo zum Teufel steckte Isaak?

Es kostete ihn ungeheure Überwindung, sich von der Leiche abzuwenden und die nordwärts gelegene Tür anzusteuern. Er glaubte, das Geräusch aus dieser Richtung vernommen zu haben.

»Isaak?« Die ganze Zeit über hatte er seinen Freund in der Werkstatt vermutet, *gesehen* hatte er ihn aber nicht.

Seine Angst verwandelte sich in Panik. Er bekam kaum noch Luft. Es fühlte sich an, als würde eine ungeheure Kraft seinen Brustkorb zusammenquetschen.

»Himmelherrgott, Isaak. Hör auf mit dem Scheiß, du machst mir Angst. Jetzt sag doch was! Ist alles in Ordnung?«

Er hatte die Tür erreicht und streckte den Kopf hindurch.

Nichts war in Ordnung.

Sein Freund saß rücklings gegen die Scheune gelehnt, die Augen weit aufgerissen. Hemd und Hose waren blutüberströmt. Mit der Rechten versuchte er die Blutung am Hals zu stoppen, während seine Linke kraftlos gegen das Holz schlug. Seine Bewegung wirkte unkontrolliert und kraftlos. Wie bei einer Puppe.

Jemand hatte ihm die Kehle durchgeschnitten. Er hatte so viel Blut verloren, dass es bereits bis zu den Schuhen gelaufen war.

Hier kam jede Hilfe zu spät. Scott fühlte, dass seine Beine ihn im Stich ließen. Kraftlos sackte er neben seinem Freund zu Boden.

Was in Gottes Namen ging hier nur vor?

Er war siebenundzwanzig Jahre alt und hatte noch nichts von der Welt gesehen. Wie konnte man von ihm erwarten, mit so einer Situation umzugehen? Sollte der

Mörder noch in der Nähe sein, würde Scott jetzt ein schönes Ziel abgeben. Er zog seinen Revolver, konnte ihn aber kaum oben halten. Das Ding schien auf einmal hundert Pfund zu wiegen. Der Lauf zitterte wie ein Zweig im Herbstwind. Er hätte keinen Strohballen getroffen, selbst wenn er direkt vor ihm gelegen hätte.

Isaak hatte blutigen Schaum auf den Lippen. Mit traurigen Augen blickte er zu Scott empor. Er sah aus, als wolle er sich entschuldigen. Entschuldigen, wofür? Er hätte gar nicht hier sein sollen. Dass er sterben musste, war allein Scotts Schuld. Er hätte seinen Freund davon abhalten müssen, ihn zu begleiten.

Kummer und das Gefühl schrecklicher Hilflosigkeit übermannten Scott, trieben ihm die Tränen in die Augen. Er legte die Hand auf Isaaks krauses Haar und strich ihm sanft über den Kopf. Die rasch dahinziehenden Wolken ließen Flecken aus Licht über die Hügel gleiten. Über die Ahornbäume, die Birken, Buchen, Eichen und über die Kiefern, die sich dunkel und erhaben aus dem Blätterdach erhoben. Was für wundervolle Farben. Als wären sie nicht von dieser Welt. Kein Wunder, dass dieser Landstrich für seine intensive Blattfärbung berühmt war. Indian Summer, oder auch das »Blut des Bären« in den Legenden der Irokesen.

Scott kniff die Augen zusammen. Für einen kurzen Moment glaubte er, einen Geist zu sehen. Aber es war keine Einbildung. Dort, wo sie ihre Pferde angebunden hatten, stand ein Mann. Groß, breitschultrig und komplett in Schwarz. Selbst auf die Entfernung wusste er, dass es der Mann vom Steckbrief war. Nathan Blake!

Eine Weile starrte er zu ihnen herüber, dann schwang er sich auf eines ihrer Pferde und zog an den Zügeln. Der Mustang gab ein ängstliches Wiehern von sich.

Scott richtete die Waffe auf ihn, ließ sie aber wieder sinken, als er merkte, wie sinnlos sein Unterfangen war. Der Kerl war zu weit entfernt.

Blake lächelte und machte eine merkwürdige Geste mit der Hand. Dann schnalzte er mit der Zunge und ritt mit beiden Pferden in östlicher Richtung davon.

6

River schlug die Augen auf und starrte unter das Dach ihres Wigwams. Sie hatte das Gefühl, nur kurz geschlafen zu haben, und selbst das hatte kaum Erholung gebracht. Sie hatte geträumt. Von einer Stadt mit hohen, spitzen Gebäuden, zwischen denen ein breiter Fluss dahinströmte. Sie hatte von Kutschen und Menschen geträumt – vielen Menschen. Und von einem Vogel, einem Adler oder einer Eule.

Eine Weile hatte sie sich noch unruhig hin und her gewälzt, doch dann hatte sie den Versuch, wieder einzuschlafen, aufgegeben. Sie fühlte sich ermattet und verschwitzt. Ihre rechte Wange glühte, als hätte ihr jemand eine Ohrfeige verpasst. Ihr Gaumen war trocken, und sie hatte einen schalen Geschmack im Mund. Vorsichtig tastete sie mit der Zunge nach dem Zahn. Es war schlimmer als befürchtet. Da konnte sie noch so viele Nelkensäckchen auflegen, auf Dauer würde das nichts bringen.

Das Fell zur Seite schlagend, richtete sie sich auf. Die Luft war kalt und roch nach verbranntem Biberfett. Der Gestank steckte in allem: ihrer Kleidung, ihrem Fell, ja, selbst im Holz. Rasch zog sie sich an, schlüpfte in ihre Mokassins und verließ ihre Behausung.

Das Dorf lag noch in tiefem Schlummer. Wie so oft war sie die Erste auf den Beinen. Rasch ging sie ein paar Meter in den Wald, um zu urinieren. Ma'iingan, ihr Wolfshund, lag neben dem Eingang ihres Wigwams und beobachtete sie aufmerksam. Auf ihr Schnalzen hin sprang er auf und folgte ihr zum Fluss.

Hinter den Hügeln überzog bereits ein erster rosafarbener Schimmer den Himmel. Nicht mehr lange bis Sonnenaufgang. Der Wind hatte gedreht und kam nun von Westen. Die Regenwolken waren davongezogen, und es versprach ein herrlicher Tag zu werden.

Verschlafen und gedankenlos griff sie in ihre Tasche, fand ein Stück Pemmikan und schob es in den Mund. Bereits der erste Bissen ließ sie schmerzerfüllt zusammenfahren.

»Verflucht noch mal!« Sie spuckte das Gemisch von Fett und gemahlenem Dörrfleisch auf den Boden. »Mögest du verrotten, du blöder Zahn. Nicht mehr lange, dann trage ich dich in meinem Lederbeutel mit mir herum. Dann darfst du dein Gift dort verströmen.«

Ma'iingan schnupperte kurz an der Hinterlassenschaft, wandte sich dann aber angewidert ab. Obwohl nur ein Hund, war er trotzdem wählerisch. Lieber ging er selbst auf die Jagd, als etwas zu verzehren, was ein anderer ausgespuckt hatte.

Schon bald hörte River das Rauschen des Flusses. Der Rivière de Diable – Teufelsfluss – wand sich von Norden kommend um den Mont Tremblant und machte auf der Höhe der Siedlung einen Schlenker nach Westen. Von dort aus mäanderte er über viele Kilometer hinweg nach Süden, ehe er sich mit dem Rivière Rouge vereinigte und die beiden dem mächtigen Ottawa entgegenströmten.

Der Süden gehörte den Weißen. Sie hatten sich das Gebiet der Algonkin unter den Nagel gerissen, Städte gegründet und Felder angelegt. Zwar wurden die First Nations auf der kanadischen Seite nicht wie ihre Vettern auf der anderen Seite der Grenze in Reservate gepfercht, aber auch sie spürten den wachsenden Druck, der seitens der Siedler und Missionare ausgeübt wurde. Dass die Ojibwe bisher noch keine Scherereien mit den Chimookomaanag – so nannten sie die Weißen – hatten, lag daran, dass die Winter hart waren und sich das Land nur bedingt für Ackerbau und Viehzucht eignete. Doch es war wohl nur eine Frage der Zeit, bis die Weißen auch dieses Land in Anspruch nehmen würden.

River sah das silberne Band zwischen den Bäumen hindurchschimmern. Der Regen hatte den Fluss anschwellen lassen. Mehr Wasser, das bedeutete mehr Fische, was wiederum bedeutete, dass sie mehr davon trocknen und für den Winter einlagern konnten.

River folgte dem schmalen Pfad hinunter zum Fluss. Dort hatten mächtige Felsbrocken einen breiten See entstehen lassen, den die Ojibwe zum Baden, Waschen und Fischen nutzten. Etliche Kanus lagen hier vertäut, die Paddel sorgfältig verstaut.

Kühl war es hier unten. Kühl und nebelig. Ein Blauhäher ließ seinen klagenden Ruf hören. Hoch oben, an den Rändern der Gipfel, flammten bereits die ersten Sonnenstrahlen auf.

Ma'iingan lief voraus, sprang über die Ufersteine und tauchte die Zunge ins Nass. River kauerte sich neben ihn und löschte ebenfalls ihren Durst. Sie musste langsam trinken, der Zahn verzieh keine Temperaturunterschiede. Danach kletterte sie auf einen bemoosten Felsen und lehnte sich mit dem Rücken gegen einen Baum. Das dahinströmende Wasser bildete geisterhafte Schwaden, die in den umliegenden Wald aufstiegen. Es raschelte. Ein Streifenhörnchen kletterte herab, sprang mit großen Sätzen über den laubbedeckten Waldboden auf der Suche nach Eicheln und Bucheckern. Kurz darauf tauchte ein Weißwedelhirsch auf, lugte zaghaft hinter den Bäumen hervor und ging dann zum Wasser hinunter. Man konnte hier auch auf Bären oder Elche treffen, aber sie blieben meist auf Abstand. Sie spürten die Anwesenheit der Menschen, ihrem einzigen Feind.

River liebte den Fluss. Es war ein magischer Ort. Ein Ort, an dem die Welten der Geister, der Tiere und der Menschen dicht beieinanderlagen. Hierher kam sie, wenn sie mit sich und ihren Gedanken allein sein wollte.

Obwohl Ma'iingan kein Mensch war, hatte sie das Gefühl, dass er jeden ihrer Gedanken erriet. Es gab kein Thema, über das man sich nicht mit ihm unterhalten konnte. Auch jetzt saß er ihr gegenüber und sah sie mit geneigtem Kopf an.

»Was ist?«, fragte sie. »Sieht so aus, als wolltest du mir einen Ratschlag erteilen.«

Der Hund ließ ein leises Jaulen hören.

»Natürlich muss der Zahn raus. So weit bin ich auch schon. Die Frage ist nur, wie? Soll ich jemanden um Hilfe bitten? Und an wen hast du gedacht? Von den Männern wird keiner einen Finger krumm machen, das würde doch sofort wieder Gerede geben.« Sie lächelte versonnen. »Wusstest du, dass sie Angst vor mir haben? Doch, es ist so. Einmal natürlich, weil ich die Dorfheilerin bin und über einige magische Fähigkeiten verfüge. Aber dann ist da noch die Sache mit Makadewigwan. Niemand darf dem Sohn des Häuptlings Konkurrenz machen.«

Ma'iingan schnappte kurz und fuhr sich dann mit der Zunge über die Lefzen.

»Ja, stimmt schon. Makadewigwans Antrag mag ja ganz schmeichelhaft gewesen sein, aber er bringt mir nichts als Scherereien. Und sei doch mal ehrlich: Sehe ich aus wie eine Ehefrau? Zugegeben, er ist ein guter Jäger, aber wenn ich auf sein Angebot einginge, hieße das, dass ich mit Dakib zusammenleben müsste, und das ist ausgeschlossen. Du weißt doch, wie eifersüchtig sie ist. Kaltes Wasser hält sich für die Schönste und Klügste, dabei ist sie nichts weiter als ein zu dick geratenes Rebhuhn.« Sie zog die Knie an den Körper und umschlang sie mit den Armen. »Es ist ja nicht so, dass ich mir nicht hin und wieder einen Gefährten wünschen würde. Gerade im Winter, wenn es früh dunkel wird, kann es verdammt einsam im Wigwam werden. Dann wünsche ich mir schon manchmal eine starke Schulter, jemanden, mit dem ich reden, kuscheln und andere Dinge tun könnte …«

Ma'iingan stieß ein trockenes Husten aus.

Sie sah ihn empört an. »Findest du das so abwegig? Ich werde bald dreißig, da haben die meisten Frauen bereits ihr zweites oder drittes Kind. Und kannst du nicht verstehen, dass ich mich auch manchmal nach Zärtlichkeit sehne? Aber hier im Dorf ist keiner für mich dabei. Sieh dich nur mal um. Die Einzigen, die in Frage kämen, sind Giizis und Mitigomizh, und beide sind vergeben. Abgesehen davon war ich in keinen von beiden jemals verliebt. Und das gehört doch dazu, oder?«

Ma'iingan bettete den Kopf auf die Pfoten.

River schenkte ihm ein schiefes Lächeln. »Nerve ich dich mit meinen Problemen? Zugegeben, ich könnte die Frauen um Hilfe bitten, aber Dakib hat die meisten gegen mich aufgehetzt. Und von denen, die übrig bleiben, hat keine genügend Mumm zu so einem Eingriff. Außer vielleicht Zhebaa, aber die ist noch zu jung. Tja, lange Rede, kurzer Sinn, ich fürchte, es läuft darauf hinaus, dass ich es selbst versuchen muss. Mal sehen …«

Sie öffnete ihre Ledertasche und wühlte darin herum. Nach kurzer Zeit fand sie, wonach sie gesucht hatte: einen schmalen Beutel, der aus dem Hodensack eines

Elchbullen genäht war. Sie öffnete ihn und blickte hinein. Gähnende Leere. Ungläubig fuhr sie mit dem Finger darin herum. Ein paar helle Krümel, das war alles. Zuerst dachte sie, sie hätte vielleicht versehentlich den falschen Beutel erwischt, doch es gab nur einen, der so aussah.

»So ein Mist«, fluchte sie leise. »Kann doch nicht sein, dass das alles ist. Ich dachte, mein Vorrat an Geisterkraut wäre noch groß genug, um über den Winter zu kommen. Aber wie es aussieht, habe ich mich geirrt.« Ihre letzte Ernte lag schon eine ganze Weile zurück. Genauer gesagt, wusste sie gar nicht mehr, wann die letzte Ernte gewesen war. Aber war das wirklich möglich? Waren diese paar kleinen runden Krümel alles, was sie noch hatte? Ohne den Wirkstoff brauchte sie mit ihrer Zahnbehandlung gar nicht erst zu beginnen.

Hilfesuchend sah sie zu Ma'iingan hinüber, doch der blieb stumm. Was hatte sie auch anderes erwartet? Er war nur ein Hund.

Sie richtete sich auf. Sie musste sich beeilen. Sie hatte ein Problem und leider nur sehr wenig Zeit.

Mit eiligen Schritten kehrte River in ihr Dorf zurück. Unterwegs hatte sie noch rasch ein paar Wurzeln der Walderdbeere zur Zahnreinigung verwendet und Minzblätter gepflückt, auf denen sie nun herumkaute. Inzwischen war auch der Rest des Dorfes auf den Beinen. Die Menschen holten Wasser, brachten die Feuer in Gang oder saßen vor ihren Häusern und beschäftigten sich mit Hausarbeiten.

Verglichen mit anderen Ojibwe-Siedlungen, war das Dorf klein. Fünfundzwanzig Männer und Frauen, dazu neun Kinder und einige Alte. Insgesamt nur rund vierzig

Menschen. Das hing mit seiner Lage zusammen. Der Großteil der Ojibwe lebte im nördlichen Minnesota. Dort wohnten sie in Reservaten, die klangvolle Namen wie Red Lake, Leech Lake und White Earth trugen. Hier in Kanada waren die Indianergesetze weniger streng. Wer frei und ungebunden sein wollte, der suchte sein Glück in der Region nördlich von Ottawa, Montreal und Quebec. Es war ein wildes Land, voller Seen, Berge und Flüsse. Die Lebensbedingungen waren hier zwar deutlich strenger, aber es blieb das Gefühl von Freiheit und Abenteuer, und das ließ sich kaum mit Geld bemessen.

River wich einigen Kindern aus, die johlend und lärmend aus einem der Wigwams hervorgeschossen kamen, und grüßte die Mütter, die danebensaßen und sich unterhielten. Als die Frauen sie kommen sahen, unterbrachen sie ihre Unterhaltung. Respektvoll nickend, warteten sie, bis River vorbeigegangen war, dann nahmen sie ihr Gespräch wieder auf. Es war offensichtlich, dass sie über sie redeten. Dakib hatte ihre Fäden bereits gesponnen. Kopfschüttelnd machte River sich auf den Weg zum Wigwam des Häuptlings.

Ozawadj uwesi – Der über Berge geht – war ein alter Mann. Damals, als er River im Wald gefunden hatte, war er fünfunddreißig Jahre alt gewesen, jetzt war er Mitte sechzig. Sein Haar war ergraut, und das Gesicht erinnerte an eine zerklüftete Berglandschaft. Sein Sohn war der nächste Führer, doch vermutlich würde es noch ein paar Jahre dauern, bis er den Häuptlingsspeer an sich nehmen durfte.

Der kuppelförmige Wigwam ragte in der Mitte des Dorfplatzes auf. Er bestand aus Birkenrinde und Weide, mit frischer Borke an den Seiten und bunten Stoffen, die an den Seiten festgemacht waren. Die Bezeichnung leitete sich vom Namen der Ojibwe für Birkenrinde ab: Wigwass.

Während River darauf zuhielt, sah sie, dass Ozawadjs Gefährtin Waseyabin neben dem Eingang saß. Sie arbeitete an einem Hirschfell. Die alte Frau hatte das gegerbte Leder in einen Weidenrahmen gespannt und umnähte die Ränder mit dünnen Baumwollfäden.

River näherte sich respektvoll. »Ich grüße dich, Waseyabin. Ein wunderschöner Morgen, nicht wahr?«

»Das ist es«, sagte die Gemahlin des Häuptlings, ohne ihre Arbeit zu unterbrechen. »So schön, dass man glauben könnte, wieder jung zu sein. Was kann ich für dich tun?«

»Ich muss mit deinem Mann sprechen.«

»Er schläft noch. Worum geht es?«

»Das würde ich lieber direkt mit ihm besprechen«, sagte River und senkte den Kopf. »Wenn es dir nichts ausmacht, natürlich.«

Waseyabin war mit Abstand die wichtigste Frau im Dorf. Ihr Wort hatte Gewicht.

Ein Lächeln huschte über das Gesicht der alten Frau. »Ist es wegen meines Sohnes? Darüber kannst du auch mit mir reden. Ich habe ihm gesagt, dass er einen Fehler macht, aber er wollte nicht auf mich hören. Er dachte wohl, es könne für eine Frau kein größeres Glück geben, als seine Gemahlin zu werden.«

River senkte ihre Stimme. »Natürlich wäre es mir eine große Ehre gewesen, aber …«

»Papperlapapp, *Ehre.*« Die alte Frau schnalzte mit der Zunge. »Eine Ehe ohne Liebe ist wie ein Vogel ohne Federn. Ein gerupftes Huhn. Es war seine Eitelkeit, die ihm diesen Streich gespielt hat. Und was seine Frau davon hält, dürftest du inzwischen mitbekommen haben.«

»Allerdings.«

Waseyabin lächelte. »Lass ihr ein bisschen Zeit. Dakib badet gerade gehörig in Selbstmitleid und leckt ihre Wunden. Es hat ihr einen Stich versetzt, dass Makadewigwan sich auch für andere Frauen interessiert. Aber so etwas kommt in den besten Ehen vor und kann mitunter ganz heilsam sein. Vielleicht macht sie das in Zukunft bescheidener. Ich werde mit ihr reden, sobald ich meine Arbeit beendet habe.«

»Hm, ja. Aber das war es eigentlich nicht, worüber ich mit Ozawadj reden wollte …«

»Nein?« Waseyabin ließ die Hände sinken und warf River einen neugierigen Blick zu. Als diese keine weiteren Erklärungen hinzufügte, nickte sie und stand auf. »Warte hier.«

Sie verschwand im Wigwam.

River spürte die Blicke der Frauen hinter ihrem Rücken und hörte das unterdrückte Gemurmel. Dakib bescheidener? Eher fiel Schnee im Sommer.

Waseyabin kam wieder heraus. »Du kannst hineingehen. Er ist wach und erwartet dich. Sei ein wenig nachsichtig mit ihm, er hat eine schwere Nacht hinter sich. Du weißt ja, wie er ist, immerzu hört er irgendwelche Stimmen. Und gerade heute ist sein Kopf voller dunkler Gedanken. Also sag nichts, was ihn beunruhigt, versprichst du mir das?«

»Das tue ich.« River lächelte der alten Frau zu, dann senkte sie den Kopf und tauchte in das Halbdunkel ein.

7

Ozawadj saß mit gekreuzten Beinen vor seiner Feuerstelle. Er hatte sich eine Decke über den Kopf gelegt und wippte leicht vor und zurück. Die Luft war erfüllt vom Duft würziger Kräuter und ätherischer Öle. Aber da war noch ein anderer Geruch – unangenehm und scharf. Braunkappen, halluzinogene Pilze. Man verwendete sie, wenn man mit den Geistern in Kontakt treten wollte. Die dünne Rauchfahne kräuselte aus der Glut empor, stieg auf und verteilte sich im Wigwam. River hörte leise Gesänge.

Sie räusperte sich.

»Tritt näher, meine Tochter«, kam es unter der Decke hervor. »Setz dich, ich bin gleich fertig.« Die Stimme klang leise und brüchig. Wie bei einem erkälteten Kind.

River warf einen Blick in die Runde und nahm dann auf einem bestickten Kissen Platz. Geduldig schlang sie die Arme um ihre Knie und wartete.

Die Behausung des Häuptlings war mit Trophäen und Erinnerungsstücken aus vielen Jahren geschmückt. Sie sah Perlenstickereien, ein abgewetztes Messer, eine Pfeife, Federschmuck sowie einen prächtig dekorierten Lederschild. Rechts und links waren die Schlafstätten Ozawadjs und Waseyabins. Natürlich getrennt, wie sich das bei den Ojibwe gehörte. Wenn einem nach Nähe und Zärtlichkeit zumute war, kroch man bei dem anderen unter die Decke, so einfach war das.

Ozawadj hatte neben Waseyabin vor vielen Jahren noch eine zweite Frau gehabt. *Mani wastete yo.* Eine Frau von einem fremden Stamm, weit unten aus dem Süden. Doch sie war gestorben. Nahe der Stelle, an der River sich heute Morgen gewaschen hatte, war sie von einem Bären getötet worden. Einem mächtigen Schwarzbären, mit Klauen lang wie Messerklingen. Zwei Wochen lang hatte Ozawadj Jagd auf das Tier gemacht. So lange, bis er es endlich gestellt und ihm nach einem legendären Kampf das Herz aus der Brust geschnitten hatte. Danach hatte die Seele seiner Frau Ruhe gefunden, und Ozawadj war ins Dorf zurückgekehrt. Das schwarze Fell lag jetzt vor ihnen auf dem Boden, doch die Geschichte war in den Köpfen der Stammesmitglieder immer noch sehr lebendig.

Der Häuptling richtete sich auf und rang nach Atem. Tränen strömten ihm über die Wangen, und er musste laut und heftig niesen. Nachdem er ein paarmal kräftig in ein Sumpfblatt geschneuzt hatte, lehnte er sich zurück und schob die Decke von seinen Schultern. Seine Pupillen waren deutlich vergrößert.

»Waseyabin hat gesagt, dass du mich sprechen willst«, sagte er. »Was kann ich für dich tun?«

River überlegte, ob sie mit der Tür ins Haus fallen sollte, entschied sich aber dagegen. Die Gepflogenheiten erforderten es, zunächst über alltägliche Dinge zu sprechen.

»Bereiten dir deine Gelenke wieder Probleme?«, fragte sie. »Wenn ja, ich könnte dir Linderung verschaffen.«

»Meine Gelenke?« Er runzelte die Stirn. »Ach, du meinst wegen der Kräuter. Nein, das ist es nicht. Seit deiner letzten Behandlung habe ich deutlich weniger Schmerzen. Ich habe sogar einen Teil meiner Beweglichkeit zurückerlangt, siehst du?« Er hielt die Hände in die die Höhe und beugte nacheinander die Finger. »Dein heißer Schlamm hat Wunder gewirkt. Ich würde die Behandlung gerne bald wiederholen.«

»Es wäre mir eine Ehre. Aber halte dich auch an meine Ernährungsempfehlungen. Viel Obst und Gemüse, dafür weniger Fleisch. Wenn du das tust, wirst du schon bald wieder deinen Speer schleudern können.« River deutete auf die prächtige Waffe über dem Eingang.

Ozawadj hustete und zog die Mundwinkel nach unten. »Meine Frau sagt mir das auch jeden Tag, aber es ist schwer. Ich liebe Fleisch. Fleisch ist die Nahrung des Kriegers. Was für ein Krieger wäre ich, wenn ich mich wie die Frauen von Wurzeln und Knollen ernähren würde?«

»Ein Krieger, der seinen Stamm hoffentlich noch lange anführen wird und dessen Sohn graue Haare hat, wenn er die Insignien der Herrschaft übernimmt.«

Ozawadj sah sie erstaunt an, dann huschte ein Lächeln über seine Lippen. »Es tropft Honig von deinen Lippen, Weib. Du bist mutig und klug – eine gefährliche Mischung. Wäre ich jünger, ich könnte selbst noch einmal in Versuchung geraten.«

»Lass das lieber nicht Waseyabin hören. Es reicht, wenn ich Dakib zur Feindin habe.«

Ozawadj lachte. »Du hast recht. Aber ob verheiratet oder nicht, ich bin froh, dass du bei uns bist. Es war eine gute Entscheidung, dich aufzunehmen. Ein Gewinn für den ganzen Stamm.«

River schwieg. Ozawadj hatte nie einen Hehl daraus gemacht, dass sie eine Fremde für ihn war, eine *gichi-mookomaan*. Geliebt zwar, respektiert und geschätzt, aber trotzdem keine von seinem Blut. Selbst nach all den Jahren hatte er ihr in dieser Hinsicht nie irgendwelche Hoffnungen gemacht. Einerseits war es ehrlich von ihm, andererseits hätte sie sich manchmal eine väterliche Schulter zum Ausweinen gewünscht. Seit ihre Ziehmutter Oshkinnah – die alte Dorfheilerin – vor ein paar Jahren gestorben war, hatte es mehr als nur eine Situation gegeben, in der es River wichtig gewesen wäre, jemandem ihr Herz auszuschütten. Aber die Natur ließ sich nicht betrügen. Blut war dicker als Wasser, das traf besonders für die Ojibwe zu. In Ozawadjs Augen würde sie immer eine Weiße bleiben. Ihre Haut war für alle Zeiten hell, da konnte sie sich noch so oft mit farbigem Schlamm einreiben.

»Nun?« Ozawadj sah sie aufmerksam an. »Weswegen bist du zu mir gekommen?«

River streifte die trüben Gedanken ab. »Ich war unten am Fluss. Ich hatte eine unruhige Nacht, genau wie du, aber aus anderen Gründen.«

»Ach ja?« Der Häuptling rückte ein Stück näher, um besser hören zu können. Seit seinem Hörsturz vor einem Jahr war er rechts so gut wie taub.

»Ich habe Zahnschmerzen und muss eine Behandlung durchführen«, sagte sie. »Als ich meinen Medizinbeutel öffnete, stellte ich fest, dass das Geisterkraut sich dem Ende zuneigt. Vor allem der helle Tau, der die Schmerzen lindert und den Geist freisetzt, fehlt. Ein Blick in den wolkenlosen Himmel sagt mir, dass die Zeit für eine Reise günstig ist.«

»Eine Reise?« Ozawadj runzelte die Stirn. »Wohin und wie lange? Bangibiisa wird demnächst ihr Kind zur Welt bringen. Sie braucht dich hier.«

»Fallender Regen wird nicht vor dem zweiten Vollmond entbinden«, sagte River. »Ich werde nur ein paar Tage fort sein. Gerade so lange, bis ich meine Medizinvorräte aufgefüllt habe. Kräuter, Rinde, Blätter und Geisterkraut. Wirst du mir deine Erlaubnis erteilen?«

Der Häuptling sagte nichts. Die Nachricht schien ihn zu beunruhigen, was River verwunderte. Sie war viel alleine unterwegs, und es hatte deswegen noch nie Probleme gegeben.

»Dies ist vielleicht die letzte Möglichkeit, ehe der Winter kommt«, drängte sie. »Wenn erst der Schnee auf den Hängen liegt, ist es zu spät.«

Ozawadj warf ihr einen schwer zu deutenden Blick zu. »Das gefällt mir nicht. Ich würde das normalerweise nicht sagen, aber gerade letzte Nacht hatte ich einen beunruhigenden Traum. Ich musste deswegen den Rat der Geister einholen.« Er stocherte in dem erloschenen Feuer herum. »Ich habe von einem Blutmond geträumt. Der Berg ist in Aufruhr, ich spüre es.« Ozawadj richtete seinen Blick gen Norden, als könne er durch die Wände des Hauses und die dahinterliegenden Wälder auf die mächtige Erhebung spähen. Seine Pupillen schimmerten grau, hervorgerufen durch das Sonnenlicht, das durch die schmale Wandöffnung fiel. »Manchmal, wenn der Wind von Osten weht und den Regen vom Meer herübertreibt, liegt das Böse in unruhigem Schlaf. Es wälzt sich hin und her und träumt von Blut und Rache. Dann ist die Zeit der Heimsuchung gekommen. Dunkle Mächte ballen sich zusammen. Mächte, denen wir nichts entgegenzusetzen haben.«

»Düstere Worte«, sagte River.

Ozawadj nickte. »In meinem Traum habe ich gesehen, wie das Böse erwachte und vom Gipfel herabstieg. Gestalt- und formlos wandelte es zwischen den Bäumen umher und drang in unser Dorf ein. Eine weiße Nebelwand, die geräuschlos von Wigwam zu Wigwam zog und sich die kräftigsten Männer griff. Es war erzürnt, und es war hungrig. Ich befahl unseren besten Kriegern, sich zu bewaffnen und anzugreifen. Gemeinsam stellten wir uns ihm in den Weg. Wir kämpften, wir fochten, doch jeder Versuch, es zu töten, war zwecklos. Speere, Bögen, Messer – es prallte alles an ihm ab. Sechs Mal streckte es seine kalte, tödliche Hand aus, sechs Mal musste einer unserer tapferen *Ogichidaa* sein Leben lassen. Dann kehrte das Ungeheuer zu seiner Zuflucht auf der Bergspitze zurück.«

»Was war mit Frauen und Kindern?«

Ozawadj zuckte die Schultern. »Ich weiß es nicht. Auch die Geister konnten mir keinen Rat erteilen, doch die Erinnerung an den Traum lässt mich frösteln.«

Er vollführte einen kleinen Abwehrzauber mit den Händen.

»Du musst das verstehen, River. Etwas unvorstellbar Altes und Grausames haust da oben, und es verlangt nach Opfern. Ein Schutzzauber hat uns bisher vor dem Schlimmsten bewahrt, aber ich spüre, dass seine Kraft nachlässt. Auch die Weißen spüren seine Macht und haben deswegen bisher diese Gegend gemieden. Es hat sich herumgesprochen, dass die Bewohner dieses Landes mit dem Teufel im Bunde stehen, und wir lassen sie in dem Glauben. Wir, die wir das Geheimnis kennen, tun alles, damit es gewahrt bleibt.«

River räusperte sich verlegen. Etwas Böses? Der Teufel? Sorgen und Ängste eines abergläubischen alten Mannes. Ihre Sorgen hingegen waren konkret. »Natürlich würde ich niemals etwas tun, was deinen Unmut erregt oder deinen Anordnungen widerspricht. Wenn du sagst, ich soll den Berg meiden, werde ich das tun. Aber ich brauche die Medizin. Das Dorf braucht sie. Ich werde mein Glück im Süden versuchen, auch dort gibt es reiche Wälder und üppige Wiesen.«

»Ist es denn nötig, ausgerechnet jetzt loszuziehen?«, fragte Ozawadj. »Warte lieber noch ein paar Tage …«

River spürte ihren Zahn klopfen und hämmern. Sie hatte vieles – aber keine Zeit. »Ich habe Schmerzen«, gestand sie freimütig. »Wenn ich nicht schlafen kann, werde ich unkonzentriert. Wenn ich unkonzentriert bin, laufe ich Gefahr, Fehler zu machen. So wie bei Madweyaasin, dem ich als Medizin gegen den Ausschlag an seinem besten Stück neulich Eisenhutsalbe statt Kamillenextrakt verabreicht habe.«

»Oh ja, ich erinnere mich.« Auf Ozawadjs Gesicht stahl sich ein Lächeln. »Der arme Kerl stürzte mitten in der Nacht schreiend aus seiner Behausung, um das empfindliche Körperteil in einem Eimer mit eiskaltem Wasser zu kühlen. Zuerst waren wir erschrocken, aber dann haben wir alle sehr gelacht.«

»Ja, doch das war harmlos. Was, wenn ich einen schwereren Eingriff vornehmen muss? Eine Operation, eine Geburt? So wie du verantwortlich für deinen Stamm bist, so trage ich die Verantwortung für die Kranken. Ich kann nicht zulassen, dass sie Schmerzen erdulden und keine entsprechende Behandlung erfahren, nur weil mir die Zutaten ausgegangen sind und ich mich nicht konzentrieren kann. Oshkinnah war nicht nur meine Ziehmutter, sondern auch meine Ausbilderin und Mentorin. Sie hat immer gesagt, einem Heiler dürfe kein Weg zu weit und keine Aufgabe zu schwierig sein. In extremen Situationen sind wir die Herren über Leben und Tod. Ich muss diese Medikamente finden. Wenn du mich meine Arbeit nicht machen lässt, gefährdest du das Wohlergehen deiner Leute, und dann wärst du ein schlechter Häuptling.«

Ozawadj schien mit sich zu ringen, dann lenkte er ein.

»Also schön«, sagte er. »Eine Woche. Ich gebe dir eine Woche. Und halte dich vom Berg fern, hörst du? Wenn du die Totentrommeln hörst, ist es zu spät. Ich mache keine Scherze. Geh in den Süden, versuche dort dein Glück. Und dann komm wieder und bereite mir eine weitere von deinen wundervollen Schlammpackungen. Versprichst du mir das?«

River nickte. »Das tue ich.«

8

Scott fühlte, wie Sheriff Tanner ihm seine rauhe Hand auf die Schulter legte.

»Und du bist sicher, dass er es war, den du gesehen hast? Ich meine: *wirklich* sicher?« Die Worte klangen mitfühlend, aber dennoch bestimmt.

Scott starrte auf den Steckbrief an der Wand. Ihm blieben die Worte im Halse stecken. Er trank einen Schluck und befeuchtete sich die Kehle. Dann nickte er. »Jawohl, Sir. Nathan Blake. Die Augen, der Mund, die scharf geschnittene Nase – Irrtum ausgeschlossen.«

»Verdammt.« Der Sheriff nickte grimmig. »Es tut mir leid, dass ich nicht da war. Ich wünschte, du hättest das nicht alleine durchstehen müssen, Junge. Aber wie ich immer zu sagen pflege: Wenn Wünsche Pferde wären, könnten Bettler reiten. Auch um deinen Freund tut es mir leid. Isaak war ein feiner Kerl, soweit man das von einem Nigger sagen kann.« Er machte kehrt und sah die drei Männer an, die sich in seinem Büro versammelt hatten. »Meine Herren, vor uns liegt eine Menge Arbeit. Ich habe Sie hierhergebeten, um über den Fall zu beraten und eine Entscheidung zu treffen. Wir haben zwei Tote zu beklagen, darunter die Ehefrau unseres ehrenwerten Bürgermeisters sowie einen gekreuzigten Hund. Umgebracht von einem Mann in schwarzem Anzug. Obendrein wurden zwei Pferde gestohlen. Außer unserem tapferen Scott und dem verstörten Jimmy, der sich an nichts mehr erinnert, scheint niemand den Mann gesehen zu haben. Er ist wie ein Geist gekommen und ebenso wieder verschwunden. Ich muss zugeben, das ist der schlimmste Fall, der mir in meiner vierzigjährigen Laufbahn untergekommen ist. Sie dürfen mir glauben, ich habe schon einiges gesehen, aber das übertrifft doch alles. Wir werden in dieser Sache zusammenarbeiten müssen.« Er hustete und beförderte den Auswurf in sein Taschentuch.

Josh Tanner war ein rauher Mann, vom Leben geformt. Ein grober Klotz, würden manche sagen – aber das Herz am rechten Fleck. Er war unverheiratet und gab sich auch sonst nicht mit Frauen ab. Manche behaupteten, er wäre vom anderen Ufer, aber das glaubte Scott für keine Sekunde. Da passte es schon eher, dass er früher mal unglücklich verliebt gewesen war und mit dem Thema abgeschlossen hatte.

Bürgermeister Albright saß an der anderen Seite des Tisches und starrte den Sheriff aus dunkel geränderten Augen an. Wie er da hockte, ganz in Schwarz, seinen hohen, schlanken Zylinder neben sich auf dem Tisch, erinnerte er Scott an eine Krähe. Hinter ihm standen zwei schwerbewaffnete Männer mit Bowlerhüten, maßgeschneiderten Anzügen und schwarzen Lederhandschuhen. Ihre Wangen waren glatt rasiert, die Schnurrbärte perfekt getrimmt und der Blick von identischer Intensität. Für Scott stand außer Frage, dass es Zwillinge waren. Albright hatte sie ihnen als die Gebrüder Wilbur und Vernon Brimstone vorgestellt. Detektive der Agentur Pinkerton.

Während sie über den Fall berieten, schien Bürgermeister Albright um eine halbe Kopflänge geschrumpft zu sein. Zusammengekauert saß er da, die Hände um den Rand seines Zylinders gekrallt. »Meine Frau ist tot«, stieß er aus. »Sie erwartete ein Kind. *Mein* Kind. Es hätte Ende Februar zur Welt kommen sollen.«

Der Sheriff nickte mitfühlend und zog sich einen Stuhl heran. »Ich kann Ihnen gar nicht sagen, wie leid mir das tut. Sie war eine gute Frau.«

»Sie war schwanger, Tanner. Eine schwangere Frau. Wer tut denn so etwas, Himmelherrgott?« Albrights Stimme schwankte. In seinen Augen glitzerte es. Er nahm seine Brille von der Nase und putzte sie umständlich. »Wussten Sie, wie hart es war, meinen Kindern davon zu berichten? Vor sie zu treten und ihnen zu erzählen, dass ihre geliebte Mutter von ihnen genommen wurde? Und vor allem, auf welche Weise …«

»Kann ich mir vorstellen …«

»Mit Verlaub, aber Sie haben keine Ahnung. Sie haben keine eigenen Kinder, also reden Sie nicht so leichtfertig daher.«

Der Sheriff öffnete den Mund, war aber klug genug, ihn schnell wieder zu schließen. Bürgermeister Albright war ein respektabler Mann. Wohlhabend, einflussreich und mächtig. Alleine die Tatsache, dass er die Pinkertons engagiert hatte, zeigte, wie ernst es ihm war. Die Kerle kosteten bestimmt zehn Dollar pro Tag, Spesen und Unterkunft nicht mitgerechnet.

Soweit Scott wusste, hatte Albright seine Frau abgöttisch geliebt. Er war Baptist, wie viele andere in diesem Ort, und ein ausgesprochener Familienmensch. Neun Kinder hatte seine Frau ihm geschenkt. Neun Kinder, die nun keine Mutter mehr hatten.

Cecile war eine schlanke, lebenslustige Frau gewesen, Scott hatte sie gemocht. Immer freundlich, immer herzlich, aber auch energisch und zupackend. Wenn sie auf Einkaufstour im Ort unterwegs war, hatte sie sich oft Zeit für ein Schwätzchen genommen, hatte sich erkundigt, wie die Dinge liefen und wie die Stimmung war. An den Wahlerfolgen ihres Mannes hatte sie einen maßgeblichen Anteil. Ihr Tod hinterließ eine klaffende Lücke in der Gemeinschaft.

Zu erfahren, dass sie schwanger gewesen war, empfand Scott als besonders bedrückend.

Albright betupfte seine rotgeäderten Augen mit einem Taschentuch und starrte auf das gemaserte Holz. »Ich ... ich will, dass dieser Mann gefasst wird. Ich will, dass er zur Strecke gebracht wird. Ein solcher Teufel hat sein Recht verwirkt, als Teil der menschlichen Gesellschaft zu gelten. Schnappen wir ihn, und sorgen wir dafür, dass er bekommt, was er verdient.«

»Das verspreche ich Ihnen«, sagte Tanner. »Ich werde alles Erdenkliche tun, um Ihnen diesen Wunsch zu erfüllen, aber es wird nicht einfach werden. Scott, erzähl noch mal, was du drüben auf Rogers' Farm gesehen hast. Langsam und ausführlich. Versuch dich an die Einzelheiten zu erinnern. Hat der Mann etwas gesagt, oder hat er dir anderweitig eine Botschaft hinterlassen?«

Scott umklammerte den Kaffeepott, der vor ihm auf dem Tisch stand, und versuchte, sich den Vorfall noch einmal genau in Erinnerung zu rufen. Doch es war zum Verrücktwerden. Je mehr er versuchte, die Ereignisse zu rekapitulieren, desto weiter schienen sie sich von ihm zu entfernen. Als würde irgendetwas in seinem Kopf verhindern wollen, dass die Bilder Gestalt annahmen. Das Einzige, was er klar und deutlich vor seinem geistigen Auge sah, war der Ausdruck völligen Unverständnisses auf Isaaks Gesicht, während das Leben langsam aus ihm heraussickerte.

»Nun komm schon, Junge. Kann doch nicht so schwer sein. An irgendetwas musst du dich doch erinnern.«

»Ja, ich ...« Scott versuchte, sich zu entspannen. Mit

Zwang kam er nicht weiter. Wenn es ihm doch nur gelänge, an etwas anderes als die beiden Leichen zu denken. Aber das war kaum möglich. Immer wieder musste er an Isaaks blutüberströmten Körper denken, an die weit aufgerissenen Augen von Mrs. Albright. Wie sie senkrecht nach oben blickten, dem Licht entgegen.

Scott sah das Innere der Scheune vor sich, die gekreuzten Dachbalken und die Strahlen, die von oben herabfielen.

»Eine Kirche«, murmelte er.

»Was meinst du, Junge?«

»Ich erinnere mich, dass ich das Gefühl hatte, in einer Kirche zu stehen.« Er sah den Sheriff an. »Der Innenraum. Die Scheune. Es war alles freigeräumt. Die Wagen, die Pflüge und Sensen, alles weg. Rogers war es nicht, das hat er bereits ausgesagt, weswegen es nur der Mörder getan haben kann. Muss ganz schön viel Arbeit gewesen sein.«

»Das stimmt«, erwiderte Tanner. »Allerdings weiß ich nicht …«

»Lassen Sie den Jungen weiterreden«, unterbrach ihn Albright. »Ich will hören, was er zu sagen hat.«

»Nun, es fällt mir gerade erst wieder ein. Ihre Frau … als ich sie sah, hatte ich das Gefühl …« Scott schluckte. »Ich hatte das Gefühl, als würde sie auf einem Altar liegen. Das Licht ließ sie wie einen Engel erscheinen.«

»Was …?«

»Den Blick erhoben, die Hände gefaltet. Ich glaube nicht, dass das ein Zufall war.« Nach und nach fielen Scott mehr und mehr Einzelheiten ein. »Nein, Sir, bestimmt nicht. Das Ganze wirkte arrangiert. Als hätte Blake den Leichnam aufgebahrt. Ich glaube, er wollte, dass sie so aussieht. Schön wie ein Engel. Die Haare waren hochgesteckt und der Kragen hochgeschlagen, damit man die Würgemale nicht sieht.«

»Scott …« Der Sheriff sah ihn betroffen an, doch Scott ließ sich nicht von seinem Gedanken abbringen. Endlich war ihm klargeworden, was ihn die ganze Zeit gestört hatte.

»Doch, doch«, sagte er mit wachsender Erregung. »Ich glaube, dass es etwas zu bedeuten hat. Warum hat er sich die Mühe gemacht, dort alles freizuräumen? Wenn es ihm nur ums Töten gegangen wäre, hätte er das viel einfacher haben können. Ich glaube, er wollte das inszenieren. Wie in einem Theaterstück.«

»Wie in einem Theaterstück?«, fragte Tanner. »Ach komm schon, Junge, das ist doch jetzt ein bisschen weit hergeholt, oder? Was ist mit deinem Freund, dem armen Niggerjungen? Den hat er doch einfach so massakriert, ohne tieferen Sinn.«

»Aber nur, weil dieser ihn überrascht hat. Isaak war zur falschen Zeit am falschen Ort, man kann die beiden Fälle nicht miteinander vergleichen. Der eine war arrangiert, der andere ein Unfall.«

»Ich glaube, du reimst dir da etwas zusammen …«

»Der Hund«, rief Scott. »Erinnern Sie sich, was er mit Whiskey gemacht hat? Er hat ihn ans Kreuz geschlagen, er … oh Gott!« Scott kam es vor, als würde ein Blitzstrahl durch ihn hindurchfahren. Die Kleidung, die merkwürdige Geste, kurz ehe der Fremde davongeritten war. Warum nur war er nicht gleich darauf gekommen?

»Was ist denn los, Junge? Sprich!«

»Das ist es. Deswegen hat Ihre Frau auch keinen Verdacht geschöpft. Ein Priester …«

Albright stützte seine Hände auf den Tisch und beugte sich vor. »Was sagst du da?«

»Er war ganz in Schwarz gekleidet – wie ein Priester.« Scott spürte, wie sein Herz vor Aufregung schneller schlug. Endlich bekam er die fehlenden Teile zusammen. »Ich habe mich immer gefragt, was Ihre Frau eigentlich auf der Rogers-Farm wollte. Allein und ohne Begleitung hätte sie doch bestimmt nie die Stadt verlassen, oder?«

»Sicher nicht.«

»Irgendwie muss es ihm gelungen sein, sie zu entführen, mir war nur nie ganz klar, wie er das angestellt hatte. Sie hätte sich doch bestimmt gewehrt. Sie hätte geschrien oder sonst wie für Aufsehen gesorgt. Bei uns ist so viel los auf den Straßen, dass immer jemand etwas mitbekommt. Eine Frau in Not, ein Schrei – und die halbe Stadt strömt zusammen. Wenn sie ihm aber vertraut hat, hätte er sie unter einem Vorwand fortlocken können, weg von den anderen …«

»Du meinst, er hat sich als Wanderprediger verkleidet?« Tanner zwirbelte seinen Bart. »Das wäre in der Tat ungeheuerlich. Was für ein kranker Geist denkt sich denn so etwas aus?«

»Ihre Gemahlin war eine gottesfürchtige Frau«, wandte Scott sich an den Bürgermeister. »Wenn ein Prediger sie anspräche, würde sie bestimmt keinen Verdacht schöpfen.«

»Zumindest weniger, als wenn es ein dahergelaufener Strauchdieb täte, so viel ist sicher.« Albright wandte sich an die Pinkertons. »Was wissen wir eigentlich über diesen Blake? Sie haben doch da bereits einiges zusammengetragen.«

Wilbur Brimstone griff in die Innentasche seines Mantels und zog ein Stück Papier heraus. Scott konnte sehen, wie sich die Muskeln unter dem Stoff spannten. Zäher Bursche, das sah man auf den ersten Blick.

»Nicht viel, fürchte ich«, sagte der Detektiv. »Wir sind ihm bereits seit einigen Monaten auf der Spur, aber alles, was wir herausfinden konnten, sind Fragmente. Der Mann ist wie ein Geist. Stammt angeblich aus der Nähe von Baton Rouge, wo seine Familie Ländereien besaß. Wurde im Krieg verwundet und erhielt zahlreiche Auszeichnungen.«

»Nach dem Fall des Südens verließ er das elterliche Gut«, ergänzte Vernon Brimstone. »Er trat noch ein paarmal als Kunstschütze in irgendwelchen Wildwest-Shows auf, spielte hin und wieder in Wandertheatern, dann verläuft sich seine Spur. Es gibt ein paar Steckbriefe mit unterschiedlichen Motiven. Wie es scheint, hat er im Theater gelernt, sein Aussehen zu verändern. Sehen Sie her.« Er zeigte ein paar Bilder herum.

»Wie denn, das soll alles dieselbe Person sein?« Scott konnte es nicht fassen. Lange Haare, kurze Haare, einmal mit Bart, einmal ohne. Ein Bild zeigte ihn sogar mit Glatze. Ein menschliches Chamäleon.

»Wie alt ist er, weiß man etwas darüber?«

Wilbur kniff die Augen zusammen. »Sechsunddreißig, wenn ich mich nicht täusche. Ja, hier steht's, geboren 1842.«

»Dann ist er mit neunzehn in die Armee eingetreten«, sinnierte Scott. »Ziemlich jung. Ich schätze, er hat einiges zu sehen bekommen in diesen vier Jahren.«

»Wie so viele andere auch«, sagte Tanner. »Und trotzdem zieht man deswegen nicht los und bringt wahllos Frauen um.«

»Was ist mit seiner Familie? Haben Sie schon versucht, mit denen Kontakt aufzunehmen? Und wenn ja, was wissen die über die Sache?«

»Sackgasse, fürchte ich«, sagte Vernon. »Blakes Vater

ist früh gestorben, seine Mutter kam beim Brand des familiären Anwesens ums Leben. Geschwister hat er keine.«

»Die Ländereien befinden sich jetzt in der Hand irgendeines Cousins«, fügte Wilbur ergänzend hinzu. »Wir hatten bereits wegen eines weiter zurückliegenden Falls dorthin telegrafiert, aber man konnte uns keine weiterführenden Auskünfte geben.«

»Schöner Mist«, schnaubte Tanner. »Ein Serienmörder, der sich als Wanderprediger verkleidet und keine Spuren hinterlässt. Was ist bloß aus dieser Welt geworden?« Er schüttelte angewidert das Haupt.

Scott runzelte die Stirn. »Weiß man etwas über die anderen Opfer? Es heißt doch, er würde ausnahmslos Frauen umbringen.«

»Nicht ausnahmslos, aber bevorzugt«, sagte Wilbur. »Vernon, zeig den Herren doch mal die Zeichnungen. Wir haben sie den Vermisstenanzeigen der letzten Jahre entnommen.«

Vernon breitete einige Darstellungen auf dem Tisch aus. »Die Frauen waren alle zwischen fünfunddreißig und vierzig Jahre alt und ausnahmslos weiß. Alle ungefähr dieselbe Größe und alle blond. Sehen Sie selbst.«

Es waren sieben sehr unterschiedliche Darstellungen aus verschiedenen Jahren. Manche groß, manche klein, einige waren recht abgewetzt und zerfleddert. Trotzdem war der Anblick verblüffend.

»Das gibt's doch nicht«, stieß Scott aus. »Die sehen ja allesamt aus wie Mrs. Albright.«

»So ist es«, sagte der eine Pinkerton. »Schmales Gesicht, große Augen, derselbe Typus. Wir glauben nicht, dass das ein Zufall ist.«

Tanner schüttelte den Kopf. »Gottverflucht!«

»Mr. Tanner!« Albright sah den Sheriff streng an.

»Bitte entschuldigen Sie, ist mir so rausgerutscht. Aber jetzt haben wir endlich einen Ansatz. Wir müssen schnellstmöglich an die umliegenden Ortschaften telegrafieren und ihnen diese Bilder schicken. Vielleicht können wir damit verhindern, dass er sich ein weiteres Opfer sucht.«

»Ist bereits geschehen«, sagte der Bürgermeister. »Ich habe nach Plattsburgh, Burlington und Colchester telegrafiert, falls er auf die Idee gekommen ist, mit der Fähre über den See zu setzen. Bisher habe ich jedoch noch keine Rückmeldung erhalten. Meine Detektive vermuten, dass er nach Norden abgeschwenkt sein könnte, Richtung Kanada.«

»Das klingt logisch«, sagte Scott aufgeregt. »Ich würde es ebenso handhaben, wenn ich meine Spuren verwischen will. Ich erinnere mich, dass er – nachdem er unsere Pferde gestohlen hat – wie der Teufel nach Osten davongeritten ist, Richtung Plattsburgh. Von dort aus sind es nur noch zwanzig Meilen bis zur Grenze. Bei dem Tempo dürfte er das locker an einem Tag schaffen.«

»Das ist der Grund, warum wir umgehend aufbrechen sollten«, sagte Albright. »Wir haben hier schon genug Zeit vertrödelt. Gentlemen, packen wir unsere Sachen.«

»Moment mal«, sagte Tanner überrascht. »Heißt das, Sie wollen sich uns anschließen?«

»Nicht anschließen, Mr. Tanner«, sagte Albright, »ich werde diese Aktion leiten. Sie und Scott werden uns begleiten und uns helfen, dieses Ungeheuer dingfest zu machen. Unterwegs werden wir noch jemanden mitnehmen, so dass wir zu sechst sind. Das sollte ausreichen. Was meinen Sie, genügt Ihnen eine Stunde für die Vorbereitung?«

Tanner sah aus, als hätte ihm jemand das Pferd unter dem Hintern stibitzt. Es brauchte eine Weile, um zu verstehen, was der Bürgermeister gesagt hatte. Er räusperte sich. »Bei allem Respekt, aber ich halte das für keine gute Idee. Dies ist eine Sache des Gesetzes. Ich wurde von den Bürgern dieser Stadt gewählt, um mit solchen Verbrechern fertigzuwerden. Es ist meine Aufgabe, den Mann zu fangen und ihn seiner gerechten Strafe zuzuführen. Dafür werde ich bezahlt, dafür wurde ich ausgebildet. Jegliche Einmischung von Ihnen oder Ihren Männern wäre ein Akt der Selbstjustiz.«

»Meine Pinkertons …«

»Ihre Pinkertons haben keinerlei rechtliche Befugnis, Mr. Albright. Sie dürfen in dieser Stadt nicht mal furzen, wenn ich etwas dagegen habe.«

»Nun kommen Sie mal wieder runter von Ihrem hohen Ross«, sagte der Bürgermeister mit verhaltener Wut. »Diese Männer sind besser gerüstet als Sie. Wir reden hier von einem Mörder, den inzwischen schon das halbe Land sucht. Glauben Sie im Ernst, es gäbe auch nur einen einzigen Richter, der mir nicht jedes Recht zusprechen würde, diesen Mann mit meinen eigenen Händen zu töten? Es gibt Recht, und es gibt Gerechtigkeit, Mr. Tanner, und dieser Mann hat beides verwirkt.«

Der Sheriff lugte finster unter seinen buschigen Brauen hervor. Scott kannte ihn gut genug, um zu wissen, dass er nicht klein beigeben würde.

»Denken Sie doch an Ihre Familie«, sagte er. »Ihre Kinder brauchen Sie jetzt, und zwar mehr denn je. Stellen Sie sich vor, Ihnen würde etwas zustoßen. Dann wären sie auf einen Schlag elternlos. Wollen Sie es darauf ankommen lassen? Ich bitte Sie inständig, sich die Sache noch einmal durch den Kopf gehen zu lassen. Überlassen Sie uns das, den offiziellen Gesetzeshütern. Ganz so unerfahren, wie Sie mich hier hinstellen, bin ich nicht, und das wissen Sie.«

Scott warf einen verstohlenen Blick hinüber zu den Pinkerton-Brüdern. Sie polierten seelenruhig ihre Smith & Wessons. Es war ihre ruhige Art, die sie so gefährlich wirken ließ. Ob sie wirklich so gut waren, wie der Bürgermeister sagte? Scott kam zu dem Schluss, dass er die beiden gerne an seiner Seite gewusst hätte. Nicht, dass er dem Sheriff den Job nicht zutraute, aber er hatte Nathan Blake gesehen. Wie er seelenruhig auf das Pferd gestiegen und Scott zum Abschied gegrüßt hatte. Und das, obwohl er kurz zuvor zwei Menschen ermordet hatte. Gegen so einen würden sie zu zweit nichts ausrichten.

Tanner wartete noch immer auf eine Antwort. »Also, was sagen Sie, Mr. Albright? Ich würde mir wünschen, dass Sie Ihre Entscheidung noch einmal überdenken.«

»Wenn Wünsche Pferde wären, könnten Bettler reiten.« Der Bürgermeister seufzte. »Was Sie nicht zu verstehen scheinen, Sheriff, ist, dass ich nicht anders handeln kann. Wie stände ich vor meinen Kindern da, wenn ich nicht wenigstens versucht hätte, den Tod meiner Frau zu rächen. Cecile war die Liebe meines Lebens. Die Tatsache, dass sie mir von diesem Kerl genommen wurde, ist durch nichts wiedergutzumachen.«

»Das verstehe ich«, sagte Tanner. »Aber ich gebe zu bedenken, dass Sie noch nie einen Menschen getötet haben und es vielleicht auch gar nicht könnten. Davon abgesehen: Rache hat noch nie einen Menschen glücklich gemacht.«

»Als ob ich jemals wieder glücklich sein könnte. Nein, Sheriff, diese Hoffnung habe ich begraben.« Albright starrte finster auf den Tisch. »Mir geht es um ausgleichende Gerechtigkeit. Auge um Auge, Zahn um Zahn, wie schon in der Bibel zu lesen steht. Ich will diesen Mann hängen sehen. Doch vorher will ich wissen, warum er uns das angetan hat. Mir, meiner Frau und meinen Kindern. Warum musste Cecile sterben? Und warum all die anderen? Es muss einen tieferen Grund geben. Ehe ich diesen Mann ins Jenseits schicke, will ich wissen, was ihn dazu bewogen hat.«

Der Sheriff seufzte. Nachdenklich kratzte er mit dem Fingernagel über das Holz. Scott konnte sehen, dass er mit sich rang. Nach einer Weile hob er den Kopf. »Na schön. Ich verstehe Ihren Standpunkt. Reiten wir also gemeinsam. Aber eines muss ich von Ihnen verlangen. Die Operation steht unter meiner Führung. Sie und Ihre Männer werden sich meinem Befehl beugen, ist das klar?«

»Damit kann ich leben«, sagte der Bürgermeister. »Hauptsache, wir erwischen den Kerl.«

»Das werden wir. Aber begeben Sie sich nicht unnötig in Gefahr. Ich könnte es mir nie verzeihen, wenn Ihnen etwas zustieße. Sobald wir Blake gefunden haben, überlassen Sie mir den Rest. Ich habe Erfahrung in diesen Dingen.«

Albright ließ die Hände auf die Oberschenkel klatschen. »Dann lassen Sie uns aufbrechen. Der Mann, den wir unterwegs auflesen, wird uns sicher gute Dienste leisten.«

»Wer ist es«, fragte Scott. »Kennen wir ihn?«

Albright, der bereits aufgestanden war und in Richtung Tür ging, drehte sich kurz vorher noch einmal um. So etwas wie ein Lächeln huschte über sein Gesicht.

»Er wird Ihnen gefallen, Mr. Preston. Er wird Ihnen gefallen.«

9

Gegenwart …

Rita sah mich neugierig über den Rand ihrer Teetasse hinweg an. »Was ist?«, fragte sie. »Warum hörst du auf? Ich will die Geschichte weiterhören.«

Wir hatten den Inhalt der Truhe Stück für Stück vom Dachboden nach unten geschafft und auf dem Fußboden des Wohnzimmers ausgebreitet. Der Raum ähnelte eher einem Hindernisparcours als einem Salon. Überall waren Schachteln, Alben, kleine Schmuckschatullen.

»Im Ernst?« Gedankenverloren blätterte ich durch Großmutters Aufzeichnungen. »Um ehrlich zu sein, ich finde sie nicht sonderlich spannend. Cowboys und Indianer haben mich als Kind schon nicht interessiert. Außerdem habe ich nicht den geringsten Schimmer, was das alles mit mir zu tun hat.«

»Geduld«, sagte Rita. »Ich bin sicher, früher oder später kommt sie auf den Punkt. Du musst ihr einfach etwas Zeit geben. Abgesehen davon – so schlecht finde ich die Story gar nicht. Ich wusste gar nicht, dass deine Großmutter so ein schriftstellerisches Talent besitzt.«

»Sie hat immer schon viel geschrieben. Keine Romane oder so, aber Tagebücher. Dutzende davon. Die meisten während ihrer Zeit mit Jacky. Ich muss gestehen, ich habe mir nie die Mühe gemacht, sie zu lesen. Sie hatte es mir mal angeboten, aber ich kann damit relativ wenig anfangen. Die Musik, die Drogen, das Lebensgefühl – es ist einfach so verdammt weit weg.«

»Diese River ist ein interessanter Charakter«, sinnierte Rita in ihre Teetasse hinein. »Irgendwie erinnert sie mich an dich.«

»Quatsch …«

»Doch, wirklich. Sie hat so eine trockene Art. Außerdem kommt sie mir ein bisschen verloren vor.«

»Ich komme dir verloren vor? Was meinst du denn damit nun wieder?«

Rita grinste. »Das habe ich so zwar nicht gesagt, aber ja. Ich habe bei dir häufig das Gefühl, dass du deinen Platz im Leben noch nicht gefunden hast. Dass du nicht weißt, wo du hingehörst. Aber tröste dich, Kleines, mir geht es auch nicht viel besser. Wenn es wenigstens mal einen Kerl gäbe in meinem Leben. Aber jetzt lies weiter.«

So schnell ließ ich mich nicht abwimmeln. »Ich wüsste nicht, wo ich hingehöre? Ich bin verlobt, ich habe ein Angebot aus Edinburgh, und meine Familie unterstützt mich. Wo, bitte, sollte ich meinen Platz noch nicht gefunden haben?«

»Jaja, geschenkt.« Rita winkte ab und lachte. »Komm schon, mach weiter.«

Ich sah meine Freundin herausfordernd an. Mir war nicht klar, worauf sie hinauswollte. Mein ganzes Leben lang hatte ich mir eingebildet, genau zu wissen, wo ich stand und wohin ich wollte. Da hatte es nie irgendwelche Unklarheiten gegeben. Und jetzt bekam ich von meiner besten Freundin mitgeteilt, dass dem nicht so war? Doch ehe wir das Gespräch weiter vertiefen konnten, klingelte es an der Tür.

Rita sah mich erstaunt an. »Erwartest du Besuch?«

»Nicht, dass ich wüsste.« Ich spürte, dass das Thema noch nicht abgeschlossen war. »Wir reden noch darüber«, sagte ich, stand auf und ging zur Tür. Durch den Spion erkannte ich die Umrisse zweier vertrauter Personen.

Meine Euphorie verflog. Ausgerechnet jetzt! Von allen denkbaren Möglichkeiten war das die am wenigsten willkommene.

Trotzdem öffnete ich die Tür, zwang mir ein Lächeln aufs Gesicht und begrüßte meine Eltern. »Margret, Alfred. Wie schön, euch zu sehen. Was führt euch denn hierher?«

»Ach, nichts Besonderes«, sagte Mutter. »Wir wollten mal sehen, wie es dir so geht. Du hast seit der Testamentsverlesung nichts mehr von dir hören lassen, und wir haben angefangen, uns Sorgen zu machen.«

»Ihr hättet anrufen können …«

»Ist denn dein Anschluss schon installiert?« Margret wusste, wie man mich ausbremste, ging unaufgefordert an mir vorbei in den Flur und drehte sich, kaum dass sie drinnen war, einmal um die eigene Achse. »Du meine Güte. Hier riecht es ja furchtbar. Hier gehört mal anständig durchgelüftet.« Sie riss das Fenster zum Garten auf, stellte sich demonstrativ hin und ließ sich von Vater aus dem Mantel helfen. Hut und Schal nahm sie selbst ab und legte beides in die Ablage der Garderobe.

»Was für ein schrecklicher Verkehr in dieser Gegend«, fuhr sie fort. »Wir haben eine Viertelstunde gebraucht, um einen Parkplatz zu finden. Am Schluss mussten wir drüben in der Kensington Park Road parken und durch den Park laufen.«

Es lag mir auf der Zunge zu sagen, dass so ein kleiner Spaziergang doch etwas sehr Schönes sei, aber ich unterließ es. Ich wollte sie nicht durch Smalltalk unnötig ermutigen. Genau genommen lag mir nur daran, sie möglichst schnell wieder loszuwerden. Meine Mutter schien die Strategie zu durchschauen.

»Wärst du so gut, uns in die Küche zu führen, Liebes? Wir haben dir etwas mitgebracht. Alfred, gib ihr den Champagner.«

Mit einem verlegenen Lächeln überreichte mir mein Vater eine Flasche Dom Pérignon. »Ein kleiner Willkommensgruß.«

»Ich …« Ich ließ die Schultern hängen. Meine Pläne hatten sich gerade in Luft aufgelöst. »Danke. Das wäre doch nicht nötig gewesen. Kommt mit in die Küche, die Gläser stehen dort.«

Margret musterte Ritas Mantel. »Du hast Besuch?«

»Ach ja. Rita, kommst du rüber, wir wollen zusammen anstoßen.« Ich drängte meine Eltern an der halb verschlossenen Wohnzimmertür vorbei in Richtung Küche. Ich wollte nicht, dass sie das Chaos im Salon sahen.

Der Geruch nach Curry war hier noch intensiver. Margret verzog das Gesicht. In diesem Moment kam Rita hereingeschneit und walzte meine Eltern mit ihrem Charme und ihrer überschwenglichen Art einfach platt. Ich wusste, dass Margret sie nicht leiden konnte, aber es gab niemanden, den ich in diesem Moment lieber an meiner Seite gehabt hätte. Rita riss das Wort an sich und gab es so schnell nicht wieder her. Sie drückte ihr Bedauern über den Todesfall aus, erkundigte sich nach dem werten Befinden, schimpfte auf das Wetter, die Politik und die steigenden Preise und schaffte es nebenher auch noch, den Korken aus der Flasche zu ziehen. Die Augen meines Vaters leuchteten.

»Sie machen das wie ein Profi«, sagte er. »Die wenigsten wissen, dass man die Flasche schräg halten muss.«

»Damit das expandierende Gas nicht die darüber liegende Flüssigkeitssäule herausdrückt. Einfache Physik.« Rita hielt die Flasche über die Gläser.

»Für mich bitte nur einen kleinen Schluck«, sagte Margret und hob die Hand, doch Rita ignorierte sie. »Ach, kommen Sie, Mrs. Whitley. So jung kommen wir nicht wieder zusammen. Außerdem wollen wir doch auf Eves Glück anstoßen, da können die Gläser gar nicht voll genug sein.« Sie lachte. »Auf dich und das neue Haus, Eve. Ach ja, und auf deine wundervolle Großmutter. Sie war ein ganz besonderer Mensch.«

»Das war sie.«

Margret zuckte zusammen, aber der Glückwunsch war so allgemein formuliert, dass sie dem nichts entgegenhalten konnte.

Dad hob sein Glas. »Auf dich, meine kleine Eve. Mögest du hier sehr glücklich werden.«

»Danke, Papa. Und danke, Rita und Margret. Ich freue mich, dass ihr gekommen seid.« Seltsam, aber in diesem Moment meinte ich das sogar ehrlich.

Doch Rita wäre nicht Rita, wenn sie nicht noch eine kleine Spitze auf Lager gehabt hätte. »Wo ist denn eigentlich Rupert?«, fragte sie scheinheilig. »Er kennt das Haus doch noch gar nicht, oder?«

Meine Mutter sah mich überrascht an. »Ja, war er denn noch gar nicht hier? Du solltest ihm das Haus zuerst zeigen, er ist schließlich der Mann an deiner Seite.«

Ich verdrehte im Geiste die Augen. Rupert war Margrets Lieblingsthema. Eigentlich hatte ich vorgehabt, sie schnellstmöglich loszuwerden, aber das konnte ich mir jetzt abschminken. Rita versuchte ihr Grinsen hinter dem Glas zu verstecken. *Bitch!*

Ich räusperte mich. »Rupert ... ja. Also, er wurde kurzfristig nach Edinburgh abberufen und kommt erst übermorgen wieder. Es gibt da noch einige grundsätzliche Fragen, was die Kanzlei betrifft …«

»Aber du hättest so lange warten müssen«, sagte Margret. »Wenn er hört, dass wir ohne ihn gefeiert haben, wird er bestimmt sehr traurig sein.«

Ich lächelte gequält. »Rupert ist ein großer Junge, er verkraftet das schon. Außerdem ist er gerade so mit seinen eigenen Projekten beschäftigt, dass er bestimmt nichts gegen unser kleines Tête-à-Tête einzuwenden gehabt hätte.« Ich warf Rita einen stechenden Blick zu, der sie aber nur amüsierte.

Mutter zog eine Schnute. »Wann hast du denn zuletzt mit ihm gesprochen? Mir scheint, ihr seht euch viel zu selten.«

»Das war bei der Testamentseröffnung, glaube ich.«

»Aber das ist ja schon ewig her. Mein Alfred und ich waren noch nie getrennt. Keinen Tag, seit dreißig Jahren. Ich weiß, dass bei euch jungen Leuten manches anders ist, aber mir kommt das seltsam vor. Ich sollte mal mit Rupert darüber reden.«

»Ich wäre dir dankbar, wenn du das nicht tust, Mutter. Wir sind erwachsene Menschen, wir kommen schon klar …«

»Jaja, ihr wisst ja immer alles besser. Aber dann erklär mir doch mal, warum die Scheidungsrate heutzutage um ein Vielfaches höher liegt als früher und warum so viele Menschen heute alleine leben …« Ihr Blick blieb an der halb geöffneten Wohnzimmertür hängen. Ich konnte sehen, wie sie erstarrte. Wie eine Schlange, wenn sie Beute erspähte. Und ehe ich noch etwas unternehmen konnte, rauschte sie an mir vorbei.

Rita und ich tauschten einen besorgten Blick aus, dann eilten wir hinter ihr her.

Margret stand inmitten von Lizzys Habseligkeiten und sah sich irritiert um. »Was ist denn hier los? Hier sieht es ja aus, als hätte eine Bombe eingeschlagen.«

»Wir sortieren gerade ein paar alte Unterlagen«, beeilte ich mich zu versichern. »Nichts Dramatisches, wir müssen das nur in die richtige Reihenfolge bringen. Das geht natürlich nicht, ohne die Sachen auszubreiten. Rita war so nett, mir dabei zu helfen.« Meine beschwichtigenden Worte nutzten nichts. Das Unheil nahm seinen Lauf. Eigentlich hatte ich vorgehabt, meiner Mutter die Neuigkeiten schonend zu verabreichen, doch statt Homöopathie gab es jetzt die volle Breitseite. Margret hatte das alte, abgewetzte Tagebuch meiner Großmutter entdeckt und es sich sofort geschnappt. Mit spitzen Fingern blätterte sie darin herum. Ich konnte förmlich sehen, wie bei ihr sämtliche Warnlampen aufleuchteten.

»Das ist ja …« Hastig schlug sie das Buch zu. Ihr Blick irrlichterte hierhin und dorthin. Erst nach und nach schien sie zu registrieren, was da noch so alles auf dem Teppich ausgebreitet lag. Eine steile Falte bildete sich zwischen ihren Brauen. »Wo kommen diese Sachen her?«, fragte sie. »Und erzähl mir nicht, sie waren hier im Wohnzimmer. Das glaube ich keine Sekunde.«

Ich wusste nicht, was ich antworten sollte. Verwirrt blickte ich zu Rita.

»Ich habe dich etwas gefragt, junge Dame! Woher stammen diese Sachen?« Margrets Stimme schnitt wie ein heißes Messer durch Butter. Mit einem Schlag war ich wieder das kleine Mädchen, das etwas ausgefressen hatte. Schon erstaunlich, wie die alten Zahnräder griffen.

»Von oben, vom Dachboden. Sie waren in einer Truhe«, erwiderte ich kleinlaut.

»Von oben?« Margrets Augen blitzten. »Ach, der

Schlüssel, jetzt wird mir einiges klar. Da hat sie das alte Ding also aufbewahrt. Oh, und ich hatte so gehofft, es wäre schon vor Jahren in den Müll gewandert. Aber so kann man sich eben täuschen. Wie ich immer sage: Glaube nie an das Gute im Menschen, du wirst nur enttäuscht werden.«

Sprachlos starrte ich sie an. Was in drei Teufels Namen ging hier vor? Ganz offenbar wusste Margret von der Truhe und ihrem Inhalt.

»Dann weißt du also, was das ist?«, fragte ich. »Hast du die Bücher gelesen? Vielleicht magst du uns ja etwas darüber erzählen.«

Margret bedachte mich mit einem Blick, der mich erschauern ließ. »Ich sollte dir etwas darüber erzählen? Ich werde mich hüten. Wenn du meinen Rat willst, pack alles wieder ein und bring es zum Sperrmüll. Mehr habe ich dazu nicht zu sagen. Außer vielleicht, dass ich enttäuscht bin. Sehr enttäuscht.«

»Von mir? Aber was habe ich denn …?« Ich spürte, wie mir die Tränen in die Augen stiegen. Lächerlich, schließlich hatte ich mir nichts zuschulden kommen lassen. Aber ich erinnerte mich plötzlich an so viele ähnliche Begebenheiten, so viele Momente, in denen sie mich wegen irgendeiner Kleinigkeit zusammengefaltet hatte.

Zum Glück war Rita bei mir. Sie legte den Arm um mich und sagte: »Offensichtlich hat Eves Großmutter die Sachen für wichtig erachtet, sonst hätte sie ihr nicht diesen Schlüssel vermacht. Denken Sie nicht, dass wir uns erst mal einen Überblick verschaffen sollten, ehe wir entscheiden, was wir damit machen?«

»Wir?« Margret nahm Rita ins Visier. »Ich glaube nicht, dass es Ihnen zusteht, sich in Familienangelegenheiten einzumischen, Miss …«

»Cole«, half Rita ihr. »Und natürlich haben Sie recht, es steht mir nicht zu. Aber als Freundin von Eve erlaube ich mir, sie bei ihrer Entscheidung zu unterstützen, besonders, wenn sie mich darum bittet. Wenn sie der Meinung ist, die Sachen könnten weg, dann werde ich ihr dabei helfen. Andernfalls ...« Sie ließ den Satz unvollendet.

Margret wandte den Blick ab und starrte wütend auf die Briefe, Zettel und Kunstgegenstände. Offenbar fiel ihr im Moment nichts ein. Sie hatte ihr Pulver verschossen. Was aber nicht hieß, dass sie die Sache auf sich beruhen lassen würde. Dafür kannte ich sie zu gut. Sie erinnerte mich an ein in die Enge getriebenes Raubtier, und man tat gut daran, sie nicht zu unterschätzen.

»Sag doch auch mal etwas dazu, Alfred! Findest du es richtig, dass meine Mutter noch nach ihrem Tod versucht, mein kleines Mädchen zu beeinflussen?«

Ich schaute zu Vater hinüber. Ich erwartete, zu sehen, wie er sich in einen Farn verwandelte, doch stattdessen stand er da, die Hände in den Hosentaschen, den Blick gesenkt. »Wenn Eve sich für die Familiengeschichte interessiert, lass sie doch. Sie ist alt genug, um selbst entscheiden zu können.«

Margret sah meinen Vater überrascht an. »Ist das dein Ernst?«

»Das ist meine Meinung.«

Margret hielt ihn eine Zeitlang mit ihrem Blick gefangen, doch als sich abzeichnete, dass er es sich nicht noch einmal anders überlegen würde, stieß sie ein abfälliges Schnauben aus.

»Gut. Wie es aussieht, seid ihr euch ja alle einig. Meine Anwesenheit ist dann wohl nicht mehr erwünscht.

Alfred, ich möchte nach Hause. Sofort. Ich habe Kopfweh.«

Mein Vater nickte und schwieg. Auf ihn würden harte Tage zukommen, so viel war gewiss. Aber er blieb standhaft, und das rechnete ich ihm hoch an.

Ohne ein Wort des Abschieds verließ Margret das Wohnzimmer, holte ihre Sachen von der Garderobe und stürmte aus dem Haus.

Ich warf Alfred einen traurigen Blick zu.

»Tut mir leid, Dad.«

»Lass nur«, erwiderte er. »Sie fängt sich schon wieder. Hat mich sehr gefreut, Rita.« Er schüttelte meiner Freundin die Hand.

Ich drückte ihm einen schnellen Kuss auf die Wange und begleitete ihn zur Tür. »Mach's gut.«

»Du auch, mein Schatz.«

Ich wartete, bis er durch die Gartentür war, dann schloss ich die Tür. Rita stand neben mir und sah mich entgeistert an.

»Was war das denn eben?«

»Das war meine Mutter. Wie sie leibt und lebt.«

»Ja, aber … ihre Reaktion. Kannst du das verstehen? Sie hat ja fast so getan, als wäre sie in ein Wespennest getreten.«

»So sah es aus, ja.«

»Es hat etwas mit der Truhe zu tun, so viel ist sicher. Sie kennt den Inhalt oder zumindest Teile davon, und sie weiß, was in diesem zerfledderten alten Buch steht. Ich frage mich, wann sie es wohl in die Finger gekriegt hat. Muss schon ziemlich lange her sein.« Sie sah mich erwartungsvoll an. »Also?«

»Also was?«

Sie stemmte die Hände in die Hüften. »Wie kannst du

das fragen? Es gilt ein Geheimnis zu erforschen, und du stehst hier wie angewurzelt herum und schaust trübe aus der Wäsche.«

Ich wich ihrem Blick aus. Instinktiv spürte ich, dass sie recht hatte; ich mochte es nur nicht zugeben.»Vielleicht interessiert mich das Geheimnis gar nicht. Vielleicht möchte ich die Familienharmonie nicht durch etwas zerstören, was hundert Jahre oder noch länger zurückliegt. Wäre das so schlimm?«

»Das ist jetzt nicht dein Ernst. Bist du ein Vogel Strauß, oder was? Kaum wird's spannend, steckst du den Kopf in den Sand. Ich will dir mal was sagen: Du hast Schiss. Du fürchtest dich davor, was die Dokumente ans Tageslicht bringen könnten. Deswegen willst du lieber erst gar nicht wissen, was drinsteht.«

»Und wenn es so wäre?«

»Himmelherrgott, Eve! Du kannst dich nicht ewig vor allem verschließen. Manchmal muss man auch mal etwas wagen, ein Risiko eingehen, etwas Unerwartetes tun. Das Leben besteht nicht nur aus vorgefertigten Bauklötzen, die dir jemand hinwirft. Das ist total fremdbestimmt. Du musst dein eigener Herr werden, eigene Entscheidungen treffen. Selbst auf die Gefahr hin, dass andere das vielleicht nicht gutheißen. Und ehrlich, ist euer Familienleben so perfekt, dass es unbedingt geschützt werden müsste? Hab doch ein bisschen Vertrauen. Deine Großmutter hat dir gezeigt, wo die Tür ist. Sie kannte dich besser als jeder andere Mensch, und wenn sie es für richtig hielt, solltest du den Mut aufbringen, dich darauf einzulassen. Ich finde, das bist du ihr schuldig.« Sie drückte meine Hand. »Außerdem stehst du nicht alleine da. Ich bin doch bei dir. Ich werde dich nicht im Stich lassen.«

Ich sah sie schräg von der Seite an. »Gib zu, du willst doch nur wissen, wie es weitergeht.«

Ein Lächeln stahl sich auf ihr Gesicht. »Bin ich so leicht zu durchschauen? Scheint, als müsste ich noch ein bisschen an meiner Technik feilen.«

»Allerdings.«

Mir war klar, dass mir eine weitere Auseinandersetzung mit meiner Mutter nicht erspart bleiben würde, aber wenigstes würde ich dann wissen, worum es ging. Und wie Rita richtig sagte: Was hatte ich schon zu verlieren?

Meine Freundin rieb sich die Hände. »Bereit? Also dann. Lass uns lesen, wie es weitergeht.«

10

1878 …

Es war spät am Nachmittag. Lachsfarbene Wolken wanderten über den Himmel. Auf den Dächern und Straßen von Champlain lag ein unwirkliches Licht. Die Menschen gingen von der Arbeit nach Hause oder ins Gasthaus, um etwas zu essen. Aus der Bar unter ihm drang Pianogeklimper, vermischt mit Gläserklirren und dem Lachen der Gäste. Der Lärm drang durch die Tragpfeiler, die Stützbalken und Bodenplanken. Tabakschwaden krochen die Treppenstufen hinauf und sickerten durch die Fugen und unter dem Türspalt hindurch in sein Zimmer.

Nathan saß am Fenster, den Blick in die Ferne gerichtet. Drüben im Osten war die Venus aufgegangen. Wie ein silberner Dollar hing sie über den Hügelketten und verströmte ihr kaltes Leuchten. Irgendwo dahinter lag das Meer. Der stille, dunkle Ozean, der alle Sorgen verschluckte und die Geheimnisse der Welt in sich barg.

Nathan wartete noch einen Moment – gerade so lange, bis er glaubte, die Traurigkeit nicht länger ertragen zu können –, dann öffnete er seinen Arzneikoffer und zog eine braune Papiertüte mit Apothekerstempeln heraus. Er entnahm ihr ein paar Gegenstände und breitete sie sorgsam auf dem Tisch aus. Eine Spritze, eine sauber verpackte Nadel, ein Fläschchen mit schwungvoller Beschriftung sowie ein zweites Fläschchen mit einem feinen, weißen Pulver. Ein sauberer Löffel, eine Kerze und ein Päckchen mit Zündhölzern, mehr brauchte er nicht.

Im Krieg hatten sie ihm Opium gegeben, doch das Zeug hier war besser. Sauber, wirksam und überall frei verfügbar. Die Deutschen stellten es her, und was die anfassten, machten sie erwiesenermaßen gründlich.

Für viele war das *Grand Palace* die letzte Anlaufstelle vor der kanadischen Grenze. Ein Etablissement, wie er schon etlichen auf seiner Odyssee quer durch die Vereinigten Staaten begegnet war. Spelunken mit fettigem Essen, billigem Fusel und ungewaschenen Mösen, von denen man sich besser fernhielt, wenn einem die eigene Gesundheit am Herzen lag. Warum es ihn dennoch immer wieder hierhin zog, war ihm selbst ein Rätsel. Vielleicht litt er unter dem Zwang, sich selbst zu erniedrigen. Sich dem Unrat und Schmutz auszusetzen, damit er wie Pech an ihm kleben blieb und ihn weiter bergab zog. Ein Seelenklempner hätte sicher die größte Freude an ihm gehabt.

Irgendwo unter ihm zerschellte ein Glas.

Champlain war kaum mehr als eine überdimensionierte Zollstation. Wie all diese Orte bestand es aus einer durchgehenden Hauptstraße sowie ein paar unbeleuchteten Seitengassen, in denen man sich erleichtern oder seinen Rausch ausschlafen konnte. Vorausgesetzt, einem fehlte das nötige Kleingeld, um sich ein Bett leisten zu können.

Sosehr die Käffer einander optisch ähnelten, so vertraut war auch das Sortiment aus Läden und Geschäften, auf die man hier traf. Der Allzweckladen, das Lebensmittelgeschäft, der Friseur und Barbier, das Büro des Sheriffs, die Apotheke, die Wäscherei und das Badehaus, das Bürgermeisteramt, die Kirche, der Hufschmied nebst Wagenbauer. Selbst der Bestattungsunternehmer durfte in diesem Sammelsurium nicht fehlen. Er war in der Nähe des Friedhofs, des kurzen Transports wegen.

Was Champlain von anderen Orten unterschied, war das Zollamt. Es lag schräg gegenüber dem *Palace* und regelte den Warenverkehr nach Kanada. Hier wurde gewogen, deklariert und protokolliert. Wer für sein Zeug nicht die nötigen Dokumente vorweisen konnte, dem blieb nichts anderes übrig, als kehrtzumachen und an einem anderen Grenzübergang auf mehr Glück zu hoffen. Oder aber zu versuchen, sich irgendwo querfeldein durchzuschlagen, und zu beten, dass die Grenzpatrouille einen nicht erwischte. Die Grenzer kannten kein Pardon mit Schmugglern. Wen sie zu fassen bekamen, der wurde an Ort und Stelle erschossen, ein ordentliches Verfahren gab es nicht. Das angespannte Verhältnis zwischen den Vereinigten Staaten und Kanada fußte auf dem nun schon über einhundert Jahre zurückliegenden Siebenjährigen Krieg, der zwischen den Franzosen und Briten ausgefochten worden war und in dessen Verlauf man unzählige Festungen und Wehranlagen entlang der Grenze errichtet hatte. Heute standen diese Bauten meist leer, das Misstrauen aber war geblieben. Grund genug, beim Überqueren der Grenze Vorsicht walten zu lassen.

Nathan massierte sich die Schläfen. Lärm und Gestank drangen durch die Bodendielen. Hinter seiner Stirn hämmerte es wie bei einem Dampfkolben. Seine Finger zitterten, dabei war es hier drinnen so warm, dass ihm das Wasser den Rücken runterlief. Er öffnete das Fenster und ließ einen Schwall frischer Luft ins Zimmer.

Er band den linken Arm mit dem Gürtel ab, löste die Ascorbinsäure und das Morphin in seinem Löffel mit etwas sauberem Wasser aus seiner Feldflasche auf und brachte das Gemisch über der Kerzenflamme zum Kochen. Dann zog er die Spritze auf, achtete darauf, dass auch ja keine Luftbläschen im Kolben zurückblieben, und drückte die Nadel in die dick angeschwollene Vene. Er presste den gesamten Inhalt der Spritze hinein, löste den Gurt und ließ sich zurücksinken.

Er spürte, wie er ruhiger wurde, wie sein Herz langsamer schlug und der Schüttelfrost sich in wohlige Wärme auflöste. Blauer Samt legte sich auf ihn nieder.

Er atmete ein, er atmete aus.

Seine Gedanken schmolzen auf einen Punkt zusammen. Der Krach und der Gestank wichen zurück, wurden hinausgedrängt aus dem Fenster und verdunsteten in der milden, frühabendlichen Luft. Die Erinnerungen schwanden.

Man sollte nicht glauben, dass Erinnerungen immer etwas Gutes waren. Meist brachten sie Kummer und Leid, in seinem Fall beides. Gedanken an eine Welt in Trümmern, an Feuer und Rauch. Erinnerungen an Menschen, deren Existenz vom Antlitz der Erde getilgt worden war und die von jenseits des Totenflusses zu ihm herüberstarrten. Sie alle wurden vom blauen Samt fortgespült.

Wie viele Jahre waren seit der Niederlage der Konföderierten vergangen? Fünfzehn? Kaum zu glauben. So ziemlich alles hatte sich seitdem verändert, vor allem er selbst. Er war nicht mehr der Mann, der er damals in Baton Rouge gewesen war. Zu viel war inzwischen geschehen, zu viele Chancen vertan, zu viele Träume zerplatzt. Nun war die Tür ins normale Leben verschlossen, und er hatte nicht vor, sie wieder zu öffnen.

Er stand auf, reinigte sein Spritzbesteck und verpackte

alles sorgfältig. Dann wusch er sich die Hände und betrachtete sich im Spiegel. Erstaunlich, wie wenig Handgriffe nötig waren, um aus einem Mann Gottes einen fahrenden Mediziner zu machen. Ein bisschen Schminke, etwas Pferdehaar und Mastix, fertig war das zweite Gesicht. Eine Erfahrung, die er dem Bühnengeschäft verdankte. Fünf Jahre Showbusiness, da blieb schon etwas hängen.

Er prüfte, ob der falsche Bart richtig saß, atmete tief ein und verließ das Zimmer.

Das Narkotikum umgab ihn wie einen Schutzschirm. Die Blicke, das Geschrei, die verqualmte Luft, nichts drang bis zu ihm hindurch. Zwei schnelle Whiskeys an der Bar, dann setzte er sich an den Kartentisch. Er gewann, er verlor, aber irgendwie bereitete ihm das Spiel heute kein Vergnügen. Es war einer von diesen Tagen, an denen das Feuer einfach nicht überspringen wollte.

Der Wirt kam und fragte, ob er noch etwas essen wolle. Er bejahte. Rührei, gebratene Kartoffeln und Speck – er hatte schon schlechter gegessen.

Während er über den schaumigen Rand seines Bieres hinweg die Kundschaft des vollbesetzten Lokals taxierte, bemerkte er eine Frau, die aus einem der Zimmer im Untergeschoss getreten war. Sie ging nach rechts und wechselte ein paar Worte mit dem Mann am Klavier. Der Pianist nickte, und aus dem fröhlichen Ragtime wurde ein getragenes irisches Volkslied. Die Frau trat vor die Gäste und begann zu singen.

»Near Banbridge town, in the County Down
One morning in July
Down a boreen green came a sweet colleen

And she smiled as she passed me by.
She looked so sweet from her two white feet
To the sheen of her nut-brown hair
Such a coaxing elf, I'd to shake myself
To make sure I was standing there.«

Nathan saß da und lauschte. Gewiss, die Frau besaß nicht das nötige Stimmvolumen, um diesen Klassiker angemessen interpretieren zu können, aber es war etwas an ihr, was ihn interessierte. Ihr Gesicht, ihre langen blonden Haare, ihre Bewegungen – die Ähnlichkeit war nicht zu übersehen. Sie stand da, die Hände in die Hüften gestemmt, ihr Lächeln an jeden Mann verschenkend, der bereit war, dafür zu zahlen. Und vermutlich nicht nur ihr Lächeln.

Nathan lauschte den restlichen Strophen, klatschte, als sie das Lied beendete, und winkte ihr zu. Er wusste, dass er einen Fehler beging, aber er konnte nicht anders.

Die Frau sah ihn, ließ die anderen Freier stehen und steuerte quer durch den Raum auf ihn zu, wobei sie aufreizend die Hüfte wiegte.

»Hallo, mein Schatz. Kann ich etwas für dich tun?«

»Dein Lied hat mir gefallen. Ich würde dich gerne kennenlernen.«

»Es wäre mir eine Freude.«

Nathan deutete auf den freien Stuhl und gab dem Barmann ein Zeichen. »Was möchtest du trinken?«

»Einen Boston Sour, wenn es dir nichts ausmacht.« Ihre Stimme war wohlklingend, mit einem leichten Akzent, den er noch nicht recht festmachen konnte. Leider war sie viel zu stark geschminkt. Das Make-up ließ ihre Haut alt wirken.

»Einen Boston Sour für die Dame und für mich einen Bourbon. Woodford Reserve, wenn Sie den haben.«

»Kommt sofort.« Der Barmann zwinkerte der Frau verschwörerisch zu. Ein ziemlich bulliger Kerl mit breiten Schultern und einem zerschlagen wirkenden Gesicht. Ex-Boxer, Nathan konnte das sehen.

Er richtete seine Aufmerksamkeit wieder auf die Frau. »Wie heißt du?«

Sie knabberte an ihrer Unterlippe. »Wie möchtest du denn, dass ich heiße?« Dort, wo der Puder aufhörte, sah man, dass sie sehr helle Haut hatte, mit einigen Muttermalen am Hals. Zwanzig, vielleicht zweiundzwanzig Jahre alt. Vermutlich von der Grünen Insel.

»Vielleicht Rosie, wie das Mädchen aus deinem Lied?«

»Aber Rosie war doch braunhaarig, ich bin blond«, kicherte sie und wickelte eine Strähne um ihren Finger. Dublin, entschied er aufgrund der Art, wie sie das O aussprach.

»Das ist wahr«, sagte er. »Wusstest du, dass das Lied in verschiedenen Fassungen existiert? Die Melodie ist die gleiche, aber der Text ist anders. Eine dieser Fassungen heißt: *Mary from Blackwater Side*, eine andere *The Murder of Maria Martin*.«

Sie lachte. »Nein, davon habe ich noch nie gehört. Ganz schön gruselig. Was du alles weißt. Du bist Arzt, nicht wahr?«

»Wie kommst du darauf?«

»Die Kleidung, dein gepflegter Bart. Außerdem habe ich dich beobachtet, wie du eingecheckt hast, dein Medizinkoffer und so. Da dachte ich gleich, Irene, das ist ein Mann mit Erfahrung und Bildung. Der ist viel herumgekommen und hat Geschmack. Apropos Geschmack, da kommen unsere Drinks.«

Der Barkeeper stellte die Getränke vor ihnen ab. »Darf ich es Ihnen auf die Rechnung setzen, Mr. Walker?«

»Gerne. Der hier ist für Sie.« Nathan schnippte dem Mann einen Vierteldollar rüber, den dieser mit geübter Hand aus der Luft fischte. »Danke, Mr. Walker. Und wohl bekommt's.«

Irene nippte an ihrem trüben, hellgelben Drink und sah Nathan erwartungsvoll an. »Und, hatte ich recht?«

»Du bist eine gute Beobachterin, Irene. Übrigens, der Name gefällt mir.«

»Und du gefällst mir.« Sie legte ihre Hand auf seine, und er zog sie nicht zurück. Nicht, dass es ihm angenehm war – er hasste es, angefasst zu werden –, aber in diesem Fall machte er eine Ausnahme. Schließlich hatte er noch etwas vor.

»Wie sieht's aus, möchtest du, dass ich dich nach oben begleite?«

»Bist du sauber?«

Sie sah ihn in gespielter Entrüstung an. »Also bitte. Wir Mädchen vom *Palace* sind alle sauber, da kannst du jeden fragen. Wir baden einmal am Tag.«

Sein Lächeln bekam etwas Kaltes. »Ich will wissen, ob du heute schon gefickt hast.«

Wenn sie überrascht war, so verstand sie es zu verbergen. Einen Moment lang sah es so aus, als wolle sie ihn anlügen, doch dann besann sie sich eines Besseren und sagte: »Ich hatte heute schon Kunden. Aber für dich würde ich mich noch mal frisch machen.«

»Tu das«, sagte er. »Und zieh dir was Schönes an.«

Sie wirkte enttäuscht. »Magst du mein Kleid nicht?«

»Altrosa ist nicht mein Geschmack. Hast du vielleicht etwas in Weiß?«

Sie hob kurz ihre geschwungene Braue, dann kicherte sie. »Wie eine Braut?«

»Ja, genau.«

»Du bist mir vielleicht einer.« Sie streichelte sanft über seine Hand. »Aber ich mag Männer, die wissen, was sie wollen. Ich besitze so ein Kleid nicht, aber meine Freundin Annie. Ich bin sicher, sie wird es mir gerne ausleihen.«

»Frag sie. Ich bezahle Annie auch extra dafür. Und vergiss nicht, deine Haare hochzustecken, das ist wichtig.« Er stürzte seinen Drink hinunter und stand auf. »Du findest mich in Zimmer drei.«

»Weiß ich doch, Schatz. Bis gleich.« Sie winkte ihm zu und trank dann rasch ihren Boston Sour leer.

Zurück in seinem Zimmer, stand Nathan vor dem Spiegel und wusch sich die Hände. Er sollte das nicht tun, wirklich nicht. Warum nur hatte er sich dazu hinreißen lassen? Irene war außerdem viel zu jung, er bevorzugte sie, wenn sie älter waren. Aber es war, als würde jemand die Kontrolle übernehmen, ihn zu etwas anderem werden lassen. Irgendeine zerstörerische Kraft war da am Werke, und er hatte keine Ahnung, wie er sie aufhalten sollte.

Es klopfte an der Tür.

»Herein.«

Irene öffnete, trat in den Türrahmen und drehte sich einmal im Kreis. »Und, gefalle ich dir?«

Nathan konnte nicht behaupten, dass es das schönste Kleid war, das er je gesehen hatte, aber es war auch nicht gänzlich unbrauchbar. Er musste sich einfach damit abfinden, dass die Mädchen im Norden nicht die Klasse hatten wie die aus dem Süden. »Und deine Haare?«

»Es macht mich so alt, wenn ich sie hochstecke. Ich dachte …«

»Tu es.«

Irene schob schmollend die Unterlippe vor. »Na schön. Aber nur, weil du es bist. Dabei habe ich doch so schöne blonde Locken. Ich liebe es, mit ihnen zu spielen, während ich es tue …« Sie lächelte verheißungsvoll. Nathan beachtete sie nicht, sondern ging zur Tür und drehte den Schlüssel herum. Irenes Lächeln schwand.

»Eigentlich mag Harry das nicht so gerne«, sagte sie. »Er ist in dieser Beziehung sehr eigen.«

»Wer ist Harry?«

»Mein Chef. Der Mann, der uns die Drinks gebracht hat. Ihm gehört das *Palace*. Er mag keine verschlossenen Türen, wenn die Mädchen auf den Zimmern sind.«

»Ach ja?«

Sie nickte. »Es hat schon öfter Zwischenfälle gegeben. Du weißt schon: Kerle, die besoffen waren und handgreiflich geworden sind. Harry sorgt sich sehr um uns, er will nicht, dass uns etwas passiert …«

»Er ist Geschäftsmann«, sagte Nathan. »Für beschädigte Ware lässt sich nicht der volle Preis verlangen.«

»Wie meinst du das?«

»Zerbrich dir nicht den Kopf. Du bist wunderschön.«

Irenes Blick war noch immer auf die Tür gerichtet. »Wenn du dann also so freundlich wärst …«

Nathan ließ den Schlüssel in seiner Hosentasche verschwinden. »Ich zahle gutes Geld, und ich will, dass das hier nach meinen Regeln läuft. Ich hasse es, gestört zu werden. Aber wenn es dich beruhigt, ich verspreche dir, dich nicht zu schlagen.«

Das Lächeln wirkte etwas unsicher. »Und wenn er hochkommt? Ich habe keine Lust, deswegen Ärger …«

»Sollte es Probleme geben, werde ich das regeln. Ich bin ein wohlhabender Mann. Dein Chef und ich werden uns sicher einig. Und jetzt entspann dich. Komm, setz dich auf den Stuhl.«

Er begleitete sie vor den Spiegel, wartete, bis sie Platz genommen hatte, und trat dann hinter sie.

»Soll ich jetzt die Haare hochstecken?«

»Lass nur, ich werde das selbst machen.« Er ließ seine Hände durch ihr Haar gleiten. Im Licht der Petroleumlampe schimmerte es wie flüssiges Gold.

»Schließ die Augen!«

»Warum?«

»Tu es einfach.« Und dann, als er merkte, dass seine Forderung sie beunruhigte: »Es wird dir gefallen.«

»Ist es eine Überraschung?«, fragte sie hoffnungsvoll.

»Eine Überraschung, ja. Oder, sagen wir besser, ein Spiel.«

Sie schloss die Augen und saß kerzengrade auf dem Stuhl. Mit geübten Händen flocht er die Haare und steckte sie mit einer bereitliegenden Klammer zusammen. Als er zufrieden war, glitt er von ihren Haaren hinunter zu ihren Schultern und begann Irene sanft zu massieren. Unter seinen erfahrenen Händen begann sie sich merklich zu entspannen.

»Mmh, das tut gut«, sagte sie. »Mach weiter.«

»Pst«, sagte er leise. »Jetzt nicht mehr reden.«

»Na gut.« Sie lächelte, und er massierte sie noch ein bisschen. Sie war Wachs in seinen Händen. Nach einer Weile ließ er sie los, um seinen Koffer zu öffnen. Er entnahm ihm eine Flasche mit Äther und ein Stück Baumwolltuch, das er blitzschnell tränkte und ihr auf Mund und Nase presste. Irene riss panisch die Augen auf. Ein Moment des Schreckens, dann fing sie an zu zappeln und zu stöhnen. Seine Hand presste sich wie eine Schraubzwinge auf ihr Gesicht. Gegen diesen stahlharten Griff konnte sie nichts ausrichten, was sie jedoch nicht davon abhielt, es weiter zu versuchen. Dummes Mädchen. Je heftiger sie sich wehrte, umso tiefer atmete sie ein.

Ihre Füße stemmten sich in den Boden, trampelten wie verrückt und drückten den Stuhl nach hinten. Ihr Körper bäumte sich auf, ihre Hände flogen wie Windmühlenflügel durch die Luft. Sie landete ein paar zaghafte Treffer auf seiner Brust, aber nichts, was er nicht erwartet hätte. Dann ließ die Gegenwehr nach. Ihre Bewegungen erlahmten und ermatteten schließlich ganz. Das Narkotikum tat seine Wirkung. Er wartete noch einige Sekunden, dann lockerte er seinen Griff.

Der schwierigste Teil war überstanden. Die junge Frau sackte seitlich weg, die Augen weit aufgerissen. Ihre Stiefel hatten schwarze Striemen auf dem Holzboden hinterlassen.

Nathan hob sie hoch und legte sie aufs Bett. Sie war leicht wie eine Feder. Er nahm etwas Alkohol und wischte die Schminke weg. Wie viel schöner sie ohne das ganze Zeug war. Er betrachtete sie liebevoll, dann strich er ihr die Haare aus dem Gesicht. Sie regte sich leise in ihrer Ohnmacht.

Tu es nicht, sagte eine Stimme in seinem Hinterkopf. *Nicht diesmal. Lass sie gehen. Sie ist zu jung.*

Doch er wusste, dass es dafür längst zu spät war. Die Fahrt hatte begonnen. Nathan holte tief Atem, dann legte er ihr die Hände um den Hals und drückte zu. »Eins, zwei, Papagei.

Drei, vier, Offizier.

Fünf sechs, alte Hex.

Sieben, acht, Kaffee gemacht.
Neun, zehn, weitergehn.
Elf, zwölf, junge Wölf.
Dreizehn, vierzehn, Haselnuss.
Fünfzehn, sechzehn, du bist druss.«

Sein Herz hämmerte, als wäre er gerade die einhundert Meter in Bestzeit gelaufen. Das Blut pochte ihm in den Ohren. Den Griff lockernd, zwang er sich, die Hände von ihrem Hals zu nehmen. Er beugte sich vor und lauschte. Nichts. Kein Atmen, kein Herzschlag. Ihre Gesichtsfarbe war ins Bläuliche gewechselt, und in ihren Augen lag ein stumpfer Glanz.

Irene war tot.

Er richtete sich auf. Sein Atem ging stoßweise. Nach und nach verflog die aufgestaute Energie und hinterließ ein Gefühl tiefer Leere. Schläfrigkeit übermannte ihn. Er war müde, so entsetzlich müde. Er fühlte sich wie ein Kind, das gerade in einem Anfall von Raserei sein Lieblingsspielzeug kaputt gemacht hatte. Nun lag es zerbrochen und zerstört vor ihm und ließ sich nicht wieder zusammensetzen.

Rasch schlug er ihren Kragen hoch, kaschierte die Würgemale und stellte die Petroleumlampe ans Kopfende, so dass es aussah, als würde sie schlafen. Dann stand er auf.

Eigentlich hatte er vorgehabt, erst morgen weiterzureisen, aber das konnte er nun vergessen. Die Begegnung mit Irene hatte ihm einen Strich durch die Rechnung gemacht. Das Tier in seiner Brust ließ sich nicht zähmen: Es kam ohne Vorwarnung und ging erst, wenn es seinen Hunger gestillt hatte. Was sollte er jetzt tun? Hierbleiben ging nicht, man würde das Fehlen der Frau bald bemerken. Blieb nur die Alternative, dass er die Grenze heute Abend noch überquerte und sich eine Übernachtungsmöglichkeit auf der anderen Seite suchte. Gasthäuser gab es dort bestimmt keine, aber er war es gewohnt, im Freien zu schlafen.

Er war noch nicht dazu gekommen, seine Sachen zu packen und sich bereit für den Aufbruch zu machen, als das Poltern schwerer Stiefel vor der Tür zu hören war. Ein Klopfen erklang.

»Hallo?«

Nathan starrte auf die Klinke.

»Irene, bist du da drin? Alles in Ordnung mit dir, Täubchen?«

Das Klopfen wurde vehementer. »Irene?«

Nathan hob das Kinn. »Wer ist da?«

»Harry Graham, Sir. Ich bin der Inhaber dieses Lokals. Ich hörte es poltern, da dachte ich, ich seh mal nach, was los ist.«

»Nichts, Sir. Hier ist nur ein Stuhl umgefallen.«

»Holen Sie bitte mein Mädchen an die Tür. Ich würde gerne von ihr persönlich hören, dass alles in Ordnung ist.«

Nathan presste die Lippen zusammen. Verdammter Sturkopf. Er öffnete die Tür einen Spalt.

Harry starrte ihn argwöhnisch an. »Wo ist sie?«

»Tja, hm, es gibt da ein kleines Problem. Irene saß gerade auf dem Stuhl, als er umfiel. Sie hat sich den Kopf angeschlagen und ruht sich etwas aus. Nichts Ernstes, sie wird gleich wieder auf dem Damm sein.«

»Was hast du mit meinem Mädchen gemacht?« Der rotgesichtige Wirt schob den Fuß in die Tür. Er versuchte, ins Innere zu kommen, doch Nathan drückte von der anderen Seite dagegen.

»Mach die Tür auf!« Mit einem heftigen Stoß verschaffte sich der Wirt Zutritt und betrat den Raum. »Wo ist sie?«, wiederholte er die Frage.

»Da drüben, Sir. Auf dem Bett. Wie ich sagte, sie ruht sich nur ein bisschen aus.«

»Was stinkt denn hier so?«

»Medizinischer Alkohol, Sir. Ich habe es verwendet, um ihre Schürfwunde zu reinigen. Ich bin Arzt. Aber ich kann gerne das Fenster etwas öffnen. Wenn Sie so lange nach Irene sehen möchten …?« Harry ging zum Bett und beugte sich vor. Nathan zog sein scharfes Bowiemesser aus dem Stiefelschaft, trat hinter den Mann und schnitt ihm die Kehle durch. Ein kräftiger Schnitt, der tief ins Fleisch eindrang. Er durchtrennte Sehnen, Adern und die Luftröhre und ließ den Kopf nach hinten klappen. Das Blut spritzte meterweit durch den Raum. Über die Lampe, den Schrank, das Bett und über Irenes wunderschöne weiße Leiche. Nathan presste den Mann fest an sich und lenkte den Blutstrom fort von sich und seinen Sachen. Harry blutete wie ein Ochse. Er spie sein rotes Gift in alle Richtungen. Doch irgendwann versiegte der Strom, wurde schwächer und pulsierte am Schluss nur noch als schwaches Rinnsal seinen Hals hinab.

Nathan ließ den Wirt zu Boden sinken und schloss die Tür. Zur Sicherheit stellte er den Stuhl unter die Klinke. Angewidert starrte er auf seine Hände. Alles voller Blut. Irenes schöne Leiche war entstellt, das Kleid über und über besudelt. Gehetzt sah er sich um. Erst die Sache mit dem Niggerjungen, jetzt der Wirt. Die Dinge fingen an, aus dem Ruder zu laufen. Er war so kurz vor dem Ziel, und jetzt vermasselte er alles. Wenn er wie geplant das Schiff in Quebec erreichen wollte, musste er vorsichtiger sein. Was länderübergreifende Aspekte betraf, mahlten die Mühlen der Bürokratie zwar langsam, aber sie mahlten. Über kurz oder lang würde man ihm auf die Schliche kommen. Vorfälle dieser Art beschleunigten den Vorgang nur.

Er ging zurück zum Waschbecken, wusch sich und schlüpfte in seine alte Rolle. Mit wenigen Handgriffen wurde er wieder zu dem Arzt, den alle bei seiner Ankunft kennengelernt hatten. Freundlich, hilfsbereit und unscheinbar. Er kämmte seine Haare, trimmte den Bart und band seine Schleife um den Hals. Wer ihn kannte, würde das Flackern in seinen Augen bemerken, aber er zweifelte, dass das irgendwem hier auffiel. Hauptsache, er konnte einen schnellen Abgang machen. Zufrieden mit seinem Aussehen, packte er seine Sachen, warf alles in seinen Koffer und ging aus dem Zimmer. Die Tür sperrte er sicherheitshalber zu und steckte den Schlüssel ein. Das würde ihm zumindest ein paar Minuten verschaffen. Mit schnellen Schritten eilte er die Treppe hinab, bahnte sich seinen Weg durch die Menschenmenge und verließ das Hotel.

11

Die Sonne verschwand hinter dem Horizont. Der Himmel wurde von roten Schleierwolken überzogen, die rasch verblassten. Im Osten war der Mond aufgegangen. Eine schmale, langgezogene Sichel, deren Unterkante wie ein Schwert in den Green Hills steckte. Noch etwa eine Stunde, dann würde man die Hand vor Augen nicht mehr erkennen. Scott zog am Zügel. Der vordere der beiden Detektive hatte angehalten und die Hand gehoben.

»Was ist los?«

Wilbur Brimstone hob den Finger an seine Lippen und deutete geradeaus.

»Da vorne.«

»Wo?«

»Dort, am Baum.«

Scott kniff die Augen zusammen. Erst jetzt bemerkte er die schlanke Erscheinung auf dem Ast. Der Mann war derart perfekt getarnt, dass er ihn glatt übersehen hätte. Jetzt kamen auch Sheriff Tanner und Bürgermeister Albright nach vorne geritten. Beide hatten ihre Winchester schussbereit unter den Arm geklemmt.

»Warum halten wir an?«

»Da drüben, Sir. Sieht aus, als würde der Kerl auf uns warten.«

Der Bürgermeister zog ein kleines Fernglas aus der Tasche und spähte hindurch. »Könnte unser Mann sein«, sagte er. »Der Garnisonsvorsteher in Plattsburgh sagte mir, er würde ein paar Meilen nördlich der Stadt auf uns warten.«

»Sie wissen ja, wie verlässlich solche Aussagen sind«, sagte Tanner. »Besser, wir sind vorsichtig. Die Stelle ist ideal für einen Hinterhalt. Komm, Scott, wir werden vorreiten.«

Scott lockerte den Verschluss seiner Revolvertasche und folgte dem Sheriff.

Der Fremde sah merkwürdig aus. Er war ganz in Braun gekleidet und trug einen komischen Hut mit Feder auf dem Kopf. Seine Lederweste war abgewetzt, genau wie die Hose, die aus einzelnen Fellteilen zusammengeschustert war. Ein Indianer, so viel war sicher, allerdings von einer Art, wie Scott sie noch nie zuvor gesehen hatte. Tanner ritt auf den Baum zu und hob die Hand. »Ich grüße dich, Fremder. Können wir dir irgendwie behilflich sein?«

Im Halbdämmer blitzte eine Reihe schneeweißer Zähne auf.

»Nur wenn ihr diejenigen seid, die einen Spezialisten für eine Unternehmung im Grenzgebiet suchen. In diesem Fall würde ich meinen überaus bequemen Ast aufgeben und mich zu Ihnen gesellen.«

Die gedrechselte Ausdrucksweise passte nicht zu seinem Aussehen. Der Bürgermeister kam von hinten herangeritten. »Bist du derjenige, den mir der befehlshabende Offizier in Plattsburgh zugesichert hat? Ich hatte telegrafiert. Mein Name ist Albright. Joseph Albright.«

»Dann bin ich Ihr Mann, Sir.« Der Kerl griff nach seinem Beutel, sprang vom Baum herunter und kam mit staksigen Schritten auf sie zu. Mit einer galanten Geste zog er den Hut vom Kopf und verbeugte sich. »Mein Name ist Robin Goodfellow. Schauspieler, Lebenskünstler, Fährtensucher. Vorzugsweise Letzteres und natürlich gegen ein angemessenes Honorar. Ich benötige nicht viel. Etwas zu essen, eine warme Feuerstelle und die Sterne über meinem Kopf. Wenn Sie mir das bieten können, wäre es mir eine Freude, Sie zu begleiten.«

Sheriff Tanner zog seine Pfeife aus dem Mund und spuckte auf den Boden. »Von welchem Stamm bist du?«

»Dakota, werter Herr. Im Moment allerdings in Diensten des Einundzwanzigsten Infanterieregiments, unter Leitung des ehrenwerten General Whistler, Old Stone Barracks.«

Wilbur Brimstone runzelte die Stirn. »Was soll der Quatsch, eine Rothaut in der Armee?«

»Keine Rothaut, Sir. *Halbblut.* Ich bin nicht fest stationiert, sondern verdiene meinen Lebensunterhalt mit freien Aufträgen. Hauptsächlich Begleitperson für Militärtransporte. Was aber nicht heißt, dass ich nicht auch andere Aufträge annehme.« Wieder ließ er dieses ansteckende Lächeln aufblitzen.

Scott schwieg. Seit seine Verlobte vor über einem Jahr von Indianern massakriert worden war, stand er auf Kriegsfuß mit ihnen. Huronen, wie man ihm berichtet hatte. Verwahrlost, alkoholisiert und bettelarm. Aber ob Huronen oder Dakota, er machte keinen Unterschied zwischen den Stämmen. Diese Wilden waren alle gleich. Einfangen und wegsperren, das war seine Devise. Egal, ob dies früher mal ihr Land gewesen war, die Zeiten änderten sich nun mal. Dass sie ihm seine süße Maggie weggenommen hatten, würde er ihnen nie verzeihen.

Albright sah hochzufrieden aus. »Das klingt doch alles sehr vernünftig«, sagte er. »Im Regiment sagte man mir, dass du ein brauchbarer Spurensucher bist.«

»Der beste, Sir.«

»Also schön. Ich denke, dass wir einen erfahrenen

Scout gut brauchen können, meine Herren. Meinen Sie nicht?«

»Wüsste nicht, wozu«, sagte Vernon Brimstone. »Solange Blake nur nach Kanada will, wird er kaum die Straßen verlassen.«

»Und was, wenn er es sich anders überlegt?« Albright stützte sich auf seinen Sattel. »Der Mann ist durchtrieben, ich will auf alle Eventualitäten vorbereitet sein. Robin Goodfellow hier ist mir als wackerer und erfahrener Fährtenleser empfohlen worden, der sich obendrein noch gut auf der anderen Seite der Grenze auskennt. Ist doch so, oder?«

»Ich kenne den Ottawa wie meine Westentasche«, erwiderte der Indianer. »Gibt keinen Ort, wo sich ein Mann vor mir verstecken kann.«

»Da hören Sie's«, sagte Albright. »Ich halte es für wichtig, einen Einheimischen mit an Bord zu haben, besonders, weil wir uns vielleicht mit den dort lebenden Algonkin und Ojibwe verständigen müssen. Du sprichst doch ihre Sprache, oder?«

»Gut genug, um mich von ihnen nicht über den Tisch ziehen zu lassen.« Wieder blitzten die Zähne auf. Scott fragte sich unwillkürlich, wie der Kerl es schaffte, sie so weiß zu halten.

»Dann ist das also beschlossene Sache. Wo ist dein Pferd?«

Der Indianer steckte die Finger in den Mund und pfiff. Im nächsten Augenblick trat ein brauner Mustang aus dem Unterholz. Er war so leise gewesen, dass sie ihn nicht bemerkt hatten. Das Tier verfügte weder über Zaumzeug noch einen Sattel, dafür war es an den Flanken mit allerlei Symbolen verziert. Goodfellow griff in die schwarze Mähne und schwang sich mit einer eleganten Bewegung auf den Rücken des Tieres. Die Brimstone-Brüder feixten einander zu.

Tanner blickte hilfesuchend zum Bürgermeister hinüber. »Glauben Sie im Ernst, dieser Mann ist so gut, wie er behauptet? Also ich habe da so meine Zweifel.«

Albright zuckte die Schultern. »Lassen wir es doch darauf ankommen. Was haben wir schon zu verlieren? Wenn er seinen Lohn will, muss er ihn sich verdienen.«

»Auch wieder wahr«, sagte Tanner. »Also gut, Goodfellow, du darfst dich uns anschließen. Apropos: Was ist das überhaupt für ein Name?«

»Haben Sie nie Shakespeare gelesen, Sir?«

»Keine Zeit für so was.«

»Sie wissen nicht, was Ihnen entgangen ist.« Er hob den Kopf. »Wir werden noch eine gute halbe Stunde Licht haben. Ich schlage vor, wir machen uns auf den Weg. Ich kenne eine Stelle, etwa zwei Meilen von hier. Sie ist gut geeignet für ein Lager. Ein schützender Steinkreis mit viel trockenem Holz.«

Kurze Zeit später erreichten sie ihr Ziel. Goodfellow hatte nicht übertrieben. Nicht nur, was die Entfernung betraf, der Ort bot tatsächlich ideale Voraussetzungen für ein Nachtlager. Er lag etwas abseits der Straße und war durch eine Reihe von Bäumen und Felsen vor neugierigen Blicken geschützt. Eine alte Feuerstelle ließ erkennen, dass er unter Reisenden recht beliebt war.

Die Dunkelheit war merklich vorangeschritten, trotzdem konnte man immer noch genug erkennen. Rasch suchte Goodfellow ein paar trockene Äste und Zweige zusammen und schichtete sie kegelförmig auf. Während er das Feuer entfachte, versorgten die Männer die Pferde. Sie nahmen ihnen Sattel, Zaumzeug und Gepäck ab und ließen die Tiere an einem nahe gelegenen Teich trinken und fressen.

Die Decken wurden kreisförmig auf dem Boden ausgebreitet und mittels eines Dreibeins ein Topf über dem kräftig lodernden Feuer aufgehängt. Für die erste Etappe hatte Albrights Köchin ihnen einen kräftigen Eintopf zubereitet. Dazu gab es Brot und etwas Käse.

Es dauerte nicht lange, und ein verführerischer Duft breitete sich auf der Lichtung aus. Scott wartete, bis er an der Reihe war, dann füllte er sein Gefäß und hockte sich auf einen Stein. Er hatte Hunger wie ein Bär. Nachdem er am Boden seines Blechnapfs angelangt war, nahm er noch einmal nach. Es war genug für alle da.

Die Männer aßen schweigend, jeder vornübergebeugt und in Gedanken versunken. Erst, als alle fertig waren und Scott zusammen mit Goodfellow das Geschirr abgewaschen hatte, wurde wieder geredet. Tanner hatte eine Whiskeyflasche aus der Tasche gezogen und ließ sie kreisen. Albright und Goodfellow lehnten ab, dafür sprachen die Brimstone-Brüder dem Maisbrand umso lieber zu. Scott nahm ebenfalls einen kräftigen Zug und hätte sich beinahe verschluckt.

»Langsam, Junge«, sagte Tanner lachend. »Das Zeug lässt dir Haare auf der Brust wachsen.«

Scott versuchte es noch einmal. Diesmal ging es besser. Er spürte, wie der Brand seine Kehle runterlief und in seinem Magen ein Feuer entfachte. Ein gutes Gefühl. Er nahm noch einen Schluck. Einen großen.

Die Zeit verstrich. Es wurde geredet und gelacht, und der Alkohol begann zu wirken. Scott fühlte, wie er ihm zu Kopf stieg. Sein Blick fiel auf Goodfellow, der still am Rande des Feuers saß und in die Flammen starrte. Von allen denkbaren Möglichkeiten musste es also unbedingt ein Indianer sein? Gott hatte schon einen seltsamen Humor.

»He, Goodfellow, was hast du eigentlich gegen Sättel?«

Der Scout schrak aus seinen Gedanken. »Reden Sie mit mir?«

»Mit wem denn sonst«, polterte Scott. »Gibt's sonst noch einen, der so einen seltsamen Namen hat?«

Goodfellow zuckte die Schultern. »Wie die meisten meines Volkes mache ich mir nichts aus Sätteln. Ist besser, das Tier direkt zu spüren und zu lenken. Dazu bedarf es weder Zügeln noch Gerten. Ein leises Wort genügt.«

»Willst du damit sagen, wir sind schlechte Reiter?« Scott fühlte, dass er auf Krawall gebürstet war.

»Natürlich nicht. Ich will nur sagen, dass jeder seine eigene Art hat. Als Scout muss das Tier sehr sensibel auf mich reagieren. Ein Schritt zu viel, und die Spur könnte zerstört sein.«

»Ein Pferd ohne Sattel, das ist doch wie … wie ein Kopf ohne Haare«, beharrte Scott. »Eine Glatze. Sieht einfach scheiße aus. Aber wenn ich's mir recht überlege, ihr steht doch auf Glatzen, oder? Ich meine, Köpfe ohne Haare. Skalps sammeln.«

Goodfellow sagte kein Wort, was Scott nur noch mehr anspornte.

»Doch, doch, ich weiß Bescheid. Für einen richtigen Indianer gibt's nichts Schöneres, als jemandem die Kopfhaut abzuziehen und sich dann auf dem Rücken eines Pferdes aus dem Staub zu machen. Das sagen alle, da kannst du jeden fragen.«

»Wenn Sie meinen, Sir. Sind Sie denn schon vielen Indianern begegnet?«

»Nein, und das brauche ich auch nicht. Mir reicht, was ich gehört habe. Apropos, ich habe hier einen Witz für euch: Fragt der Häuptlingssohn seinen Vater: Wie kommen wir eigentlich zu unserem Namen? Der Häuptling: Ganz einfach, kommt ein Baby zur Welt, schaut der Vater zum Wigwam raus, und was er dann zuerst sieht, danach wird das Kind benannt. Wieso fragst du, Fickender Hund?« Laut lachend wandte er sich an seine Freunde. Tanner und Albright sahen ihn ausdruckslos an, aber immerhin lachten die Brimstone-Brüder.

»Ich habe noch nie irgendjemandem die Kopfhaut abgezogen«, sagte Goodfellow im ruhigen Tonfall. »Ich bin ein Scout, kein Krieger.«

»Wer's glaubt, wird selig«, erwiderte Scott. Sein Zorn war noch lange nicht verraucht. Vielleicht war es der Whiskey, vielleicht aber auch die Erinnerung an seine Maggie, die ihm in ebendiesem Moment besonders fehlte. Er hatte sie zwar nur ein Mal gesehen, aber das hatte ausgereicht, um sich Hals über Kopf in sie zu verlieben. So sehr, dass er ihr einen Monat später einen Brief geschrieben und sie gefragt hatte, ob sie seine Frau werden wolle. Maggie aus Lincoln in New Hampshire, deren zauberhaftes Lachen nun für immer verstummt war. *Verdammt noch mal!*

Er wollte noch einmal nach der Flasche greifen, doch Tanner nahm sie ihm weg. »Genug für heute, Junge. Du bist das Zeug nicht gewohnt.«

»Aber …«

»Hör auf mich und lass es. Leg dich hin. Wir sollten uns alle hinlegen, morgen wird ein langer Tag.«

»Bin aber noch nicht müde«, murmelte Scott.

»Das ist mir scheißegal. Und wenn du Schäfchen

zählst – du legst dich jetzt hin und gibst Ruhe, verstanden?«

Scott entdeckte etwas im Blick des Sheriffs, das ihn kleinlaut werden ließ. Widerwillig streckte er sich auf seiner Decke aus.

»Hat mir niemand gesagt, dass wir einen gottverdammten Indianer mitschleppen müssen«, lallte er. Er spürte, wie es in seinem Schädel kreiste. Es war, als würde er sich immerfort um die eigene Achse drehen. »Muss einem doch gesagt werden, so was.« Er zog die Decke bis zur Nasenspitze und drehte sich auf die Seite.

Goodfellow saß auf der anderen Seite des Feuers und sah zu ihm herüber. Aufmerksam wie ein Luchs. Mochte der Himmel wissen, was er dachte.

12

Den nächsten Morgen hätte Scott gerne aus dem Kalender gestrichen. Die Sonne schien heller als jemals zuvor und stach ihm bis in die hintersten Hirnwindungen. Noch ein bisschen heller, und sie hätte ihm zu den Ohren wieder herausgeleuchtet.

Er hatte eine miese Nacht hinter sich. Zweimal war ihm schlecht geworden, und einmal hätte er sich sogar fast in die Hose gepinkelt, weil er den Hosenknopf nicht rechtzeitig fand. Von seinen Reisegenossen hatte er keinen Trost zu erwarten. Vor allem die Brimstone-Brüder wurden nicht müde, Witze auf seine Kosten zu reißen. Gingen die Scherze gestern noch auf Kosten des Indianers, war heute Scott an der Reihe. Und das, obwohl ihm so der Schädel brummte. Dabei wollte er nur seine Ruhe haben. Aber ihm blieb nichts anderes übrig, als seinen Zorn runterzuschlucken und bei Tanner und Albright auf mehr Verständnis zu hoffen. Goodfellow ritt ebenfalls dort. Als er Scott kommen sah, wich er zur Seite aus.

»Nein, lass nur.« Scott hatte ein schlechtes Gewissen. Er hatte sich dem Scout gegenüber ziemlich schlecht benommen. »Ich wollte mich bei dir entschuldigen«, sagte er leise. »Was ich gestern gesagt habe … ich habe das nicht so gemeint. Ich habe nur schon mal schlechte Erfahrungen mit Indianern gemacht. Hat nichts mit dir zu tun.«

»Seine Verlobte wurde bei einem Raubüberfall von Huronen getötet«, sagte Sheriff Tanner. »Waren betrunken, wie es schien.«

»Das tut mir leid, Sir«, sagte Goodfellow. »Ich dachte mir schon, dass etwas passiert sein musste, so, wie Sie gestern Abend reagiert haben.«

»Also wie gesagt … Entschuldigung.«

Goodfellow winkte ab. »Schuld daran war nur der Alkohol. Er ist eine Pest, ich weiß, wovon ich rede. Ich selbst hatte auch eine Weile damit zu kämpfen. Es war schlimm. Ich war ein Stück Dreck, das Schwarze unter dem Fingernagel. Viele Angehörige meines Volkes können einfach nicht damit umgehen, und ich schäme mich dafür, dass sie nicht den Stolz besitzen, damit aufzuhören. «

»Aber Sie haben es geschafft.«

Goodfellow nickte. »Ich beschloss, mich nicht zum Sklaven einer Droge zu machen. Wenn ich meinem Schöpfer irgendwann gegenüberstehe, will ich nicht zugeben müssen, dass ich mein Leben vergeudet habe, nur weil ich zu schwach war, meine Sucht in den Griff zu bekommen.«

»Bravo«, sagte Bürgermeister Albright. »Nur Gott kann uns dauerhaft Trost und Stütze sein.«

Scott schwieg. Er schwor sich, keinen Tropfen mehr anzurühren. Zumindest, bis sie Blake gefangen hatten.

Sie ritten eine kleine Steigung empor und sahen auf der anderen Seite den Great Chazy River dahinströmen, der sich silbrig glänzend in den Lake Champlain ergoss. Wo Straße und Fluss sich kreuzten, lag die gleichnamige Ortschaft, letzter Haltepunkt vor der Grenze.

»Da drüben ist Kanada, Männer«, sagte Tanner. »Ich hoffe, Sie haben alle Ihre Ausweispapiere dabei. Ich habe keine Lust, Probleme mit den Grenzern zu bekommen. Eigentlich dürfte es keine Schwierigkeiten geben, es gibt ein Abkommen zwischen den Staaten und Kanada, das uns erlaubt, im Zuge unserer Ermittlungen die Grenze zu überqueren. Aber ob die Grenzbeamten darüber informiert sind und ob sie sich darauf einlassen, ist eine andere Frage. Vielleicht müssen sie telegrafieren. Stellen Sie sich also lieber auf eine gewisse Wartezeit ein.«

»Es wird schon klappen«, sagte Albright. »Schließlich haben alle ein Interesse daran, dass dieser Mann gefasst wird.«

Vernon Brimstone deutete nach vorne Richtung Ortseingang. »Sehen Sie mal. Es sind ein Haufen Leute auf der Straße, die den Verkehr aufhalten.«

Scott konnte wieder einmal nur staunen, über welch gute Augen diese Pinkertons verfügten. Es stimmte, da trieben sich tatsächlich eine Menge Menschen auf der Straße herum. Fuhrwerke standen in einer Schlange hintereinander und warteten darauf, durchgelassen zu werden. Die Hauptstraße war völlig verstopft, und das zu einer Uhrzeit, zu der normalerweise jeder bei der Arbeit sein sollte.

»Sieht nach Ärger aus«, sagte Tanner. »Am besten, Sie halten sich hinter mir. Sehen wir mal nach, was da los ist.« Gemeinsam ritten sie an den Fuhrwerken vorbei. Ein Mann auf einem Pferd versperrte ihnen den Weg.

»Halt, hier geht es nicht weiter.«

»Was ist los?«

»Es hat einen Mord gegeben, Sir, genauer gesagt, zwei. Dort drüben im *Grand Palace*. Die Leichen werden gerade herausgebracht.«

»Zwei Morde, sagen Sie? Wer ist ermordet worden?«

»Der Inhaber des Saloons und eine Dirne. Irene, hübsches Mädchen. Eine echte Schande so was.«

»Was ist passiert, gab es einen Streit?«

Der Mann zuckte die Schultern. »Niemand hat etwas

mitbekommen. Anscheinend ein Freier. Als wir die Leichen fanden, war er längst über alle Berge.«

Tanner warf seinen Männern einen vielsagenden Blick zu. Er entblößte seinen Stern. »Ich bin Sheriff aus Morrisonville. Mein Name ist Josh Tanner. Wir verfolgen einen Frauenmörder, von dem wir vermuten, dass er sich über die kanadische Grenze absetzen will. Ich würde gerne den Diensthabenden sprechen. Möglicherweise hängen die Mordfälle zusammen. Dies sind übrigens Bürgermeister Albright und mein Deputy Scott Preston.«

»Und der Rest?«

»Die Gebrüder Wilbur und Vernon Brimstone von der Detektei Pinkerton. Sie verfolgen den Mann schon eine ganze Weile. Und dies hier ist unser Fährtensucher Robin Goodfellow vom Einundzwanzigsten Infanterieregiment Plattsburgh.«

Der Mann sah sie der Reihe nach an, dann spuckte er zu Boden und wendete sein Pferd. »Warten Sie hier!«

Es dauerte nicht lange, und er kam in Begleitung zweier Männer wieder. Der Ältere der beiden trug einen Bart, der ihn aussehen ließ wie den legendären Kriegshelden Bill Cody. Ohne Zweifel der Befehlshabende. Seine Stimme war dunkel, und er sprach mit einem eigentümlichen Akzent. Vielleicht europäischer Abstammung.

»Sind das die Männer, die mich sprechen wollten?«

»Jawohl, Sir. Sheriff Tanner und Bürgermeister Albright. Die beiden Männer dort sind die Gebrüder Brimstone von der Detektei Pinkerton.«

»Pinkertons, tatsächlich? Aus Morrisonville, sagten Sie?«

»So ist es, Sir.«

Er nickte. »Na schön, aber nur kurz. Ich bin Marshall

Rittenhouse, das ist mein Stellvertreter Milton. Wir untersuchen gerade den Doppelmord im *Palace*. Mein Mann sagte mir, Sie könnten uns in dieser Sache behilflich sein?«

»Vielleicht.« Tanner wandte sich Wilbur Brimstone zu. »Wenn Sie dem Marshall mal kurz die Steckbriefe zeigen könnten?«

Der Detektiv griff in die Innentasche seiner Jacke und entnahm ihr die Mappe. Milton und Rittenhouse blätterten sie durch und hoben erstaunt die Brauen. »Und das soll alles derselbe Mann sein?«

»Wir fahnden wegen verschiedener Morde nach ihm. Unter anderem wurde die Frau des ehrenwerten Bürgermeisters umgebracht. Wir verfolgen einen Mann in Priesterkleidung. Wir haben Grund zu der Annahme, dass er sich über die kanadische Grenze absetzen will.«

Die beiden Männer berieten sich eine Weile, dann gab der Marshall die Mappe zurück. »Die Beschreibung könnte stimmen«, sagte er. »Auch wenn er nicht als Priester, sondern als Arzt unterwegs war. Aber so groß ist der Unterschied nicht.«

»Wir würden gerne einen Blick auf die Leichen werfen«, sagte Tanner. »Nur, um ganz sicherzugehen. Es gibt nämlich ein Detail, an dem wir ihn erkennen können.«

Marshall Rittenhouse überlegte kurz, dann nickte er. »Folgen Sie mir.«

Sie ritten bis kurz vor das Gasthaus, dann stiegen sie ab und banden ihre Pferde fest. »Zunächst würden wir gerne einen Blick auf den Schauplatz des Verbrechens werfen«, sagte Tanner.

»Ist aber kein schöner Anblick«, sagte Milton. »Der Typ hat ’ne ganz schöne Schweinerei veranstaltet.«

»Es sieht aus wie in einem Schlachthaus«, fügte Rittenhouse hinzu. »Die Tat eines Wahnsinnigen. Dabei sagen alle übereinstimmend aus, dass der Mann ruhig und beherrscht gewirkt habe.«

Tanner nickte. »Ich will hier nichts vorwegnehmen. Scott, willst du bei den anderen bleiben, solange ich mir das ansehe?«

»Ich würde gerne mitkommen, wenn ich darf.«

»Bist du sicher, Junge? Nach allem, was du schon erlebt hast?«

Scott nickte.

»Na, dann los.«

Während die anderen unten an der Bar warteten, stiegen Scott, Tanner und die beiden Männer die Stufen hinauf in den ersten Stock. Währenddessen informierte Tanner Rittenhouse und Milton in knappen Worten von Scotts Begegnung mit Blake und dem seltsamen Opferritual, das er mit Albrights Frau veranstaltet hatte. Der Marshall nahm den Bericht mit ernstem Ausdruck zur Kenntnis und führte sie zu Zimmer Nummer drei.

»Hier ist es«, sagte er. »Aber kotzen Sie mir nicht die Bude voll. Obwohl das jetzt auch schon nichts mehr ausmacht.« Er stieß die Tür auf.

»Allmächtiger!« Der Sheriff sog die Luft ein. Scott hielt den Atem an.

Das Blut war überall, auf dem Boden, den Wänden, dem Bett und dem Schrank. Ein süßlicher Gestank hing in der Luft. Er war dem Marshall dankbar für die Vorwarnung. Unvorbereitet hätte ihn der Anblick wie ein Faustschlag getroffen.

Nach einer Weile hatte sich Tanner gefangen. »Darf ich mir das mal näher ansehen?«

»Tun Sie, was Sie nicht lassen können.«

Der Sheriff betrat den Raum, ging umher und betrachtete alles genau. Weder berührte er etwas, noch gab er einen Kommentar ab. Er ließ die Dinge einfach auf sich wirken. So wie er es immer tat. Scott bewunderte ihn für seine Ruhe. Er selbst hatte zittrige Knie.

»Interessant«, sagte Tanner, als er das Bett untersuchte.

Rittenhouse runzelte die Stirn. »Was meinen Sie, Sir?«

»Nun, ich spreche von der Tatsache, dass das Blut offensichtlich nicht von der Frau stammt.«

Der Marshall hob die Braue. »Wie können Sie das beurteilen, wenn Sie die Leichen noch nicht gesehen haben?«

»Das Muster der Spritzer.« Tanner deutete auf das Blut. »Es waren drei Leute in diesem Raum, doch nur von zweien sind die Fußabdrücke zu sehen. Männerschuhe, wohlgemerkt. Die Frau lag auf dem Bett, als Blake dem Mann die Kehle aufschlitzte. Man sieht deutlich ihre Umrisse, dort, wo das Blut nicht hingekommen ist. Vermutlich war sie zu diesem Zeitpunkt schon tot. Erwürgt vielleicht?« Er warf dem Marshall und seinem Begleiter einen vielsagenden Blick zu. Als diese nichts sagten, fuhr er in seinen Überlegungen fort. »Lassen Sie mich das rekonstruieren. Der Mörder war gerade dabei, die Frau zu erwürgen. Während des Tötungsvorgangs oder kurz danach klopft es an die Tür. Blake dreht sich überrascht um. Hat der Wirt etwas Verdächtiges gehört, ein Rumpeln oder Poltern vielleicht? Sicher kein Schrei, denn davon hätten die Zeugen Ihnen berichtet. Es muss etwas anderes gewesen sein. Der Stuhl hier zum Beispiel. Vielleicht war es aber auch einfach nur Routine. In vielen dieser Etablissements gilt eine Halbstundenregel. Der Mann geht also nach oben, klopft an und verschafft sich Eintritt. Er geht in das Zimmer, und Blake handelt sofort. Der Rest klebt hier an den Wänden. Ich wette, die Frau hat hübsch ausgesehen. Blonde Haare? Schönes Kleid? Die Haare hochgesteckt?«

Jetzt war ein Ausdruck echter Überraschung beim Marshall und seinem Assistenten zu sehen. »Woher wissen Sie das?«

»Erkläre ich Ihnen. Aber zuerst lassen Sie uns runtergehen und einen Blick auf die Frau werfen.«

»Kommen Sie mit!«

Scott hatte den Eindruck, dass die Männer den Sheriff nun mit anderen Augen ansahen. Er selbst kannte Tanner lange genug, um zu wissen, dass in seinem Kopf ein scharfer Verstand tickte. Er gehörte nicht zu den Leuten, die aus allem eine große Sache machten. Indem er seine Arbeit still und besonnen erledigte, erreichte er eine höhere Trefferquote als manch anderer Gesetzeshüter, dem es nur darum ging, sein Konterfei in der Zeitung abgebildet zu sehen.

Unten angelangt, steuerten sie auf die zwei Feldbetten zu, die mit grobem Kattun abgedeckt waren. Auf einem der Tücher waren Blutspuren zu sehen.

Bürgermeister Albright hatte an einem der großen, runden Holztische Platz genommen, während die Gebrüder Brimstone und Robin Goodfellow an der Bar standen.

»Und, Sheriff, haben Sie etwas herausfinden können?«

Tanner schwieg und ließ sich von Rittenhouse die Leichen zeigen. Beim Anblick der Frau sprang Bürgermeister Albright von seinem Stuhl auf. Scott war ebenfalls wie vom Donner gerührt. Obwohl er geahnt hatte, was ihn erwartete, staunte er doch über die Ähnlichkeit. Die Prostituierte sah aus wie Mrs. Albright, nur jünger.

»D… Das ist doch nicht möglich …«, stieß der Bürgermeister aus.

»Es tut mir leid, Ihnen das antun zu müssen, Mr. Albright«, sagte Tanner, »aber einen klareren Beweis dürfte es wohl kaum geben. Die Ähnlichkeit ist nicht von der Hand zu weisen.«

Marshall Rittenhouse kratzte sich am Kopf. »Dann sind Sie also sicher, dass das Ihr Mann ist?«

Tanner nickte. »Mr. Brimstone, seien Sie so gut, und zeigen Sie dem Marshall die Dokumente.«

Die beiden Regierungsbeamten staunten nicht schlecht, als sie die Bilder der ermordeten Frauen vor sich liegen sahen. Nicht nur, dass sie auf eindrucksvolle Weise Tanners Theorie untermauerten, auch was die Person Nathan Blakes betraf, konnte es nun keinen Zweifel mehr geben. Sicherheitshalber ließen sie noch mehrere Zeugen einen Blick auf die Steckbriefe werfen, die den Frauenmörder mit absoluter Sicherheit identifizierten.

»Er hat sich gestern noch über die Grenze abgesetzt«, sagte Rittenhouse. »Hat sich hier unter dem Namen Walker angemeldet. Die Papiere sind vermutlich gefälscht. Wir haben diesbezüglich schon Rücksprache mit den Grenzbeamten gehalten. Er ist gestern Abend kurz vor neun auf die kanadische Seite rübergewechselt.«

»Dann werden wir ihn dort weiter verfolgen«, sagte Albright. »Der Mann hinterlässt eine Fährte des Grauens. Es dürfte nicht allzu schwierig sein, seiner Spur zu folgen.«

»Mit Ihrer Erlaubnis würde ich die Steckbriefe gerne vervielfältigen und einige Meldereiter an die zuständigen Behörden in Quebec und Montreal schicken«, sagte Rittenhouse. »Die Kanadier sind nicht die Schnellsten, aber wenn sie einmal in Fahrt kommen, können sie verdammt zupackend sein. Und das werden sie, denn immerhin besteht die Gefahr, dass er versucht, sich mit dem Schiff abzusetzen. Die Möglichkeit sollten wir auf jeden Fall in Erwägung ziehen und entsprechend vorbereitet sein.« Er strich seinen Mantel glatt. »Ich habe gute Kontakte nach drüben. Wenn alle an einem Strang ziehen, wird die Luft für Blake dort dünn.«

»Können Sie uns helfen, über die Grenze zu gelangen? Ich habe gehört, die Grenzer können etwas eigen sein.«

»Kein Problem, es sind gute Freunde von mir. Sheriff Tanner, es ist mir ein bisschen peinlich, das zu sagen, aber ich werde Sie nicht begleiten können. Ich bin gerade in einen anderen Fall involviert, der meine volle Aufmerksamkeit beansprucht. Diese Sache hier hat mich schon mehr Zeit gekostet, als mir lieb ist. Eine Bande von Viehdieben hat unweit von hier eine Farm in Brand gesteckt. Ich muss zusehen, dass ich die verlorene Zeit wieder reinhole.«

»Machen Sie sich keine Gedanken«, sagte Tanner. »Wir sind zu sechst. Wenn wir uns nicht ganz dumm anstellen, sollte es uns gelingen, ihn festzunehmen.«

Marshall Rittenhouse stieß ein zufriedenes Brummen aus. »Möchten Sie noch etwas essen, ehe Sie die Verfolgung fortsetzen?«

»Mit Verlaub, nein. Die Zeit drängt. Jede Minute, die wir hier rumsitzen, vergrößert Blakes Chance, den Hals noch aus der Schlinge zu ziehen.« Tanner setzte seinen Hut wieder auf und blickte finster auf die Leichen. »Dieser Sache muss ein Riegel vorgeschoben werden, und das möglichst schnell.«

»In Ordnung«, sagte Rittenhouse. »Dann lassen Sie sich von uns wenigstens noch einmal mit Proviant und

Munition ausrüsten. Ich werde Sie zur Grenzstation begleiten und die Formalitäten für Sie erledigen. Das ist das mindeste, was ich für Sie tun kann.«

»Sehr freundlich von Ihnen, Marshall«, sagte Tanner. »Ich werde Sie in meinem Bericht lobend erwähnen.«

»Nennen Sie mich Walter.« Rittenhouse lächelte grimmig. »Und es genügt völlig, wenn Sie heil zurückkommen und mir den Kopf dieses Teufels auf einem Silbertablett präsentieren.«

13

River blieb stehen. Der Zahn hatte wieder zu schmerzen begonnen. Schlimmer denn je. Aufgeschoben war eben nicht aufgehoben, wie schon das alte Sprichwort sagte.

Das Pochen war kaum auszuhalten. Hektisch in ihrer Umhängetasche wühlend, stieß sie auf ein Stück wilde Lakritzwurzel, das sie gestern gefunden hatte. Wenn auch nicht so effektiv wie Geisterkraut, verschaffte es ihr wenigstens etwas Linderung. Zu ihrer Erleichterung spürte sie rasch die betäubende Wirkung auf Zunge und Zahnfleisch. Das Stechen trat in den Hintergrund, das dumpfe Pochen aber blieb bestehen.

In der Ferne sah der Gipfel des Berges auf sie herab.

Ihrem Schwur folgend, war sie dem Berg ferngeblieben. Sie hatte im Süden begonnen und aus der Erinnerung all die Orte besucht, an denen sie früher fündig geworden war. Gute, verlässliche Stellen, die Oshkinnah ihr während ihrer Ausbildung gezeigt hatte und zu denen sie immer wieder gerne zurückkehrte. Und die prall gefüllte Weidenkiepe gab ihr recht. Sie hatte Lobelien gepflückt, die, mit Wasser aufgekocht, gegen Übelkeit, Husten und Fieber halfen. Sie hatte Blüten und Ranken der Passionsblume gesammelt, die Wurzeln des Frauenschuhs, die bei Menstruationsbeschwerden eingesetzt wurden, sie hatte Grünen Nieswurz gefunden, Alantwurzeln sowie die merkwürdig geformten Ginsengknollen, die ihrer aphrodisierenden Wirkung wegen bei Paaren sehr beliebt waren.

Alles hatte sie gefunden – bis auf das Kraut. Weder am

Fluss noch in den waldreichen Ebenen, und auch auf den trockeneren Lichtungen war nur eine einzige Pflanze dieses robusten Gewächses aufzutreiben gewesen. Und das, obwohl River sich erinnerte, früher hier schon welches gesehen zu haben.

Zugegeben, die Jahreszeit war ungünstig, es war schon spät, aber dass hier so gar nichts wuchs, war kaum zu erklären.

Hoffnungsvoll blickte sie zu Ma'iingan, doch mehr als einen mitfühlenden Blick erhielt sie nicht. Enttäuscht ließ sie die Schultern sinken.

»Nein, du hast recht«, sagte sie. »Der Boden ist zu feucht. Vielleicht haben auch die kalten Nächte und der scharfe Wind ihm den Garaus gemacht. Aber zumindest ein paar Stauden hätten doch stehen bleiben müssen.« Sie seufzte. »So langsam gehen mir die Ideen aus.«

Während sie so dastand, drehte sie gedankenverloren ihr Amulett zwischen den Fingern. Der blaue Korund war ein heiliger Stein unter den Stämmen des Ostens. Ein sogenannter Seelenstein, der große Macht und Verantwortung bedeutete. Einen solchen Stein um den Hals zu tragen, hieß, dass ihr ein außergewöhnliches Schicksal vorherbestimmt war. Lange Reisen, Gefahren und das Leben eines Einzelgängers. Nur besondere Menschen besaßen so einen: tapfere Krieger, weise Frauen oder Häuptlinge.

Sie trug ihn, solange sie denken konnte. Ihre Ziehmutter hatte ihr die Geschichte erzählt. Wie man River vor vielen Wintern unten am Fluss gefunden hatte, ohne die geringste Spur ihrer Eltern oder irgendwelcher anderer Menschen. Vielleicht hatte man sie ausgesetzt, vielleicht waren ihre Angehörigen von einem Bären oder von Wölfen getötet worden. Niemand hatte eine Ahnung, was aus ihren Eltern geworden war, und es gab nicht den geringsten Hinweis auf ihren Verbleib. Und so hatte man sie im Stamm aufgenommen: eine verängstigte und verstörte Achtjährige, die nichts weiter besaß als die Kleider am Leib, eine Decke über den Schultern – und diesen Stein um ihren Hals. An das, was damals geschehen war, konnte sie sich nicht erinnern. Es war wie eine unsichtbare Wand, die sie mit ihren Gedanken nicht durchdringen und deren Geheimnis sie nicht aus eigener Kraft lösen konnte. Ihre Träume mochten einen Hinweis geben, doch sie waren zu verworren und unklar, um etwas aus ihnen herauszulesen. Aber River hatte die Hoffnung nicht aufgegeben, dass die Erinnerungen irgendwann zurückkehren würden. Und mit ihnen die Antworten auf die Fragen, die sie seit so vielen Jahren quälten.

Sie riss sich von ihren Gedanken los und konzentrierte sich wieder auf die vor ihr liegende Aufgabe. Sie hatte ein Problem zu lösen, und sie musste sich beeilen. Geisterkraut benötigte Sonne. Je mehr, desto besser. Die Sonne trieb den Saft in die Blüten und ließ das ölige Harz, das sie als *den Tau* bezeichneten, entstehen. Deswegen waren die besten Plätze nun einmal Hanglagen.

Sehnsüchtig blickte sie hinüber nach Norden. Die baumbestandenen Flanken des Mont Tremblant erstrahlten in herbstlichen Farben.

»Wie friedlich er aussieht«, murmelte sie. »Wie ein ganz normaler Berg. Ob es wirklich stimmt, was Ozawadj gesagt hat? Wenn man ihn so ansieht, käme man nicht auf die Idee, dass dort etwas Böses haust. Vielleicht stimmen die Geschichten ja gar nicht. Vielleicht sind es wirklich nur Geschichten, ohne tieferen Sinn.« Sie atmete langsam und beherrscht. »Ich wüsste da eine Stelle, knapp unterhalb einer Steilwand, auf halbem Weg zum Gipfel. Wir waren schon mal gemeinsam dort, Oshkinnah und ich. Ich erinnere mich, dass es da nur so von Geisterkraut wimmelt. Der Hang liegt auf der Westseite, ist also vor den feuchten Ostwinden geschützt. Die Wärme des Tages wird von den aufragenden Felsen gespeichert und auf die Pflanzen zurückgestrahlt, was einen Tau von besonderer Güte entstehen lässt.« Sie schwieg. Allein diesen Gedanken auszusprechen, kam einem Verrat gleich. Sie hatte Ozawadj einen Schwur geleistet, und den durfte sie nicht brechen. Aber ihr Zahn quälte sie bis aufs Blut. Ohne ein starkes Schmerzmittel würde sie den Eingriff nicht überstehen. Und wenn sie ihn nicht sauber entfernt bekam, was dann? Er konnte sich entzünden, einen Wundbrand verursachen. Im schlimmsten Fall konnte das zum Tod führen. Sie würde sterben, geschwächt vom Fieber und als Beute für die Wölfe.

Ihre Wangen glühten. Warum nur hatte Ozawadj ihr dieses Versprechen abgerungen?

Trotzig wischte sie sich über die Augen. Ihr ganzes Leben hatte sie sich für den Stamm aufgeopfert, und jetzt, da es ihr mal schlechtging, war niemand für sie da. Sie war allein. Wie sie es immer gewesen war. Ihr Blick fiel auf Ma'iingan, der mit heraushängender Zunge und freudig wedelndem Schwanz vor ihr stand. »Du bist mir auch keine Stütze«, sagte sie. »Kannst du Medizin finden, kannst du meinen Zahn ziehen? Natürlich nicht. Du bist nur ein dummer Hund. Hau doch ab und spiel mit deinesgleichen.« Sie machte eine scheuchende Handbewegung. Ma'iingan senkte den Kopf und klemmte den Schweif zwischen die Beine. Sein Blick wirkte betrübt.

Schon während sie die Worte aussprach, taten sie ihr

leid. Er konnte ja nichts dafür, dass er nur ein Hund war. Immerhin war er der Einzige, der zu ihr stand. Sie hatte keinen Grund, mit ihm zu schimpfen.

Sie kauerte nieder und kraulte ihm den Hals. Ein zufriedenes Japsen drang aus seiner Kehle. »Ich soll es mit dem Versprechen nicht so ernst nehmen, meinst du? Aber wie stellst du dir das vor? Ich kann nicht einfach meinen Schwur brechen. So etwas bringt Unglück …« Während sie mit ihm sprach, fiel ihr Blick auf eine verkrüppelte Eiche am Rande der Lichtung. Ihre Wurzeln ragten weit über das Erdreich hinaus. Eine Menge abgestorbener Äste lagen dort herum.

Ohne ein Wort zu sagen, stand sie auf und ging auf den Baum zu. Die Form der Äste war bemerkenswert. Manche von ihnen waren so verdreht, dass sie aussahen wie menschliche Leiber. Der Baum hatte schon viele hundert Winter gesehen und war ganz krumm von Wind und Wetter.

Sie prüfte die Äste. Sie waren gut und stabil. Einer von ihnen erregte ihr Interesse. Er besaß eine gewisse Ähnlichkeit mit einem nackten weiblichen Körper. River wog das Stück in der Hand und befreite es von Flechten und anderen Pflanzenresten. »Ob das wohl eine Möglichkeit wäre? Ja, vielleicht. Wenn ich nur wüsste …« Sie bemerkte Ma'iingans neugierigen Blick.

»Was ich denke, willst du wissen? Nun, ich überlege, ob ich vielleicht einen Schwurbrecher herstellen soll. Das ist ein Zauber, der es einem ermöglicht, Dinge zu tun, die einem durch einen Schwur untersagt werden. Es ist starke Magie und kann nur von jemandem durchgeführt werden, der darin unterwiesen wurde. Oshkinnah hat mir gezeigt, wie es geht, aber das ist ziemlich lange her. Außerdem hat sie mich ermahnt, es nicht damit zu übertreiben. Schwurbrecher haben die Eigenheit, einen zu verfolgen. Wer ein reines Gewissen behalten will, sollte nicht zu oft darauf zurückgreifen. Sie selbst war eine mächtige Heilerin und hat den Zauber nur zwei Mal angewandt. Allerdings hatte sie beide Male Erfolg, wenn ich mich recht erinnere …«

Sie wog das Stück in der Hand. »Wie der Zauber funktioniert? Nun, es fängt damit an, dass man eine Kopie von sich selbst erstellt. Einen Stellvertreter, einen Doppelgänger, wenn du so willst. Man kann die Kopie aus Ton formen, man kann sie aber auch aus Holz schnitzen oder aus Stoff und Stroh zusammenbinden. Hauptsache, sie weist eine gewisse Ähnlichkeit mit dem Original auf. Dann muss man bestimmte Beschwörungszauber ausführen und eine Seelenteilung vornehmen. Während die eine Hälfte dem Schwur treu bleibt, kann die andere tun, wonach ihr der Sinn steht. Später, wenn das Werk vollbracht ist, kehrt man zurück, vereinigt beide Hälften wieder und unterzieht sich einem Reinigungsritual. Ich weiß, das klingt einfach, in der Praxis ist es aber recht kompliziert. Das Problem ist, man benötigt einen mächtigen Talisman. Etwas, das dem Stellvertreter Kraft verleiht. Die Asche der Ahnen, ein mumifizierter Fötus oder …«, sie machte eine nachdenkliche Pause, »… einen Seelenstein.«

Sie nahm ihr Amulett vom Hals und betrachtete es. Das tiefe Blau schien sie hinabzuziehen.

»Mit einem solchen Talisman bliebe der Schutz mehrere Tage bestehen. Natürlich darf ihn niemand finden und fortnehmen. Wenn das geschieht, ist der Zauber gebrochen. Schlimmer noch, er kann nicht mehr zurückgenommen werden. Von einem solchen Fall habe ich aber noch nie gehört. Wir müssen einfach nur vorsichtig sein.«

Unschlüssig blickte sie zum Berg hinüber. Sollte sie eines der Kanus nehmen und den Rivière de Diable überqueren? Im Kopf überschlug sie die Distanz. Einen Tag hin, einen Tag zurück, länger würde sie nicht benötigen. Sie konnte nachts in einer Höhle Schutz suchen, den Zahn entfernen und sich von den Strapazen erholen. Und nach ihrer Rückkehr ins Dorf konnte sie endlich anfangen, ihre Angelegenheiten zu klären. Je länger sie die Aussprache mit Dakib vor sich herschob, desto schwieriger würde es werden.

Sie schloss die Augen und lauschte einen Moment in sich hinein. Die Stimmen, die sie hörte, sprachen eine deutliche Sprache.

Und sie sagten alle dasselbe.

14

Der Mann auf der anderen Seite des Tisches kaute auf seinem Brot herum, ohne den Blick von der Straßensperre abzuwenden. »Was da los ist, fragen Sie? So genau kann ich Ihnen das auch nicht sagen. Angeblich suchen die jemanden. Soll Dutzende von Frauen umgebracht haben.« Er stieß ein Geräusch aus, das wie eine Mischung aus Husten und Lachen klang. »Seit den frühen Morgenstunden sind die hier auf den Beinen. Verteilen Steckbriefe, befragen die Leute, stellen alles auf den Kopf. Ganz schöner Aufruhr, das muss ich schon sagen. So etwas hat es seit Ewigkeiten nicht gegeben. Muss ein ganz schöner Drecksack sein.« Er stieß die Gabel in den gebratenen Speck und stopfte die ganze Scheibe in den Mund. Das Fett tropfte von seinen Lippen und lief seitlich an seinem Bart hinab. »Werd nachher mal rübergehen und mich mit den Polizisten unterhalten, vielleicht kriege ich was raus. Aber jetzt wird erst mal in Ruhe gegessen. Und das sollten Sie auch tun, Ihre Spiegeleier werden ja ganz kalt.«

Nathan schaute durch die fleckigen Glasscheiben des Wirtshauses hinaus auf die Straße. Die Polizisten waren zu dritt.

Einer untersuchte die vorbeifahrenden Fuhrwerke, die anderen beiden standen strategisch in den Hauseingängen positioniert, ihre Gewehre im Anschlag. Sie waren dafür zuständig, den Verkehr im Auge zu behalten. Sie waren nervös, das war nicht zu übersehen. Ebenso nervös wie die Jungs vorhin bei den Straßensperren in Richtung Longueuil und Anjou. Wie es schien, waren sämtliche Zufahrtsstraßen Richtung Quebec systematisch abgeriegelt worden.

Verdammt!

Der Kerl ihm gegenüber schlang den Rest der Mahlzeit in Windeseile in sich hinein, ließ einen donnernden Rülpser hören und fing an, seinen Teller mit einem Stück Brot zu reinigen.

»Sie sind nicht von hier, oder?«

Nathan wandte den Blick ab. »Was meinen Sie?«

»Ob Sie aus Montreal sind, wollte ich wissen. Aber Sie müssen's mir nicht erzählen, wenn Sie nicht wollen. Ist ja kein Verhör hier.« Er grinste. Zwischen den dunkel verfärbten Zähnen hingen Speckreste.

»Bin nur auf der Durchreise«, sagte Nathan und versuchte dabei weiter, das Geschehen auf der Straße im Auge zu behalten. »Ich muss nach Norden. Ein Dorf namens Saint-Jérôme. Kennen Sie das?«

»Klar kenne ich Saint-Jérôme. Hatte früher mal da zu tun. Was wollen Sie'n da?«

Nathan ging die Fragerei auf die Nerven, aber er konnte es nicht riskieren, den Mann misstrauisch zu machen. Ein falsches Wort, und er würde ihm die Beamten auf den Hals hetzen.

»Es scheint dort einige Fälle von Polio zu geben. Kinderlähmung«, sagte er. »Ich bin Arzt. Ich bringe Impfstoff dorthin.« Er klopfte auf seine Tasche.

»Ach so, Arzt sind Sie«, sagte der Kerl. »Hatte mich schon gewundert, wegen Ihrem dunklen Anzug und dem Koffer …«

Nathan beobachtete, wie die Männer immer wieder Passanten anhielten und sie befragten. Er musste weg hier, die Luft hier wurde langsam dünn.

»Wie ist es denn dort so?«, fragte er.

»Was meinen Sie?«

»Na, in Saint-Jérôme. Netter Ort? Sie sagten doch, Sie hätten da mal gearbeitet.« Nathan war gerade der Gedanke gekommen, dass es vielleicht das Klügste wäre, erst mal für eine Weile abzutauchen. So lange, bis der Rauch sich verzogen hatte.

»Flach ist es da«, sagte der Typ. »Ein Haufen Kühe und Weiden. Ich habe auf einem Milchbauernhof gearbeitet. Ein echter Scheißjob, das kann ich Ihnen sagen. Morgens um halb fünf aufstehen und dann gleich die Hände ans Euter. Ich hab ja nichts gegen ein paar pralle Titten, aber das war dann doch etwas zu viel. Da schaffe ich doch lieber im Sägewerk, hier in Montreal. Da ist die Luft zwar nicht so gut, aber dafür verdiene ich auch mehr als das Doppelte.«

»Und danach? Was kommt hinter Saint-Jérôme?«

»Dahinter? Nix mehr, da fangen die Berge an. Obwohl – ein Nest gibt es da schon noch. Sainte-Agathe-des-Monts. Ein paar verschrobene Katholiken, die ein Kloster bewohnen und davon träumen, einen Luftkurort zu gründen. Wobei ich mich frage, wer da hinsoll. Da gibt's doch nichts. Berge, Wälder und Indianer.«

»Indianer …?«

»Na ja, Rothäute eben. Heidengesindel. Das sind die Einzigen, die es da oben aushalten. Ich kannte mal ein paar Holzfäller, die da gearbeitet haben. Die haben komische Geschichten erzählt. Von unerklärlichen Todesfällen und Vermissten. Hunderte sollen da binnen der letzten Jahrzehnte verschwunden sein, und keiner weiß, wieso. Manche reden von irgendeiner Seuche, andere von einem Monster. Absoluter Quatsch, wenn Sie mich fragen. Da halte ich es für viel wahrscheinlicher, dass die Deppen sich verlaufen haben. Und wenn schon nicht verlaufen, dann sind sie halt von wilden Tieren geschnappt worden.« Er popelte mit dem Fingernagel zwischen den Zähnen herum.

»Verlaufen?«

»Na klar. Schon mal 'ne Karte von dem Gebiet gesehen? Nichts als Schluchten, Sümpfe und Seen. Ein echtes Labyrinth. Sie haben doch hoffentlich nicht vor, da Urlaub zu machen?«

»Nein, hat mich bloß interessiert.« Nathan schlang die Eier in sich hinein und spülte mit dem Bier hinterher. Die Idee nahm langsam Formen an. Über die regulären Straßen nach Quebec zu gelangen, war im Moment zu schwierig. Straßensperren, Patrouillen und wer weiß was noch alles. Vermutlich war inzwischen auch der Rückweg abgeschnitten. Nach seiner Nummer in Champlain würde auch dieser Weg für ihn versperrt sein. Gut, er könnte nach Westen ausweichen, den Ottawa hinauf, aber dann würde er sich vom Meer entfernen, und das war genau die falsche Richtung. Wenn er aber nach Norden ging, konnte er über ein paar kleinere Umwege durchs Hinterland sein Ziel vielleicht doch noch erreichen …

Er wischte sich den Mund mit dem Dreckslumpen ab, den man den Gästen hier als Serviette zumutete, und fing an, seine Sachen zusammenzupacken. »Wissen Sie, ich komme aus dem Süden«, sagte er. »Ich bin nur der Arbeit wegen hier, sonst hätte es mich kaum hierher verschlagen. Aber jetzt fängt es an, mich zu interessieren. Das Land ist schön, die Menschen freundlich, vielleicht bleibe ich noch ein bisschen hier. Genau genommen ist das hier der nördlichste Punkt, an dem ich jemals gewesen bin. Das ist schon sehr aufregend.«

Der Kerl sah ihn an, als habe er nicht alle Tassen im

Schrank, dann lachte er. »Sie sind ein komischer Kauz, wissen Sie das? Ihren Forschergeist in allen Ehren, aber weiter als bis Saint-Jérôme würde ich nicht gehen, wenn Sie nicht vorhaben, sich den Bären zum Fraß anzubieten. Denn die gibt's da oben. Bären, Wölfe, Elche. Alles, was einem das Leben schwermacht. Montreal ist eine wunderbare Stadt, warum versuchen Sie's nicht hier? Gute Ärzte werden hier immer gebraucht.«

»Darauf kann ich ja später immer noch zurückkommen«, sagte Nathan. »Doch wie gesagt – zuerst mal geht es in Richtung Norden. Wie komme ich denn am besten dahin? Wenn es geht, ohne durch eine dieser Straßensperren zu müssen. Die Jungs machen einen nervösen Eindruck.«

»Nichts leichter als das«, sagte der Mann. »Folgen Sie einfach der St.-Urbain-Straße Richtung Norden, bis Sie auf die Brücke der *Canadian Pacific Railway* stoßen. Die ist vor zwei Jahren fertiggestellt worden, wird Ihnen gefallen. Dort können Sie bequem auf die Île Perry hinüberwechseln. Dann weiter Richtung Laval und immer so fort. Sie können es gar nicht verfehlen. Es gibt nur diese eine Straße.«

»Dann bin ich ja beruhigt.« Nathan stand auf und tippte an seinen Hut. »Ich danke Ihnen recht herzlich für die Informationen. Wenn ich darf, würde ich Sie dafür gerne zum Essen einladen.«

Der Mann blickte erst überrascht, dann grinste er. »Na, da sage ich doch nicht nein. Herzlichen Dank und viel Erfolg.«

15

Am nächsten Tag …

River wischte sich den Schweiß von der Stirn. Der letzte Anstieg war noch einmal hart gewesen. Das Geröll war in manchen Teilen so rutschig gewesen, dass sie bei drei Schritten aufwärts gleich zwei wieder hinuntergerutscht war. Keine leichte Aufgabe mit dem ganzen Gepäck auf dem Rücken. Nur auf allen vieren war es ihr gelungen, die Steigung zu bezwingen. Doch nun hatte sie es geschafft. Sie blieb stehen und gönnte sich einen Blick zurück.

Der Tag war so schön, wie man ihn sich nur wünschen konnte. Mit Kälte und Nebel in den Tälern, dafür aber mit Sonne und klarem Himmel auf den Berghängen. Über ihr wölbte sich das tiefblaue Firmament. Nicht eine Wolke war zu sehen. Hoch über dem Gipfel kreiste ein Falke, dessen Rufe von den steil aufragenden Felswänden widerhallten.

Der Tag hatte seinen Zenit überschritten und leitete den langen Nachmittag ein. Hangaufwärts flirrte die Luft. Es roch nach wilden Kräutern und ätherischen Ölen.

Ma'iingan war aufgeregt wie ein junges Fohlen. Er sprang hierhin und dorthin und versuchte ein paar von den Mäusen zu erhaschen, die zwischen den Grasbüscheln herumwuselten und Vorräte für den Winter anlegten. Auch er schien das Licht und die Wärme zu genießen.

River richtete den Blick auf den vor ihr liegenden Hang. Man brauchte keine besonders guten Augen zu haben, um das Feld zu erkennen. Die Pflanzen wuchsen etwa brusthoch und zeichneten sich durch ein faseriges, weißes Blütengespinst aus. Aus der Ferne wirkten sie wie eine Gruppe alter Frauen, die die Köpfe zusammensteckten. River schickte ein kleines Dankgebet an die Götter. Endlich hatte sie gefunden, wonach sie so lange gesucht hatte.

Oshkinnah hatte ihr erzählt, dass die Pflanze vor Jahrtausenden von einem herabgefallenen Stern auf die Erde gebracht worden war. Deswegen existiere sie auch nur hier, und niemand anderer wisse davon. Es war ein Geschenk der Götter an die Ojibwe, und das Geheimnis wurde von Generation zu Generation weitergegeben. Anfangs hatte ihr Volk damit nichts anfangen können, doch als sie den wundersamen Kräften auf die Spur kamen, ging das Wissen um diese Pflanze in das kollektive Gedächtnis ihres Volkes ein. Seither war das Geisterkraut aus dem Alltag der Ojibwe nicht mehr wegzudenken.

Beim Näherkommen erkannte sie, dass sich sogar noch Tau auf den Blättern befand. Eine Menge Tau. Genug, um einen ansehnlichen Vorrat herzustellen.

Mit langsamen Schritten ging sie zwischen den Stauden hindurch und prüfte die Qualität. Für die Herstellung eigneten sich nur weibliche Pflanzen, und auch da nur die winzigen Drüsen, die auf Kelchen und Blütenblättern saßen. Sie enthielten das Harz, das für die Gewinnung der krümeligen Substanz nötig war. Aber auch für die Blätter hatten die Ojibwe Verwendung. Man konnte Tees aus ihnen zubereiten oder sie fein gemahlen in Gebäck untermischen. Man konnte sie auch zusammen mit Tabak verwenden und rauchen, was sich vor allem bei älteren Männern großer Beliebtheit erfreute. Der Tau jedoch war ungleich mächtiger. Er linderte Schmerzen, kurierte Krankheiten und öffnete den Geist. Allerdings musste man verantwortungsvoll damit umgehen. Missbrauch führte zu Verdummung und Antriebslosigkeit, später zur völligen Lethargie. River hatte solche Fälle erlebt und war seitdem mit der Verwendung vorsichtiger geworden.

Sie stellte ihre Weidenkiepe ab und lockerte die Arme. Ein paar Stunden würden ihr noch bleiben, und sie hatte vor, sie so gut wie möglich zu nutzen.

Sie begann Blüten und Blätter zu pflücken. Sobald sie ihr Gefäß aus Birkenrinde gefüllt hatte, trug sie es zu einer warmen Stelle zwischen den Felsen und legte die Pflanzenteile dort zum Trocknen aus. Die Menge, die ihr vorschwebte, würde etwa vier Durchgänge erfordern. Keine leichte Arbeit, aber sie war glücklich, dass sie endlich gefunden hatte, wonach sie gesucht hatte.

Etwa eine Stunde arbeitete sie hart, dann legte sie eine kleine Pause ein. Sie trank, spritzte sich etwas Wasser ins Gesicht und aß von ihrem Proviant. Zwischen den Felsen wurde es merklich wärmer. Sie prüfte ihre erste Ausbeute. Die Temperaturen hatten dafür gesorgt, dass die abgezupften Pflanzenteile leicht angetrocknet waren und eine spröde Konsistenz aufwiesen. Genau richtig, um mit der Weiterverarbeitung zu beginnen.

Sie schnallte die flache Holzschale von ihrer Kiepe, legte zwei schlanke Weidengerten und eine Binsenmatte daneben und entnahm der Tasche eine dünne und auf ein glattes Holzstück aufgewickelte Hirschblase.

Sie spannte die Binsenmatte über die Schale, bis sie stramm saß, plazierte die Pflanzenteile darauf und klappte die zweite Hälfte der Matte darüber. Dann bedeckte sie das Ganze mit der Hirschblase, wobei sie darauf achtete, dass keine Lücken entstanden, nahm die Weidenruten und schlug im Wechsel kräftig darauf ein. Die Konstruktion musste einen abgeschlossenen Hohlraum bilden, aus dem nichts herausrieselte. Links, rechts. Links, rechts und immer so weiter.

Nach einer Weile löste sie die Blase, wendete die gefaltete Matte, leerte das Pulver in die Schale und wiederholte die Prozedur von der anderen Seite. Als sie glaubte, den Inhalt ausreichend bearbeitet zu haben, legte sie Tierblase und Matte beiseite und prüfte das Ergebnis. Am Boden der Holzschale hatte sich ein feines Pulver abgesetzt. Es war hell und klebrig. Prüfend hielt sie den Finger hinein und leckte ihn ab. Auf ihr Gesicht trat ein Lächeln. Die Substanz war von erstklassiger Qualität. Besser als vieles, was sie in den letzten Jahren geerntet hatte.

Ermutigt und motiviert wischte sie sich den Schweiß von der Stirn und machte sich an den nächsten Durchgang.

Weiter ging es, Matte um Matte, Schale um Schale. So lange, bis sie eine gute Handvoll von dem klebrigen Pulver zusammenhatte, die sie nun knetete. Die Wärme ihrer Finger sorgte dafür, dass aus dem Pulver schon bald ein zäher Teig wurde, den man formen und portionieren konnte. Am Schluss hatte sie einen Ballen von der Größe einer Kinderfaust beisammen. Tau für mindestens ein Jahr. Zufrieden lehnte sie sich zurück. Es war vollbracht.

Sie stand auf, bog die Schultern zurück und legte den Kopf in den Nacken. Ihr Kreuz fühlte sich an, als hätte man sie an einen Marterpfahl gebunden. Sie war müde und erschlagen, aber sie war glücklich. Sie machte einige Lockerungsübungen, dann pfiff sie Ma'iingan zu sich. Hechelnd und mit trägen Bewegungen kam er zu ihr zurück. Sein Fell strotzte vor Erde, Disteln und Kletten. Lächelnd hockte sie sich hin und zupfte das faserige Zeug weg.

»Ach herrje! Wo hast du dich denn wieder herumgetrieben? Hast wohl versucht, Mäuse auszugraben, was? Ich glaube, dir würde ein Bad guttun. Mir übrigens auch. Was hältst du davon, wenn wir aufbrechen und uns waschen? Danach suchen wir einen Platz zum Übernachten. Ich kenne einen kleinen Felsüberhang, nicht weit von hier. Dort gibt es eine Höhle, in der ich mit Oshkinnah schon einmal gewesen bin. Ein schönes Fleckchen, es wird dir gefallen. Sobald ich den Zahn entfernt habe, werden wir den Schwurbrecher holen und zurückkehren. Du wirst sehen, pünktlich zu Bangibiisas Niederkunft sind wir wieder im Dorf.«

Zufrieden mit sich und der Welt, stand sie auf. Wie gut es sich doch anfühlte, frei und ungebunden zu sein. Niemand, der ihr vorschrieb, was sie zu tun oder zu lassen hatte. Welche Frau ihres Alters konnte das schon von sich behaupten?

Sie hatte gerade ihre Kiepe geschultert, als sie wie angewurzelt stehen blieb.

Ein Gefühl überrollte sie, das sie weder beschreiben noch erklären konnte. Obwohl nichts zu sehen war, glaubte sie eine Veränderung zu spüren. Es war, als habe jemand eine Tür geöffnet und sie rasch wieder geschlossen.

Sie lauschte.

Ein atemloser Moment der Stille hatte eingesetzt. Das Summen der Insekten war verstummt, und auch die Vögel hatten aufgehört zu singen. Die ganze Welt schien die Ohren gespitzt zu haben.

Irgendwo polterten Steine den Hang herab. Ein kühler Wind kam vom Tal herauf. Er fuhr durch die Baumkronen und strich über den Hang.

River fröstelte. Hastig schulterte sie ihre Weidenkiepe und begann mit dem Abstieg. Sie wusste nicht, wieso, aber aus irgendeinem Grund hatte sie es plötzlich sehr eilig, von hier zu verschwinden.

Die Höhle befand sich etwas nördlich des Bergteichs, unterhalb eines vorgewölbten Felsabsturzes. Um ein Haar wäre sie daran vorbeigegangen, doch dann fiel ihr der kleine Pfad wieder ein, der links von der krüppeligen Kiefer bergab führte. Er schlängelte sich an dem steilen Bergabschnitt entlang und war fast nicht zu erkennen. Es war Ewigkeiten her, dass sie zum letzten Mal hier gewesen war; aber dank ihres Ortssinns hatte sie die Abzweigung wieder gefunden.

Die Schatten wurden bereits länger. Während hier oben auf den Hängen noch Licht lag, hatte im Tal bereits die Dämmerung Einzug gehalten. Ihre Augen beschattend, blickte River in den Himmel. Zirren waren aufgetaucht, ausgefaserte Wolken, die im roten Licht der Sonne wie blutgetränkte Federn aussahen. Man brauchte kein Hellseher zu sein, um zu wissen, was das bedeutete. Schlechtes Wetter war im Anmarsch. Und tatsächlich: Über den Horizont erstreckte sich ein dunkles Band, das – während sie dabei zusah – breiter wurde. Seine obersten Ausläufer berührten bereits den unteren Kranz der Sonne.

River beschleunigte ihren Schritt. Es gab noch einiges zu erledigen, und die Zeit wurde knapp. Sie musste Holz besorgen, ein Feuer anfachen und alles für die Operation vorbereiten. Sie brauchte Licht. Wenn es zu dunkel wurde, musste sie mit dem Eingriff bis morgen warten.

Konzentriert und mit schnellen Schritten folgte sie dem Pfad.

Als sie um die Ecke bog, sah sie den Felsabbruch und die Höhle vor sich liegen. Genau genommen war es lediglich eine Vertiefung, die durch einen großen, herabgestürzten Felsbrocken vor der Außenwelt abgeschirmt war. Der dahinterliegende Hohlraum war groß genug, um aufrecht darin zu stehen, und bot ausreichend Schutz gegen Wind und Wetter.

Vorsichtig trat sie näher und warf einen prüfenden Blick hinein, ob unliebsame Gäste anwesend waren. Aber außer ein paar Brocken vertrockneten Bärenkotes, die schon mehrere Monate alt waren, konnte sie nichts erkennen. Der Unterschlupf war sicher.

Rasch bezog sie ihr Quartier, lehnte die Kiepe an die Wand, legte ein paar frische Steine um die alte Feuerstelle und verließ die Höhle wieder. Sie musste sich jetzt wirklich beeilen.

Während der wenigen Minuten im Inneren hatte sich der Himmel merklich verändert. Was von der Sonne übrig war, hing wie ein aufgeblähter, blutiger Sack über dem Horizont. Ein seltsamer Wind hatte eingesetzt, der ihr direkt ins Gesicht blies. Die Wolkenwand war beträchtlich angewachsen. Ihre Unterseite war so schwarz, dass sie das Land darunter gänzlich zu schlucken schien. An einigen Stellen zuckten blaue Lichter auf – erste Anzeichen eines heraufziehenden Unwetters. Unruhe hatte das Land erfasst, obwohl die Luft still war. Es war, als wartete die Welt auf etwas.

Seltsame Dinge waren da im Gange, Ma'iingan spürte

es auch. Stocksteif stand er da, den Schweif zwischen die Hinterbeine geklemmt, den Blick starr in die Ferne gerichtet. River gab ihm ein Zeichen, dann eilte sie auf den Pfad, der hinüber zu den trockenen und verkrüppelten Eichen führte.

16

Gegenwart …

Ich begleitete Rita zur Tür, auch wenn sie sich zierte.

»Bist du sicher, dass ich nicht noch bleiben soll? Wenn du willst, könnte ich bei dir übernachten. Es macht mir überhaupt nichts aus, ehrlich.« Sie bedachte mich mit einem Blick, wie eine Mutter ihr Kind ansieht, wenn es zum ersten Mal fern von zu Hause nächtigt.

»Danke, ist lieb gemeint«, erwiderte ich. »Nimm es nicht persönlich, aber ich sehne mich nach ein bisschen Ruhe und Entspannung. War ein anstrengender Tag heute.«

»Ja, das war es. Na ja, schade.« Ihre Enttäuschung war nicht vorgeschoben. Ich zog sie zu mir heran und umarmte sie, wobei mir schon wieder Tränen in die Augen schossen. Irgendwann mal musste ich etwas dagegen unternehmen. Ging ja nicht an, dass ich so nahe am Wasser gebaut war.

»Danke, dass du bei mir warst.«

»Ehrlich?«

»Ehrlich, und das sage ich nicht nur wegen Mutter. Aber ohne dich hätte ich mich niemals gegen sie zur Wehr setzen können. Sie muss endlich einsehen, dass sie nicht einfach den Fuß in meine Tür setzen und alles an sich reißen kann. Ich habe die Hoffnung, dass sie heute etwas gelernt hat.«

Rita blickte zweifelnd. »Dein Optimismus in allen Ehren, doch das glaube ich erst, wenn ich es sehe. Ich freue mich, wenn ich dir behilflich sein konnte. Und wie gesagt, wenn du mich brauchst, Anruf genügt …«

»Danke.« Ich drückte sie noch einmal, dann entließ ich sie hinaus in die Welt.

Rita ging ein paar Schritte, drehte sich aber an der nächsten Hausecke noch einmal um. »Und wenn du deinen Göttergatten das nächste Mal siehst, richte ihm einen schönen Gruß aus. Sag ihm, dass es verdammt noch mal sein Job ist, dir die Tränen zu trocknen. Wenn er dich vernachlässigt, bekommt er es mit mir zu tun, verstanden?«

Sie winkte ein letztes Mal, dann war sie fort.

Ich stand noch einen Moment unschlüssig in der Tür. Der Himmel sah nach Unwetter aus. Die flach stehende Sonne warf ein grelles Licht auf die Gebäude. Einen Moment lang traten die Dinge unnatürlich plastisch hervor, dann wurde die Helligkeit von einigen rasch dahinziehenden Wolken ausgelöscht. Drüben auf der anderen Seite verließen die Menschen den Park. Ein kräftiger Wind setzte ein und trieb Papierfetzen durch die Straßen. Irgendwo knallte eine Tür. Die ersten Tropfen fielen. Ich ging ins Haus zurück.

Hoffentlich hatte Rita es noch rechtzeitig zu ihrem Auto geschafft. So gern ich sie mochte, manchmal waren mir ihr Temperament und ihre unbeschwerte Heiterkeit dann doch etwas zu viel. Eine innere Unruhe hatte mich erfasst, die ich nicht recht erklären konnte.

Die Geschichte berührte mich mehr, als ich mir eingestehen wollte. Es lag ein Geheimnis darin, aber ich konnte es nicht recht ergründen. Hatte Lizzy sich das alles nur ausgedacht? Und warum hatte sie so viel Zeit darauf verwendet, die Personen so ausführlich vorzustellen? Eigentlich hätte es doch genügt, die Ereignisse stichpunktartig zusammenzufassen.

Irgendetwas bezweckte sie mit dieser Erzähltechnik, ich wusste nur nicht, was. Im Moment hegte ich den Verdacht, dass unsere Familie indianische Wurzeln hatte. Ob es das war, was meine Mutter so auf die Palme gebracht hatte? Aber so etwas wäre doch eher amüsant und kein Grund, so ein Theater zu machen. Schließlich gab es in den meisten Familien irgendwo ein dunkles Geheimnis. Und niemand machte deswegen so viel Wind. Aber wer konnte schon sagen, wie meine Mutter tickte.

Ich ging in die Küche und setzte Tee auf. Einer Eingebung folgend, stellte ich etwas Gebäck und Zucker auf das Tablett. Ich hatte mich entschieden, die Lektüre auf dem Dachboden fortzusetzen. Umgeben von Dingen aus meiner Vergangenheit, stellte ich mir das recht stimmungsvoll vor. Ein weiches Sofa, das Buch und der Sturm, der an den Dachschindeln rüttelte. Passend dazu ein paar Cookies und ein kräftiger Tee mit Honig – das weckte Erinnerungen und beruhigte die Nerven. Ich hatte den ganzen Tag noch nichts gegessen und fühlte durch den Champagner eine gewisse Leere im Magen.

Draußen braute sich etwas zusammen. Das Haus erzitterte unter dem Ansturm des Windes. Ich hatte den Wetterbericht gehört, meinte mich aber zu erinnern, dass nur von einem kleinen Tiefausläufer die Rede gewesen war. Was da draußen im Anmarsch war, klang anders. Ein kurzer Blick aufs Handy bestätigte mir, dass es heftig werden würde. Das Unwetter hatte das Netz zusammenbrechen lassen. Passte mir eigentlich ganz gut. Ich hatte keine Lust, von Rupert oder meiner Mutter angerufen zu werden. Ein paar Stunden Stille waren genau, was ich jetzt brauchte. Ich ließ das Gerät in meiner Jeanstasche verschwinden und ging nach oben.

Im Dachstuhl stellte ich das Tablett ab und knipste das Licht an. Ich entfernte die Plastikabdeckungen von Sesseln und Sofa und schob sie so hin, dass sie ein gemütliches Nest bildeten. Über den Schindeln heulte der Wind, und Regentropfen trommelten aufs Dach.

Aus Neugier schaltete ich das Licht noch einmal aus und krabbelte auf allen vieren zur nächstgelegenen Dachluke, die sich in Bodennähe neben ein paar Bücherkisten befand. Was sich draußen abspielte, verschlug mir den Atem. Indigofarbene Wolken peitschten über den Himmel, hin und wieder unterbrochen vom dunkelroten Leuchten der untergehenden Sonne. Die Dächer der Häuser glänzten, als wären sie mit Blut übergossen. Ich konnte mich nicht erinnern, jemals zuvor so etwas gesehen zu haben. Am ehesten noch auf dem Triptychon *Das Jüngste Gericht* von John Martin, das ich kürzlich in der Tate Gallery bewundert hatte, aber das war nur ein Gemälde. War ich vielleicht etwas voreilig gewesen, als ich Rita nach Hause geschickt hatte? Hoffentlich kam sie gut durch die Stadt. Ich musste mich bald nach ihrem Wohlbefinden erkundigen.

Fröstelnd zog ich mich zurück, machte das Licht wieder an und kuschelte mich aufs Sofa, fest entschlossen, mich nicht von meinem Vorhaben abbringen zu lassen. Die Wolldecke bis zur Nasenspitze hochgezogen, setzte ich meine Lektüre fort.

Richtig: River war in der Höhle, bereit für ihre Zahnoperation. Ich schauderte bei dem Gedanken, was sich jetzt abspielen mochte …

17

1878 …

Alles war vorbereitet. Das Feuer loderte hell, Zahnstock, Stein und Knochenzange lagen bereit, ebenso sauberer Stoff und einige Kräuter aus der Medizintasche zum Reinigen. River hatte ein auf Hochglanz poliertes Metallstück an der Wand befestigt, das als Ersatz für einen Spiegel herhalten musste. Sie konnte sich darin zwar nur verzerrt erkennen, aber als Notbehelf genügte es.

Sie zog noch ein paarmal an der Pfeife und atmete den würzigen Rauch ein. Der Tau begann bereits seine Wirkung zu entfalten. Ein Schleier aus Wärme und Geborgenheit senkte sich auf sie herab. Draußen stürmte es zwar noch immer, doch in der Höhle war sie sicher. Sie fühlte sich entspannt und leicht. Ihre Ängste schwanden, und auch ihr Schmerzempfinden hatte nachgelassen. Der Zahn war kaum mehr als eine verblasste Erinnerung. Musste sie ihn denn wirklich entfernen, war der Eingriff tatsächlich notwendig? Vielleicht erholte er sich ja wieder.

»Nein«, murmelte sie und schüttelte den Kopf. »Nichts erholt sich einfach so wieder. Glaubst du, ich hätte vergessen, was für unruhige Nächte du mir beschert hast? Listiger alter Fuchs, du willst mir vorgaukeln, es gäbe dich nicht mehr, nur, um mir später wieder Probleme zu bereiten. Aber das wird dir nicht gelingen. Noch heute Nacht sind wir geschiedene Leute, du und ich, wart's nur ab.«

Sie nahm einen weiteren tiefen Zug, fächelte den Rauch in ihre Richtung und atmete tief ein und aus.

Es war merkwürdig: Sie hatte das Gefühl, nicht mehr am selben Ort zu sein. Als hätten Raum und Zeit sich verändert. Zwar war sie noch immer in der Höhle, doch sie hatte jetzt eine andere Form. Sie war nicht mehr rund und niedrig, sondern breit und mit einer hohen, spitzwinkeligen Decke versehen. Fast wie bei einem Tipi, jedoch langgestreckter und mit einem Holzboden anstelle der gestampften Erde. Es gab Teppiche, doch die waren ziemlich groß und anders gewoben. Und es gab Einrichtungsgegenstände. Eckige Aufbewahrungskisten. Truhen voller bunter Spielsachen und Möbel. Richtige Möbel, so wie die, mit denen die Weißen ihre Häuser einrichteten. Sie erinnerte sich, so etwas früher schon einmal gesehen zu haben, aber sie wusste nicht, ob das Wirklichkeit gewesen war oder ob sie das nur geträumt hatte. Polstersessel, Stühle, Sofas. Und die Vision ging noch weiter. Auf einem der Möbelstücke saß eine Person. Ganz eingekuschelt und, wie es schien, in ein Buch vertieft. River kannte Bücher. Auch Ozawadj besaß eines. Es war alt, in Leder gebunden und mit allerlei Bildern verziert. Dieses hier schien keine Bilder zu besitzen, doch alt war es auch. Hinter ihr, durch ein Fenster waren Gebäude zu sehen. Hoch, spitz und erhellt durch das Licht Hunderter von Lampen. Genau wie die Bauwerke in ihren Träumen.

Das Gesicht der Person lag im Schatten, aber River hatte das Gefühl, dass es eine Frau war. Ihre Haare waren lang und besaßen die Farbe von getrockneten Maisblättern. Sie war jetzt so nah, dass River sie hätte berühren können, wenn sie die Hände ausgestreckt hätte. Die Frau war ganz vertieft in ein Buch, als sie plötzlich etwas zu hören schien. Sie unterbrach ihre Lektüre und hob den Kopf. Gerade als sie das Gesicht ins Licht drehen wollte, fuhr ein Windstoß durch die Höhle und vertrieb die Vision.

River legte die Pfeife beiseite und atmete ein paarmal tief durch. Sie hatte eindeutig genug. Immer noch verwirrt von der Vision, machte sie sich an die Arbeit.

Der Zahn war nicht schwer zu finden. Der fünfte von rechts im Unterkiefer. Er schien zu schlafen. Das Geisterkraut war wirklich von erstklassiger Qualität.

Kurzentschlossen prüfte sie den Zahnstock. Es war Zedernholz, ausgebleicht und hart. Für einen derartigen Eingriff war Zeder am besten geeignet.

Sie hatte verschiedene Methoden der Entfernung abgewogen und sich dann für die unkomplizierteste entschieden. Vorsichtiges Lockern mit dem Stock und anschließendes Herausziehen mit einer Knochenzange. Die Zange bestand aus zwei flachen, zugespitzten Hirschknochen, die mittels Lederbändern zusammengehalten wurden. Man konnte damit Dornen, Holzsplitter und Pfeilspitzen entfernen, aber auch bei der Extraktion lockerer Zähne war das Werkzeug schon zum Einsatz gekommen. Das Problem war, dass der Zahn ziemlich fest saß und sich mit der Zange allein nicht entfernen lassen würde. Deswegen der Stab.

River nahm ihn, prüfte durch gleichzeitiges Tasten und Beobachten im spiegelnden Metall, ob sie die richtige Stelle erwischt hatte, und setzte das Holz an. Vorsichtig klopfte sie mit einem Stein gegen das Holz. Ja, das war er. Muckte kurz auf, beruhigte sich dann aber wieder. Noch einmal schlug sie dagegen, diesmal etwas heftiger. Wellen dunkelroten Schmerzes rollten über sie hinweg. Der Zahn wurde wach.

Mutiger werdend, schlug sie kräftiger zu. Ihr wurde schwindelig. Ihr Kopf dröhnte. Der Kiefer knirschte, als würde sie auf Sand beißen.

Noch einmal schlug sie zu.

Jetzt spürte sie eine Veränderung. Vorsichtig tastete sie nach dem Zahn. Er war bereits ein bisschen gelockert. Man konnte ihn jetzt sogar hin und her bewegen. Sie schmeckte Blut. Egal, sie war auf dem richtigen Weg. Noch einmal den Stab angesetzt, noch ein paar gezielte, harte Schläge, dann legte sie den Stock beiseite. Fast geschafft. Und das war gut so, denn der Schmerz nahm von Augenblick zu Augenblick zu. Jetzt kam der schwierigste Teil. Sie musste den Zahn komplett und mitsamt seiner Wurzel entfernen. Sollten kleine Teile zurückbleiben und sich entzünden, würde sie das krank machen.

Sie griff nach der Knochenzange, packte den Zahn und rutschte gleich beim ersten Versuch ab. Das Miststück war glatt, genau wie Hirschknochen. Vielleicht, wenn sie ein Stück Stoff dazwischenklemmte. Entsprechend präpariert, versuchte sie es erneut. Jetzt ging es besser. Mit weit aufgerissenem Mund, den Zahn kräftig packend, zog sie – und rutschte wieder ab. Sie stieß einen wütenden Schrei aus, doch sie gab nicht auf. Sie spürte, dass es bei einem der nächsten Versuche klappen konnte. Noch einmal frisch angesetzt, kräftig gezogen, und mit einem Ruck war er da. Rot glänzend hing er zwischen den Enden der Zange.

Sie hielt ihn ins Licht.

Der Zahn war vollständig, die Wurzel nicht gebrochen. Eine deutliche Verfärbung und ein Loch zeigten an, warum er so weh getan hatte. River atmete tief durch. Dieser Zahn würde ihr keine Probleme mehr bereiten.

Sie ließ ihn in ihr Ledersäckchen fallen. Vielleicht konnte sie ihn später noch für Zauber benutzen. Sie rollte das bereitgelegte Stoffstück zusammen, umwickelte es mit Wundblättern, die sie zuvor mit Pinienharz bestrichen hatte, und legte die Kompresse vorsichtig auf die Wunde. Dann biss sie zu. Der erwartete Schmerz setzte erst nach einer Weile ein, doch sie konnte ihn ertragen. Einige bange Momente, dann entspannte sie sich. Was getan werden musste, hatte sie getan. Was jetzt folgte, lag nicht mehr in ihren Händen.

Mit einem Stöhnen sackte sie nach hinten. Sie war erledigt, aber glücklich. Die Anspannung fiel von ihr ab. Eine überwältigende Müdigkeit setzte ein. Ohne einen weiteren Gedanken legte sie sich auf ihr Lager, bettete den Kopf auf ein Stoffbündel und schlief augenblicklich ein.

Irgendwann in tiefer Nacht wachte sie auf. Zuerst wusste sie nicht, wo sie war, musste sich orientieren, doch dann fiel ihr alles wieder ein. Die Höhle, das Feuer, der Zahn. Ihr war schwindelig, und ihr Mund war trocken. Die Kompresse hatte jeglichen Speichel aufgesaugt. Sie packte das feuchte Gewebe mit spitzen Fingern und warf es angewidert in die Ecke. Vorsichtig tastete sie mit der Zunge nach der Wunde. Der Schmerz war geringer als befürchtet. Offenbar hatte der Heilungsprozess bereits eingesetzt. Ein seltsames Gefühl, jetzt, da der Zahn nicht mehr da war. An die Lücke musste sie sich erst noch gewöhnen.

Mit weit aufgerissenen Augen sah sie sich um. Ihr Atem kondensierte zu kleinen Schleiern. Kalt war es geworden. Das Feuer war heruntergebrannt, und die schwache Glut spendete nur noch wenig Wärme. Von irgendwoher drang ein rötliches Licht in die Höhle. Sie erkannte Ma'iingan, der neben ihrem Fußende schlief. Ihre Kiepe, ihr Werkzeug, das Metallplättchen an der Wand – alles unverändert. Aber woher stammte das Licht?

Mühsam stand sie auf. Sofort hob Ma'iingan den Kopf.

»Schlaf ruhig weiter«, flüsterte sie. »Ich wollte nur die Lage sondieren. Brauchst keine Angst zu haben.«

Aber einem Hund zu sagen, was er fühlen sollte, war in etwa so unsinnig, wie eine Pflanze am Blühen zu hindern. Die Natur folgte ihren eigenen Gesetzen. Mit großen Augen saß er da und sah sie an.

»Na gut, dann komm eben mit. Ich will nur schnell nachsehen, was los ist.«

Sie stand auf und wankte mit unsicheren Schritten in Richtung Ausgang.

Ein kühler Wind schlug ihr ins Gesicht. Er verfing sich in Felsspalten und erzeugte ein unheimliches Heulen. Ein paar Schritte ging sie noch weiter, dann blieb sie plötzlich stehen. Sie schaute an sich hinab – und erschrak. Ihre Füße steckten knöcheltief im Schnee. Verwundert blickte sie in die Runde. Es war ein Anblick, so unwirklich, dass sie zuerst nicht wusste, ob sie nicht vielleicht immer noch schlief und das nur ein seltsamer Traum war. Aber die Schneeflocken, die vom Himmel fielen, belehrten sie eines Besseren.

Der Pfad, den sie genommen hatte, war verschwunden. Das Land war in weißer Erhabenheit erstarrt. Als hätte jemand die Welt mit Hirschfellen ausgelegt. Wolkenfetzen trieben über den Himmel. Auf einmal tauchte hinter einem von ihnen der Mond auf. Um ein Haar hätte River laut aufgeschrien. Der Mond! Dick und rot hing er am Himmel. Wie das Herz eines frisch geschlachteten Hirsches.

Der Blutmond! Düster und unheilverkündend prangte er am nächtlichen Firmament. Zerfetzte Wolken umkränzten sein zerfurchtes Antlitz.

Ozawadj hatte ihn in seinen Träumen gesehen, und genau so war es eingetroffen. Der Traum war Wirklichkeit geworden. Aber wenn der Teil gestimmt hatte, was war dann mit dem Rest?

In die eisige Luft hinein erklang plötzlich ein Dröhnen. Ein dumpfer Donner, der durch den Nachthimmel rollte und sich an Berghängen und Felsen brach. Der Boden unter Rivers Füßen erzitterte. Ma'iingan blieb kurz stehen, dann suchte er mit schrillem Winseln Schutz in der Höhle. River wollte ihm folgen, aber ihre Beine versagten den Dienst. Sie schienen mit dem Erdboden verwurzelt zu sein.

ANUNG EZZ!

Die Stimme schlug ihr mit der Kälte eines Blizzards ins Gesicht! Die Luft selbst schien zu ihr zu sprechen.

ANUNG EM-ESH!

Was waren das für Worte? Sie waren voller Kälte und Grausamkeit.

ANUNG UN-RAMA!

Wieder ertönte das Rumpeln. River ballte die Hände zu Fäusten. Das klang nicht wie ein Erdbeben oder herabfallende Steine. Es klang wie Trommeln. Wie riesige, unheilverkündende Trommeln.

Trommeln?

Wenn du die Totentrommeln hörst, ist es zu spät.

»Großer Geist, beschütze mich.« Sie spürte, wie die Kraft sie verließ. Alles drehte sich, ihre Beine wollten sie nicht länger tragen.

Bei dem Versuch, sich umzudrehen und zur Höhle zurückzugehen, glitt sie aus. Ihr Fuß rutschte weg, und sie kippte zur Seite. Einen Schrei ausstoßend, versuchte sie sich festzuhalten, doch da war nichts. Kein Stein, kein Ast oder Strauch. Ungebremst sauste sie den Hang hinunter. Noch während sie Fahrt aufnahm, sah sie einen hervorstehenden Felsen auf sich zurasen. Ihr Kopf knallte gegen etwas Hartes. Der Schlag war so heftig, dass er ihr die Luft aus dem Körper drückte.

Sterne flammten auf. Das Dröhnen steigerte sich zu einem unerträglichen Brüllen. In den Sekundenbruchteilen zwischen Klarheit und Schwärze war ihr, als würde der Wind noch einmal zu ihr sprechen. Er sagte etwas. Diesmal jedoch nicht in der fremden Sprache von vorhin, sondern mit den Worten ihres Volkes. Er rief etwas. Einen Namen.

Ihren Namen.

18

Am nächsten Tag,
etliche Meilen weiter südlich …

Nathan stieß einen Warnruf aus, doch es war zu spät. Das Unheil nahm seinen Lauf. Unvermeidlich, unaufhaltsam.

Es war, als habe jemand die Zeit verlangsamt, als blicke er durch ein Glas aus Honig. Da war diese schneebedeckte Felsplatte, der Huf und die Böschung – und alles zusammen in einer Konstellation, die unweigerlich ins Unglück führen musste. Sein Versuch, das Pferd zu warnen und die Zügel herumzureißen, war ebenso sinnlos wie die Verlagerung seines Körpergewichts oder das Bemühen, den Fuß aus dem Steigbügel zu befreien.

Der Hengst trat auf die Platte und glitt aus. Eben noch mit allen vieren sicher auf der Erde stehend, rutschte er plötzlich weg und schickte sich selbst und seinen Reiter auf eine mörderische Reise.

Der schwere Leib krachte seitlich in den Schnee. Ängstliches Wiehern erscholl, als das Pferd talabwärts rutschte und dann in einer Senke liegen blieb.

Nathan stöhnte. Er brauchte eine Weile, um sich zu sortieren. Das Gewicht des Tieres lastete auf seinem Bein. Knie und Oberschenkel fühlten sich an, als wären sie unter eine Dampflokomotive geraten. Er versuchte aufzustehen, aber sein Fuß steckte immer noch im Steigbügel und ließ sich nicht befreien. Das Pferd scheute und bockte. Es war verletzt. Aus dem rechten Vorderlauf ragte ein Stück Knochen hervor. Die Augen weit aufgerissen und mit ängstlichem Gebrüll versuchte es wieder auf die Füße zu kommen, doch je mehr es um sich trat, desto schlimmer wurde es. Der Druck auf Nathans Bein wurde unerträglich. Er spürte, dass es gleich brechen würde. Es gab nur einen Ausweg. Kurzentschlossen riss er seinen Revolver aus dem Holster und schoss dem Pferd in den Kopf.

Der Knall war ohrenbetäubend. Beißender Pulverdampf stieg auf, stach ihm in die Augen. Der mächtige Leib sackte zusammen. Die Bewegungen erlahmten. Ein paar Schläge mit den Hufen, ein letztes Erschauern des Körpers, dann lag es still. Durch einen Tränenschleier sah Nathan, wie sein Packpferd mitsamt seinen Sachen ängstlich wiehernd das Weite suchte.

Er ließ sich zurücksinken.

»So eine Scheiße«, fluchte er. »So eine dreimal verfluchte Scheiße.« Er atmete langsam ein und aus. Jetzt nicht die Besinnung verlieren, dachte er. Bloß nicht ohnmächtig werden, das wäre sein Tod. Nicht nur der Unterkühlung wegen – es schneite immer noch –, sondern weil er seinen Verfolgern damit einen entscheidenden Vorteil verschafft hätte. Seit Sainte-Agathe-des-Monts war ihm die Drecksbande auf den Fersen. Sechs Mann, einer von ihnen augenscheinlich ein Indianer. Ein Scout vermutlich. Wie die Kletten hingen sie an ihm und hatten sich nicht davon abbringen lassen, ihm in dieses entlegene Tal zu folgen. Woher sie kamen und wie lange sie ihn schon verfolgten, wusste er nicht, aber sie waren gut gerüstet. Dicke Jacken, jede Menge Verpflegung und Gewehre – sie schienen es ernst zu meinen.

Zumindest einer von ihnen war ein Sheriff, das hatte

er durch sein altes Armeefernrohr erkannt. Die anderen? Vermutlich Deputys. Oder Söldner. Die Sichtverhältnisse waren alles andere als ideal, aber er meinte, einen von ihnen schon einmal gesehen zu haben.

Er zog erneut an seinem Bein. Erfolglos.

War es nicht schlimm genug, dass dieses dämliche Tal kein Ende nehmen wollte? Dann hatte es auch noch zu schneien begonnen. Mitten in der Nacht, bei Blitz und Donner. Dazu orkanartige Winde und ein Gerumpel, das wie Trommeln klang. Es war lange her, dass Nathan so etwas erlebt hatte.

Noch einmal versuchte er freizukommen. Er löste den linken Fuß aus dem Steigbügel, stemmte ihn gegen den Sattel und spannte die Muskeln. Ein paar Zentimeter konnte er gewinnen, aber der massige Leib des Tieres verhinderte ein weiteres Vorankommen. Sein rechter Fuß hing immer noch fest. Wenn ihm nur mehr Kraft zur Verfügung stünde. Er sah sich um. Rechts von ihm ragte ein Stück Wurzel aus dem Schnee. Er streckte den Arm, doch die Wurzel war zu weit entfernt. Sein Atem kondensierte zu weißen Schleiern. Die Anstrengung erzeugte Sternchen vor seinen Augen.

»Das gibt's doch nicht«, zischte er. »Los jetzt, du Schlappschwanz. Noch einmal, und diesmal richtig.«

Er biss die Zähne zusammen, streckte den Arm, bis er glaubte, er müsse aus dem Schultergelenk springen, und griff nach oben. Endlich erwischte er das verdammte Ding. Mit beiden Armen an der Wurzel ziehend und sein Bemühen mit dem linken Bein unterstützend, zog er, was das Zeug hielt.

Und mit einem Mal war er frei. Sein Fuß war aus dem Stiefel gerutscht wie der Korken aus der Flasche. Er sah sich den Schaden an. Seine Hose war am unteren Ende zerrissen, und quer über der Wade verlief ein langer Schnitt. Vermutlich von einer Schraube am Steigbügel.

Ein paar prüfende Griffe, dann atmete er erleichtert auf. Schien alles in Ordnung zu sein. Das Bein war zerschnitten, zerschrammt und zerschlagen, aber wenn er es richtig einschätzte, war nichts gebrochen. Die endgültige Probe stand natürlich noch aus.

Sein Gewicht vorsichtig auf das gesunde Bein verlagernd, stand er auf. Ein paar wackelige Schritte, dann nickte er zufrieden. Glück im Unglück. Doch was nun? Humpelnd umrundete er das Pferd und versuchte, an den Stiefel zu gelangen. Doch erst als er den Sattel löste und sämtliche Gurte mitsamt den Metallbeschlägen unter dem Leib des Tieres hervorzog, gelang es ihm, ihn zu bergen. Meine Güte, da hatte er ja wirklich Schwein gehabt. Der Stiefel war derartig im Steigbügel verkantet, dass Nathan den Fuß unter weniger günstigen Voraussetzungen niemals freibekommen hätte.

Nachdem das erledigt war, umwickelte er die Verletzung mit einem Fetzen Stoff und zog den Stiefel wieder an. Der Druck und die Prellungen hatten das Bein anschwellen lassen. Den Schmerz unterdrückend, packte er den Schaft und zog. Ein Ruck, dann war der Fuß wieder an Ort und Stelle. Die Schmerzen waren kaum auszuhalten, und er musste sich zwingen, nicht zu schreien. Doch schon nach wenigen Augenblicken ließen die Qualen nach.

Nathan schaufelte sich etwas Schnee ins Gesicht und kühlte seine überhitzte Haut. Ein paarmal humpelte er um das gefallene Ross und sammelte alles auf, was ihm brauchbar erschien, und machte sich auf den Weg. Konnte ein verdammt langer Marsch werden, aber was blieb ihm anderes übrig? Er musste das zweite Pferd einfangen, und zwar möglichst schnell. Er spürte, dass ihm die Verfolger dicht auf den Fersen waren.

*

Goodfellow war stehen geblieben. Lauschend ein Ohr in den Wind gerichtet, hob er die Hand. Seit sie vorhin den Schuss gehört hatten, waren alle in Alarmbereitschaft.

»Was ist los?«, flüsterte Scott.

»Pst.«

Der Schnee schluckte die Geräusche. Nur das leise Gluckern des Flusses war zu vernehmen. Plötzlich war etwas zu hören: Hufschläge. Und sie kamen näher. Scott deutete auf den östlichen Hang. »Da oben. Ich sehe etwas.«

Albright richtete sein Fernglas darauf.

»Ein Pferd«, stieß er aus. »Voll beladen, kommt direkt auf uns zu.«

Jetzt konnten alle es sehen. Das Tier war braun, mit schwarzer Mähne und einem cremefarbenen Fleck auf der Brust. Panisch, den knöcheltiefen Schnee aufwühlend, lief es hangabwärts.

»Das ist Toby«, stieß Scott aus. »Seht ihr den hellen Fleck? Daran würde ich ihn unter tausend anderen wiedererkennen.«

»Absitzen, Leute!«, befahl Tanner. »Bindet die Pferde fest und macht euch bereit. Sieht so aus, als wäre unser Mann ganz in der Nähe.«

»Warum folgen wir nicht einfach der Spur?«, fragte Albright. »Der Schnee wird uns direkt zu Blake führen.«

»Davon würde ich dringend abraten«, sagte Wilbur Brimstone. »Der Mann ist nicht auf den Kopf gefallen.

Vielleicht liegt er in ebendiesem Moment hinter irgendeinem Baum auf der Lauer und hat uns im Visier. Dem Typen ist alles zuzutrauen.«

Scott sah sich erschrocken um. An diese Möglichkeit hatte er nicht gedacht. Er sah jedoch nichts. Auch Bürgermeister Albright schien nicht überzeugt.

»Vielleicht ist ihm das Pferd einfach nur ausgebüxt«, sagte er. »Wir dürfen hier nicht einfach tatenlos herumsitzen und wertvolle Zeit verschwenden. Lassen Sie uns vorrücken und nachsehen, was da oben los ist.«

»Ich stimme Ihnen zu«, sagte Tanner. »Wir müssen etwas unternehmen. Allerdings sollten wir dabei strategisch vorgehen. Wir teilen uns auf und kreisen ihn ein. Sehen Sie den Kamm, den das Pferd herunterkommt? Mr. Wilbur Brimstone, Sie werden mit Bürgermeister Albright über die linke Flanke vorrücken. Ihr Bruder geht mit Scott über die rechte. Ich selbst werde mit Goodfellow den direkten Weg wählen und dabei die Aufmerksamkeit auf uns lenken. Wir treffen uns dann in der Mitte, etwa auf Höhe dieses Felsens dort, sehen Sie? Sollte irgendjemand etwas Verdächtiges bemerken, feuert er sofort einen Warnschuss ab. Die anderen kommen dann zu ihm. Alles verstanden?«

»Alles klar.«

»Gut, dann los.«

Scott setzte sich in Bewegung. Das Blut pochte ihm in den Ohren.

*

Nathan sah die Männer näher kommen. Die Sache gefiel ihm nicht. Während die eine Gruppe über den Kamm auf ihn zukam, ging die zweite drüben über die rechte

Flanke. Zwischen Bäumen und Gestrüpp hindurch konnte er sehen, dass es sich um einen älteren Mann und einen stämmigen Kerl mit Schnurrbart und Bowlerhut handelte. Vier Mann, bis an die Zähne bewaffnet. Die Frage war nur: Wo steckten die anderen? Er konnte sie nicht sehen, aber er würde wetten, dass sie über die linke Seite kamen. Klassische Zangenformation, er hätte es nicht anders gemacht. Dazu noch in Zweiergruppen, was es ihm beinahe unmöglich machte, sie zu überraschen. Wer immer diese Kerle waren, zumindest einer von ihnen hatte eine militärische Grundausbildung.

Ein grimmiges Lächeln stahl sich auf sein Gesicht. Hieß es nicht, man würde mit seinen Aufgaben wachsen? Die Männer, die ihn besiegten, mussten erst noch geboren werden.

Im Sommer '64 hatte er es im Shenandoahtal mit zehn berittenen Soldaten aus Sheridans Einheit auf einmal zu tun bekommen. Eine Begegnung, die später noch für viel Gesprächsstoff gesorgt hatte, da nur ein Einziger seiner Gegner überlebt hatte – und das auch nur deswegen, weil er einen seiner eigenen Kollegen feige geopfert hatte. Genutzt hatte Nathan die Heldentat allerdings auch nichts mehr. Die Schlacht ging verloren, und acht Monate später war der Krieg zu Ende. Die Union hatte gesiegt, und die Südstaaten waren Geschichte. Damals hatte man ihm den Namen »Windwalker« verliehen. Ein indianischer Begriff, der ihm gefiel. Tatsächlich hatte er über die Jahre eine Technik entwickelt, die es ihm ermöglichte, sich lautlos wie ein Geist fortzubewegen. Der entscheidende Faktor hieß Übersicht. Alles zu sehen und zu wissen, war eine Kunst, die er zur Perfektion gebracht hatte. Von seiner jetzigen Position aus konnte er einen Großteil des Hangs überblicken. Etwa hundert

Meter entfernt lag sein totes Pferd, dahinter erkannte er den Indianer und den Sheriff. Es war ihnen gelungen, das entlaufene Pferd einzufangen und an einem Baum festzubinden. Das zweite Paar hielt sich im rechten unteren Hangdrittel auf und setzte seinen Weg parallel zum Fluss fort. So weit, so gut. Doch von den anderen war immer noch keine Spur zu entdecken. Er beschloss, der Sache auf den Grund zu gehen, selbst auf die Gefahr hin, seine strategisch günstige Position zu verlieren. Er musste wissen, was da los war.

Lautlos kroch er rückwärts.

Er presste die Lippen zusammen. Die Kälte machte ihm zu schaffen. Sein Bein schmerzte, und durch das zerrissene Hosenbein rieselte Schnee in seinen Stiefel. Die Energie, mit der diese Männer zu Werke gingen, war bewundernswert. Fast, als wäre es etwas Persönliches. Eigentlich durften sie in der vergangenen Nacht kaum geschlafen haben, sonst wären sie ihm nicht so dicht auf den Fersen. Ob er sich bei einem von ihnen mal nach den Hintergründen erkundigen sollte? Er konnte ihn lange genug am Leben lassen, um ihm ein paar Fragen zu stellen. Unsinn, dachte er. Er hatte dringendere Probleme. Letztlich war es eine Frage des Überlebens, und da waren die Hintergründe egal.

Er erreichte einen Punkt, der geschützt genug war, dass er aufstehen konnte. So gut es sein geschundenes Bein zuließ, humpelte er auf die andere Seite des Kamms.

Er war noch nicht weit gekommen, als er Stimmen hörte.

Aha! Gut, dass er seinem Instinkt vertraut hatte.

Vorsichtig hinter einer Buche hervorlinsend, bemerkte er zwei Männer, die mit wachsamem Blick den Hang heraufkamen. Der eine war ein junger Bursche, der andere kräftig gebaut und von mittelgroßer Statur. Er trug einen Schnurrbart und einen Bowlerhut.

Nathan stutzte. Zwei Sachen fielen ihm ins Auge. Zum einen, dass der Kerl dem Mann drüben am Westhang wie aus dem Gesicht geschnitten war. Als gäbe es hier ein Echo. Brüder, schoss es ihm durch den Kopf. *Zwillinge.* Das war die einzig logische Erklärung. Obendrein schienen es Pinkertons zu sein, er konnte es förmlich riechen: die Haltung, der Ausdruck, ihre Kleidung und Ausrüstung. Er hatte das schon dutzendfach gesehen, allerdings noch nie im Doppelpack. Die andere Besonderheit betraf den Jungen. Lange hatte er überlegt, wo ihm der Kerl schon mal begegnet war, jetzt wusste er, woher er ihn kannte. Morrisonville. Das Kaff mit der Scheune.

War ihm der Typ wirklich den ganzen Weg gefolgt? Ganz schön hartnäckig, das musste man ihm lassen. Es musste was Persönliches sein, anders war dieser Eifer nicht zu erklären. Vielleicht ein Angehöriger der Toten, ihr Sohn? War es ein Fehler gewesen, ihn am Leben zu lassen?

Die Männer waren jetzt so nah, dass er das Knarzen ihrer Schritte im Schnee hörte. Dreißig Yards, vielleicht weniger.

Er atmete tief ein. Der Anblick des Zwillings hatte ihn auf eine Idee gebracht. Ein Plan begann zu reifen. Gewiss, es erforderte ein entschlossenes Handeln und barg einige Risiken, aber letztlich war es die Einfachheit, die ihn überzeugte. Einmal in Aktion, gab es nichts, was ihn noch aufhalten konnte.

Er zog sein Bowiemesser. Langsam und konzentriert zählte er bis zehn, dann verließ er die Deckung.

19

Josh Tanner blieb stehen. Goodfellow hatte etwas entdeckt und deutete geradeaus. Jetzt sah der Sheriff es auch. Über das Schneefeld kam ein Mann auf sie zu. Er trug ein dickes Bündel auf der Schulter. Mit jedem Schritt sank er ein, was sein Vorankommen merklich abbremste. Sein Gesicht war verdeckt, aber der Bowlerhut und der Schnurrbart unverkennbar.

Seit einer knappen halben Stunde hatten sie nichts von den beiden anderen Gruppen gehört oder gesehen. Tanner war schon unruhig geworden, aber immerhin hatten sie jetzt einen von ihnen wiedergefunden.

Er kniff die Augen zusammen. »He, Brimstone, brauchen Sie Hilfe?«

Der Pinkerton gab mit Handzeichen zu verstehen, er solle bleiben, wo er war. Was schleppte er da bloß über der Schulter – erlegtes Wild?

Tanner und Goodfellow hatten einige Zeit neben Blakes erschossenem Pferd verbracht und darüber gerätselt, was geschehen sein mochte.

Der Mörder war gestürzt, so viel war klar. Goodfellow hatte eine Schieferplatte entdeckt, die etliche markante Kratzer aufwies. Offenbar war das Hufeisen dort abgerutscht, das Pferd war gestrauchelt und mehrere Meter hangabwärts geglitten, wobei es in einer kleinen Mulde liegen geblieben war. Sein gebrochener Vorderlauf sprach Bände. Dass Blake das Pferd erschossen hatte, mochte sowohl als Akt der Gnade als auch der Befreiung gelten, denn offensichtlich hatte ihn das Tier eingeklemmt. Goodfellow hatte ein Stück abgerissenen

Stoffes sowie eine dünne Blutspur entdeckt, die nicht von dem Tier stammte.

Sheriff Tanner kniff die Augen zusammen. Das Licht auf dem Schnee blendete ihn. Brimstone war nur noch einen Steinwurf entfernt. Was, wenn das doch ein Verletzter war, den er da über der Schulter trug? Aber warum rief er dann nicht um Hilfe?

Tanner ließ Goodfellow stehen und stapfte auf den Detektiv zu. Der Schnee lag hier besonders dicht, was ein schnelles Vorwärtskommen verhinderte.

»He, Brimstone, was ist los? Ist etwas passiert, was schleppen Sie denn da?«

Der Pinkerton antwortete nicht. Offensichtlich war ihm unterwegs die Puste ausgegangen. Das Gesicht hinter dem markanten Schnurrbart war deutlich gerötet. Je näher er kam, desto größer wurde Tanners Sorge.

»Jetzt bleiben Sie doch stehen, Mann. Ich komme rüber!« Er drehte sich um. »Los doch, Goodfellow, Brimstone braucht unsere Hilfe …«

Der Indianer eilte hinter ihm her. Doch statt Tanner zu helfen, packte er ihn am Arm. In seinen Augen leuchtete Argwohn. »Halt!«

Tanner blickte den Scout verständnislos an. »Was soll das heißen?«

»Nicht weiter.«

»Sind Sie jetzt durchgedreht, oder was? Der Mann braucht Unterstützung.«

»Da stimmt was nicht«

Der Sheriff hatte keine Ahnung, wovon Goodfellow da redete. Sein ganzes Verhalten war seltsam. Ohne eine weitere Erklärung abzuwarten, riss Tanner sich los und ging weiter. *Indianer!* Wer wusste schon, wie die tickten …

Mühsam schleppte sich der Detektiv weiter auf sie zu. Eine Böe fegte über den Hang, wirbelte Schnee auf und blies einen Teil der Decke fort. Strohblondes Haar flatterte im Wind. Es war blutverklebt. *Grundgütiger, es war tatsächlich Scott!* Jetzt konnte Tanner ihn erkennen. Das Gesicht des jungen Mannes war leichenblass, sein Körper schlaff wie der einer Puppe. Aber warum schlug Brimstone keinen Alarm? Tanners Hände verkrampften sich um den Lauf seiner Waffe. »Himmlischer Vater …«

In diesem Moment krachte ein Schuss. Tanner spürte einen heftigen Windzug an seinem Ohr. Im nächsten Moment sah er, wie Brimstone zusammensackte. Der Pinkerton war getroffen. Scotts schlaffer Körper fiel von seiner Schulter und landete kopfüber im Schnee.

Tanner fuhr herum. Goodfellow stand da, breitbeinig, seine Winchester im Anschlag. Aus dem Lauf quoll Rauch.

Was für ein Wahnsinn war das?

»Runter mit der Waffe!«, brüllte Tanner. »Ja, bist du denn von allen guten Geistern verlassen?«

Der Scout reagierte nicht. Mit eiskalter Präzision lud er die nächste Patrone in den Lauf. Tanner war wie vor den Kopf geschlagen. Er wusste nicht, was in den Mann gefahren war, dass er anfing, seine eigenen Leute abzuknallen, er wusste nur eines: Er musste handeln, und zwar schnell. Das Leben seines Freundes stand auf dem Spiel.

»Ich sag's nicht noch mal. Runter mit der Waffe!«

Der Scout legte an.

Tanner riss sein Gewehr hoch und drückte ab. Der Rückstoß zuckte durch sein Handgelenk und schlug ihm beinahe die Waffe aus der Hand.

Ein Teil von Goodfellows Gesicht flog weg. Das Blut

spritzte über den Schnee. Einen schrillen Schrei aussto-ßend, kippte der Indianer hintenüber. Sein Körper wurde von epileptischen Zuckungen geschüttelt. Dann lag er still.

Tanner stand wie vom Donner gerührt. Er hatte keine Erklärung für das Verhalten seines Begleiters, er wusste nur, dass er nicht anders hatte handeln können. Das Ganze war ein gottverdammter Alptraum!

Panisch fuhr er herum.

Scott lag reglos da, das blonde Haar völlig verstrubbelt. Brimstone hingegen richtete sich schon wieder auf, seinen Revolver in der Hand. Er versuchte ihn auf Tanner zu richten, doch es gelang ihm nicht. Zitternd sackte sein Arm nach unten. Aus einer Wunde in Schulterhöhe quoll Blut. Sein Schnurrbart war verrutscht, sein Hut leicht nach hinten verschoben. Darunter ringelte sich eine schwarze Locke hervor. Auf den Knien kauernd, seinen Revolver kraftlos in der Hand, blickte er Tanner direkt in die Augen. Der Sheriff runzelte die Stirn. Seit wann hatte der Detektiv grüne Augen? Brimstones Augen waren braun.

Grundgütiger! Im Bruchteil einer Sekunde wurde sich Tanner der Täuschung bewusst – und seines verhängnisvollen Irrtums.

Er riss die Winchester hoch und richtete den Lauf auf den Kopf seines Gegenübers. Einen kurzen Moment schien der Mann unschlüssig zu sein, dann ließ er den Revolver in den Schnee fallen.

»Haben Sie mich also doch noch erwischt«, sagte er mit veränderter Stimme. »Dabei hatte ich mir das so gut ausgedacht. Aber ich habe meine Rechnung ohne den Indianer gemacht.« Er griff sich ins Gesicht, riss den Bart ab und warf auch ihn in den Schnee. Das Gesicht darunter war blutverschmiert. Tanner war vor Schreck wie paralysiert.

»Jetzt starren Sie doch nicht so, Mann!«, sagte die Stimme. »Sie sollten Ihrem Kollegen dankbar sein, dass er Ihnen das Leben gerettet hat. Pech, dass Sie ihn erschossen haben. Das war Ihr bester Mann. Aber so ist die Welt nun mal: Die Guten trifft es immer zuerst, nicht wahr?« Das Lächeln sah aus wie mit dem Messer geschnitzt. »Übrigens könnte ich einen Verband brauchen, ich laufe hier nämlich gerade aus.«

Tanner war immer noch unfähig, sich zu rühren.

»Schauen Sie nicht so verdutzt«, sagte der Mann. »Sie haben einen Gefangenen. Ich bin der Mann vom Steckbrief. Der, den Sie suchen. Mein Name ist Nathan Blake.«

20

Gegenwart …

Ich zuckte zusammen. Von einer auf die andere Sekunde war das Licht ausgegangen. Dunkelheit drang von allen Seiten auf mich ein. Es war, als habe jemand die Stopptaste gedrückt.

Der Sicherungskasten. Aber wo war der?

Mit klopfendem Herzen saß ich da und wartete. Als klarwurde, dass das Licht nicht von alleine wieder angehen würde, legte ich das Buch beiseite und tastete mich am Sofa entlang, Richtung Schalter. Mein Arm streifte etwas, und es fiel zu Boden, wo es mit einem hässlichen Knacken zerbrach.

»Scheiße.«

Die Teekanne war ein Familienerbstück aus den Zwanzigern. Das Stück war unbezahlbar. Margret würde mich steinigen, selbst wenn sie es gar nicht haben wollte.

Draußen zuckte ein Blitz auf. Für den Bruchteil einer Sekunde war der Dachboden in blaues Licht getaucht. Lang genug, um mich zu orientieren.

Ich kroch zum Stützbalken und tastete mich hoch. Während draußen der Donner rollte und das Haus erbebte, fand ich den Schalter. Die Vibrationen sausten direkt durch die Balken in meine Hand. Fast glaubte ich, die elektrische Entladung in meinen Fingerspitzen zu fühlen. Klick – klack. Nichts. War auch nicht zu erwarten gewesen.

Unschlüssig hockte ich da, dann krabbelte ich weiter in Richtung Fenster. In den Nachbarhäusern war es ebenfalls dunkel. Auch die Straßenlaternen waren dunkel. Offenbar hatte es das ganze Viertel erwischt. Na, wenigstens musste ich mich nicht auf die langwierige Suche nach dem Sicherungskasten machen. Ich überlegte kurz, ob sich hier oben eine Taschenlampe finden ließ, aber wieso sollte es? Und nach der langen Zeit wären die Batterien ohnehin leer. Unschlüssig hockte ich da und dachte nach. Sollte ich einfach warten? Ich war noch nie ein besonders geduldiger Mensch gewesen, das verband mich mit River.

Nein, ich musste nach unten und Licht organisieren.

Die Luke stand offen, daran erinnerte ich mich. Ziemlich riskant. Einen freien Fall von über drei Metern wollte ich gerne vermeiden, doch ich musste das Risiko wohl oder übel eingehen. In diesem Moment erhellte ein zweiter Blitz die Dunkelheit und wies mir den Weg. Stützpfeiler, Sofa, Buchregal – ich prägte mir die Landmarken ein und kroch voran. Meine Finger ertasteten die Luke nebst darunter befindlicher Leiter. Ich rutschte mit einem Bein über die Öffnung und suchte mit dem Fuß nach einer Stufe. Der Rest war ein Kinderspiel. Nur wenige Sekunden später stand ich im Flur, von dem aus es zu den Schlafzimmern und dem Gäste-WC ging. Es war stockdunkel. Erstaunlich, wie finster es in einer Stadt sein konnte, wenn das Licht ausfiel. Ich wartete den nächsten Blitz ab, dann nahm ich die Holztreppe in Angriff. Mit der Hand über das Geländer gleitend, gelang es mir, das Erdgeschoss ohne Blessuren zu erreichen. Doch obwohl ich das Haus gut kannte, waren manche Dinge anders, als ich sie in Erinnerung hatte. Das betraf vor allem die Größenverhältnisse, die sich offenbar mit dem Älterwerden verschoben.

Ich berührte einen weiteren Lichtschalter und drückte darauf. Wieder ohne Erfolg. Draußen fuhr ein Auto vorbei. Ich hörte die Reifen, die über den patschnassen Asphalt pflügten. Offenbar regnete es immer noch, wenn auch nicht ganz so heftig. Das Licht der Scheinwerfer warf expressionistische Streiflichter an die Wände. *Die Küche,* dachte ich. Dort hatte ich Kerzen und Streichhölzer gesehen.

Ich tastete mich an der Wand entlang, als ich plötzlich etwas Weiches berührte. Mir schlug das Herz bis zum Hals, bis mir bewusst wurde, dass ich den Vorhang vor dem Schuhregal berührt hatte. »Angsthase«, murmelte ich.

Weiter ging es. Hier war die Küche, links das Bord mit dem Geschirr, rechts davon die Anrichte und die Schubladen. Erste Schublade: Besteck. Zweite: Kochwerkzeuge. Dritte Schublade – meine Finger ertasteten Wachsstäbe. *Kerzen,* na also. Direkt daneben war eine Pappschachtel. Ich hob sie hoch, schüttelte sie und hörte ein zufriedenstellendes Klappern.

Wenige Augenblicke später hatte ich wieder Licht. Meine Augen hatten sich inzwischen so an die Dunkelheit gewöhnt, dass bereits eine einzige Kerze ausreichte, die Küche zu erhellen. Ich nutzte die Gelegenheit, um noch einen Schluck zu trinken, dann machte ich mich auf den Weg zurück. Zur Sicherheit nahm ich noch ein paar weitere Kerzen mit und vergaß auch die Streichhölzer nicht. Beim Hinausgehen streifte mein Blick die Küchenuhr. Kurz nach zwölf. Geisterstunde.

Erst jetzt fiel mir auf, dass ich überhaupt nicht müde war. Normalerweise ging ich um halb elf ins Bett und schlief wie ein Murmeltier, aber gerade fühlte ich mich, als hätte ich zwei Tassen Kaffee getrunken. Aufgekratzt, unruhig, aufgewühlt. Die Geschichte ließ mir keine Ruhe. Sie hatte sich in meinem Kopf festgefressen und rumorte da vor sich hin. Mich schauderte bei dem Gedanken, worauf das alles hinauslaufen würde. Lizzys Buch hatte längst den Status einer Lagerfeuergeschichte hinter sich gelassen und war zu etwas Größerem geworden. Wie ein dunkles Wesen, das sich langsam aufrichtete. Noch war seine äußere Erscheinung nicht klar zu erkennen, doch der Zeitpunkt rückte näher, an dem das geschehen würde. Satz um Satz, Seite um Seite wurde es klarer. Gewiss, ich hätte vorblättern und das Ergebnis vorwegnehmen können, aber irgendetwas hielt mich davon ab. Die Tatsache, dass meine Großmutter sich die Mühe gemacht hatte, die verschwommenen Informationen zu einer Geschichte zusammenzufassen, gab mir zu denken. Warum dieser Umweg, warum nicht die Fakten einfach auf den Tisch legen? Lizzy war eine kluge Frau gewesen, sie besaß Einfühlungsvermögen und Vorstellungskraft. Vor allem aber verfügte sie über eine gute Menschenkenntnis. Sie wusste, wie Menschen ticken. Sie musste sich etwas dabei gedacht haben. Vielleicht wollte sie verhindern, dass ich so reagierte wie Mutter. Mittlerweile hegte ich den Verdacht, dass es diese Geschichte war, die zum Bruch zwischen den beiden geführt hatte. Doch auch wenn mir die Ungewissheit zu schaffen machte, im Zweifelsfall tat ich gut daran, den empfohlenen Weg beizubehalten. Wer konnte schon wissen, was mich am Ende der Reise erwartete?

Ich entschied mich weiterzulesen. Schlafen konnte ich jetzt ohnehin nicht. Außerdem erwartete mich niemand an der Uni. Morgen war Sonntag.

21

Vorsichtig tastete sich River entlang des zugeschneiten Pfades hinab ins Tal. Sie hatte die Höhle früh am Morgen verlassen und befand sich nun auf dem Heimweg. Der Wind pfiff eisig über den Hang und verwandelte die Felskante in eine rutschige Todesfalle. Dick in Stoff und Fell gekleidet, setzte sie einen Fuß vor den anderen, wobei sie achtgab, nicht auszurutschen.

Sie war froh, Ma'iingan bei sich zu haben. Ihr Freund war ein erstklassiger Führer. Er leitete sie den verschneiten Grat entlang und achtete darauf, dass sie nicht versehentlich eine falsche Abzweigung nahm. Immer ein paar Schritte voraus, hierhin und dorthin schnürend, wählte er instinktiv den richtigen Weg. Den Weg, der sie ins Tal und in die Sicherheit führte.

Die Ereignisse der letzten Nacht steckten ihr in den Knochen. Sie wusste nicht mehr viel. Was geblieben war, war ein Gefühl von großer Beunruhigung. Undeutlich erinnerte sie sich an Stimmen. Zischende, unheilvolle Stimmen, die über das Donnern und Brausen des Sturms hinweg zu hören gewesen waren. Hatte eine von ihnen nicht ihren Namen gerufen? Was danach passiert war, wusste sie nicht mehr so recht. Sie meinte, ausgeglitten zu sein und mit dem Kopf einen Felsen gerammt zu haben. Seltsamerweise aber hatte sie keine Verletzung entdecken können. Merkwürdig war auch, dass sie statt auf dem schneebedeckten Hang in ihrer Höhle erwacht war. Wohlig eingekuschelt in ihre Decken und Felle. War alles doch nur ein bizarrer Alptraum gewesen? Der Schnee hingegen ließ sich nicht leugnen. Er war da und behinderte jeden ihrer Schritte. Alles sehr verwirrend.

Immerhin ging es ihrem Zahn besser. Die Schmerzen waren fast vollständig verschwunden, und es gab keine Schwellung oder Entzündung. Alles sprach dafür, dass sie wieder gesund werden würde, und das war mehr, als unter diesen Umständen zu erwarten gewesen war.

Immer weiter ging es das Tal hinab.

Nach einer Weile wurde der Weg besser. Die schroffe Bergregion hinter sich lassend, gelangte sie in flacheres Gelände. Zwischen den hoch aufragenden Kiefern und Ahornbäumen waren auch die Temperaturen milder geworden. Der Schnee lag weniger hoch, und ihre Füße fanden wieder sicheren Tritt. Vogelstimmen erklangen und vertrieben das bedrückende Schweigen.

Ein kurzes Stück noch, dann erlaubte sie sich eine kurze Rast.

Sie verstreute getrocknete Blüten in alle Himmelsrichtungen, dankte dem Windgott und sprach ein paar heilige Worte. Nach dem obligatorischen Gebet beerdigte sie ihren Zahn. Sollte er in Frieden ruhen, sie wollte ihn nicht länger bei sich tragen.

Dann machte sie sich wieder auf den Weg. Die rituellen Handlungen hatten ihr ein wenig Selbstvertrauen und Hoffnung zurückgegeben. Ganz vertrieben hatte sie ihre Sorgen nicht. Es lag etwas in der Luft, das sie sich beim besten Willen nicht zu erklären vermochte. Etwas Kaltes, Bedrohliches. Sie konnte nur hoffen, dass zu Hause alles in Ordnung war und ihre Leute den plötzlichen Wintereinbruch gut überstanden hatten.

Es mochten einige Stunden vergangen sein, als sie das nächste Mal stehen blieb. Hier unten im Tal war die Sicht deutlich schlechter geworden. Wie immer um diese Jahreszeit kroch Nebel vom Fluss und vom See herauf und hüllte die Täler in weiße Tücher. Es gab Wochen, in denen er gar nicht verschwinden wollte. Das war für alle eine schwere Zeit, denn das trübe Halbdunkel schlug allen mächtig aufs Gemüt.

River kniff die Augen zusammen. Sie konnte kaum bis zur nächsten Baumreihe sehen, geschweige denn tiefer in den Wald hinein.

Ma'iingan war direkt hinter ihr. Seit einiger Zeit verhielt er sich recht merkwürdig. Hatte er den Großteil der Strecke die Führung übernommen, so war er ihr, seit sie das Ufer des Lac Tremblant hinter sich gelassen hatten, kaum noch von der Seite gewichen. Seine Haltung war geprägt von Angst. Er lief gebeugt, Kopf und Schwanz hingen herab, der Kopf war gesenkt. Mit traurigen Augen schaute er zu ihr herüber. Rivers Atem kondensierte zu kleinen Schleiern. Wie aus dem Nichts war es wieder da – ein Gefühl der Bedrohung.

Sie setzte ihre Kiepe ab.

Still war es hier. Still und kühl. Mehr konnte sie nicht erkennen. Der Rivière de Diable hatte hier einen kleinen Seitenarm ausgebildet. Er reichte vom See bis zu der Stelle, an der der Fluss einen scharfen Knick nach Süden machte. Unweit davon befand sich ihr Dorf.

Sie streichelte ihrem Begleiter über den Kopf. »Was ist denn los, so kenne ich dich gar nicht. Sonst kannst du es kaum erwarten, ins Dorf zurückzukehren. Ich wette, von denen rechnet keiner mit uns. Stell dir das Erstaunen vor, wenn wir plötzlich aus dem Nichts auftauchen und in ihre Mitte treten.« Sie versuchte zu lächeln, aber es klappte nicht so recht. Der Versuch, sich selbst Mut zu machen, wirkte ein bisschen hilflos. Entschlossen hob sie das Kinn.

»Los jetzt, lass uns weitergehen. Wir haben keine Zeit zu verlieren.«

Dem Ufer folgend, legte River die letzten Meilen zurück.

Der Schwurbrecher war entzaubert, das Amulett wieder um ihren Hals. Die Zeremonie hatte sie eine gute Stunde und einige ihrer wichtigsten Ingredienzien gekostet, aber das war in Ordnung so. Sie konnte es nicht riskieren, einen Fehler zu machen. Nicht, nachdem sie das Gefühl nicht loswurde, den Zorn des Berges bereits auf sich gezogen zu haben. In Gedanken spielte sie durch, was sie sagen würde, wenn man sie nach ihren Erlebnissen fragte. Sie war keine gute Lügnerin. Jedes Kind im Dorf konnte besser die Unwahrheit erzählen als sie. Man sah ihr jede noch so kleine Schummelei an der Nasenspitze an, weswegen sie auch hoffte, Ozawadj würde keine neugierigen Fragen stellen. Noch hatte sie die Möglichkeit, sich eine gute Geschichte auszudenken, doch je näher sie dem Dorf kam, desto drückender wurde das Schuldgefühl. Zweifel begannen an ihr zu nagen. Hatte sie den Schwurbrecher richtig gefertigt? War ihr bei der Verzauberung ein Fehler unterlaufen? In der Zauberei genügte ein falsch ausgesprochenes Wort, um das Ergebnis zu verfälschen. Manchmal reichte ein kleiner Fehler, und es fiel anders aus als erhofft. Aber sie hatte sich wirklich bemüht. Und selbst wenn Ozawadj ihr auf die Schliche kam, dann konnte sie immer noch ihre Schuld eingestehen und sich einer Buße unterziehen. Ein einmonatiges Schweigegelübde, das war kein Beinbruch. Sie hatte schon einmal eines auferlegt bekommen, weil sie die Männer bei einer ihrer heimlichen Jagdzeremonien beobachtet hatte. Während dieser Zeit war sie bestens klargekommen. Vielleicht war es sogar die willkommene Gelegenheit, Makadewigwan aus dem Weg zu gehen. Dann konnte sie sich auf das Schweigegelübde berufen und die Angelegenheit aussitzen. So oder so, es hatte alles seine Vor- und Nachteile. Im Großen und Ganzen war ihre Mission erfolgreich gewesen, und nur darauf kam es an.

Sie erreichte die vertraute Stelle, an der der Fluss einen Knick machte. Unter ihr lag das Kanu, das sie für die Herfahrt benutzt hatte. Die andere Uferseite war nicht zu erkennen. Lauschend hielt sie inne. Normalerweise konnte man von hier aus die Stimmen der Dorfbewohner hören. Rufe, Hämmern, Gesänge oder auch Kindergelächter. Doch diesmal empfing sie Schweigen. Womöglich wegen des Nebels, der wie weiße Wäsche zwischen den Bäumen hing. Man sagte dem *Gashkawan* nach, dass er Geräusche verschlucken konnte.

Rasch eilte sie zu dem Kanu, das sie mit Ästen und Zweigen getarnt in der Uferböschung versteckt hatte. Der Rahmen aus Weidenholz und Birkenrinde war federleicht. Sie zog das Boot zum Wasser hinunter, legte ihre Kiepe hinein und befahl Ma'iingan, an Bord zu gehen. Widerwillig bestieg ihr Begleiter das wackelige Gefährt und machte es sich am Bug bequem. River zog ihre Mokassins aus, warf sie zu dem Gepäck und zog das Kanu ins Wasser. Die Kälte ließ ihre Füße taub werden. Einige Schritte noch, dann schwang sie sich ins Boot. Auf den Knien, die Schwankungen mit dem Körper ausgleichend, griff sie nach dem Paddel. Einige Schläge, und sie setzte sich in Bewegung.

Lautlos trieb sie auf den Strom hinaus. Bald war vom

Ufer nichts mehr zu sehen. Nebelschwaden hüllten sie ein. Die Stille war nervenzermürbend. Nur das Platschen ihres Paddels war zu hören.

In diesem Moment tauchten vor ihrem Bug die Umrisse mehrerer hoher Bäume auf. Sie entdeckte ihren Ruheplatz, schräg gegenüber dem Felsen, von dem aus sie als Kind so gerne ins Wasser gesprungen war. Weiter dahinten war der Damm, an dem die Fischer ihre Netze spannten, und auch die anderen Kanus waren zu sehen – es war alles, wie es sein sollte.

Schnuppernd hielt sie die Nase in die Luft. Der Geruch von Rauch wehte zu ihr herüber. *Feuer.*

Na also!

Erleichtert atmete sie auf. Meine Güte, wie schreckhaft sie doch geworden war. Wie ein kleines Mädchen. Sie legte an, brachte alles an Land und vertäute das Kanu. »Komm, Ma'iingan, wer zuerst oben ist, hat gewonnen.«

Die Schlaufen ihrer Kiepe mit beiden Händen packend, eilte sie den Hang hinauf. Oben angekommen, musste sie erst mal verschnaufen. Weiße Wolken drangen aus ihrem Mund. Es sah aus, als würde sie Rauch speien.

»Hallo«, rief sie. »Wo steckt ihr denn alle? Hier ist River, ich bin zurück!«

Sich rechtzeitig bemerkbar zu machen, war nicht nur eine Frage der Höflichkeit, es diente vor allem der eigenen Sicherheit. Nichts war gefährlicher, als sich unbemerkt einer bewachten Ojibwe-Siedlung zu nähern. Da konnte es schon mal passieren, dass ein Pfeil auf einen zugeflogen kam oder man mit einem Messer bedroht wurde.

»Habt ihr mich gehört? Ich bin's, River. Ich bin wieder da!«

Erdrückendes Schweigen schlug ihr entgegen.

Stirnrunzelnd betrat sie die Siedlung. Das Dorf war leer. Wie ausgestorben. Die Wigwams sahen aus, als wären sie in großer Hast verlassen worden. Hausrat, Kleidungsstücke und Lebensmittel lagen auf der Erde verstreut. Über den Feuern hingen Töpfe, in denen Essen zubereitet wurde. Und sie waren immer noch warm.

Mit wachsendem Grauen durchquerte River das Dorf. Ihre Schritte wurden immer langsamer. Vor Makadewigwans Wigwam blieb sie stehen. Die dünne Tür aus Weidenholz und Birkenrinde lag zerfetzt am Boden, herausgerissen und niedergetrampelt wie von einer Herde Elche. Der Eingang wirkte wie ein Mund, der zu einem stummen Schrei geöffnet war.

Zaghaft trat sie näher.

Durch die Fensterschlitze im Inneren fielen schmale Lichtstreifen. Hinter dem Eingang hing ein Windfänger aus dünnen Metallplättchen, der im Luftzug sanft klingelte.

»Makadewigwan?«

Sie nahm ihren ganzen Mut zusammen und betrat die Hütte. Ein unbeschreiblicher Gestank schlug ihr entgegen. Es roch nach Blut, Fäulnis und Tod.

Der Sohn des Häuptlings lag zusammengekrümmt in einer Ecke. Sein Körper war merkwürdig verbogen – wie eine Puppe, die man achtlos weggeworfen hatte. Sein rechter Arm war über den Kopf gebogen. Sein rechtes Bein stand in einem unmöglichen Winkel vom Körper ab, während das linke zum Kopf hochgebogen worden war. Seine Kleidung war zerrissen, die Haut darunter so kalt und grau wie die eines Fisches. Er sah aus, als hätte ihm jemand jeden einzelnen Knochen im Leib gebrochen.

River spürte Übelkeit in sich aufsteigen. Tief in ihrem Inneren war sie dankbar für die schlechten Lichtverhältnisse. Sie verhüllten die Details und legten einen Schleier auf das Grauen. Sie musste ihn nicht näher untersuchen, sie wusste auch so, dass Makadewigwan tot war.

Aber warum? Wer hatte das getan? Und was war mit den anderen?

Das Grauen und der Gestank zwangen sie rückwärts aus der Hütte. Beinahe wäre sie dabei über Ma'iingan gestolpert, der wie ein Häufchen Elend vor dem Eingang stand.

»Er ist tot«, murmelte River. Ihre Stimme klang, als käme sie von weit her. »Abgeschlachtet, wie ein Stück Vieh. Ich kann es nicht glauben …« Die Worte blieben ihr im Hals stecken. Sie musste schlucken. Ein übermächtiges Gefühl der Bedrohung lastete auf ihren Schultern. Ihre Kiepe war so schwer, als wäre sie mit Steinen gefüllt. Sie ließ das Gepäckstück von ihrem Rücken gleiten, wo es achtlos in den Schnee fiel. Um ein Haar wäre sie selbst umgekippt, doch eine innere Kraft zwang sie dazu, bei Bewusstsein zu bleiben.

Neben Makadewigwans Wigwam stand der von Binesi, dem Donnervogel. Er war nach Ozawadj der zweite Mann im Stamm und trotz seines fortgeschrittenen Alters ein ausgezeichneter Jäger. Sein Zeichen war ein schwarzer Rabe, der ihm einst das Leben gerettet hatte. Sein Wigwam wirkte unversehrt.

Vorsichtig klopfte sie an, doch im Grunde erwartete sie keine Antwort. Nicht nach dem, was sie nebenan gesehen hatte. Sie öffnete die Tür und blickte hinein. Niemand da. Auch hier sah es aus, als wäre man in großer Eile aufgebrochen. Der Köcher war von der Wand gefallen, die Pfeile achtlos am Boden verstreut. Der Tomahawk fehlte. Donnervogel war ein Meister des Beilwurfs. Er konnte über eine Distanz von zehn Metern einem Wolf den Schädel spalten. Doch die Waffe fehlte, genau wie der prächtige Schild.

Rivers Gedanken schwirrten durcheinander wie ein aufgescheuchter Bienenschwarm. Das Dorf war überfallen worden. Aber von wem? Die Grausamkeit, mit der Makadewigwan getötet worden war, erschreckte sie zutiefst. Wer war fähig, einen Körper dermaßen zu verunstalten? Huronen? Weiße? Sie konnte sich beim besten Willen nicht vorstellen, dass es einen Menschen auf der Welt gab, der zu so etwas fähig war.

Mit fieberhaftem Blick untersuchte sie den Boden. Überall waren die Spuren hastigen Aufbruchs zu erkennen. Ihr Stamm war geflohen, die Spuren im Schnee ließen keinen Zweifel daran. Wie es schien, waren sie in Richtung Fluss gelaufen, nach Westen. Sollte sie ihnen folgen? Ja, natürlich sollte sie, aber zuerst musste sie herausfinden, ob das Dorf wirklich verlassen war. Vielleicht gab es noch Verletzte, die ihrer Hilfe bedurften.

Mitten auf dem Weg lag eine kleine Stoffpuppe, die eines der Mädchen hatte fallen lassen. Vermutlich gehörte sie Leises Lachen. River beugte sich vor und hob sie auf. Das bestickte Gesichtchen war voller Schnee. Sie wischte mit der Hand darüber, als ein Geräusch an ihr Ohr drang. Es war seit langer Zeit der erste Laut, den sie vernahm. Ein verhaltenes Klicken, als schlügen dürre Äste gegeneinander. *Klick – klack. Klick – klack.*

Es kam von drüben, aus der Richtung, in der ihr Vorratshaus stand. Obwohl alles in ihr sich dagegen sträubte, konnte sie nicht anders. Sie musste nachsehen, was das war.

22

Sheriff Tanner stapfte den Berg hinauf. Scott, Bürgermeister Albright und Wilbur Brimstone, die den Gefangenen wie ein Stück Vieh vor sich hertrieben, folgten ihm. Scott kam nur langsam voran. Sein Kopf fühlte sich an, als würde eine Axt zwischen seinen beiden Ohren stecken. Er hatte Probleme mit den Augen. Jede noch so kleine Anstrengung führte dazu, dass das Bild anfing zu kreisen. Die Stelle, die sie suchten, lag weiter oben im Wald, rechts von dem Felsen, der den Scheitelpunkt zwischen Ost- und Westhang markierte. Die Männer schwiegen, jeder aus einem anderen Grund. Ihre Pferde hatten sie unten gelassen, ebenso wie Goodfellows Leiche. Sie würden ihn später bestatten, sobald hier alles geregelt war.

Gerade eben erklommen sie eine etwas steilere Stelle, und sofort ging es wieder los. Scott taumelte zur Seite und erbrach sich. Gelbe Galle spritzte aus Mund und Nase und lief seitlich an seinem Kinn runter. Würgend ließ er die Tortur über sich ergehen, wartete, bis der Anfall vorüber war, dann zog er sein Taschentuch heraus und wischte sich über den Mund. Sein Magen fühlte sich an wie ein Ball, auf den man mit Fäusten eingeprügelt hatte.

»Na, Kleiner, geht's wieder?«

Der Deputy hob den Kopf und erkannte, dass es Nathan Blake gewesen war, der die Frage gestellt hatte. Ein bedauerndes Lächeln umspielte die Lippen des Mörders, fast, als täte es ihm leid, was er getan hatte.

»Du solltest dich schonen. So fest habe ich gar nicht

zugeschlagen, der Schmerz lässt sicher bald nach. Du hättest auf meinen Rat hören und unten bleiben sollen. Mit so einer Gehirnerschütterung ist nicht zu …«

Wilbur Brimstone hieb dem Gefangenen den Lauf seiner Winchester in die Kniekehlen. »Halt's Maul, du Stück Scheiße«, zischte er. »Noch ein Wort, und ich verteile dein Gehirn hier über den Schnee – hast du mich verstanden? Vermutlich werde ich das ohnehin tun, aber so hast du wenigstens die Möglichkeit, dein verpfuschtes Leben um ein paar Minuten zu verlängern.«

Blakes Gesicht erstarrte zu einer ausdruckslosen Maske. Er schien gute Instinkte zu besitzen und zu wissen, wann es besser war zu schweigen.

»Los jetzt!«, stieß der Pinkerton aus. »Geh weiter und zeig uns die Stelle. Weit kann es doch nicht mehr sein.«

Scott atmete ein paarmal tief ein und versuchte, das Bild zu stabilisieren. Es war zum Verrücktwerden: Immer, wenn er dachte, jetzt hätte er es endlich, fing es an, wieder aus seinem Fokus zu wandern. Das Problem war die Fernsicht. Im Nahbereich konnte er gut sehen, aber sobald er weiter vorausschauen wollte, wurde es schlimmer. Er konzentrierte sich auf die paar Meter vor seinen Füßen, packte seinen Wanderstab und humpelte weiter.

Tanner und Albright warteten auf der nächsten Anhöhe.

»Und wo lang jetzt?«

Scott deutete nach links. Zum Glück funktionierte sein Ortssinn noch. Er erinnerte sich, wie er mit Vernon Brimstone an genau dieser Stelle gestanden und beratschlagt hatte, ob sie noch bis zur Felskante emporsteigen sollten. Doch dann war etwas geschehen. Er erinnerte sich an einen wirbelnden Schatten, an Schreie und dann … an nichts mehr. Nur noch schattenhafte Finsternis. Bei der Vorstellung, was sie da oben finden würden, graute es ihn. Die Tatsache, dass Blake Vernons Kleidung und seinen Bart – seinen echten Bart, wohlgemerkt – getragen hatte, ließ das Allerschlimmste befürchten.

Sie brauchten nicht lang zu suchen. Die Stelle war dank des aufgewühlten Schnees und der vielen Blutspritzer leicht zu finden. Drei Wagenlängen hangabwärts lag eine zusammengekrümmte Gestalt.

Wilbur Brimstone drückte dem Sheriff sein Gewehr in die Hand und eilte auf seinen Bruder zu. Es dauerte nicht lange, als sie sein Schluchzen vernahmen. Tanner, Albright und Scott sahen einander betroffen an und folgten dem Detektiv.

Wilbur Brimstone war über dem reglos daliegenden Körper zusammengebrochen. Sein Kopf ruhte auf der Brust seines Bruders, sein Körper wurde von Krämpfen geschüttelt. Scott hatte schon einige Männer trauern sehen, aber noch nie war es ihm so nah gegangen wie jetzt. Vermutlich, weil diese Pinkertons bislang den Eindruck gemacht hatten, als könne nichts sie aus der Fassung bringen.

Die Leiche war übel zugerichtet. Die Kehle war ihm durchgeschnitten worden, der Schnurrbart mitsamt der obersten Hautschicht abgesäbelt. Außerdem hatte Blake ihn bis auf die Unterwäsche entkleidet. Mit blutüberströmtem Gesicht lag der Pinkerton da und starrte in den bleigrauen Himmel.

Bürgermeister Albright faltete die Hände und senkte den Kopf. »Möge sich der Herr seiner Seele erbarmen. Möge Er sich seiner erbarmen, so wie auch all der anderen armen Seelen, die im Fegfeuer leiden …«

Scott schloss sich dem Gebet an. Mrs. Albright, Isaak,

das Freudenmädchen in Champlain und der Wirt, jetzt auch noch Vernon Brimstone. Wahrlich, dieser Mann hinterließ eine Spur des Todes.

Scott warf dem Gefangenen einen verstohlenen Blick zu. Er war überrascht, wie ruhig dieser sich verhielt. Kein Aufbegehren, kein Zeichen eines Fluchtversuchs. Es war der ruhigste Gefangene, den Scott bisher erlebt hatte. *Bemühe dich nur, das wird dir auch nicht helfen,* dachte er.

Tanner ging zu Brimstone hinüber und legte ihm die Hand auf die Schulter. »Es ist Zeit, Abschied zu nehmen, Mr. Brimstone. Wir können nicht länger warten. Möchten Sie, dass wir Ihren Bruder hier bestatten, oder sollen wir ihn mitnehmen, damit er in geweihter Erde liegen kann?«

Der Pinkerton hob den Kopf. Seine rotgeränderten Augen schwammen in Tränen. Er sagte nichts. Er kauerte nur da und schwieg. Dann stand er auf, klopfte den Schnee von seiner Hose und drehte sich um. Unter seiner Nase baumelte ein Tropfen Rotz. Seine Lippen waren zu einem blassen Strich zusammengepresst. Der Anblick war beängstigend. Hätte Scott ihn auf offener Straße getroffen, er hätte einen großen Bogen um ihn gemacht.

Schniefend wischte Brimstone sich über die Nase, griff wortlos in die Innenseite seiner Jacke und zog seine Smith & Wesson hervor. Es ging so schnell, dass keiner von ihnen reagieren konnte, nicht einmal Blake.

Sei es, dass der Blick des Detektivs durch den Tränenschleier getrübt war, sei es, dass er zu weit entfernt war, jedenfalls ging der Schuss haarscharf am Kopf des Gefangenen vorbei. Der Knall weckte mit einem Schlag alle aus ihrer Apathie. Ehe der Pinkerton ein zweites Mal abdrücken konnte, hechtete Sheriff Tanner auf den Gefangenen zu, riss ihn zu Boden und beschirmte ihn mit seinem Leib. Gleichzeitig riss er seine Winchester hoch und feuerte in die Luft. Der Warnschuss war so laut, dass Scott die Ohren klingelten.

»Waffe runter!«, brüllte er und richtete den Lauf auf den heranstürmenden Detektiv. »Bleiben Sie stehen, augenblicklich!«

Der wütende Pinkerton reagierte nicht. Er ließ den Hahn nach hinten klicken und visierte sein Opfer über Kimme und Korn hinweg an.

»Ich sag's nicht noch einmal!«, brüllte Tanner erneut. »Wieso hört hier eigentlich keiner auf mich? Dass ich einen Unschuldigen erschossen habe, wird mich nicht hindern, ein zweites Mal abzudrücken.«

Als der Detektiv weiterging, ließ Tanner seinen Worten Taten folgen. Der Schuss wirbelte eine Fontäne von Schnee vor Brimstones Füßen auf und spritzte ihm ins Gesicht. Sei es, dass der Schnee ihn aus seinem Wutrausch erlöste, sei es, dass die Worte des Sheriffs doch endlich Wirkung zeigten, jedenfalls blieb er stehen. Tanner nutzte die Gelegenheit, um aufzustehen und sein Gewehr durchzuladen. »Waffe runter, habe ich gesagt. Oder wollen Sie sich unbedingt eine Kugel einfangen?«

Brimstone starrte den Sheriff ungläubig an. »Das würden Sie nicht tun.« Das war nun nicht unbedingt die originellste Entgegnung, aber wenigstens redete er wieder.

»Wollen Sie mich auf die Probe stellen? Ich verspreche Ihnen, ich werde von meiner Waffe Gebrauch machen. Also nehmen Sie endlich Ihre Pistole runter.«

»Aber … der Drecksack hat meinen Bruder ermordet!«

»Ja, und dafür wird er bezahlen. Aber nicht so. Wir

sind nicht den weiten Weg geritten, um jetzt am Ende Selbstjustiz zu verüben. Dieser Mann wird hängen, das verspreche ich Ihnen.«

»Was macht das für einen Unterschied, ob er hier stirbt oder auf irgendeinem Marktplatz?«

»Der Unterschied, Mr. Brimstone, besteht darin, dass ich das Gesetz vertrete. Dieser Fall ist viel zu weitreichend, als dass wir hier darüber entscheiden könnten. Das ist ein Fall für die Presse und die Justiz. Das wird Wellen schlagen, glauben Sie mir. Alle werden davon erfahren, vor allem die Angehörigen der Frauen, die er umgebracht hat. Die Familien müssen Gelegenheit haben, dem Mörder ihrer Frauen, ihrer Mütter und Töchter ein letztes Mal ins Antlitz zu sehen. Wenn wir Blake hier und jetzt zur Strecke bringen, hat niemand etwas davon.«

»Sheriff Tanner hat recht, Mr. Brimstone«, drang jetzt auch Bürgermeister Albright auf den Pinkerton-Detektiv ein. »Wir sind keine Mörder. Sehen Sie mich an, ich habe genauso viel Grund zur Trauer wie Sie. Aber wenn ich Blake hier so am Boden liegen sehe, dann erkenne ich nur eine räudige Kreatur, die es nicht wert ist, durch unsere Hand zu sterben. Hören Sie auf den Sheriff. Die Presse wird sich für den Fall interessieren und dafür sorgen, dass er die Aufmerksamkeit bekommt, die er verdient. Es wird einen Schauprozess geben, der die Herzen vieler Menschen bewegt. Er wird sie zum Nachdenken anregen, sie aufwühlen und darüber reden lassen. Das ist mehr wert als ein einzelner Schuss in einem schneebedeckten Wald irgendwo im Nirgendwo.«

Wilbur Brimstone dachte darüber nach, dann ließ er tatsächlich seine Waffe sinken.

Der Sheriff wartete ab, bis Brimstones Pistole wieder

im Holster verschwunden war, dann nahm er sein Gewehr herunter. Die Männer entspannten sich. Allerdings war der Pinkerton-Detektiv noch nicht besänftigt. Er zog seine Lederhandschuhe straff, dann ging er auf Blake zu und hämmerte dem am Boden Liegenden seine Faust ins Gesicht. Zweimal, dreimal, viermal. Dumpfes Keuchen war zu hören. Der Schnee färbte sich rot. Niemand ging dazwischen, niemand rührte einen Finger, um Blake zu helfen. Ein letztes Mal hob Brimstone die Faust, dann ließ er sie jedoch wieder sinken und spuckte dem Mörder ins Gesicht. »Du bist es nicht wert, Scheißkerl«, zischte er. »Mögest du in der Hölle verrotten, ich will mich nicht länger mit deinem Blut besudeln.« Er richtete sich auf.

»So, wenn Sie nichts dagegen haben, würde ich jetzt gerne meinen Bruder aufs Pferd laden und ihn unten im Tal beerdigen.«

*

Rivers Sinne waren aufs äußerste geschärft. Das Geräusch war von drüben gekommen, dort, wo das Lagerhaus stand. Dort bewahrte der Stamm Lebensmittel und Handelsgüter auf. Es war der größte Wigwam im Dorf und von besonders stabiler Bauweise. Mit zögernden Schritten ging sie darauf zu.

»Hallo?«

Ihre Stimme verhallte zwischen den nebelverhangenen Bäumen. Ungehört, unbeantwortet. Aber was hatte sie erwartet? Hier war niemand, sie war allein. Das Dorf war ein Friedhof.

Das Lagerhaus war der einzige Ort, an dem sie noch nicht gewesen war. Düster und unheilverkündend ragte das Gebäude vor ihr auf. Die Tür klapperte im Wind. *Klick – klack. Klick – klack.* Die ledernen Scharniere erzeugten ein knarrendes Geräusch. River trat näher, drückte die Tür aus Birkenrinde zur Seite und warf einen vorsichtigen Blick ins Innere.

Etwas stimmte nicht.

Der Innenraum war viel zu hell. Die Einrichtung trat mit unnatürlicher Deutlichkeit hervor. Sie brauchte nicht lange, um zu begreifen, was los war. Beinahe die gesamte hintere Wand des Wigwams war herausgerissen worden. Ein klaffendes Loch war entstanden, durch das Licht und Dunst eindringen konnten. Geborstene Äste und geknickte Zweige ragten wie die Rippen eines getöteten Tieres in die Luft.

Alles war verwüstet. Regale waren umgeworfen worden, Fleisch von den Deckenhaken gerissen, getrocknetes Obst und Gemüse hatte man neben Klumpen von Pemmikan achtlos auf dem Boden zertreten.

Dann sah sie die Leichen.

Einen Aufschrei unterdrückend, schlug sie sich die Hände vor den Mund. Da waren Oshkabewi, Biidaban, Waawaashkeshi, Binesi und, ganz am Rand, Ozawadj. Der alte Mann hockte auf den Knien, die Augen weit aufgerissen. Mit knöchernen Fingern seinen Speer umklammernd, sah er aus, als wolle er noch im Sterben seinem Gegner einen Hieb verpassen.

Fünf tote Krieger. Mit Makadewigwan sechs. Was im Namen aller Götter war hier geschehen?

Wie benommen ging sie auf die Leichen zu.

Die Leiber waren umeinandergeknotet, als hätte ein Kind mit Seilresten gespielt. River meinte beinahe das Knacken der Knochen und das Schnalzen der Gelenke zu hören, die aus ihren Pfannen gehebelt wurden. Biidabans Unterkiefer war ausgerenkt worden und hing nur noch an einer dünnen Verbindung aus Sehnen und Haut am Schädel. Oshkabewis Kopf sah eingedrückt aus, wobei seine Zunge wie eine blaue Schnecke aus dem Mund baumelte. Binesi waren die Arme verdreht worden, dass sie wie Flügel abstanden.

River nahm die Einzelheiten mit überscharfer Deutlichkeit wahr. Die übereinandergestapelten Leichen, die furchtbaren Verrenkungen, der alles verzehrende Fäulnisgeruch – genau wie in Makadewigwans Hütte.

Obwohl jede Faser ihres Körpers darum bettelte, endlich von hier zu verschwinden, blieb sie doch noch ein paar Sekunden länger. Der Boden wies Trittspuren auf, die auf einen furchtbaren Kampf hindeuteten, doch nicht eine gegnerische Leiche war zu entdecken. Kein Blut, keine Spuren, nicht das geringste Anzeichen feindlicher Waffen.

Ozawadjs Körper war am wenigsten schlimm zugerichtet. Wie er da so hockte, konnte man beinahe denken, er würde schlafen. River ging langsam auf ihn zu, als sie vom Zucken seiner Hand überrascht wurde. Im selben Augenblick schlug er die Augen auf. Rivers Mund blieb vor Entsetzen und Überraschung offen stehen. »Ozawadj!«

»Weiße Tochter.« Die Worte kamen abgehackt und gurgelnd aus seiner Kehle. Blut sickerte ihm über die Lippen. Seine Augen wirkten stumpf und leblos.

River war sofort bei ihm. Neben ihn gekauert, versuchte sie ihn zu stützen, doch er schüttelte nur den Kopf. »Es … ist zu … spät.«

»Was ist geschehen? Wer hat das getan? Wo sind die anderen?«

»Ich … Tod … Dämon.«

»Dämon? Was für ein Dämon?«

»Knochen ... umhüllt von ... Haut.« Mehr Blut quoll zwischen seinen Lippen hervor. Er starb. Sie sah es.

»Aber wie ... ich meine ...«

»Mooka'ang«, keuchte Ozawadj. »Finde Mooka'ang. Sie ... kann helfen.«

River erschrak. Das war ein Name, den sie schon lange vergessen hatte. »Mooka'ang? Ich dachte, sie sei nur eine Legende.«

»Nein ... finde sie!«

»Aber wo soll ich suchen?«

»Zitternder Berg ... wo der erste Strahl der ... Morgensonne ... Fels berührt.« Ein Schauer überlief den geschwächten Körper. Ozawadjs Hände erschlafften, der Speer fiel neben ihm zu Boden. Ein Röcheln drang aus seiner Kehle, dann war es still.

Sie berührte ihn sanft. »Ozawadj?« Seine Haut fühlte sich eiskalt an. Ein Rasseln ertönte. Sein Brustkorb war zusammengefallen. Ihr wurde bewusst, dass er seinen letzten Atemzug getan hatte.

»Großer Geist, beschütze uns.«

In diesem Moment erzitterte der Boden. Ein Dröhnen wie von einer großen Trommel erklang.

Bumm, bumm, bumm.

Die Schläge fuhren durch die Hütte, wirbelten den fauligen Nebel auf. Drei Schläge, dann verstummten sie.

River spürte, wie sich ihre Haare aufrichteten. Die Bedrohung war beinahe körperlich. Als würde jemand direkt hinter ihr stehen und sie mit kalten, grausamen Totenaugen anstarren.

»Er ist hier«, flüsterte sie. »Er ist immer noch hier. Knochen, umhüllt von Haut ...«

Panisch rannte sie zur Tür. Sie wollte schreien, aber es

kam kein Laut über ihre Lippen. Kälte schlug ihr entgegen, presste ihr den Atem zurück in den Hals. Eisige Hände streckten sich nach ihr aus, packten sie und zerrten an ihrer Kleidung.

Mooka'ang. Knochen, umhüllt von Haut …

Weg hier, schrien ihre Beine und rannten. Weg hier, schrien ihre Ohren und lauschten. Weg hier, schrie auch ihr Kopf und keuchte heißen Atem in die Welt. *Mach, dass du in Sicherheit kommst, der Tod ist dir auf den Fersen.*

Ihr Haar flatterte im Wind. Ihre Beine bewegten sich wie von selbst, während sie durch das Dorf und hinaus in den Wald und flussabwärts rannte. Weg von diesem Berg, weg von der Hütte, den Toten und dem Grauen. Und vor allem weg von dem, was da hinter ihr im Nebel lauerte.

23

Vernon Brimstone und Robin Goodfellow wurden neben einer alten Ulme beerdigt. Da die Erde nur an der Oberseite gefroren war, hatten sie keine Schwierigkeiten, zwei Gruben auszuheben und diese mit Steinen zu befestigen. Während Wilbur das Grab für seinen Bruder aushob, schaufelte Tanner eines für Goodfellow. Scott kannte den Sheriff gut genug, um zu wissen, wie sehr er litt. Nicht dass er ein ausgewiesener Indianerfreund gewesen wäre, aber dass er einen solch kapitalen Fehler begangen hatte, machte ihm schwer zu schaffen. Er hatte das Leben eines Unschuldigen ausgelöscht, und das war nicht wiedergutzumachen.

Während die beiden schaufelten, zimmerte Scott zwei Holzkreuze. Sie waren von schlichter Natur, nicht viel mehr als mit Lederriemen umwickelte Äste. Mit seinem Messer ritzte er die Buchstaben RIP ins Holz, zusammen mit den Initialen der Verstorbenen.

Blake saß an einen Baum gefesselt und beobachtete sie schweigsam. Seine linke Gesichtshälfte war blau verfärbt, das Auge nur mehr eine verquollene Masse. Die Platzwunde über der Stirn hatte aufgehört zu bluten, doch da niemand sie gesäubert hatte, klebte eine Menge Dreck auf seiner Haut.

»R. G.«, fragte er mit dunkler Stimme. »Wofür steht das?«

Scott war so in seine Arbeit vertieft, dass er zunächst gar nicht mitbekam, wer die Frage gestellt hatte.

»Hm?«

»Die Initialen des Indianers. Wofür stehen die?«

Scott schaute überrascht zu dem Gefangenen hinüber.

»Robin Goodfellow.«

Noch während er den Namen aussprach, ärgerte er sich. Er hatte eigentlich vorgehabt, den Mörder mit Missachtung zu strafen.

»Goodfellow«, murmelte Blake. »Robin Goodfellow. Interessanter Name.« Er verstummte einen Moment, dann sagte er leise:

»Wenn wir Schatten euch beleidigt, denkt nur dies – und wohl verteidigt sind wir dann. Ihr alle schier habet nur geschlummert hier und geschaut in Nachtgesichten eures eignes Hirnes Dichten. Wollt ihr diesen Kindertand, der wie leere Träume schwand, werte Herrn, nicht gar verschmähn, sollt ihr bald was Bessres sehn. Da ich Puck und ehrlich bin, nehmen wir euren Dank jetzt hin, wenn wir bösen Schlangenzischen damit glücklich könn' entwischen. Sonst will Puck ein Lügner sein! Nun gut Nacht! – Doch haltet ein: Klatscht erst Beifall unserm Stück! Dann bringt Puck euch nichts als Glück.«

Die Männer hatten aufgehört zu graben und starrten verständnislos zu Blake herüber. Alle, außer dem Bürgermeister. Sein Blick zeigte eine Mischung aus Abscheu und Verehrung. »Sie kennen Shakespeare?«

Über Blakes geschundenes Antlitz huschte ein Lächeln. »Ein Freund der schönen Künste, wie ich sehe. Wenigstens einer, der versteht, was das für ein Mann war, den Sie da unter die Erde bringen.«

»Was soll das heißen?«, stieß Tanner aus.

»Puck, der Elf«, erwiderte Blake. »Ich habe mir nur erlaubt, seinen abschließenden Monolog aus dem Mittsommernachtstraum zu rezitieren. Sein zweiter Name lautet übrigens Robin Goodfellow.«

Scott verstand immer noch nicht. »Sind Sie Schriftsteller, oder was?«

»Schauspieler, Junge. Schauspieler. Mercy Otis Warren, Hugh Henry Brackenridge, James Nelson Barker, der gute Will – wir hatten sie alle in unserem Repertoire, das ganze Programm. Wussten Sie übrigens, dass Puck von Púca abgeleitet ist, einem zwielichtigen Waldgeist aus der altirischen Mythologie? Ich wette, das ist Ihnen neu. Das Theater ist voll solcher skurriler kleiner Figuren. Deswegen habe ich es so geliebt.«

Er bedachte Tanner mit einem verquollenen Blick. »Zu dumm, dass Sie ihn erschossen haben, Sheriff. Er war Ihr bestes Pferd im Stall. Der Einzige, der meine kleine Charade durchschaut hat. Doch jetzt gibt es keinen Puck mehr, keine Magie und keinen Spaß.«

Einen Moment lang stand Tanner wie zur Salzsäule erstarrt, dann warf er die Schaufel beiseite. Er kletterte aus dem Loch und stapfte mit geballten Fäusten auf den Gefangenen zu. In seinen Augen glommen Funken.

Alarmiert legte Scott das Holzkreuz zur Seite und sprang auf. Er kannte diesen Ausdruck. »Lassen Sie das, Sheriff. Er ist es nicht wert.«

»Ihr junger Deputy hat recht«, sagte Albright. »Blake will Sie nur provozieren. Vermutlich hofft er, dass Sie seiner jämmerlichen Existenz ein rasches Ende setzen. Tun Sie ihm nicht diesen Gefallen. Gewähren Sie ihm nicht diesen billigen Abgang. Er soll Zeit haben, sich seiner Taten bewusst zu werden.«

Tanner schnaufte wie eine Lokomotive. Es dauerte einen Moment, dann hatte er sich wieder unter Kontrolle. »Sie haben recht, Bürgermeister. Keinen schnellen Vorhang für diesen Laienschauspieler. Er soll noch einmal die Gelegenheit haben, vor einem großen Publikum zu spielen. Wenn der Strick um seinen Nacken liegt und alle ihm dabei zuschauen, wie er sich in die Hosen scheißt, dann fällt für ihn der letzte Vorhang, und das Publikum applaudiert.«

»Das wird es«, sagte Albright. »Und ich kann nur hoffen, dass Sie bis dahin Ihre Sünden bereut haben, Blake. Glauben Sie an Gott?«

Der Gefangene hob den Kopf. »An wen?«

»An den Allmächtigen, den Erschaffer der Welten und allem, was in ihnen lebt. Sie sollten ihn um Vergebung bitten, solange Sie noch können.«

»Warum sollte ich das tun?«

Albright sah ihn an, als würde er chinesisch reden. »Na, um Ihre ewige Seele zu retten. Sie tragen Satan in sich, und nur Sie selbst können sich davon befreien.«

»Satan ist eine Illusion. Genau wie Gott.«

Der Bürgermeister sog die Luft ein. »Was sagen Sie da?«

»Märchen, Sagen, Anekdoten. Nichts, was etwas mit dem wahren Leben zu tun hätte.«

»Sie sagen so etwas und besitzen die Schamlosigkeit, als Priester verkleidet meine Frau zu töten?«

Blake zuckte die Schultern. »Es war nur eine Verkleidung, ein Bühnenstück. Nehmen Sie's nicht persönlich.«

»Aber, die Scheune … meine Frau lag aufgebahrt wie auf einem Altar. Sie wollen mir doch nicht erzählen, das sei nur Theater gewesen? Für wen? Nein, ich glaube Ihnen nicht. Vielmehr glaube ich, dass Sie sehr wohl an die Existenz des Allmächtigen glauben, dass Sie Ihre Taten aber nicht mit Ihrem Glauben und Gewissen vereinbaren können und deswegen in verschiedene Rollen schlüpfen. Auf dass nicht Sie es sind, der diese schrecklichen Taten begeht, sondern eine fremde Person.«

Blake stutzte für einen Moment, dann stahl sich ein Lächeln auf sein Gesicht. »Für einen einfachen Bürgermeister sind Sie ganz schön scharfsinnig, wissen Sie das?«

»Sie sind nicht der Einzige, der Bücher liest. Also, wie ist es um Ihren Glauben bestellt? Sind Sie bereit, für Ihre Sünden um Vergebung zu bitten?«

Blake wurde wieder ernst. »Sie denken wirklich, Sie könnten mich mit Ihrer Hausfrauenpsychologie zum Guten bekehren? Ich will Ihnen mal sagen, wie ich die Dinge sehe. Die Menschen sind süchtig nach Märchen. Sie würden alles dafür geben, zu hören, dass sie eine unsterbliche Seele besitzen und dass diese errettet werden könne. Obwohl es nicht den geringsten Beweis dafür gibt. Die Menschen sind so verdammt schwach, dass sie lieber eine Münze in einen Wunschbrunnen werfen, als sich Essen zu kaufen.«

Tanner hatte mit Graben aufgehört und blickte feindselig zu Blake herüber. »Nicht jeder will in einem kahlen Zimmer sitzen und sich bei dem Gedanken an sein nächstes Opfer einen runterholen, Blake. Es gibt so etwas wie das Gute im Menschen. Anständige Leute wie wir suchen die Gemeinschaft. Sie sorgen sich um das Gemeinwohl. Und das geht nun mal am besten in einer Kirche.«

»Aber wenn das Gemeinwohl darin besteht, an Märchen zu glauben, wen soll das dann weiterbringen?«

»Wenn die Menschen an nichts glauben, was würden sie dann treiben? Ich will es Ihnen sagen: Die Welt wäre ein verdammtes Sodom und Gomorrha, voller Mord und Verkommenheit.«

»Bullshit«, stieß Blake aus. »Jeder würde exakt dasselbe tun wie jetzt auch, nur öffentlich und nicht hinter verschlossenen Türen.«

»So wie Sie, Blake?«, konterte Albright. »Schauen Sie eigentlich von Zeit zu Zeit mal in den Spiegel? Sie sind der beste Beweis dafür, dass Sheriff Tanner recht hat. Sie sind Sodom. Sie sind Gomorrha.«

»Wenigstens bin ich kein Heuchler. Wenn das Einzige, was die Menschen zur Anständigkeit anhält, die Aussicht auf eine göttliche Belohnung ist, dann sind diese Leute opportunistische Arschlöcher. Was sagen denn diese Gottesdienste über das Leben aus? Man trifft sich mit anderen und erzählt sich Geschichten, die gegen alle Gesetze des Universums verstoßen, nur um den Tag zu überstehen? Wie verrückt ist das denn?«

»Dann halten Sie das für Schwindel? Diese ganzen Leute liegen falsch?«

»Allerdings. Sie übertragen ihre Furcht und ihren Selbstzweifel auf eine Autoritätsfigur – auf Gott – zum Zwecke der seelischen Selbstreinigung. Aber das ist nichts weiter als Katharsis. Und die Priester sind raffiniert genug, diese Ängste in ihren Geschichten aufzunehmen und zu verstärken. Deswegen sind sie auch so verdammt effektiv. Kirchen funktionieren durch Angst, wussten Sie das nicht? Angst ist alles, was sie am Leben erhält. Hätten die Menschen Vertrauen und Hoffnung, brauchten sie die Kirchen nicht. Aber es gibt Menschen, die cleverer sind als andere und die die Schwäche anderer auszunutzen vermögen. Das ist schon so, seit der erste Affe die Sonne angeschaut hat und zum anderen Affen gesagt hat: Hey, ER will, dass du mir alle deine Bananen, deine Nüsse und was du sonst noch besitzt, schenkst.« Er lachte. »Wussten Sie übrigens, dass es Philosophen und Sprachforscher gibt, die die Meinung vertreten, dass Religion eine Sprachkrankheit ist? Sie breitet sich über Worte aus und erschafft neue Verbindungen im Gehirn, die das Denkvermögen beeinträchtigen. Denken Sie mal drüber nach, wenn Sie sich das nächste Mal die Knie in der Kirche platt scheuern und dabei Ihr sinnfreies Mantra runterleiern.«

Albright schüttelte den Kopf. »Ihnen ist wirklich nicht zu helfen, Blake. Sie sind ja noch viel verkommener, als ich dachte.«

»Wenigstens laufe ich wissentlich ins Verderben. Über meine Zukunft mache ich mir keine Illusionen.«

Tanner beendete seine Grabung und stieg aus dem Loch. »Das ist das erste vernünftige Wort, das ich aus Ihrem Mund höre, Blake. Mir geht es genauso: Über Ihre Zukunft mache ich mir auch keine Illusionen. Ihr Weg liegt vor mir wie eine staubige Straße, und er wird dort enden, wo alle staubigen Straßen enden: in einer Sackgasse. Keine Hoffnung zu erwarten. Nichts gelernt und nichts weitergegeben. Ein vergeudetes Leben. Und damit Ende dieser Diskussion. Kommen Sie, Bürgermeister, lassen Sie uns diese beiden Männer beerdigen und ihren Seelen ewigen Frieden gönnen.«

Scott steckte die Kreuze in die Erde. Dabei sprach er leise ein Gebet. Dann stellten sie sich am Fußende der Gräber auf, und Joseph Albright sprach die Abschiedsworte.

»Die Erde ist des Herrn und was darinnen ist, der Erdboden und was darauf wohnt. Wer wird auf den Berg des Herrn gehen, und wer wird stehen an seiner heiligen Stätte? Wer unschuldige Hände hat und reinen Herzens ist, der nicht zur Falschheit erhebt seine Seele und nicht schwört zu den Übeln, der wird den Segen vom Herrn empfangen und Gerechtigkeit von dem Gott seines Heils.« Er hob die Hände.

»Lamm Gottes, das du die Sünden der Welt auf dich genommen hast, sende deine Engel, um diese Sünder im Paradies willkommen zu heißen. Lamm Gottes, das hinwegnimmt die Sünde der Welt, gewähre diesen Seelen ewigen Frieden. *Amen!*«

»Amen«, antworteten die anderen. Sie schaufelten Erde auf die Leichen und kehrten stumm zum Lager zurück.

Sheriff Tanner hatte entschieden, erst am nächsten Tag weiterzuziehen. Zum einen, weil der Nachmittag bereits angebrochen war und sie Zeit benötigten, sich zu erholen, zum anderen, weil es schon wieder zu schneien begonnen hatte. Sie mussten ihre Sachen trocknen, oder es würde ein höchst ungemütlicher Heimritt werden. Die ausladenden Äste der alten Ulme boten ausreichenden Schutz, und außerdem war hier gutes Brennholz zu finden.

Blake wurde an eine dürre Birke gebunden, gefüttert und mit einer wärmenden Decke versorgt. Dann stellten sie zwei Stangen auf und spannten groben Kattun als Schutz gegen Regen darüber. Sie arbeiteten schweigend, jeder in seinen Gedanken versunken. Brimstone entfachte ein Feuer, das anfangs zwar mächtig rauchte, bald jedoch hell aufloderte. Endlich konnten sie ihre feuchten Hosen, Stiefel und Jacken trocknen. Nur in Unterwäsche gekleidet und mit einfachen Ersatzschuhen an den Füßen saßen sie um das prasselnde Feuer. Scott genoss die Wärme nach all dem Kummer und der Entbehrung. Er spürte, wie samtige Müdigkeit ihn einlullte. Durchschlafen bis zum Morgengrauen und dann wieder nach Hause. Seine Stimmung begann sich zu heben. Nur noch ein klein wenig die Wärme genießen, dann war er reif für eine Portion Schlaf.

Er wollte gerade seinen Gefährten eine gute Nacht wünschen, als er drüben am Fluss eine Bewegung bemerkte. Alarmiert schoss er empor.

Es war ein Mensch, da konnte es keinen Zweifel geben. Ein Mensch, der es sehr eilig hatte. Irgendjemand kam da auf sie zugerannt.

24

Die Person kam von Norden und bewegte sich entlang des Flussufers. Der Kleidung nach zu urteilen, konnte es sich nur um eine Frau handeln. Ihr Kleid zwang sie, kleinere Schritte zu machen, was angesichts der Eile, die sie an den Tag legte, etwas seltsam aussah.

Scott kniff die Augen zusammen. Sie schien etwas auf dem Rücken zu tragen, eine Kiepe vielleicht. Immer wieder wich sie Hindernissen aus und sprang von Stein zu Stein, ohne dabei ihr Tempo zu verlangsamen. Ein-, zweimal rutschte sie aus, fiel hin, kam wieder auf die Füße und hetzte weiter. Ihren Bewegungen haftete etwas Schreckhaftes an. Außer ihm hatte noch niemand aus seiner Gruppe von ihr Kenntnis genommen.

»Männer, ich glaube, wir bekommen Besuch«, sagte er.

Seine Begleiter fuhren herum und starrten in Richtung Fluss. Einen Moment lang saßen alle stocksteif da, dann brach hektische Betriebsamkeit aus. Rasch zogen sie ihre Kleider wieder an und griffen nach ihren Waffen.

Die Indianerin – inzwischen konnte es keinen Zweifel geben, dass sie eine Stammesangehörige war – bemerkte sie und änderte ihren Kurs. Sie kam jetzt genau auf sie zu.

»Sieht aus, als wäre sie auf der Flucht«, kommentierte Tanner. »Ich kann aber nicht erkennen, wovor.«

»Ich auch nicht«, sagte der Pinkerton. »Aber das will nichts heißen.« Er hob sein Gewehr und visierte die Frau über Kimme und Korn an.

»Was soll das, sind Sie noch bei Trost?«, zischte Tanner. »Nehmen Sie die Waffe runter.«

»Bin nur vorsichtig. Könnte ein Überfall sein.«

»Überfall von wem?«

»Indianer natürlich.«

»Sehen Sie welche?«

»Die sieht man nie.«

Tanner legte seine Hand auf den Lauf. »Die Frau ist unbewaffnet, und sie hat Angst. Ehe wir nicht wissen, was los ist, werden wir ihr mit Freundlichkeit begegnen, verstanden? Also wird's bald? Runter mit dem Ding.«

Brimstone schien einen Moment mit sich zu ringen, dann senkte er den Lauf. »Sie sind der Boss. Allerdings haben Sie schon einmal danebengelegen …«

»Ich weiß selbst, was ich getan habe, das brauchen Sie mir nicht unter die Nase zu reiben. Es sind schon zu viele Unschuldige gestorben, als dass wir uns einen weiteren Fehler leisten könnten. Also halten Sie sich zurück. Das gilt für uns alle.«

Die Frau war inzwischen auf Rufweite herangekommen. Der Sheriff ging ein paar Schritte auf sie zu und hob die Hand. »Halt, wer sind Sie? Was können wir für Sie tun?«

Die Frau verlangsamte ihren Schritt und blieb einen Steinwurf von ihnen entfernt stehen. Sie war etwas älter als Scott und ausgesprochen hübsch. Das Tragegestell auf ihrem Rücken bestand aus Weidenzweigen, Leder und Birkenrinde.

»Aaniin ezhinikaazoyan«, rief sie mit hoher Stimme. *»Aandi wenjibaayan? Daga …«*

Ratlos drehte Tanner sich um. »Hat jemand eine Ahnung, was sie von uns will?« Als alle verneinten, wandte er sich wieder der Frau zu. »Es tut uns leid, wir sprechen deine Sprache nicht. Kannst du uns verstehen? Sprichst du Englisch?«

Ihr Blick huschte zwischen ihnen hin und her.

»En...glischhh?«

»Ja, Englisch. Wir ... Engländer.«

Das war zwar Unsinn und kam eigentlich einer Beleidigung gleich, aber in dieser Situation war es wohl die einfachste Erklärung.

»Ikidon miinawaa.« Sie deutete aufgeregt in die Richtung, aus der sie gekommen war. Die Worte klangen so unverständlich, dass keiner von ihnen eine Ahnung hatte, was sie meinen könnte.

Tanner zuckte die Schultern. »Also ich bin mit meinem Latein am Ende. Wer glaubt, verstanden zu haben, was sie sagt, darf gerne vortreten.«

»Ich glaube, sie ist eine Ojibwe«, sagte Albright. »Zumindest eine Algonkin. Zu dumm, dass Goodfellow nicht mehr bei uns ist, seine Dienste hätten wir jetzt gut brauchen können.«

»Wir sollten erst mal versuchen, sie zu beruhigen«, sagte Scott. »Sie scheint völlig durch den Wind zu sein. Wenn sie sich etwas beruhigt hat, kann sie uns vielleicht per Zeichensprache erklären, was los ist.«

»Na, dann los«, sagte der Sheriff. »Frag sie, ob sie sich zu uns setzen will. Biete ihr etwas zu essen an.«

Scott deutete auf das Feuer und machte eine Geste, als würde er sich mit den Fingern etwas in den Mund stecken. Die Frau wich einen Schritt zurück.

»Essen. Wir haben Essen. Und Feuer. Zum Wärmen.« Er strich sich über die Arme.

Sie neigte den Kopf. *»Ginoondezgade na?«*

Er nickte. »Essen, ja. Magst du dich zu uns setzen?«

»Gisinaa.« Sie rieb sich die Hände, als würde sie frieren.

»Gisinaa, ja«, sagte Scott. »Feuer. Du könntest dich bei uns aufwärmen.«

»Feu … er.« Das Wort war klar und deutlich zu verstehen.

Scott sah seine Begleiter überrascht an. Offenbar hatte die Frau bereits Kontakt mit englischsprachigen Siedlern gehabt.

»Ganz ausgezeichnet«, sagte er. »Feuer, ja. Und Essen. Wir haben alles hier.«

Misstrauisch blickte sie von einem zum anderen, dann nickte sie. Scott atmete auf. Der erste Schritt war getan.

Während die junge Frau zur Feuerstelle ging, wurde ihm bewusst, dass er noch immer diesen peinlichen Kopfverband trug. Rasch riss er sich den Turban vom Kopf und stopfte ihn in die Tasche. Seine strubbeligen Haare glättete er mit den Fingern.

Sie deutete auf seinen Bluterguss. »*Maakinaw* – Wunde?«

»Das? Nur ein Schlag auf den Kopf. Halb so wild.« Er berührte die Stelle mit den Fingern, zuckte aber zurück. Die Beule war groß wie ein Hühnerei und tat höllisch weh. Verlegen verzog er das Gesicht. »Ein Unfall. Eben erst passiert.«

Sie sagte etwas und machte eine Geste, die ihm fremd war. Irgendetwas mit seinem Verband.

Hilfesuchend blickte er sich zu den anderen um. »Was meint sie?«

»Sie sagt, du sollst den Verband wieder anlegen, du Leuchte.« Blake, der drüben an der Birke kauerte, starrte ihn unter gesenkten Brauen an. Seine blasse Gesichtsfarbe und der blutgetränkte Verband ließen ihn aussehen wie einen verwahrlosten Landstreicher. »Offenbar kennt sie sich damit aus. An deiner Stelle würde ich tun, was sie sagt. Kälte ist schlecht für die Heilung.«

»Seien Sie doch still«, entgegnete Scott giftig. »Wegen Ihnen habe ich das Ding überhaupt.« Trotzdem stülpte er den Verband wieder auf. Die Frau nickte zufrieden. Dann wandte sie sich Blake zu. *»Gebaakwa'ond?«*

»Der da? Das ist unser Gefangener«, sagte Scott. »Fesseln, siehst du? Sein Name ist Nathan Blake, er ist ein gesuchter Mörder. Wir werden ihn zurückbringen und ihn dort einem Gericht überantworten.«

Sie riss die Augen auf. *»Nishiwe?«*

»Mörder, ja. Ein sehr gefährlicher Mann.« Er machte eine Geste, als würde er seine Kehle durchschneiden.

Sie sah ihn erschrocken an. *»Mörder?«*

»Genau das.« Die Kommunikation machte erfreuliche Fortschritte. Sie verfügte tatsächlich über einige Sprachkenntnisse, und wie es schien, war sie begierig darauf, sich mit ihnen zu unterhalten.

»Komm, setz dich. Wärme dich am Feuer, ich bringe dir zu essen und zu trinken.«

Tanner klopfte ihm auf die Schulter. »Lass gut sein, ich mach das. Unterhalte du dich weiter mit der Frau. Ich finde, du machst deine Sache sehr gut. Versuch, herauszufinden, wovor sie Angst hat.«

Scott freute sich über das Lob. Sein Boss war normalerweise recht knauserig damit. Außerdem war es das erste Mal, dass er sich mit einer Stammesangehörigen unterhielt. Dass sie so hübsch war, motivierte ihn zusätzlich.

»Wie heißt du?«, fragte er. »Ich heiße Scott Preston, aber alle nennen mich nur Scott.«

»Aaniin ezhinikaazoyan?«

»Scott.« Er legte sich die Hand auf die Brust. »Scott.«

»S…cott?«

»Genau.« Scott lächelte. »Dies sind meine Begleiter

Sheriff Tanner, Bürgermeister Albright und Wilbur Brimstone. Und wie heißt du?«

»*Zibii.*« Sie überlegte kurz, dann sagte sie in gebrochenem Englisch: »Ri...ver.«

»River?«

Sie nickte aufgeregt.

Er runzelte die Stirn. »Das ist aber kein sehr indianisch klingender Name.«

»Das liegt vermutlich daran, dass sie keine Indianerin ist, Schlaukopf«, sagte Blake. »Schau dir mal ihre Haut an, die Form ihres Gesichts. Sie ist eine Weiße, das sieht doch ein Blinder mit Krückstock.«

Tatsächlich, jetzt erkannte er es auch. Die Frau war unzweifelhaft europäischer Herkunft. Die Erkenntnis verblüffte ihn so sehr, dass er Blake seinen herablassenden Tonfall nicht einmal übelnehmen konnte.

»Vielleicht eine Waise«, mutmaßte er.

»Oder eine Gefangene«, sagte Brimstone. »Wäre nicht das erste Mal, dass diese Wilden unsere Frauen verschleppen.«

Scott trieb das Gespräch weiter voran. Nach und nach stellte er ihr seine Begleiter vor. Er musste die Namen oft wiederholen, doch sie war sehr lernbegierig. In einer Sache war er anderer Meinung als Brimstone. Die Frau machte nicht den Eindruck einer Gefangenen. Haltung, Gestik, Sprache – all das deutete darauf hin, dass sie schon lange bei den Indianern lebte. Eine stolze Frau, der aber etwas Schreckliches widerfahren sein musste.

Während sie das von Tanner gereichte Brot verzehrte, spähte sie immer wieder in die Richtung, aus der sie gekommen war. Scott versuchte herauszufinden, was sie so beunruhigte, aber es war nicht einfach.

»Wovor bist du geflohen? Warum bist du alleine unterwegs? Wirst du verfolgt?«

Das waren vielleicht ein bisschen viel Fragen auf einmal, doch irgendwie schien sie zu begreifen, was er von ihr wollte. Sie redete wie ein Wasserfall, deutete immer wieder zurück und machte Gesten, aus denen er nicht recht schlau wurde.

»Jiibay nishiwe. Oodena.«

»Jii...bay?«

Sie nickte aufgeregt und formte dabei ihre Finger zu Klauen. *»Enyan. Inigokwaa, mamaangabide.«*

»Halt, halt, nicht so schnell. Ich verstehe kein Wort. Ein Tier vielleicht, mit großen Klauen.«

Sie nickte. *»Jiibay nishiwe. Enyan, inigokwaa.«*

Scott wandte sich zu seinen Begleitern um. »Klingt nach einem Bären. Was meint ihr?«

Albright schüttelte den Kopf. »Ich weiß nicht recht ...«

Brimstone ließ ein abfälliges Schnalzen hören. »Wer kann schon wissen, was dieses Frauenzimmer meint. Diese Indianer quasseln viel, wenn der Tag lang ist. Besonders, wenn sie getrunken haben.«

»Sie ist nicht betrunken«, sagte Scott. »Aber vielleicht ist das Thema zu kompliziert. Ich glaube, es wäre besser, ich rede erst mal über alltägliche Dinge mit ihr. Lasst mich mal überlegen ...« Sein Blick streifte ihr Gepäck. Die Indianerin bemerkte sein Interesse und hörte auf zu essen.

»Gaawiin gigii-noondoosiinoon?«

»Dein Rucksack, ja«, sagte er. »Was ist da drin? Bist du eine Händlerin oder so?«

Sie leckte sich die Finger ab, dann griff sie hinüber und öffnete das Lederband, mit dem die Kiepe verzurrt war.

Scott beobachtete, wie sie sorgfältig einige kleinere Pakete hervorholte und sie neben sich auf die Erde legte. Der Inhalt war in Blätter eingeschlagen und mit Binsen zusammengebunden. Sie bestanden vorwiegend aus Wurzeln, Blättern und Blüten, die sortiert und gebündelt worden waren. Nach eingehender Prüfung zog sie eines der Päckchen heraus, öffnete es und zupfte ein paar längliche, blassgrüne Blätter daraus hervor. Sie legte sie in ihre Hand, hauchte darauf und zerrieb sie zwischen den Händen. Ein wohlriechender Duft breitete sich aus. Dann deutete sie auf seinen Verband.

Scott runzelte die Stirn. »Was meint sie?«

Nathan Blake verfolgte das Geschehen mit amüsiertem Blick. »Sie will, dass du deine Bandage abnimmst. Wenn mich nicht alles täuscht, ist sie eine Heilerin.«

River lächelte. »Heilerin.«

»Sag ich doch. Ich glaube, sie will dir Medizin geben. Nicht die schlechteste Idee, so, wie deine Beule aussieht. Ich muss mich nochmals dafür entschuldigen …«

Wilbur Brimstone verpasste Blake einen Tritt in die Seite. »Halt's Maul, du Stück Scheiße. Niemand hat dich nach deiner Meinung gefragt.«

Blake hustete. »Leck mich.«

Der Detektiv holte aus und schlug ihm ins Gesicht. »Was hast du gesagt? Ich konnte dich gerade so schlecht verstehen.«

Blake schüttelte benommen den Kopf. Zu den blauen und grünen Flecken kam jetzt ein frischer roter hinzu. Er fuhr sich mit der Zunge durch den Mund, dann spuckte er dem Pinkerton vor die Füße. Brimstones Augen verengten sich zu Schlitzen. Mit erhobener Faust ging er auf Blake los. Doch ehe er erneut zuschlagen konnte, ging River dazwischen.

»*Nagaashkaa bakitei'gaazo!*« Sie starrte den Detektiv wütend an. Als er nicht hören wollte, hob sie die Hand. »*Nagaashkaa.*« Gesten und Worte waren unmissverständlich. Er sollte aufhören.

»Lassen Sie's gut sein«, sagte Albright. »Was macht denn das für einen Eindruck?«

»Mir doch egal, was das für einen Eindruck macht. Ich lasse mich von dem Sack doch nicht provozieren …«

»Erstens hat er Sie nicht provoziert, und zweitens sollten Sie sich mal ein bisschen zusammenreißen«, erwiderte Albright. »Wir sind keine Tiere. Der Mann ist verletzt, vielleicht übersteht er die nächste Nacht nicht. Ich denke, Sie haben Ihren Standpunkt hinreichend deutlich gemacht. Abgesehen davon gehört sich so ein Verhalten nicht vor einer Dame.«

»Dame?« Brimstone verschluckte sich beinahe an seiner eigenen Spucke. »Die kleine Schlampe ist doch keine Dame. Sie ist nicht mal eine richtige Frau.«

»Jetzt reicht's aber.« Scott platzte langsam der Kragen. Er versuchte hier eine Unterhaltung zu führen, und dieser Idiot bereitete nichts als Schwierigkeiten. »Sie ist zu uns gekommen, weil sie Schutz benötigt, und nicht, um sich von Ihnen beleidigen zu lassen. Und jetzt geben Sie endlich Ruhe.«

»Sie versteht doch nicht, was ich sage …«

»Das sehe ich anders«, sagte Albright. »Abgesehen davon stehen Sie noch immer in meinen Diensten. Halten Sie sich an die Regeln, oder ich werde Sie feuern. Haben Sie das verstanden?«

»Tun Sie, was Sie nicht lassen können«, sagte Brimstone. »Ihren Job können Sie sich getrost in den Hintern schieben. Ich habe meinen Bruder verloren. Glauben Sie, da bedeuten mir Ihre paar Dollar etwas? Ich habe für mein Geld schon mehr geleistet, als vereinbart war.«

»Ach ja?« Der Bürgermeister sah den Pinkerton scharf an. »Dann verzichten Sie also auf Ihren Anteil am Kopfgeld? Zusammengenommen haben die Steckbriefe einen Wert von etwa fünfzehntausend Dollar. Ich kann mir nicht vorstellen, dass Sie so eine Summe einfach sausenlassen wollen.«

Brimstone verstummte. Seine Schweinsäuglein schrumpften auf die Größe von Silberkugeln.

»Dachte ich's mir doch«, sagte der Bürgermeister. »Ich halte Sie für einen klugen Kopf. Jetzt, da Ihr Bruder tot ist, steht Ihnen der doppelte Anteil zu. Am besten, Sie halten den Mund und kümmern sich um Ihre Angelegenheiten. So wie Sie das früher getan haben. Da haben Sie mir besser gefallen.«

»Lassen Sie's gut sein, Sie beide«, sagte Tanner. »Mr. Albright hat recht. Wir wollen doch nur, dass diese Sache schnell und reibungslos über die Bühne geht. Was wir immer noch nicht wissen, ist, wovor die Frau geflohen ist. Im Zweifelsfall ist es etwas, was auch uns selbst betrifft. Aus Sicherheitsgründen sollten wir es unbedingt erfahren. Scott, meinst du, du könntest das herausbekommen?«

»Schwierig ...«

»Versuch es weiter. Wenn es etwas hilft, ich habe Papier und einen Stift in meiner Satteltasche, vielleicht kann sie ja zeichnen.«

Scott lächelte. Dass ihm das nicht selbst eingefallen war. »Gute Idee. Einen Versuch wäre es auf jeden Fall wert.«

25

River beobachtete, wie Sheriff Tanner in Richtung der Pferde davonging. Er machte den Eindruck, als wollte er etwas holen, doch sie konnte sich auch täuschen. Vieles an diesen Männern kam ihr seltsam vor. Offenbar waren sie Kopfgeldjäger, die während der Verfolgung dieses Mannes unabsichtlich in das Gebiet der Ojibwe eingedrungen waren. Der Gefangene war augenscheinlich gefährlich. Aber ein Mörder, wirklich? Er sah nicht aus wie ein Mörder. Was aber nichts heißen wollte. Ihre Erfahrung lehrte, dass sich menschliche Abgründe häufig hinter einem harmlosen Äußeren verbargen.

Die Unterbrechung verschaffte ihr Zeit, die Fremden eingehend zu betrachten. Keiner von ihnen sprach auch nur das geringste bisschen *Anishinaabemowin,* was aber nicht schlimm war, da sie selbst die fremde Sprache verstehen und auch sprechen konnte. Und das war eine Erkenntnis, die sie nun wirklich überraschte. Da sie die ganzen Jahre hinweg kaum Kontakt mit weißen Siedlern gehabt hatte, blieb als einzige Erklärung, dass ihre Kenntnisse aus der Zeit vor dem Unglück stammen mussten. Der Zeit, an die sie keine Erinnerung mehr hatte. Der Klang der Worte weckte lange verschollene Erinnerungen. Fragmente von Bildern, Lauten und Gerüchen, die durch die Schichten der Jahre zum Vorschein kamen. Es war, als hätte sich eine Tür geöffnet, und man erlaubte ihr, einen Blick durch den schmalen Spalt zu werfen. Ihr Blick wanderte hinüber zu Blake. Was hatte er verbrochen, dass vier berittene und schwerbewaffnete

Kopfgeldjäger solche Strapazen auf sich nahmen? So brutal, wie sie mit ihm umgingen, musste es etwas Persönliches sein. Nicht, dass die Umgangsformen in ihrem Volk zimperlich waren, aber sie selbst ertrug Grausamkeiten nur schwer. Vor allem, wenn das Opfer unbewaffnet und wehrlos war. Ein Räuspern riss sie aus ihren Gedanken. Ihr Gegenüber sah sie erwartungsvoll an. *Scott*, das war ein seltsamer Name. Klang, als würde jemand husten.

Tanner war inzwischen mit einem Stück Papier und einem dünnen Holzstab zurückgekehrt. Er ließ die Spitze des Stocks über das Papier gleiten.

Wie aus dem Nichts erschien eine Linie. Er hielt ihr Stift und Papier hin.

»*Mazinibii'igan* – Zeichnung. Eine gute Idee.« Sie verstand. Und mit dem Verständnis kamen die Worte. Sie sprudelten nur so zurück in ihr Gedächtnis. Es war, als wäre die Tür nun vollends aufgestoßen worden.

Den verblüfften Blick der Männer ignorierend, fing sie an, einige kleine Bilder aufs Papier zu werfen. Der dünne Stock lag gut in der Hand. Viel besser als die groben Pinsel oder Kohlestücke, mit denen sie sonst zu arbeiten pflegte. Sie war keine übermäßig begabte Künstlerin – da gab es bessere –, aber es genügte, um den Männern einen Ausdruck der Bewunderung ins Gesicht zu zaubern. Da sie nicht wusste, ob Bilder alleine genügen würden, erläuterte sie in einfachen Worten, was sie gezeichnet hatte.

»Mein Dorf«, sagte sie. »Unglück. Schreckliches Unglück. Stamm geflohen.« Sie machte mit den Fingern eine Bewegung, als würde sie übers Papier laufen. »Fünfundzwanzig Leute. Alte Männer, Frauen, Kinder. Ihr sie gesehen?«

Die Kopfgeldjäger tuschelten miteinander, dann schüttelten sie den Kopf. »Nein«, sagte Scott. »Keine Indianer. Du bist die erste.«

Indianer? Richtig, das war der Ausdruck, mit dem die Weißen ihr Volk zu betiteln pflegten. Als wären sie alle von einem Stamm.

»Keine Indi…aner?« Die Worte fühlten sich ungewohnt und sperrig an. Als würde sie auf einem Kiesel lutschen.

»Leider nicht«, entgegnete Scott.

Sosehr sie die Erkenntnis über ihre neu gewonnenen Sprachkenntnisse auch erfreute, diese Nachricht war niederschmetternd. Sie sackte zusammen. Aus irgendeinem unerfindlichen Grund hatte sie gehofft, dass die Männer ihr einen Hinweis geben würden. Der Aufbruch eines ganzen Stammes konnte doch nicht unbemerkt geblieben sein.

Je länger sie hier saßen, desto klarer wurde ihr, dass sie noch einmal zurückmusste. Sie war so panisch davongerannt, dass sie nicht mal die Zeit gefunden hatte, nach Spuren zu forschen. Und die gab es. Ganz bestimmt gab es die.

Ihr Blick fiel auf die Gewehre und Pistolen der Männer. Konnten solche Waffen einen Dämon aufhalten? Taugten sie im Kampf gegen Geister?

»Mein Dorf ist nicht weit.« Sie wies auf die Zeichnung. »Kommt ihr mit?« Sie sah die Männer flehend an.

Scott runzelte die Stirn. »Du willst, dass wir dich in dein Dorf begleiten?«

»Ja. Bitte.«

»Was ist dort geschehen?«

Sie überlegte kurz, dann hob sie sechs Finger.

»Tote. *Nibo. Ingodwaaswi.*«

»Was denn, sechs Tote? Das ist ja allerhand.« Der junge Mann warf seinen Begleitern einen überraschten Blick zu. »Was haltet ihr davon?«

Die Arme verschränkend, trat der Sheriff näher. »Hat es einen Kampf gegeben? Ein anderer Stamm vielleicht?«

River schüttelte den Kopf. »Nein, kein ... Stamm. Es war ein ...« Sie suchte nach dem richtigen Wort, konnte sich an den Namen aber nicht mehr erinnern.

Stattdessen zeichnete sie eine große, hässliche Kreatur auf das Papier. Zwar hatte sie keine Ahnung, wie dieser Geist tatsächlich aussah, aber sie zeichnete etwas, das möglichst bösartig wirkte und einigermaßen mit Ozawadjs Beschreibung übereinstimmte. Ein dürres Wesen mit Totenaugen und klauenähnlichen Gliedmaßen. Um den Größenvergleich zu verdeutlichen, ergänzte sie die Zeichnung durch die Abbildung eines normalen Menschen. Scott sah sie verwundert an. »Was denn, das soll euer Dorf angegriffen haben?«

Sie nickte und reichte das Papier herum.

Schon während sie das tat, spürte sie, dass sie einen Fehler gemacht hatte. Statt Betroffenheit löste das Bild Erheiterung aus. Der mit dem runden Hut – Brimstone – wandte sich mit einer abfälligen Geste ab und stapfte zu den Pferden, um sich etwas zu essen zu holen.

Scott war der Einzige, der aus Respekt nicht gelacht hatte. Er tippte auf das Papier. »Was ist das?«

»Alt«, sagte sie. »Alter Fluch. *Knochen, umhüllt von Haut.*«

»Was für ein seltsamer Name.«

»Er ist ein Geist.« Das war das Wort, nach dem sie gesucht hatte.

»Das ist doch Unsinn«, sagte Tanner. »Vermutlich war es ein Bär oder ein Wolf.«

Sie schüttelte den Kopf. »Kein Bär. Kein Wolf. Ihr ... mitkommen«, sagte sie. »Nicht weit weg. Zwei Täler.«

Die Männer wirkten unentschlossen. Sie steckten die Köpfe zusammen und berieten sich, schienen aber zu keinem Ergebnis zu kommen. River musste sie überzeugen. Wenn sie nur wüsste, wie. Einen Beweis hatte sie nicht, aber vielleicht ließen sich die Männer ja auf einen Handel ein. Ihre Heilpflanzen lagen immer noch ausgebreitet vor ihr auf der Erde.

»Ich ... *Mashkikiike.* Ich bin eine Heilerin«, sagte sie. »Medizin. Ich kann helfen.«

Die Männer sahen sie an.

»Du und Blake verletzt. Ich kann helfen.«

Scott berührte seine Stirn. »Also mir geht es so weit wieder ganz gut, aber Blakes Verfassung ist ziemlich schlecht. Ich fürchte, mit seiner Schussverletzung wird er die Nacht nicht überstehen. Vielleicht wäre es ganz gut, wenn sie ihn sich mal ansieht. Was meinen Sie?«

Tanner grübelte einen Moment, dann nickte er. »Einverstanden.«

»Blake wurde von einer Kugel in die Schulter getroffen«, sagte Scott, an River gewandt. »Er hat viel Blut verloren. Vielleicht kannst du ihm helfen. Im Gegenzug würden wir dich in dein Dorf begleiten.«

River fiel ein Stein vom Herzen. Wenigstens würde sie nicht alleine gehen müssen. Allerdings stand noch die erfolgreiche Behandlung aus. Sollte der Mann unter ihren Händen sterben, würde aus dem Handel nichts werden.

Sie überlegte kurz, dann griff sie nach ihrer Pfeife, füllte sie mit Tabak und dem Tau des Geisterkrauts und entzündete sie. Der Rauch war stark und betäubend. Sie stand auf und ging zu dem Gefangenen. Der Mann war in einem beklagenswerten Zustand. Sein Kopf hing herab, und seine Haut war bleich. Er schien zu schlafen. Als er sie kommen hörte, fuhr er jedoch hoch.

»Nicht erschrecken«, sagte sie. »Medizin.«

Seine Augen waren grün mit ein paar blauen Einsprengseln darin. Misstrauisch verengten sie sich. »Eine Pfeife? Was ist da drin?«

»Nimmt Schmerz.«

Er schnupperte kurz, dann huschte ein Lächeln über seine blassen Lippen. »Das glaube ich gerne. Dem Geruch nach zu urteilen, ist das Zeug verdammt stark.«

»Ist Geisterkraut. Ich habe es selbst geerntet.«

»Du hast doch wohl nicht vor, mich damit zu vergiften, oder?«

»Kein Gift.« Sie setzte die Pfeife an ihre Lippen und nahm einen Zug, um ihm zu zeigen, dass es harmlos war. »Siehst du?«

»Scheint in Ordnung zu sein. Gib her!« Er öffnete den Mund und ließ sich die Pfeife an die Lippen legen. Er nahm einen tiefen Zug, behielt den Rauch eine Weile in seiner Lunge und atmete dann aus. Offenbar hatte er bereits Erfahrung damit. Es dauerte eine Weile, dann breitete sich auf seinem Gesicht ein breites Grinsen aus. »Junge, Junge, das ist echt heftig. Wie hast du es genannt: Geisterkraut? Das kann ja Tote zum Leben erwecken. Du scheinst was von deinem Fach zu verstehen. Komm, gib mir noch mal einen Zug.«

»Und du bist sicher, dass ihm das nicht schadet?«, fragte Scott. »Ihm darf nichts geschehen, weißt du? Er ist sehr wertvoll für uns.«

»Ihm passiert nichts«, sagte River. »Altes Heilmittel. Sehr gut.«

»Na, dann hoffen wir mal, dass du recht hast.«

»Die Chinesen könnten keine bessere Pfeife bauen«, sagte Blake, dessen Wangen sich merklich gerötet hatten. »Du musst mir beizeiten mal was von dem Kraut geben.«

River gestattete dem Patienten noch einen weiteren Zug, dann nahm sie die Pfeife weg. Blake sah sie überrascht an. »He, Schätzchen, nicht aufhören.«

»Du hast genug«, sagte sie knapp.

»Na, komm schon. Jetzt sei doch nicht so starrsinnig. Ist schon ewig her, dass ich einen Schuss hatte. Aber mit dem Zeug könnte ich mich glatt dran gewöhnen …«

Sie ignorierte ihn und löste stattdessen den schmutzigen Verband. Dann öffnete sie seine Jacke sowie das darunterliegende Hemd und streifte beides nach hinten. Als die kalte Luft seine Haut berührte, zuckte er zusammen.

»Muss das sein? Es ist lausig kalt hier.«

Sein Körper war in miserabler Verfassung. Zwar war er sehnig und durchtrainiert, aber er hatte kein Gramm Fett auf den Rippen. Nichts, was ihn gegen die Kälte schützte. Sein Körper war bedeckt von Narben und Blutergüssen. Die schlimmste zog sich über einen großen Teil der linken Brust bis hinauf zur Schulter. Wie Schnee hob sie sich von der umliegenden Haut ab. Eine Verbrennung, die schon lange zurücklag, aber immer noch furchtbar anzuschauen war. Dagegen verblasste sogar die frische Wunde an der Schulter.

»Woher?«, fragte sie, während sie mit den Fingern über das Narbengewebe fuhr.

»Kleines Andenken an den Krieg«, knurrte der Mann. »Ein bisschen zu viel mit Griechischem Feuer gespielt, aber das sagt dir wohl nichts, was?«

Sie hatte keine Ahnung, wovon er redete, und wandte sich stattdessen der Schusswunde zu. Die Kugel war vorne eingetreten und hinten wieder hinaus. Ein glatter Durchschuss, der aber aufgrund der verwendeten Munition ein beträchtliches Loch hinterlassen hatte. Großkalibrige Waffe, vermutlich aus einem der Gewehre. Die Wundränder begannen sich bereits zu verfärben.

Nicht gut.

Sie packte den Kopf des Patienten, drückte seine Augenlider hoch und prüfte die Pupillen. Sie waren erweitert. Das Geisterkraut zeigte Wirkung.

»Bist du bereit?«, fragte sie.

»Bereit? Wofür?«

Sie griff nach einem Zweig, der neben ihr auf der Erde lag, brach ein Stück davon ab und hielt es ihm vors Gesicht.

»Mund auf.«

»Was soll ich …?«

»Mund auf.«

»Den Teufel werde ich …«

Sie drückte den Finger in die Wunde. Blake riss vor Verblüffung und Schmerz den Mund auf.

»Wird weh tun. Willst du Zunge abbeißen?«

»Verdammt noch mal …«

Brimstone kam näher. Das Geschehen schien ihn zu interessieren.

»Die Kleine ist nicht zimperlich«, sagte er und grinste. »Gefällt mir. Schade, dass sie dir vorher ein Betäubungsmittel gegeben hat.«

»Du kannst mich mal«, nuschelte Blake.

»Vielleicht später. Zuerst will ich aber noch ein bisschen zusehen. Du hast doch nichts dagegen?« In seinen Schweinsäuglein leuchtete Vorfreude.

River ignorierte die beiden Streithähne und widmete sich ihren Vorbereitungen. Sie benötigte Saft aus der

Rinde der Kanadischen Hemlockkiefer zum Reinigen, Sumachblätter, um das Wundgift abzusaugen, und ein Stück sauberen Stoff zum Verbinden. Dann griff sie ins Lagerfeuer und zog einen Ast heraus, dessen Spitze in einem kräftigen Rot leuchtete.

»Bereit?«

»Für was?«

»Glut.«

»Na, wenn's sein muss. Bringen wir es hinter uns.«

Sie sah Blake in die Augen. Was sie dort sah, ließ sie frösteln. Da war keine Wut, keine Furcht und keine Reue. Stattdessen ein Abgrund, tiefer als jeder Brunnen.

26

Das Dorf war weiter entfernt, als Scott vermutet hatte. Vielleicht war Rivers Beschreibung unklar gewesen, vielleicht lag es auch am Schnee, der sie bei jedem Schritt behinderte, jedenfalls waren sie bereits seit zwei Stunden unterwegs, und noch immer war kein Zeichen einer Siedlung zu erkennen.

Dank Rivers Hilfe war Nathan Blake so weit wiederhergestellt, dass er sie begleiten konnte. Sie hätten ihn ja schlecht zurücklassen können, aber die Schmerzen und die Drogen setzten ihm schwer zu. Scott, der ihn an einem Strick führte, musste immer wieder anhalten und auf ihn warten. Dabei wäre er viel lieber vorne bei River mitgelaufen.

Es fiel ihm schwer, die Augen von ihr zu lassen. Wie leichtfüßig sie über den Schnee lief, fast ohne einzusinken. Ihre Bewegungen hatten etwas von einem Tier – einer Raubkatze oder einem Hirsch. Sie war gleichsam geschmeidig und anmutig, dabei aber durchaus kompromisslos. Wie sie mit Blake umgegangen war, hatte ihm Respekt abgenötigt. War sie dem Kerl doch tatsächlich mit einem glühenden Stock zu Leibe gerückt. Normalerweise war Scott ja nicht zimperlich, aber als Blake zu schreien begonnen hatte, war es ihm doch zu viel gewesen. Doch nun war er versorgt und ertrug sogar die Strapazen dieser Wanderung. Alles nur aufgrund ihrer rabiaten Behandlung.

Eine bemerkenswerte junge Frau. Es gab so viel, was er sie hätte fragen wollen, aber das war nicht einfach. Nicht wegen der fehlenden Worte – sie beherrschte ihre

Sprache erstaunlich gut – nein, es lag an ihm. Er bekam den Mund einfach nicht auf. Warum nur war er immer so verdammt schüchtern?

In Gedanken versunken, spürte er nicht, dass Blake zu ihm aufgeschlossen hatte.

»Nicht uninteressant, die Kleine, was?«

Scott schrak auf. Der Mörder ging direkt hinter ihm, kaum weiter als eine Armlänge entfernt. Scott entfernte sich rasch und zog das Seil stramm.

Blake grinste. »Wenn ich dir einen Rat geben darf, lass die Finger von ihr. Sie ist eine Nummer zu groß für dich.«

Scott spürte, wie ihm das Blut ins Gesicht schoss. »Quatsch«, murmelte er. »Wie kommen Sie überhaupt darauf, dass ich mich für sie interessiere?«

»Das sieht doch ein Blinder mit Krückstock. Und warum auch nicht, sie ist hübsch. Und recht zupackend obendrein. Diese Behandlung werde ich nicht so schnell vergessen.«

Tanner drehte sich um. »Maul halten, dahinten.«

»Ach, kommen Sie, Sheriff«, rief Blake. »Passiert ja sonst nichts Spannendes in diesem Puff. Ich habe mich nur ganz nett mit Scott unterhalten. Ich darf dich doch Scott nennen, nicht wahr?«

»Deputy Preston wäre mir lieber. Und, um ehrlich zu sein, ich kann mir Schöneres vorstellen, als mich mit Ihnen zu unterhalten.«

Blake lachte. »Das glaube ich gerne. Ein paar schlanke Arme um deinen Hals, deine Hände auf einem wohlgeformten Po. Ich verstehe gut, was du meinst.«

»Auf Ihre Spielchen falle ich nicht rein, Blake«, sagte Scott. »Zuerst haben Sie es bei Tanner versucht, dann bei Brimstone, und jetzt bin ich dran, was? Aber das können Sie vergessen, ich lasse mich von Ihnen nicht provozieren.«

»Wer will dich denn provozieren? Ich mach doch nur Spaß.«

Scott ärgerte sich, dass er überhaupt mit dem Gefangenen redete. Andererseits, was konnte es schaden? Blake hatte ohnehin nicht mehr allzu lange zu leben.

»Ihnen scheint's ja schon besserzugehen«, sagte er daher. »Zumindest können Sie schon wieder große Töne spucken.«

»Habe ich River zu verdanken. Das Fieber scheint weg zu sein. Und ihre Pfeife ist einfach göttlich. Warum hast du nicht mal einen Zug genommen? Glaub mir, da hast du was verpasst.«

»Drogen interessieren mich nicht.«

»Und wie sieht's mit Whiskey aus?«

Scott musste an sein Erlebnis mit Tanners Whiskeyflasche denken und schüttelte angewidert den Kopf.

»Nicht mal Bourbon? Das gibt's doch nicht. Ihr Nordstaatler seid solche Puritaner, das ist ja nicht zum Aushalten. Fürwahr, es wechselt Pein und Lust; genieße, wenn du kannst – und leide, wenn du musst.«

»Schon wieder Shakespeare?«

»Diesmal nicht.«

»Sie scheinen aber ein besonderes Verhältnis zu ihm zu haben.«

»Und ob.« Ein Lächeln huschte über Blakes Gesicht. »Es wandelte wohl kaum jemals ein begnadeterer Dichter unter dieser Sonne. Fallende Reiche, taumelnde Despoten, Intrigen, politischer Mord; wenn man überhaupt jemanden zitieren will, dann ihn.«

»Woher wissen Sie so viel über ihn? Haben Sie seine Stücke gelesen …?«

»Gelesen, geatmet, *gelebt*«, erwiderte Blake. »Wie schon erwähnt, ich habe ein paar Jahre auf der Bühne gestanden. Von allen Stücken waren mir seine immer die liebsten: *Das Wort fliegt auf, der Sinn hat keine Schwingen, Wort ohne Sinn kann nicht zum Himmel dringen.*«

Er atmete tief ein. »Was gäbe ich dafür, noch einmal Theaterluft schnuppern zu dürfen. Das Heben des Vorhangs, die gespannten Blicke der Menschen. Der Augenblick, wenn die Musik aussetzt und alle Augen sich auf dich richten …«

»Sie haben es selbst in der Hand gehabt. Stattdessen haben Sie es vorgezogen, mordend durchs Land zu ziehen. Wie tief muss man sinken, um so etwas zu tun?«

»Tiefer, als du dir vorstellen kannst, mein Junge. Tiefer, als du es dir auch nur entfernt vorstellen kannst.«

Scott sah ihn überrascht an. Für einen Moment glaubte er einen Blick hinter die ewige Maske aus Sarkasmus und Herablassung zu werfen. Was er dort sah, wirkte beinahe menschlich – und tieftraurig.

»Sie sind ein seltsamer Kerl, Blake, wissen Sie das?«, sagte er. »Wie kann jemand, der so belesen und gebildet ist, gleichzeitig so grausam sein? Wie bekommen Sie das nur unter einen Hut?«

»Unter einen Hut? Nein, ich glaube, da überschätzt du meine Fähigkeiten. Es gibt kaum jemanden, der mir fremder ist als ich selbst. Aber wir können uns nicht immer aussuchen, wer wir sind, nicht wahr?«

»Ich bin der Meinung, dass es jeder selbst in der Hand hat, wie er sein Schicksal formt. Wenn man nur will, kann man alles erreichen.«

»Ich beneide dich um deine Jugend, Scott. Das tue ich wirklich. Vieles erscheint in deinem Alter so viel klarer.

Aber je älter du wirst, desto komplizierter wird alles. Die Dinge beginnen sich einzutrüben. Und irgendwann verliert man den Weg …« Er verstummte. Offenbar war ihm gerade bewusst geworden, dass er über sich selbst redete. Scott konnte das nur recht sein. Welchen Sinn hatte es, sich mit jemandem zu unterhalten, der schon bald an einem Seil baumelte? Er kam nicht dazu, den Gedanken zu vertiefen, als rechts neben seinem Ohr ein lauter Knall ertönte. Er zuckte zusammen. Erschrocken wandte er sich um und sah, wie Brimstone den Repetierhebel seines Gewehrs nach vorne schnellen ließ.

»Was ist los? Worauf haben Sie geschossen?«

»Wolf«, lautete die knappe Antwort des Pinkertons. »Da drüben, hinter den Bäumen, sehen Sie?« Der Detektiv legte an und feuerte erneut, doch das Tier bewegte sich blitzschnell hinter den nächsten Baum.

»Drecksvieh«, knurrte der Detektiv. »Scheint genau zu wissen, wohin ich ziele. Na, wenn es nicht stillhalten will, erledige ich es eben aus kurzer Distanz.« Er zog seine Smith & Wesson.

»Lassen Sie das doch, Brimstone«, rief Tanner ihm von vorne zu. »Ist doch bloß ein einzelner Wolf. Was kann der schon groß anrichten?«

»Mit Wölfen ist es wie mit den Indianern, die treten nie alleine auf«, erwiderte Brimstone. »Wo einer ist, da sind noch mehr. Er könnte seinen Kollegen erzählen, was er gesehen hat, und sie hierherführen. Wollen Sie es mit dem ganzen Rudel zu tun bekommen? Ich nicht. Einer meiner Freunde ist von ihnen zerrissen worden. Seitdem reagiere ich etwas empfindlich auf die Viecher …«

Er verstummte. River versperrte ihm den Weg.

Brimstone blieb vor Verwunderung der Mund offen

stehen. »Aus der Schusslinie, Weib. Lass mich gefälligst meine Arbeit erledigen.«

»Nein.«

»Was erlaubst du dir …?« Der Detektiv wollte die Frau aus dem Weg schieben, als plötzlich silberner Stahl aufzuckte. Wie aus dem Nichts war eine Klinge in ihrer Hand erschienen und fuhr hoch zu seiner Kehle. *»Ishkwaataa.«*

Mit einer geschmeidigen Bewegung entwaffnete River den Detektiv und warf Revolver und Gewehr rechts von ihnen in den Schnee. Brimstone machte keinen Mucks. Wie zur Salzsäule erstarrt, stand er da.

Als sie sicher war, dass der Detektiv verstanden hatte, nahm River die Klinge vom Hals des Detektivs und steckte sie wieder ein. An der Stelle, wo sie Brimstones Haut berührt hatte, war ein schmaler roter Strich zu sehen. Ohne ihn eines weiteren Blickes zu würdigen, drehte sie sich um und eilte in den Wald. Was dann geschah, sollte Scott sein Leben lang nicht vergessen.

Durch die graue Wolkendecke fiel ein einzelner Sonnenstrahl und berührte den Boden. Die folgende Szene erinnerte in ihrer Perfektion an eine Theaterbühne. Auf silbrig glitzerndem Schnee, flankiert von schwarz-weiß getupften Birkenstämmen, standen sich Frau und Wolf gegenüber. Beide waren frei von Furcht, als herrsche ein tiefes Einverständnis zwischen ihnen. Das Bild erinnerte an eine Szene aus der biblischen Schöpfung. An den Moment vor dem Sündenfall, als alle Lebewesen freundlich miteinander umgingen. River ging in die Knie und streckte den Arm aus. Der Wolf kam näher, senkte den Kopf und leckte ihr über die Hand. Sie zog ihn zu sich heran, umschlang ihn und vergrub das Gesicht in seinem Fell. Einen Moment noch hielt der magische Moment an, dann verschwand die Sonne hinter einer Wolke.

Scott hatte vergessen zu atmen. Selbst Brimstone war sprachlos vor Erstaunen. Schweigend sammelte er seine Waffen ein und steckte sie zurück.

»Sieht so aus, als würden die beiden sich kennen«, sagte Blake. »Ich hatte schon eine ganze Weile den Eindruck, dass sie nach etwas Ausschau hält. Aber dass es ein Wolf ist, damit hätte ich nicht gerechnet.«

»Kein Wolf«, sagte River, als sie zu ihnen zurückkam. »Ein Wolfshund. Sein Name ist Ma'iingan.«

»Gehört er dir?«

Sie nickte und deutete hinter eine Gruppe von Birken. »Das Dorf ist gleich hinter den Bäumen.« Und ohne ein weiteres Wort der Erklärung setzte sie sich in Bewegung.

Scott war wie verzaubert. Sie kam ihm vor wie eine Nymphe aus den Wäldern, wild und sinnlich zugleich. Ein geheimnisvolles Wesen, halb Mensch, halb Tier. Er spürte, dass er drauf und dran war, sein Herz an sie zu verlieren – und das, obwohl er Indianer doch eigentlich hasste.

Es stimmte nicht, was Blake gesagt hatte: dass es eine Frage des Alters war. Irgendwann kam für jeden der Moment, an dem die Dinge anfingen, kompliziert zu werden. Bei manchen früher, bei manchen später. Für Scott war dieser Moment jetzt gekommen.

27

Der Schnee dämpfte ihre Schritte. Das Dorf lag still und verlassen. Keine Bewegung war zu sehen, kein Laut zu hören.

Nathan spürte, wie seine Nackenhaare sich aufrichteten. Etwas stimmte nicht.

Es war kaum mehr als eine Vorahnung, doch die eisige Kälte, die durch Füße in Beine kroch und von dort aus den Körper überfiel, sprach eine deutliche Sprache. Dieser Ort stank nach Angst.

Er hatte diese besondere Sensibilität – ein Gespür für Gefahren, von dem manche sagten, es sei ein sechster Sinn. Er selbst konnte dieses Talent nicht genau festmachen, er kannte es, seit er denken konnte. Und wenn ihm auch nicht klar war, woher es stammte und wie man es kontrollieren konnte, so wusste er doch eines genau: Es hatte ihn noch nie getrogen.

Argwöhnisch blickte er sich um. Der Großteil der Habseligkeiten war in Eile fortgeschafft worden. Hier und da konnte man Gegenstände unter dem Schnee ausmachen, die bei dem unkoordinierten Abzug übersehen worden waren. Hausrat, Spielzeug, Lebensmittel. Die Flucht war in Panik erfolgt, hastig, voller Angst. Wenn er die Augen schloss, konnte er Stimmen vernehmen, Rufe und Schreie. Er konnte sehen, wie Mütter ihre Kinder aus den Wigwams zerrten, wie sie schnell alles verpackten und auf ihren Rücken davontrugen. Er konnte hören, wie die Männer Befehle brüllten, und sah, wie sie zu ihren Waffen griffen. Aber gegen wen oder gegen was zogen sie zu Felde?

Da war doch nichts. Oder?

»Vorwärts, Blake, keine Wurzeln schlagen.« Tanner zog ungeduldig am Strick. Scott hatte die Verantwortung an den Sheriff abgegeben und ging vorne mit River. Nathan konnte es ihm nicht verübeln.

»Weitergehen, habe ich gesagt! Die anderen sind schon drüben bei den Wigwams. Was stehen Sie hier rum und träumen mit offenen Augen?«

»Wir sollten nicht hier sein«, sagte Nathan.

»Natürlich sollten wir das nicht. Wir sollten längst in Richtung Grenze unterwegs sein, aber wir haben es der Frau nun mal versprochen, und wir stehen zu unserem Wort.« Nachdenklich kratzte er an seinem Bart. »Na ja, zumindest, was das Verschwinden der Leute betrifft, hat sie uns nicht angeschwindelt. Ich muss gestehen, ein bisschen seltsam ist das schon. Können noch nicht lange weg sein. Aber jetzt los!«

Nathan hätte jetzt gerne noch einmal etwas von der Medizin gehabt. Die Wirkung von Rivers Pfeife ließ nach, und seine Schulter fing wieder an zu schmerzen.

Tanner stieß ihm den Gewehrlauf in den Rücken. »Sind Sie taub, oder was? Ich habe gesagt, Sie sollen sich in Bewegung setzen.«

Nathan schüttelte den Kopf und ging weiter. Es hatte keinen Sinn, mit dem Sturkopf zu streiten.

Die Gruppe war mittlerweile bei den Häusern angelangt und fing an, sie systematisch zu durchsuchen. Nathan hatte noch nicht viele Indianerdörfer besucht und konnte daher nicht beurteilen, ob dieses hier typisch war. Es kam ihm alles relativ klein und schmucklos vor. Die Gebäude waren kreisförmig angeordnet, mit der Behausung des Häuptlings in der Mitte. Manche Hütten nutzten Bäume und Felsen, um mehr Stabilität zu gewinnen. Die Folge war, dass den Wigwams etwas *Gewachsenes* anhaftete, als wären sie ein Teil des Waldes. Im Gegensatz zu Tipis, wie man sie in den Steppen und Prärien des Westens fand, waren diese Gebäude nicht dazu gedacht, abtransportiert zu werden. Die Menschen lebten sesshaft, betrieben Ackerbau und Viehzucht und wirkten – im Gegensatz zu ihren Brüdern drüben in Utah und den angrenzenden Staaten – deutlich zivilisierter. Zumindest, soweit man das aus ihren Hinterlassenschaften herauslesen konnte.

Die Gruppe hatte bei einem Wigwam auf der rechten Seite haltgemacht. Während River dem Deputy und dem Bürgermeister zu erklären versuchte, was hier geschehen war, fiel Detektiv Brimstone wieder einmal komplett aus der Rolle. Mit den Händen in den Hosentaschen stapfte er herum, riss Vorhänge herunter, trat gegen Körbe und Kalebassen und benahm sich auch sonst wie der sprichwörtliche Elefant im Porzellanladen. Blake konnte sehen, wie River sich über diese Respektlosigkeit und Geringschätzung ärgerte, doch sie blieb ruhig und beschränkte sich auf finstere Blicke.

»Hier ist doch nichts«, polterte der Pinkerton. »Alles leer. Nichts, was den Aufwand lohnt. Wo ist denn nun dieses fürchterliche Ungeheuer? Jetzt bin ich den weiten Weg gelaufen, um mir ein paar runtergekommene, leere Hütten anzuschauen. Aber das war ja nicht anders zu erwarten gewesen. Sind Sie zufrieden, Bürgermeister? Können wir dann wieder zurück?«

»Nicht, ehe wir auch den Rest des Dorfes inspiziert haben«, sagte Albright. »Wenn ich die Frau richtig verstanden habe, befanden sich die Leichen weiter hinten, in einem der größeren Gebäude. Kommen Sie, lassen Sie uns dort nachsehen.«

Scott schenkte River ein aufmunterndes Lächeln. Es war unverkennbar, dass ihm die Frau gefiel, wobei er sich gleichzeitig bemühte, diesen Umstand vor den anderen zu verbergen. River schien frei und ungebunden zu sein, zeigte jedoch kein Interesse. Wäre die Situation nicht so kompliziert gewesen, hätte Nathan Scott vielleicht ein paar Tipps geben können, aber im Moment kam ihm das reichlich absurd vor. Nicht nur, weil alle ihm einen Strick um den Hals legen wollten, sondern vor allem, weil River echte Angst empfand. Nathan konnte sehen, wie angespannt sie war. Warum nur spürten die anderen die Bedrohung nicht? Selbst der Hund verhielt sich merkwürdig. Nathan kannte sich gut genug mit Hunden aus, um das zu sehen.

»Also ein Tier war das nicht«, sagte Albright. »Ein Bär oder Wolf hätte doch bestimmt Spuren hinterlassen. Und an Geister glaube ich nicht.«

»Ich auch nicht«, sagte Tanner. »Bleibt immer noch die Möglichkeit eines feindlichen Stammes. Ich empfehle weiterhin hohe Wachsamkeit. Scott, du behältst die linke Seite im Auge. Brimstone, Sie sind für die rechte zuständig, und Bürgermeister, Sie gehen schon mal mit River voraus. Ich sichere so lange unseren Rückzug. Gesprochen wird ab jetzt nur noch, wenn es sich nicht vermeiden lässt, verstanden? Gut, dann vorwärts.«

Wenigstens hatte der Sheriff noch genügend Grips im Kopf, um nicht unvorsichtig zu werden. Blieb abzuwarten, wie sich die Dinge entwickelten.

River zweigte hinter dem Häuptlingshaus vom Pfad ab und lief zwischen dicht beisammenstehenden Kiefern hindurch zu einer zweiten Lichtung. Dort ragten weitere Häuser aus dem Schnee. Das größte davon war ein langgestreckter Bau mit mannshohem Dach und stabil aussehenden Tragepfeilern. Die dichte Schneedecke ließ ihn nahezu vollständig mit der Umgebung verschmelzen.

River hob die Hand und deutete nach vorne. »Hier ist es.«

»Gut«, sagte Tanner. »Ich werde vorangehen und die Lage prüfen. Scott, du gibst mir Feuerschutz. Blake, wenn Sie Schwierigkeiten machen, schieße ich Sie über den Haufen. Ich werde Ihnen jetzt den Strick abnehmen.«

Nathan war viel zu angespannt, um über Flucht nachzudenken. Er beobachtete, wie Tanner und Brimstone zur Tür gingen. Der Sheriff zählte auf drei, riss die Tür auf, und die beiden Männer stürmten hinein. Mit einem Knarren fiel die Tür hinter ihnen wieder zu. Atemlose Minuten vergingen. Kein Wort war zu hören. Endlich klappte die Tür wieder auf, und die beiden kamen heraus. Auf ihren Gesichtern herrschte ein Ausdruck der Verwirrung.

»Was ist, Sheriff?«, fragte Bürgermeister Albright. »Haben Sie etwas gefunden?«

Tanner deutete mit dem Daumen über die Schulter. »Keine Ahnung, was ich davon halten soll. Sehen Sie es sich am besten selbst an.«

River ging ebenfalls hinein, Scott und Nathan folgten ihnen. Der Sheriff blieb draußen. Er griff in seine Manteltasche, holte eine Pfeife hervor und begann sie zu stopfen.

Die Hütte war noch größer, als es von außen den Anschein hatte. Eine halbzylindrische Konstruktion, die auf ihrer gesamten Länge mittelachsig von Tragpfeilern stabilisiert wurde. Ein Stück der hinteren Wand fehlte, und der Wind hatte Schnee bis ins Innere geweht. Das Loch hatte einen Durchmesser, dass man glauben konnte, eine Herde Bisons sei dort hindurchgerauscht.

River sah sich betroffen um. Etwas schien nicht zu stimmen. Sie ging zu der Öffnung und steckte den Kopf ins Freie. Als sie nichts entdeckte, kam sie wieder zurück und begann, das Gebäude abzusuchen. Jede Nische, jede Vertiefung und jeden dunklen Winkel. Sie schaute hinter die Regale, warf Körbe um und scharrte den Schnee beiseite. Ihren Bewegungen haftete etwas Gehetztes an, was umso erstaunlicher war, als sie doch kürzlich erst hier gewesen war.

»Der Ort sieht aber anders aus, als du uns beschrieben hast«, sagte Bürgermeister Albright. »Wo sind die Toten, von denen du uns erzählt hast?«

River fuhr herum. Ihre Augen glommen wie die einer Katze.

»Fort …«, sagte sie so leise, dass man sie kaum verstehen konnte. »Sie sind alle fort.«

28

Als sie ins Lager zurückkamen, war es schon beinahe dunkel. Die Pferde waren dort, wo sie sie angebunden hatten, und gaben ein erfreutes Wiehern von sich, als sie gefüttert wurden. Scott fröstelte. Eine kalte Feuchtigkeit war vom Fluss heraufgezogen und verbreitete sich rasch unter den Bäumen. Das Tagesgrau war einer stumpfen Düsternis gewichen, die schwer auf seinem Gemüt lastete.

Rasch entfachten die Männer ein Feuer und bereiteten eine karge Mahlzeit zu. Holzscheite knackten, und Funken stoben auf.

Es dauerte nicht lange, und die hochlodernden Flammen hatten die Schatten zurück unter die Bäume gescheucht, von wo aus sie gekommen waren. In Decken gehüllt, saßen die Männer um das Feuer und starrten in die Glut.

Scott beobachtete River aus den Augenwinkeln. Zusammengekauert hockte sie da, die Arme um die Knie geschlungen, den Blick ebenfalls in die Flammen gerichtet. Neben ihr lag der Wolf.

Wilbur Brimstone nagte den Schlegel eines Hasen ab, den sie auf dem Rückweg geschossen hatten. Ein mageres Tier, kaum genug, dass jeder von ihnen einen kleinen Bissen davon abbekommen hatte. »Was für eine Zeitverschwendung«, brummelte er. »Was für eine gottverdammte Zeitverschwendung.«

Sheriff Tanner stocherte mit einem Stock in der Glut herum. »Fassen wir mal zusammen: Du behauptest also, Leichen gefunden zu haben, als du das letzte Mal im

Dorf gewesen bist, River. Sechs Stück, habe ich das richtig verstanden?«

Sie schüttelte den Kopf. »Nur fünf. Oshkabewi, Bidaban, Waawaashkeshi, Binesi und Makadewigwan. Als ich die Hütte betrat, war Häuptling Ozawadj noch am Leben.«

»Doch er starb, während du mit ihm sprachst.«

Sie nickte.

»Als wir das Dorf untersucht haben, war davon aber nichts zu sehen. Keine Trittspuren, kein Blut, keine Leichen. Hast du eine Erklärung dafür?«

»Nein.« River wirkte so unendlich traurig, dass Scott sie am liebsten in die Arme geschlossen hätte.

»Tja, da stehen wir also. Ein leeres Dorf und keine Erklärung.« Tanner zog an seiner Pfeife und ließ duftenden Rauch aufsteigen. Scott mochte den Geruch. Er war so untrennbar mit dem Sheriff verbunden, dass er schon ein Teil von ihm geworden war.

»Was ist mit dem Loch in der Wand?«, fragte Scott.

»Keine Ahnung. Randalierer vielleicht, oder Plünderer. Leute, die nach euch kamen und wütend waren, dass ihr ihnen so wenig übrig gelassen habt. Was weiß ich? Vielleicht haben sie die Leichen fortgeschafft, vielleicht haben sie sie irgendwo vergraben. Wenn es überhaupt irgendwelche Leichen gegeben hat«, fügte er leise hinzu.

»Da waren Tote«, sagte River. »Ich habe sie selbst gesehen.«

»Du *behauptest*, Tote gesehen zu haben. Einen Beweis hast du nicht.«

Scott konnte nicht behaupten, dass ihm gefiel, wie Tanner mit River redete, aber im Moment fiel ihm nichts ein, womit er ihr hätte helfen können. Wenn es tatsächlich Plünderer gewesen wären, hätte man doch irgendwelche Spuren im Schnee finden müssen. Da war es doch wahrscheinlicher, dass die Indianer selbst versucht hatten, das Gebäude niederzureißen, auch wenn sich ihm der Sinn einer solchen Aktion nicht erschloss. »Und wenn es ein wildes Tier gewesen war?«, schlug er vor. »Die zerbrochenen Verstrebungen könnten auf einen wütenden Schwarzbären hindeuten, oder einen Grizzly.«

»Es gibt keine Grizzlys in diesem Teil des Landes«, warf Brimstone ein. »Weder Grizzlys noch Kodiaks oder Eisbären. Die leben alle weiter im Norden oder Westen. Und Schwarzbären werden nicht so groß, dass sie so etwas anrichten könnten.«

»Stimmt nicht.« River schüttelte den Kopf. »Ozawadj hat einen Schwarzbären erlegt. Ich habe Klauen gesehen, so lang.« Sie deutete eine Revolverlänge an.

»Das halte ich für unwahrscheinlich«, sagte Tanner. »Schwarzbären erreichen aufgerichtet kaum mehr als die Größe eines erwachsenen Mannes, geschweige denn, dass sie die Kraft entwickeln könnten, einen solchen Schaden anzurichten. Was immer dieses Loch gerissen hat, ein Bär war das nicht.«

»Womit wir wieder am Anfang wären«, sagte Albright. »Könnte es vielleicht sein, dass du dir das Ganze nur eingebildet hast, River? Die Phantasie kann einem manchmal üble Streiche spielen.«

»Besonders, wenn man *Medizin* nimmt«, ergänzte Brimstone mit einem vielsagenden Grinsen und warf die Knochen ins Unterholz. Der Wolfshund stand auf und untersuchte, ob noch etwas für ihn übrig geblieben war.

River presste die Lippen zusammen. Ihre Hände waren zu Fäusten geballt, und in ihren Augen schimmerten Tränen.

»Keine Medizin«, sagte sie mit Verachtung in der Stimme. »Ich bin nicht … verrückt.«

»Das hat auch niemand gesagt«, sagte Sheriff Tanner. »Aber es ist nun mal eine Tatsache, dass Menschen, die unter extremem Stress stehen, Dinge sehen und hören, die einfach nicht da sind. Also wenn ihr mich fragt, die einleuchtendste Erklärung ist immer noch die, dass einige Mitglieder deines Dorfes zurückgekehrt sind, um die Leichen zu holen. Vielleicht, um sie irgendwo zu beerdigen. Was meint ihr? Könnte doch sein.«

River schüttelte energisch den Kopf. »Menschen hinterlassen Spuren. Dort sind keine Spuren. Ich habe gesagt: *Dämon*. Ich habe ihn gehört. Er ist gekommen vom Berg. Erst tötet er Krieger … dann nimmt er ihre Leichen.«

Tanner kratzte sich den Bart. »Tja, ich fürchte, so kommen wir nicht weiter. Ich muss mich an die Fakten halten, und die sind leider sehr dünn. Wenn das dann alles war, würde ich mich ganz gerne hinlegen und schlafen. Morgen wird ein harter Tag, da sollten wir alle gut ausgeruht sein.«

»Das erste vernünftige Wort, das ich heute höre«, sagte Brimstone und wischte sich über die Lippen. »Und wehe, irgendeiner nervt mich noch mit seinen Geistergeschichten. Mein Bedarf ist für heute gedeckt.«

Scott wäre geneigt gewesen, ihm zuzustimmen, doch es gab da ein paar Dinge, die nicht ins Bild passten. Die unterarmdicken Stützpfeiler, die durchgebrochen gewesen waren wie Streichhölzer. Oder die Tatsache, dass die Streben allesamt nach *außen* gedrückt worden waren. Wie von etwas, das aus einem Käfig ausbrechen wollte. Obwohl er nicht vorhatte, einen Keil in die Gruppe zu treiben, konnte er es doch nicht mit seinem Gewissen vereinbaren, zu schweigen.

»Ich glaube nicht, dass River Unfug erzählt hat«, sagte er in die Stille hinein. »Wenn sie sagt, eine übernatürliche Macht habe ihre Finger im Spiel gehabt, dann sollten wir das wenigstens in Erwägung ziehen. Welchen Grund sollte sie denn haben, uns anzuschwindeln?«

»Sie glauben wohl auch noch an das Christkind«, lästerte Brimstone.

Tanner sah Scott tadelnd an. »Das bringt doch nichts, Junge. Hast du nicht zugehört? Das Thema ist durch.«

»Nicht für mich«, sagte Scott. »Sie hat etwas gesehen, das steht für mich fest. Und ich glaube, dass es Dinge gibt, die keiner von uns erklären kann. Ich meine jedenfalls, dass ich in diesem Dorf irgendetwas gespürt hatte. Eine Bedrohung, die ich nicht recht erklären konnte. Wir machen es uns zu leicht, wenn wir einfach wegsehen. Wir sollten ihr zuhören, ich glaube nämlich, dass sie uns noch eine ganze Menge mehr erzählen könnte.«

Tanner rückte näher an Scott heran und senkte seine Stimme. »Warum machst du ihr Hoffnungen, siehst du denn nicht, dass sie jetzt schon völlig verwirrt ist? Hör auf, ihr Flausen in den Kopf zu setzen.«

»Ich will ihr keine Flausen in den Kopf setzen«, protestierte Scott. »Ich sehe bloß nicht ein, warum wir so tun, als wäre nichts gewesen. Wir alle haben die Spuren gesehen. Keiner von uns hat eine Erklärung dafür.«

»Ja, und?«

»Was kann es schon schaden, wenn wir mal für einen Moment annehmen, ihre Geschichte entspräche der Wahrheit? Lasst uns zu Ende anhören, was sie zu sagen hat. So viel Anstand muss sein. Und wenn wir hinterher der Meinung sind, dass es Unsinn ist, können wir ihr das offen und ehrlich sagen.«

Tanner seufzte. »Sind alle dieser Meinung?«

Der Bürgermeister zuckte die Schultern, Brimstone hingegen schüttelte wie zu erwarten den Kopf.

»Also von mir aus«, sagte Tanner. »Ich glaube zwar nicht, dass es etwas bringt, aber sei's drum. Soll sie in Gottes Namen erzählen, was sie weiß. Hauptsache, es dauert nicht zu lange. Also, River: Das Wort gehört dir.«

River schenkte Scott ein zartes Lächeln. Sofort schlug sein Herz schneller. Er spürte, wie ihm warm wurde. Es war nur ein kleiner Sieg, und mehr konnte er wirklich nicht für sie tun. Er hoffte inständig, dass sie noch einen Trumpf im Ärmel hatte.

»Also gut«, sagte er. »Was für ein Wesen, glaubst du, ist das gewesen? Wie sieht es aus, und, vor allem, warum hat es dein Dorf angegriffen?«

River senkte den Kopf. Sie schien nach den richtigen Worten zu suchen. »Wegen mir.«

»Wegen dir?«

Sie nickte. »Ich habe einen Schwur gebrochen. Häuptling Ozawadj hat mich gewarnt, aber ich wollte nicht hören. Er hat mich vor dem Bösen auf dem Berg gewarnt. Es ist die Zeit des Blutmonds, hat er gesagt. In dieser Zeit darf niemand den Berg betreten. Ich habe es trotzdem getan, und dies ist die Strafe.«

»Welcher Berg ist das?«

»Mont Tremblant, der zitternde Berg. Angeblich haust dort etwas Böses, für das wir keinen Namen haben. Ich habe es immer nur als eine Geschichte abgetan, jetzt weiß ich, dass es stimmt.«

»Vom Mont Tremblant habe ich schon gehört«, sagte Tanner. »Ist der höchste Gipfel der Laurentinischen Gebirgskette. Ziemlich entlegene Gegend. Ich erinnere mich, dass vor langer Zeit mal etwas darüber in den Zeitungen stand. Geschichten von Vermissten und rätselhaften Todesfällen.«

»Das habe ich auch gelesen«, ergänzte Bürgermeister Albright. »Angeblich hat die *Pacific Railway Company* vorgehabt, eine Nordlinie bis rüber nach Vancouver zu bauen. Ist aber schon ein paar Jahre her. Begonnen hat sie drüben im Thunderbay District in Ontario und den Bau bis British Columbia fortgesetzt. Ursprünglich war geplant, den Abschnitt bis in die Neunziger fertig zu haben und so die Verbindung zwischen Atlantik und Pazifik herzustellen, aber dann wurden die Bauarbeiten wegen der vielen rätselhaften Vermisstenfälle eingestellt. Sie verzögerten sich und lagen jahrelang auf Eis.«

»Und die Vermissten?«, klinkte Scott sich ein. »Gab es Hinweise darauf, warum so viele Menschen verschwunden sind? Wurde da von unnatürlichen Erscheinungen gesprochen?«

»Nicht, dass ich wüsste«, erwiderte Tanner. »Geredet wurde natürlich viel, aber es war nichts Brauchbares dabei. Von Seuchen war die Rede und von irgendwelchen wilden Tieren. Holzfäller und Jäger erzählen viel, wenn der Abend lang und der Whiskey stark ist.«

»Trotzdem«, sagte Scott nachdenklich. Er fand es merkwürdig, dass er noch nie etwas davon gehört hatte. Aber vielleicht war das einfach vor seiner Zeit gewesen. Sheriff Tanner kratzte sich am Kopf. »Leute verschwinden nun mal, das ist nichts Besonderes. Besonders in einer Gegend wie dieser, in der der Winter blitzschnell zuschlägt und ein Tal aussieht wie das andere. Außerdem habe ich seit Jahren von keinen weiteren Vorfällen mehr gehört. Die Strecke ist ja dann weiter im Süden gebaut worden. Mit John Macdonald an der Spitze weht jetzt ein frischer Wind. Ihm traue ich zu, dass er es schafft.«

»Also, wenn ich dich richtig verstanden habe, hast du gegen das Gebot deines Häuptlings verstoßen und bist auf den Berg gegangen, oder?«, fragte Scott.

»Das stimmt.«

»Was hast du dort getan?«

»Geisterkraut gesucht«, entgegnete River.

»Und dann?«

»Dann habe ich den Blutmond gesehen. Blitze haben gezuckt. Ein Sturm kam. Er brachte den Schnee.«

»Das Unwetter neulich Nacht, erinnert ihr euch?«, sagte Scott. »Da war wirklich ein seltsamer Mond.«

»Eine Mondfinsternis«, sagte Tanner. »Ich habe mal etwas darüber in der Zeitung gelesen. Gibt es alle paar Jahre. Nichts, was sich nicht erklären ließe.«

»Ich habe eine Stimme gehört«, sagte River. »Sprach fremde Worte. Hat meinen Namen genannt. Das war ... dunkler Zauber.«

»Eine Mondfinsternis und ein plötzlicher Wetterumschwung, beides sehr merkwürdig, aber nicht unerklärlich. Worauf willst du hinaus?«

»Da ist ein Dämon«, sagte River. »Ich weiß es.«

»Und wenn meine Oma eine Kutsche wäre, hätte sie Räder«, sagte Brimstone. »Ich denke, wir haben genug von dem Unsinn gehört, oder?«

»Wir haben versprochen, ihr bis zu Ende zuzuhören, und das werden wir tun«, sagte Scott. »Was geschah dann?«

»Ich bin zurück zum Dorf. Dort fand ich tote Krieger. Nur Ozawadj lebte noch. Ehe er starb, sagte er noch letzte Worte. Er sagte: *Finde Mooka'ang. Sie kann helfen.*«

Scott kniff die Augen zusammen. »Wer ist diese Mooka'ang? Diesen Namen höre ich zum ersten Mal.«

River sah sich um, als fürchte sie, belauscht zu werden. Mit gesenkter Stimme sagte sie: »Es gibt ... Gerüchte über eine Frau, die mit den Geistern redet. Drüben, im Osten des Mont Tremblant. Ich habe schon viel von ihr gehört. Angeblich ist sie eine *Bruja.*« Sie suchte nach dem richtigen Wort. »Eine Hexenmeisterin. Sie kann Tote erwecken. Sie weiß Rat. Ich habe Hoffnung, ihr begleitet mich ...«

»Was denn, in den Norden?« Sheriff Tanner sah die Frau verblüfft an. »Das ist nicht dein Ernst, oder? Kommt nicht in Frage.«

»Aber ...«

»Vergiss es, das liegt in der völlig falschen Richtung. Wir haben hier schon viel zu viel Zeit vertrödelt. Wir haben einen Job zu erledigen, und das werden wir tun, verdammt noch mal.« Er stand auf. »Dieses ganze Gerede von Dämonen und Hexenmeisterinnen. Ich habe endgültig die Nase voll davon. Ich gehe jetzt schlafen, und damit basta.«

»Amen«, sagte Wilbur Brimstone und stand ebenfalls auf. »So viel verschwendete Worte, wir könnten schon längst schlafen.«

»Also vielleicht könnten wir ja ...«, setzte Scott an, wurde aber von dem aufgebrachten Sheriff unterbrochen. »Nein, Scott. Aus, Schluss und vorbei. Das Thema ist endgültig abgeschlossen.«

»Dann werdet ihr mir also nicht helfen?«, fragte River leise.

»Nein, nein und nochmals nein. Und jetzt kein Wort mehr darüber.«

Eine Pause entstand. Die Scheite knackten, und von

drüben war das leise Schnauben eines der Pferde zu hören.

In die Stille hinein mischte sich auf einmal eine andere Stimme.

»Ich würde ja helfen – aber es ist wohl kaum davon auszugehen, dass ihr mich lasst, oder? Dabei wäre ich der Einzige, der es könnte. Denn wie meine verstorbene Mutter immer zu sagen pflegte: Es bedarf eines Ungeheuers, um ein Ungeheuer zu töten.«

Scott drehte sich um. Der da gesprochen hatte, war niemand anderes als Nathan Blake.

29

Es war mitten in der Nacht, als Nathan von einem leisen Geräusch geweckt wurde. Er lauschte kurz, dann wusste er, dass seine Hoffnung nicht unbegründet gewesen war. Es klang wie eine stählerne Klinge, die aus einer Lederscheide gezogen wurde.

Er richtete sich auf, um zu signalisieren, dass er wach war. Mit der Decke über dem Kopf konnte er zwar nichts sehen, aber seine Ohren waren aufs äußerste geschärft. Er hörte leise Schritte im Schnee und verhaltenes Atmen.

Feines Raspeln und eine Vibration an seinen Handgelenken kündeten von der nahenden Freiheit. Ein Lächeln stahl sich auf sein Gesicht. Seine Worte hatten ihre Wirkung nicht verfehlt.

Einen Augenblick später fielen die Seile schlaff herab. Seine Schultern reagierten auf die Entlastung mit plötzlichem Schmerz. Ein Stöhnen unterdrückend, sackte er nach vorne und fing vorsichtig an, seine Handgelenke zu massieren. Die verdammten Stricke hatten die Blutzirkulation unterbrochen. Es dauerte einige Sekunden, bis das Taubheitsgefühl verschwand.

Rasch zog er die Decke vom Kopf.

Rivers Gesicht lag im Schatten. Im schwachen Widerschein der Glut glommen ihre Augen wie zwei Kohlen in der Finsternis. Die Klinge seines Bowiemessers war auf ihn gerichtet. Er konnte erkennen, dass sie Brimstones Revolver gestohlen hatte. Mit Handzeichen gab sie ihm zu verstehen, er solle ihr folgen. Steif und müde stand er auf.

Dem Stand des heruntergebrannten Feuers nach zu urteilen, musste es um die dritte Morgenstunde herum sein. Das bedeutete, dass sie nur noch drei oder vier Stunden hatten, bis ihre Flucht entdeckt würde. Er presste die Lippen zusammen. Warum hatte sich das Weib nur so viel Zeit gelassen? Egal, es musste jetzt schnell gehen. Erst mal mitnehmen, was unentbehrlich war, und dann in aller Heimlichkeit verschwinden.

Der junge Deputy hatte den leichtesten Schlaf, ihn würde Nathan im Zweifelsfall ausschalten müssen. Oder sollte er sie gleich alle töten? Was hinderte ihn, schließlich hatten sie ihm nichts als Schwierigkeiten bereitet? Andererseits bestand die Gefahr, dass einer von ihnen etwas mitbekam und ihn erschoss. Nein, die Sache war zu riskant. Eine saubere Flucht war auch etwas wert. Vorsichtig schlich er durchs Lager. Brimstone sägte schnarchend einen halben Wald um, Tanner schmatzte alkoholisiert vor sich hin, während Albright pfiff, als würde er im Traum Kirchenlieder intonieren.

River stand drüben am Waldrand und wich beim Näherkommen vor ihm zurück. Die Furcht war ihr anzusehen. Nathan hob die Hände als Zeichen, dass er keine böse Absicht verfolgte. Er würde sich hüten, ihr etwas anzutun. Irgendwo lauerte bestimmt der Köter. Ein Kläffen, und sein Plan löste sich in Rauch auf.

Ein weiteres Problem waren die Pferde. Noch schienen sie nichts bemerkt zu haben, doch das konnte sich jederzeit ändern. Sobald er ihnen zu nahe kam, würden sie unruhig werden und wiehern. Das Risiko durfte er nicht eingehen. Ärgerlich, aber es sah so aus, als müssten sie auf die Gäule verzichten. Viel wichtiger war ohnehin, dass er seine Medizin wiederbekam. Dass er es so lange ohne einen Schuss ausgehalten hatte, verdankte er nur seiner eisernen Disziplin und seinem unbezwingbaren Wunsch nach Freiheit.

Einer Eingebung folgend, drehte er sich um und schlich noch mal zurück. Sein Ziel waren die Satteltaschen.

River gab ihm mit aufgeregten Handzeichen zu verstehen, dass er ihr folgen solle, aber er ignorierte sie. Was wusste sie schon von seinen dunklen Neigungen?

Das Zeug lag bei Brimstone, da war er sicher. Er hatte gesehen, wie er alles in seine Satteltaschen gestopft hatte. Nathan entdeckte die abgewetzten Ledertaschen an seinem Kopfende. Zu allem Überfluss lag der Detektiv auf der Seite, das Gesicht dem Gepäck zugewandt.

Nathan verbiss sich einen Fluch. Er hatte nicht einmal eine Waffe, mit der er den Drecksack ausschalten konnte. Blieben im Falle seines Erwachens nur die Hände. Riskante Sache. Der stiernackige Sonderermittler besaß mit Sicherheit mehr als nur eine Pistole.

Lautlos umrundete Nathan den Mann, kauerte sich nieder und öffnete die Schlaufe der Satteltasche. Die Schnalle klingelte leise. Er ignorierte das Geräusch und entnahm der Tasche mit schnellen, geschickten Bewegungen eine Mappe mit Karten, Steckbriefen und sonstigen Papieren. Dann folgten Ersatzkleidung, Kompass und Klappspaten, die er sorgfältig zur Seite legte. So etwas wie einen Ordnungssinn schien der Kerl nicht zu besitzen. Er hatte alles ohne Sinn und Verstand in die Tasche gestopft. Als Nathan endlich zum Boden der Tasche kam, lag neben ihm ein Berg von Zeug auf der Erde. Keine Spur von seinem Lederbeutel. Mit einem leisen Fluch auf den Lippen wandte er sich der zweiten Tasche zu.

Noch mehr Kleidung, ein paar Kochutensilien, eine Geldbörse, eine Taschenuhr sowie ein Satz Manschettenknöpfe. Das gab's doch nicht. Der Kerl schleppte tatsächlich Manschettenknöpfe mit sich herum. Na, wenigstens die Zündhölzer konnte er einstecken. So etwas war immer sehr nützlich in der freien Natur.

In diesem Moment stieß Deputy Preston ein leises Stöhnen aus. Die Decke war von seinen Schultern gerutscht. Er bewegte die Beine, packte im Schlaf das Ende der Decke und zog sie bis zum Ohr hoch. Ein paar bange Sekunden, dann kehrte Ruhe ein. Nathan hielt noch einen Moment lang inne, dann setzte er seine Suche fort. Das war knapp gewesen.

Immer tiefer grub er in der Tasche. Als er schon fast nicht mehr daran glaubte, ertastete er ein zusammengefaltetes Lederbündel. Seine Finger schlossen sich darum und zogen es hervor. Dann die Erleichterung. Es war sein Beutel! Und, wie es schien, unversehrt.

Rasch stand er auf, eilte auf Zehenspitzen hinüber zum Proviant und griff sich, was ihm in die Hände fiel. Wurst, Speck, Käse sowie einen Laib Brot. Bei diesem Wetter Nahrung zu finden, würde schwierig werden. Noch ein Päckchen Zucker, einen Beutel mit gemahlenem Kaffee sowie einen kleinen Topf, dann war er zufrieden. So leise wie möglich stopfte er die Sachen in einen bereitliegenden Sack, klemmte ihn unter den Arm und verließ auf Zehenspitzen das Lager.

*

River beobachtete, wie der Kerl durchs Lager schlich und die Provianttaschen durchwühlte. Sie hatte eine Stinkwut im Bauch. Was dachte er sich eigentlich? Er brachte sie mit seiner Aktion noch beide in Gefahr. Hätte sie gewusst, was er für ein Risiko einzugehen bereit war, hätte sie sich das Ganze noch einmal überlegt. Aber jetzt war es dafür natürlich zu spät.

Als er bei ihr eintraf, legte sie ihren Finger auf die Lippen und gab ihm mit der Messerklinge zu verstehen, dass er ihr folgen solle. Wie zwei Schatten verschwanden sie im Unterholz.

Es dauerte eine ganze Weile, bis sie sich sicher genug fühlte, das Wort an ihn zu richten. »Warum hat das so lange gedauert?«, zischte sie.

»Ich musste noch meine Medizin holen. Außerdem habe ich Proviant mitgenommen.«

»Du hast uns beide in Gefahr gebracht.«

»Ich hatte die Lage unter Kontrolle.«

Sie schüttelte den Kopf und setzte ihren Weg fort. Während sie gingen, war die Klinge stets auf ihn gerichtet.

»Ich wollte mich noch bei dir bedanken«, sagte er. »Das war sehr mutig von dir.«

»Ich habe das nicht aus Freundlichkeit getan.«

Er warf ihr einen schwer zu deutenden Blick zu. »Wie alt bist du?«

»Was soll die Frage?«

»Ich überlege gerade, wann die Indianer dich wohl entführt haben mögen.«

»Nicht entführt. Sie haben mich aufgenommen.«

»Deine Eltern …?«

»Tot – hat man mir gesagt.«

»Dann hat Scott also doch recht gehabt. Eine Waise.« Ein verstehendes Lächeln huschte über sein Gesicht. »Wann ist das passiert?«

»Ich weiß nicht. Zwanzig Jahre, glaube ich.«

»Dafür, dass du unsere Sprache seit zwanzig Jahren nicht gesprochen hast, beherrschst du sie verdammt gut.

Du kannst nicht mehr so ganz jung gewesen sein, als das passiert ist.«

»Ich habe keine ... Erinnerung.« Was sollte das Gerede, wollte ihr der Kerl Honig um den Mund schmieren? Sie steckte das Messer weg und richtete die Pistole auf ihn. Sicher war sicher. »Gehen«, sagte sie. »Du voran. Und nicht mehr sprechen.«

»Du willst, dass ich nicht mehr mit dir rede? He, ich habe nur versucht, freundlich zu sein.«

»Du bist nicht freundlich. Du bist ein Ungeheuer. Du hast es selbst gesagt.«

Er lächelte. »Das hast du dir also gemerkt, was? Na schön. Also, wo geht's lang?«

»Ich zeige es dir. Jetzt los!«

Der Revolver wog schwer in ihrer Hand. Sie hatte genau beobachtet, wie diese Waffen funktionierten, und traute sich zu, sie im Notfall auch zu bedienen. Natürlich hoffte sie, dass es nicht dazu kommen würde, doch die Gespräche der Männer hatten dunkle Ängste in ihr geweckt. Von Brudermord war die Rede gewesen, von Gewalt gegen Frauen und von Dingen, die offensichtlich zu schrecklich waren, sie auszusprechen.

Ma'iingan drängelte sich um ihre Beine. Seine Anwesenheit gab ihr Selbstvertrauen. Er hätte sein Leben geopfert, um sie zu verteidigen. Und mit Sicherheit würde er so viel Radau veranstalten, dass die Kopfgeldjäger aufmerksam wurden. Der Fremde würde nicht riskieren, ihr etwas anzutun. Zumindest jetzt noch nicht.

Während Blake vor ihr durch die Dunkelheit marschierte, hatte sie Zeit, ihn näher in Augenschein zu nehmen. Der Kerl war einen guten Kopf größer als sie und von bemerkenswerter Konstitution. Trotz seiner erheblichen Verletzungen wirkte er immer noch ausgesprochen fit. Der Weg hinauf zu ihrem Dorf war nicht leicht gewesen, trotzdem hatte er durchgehalten. Sie kannte Krieger, die unter dieser Belastung zusammengebrochen wären. Doch Schmerzen, Demütigungen und Verzweiflung schienen seinen Lebenswillen nicht brechen zu können.

Sie musste an seine Narben denken, an die Wunden aus längst vergangenen Tagen. Was war nur geschehen, dass ihn das Leben so schwer geprüft hatte? War er unter dem falschen Stern geboren worden? Lag ein Fluch auf seiner Familie? Sie spürte, wie sich Mitgefühl in ihr regte. Andererseits – sie durfte ihm nicht trauen. Dieser Mann war verschlagen und gefährlich. Ihr lächerlicher kleiner Revolver war alles, was zwischen ihm und der Freiheit stand. Er könnte jederzeit stehen bleiben und sie angreifen. Andererseits war er der Einzige, der im entscheidenden Moment zu ihr gestanden hatte. Nicht einmal Scott hatte den Mut dazu aufgebracht.

Verwirrt brach sie die Gedanken ab. Es brachte nichts, sich über ihn den Kopf zu zerbrechen. Solange sie nicht mehr über ihn wusste, durfte sie ihn keine Minute aus den Augen lassen.

Für den Rückweg hatte sie ein Seitental des Rivière de Diable gewählt. Es war zwar weiter, dafür wuchsen hier weniger Bäume. Während es dunkel war, benötigten sie Mondlicht zur Orientierung. Der Weg bot einen weiteren Vorteil: Er führte über eine Biegung zurück in ihr Dorf. Nicht, dass es sie unbedingt dorthin zurückzog, aber um den Fluss zu überqueren, brauchten sie ein Kanu, und die einzigen Kanus im Umkreis von vielen hundert Meilen befanden sich in der Nähe ihres Dorfes. Außerdem konnten sie bei der Gelegenheit ihre Vorräte noch einmal auffüllen. Das wenige, was Blake mitgenommen hatte, würde kaum genügen.

Den Kopf voller Gedanken, eilte sie hinter Blake durch die Nacht. Hin und wieder hörte sie ihn fluchen, wenn er wieder einmal mit dem Fuß gegen einen schneebedeckten Stein oder Ast gestoßen war. Einmal rutschte er aus, fiel hin, rappelte sich wieder auf und ging weiter. Eine Fackel zu entzünden wagte River nicht, aber das wenige Mondlicht, das hin und wieder zwischen den rasch dahinziehenden Wolken hindurchschimmerte, genügte zur Orientierung.

Sie kannte die Gegend so gut wie das Innere ihres Wigwams, vermutlich hätte sie sich sogar mit verbundenen Augen zurechtgefunden. Zudem wusste sie Ma'iingan an ihrer Seite, der sie mit seiner feinen Nase durch die Nacht leitete. Der Weg war steil und führte nach einem kleinen Schlenker in östliche Richtung wieder nach Nordwesten. Sie entspannte sich. Sie würden das Dorf kurz nach Tagesanbruch erreichen. Eine Weile hielt sie noch durch, dann blieb sie stehen.

Blake drehte sich um. »Was ist los?«

»Ich muss mal.« Sie nahm ihre Kiepe ab, ging ein paar Schritte durch den Schnee und hockte sich neben einen Baum. Ihre Blase war zum Zerreißen gespannt. Während sie Wasser ließ, hielt sie die Pistole weiter auf Blake gerichtet. Das Mondlicht schien so hell, dass sie einander gut sehen konnten. Blake stand da und gaffte. Er tat beinahe so, als hätte er noch nie eine Frau gesehen, die pinkelte.

»Guck weg.« Sie wedelte genervt mit der Waffe. »Dreh dich um.«

Er entsprach ihrem Wunsch, nicht aber, ohne vorher amüsiert den Mund zu verziehen.

Als sie fertig war, stand sie auf, stopfte ihre Kleidung an Ort und Stelle und ging zu ihm zurück. »Weitergehen«, sagte sie.

Neugierig sah er sie an. »Sind alle Frauen bei euch so freizügig?«

»Wie meinst du … *freizügig?*« Sie verstand das Wort nicht.

»Na ja, so …« Er wedelte mit der Hand – offenbar fiel es ihm schwer, den Begriff zu erklären. »So offenherzig.«

Als er sah, dass ihr auch dieses Wort nicht geläufig war, seufzte er. »Unsere Frauen würden sich niemals vor einem fremden Mann entblößen – nackt machen.«

»Ich war nicht nackt.« Sie sah ihn empört an.

»Ja, nur …« Wieder rang er mit den Worten. »Also, da, wo ich herkomme, aus Louisiana, würde eine Dame sich eher die Hand abhacken, als ihr Geschäft vor den Augen anderer zu verrichten. Feine Damen tun so etwas nicht.«

»Feine Damen?«

»Nun ja, bei uns daheim gibt es viele davon. Ich stamme aus Baton Rouge, am Mississippi, sehr weit im Süden. Vielleicht hast du schon davon gehört?«

Sie schüttelte den Kopf.

»Aber New Orleans kennst du doch bestimmt. Das liegt nur ein paar Meilen weiter südlich.«

River hatte weder etwas von der einen noch von der anderen Stadt gehört, doch sie fand, dass beide sehr *français* klangen. Darauf angesprochen, nickte Blake. »Das stimmt. Louisiana wurde sehr früh von Franzosen besiedelt und erhielt seinen Namen zu Ehren von Ludwig dem Vierzehnten, dem sogenannten Sonnenkönig.«

»Sonnenkönig.« Sie ließ das Wort über ihre Zunge gleiten. Sie fand, dass es sehr schön klang.

»Hat er … geleuchtet?«

Blake lachte. »Nein, das eher weniger. Obwohl er eine strahlende Persönlichkeit gehabt haben soll. Wenn es stimmt, was ich über ihn gelesen habe, war er bei den Frauen sehr beliebt und hat sogar vor einfachen Hausmädchen stets seinen Hut gezogen. Seinen Namen erhielt er wegen eines Ballettstücks, in dem er als junger Mann in Verkleidung einer Sonne getanzt hat.«

Wieder so ein Wort, das sie nicht verstand. Sie fragte nach.

»Was ein Ballettstück ist, willst du wissen? Nun, das ist so eine Art Tanz, etwa so, siehst du?« Er vollführte einige trippelnde Schritte im Schnee, wobei er die Arme abspreizte wie ein Vogel. Dann machte er einen kleinen Hopser, landete auf einem Bein und versuchte das Gleichgewicht zu halten.

River schlug die Hände vor den Mund. Bei allen Geistern! Ein erwachsener Mann, der sich gebärdete wie ein *Mizise*.

»Du siehst dumm aus … *gagiibaadizi*.«

Er keuchte. »Du findest, ich sehe *gagiibaadizi* aus?«

»Ja. Wie ein Truthahn bei der Balz.«

»Ach so. Ich dachte schon, es wäre irgendetwas Schlimmes. Aber mit einem Truthahn kann ich leben. Zumindest schmecken sie gut.«

Sie nickte. Er hatte etwas an sich, das einen fast vergessen lassen konnte, dass er ein Mörder und Verbrecher war. *Du musst vorsichtiger sein*, dachte sie. *Viel vorsichtiger. Er versucht, eine Vertrautheit aufzubauen, und dann – wenn du am wenigsten damit rechnest – schlägt er zu. Traue ihm nicht.*

Sie wurde ernst. »Sehr interessant, aber jetzt müssen wir weiter. Wir haben schon zu viel Zeit verloren.«

»Du bist der Boss.« Er schulterte seine Tasche und marschierte weiter. »Also wirklich«, brummte er in gespieltem Ärger. »Sagt, ich sähe dumm aus. Wie soll ich im Schnee auch eine anständige Pirouette hinbekommen? Dabei war ich als junger Knabe ein begnadeter Tänzer. Walzer, Anglaise, Mazurka, ich beherrschte sie alle. Zugegeben, Ballett ist jetzt nicht unbedingt meine Stärke, aber ich finde, unter diesen Bedingungen habe ich eine ganz anständige Figur gemacht.«

Sie konnte sich über ihn nur wundern. Was er erzählte, klang so neu, so aufregend. Seine Vergangenheit gab ihr Rätsel auf, doch ob sie jemals dazu kommen würde, das Geheimnis zu lüften, das wusste nur der Wind.

Kurz vor Sonnenaufgang erreichten sie das Dorf. Im Osten kündete ein schwacher Schimmer von einem frostigen Tag. Wie von Geisterhand schälten sich die ersten Hütten aus dem Morgengrauen. Instinktiv spitzte River die Ohren. Kein Lachen, kein Singen, keine Kinderstimmen – eine erdrückende Stille lag über dem Wald. Die Siedlung wirkte, als stünde sie mit einem Bein im Schattenreich.

Was hatte sie auch erwartet? Ihre Hoffnung, dass alle Bewohner über Nacht in ihre Häuser zurückgekehrt waren, war nichts weiter als frommes Wunschdenken. Hier war niemand. Und es würde auch nie wieder jemand hierher zurückkehren.

Ein bedrückendes Gefühl der Einsamkeit überkam sie. In diesem kalten, grauen Licht wurde ihr zum ersten Mal das volle Ausmaß ihrer Katastrophe bewusst. Sosehr sie gestern noch unter Schock gestanden hatte, so klar und deutlich traten ihr die Bilder nun vor Augen. Alle hatten sie verlassen. Nicht einer, der zurückgekommen war, um nach ihr zu suchen. Man hatte sie vergessen, vielleicht hielt man sie sogar für tot.

Eine Woge aus Verzweiflung überrollte sie. Sie spürte, wie ihr die Tränen in die Augen schossen. Wie gelähmt stand sie da, unfähig, auch nur noch einen einzigen Schritt weiterzugehen. Vorbei das Vergnügen, das Blakes merkwürdiger kleiner Tanz ihr vorhin bereitet hatte, verflogen auch die Hoffnung, dass dies noch zu einem guten Ende führen würde.

Nichts endete jemals gut.

Ma'iingan spürte sofort, dass mit ihr etwas nicht stimmte. Mitfühlend kam er an ihre Seite und blickte zu ihr empor. Blake war ebenfalls stehen geblieben.

»Alles in Ordnung? Ist schrecklich, noch einmal herzukommen, oder?« Seine Stimme klang kalt und schneidend.

Mit hängenden Schultern stand sie da. Worte – besonders in einer fremden Sprache – konnten nicht ausdrücken, was sie gerade empfand. In ihrem Inneren herrschte ein einziges Chaos. Langsam ein- und ausatmend, versuchte sie wieder in die Spur zu kommen, doch das Netz aus Verzweiflung und Angst ließ sich nicht abschütteln. Sie ließ den Revolver sinken. Sie hatte einfach nicht die Kraft, ihn weiterhin auf Blake gerichtet zu halten.

Mit Erschrecken gewahrte sie, dass er auf sie zukam. Groß, mit ernstem Blick und – wie es schien – zu allem entschlossen.

30

Nathan ignorierte den bedrohlich knurrenden Hund und zog River den Revolver aus der Hand. Er nahm auch das Bowiemesser wieder an sich, das sie um die Hüfte geschlungen trug. Sein Messer, ohne das er in den letzten Jahren niemals aus dem Haus gegangen war. Sollte der Köter auf den Gedanken kommen, ihn zu beißen, würde er ihn erschießen. River würde ihn nicht daran hindern.

Die Frau befand sich in einem Zustand von Apathie. Eine Art Schock, die Nathan während des Krieges wiederholt bei Männern seiner Einheit gesehen hatte. Männer, deren Augen wie leere Brunnen waren.

Ihm schoss der Gedanke durch den Kopf, wie einfach es jetzt wäre, einen Abgang zu machen. Er könnte sie hier stehenlassen. Ein schneller Handgriff, das Gepäck geschnappt – und weg war er. Das ging schneller, als einem Kaninchen den Hals umzudrehen. Eigentlich war genau das sein Plan gewesen: sich auf dem schnellsten Weg nach Quebec absetzen, ein Schiff nehmen und diesem verhassten Land für immer den Rücken kehren. Die Gelegenheit dazu würde nie günstiger werden.

Doch dann sah er River an, und etwas Merkwürdiges passierte. Er spürte, wie sein Eispanzer einen Riss bekam. Er konnte es nicht leugnen, ihr Anblick rührte ihn. Genau genommen war es das Erste, was ihn seit Jahren wirklich rührte. Die Frau sah aus, als wäre sie nur aus Kummer und Leid geboren.

Während er so dastand und sie ansah, spürte er, wie etwas Feuchtes, Rauhes ihn berührte. Er schaute zur

Seite und sah, dass Ma'iingan ihm mit der Zunge über die Hand fuhr. Schwanzwedelnd blickte der Hund zu ihm empor.

Nathan wischte sich die Hand an der Hose ab, berührte River an den Schultern und schüttelte sie sanft. Als sie nicht reagierte, gab er ihr einen leichten Klaps auf die Wange. »Komm schon!«, sagte er. »Komm wieder zurück. Ich bin hier, ich bin bei dir.« Ihr Blick veränderte sich, wurde klarer. Dann, mit einem Mal, war sie wieder da. Verdattert sah sie ihn an.

»Was ... was ist los? Was tust du?«

»Was ich tue? Was du tust, ist doch wohl eher die Frage. Du warst völlig weggetreten. Hab mir schon Sorgen gemacht.« Er betrachtete sie prüfend. »Geht es dir besser?«

»Ich ... mir geht es gut«, sagte sie. »Wieder gut. Ich war nur ... ach, egal.«

Er konnte sehen, dass sie noch nicht voll da war, aber zumindest war sie so weit bei sich, dass er mit ihr reden konnte.

»Vielleicht sollten wir eine kleine Rast einlegen, ehe wir uns auf die Suche machen«, schlug er vor. »Apropos: Was wollen wir hier eigentlich? Wir haben doch bereits alles abgesucht.«

»Proviant«, sagte sie schleppend. »Wir brauchen Essen. Drüben aus dem Vorratshaus. Danach nehmen wir ein Kanu. Wir müssen über den Fluss.«

Richtig. Um zum Berg zu gelangen, mussten sie den Rivière de Diable überqueren. Eine weitere Hürde zwischen ihm und Quebec.

Er seufzte. Ob ihr überhaupt bewusst war, welches Opfer er hier brachte?

»Na schön«, sagte er. »Dann weiter.«

Der nächtliche Frost hatte den Schnee verharschen lassen, so dass er beim Gehen knirschende Geräusche von sich gab. Atemwölkchen drangen aus Nathans Mund. Die Luft schmeckte nach Metall. Dieser Ort war seltsam. Nicht, weil er verlassen war, sondern weil er sich anfühlte, als wären die Seelen der Bewohner immer noch hier. Inzwischen war irgendwo hinter den Hügeln im Osten die Sonne aufgegangen. Rote Finger griffen über den Himmel und kündigten den Morgen an. Ihn fröstelte.

Ihm kam ein Gedanke. »Unsere Freunde werden vermutlich bald aufwachen und feststellen, dass wir fort sind.« Er wagte ein Lächeln. »Kannst du dir ihre Gesichter vorstellen? Brimstone, der wie ein tollwütiger Dachs herumtobt, oder Albright, der wie eine Eule ungläubig mit den Augen klimpert. Oder das bärtige Backenhörnchen Tanner, das mit gesträubtem Schnurrbart dasitzt und nach Luft schnappt. Gib zu, die Vorstellung hat was.« Wenn er gehofft hatte, mit dieser launigen Bemerkung die Stimmung aufzulockern, sah er sich getäuscht. Rivers Reaktion war gleich null. Der Blick, den sie ihm zuwarf, verriet, dass sie keine Ahnung hatte, worüber er sich amüsierte.

»Na ja, vermutlich hast du recht«, sagte er. »So lustig ist es auch wieder nicht. Schließlich bedeutet das, dass sie uns bald wieder auf den Fersen sein werden. Aber diesmal werden ich mich nicht so leicht gefangen nehmen lassen.« Er klopfte auf den Messergurt.

Unversehens blieb River stehen und tastete an sich herum. Ihr Blick wurde argwöhnisch. »Wo ist der Revolver? Und das Messer ist auch weg.«

»Ich habe sie an mich genommen. Ich wollte verhindern, dass du dir oder mir etwas antust. So weggetreten, wie du eben warst, hättest du jeden verletzen können. Sogar deinen Hund.«

Ihre Augen wurden schmal. »Gib sie mir zurück.«

»Die Pistole kannst du von mir aus haben, aber das Messer gehört mir. Ist ein Andenken aus guten alten Zeiten.«

Sie streckte die Hand aus. »Her damit. Sofort!«

»Glaubst du nicht, ich sollte zumindest eine Waffe bei mir tragen? Was für eine Hilfe bin ich denn, wenn ich uns nicht mal verteidigen kann?«

»Her damit.«

Meine Güte, diese Frau war bockiger als eine Schneeziege. Und was erlaubte sie sich überhaupt, so mit ihm zu reden? Sollte er es darauf ankommen lassen und sie mit den Tatsachen konfrontieren?

Andererseits: Er stand in ihrer Schuld. Widerwillig schnallte er den Messergurt ab und reichte ihn ihr. »Ich hätte mir beides mit Gewalt nehmen können, weißt du? Meine einzige Sorge galt deinem Schutz, und das ist jetzt der Dank?«

»Und den Revolver.«

»Jaja.« Er zog ihn aus der Tasche und gab ihn ihr. »Ich bin keine Gefahr für dich, erkennst du das nicht? Ich dachte, du wolltest einen Krieger an deiner Seite haben.« Er bereute es bereits, dass er so ein weiches Herz gehabt hatte. Das hatte er nun von seiner Freundlichkeit.

»Dämonen werden nicht mit Kugeln oder Stahl getötet.«

Das war alles, was sie zu sagen hatte, dann wandte sie sich um und stapfte durch den Schnee davon. Wütend folgte er ihr.

Das Lagerhaus sah exakt so aus, wie sie es verlassen

hatten. Keine Fußstapfen oder sonstige Spuren. Nathan ging an River vorbei, riss die Tür auf und trat ein.

Zwei Krähen flogen auf und flüchteten krächzend und zeternd durch das Loch in der Wand. Auch hier war alles unverändert. River, die ein paar Schritte hinter ihm das Haus betrat, bedachte ihn mit einem frostigen Blick.

»Du musst vorsichtiger sein«, sagte sie knapp.

»Hier ist doch niemand«, sagte er. »Pack ein, was du willst, ich werde so lange hier warten. Aber lass dir nicht zu viel Zeit.«

Während River die Regale inspizierte und anschließend mit knappen Bewegungen heruntergerissene Fleischstücke und Getreidesäckchen vom Boden aufklaubte, untersuchte Nathan das gewaltsam entstandene Loch. Wie schon beim ersten Mal fragte er sich, wieso die Bruchstellen nach außen wiesen. Und fand auch diesmal keine Erklärung dafür.

Er zog einen einzelnen Splitter aus der Bruchstelle und bog ihn zwischen den Fingern. Langfaseriges, gesundes Holz. Merkwürdig. Bestrebt, der Sache auf den Grund zu gehen, löste er einen kompletten Zweig aus der Konstruktion und bog ihn zwischen den Händen. Er musste sich ziemlich anstrengen, bis das Holz endlich mit einem Knacken zerbrach. Und dieser Zweig war nur fingerdick gewesen. Was war mit den Querverstrebungen und den Tragepfeilern? Wenn das tatsächlich ein Bär gewesen sein sollte, dann musste er das gottverdammt größte und stärkste Mistvieh gewesen sein, von dem Nathan je gehört hatte. Auffällig war auch, dass nicht die kleinste Spur von Blut oder Fell zu entdecken war.

Er versuchte zu rekapitulieren, wie der Kampf abgelaufen sein konnte, und machte eine Beobachtung. Zwischen dem Punkt, an dem laut River die Leichen gelegen hatten, und dem gewaltsam entstandenen Loch verlief eine optische Linie, die genau auf den Berg wies. Das mochte nichts zu bedeuten haben, aber es war bemerkenswert genug, um in dieser Richtung weiter zu forschen.

Er trat an die Öffnung und nahm den Wald in Augenschein. Birken, Ahornbäume und Kiefern in lockerem Bewuchs. Unterholz gab es so gut wie keines, der Wald war luftig und hell. Der plötzliche Wintereinbruch hatte das Laub beinahe vollständig von den Kronen gefegt. Morgenlicht fiel in hellen Streifen zu Boden. Nathan neigte den Kopf.

Einen Steinwurf entfernt hing ein frisch abgebrochener Kiefernzweig vom Stamm. Etwas weiter dahinter ein zweiter Ast. Er kniff die Augen zusammen. Einem Instinkt folgend, stieg er durch die Öffnung und trat hinaus in den Wald.

Der erste Zweig war auf Kopfhöhe abgebrochen, etwa sechs Fuß über dem Boden. Die Bruchstelle war frisch, es standen Holzfasern ab, und das Harz war noch nicht verhärtet. Er tippte mit dem Finger in die klebrige Substanz und roch daran. Einen Tag alt, kaum mehr. Er überprüfte den umliegenden Boden. Nicht die kleinste Spur zu entdecken. Weder Schritt- noch Schleifspuren.

Der zweite Baum befand sich drei Wagenlängen tiefer im Wald. Es war eine Birke, der abgebrochene Zweig kaum dicker als sein Finger. Auch hier frische Bruchstellen, und erneut gab es keinerlei Spuren am Boden.

Nathan stellte sich neben die Birke und blickte zurück zur Hütte. Wenn man die Punkte miteinander verband, ergab sich eine ziemlich markante Linie. Als wäre hier etwas Großes durch den Wald gerauscht. Das Kribbeln in seinem Nacken sagte ihm, dass er da etwas auf der Spur war.

Nach Norden spähend, sah er zwischen den Wipfeln der Bäume einen Ausschnitt der Bergspitze. Die Sonne war aufgegangen und tauchte den Gipfel in goldenes Licht. Davor hing etwas. Ein großer dunkler Fleck inmitten der Baumkronen. Misteln? Vielleicht auch ein Nest. Es war ziemlich groß, etwa von den Abmessungen eines Adlerhorstes. Doch für einen Horst hing er nicht weit genug oben. Der knäuelartige Umriss war etwa zwanzig Fuß über dem Boden und schluckte das Licht seiner Umgebung.

Etwas stimmte nicht mit diesem Fleck. Die Form weckte dunkle Vorahnungen. Eigentlich hätte er River rufen sollen, aber sie war in einem Nebenraum des Wigwams zugange. Dann eben auf eigene Faust.

Kurzentschlossen machte er sich auf den Weg in den Wald.

31

London …

Ich schrak aus meiner Lektüre.

Hatte es geklingelt? Ich lauschte. Tatsächlich, da war jemand an der Haustür. Mein Blick wanderte zur Dachluke. Ein silbergrauer Streifen fiel durch das Fenster. Meine Güte, es war ja schon Tag!

Ich blickte auf die Uhr: kurz nach halb neun. Ich hatte die ganze Nacht durchgelesen.

Rasch warf ich das Buch zur Seite, sprang auf und rannte zur Leiter. *Rita,* schoss es mir durch den Kopf. *Du ahnst ja nicht, was ich dir zu erzählen habe.*

Ich stürmte die Treppe hinunter und riss die Haustür auf.

Doch es war nicht Rita. Stattdessen traf ich auf jemand anderen. Es war … Rupert.

»Hallo, Käferchen. Überraschung!« Er beugte sich vor und gab mir einen Kuss. Ich benötigte einige Sekunden, um mich zu sortieren. Ich hätte mit jedem anderen gerechnet, nur nicht mit ihm.

»Rupert? Was tust du denn hier?«

Sein Lächeln bekam Risse. »Wonach sieht es denn aus?«

»Ich dachte, du bist in Edinburgh.«

»War ich auch, aber …« Er blickte nach links und rechts. »Darf ich reinkommen?«

»Klar.« Ich trat zur Seite und bat ihn ins Haus. Als er an mir vorüberging, roch ich sein Aftershave. Armani.

Ich warf einen kurzen Blick in den Himmel. Der Sturm war fortgezogen, die Luft sauber und klar. Die Straßen waren übersät mit Blättern und Unrat. Mir wurde bewusst, dass ich noch nicht mal die Zeit gefunden hatte, ins Bad zu gehen.

»Möchtest du einen Tee?«, fragte ich, während ich mir die Haare mit einem Gummi nach hinten band. »Leider habe ich nicht viel zum Frühstück da, ich bin nicht zum Einkaufen gekommen.«

Rupert stand in der Eingangshalle und sah sich um. Es war sein erster Besuch hier. Seinem Ausdruck war nicht zu entnehmen, ob ihm gefiel, was er sah.

»Ich sehe sicher schrecklich aus«, sagte ich, immer noch bestrebt, meine Mähne mit den Händen zu glätten. »Hab die ganze Nacht durchgemacht. Das ist mir lange nicht mehr passiert.« Ich ging an ihm vorbei in die Küche.

»Was denn, du hast nicht geschlafen?«

Ich schüttelte den Kopf. »Zu viel los. Erst der Besuch von Rita, dann der Sturm. Irgendwie ist die Zeit an mir vorbeigerauscht.«

»Margret erzählte mir, du würdest in Erinnerungen schwelgen?«

»*In Erinnerungen schwelgen.*« Ich zog eine Braue in die Höhe. »Das hat sie gesagt? Das klingt so gar nicht nach Mutter.«

Eine plötzliche Erkenntnis ließ mich innehalten.

»Hast du mit ihr telefoniert?« Es war mehr eine Feststellung denn eine Frage. Seine Reaktion fiel recht einsilbig aus.

»Hm.«

Natürlich hatten die beiden telefoniert. Sie hatten von Anfang an in engem Kontakt zueinander gestanden.

Wenn Margret nur ein paar Jahre jünger gewesen wäre, hätten sie vermutlich ein Traumpaar abgegeben. So war für Rupert nur die Zweitauflage übrig geblieben. Und ehe er etwas sagen konnte, wurde mir klar, wieso er hier war.

»Jetzt verstehe ich«, sagte ich. »Sie hat dich gerufen. Sie hat gerufen, und du bist gekommen.«

»Na ja, ganz so war es nicht. Die Gespräche in der Kanzlei waren abgeschlossen, und es gab nichts mehr zu tun. Klar, ich hätte noch an der kleinen Firmenfeier teilnehmen können, aber ehrlich gesagt, ich wollte lieber zu dir zurück. Habe extra gestern Abend noch den Spätflug genommen, damit ich heute ganz früh bei dir sein kann.«

Ich goss den Tee auf. Dann stellte ich den Tea-Timer auf drei Minuten und legte den Deckel auf die Kanne. »Sie hat gerufen, und du bist gekommen«, wiederholte ich.

»Wir haben uns halt Sorgen gemacht.«

»Wir?«

»Himmel, ja. Wir haben alle das Gefühl, dass du seit dem Tod deiner Großmutter nicht mehr die Alte bist. Du bist völlig aus der Spur, vergisst Termine, meldest dich nicht mehr, wirkst abwesend. Margret ... deine Mutter ... sagte mir, dass sie dich bei ihrem Besuch in einem sehr seltsamen Zustand angetroffen habe. Sie war ziemlich aufgebracht, und es hat mich ganz schön Mühe gekostet, sie wieder zu beruhigen. Ich sagte ihr, dass es bestimmt nicht so schlimm sei und dass ich, wenn ich wieder zurück bin, sofort nach dir sehen werde. Und ehrlich, wenn ich dich so ansehe, habe ich das Gefühl, keine Minute zu spät zu kommen. Komm schon, Käferchen, lass dir nicht alles aus der Nase ziehen. Erzähl mir, was vorgefallen ist.«

Ich sah ihn an und hätte beinahe laut losgelacht. Er sah aus, als habe er einen Stock verschluckt. Ich wusste, dass ich ihm unrecht tat, er meinte es sicher nur gut, aber er wirkte so schrecklich brav und bieder, dass er einem Roman von Rosamunde Pilcher entsprungen zu sein schien. Wieso war mir das früher nicht aufgefallen? War es das Tagebuch, das mich so empfinden ließ?

»Nichts ist vorgefallen, wieso?«, sagte ich schulterzuckend. »Ich lese gerade in Lizzys alten Aufzeichnungen, das ist alles. Ein Tagebuch, das mit meiner Familie zu tun hat. Du hättest ruhig weiter mit deinen Kollegen feiern können.«

Der Timer piepte, und ich nahm das Teesieb heraus. Dann schenkte ich uns beiden eine Tasse ein und setzte mich mit übereinandergeschlagenen Beinen gegenüber auf einen der Küchenstühle. Rupert stand eine Weile unsicher herum und zog sich dann ebenfalls einen Stuhl heran.

Vorsichtig nippte er am Tee. »Und?«

»Nichts *und*. Alte Familiengeheimnisse. Dunkle Flüche, Geisterbeschwörungen und so. Nichts, was nicht auch in anderen Familien vorkäme.« Ich zwinkerte ihm zu. »Wusstest du, dass die meisten Frauen in meiner Familie Hexen waren? Sie konnten Männer ihrer Potenz berauben, wenn diese zu neugierig wurden. Sollte dir das nicht zu denken geben?«

Er schwieg.

Eigentlich fand ich den Scherz recht gelungen, aber Rupert sah mich an wie eine Kuh, wenn es blitzt. Ich nahm einen Schluck von dem Earl Grey. Seit jeher mein Lieblingsgetränk, wenn ich aufgewühlt war. Ich gestand mir ein, dass mir sein Besuch überhaupt nicht passte. Nicht nur, weil jetzt tatsächlich die Müdigkeit einsetzte, sondern auch, weil ich das Gefühl hatte, dass er gar nicht meinetwegen hier war. Irgendwie schien er sich Margret gegenüber verpflichtet zu fühlen. Sie hatte ihn dazu verdonnert, herauszufinden, was los war, und er musste jetzt hier den Bittsteller spielen. Ein bisschen tat er mir leid. Eingekeilt zwischen meiner Mutter und mir, das konnte nicht gut für ihn ausgehen. Andererseits wurde ich den Verdacht nicht los, dass er mehr wusste, als er mir gegenüber zugeben wollte.

Ich neigte den Kopf. »Was hat Mutter dir erzählt?«

»Mmh?« Er schrak aus seinen Gedanken. »Ach so. Nichts. Nur, dass du da auf etwas gestoßen bist, was vielleicht besser im Verborgenen geblieben wäre.«

»Klingt ja sehr mysteriös.« Ich lächelte schmal. »Und worum handelt es sich, hat sie dir das verraten?«

»Nein, und ich habe nicht danach gefragt. Ich mische mich doch nicht in eure Familiengeheimnisse. Zumal wir ja noch nicht mal miteinander verheiratet sind.« Mir fiel auf, dass er meinem Blick auswich. Mochte nichts zu bedeuten haben, aber wie erwähnt, ich war gerade etwas dünnhäutig. Klar, ich hätte jetzt die Daumenschrauben anlegen und Offenheit einfordern können, aber vermutlich wäre es klüger, wenn ich es dabei beließ und stattdessen Lizzys Tagebuch weiterlas. Ihm jetzt die Loyalitätsfrage zu stellen, hätte Rupert in eine unmögliche Situation gebracht, und dafür mochte ich ihn zu sehr. Es war ja nicht seine Schuld.

Ich winkte ab. »Alles halb so schlimm«, sagte ich betont lässig. »Vermutlich hat Mutter nur wieder das Gras wachsen gehört. Tatsächlich liegen die Ereignisse in dem Tagebuch über hundert Jahre zurück. Eine ziemlich konfuse Geschichte über einen Verbrecher und eine Frau, die unter Indianern aufgewachsen ist.«

»Klingt spannend …«

»Soll ich es dir erzählen?«

»Wenn du möchtest.«

Ich sah sofort, dass ihn das Thema nicht interessierte. Rupert war noch nie gut darin gewesen, sich zu verstellen.

Ich nickte. »Wenn du möchtest, kann ich es dir gerne mal zeigen. Allerdings nicht jetzt. Meine Augen werden von Minute zu Minute schwerer. Ich denke, ich werde mich jetzt ein bisschen aufs Ohr legen. Du bist mir doch nicht böse, oder? Vielleicht können wir ja heute Nachmittag etwas unternehmen. Ein kleiner Sonntagsbummel in Greenwich oder so. Ich ruf dich an.«

»Ja, das wäre schön.« Er zögerte. »Soll ich vielleicht hierbleiben? Warten, bis du ausgeschlafen hast?«

»Warum solltest du? Du kennst das Haus nicht und würdest dich vermutlich nur langweilen. Lass uns das verschieben. Heute Nachmittag bin ich wieder topfit, und dann wirst du sehen, dass es keinen Grund gibt, sich Sorgen zu machen.« Ich streckte meine Hand aus und berührte ihn. »Wirklich. Mach dir keine Gedanken. Du hast mich gerade in einer etwas ungünstigen Situation erwischt. Das wird schon wieder. Und wenn du mal wieder mit Margret sprichst, sag ihr, sie braucht sich ebenfalls keine Sorgen zu machen. Ich melde mich, sobald ich wieder auf dem Damm bin, okay?«

Er nickte. Ich wusste nicht, ob er verstand, was ich ihm sagen wollte, vielleicht verstand ich es selbst nicht ganz. Etwas in mir drängte danach, herauszufinden, wie diese Geschichte weiterging. Erst danach konnte ich damit beginnen, die Weichen für mein eigenes Leben zu stellen.

32

»Aufstehen! Alle Mann raus aus den Federn. Sofort!«

Scott schrak empor. Eben noch hatte er geträumt, dass er zusammen mit Isaak auf einem Heuhaufen gelegen und sich die Sonne auf den Pelz hatte brennen lassen, nur um jetzt festzustellen, dass die Wahrheit kaum weiter entfernt sein konnte. Er schob die Mütze hoch, die ihm während des Schlafs über die Augen gerutscht war. Seinen unvorbereiteten Augen bot sich ein Bild aus Kälte und Schnee.

»Was … was ist denn los«, murmelte er verschlafen. »Was soll das Geschrei?«

Wilbur Brimstone kauerte dort, wo sie Nathan Blake angebunden hatten, und wedelte mit einem Stück Strick herum. »Durchgeschnitten, seht ihr das? Getürmt, das gottverdammte Dreckspack!« Er pfefferte das Seil zu Boden und stand auf.

»Diese dreimal verfluchte Indianerschlampe. Wenn ich die in die Finger kriege. Aber das hat man davon, wenn man an das Gute in den Menschen glaubt, nicht wahr, Mr. Albright? Da können Sie mal sehen, wie weit einen das bringt. Und nun zu dir …« Er richtete seinen stechenden Blick auf Scott. »Wir beide werden noch eine ernsthafte Unterhaltung führen.«

»Wo… worüber«, stammelte Scott.

»Darüber, dass du uns die ganze Scheiße überhaupt erst eingebrockt hast. Ich hätte nicht übel Lust, meinen Stiefel so tief in deinen Arsch zu versenken, dass du den Geschmack von Leder auf der Zunge hast.«

Scott war viel zu langsam, um zu begreifen, wovon

Brimstone da faselte, geschweige denn, was er vorhatte. Zum Glück war Tanner auf dem Posten und versperrte dem wütenden Detektiv den Weg. »He, jetzt mal langsam, Brimstone. Mein Deputy kann nichts dafür. Ich habe diese Frau ebenso herzlich willkommen geheißen wie der Rest von uns. Diese Expedition steht unter meiner Verantwortung – wenn Sie also unbedingt Ihre Wut an jemandem auslassen müssen, dann nehmen Sie mich.«

»*Ihre* Verantwortung, dass ich nicht lache. Das ist das dritte Mal, dass Sie Scheiße gebaut haben, Tanner. Erst mein Bruder, dann Goodfellow und jetzt diese Frau. Wie wär's, wenn Sie endlich mal die Konsequenzen aus Ihrer Inkompetenz ziehen und jemand anderen ans Ruder lassen? Dass der Junge nicht verantwortlich sein soll, ist ja wohl ein schlechter Scherz. Er hat dieser Frau schöne Augen gemacht und ihr Hoffnungen gemacht. Hättet ihr alle auf mich gehört, säßen wir jetzt nicht in dieser Einöde fest, sondern befänden uns nahe der Grenze bei einem schönen Glas Bier. Stattdessen müssen wir jetzt wieder losziehen und diesen Teufel suchen. Gott, wie ich das *hasse!*« Er trat gegen eine der Satteltaschen, dass sie durch die Luft flog.

Scotts Gedanken schwirrten wie Fliegen in einem Einmachglas. Er wusste nicht, warum ausgerechnet er jetzt zum Sündenbock auserkoren worden war, aber der Ton dieses Pinkerton gefiel ihm ganz und gar nicht.

»Was soll ich getan haben …?«

»Ihr schöne Augen gemacht«, donnerte Brimstone. »Glaubst du, ich hätte das nicht bemerkt? Junge, für wie blöd hältst du mich eigentlich? Ich kann ja verstehen, dass bei einem jungen Kerl die Hormone manchmal Kapriolen schlagen, aber dass du dein Herz an so ein

Indianerflittchen verschleuderst, das ist nun wirklich das …«

Letzte, wollte er vermutlich sagen, doch so weit kam er nicht.

Scott war aufgesprungen und hatte sich auf den überraschten Pinkerton gestürzt. Brimstone war so in Fahrt, dass er den Angriff nicht kommen sah. Er begriff erst, was vorging, als es bereits zu spät war.

Der erste Schlag traf ihn an der Schläfe und entlockte ihm ein überraschtes Grunzen. Der zweite war auf das Kinn gerichtet, aber sein kantiger Kieferknochen bot einen deutlichen Widerstand. Ein sengender Schmerz fuhr durch Scotts Handgelenk.

Brimstone wich unter dem ersten Ansturm zurück, bekam sich aber schnell unter Kontrolle. Er blockte Scotts Hieb mit der Gewandtheit eines Profiboxers ab, während er gleichzeitig die Rechte vorschnellen ließ. Der Schlag landete mitten auf Scotts Brust. Er war nicht mal besonders gut plaziert, doch Scott hatte das Gefühl, als wäre er von einer Dampframme getroffen worden. Rücklinks kippte er in den Schnee, wo er wie ein Fisch auf dem Trockenen liegen blieb.

Brimstone wischte sich das Blut von den Lippen, betrachtete seine Hand, dann ging er auf den nach Luft schnappenden Deputy los. Scott war überzeugt, dass sein letztes Stündlein geschlagen hatte.

In diesem Moment zerriss ein Krachen die Stille. Sheriff Tanner stand mit rauchender Winchester da und lud die nächste Patrone in die Kammer. Als er sicher war, die Aufmerksamkeit aller Beteiligten zu genießen, richtete er die Waffe auf Brimstone. »Schluss damit!« Er konnte seine Stimme nur mit Mühe beherrschen. »Aufhören, sofort. Alle beide!«

Brimstone blieb stehen und klimperte ungläubig mit den Augen. »Warum richten Sie Ihre Scheißwaffe auf mich? Er war es, der mich angegriffen hat.«

»Das ist richtig, und es wird Konsequenzen haben«, erwiderte Tanner. »Aber im Moment sind Sie es, der die Oberhand hat. Der Kampf endet jetzt und hier. Scott, steh auf und entschuldige dich bei Mr. Brimstone.«

Scott, der immer noch Probleme hatte, Luft zu bekommen, röchelte: »Aber er …«

»Tu es, oder, bei Gott, ich schwöre, dass ich meine Waffe runternehmen und mit ansehen werde, wie er dir die Scheiße aus dem Leib prügelt.«

Scott presste die Lippen aufeinander. Seine Wut hatte einen Dämpfer bekommen, aber noch war genug davon übrig, um den Kampf fortzusetzen. »Erst, wenn er sich für das, was er über River gesagt hat, entschuldigt«, keuchte er.

»Sofort!«, brüllte Tanner, der Kopf rot vor Zorn. »Das war keine Bitte, Scott. Du entschuldigst dich, oder du bist die längste Zeit deines Lebens Deputy gewesen. Es ist eine Schande, wie du dich aufführst. Du beschämst mich und ziehst unseren gesamten Berufsstand in den Dreck. Also wird's bald, oder muss ich persönlich nachhelfen?«

Scott kämpfte mit den Tränen. Ein paarmal atmete er tief ein und aus, dann stand er auf und klopfte sich den Schnee von der Kleidung. Ihm wurde erst jetzt bewusst, dass er in seiner Unterwäsche dastand.

In die drückende Stille hinein sagte er: »'tschuldigung.«

»Lauter!«

»Entschuldigung, Mr. Brimstone. Ich weiß nicht, was über mich gekommen ist …«

»Reich ihm die Hand.«

»Ich soll ...?«

»Reich ihm die Hand, du verblödeter Hornochse, und dann zieh dich an. Je eher wir diese Farce beenden, desto eher können wir mit der Arbeit beginnen.«

Scott trat einen Schritt auf Brimstone zu und streckte die Hand aus. Er vermied jeden Blickkontakt. Er konnte einfach nicht verzeihen, was dieser Kerl über River gesagt hatte. Andererseits wusste er nicht, auf wen er wütender sein sollte, auf sich selbst, auf Brimstone oder auf River. Wie konnte sie ihn nur so hintergehen? Hatte sie ihn etwa nur schamlos ausgenutzt? Den Mörder seines besten Freundes zu befreien, so etwas durfte er nicht durchgehen lassen. Und so riss er sich zusammen, streckte die Rechte aus und tauschte einen Handschlag mit dem Detektiv. Er dauerte gerade lang genug, um dem Sheriff ein zustimmendes Grunzen zu entlocken.

Doch Brimstones Miene verriet, dass der Friede nur vorübergehend war. »Zufrieden, Sheriff?«

»Wie sollte ich zufrieden sein, mit solchen Idioten in meiner Truppe«, polterte Tanner. »Sie können von Glück sagen, dass ich so sanftmütig veranlagt bin. Jemand anderer hätte Ihnen eine Kugel in den Kopf verpasst und Sie gleich neben Ihrem Bruder bestattet. Um Ihretwillen kann ich nur hoffen, dass Ihnen das eine Lehre war. Sie haben den Jungen provoziert, Sie haben es regelrecht auf eine Schlägerei angelegt. Und was die andere Sache betrifft: Ich gebe zu, dass ich die Frau falsch eingeschätzt habe. Sie hat mein Vertrauen aufs Schändlichste missbraucht. Dass sie den Gefangenen befreien würde, damit war aber nun wirklich nicht zu rechnen. Hinterher ist man immer klüger. Glauben Sie mir, diese Tat wird nicht ungesühnt bleiben. Aber es hat keinen Sinn, dass wir uns gegenseitig aufreiben. Wenn es Sie versöhnlich stimmt, ich verspreche Ihnen, Ihre Wünsche in Zukunft stärker zu berücksichtigen. Die Leitung der Gruppe obliegt aber weiterhin mir. Leben Sie damit. Ich kann nur wiederholen, was ich schon einmal gesagt habe. Es steht Ihnen jederzeit frei zu gehen.« Er zog seinen Mantel an und setzte den Hut auf. »So, und wenn sich jetzt alle wieder beruhigt haben, möchte ich Ihnen noch eine Warnung mit auf den Weg geben: Stellen Sie meine Geduld nicht länger auf die Probe. Das gilt für Sie beide. Benehmen Sie sich, wie es sich für Männer Ihres Standes ziemt.«

Brimstone bedachte Tanner mit einem abfälligen Blick und spuckte in den Schnee. Scott spürte, dass die endgültige Klärung ihres Disputs noch ausstand. Dieser Pinkerton-Detektiv war wie eine Dynamitstange, an der die Lunte bereits brannte. Nur eine Frage der Zeit, bis sie explodierte.

33

Die Birke war alt, älter jedenfalls als die umliegenden Bäume, und wies einen deutlich höheren Stamm auf. Die Blätter waren bis auf wenige Ausnahmen heruntergefegt worden, und das verbliebene Laub hing störrisch und zitternd am Ende der Zweige, wo es auf den nächsten Windstoß wartete.

Nathan blinzelte gegen das aufsteigende Morgenlicht. Das Knäuel befand sich auf halber Höhe und schien über ein beträchtliches Gewicht zu verfügen. Er schloss das aus der Art, wie die Birke im Verhältnis zu den umliegenden Bäumen im Wind schaukelte. Der dunkle Fleck vor ihren Füßen sprach eine deutliche Sprache. Es war Blut.

River stand neben ihm. Als sie seine Abwesenheit bemerkt hatte, war sie ihm sofort gefolgt. Sosehr er sich auch über ihr mangelndes Vertrauen geärgert hatte, in diesem Moment war er froh, sie bei sich zu haben.

»Nun, was denkst du?«, fragte er.

Sie beschirmte die Augen. »Schwer zu sagen. Aber je länger ich darauf starre, desto mieser wird mein Gefühl.«

»Geht mir auch so.« Er seufzte. »Na, was soll's. Wenn wir herausfinden wollen, was das ist, führt wohl kein Weg daran vorbei …«

River hob ihre Augenbrauen. »Was hast du vor?«

»Na, raufklettern, was sonst?« Er massierte seine Schläfen. Je länger er auf dieses Bündel starrte, desto weiter schien es sich von ihm zu entfernen. Zwanzig Fuß war zu niedrig angesetzt gewesen. Es waren mindestens dreißig. Kurzentschlossen hockte er sich hin und zog seine Stiefel aus. Die Kälte biss ihm wie eine Schlange in die Zehen.

River prüfte den Stamm. »Zu hoch«, konstatierte sie. »Zu glatt. Du wirst es nicht schaffen.«

»Das klappt schon. Ich mache so etwas nicht zum ersten Mal.«

Er hatte im Bürgerkrieg einige Erfahrung im Besteigen und Sabotieren von Telegrafenmasten gewonnen. Er durftc nur nicht zu lange warten, mit gefühllosen Füßen würde er es nicht schaffen. Ein paar Lockerungsübungen, die Arme strecken und die Finger massieren, dann konnte es losgehen. Er zog einen Ledergurt aus seiner Umhängetasche und prüfte die Stabilität. Sollte eigentlich halten, auch wenn er an einigen Stellen schon etwas mürbe war. »Bekomme ich mein Messer?«

Diesmal gab sie es ihm widerspruchslos. Er prüfte den Sitz, dann schlang er den Ledergurt um den Stamm, wickelte sich die Enden um die Handgelenke und prüfte den Widerstand. Dunkle Risse überzogen die Oberfläche der Birke wie ein Netz. Gewiss, die hellen Stellen waren glatt, aber die dunklen sollten eigentlich ausreichenden Halt bieten.

Er schob den Gurt hoch, lehnte sich nach hinten und erzeugte Spannung. Dann setzte er die Füße an den Stamm. Die Rinde war kalt und rutschig, und er spürte seine Zehen kaum noch. Er musste sich beeilen.

Den Gurt hochschleudernd und mit den Füßen nachkletternd, meisterte er das erste Stück. Er hatte das lange nicht mehr gemacht. Die Bewegung war ungewohnt. Er hatte ganz vergessen, welcher Zug auf den Handgelenken lastete. Offenbar war er früher kräftiger gewesen – oder leichter. Vielleicht beides. Mit einer raupenähnlichen Fortbewegungsart hielt er den Gürtel mal enger, mal lockerer, schleuderte ihn jedes Mal ein Stückchen höher, verlagerte das Gewicht nach hinten und stieg mit den Füßen nach. Die Kunst hatte er von einem Sklaven erlernt, der von der Elfenbeinküste stammte und sich auf das Ernten von Kokosnüssen spezialisiert hatte. Der Trick war, entgegen dem Instinkt Abstand zum Stamm zu halten und das Gewicht nach hinten zu verlagern. Auf diese Weise erzeugte das Leder genug Reibung, um ein Abrutschen zu verhindern. Allerdings kam diese Klettertechnik hauptsächlich in wärmeren Gegenden zum Einsatz. Hier hingegen wurde die Kälte zunehmend zu einem Problem. Seine Füße waren mittlerweile taub und gefühllos, und ohne das Feingefühl in den Zehen war der Trip lebensgefährlich. Sollte er umdrehen? Einen Blick zurückwerfend, gewahrte er River, die mit besorgtem Blick zu ihm heraufstarrte. Ihr Anblick trieb ihn weiter, er konnte jetzt nicht mehr zurück.

»Alles in Ordnung«, rief er. »Hab's gleich geschafft!«

Je höher er stieg, desto größer wurde sein Unbehagen. Irgendetwas stimmte nicht mit diesem Bündel. Sie hatten Blut auf dem Boden gefunden, eine Menge Blut. Er wusste von Raubtieren, die ihre Beute auf die Spitze unzugänglicher Felsen oder in das Geäst von Bäumen schleppten, um sie vor potenziellen Dieben zu schützen. Aber selbst die Klauen eines Berglöwen waren nicht scharf genug, um auf einer Birke Halt zu finden. Von einem Schwarzbären ganz zu schweigen.

Nathan legte eine kurze Pause ein. Seine Arme fühlten sich an, als wären sie aus Kautschuk. Ein Windstoß erfasste die Bäume und ließ sie schwanken. Ein Anflug von Fäulnis stieg ihm in die Nase. Vermutlich durfte er sich glücklich schätzen, dass es so kalt war. An warmen

Tagen ging die Verwesung deutlich heftiger vonstatten. Noch einmal schleuderte er den Gürtel empor, verlagerte das Gewicht und zog die Füße nach.

Er war jetzt bis auf eine Manneslänge an das Bündel herangekommen. Der Stamm war merklich schlanker geworden und hatte an dieser Stelle eine Menge Seitentriebe ausgebildet. Er ließ den Gurt los, griff nach einem Ast und kletterte freihändig weiter. Die beste Route führte über die gegenüberliegende Seite. Die Äste machten dort einen dichteren und stabileren Eindruck. Sich im Uhrzeigersinn um den Stamm bewegend, setzte er seinen Weg fort. Durch eine Lücke in den Zweigen hatte er freie Sicht auf das Zielobjekt.

Nach einem Tier sah das nicht aus. Er meinte Stoff zu erkennen, vielleicht Leder. Farblich schwankte es zwischen Dunkelgrau und Rostrot, aber es gab auch Stellen, an denen es heller wirkte. War das da nicht ein indianisches Symbol?

Unwillkürlich hielt er an. Natürlich war das ein Symbol. Es war eine Tätowierung! Und sie prangte mitten auf einer Hand.

*

Wenige Minuten später hatte Blake das Bündel freigeschnitten und zu ihr auf den Boden fallen lassen. Der Aufprall war dumpf und klang nach einem schweren Körper. River wartete, bis Blake wieder herabgestiegen kam, ehe sie den grausigen Fund mit einer Mischung aus Abscheu und Mitgefühl umrundete. Urplötzlich blieb sie stehen. »Wo ist der Kopf?«

Blake hockte im Schnee und starrte auf die Leiche. Sein Gesicht war schmutzig, seine Haut übersät mit

Kratzern und Abschürfungen. In seinen Mantel gehüllt, sah er aus wie eine Krähe. Er versteckte seine Hände, doch River konnte auch so sehen, dass sie zitterten.

»Da war kein Kopf. Es ist alles so, wie ich es oben gefunden habe. Wer ist es, kennst du ihn?«

»Vielleicht.« Sie ging in die Hocke. Kein Kopf also. Dann blieb ihr wohl keine andere Möglichkeit. Sie ließ sich sein Bowiemesser geben und fuhr prüfend mit dem Daumen über die Schneide. Die Leiche war zusammengerollt und mit Kleidungsresten umwickelt. Wie sie so dalag, sah sie aus wie etwas, das Kinder zum Spielen zusammengeschnürt hatten. Pflanzenfasern und Ranken bildeten ein dichtes Gespinst und sorgten dafür, dass der morbide Ball seine Form behielt. Stück für Stück begann sie, die Fasern zu durchtrennen.

Das Material war zäh und widerspenstig. Selbst die scharfe Klinge hatte Mühe, sie zu durchdringen. Ein böser Zauber lag über diesem Opfer, das spürte sie. Ein Zauber, dem alles Lebendige verhasst war und der danach dürstete, Grauen und Verderben in die Welt zu bringen.

Strang um Strang, Ranke um Ranke trennte River die stinkenden Fasern auf.

Blake verfolgte das Geschehen schweigend. Er hatte sein Leben aufs Spiel gesetzt, um das Bündel vom Baum zu holen. Mit versteinerter Miene hockte er da und beobachtete jede ihrer Bewegungen. Mochte der Himmel wissen, was ihm gerade im Kopf herumging.

Als alle Stränge durchtrennt waren, ergriff River eine Ecke des Bündels und zog das Geflecht auseinander. Die Blüte aus Zerfall und Verwesung öffnete sich mit einem schmatzenden Geräusch. Ein überwältigender Gestank stieg auf. Entsetzt hielt sie den Atem an. Nathan zog ein

Taschentuch und presste es vor Mund und Nase. Er rückte von der Leiche weg.

»Heilige Scheiße, was ist denn das?«, hörte sie ihn nuscheln.

»Sein Name ist Biidaban«, sagte sie leise. »Ein Krieger aus meinem Dorf. Makadewigwans bester Freund. Ich erkenne ihn an den Perlenstickereien auf seinem Hemd. Er war in der Hütte, als ich sie alle zusammen gefunden habe.« Sie verschwieg, dass sie eine Zeitlang in ihn verliebt gewesen war. Biidaban hatte schöne Augen und eine sanfte Stimme gehabt und wusste immer spannende Geschichten zu erzählen. Sein Herz aber gehörte seit Ewigkeiten *Geshi-atoya-bawig* – was übersetzt so viel wie *Hell wie das Licht* bedeutete. Er hatte nie einen Hehl daraus gemacht, dass er nur sie zur Frau wollte. Jetzt war Geshi-atoya-bawig fort, und Biidabans verwesende Leiche lag hier, ohne Kopf, gehüllt in die Fetzen seines Umhangs.

Blake stand auf und ging um den Leichnam herum.

»Was ist mit ihm geschehen? Wer hat ihn auf den Baum gebracht? Ist das irgend so ein makabres Bestattungsritual von euch?«

»Von uns?« River schüttelte verärgert den Kopf. »Wir erweisen unseren Toten Respekt. Wir hüllen sie in Birkenrinde und versorgen sie für ihre Seelenreise mit Nahrung und Wasser. Vier Tage ruhen sie außerhalb der Hütten im Wald, dann bestatten wir sie in einem flachen Grab in der Erde.«

»Vielleicht ein anderer Stamm?« Seine Augen waren starr auf den Toten gerichtet. »Zum Beispiel Huronen? Ich habe von Indianern gehört, die hölzerne Plattformen errichten, auf denen sie ihre Toten aufbahren.«

»Mag sein, aber keiner von unserem Volk würde einen

Toten derartig zurichten. Ein solches Verhalten zeugt von tiefer Verachtung gegenüber den Lebenden. Glaub mir, dies ist ein dunkler Zauber. Der schlimmste, den ich seit Jahren gesehen habe. Wer immer das getan hat, hasst uns aus tiefster Seele. Komm her, ich will dir was zeigen.«

»Was denn …?«

Sie lächelte grimmig. »Hast du Angst? Du warst mutig genug, um auf diesen Baum zu klettern, jetzt wirst du doch vor einem Toten nicht kneifen. Komm schon, er beißt nicht.«

»Wie auch, ohne Kopf?«

»Komm her und sag mir, was du siehst.«

Widerstrebend rückte er näher. »Also schön. Was ich sehe? Nun, ich sehe einen übel zugerichteten Krieger, dem anscheinend jeder Knochen im Leib gebrochen wurde. Anders ist es kaum zu erklären, wie man ihn zu einer Kugel zusammenrollen konnte.«

»Schau genauer hin.«

»Noch genauer? Die Haut ist dunkel verfärbt. Vermutlich durch Erfrierungen. Äußerlich sind relativ wenige Verletzungen zu erkennen, sieht man von der Tatsache ab, dass der Kopf abgetrennt wurde.«

»Abgetrennt, ja. Aber wie?«

»Nun, nicht durch einen Schnitt. Wenn ich mir die Ränder der Haut, die Sehnen und Muskeln so ansehe, würde ich sagen, er wurde abgerissen. So unglaublich das klingt, aber ich würde darauf tippen, dass irgendjemand dem armen Kerl den Kopf regelrecht von den Schultern gerissen hat. Wie einen Korken von der Flasche.« Er hielt sein Taschentuch vor die Nase. »Unmöglich, dass dies das Werk eines Einzelnen war.«

»Sieh dir die Kleidung an.«

»Die Kleidung? Also Hose und Hemd sind …« Er verstummte.

Endlich hatte er entdeckt, was River ihm zeigen wollte. Sie hätte ihn natürlich darauf hinweisen können, aber dann wäre der Effekt nicht so nachhaltig gewesen.

Blake griff nach dem Messer und begann, in dem Gewebe herumzustochern. Er versuchte, das Rankengeflecht auseinanderzuziehen und es von den Teilen zu trennen, die menschlich waren. Gar nicht so einfach. Stoff, Fleisch und Zweige bildeten eine dicht verwobene Masse.

»Was zum Geier …?«

Das Gewächs war an vielen Stellen in die Haut eingedrungen und hatte die darunterliegenden Muskeln und Knochen miteinander verknotet. Das Ergebnis war ein Gebilde, das weder eindeutig menschlich noch eindeutig pflanzlich war. River trat näher und stach mit dem Messer in das Innere. Und als wäre das nicht schon eklig genug, beugte sie sich plötzlich vor und griff mit der bloßen Hand hinein. Als sie sie wieder herauszog, hielt sie etwas in den blutigen Fingern. Groß wie ein Ball und glänzend wie ein Neugeborenes. Blake erbleichte. Instinktiv machte er einen Schritt zurück. Wie ein Tier, das dem Feuer zu nahe gekommen war.

»Was ist das?«

Sie tippte mit der Messerspitze dagegen. Es klang hart. »Ein Stein.«

»Ein … Stein?«

»Seltsam, oder?«

»Seltsam? Ich würde eher sagen: *widerwärtig.* Wie kommt der da hinein?«

»Wie ich schon sagte: ein dunkler Zauber. Glaubst du mir jetzt endlich?«

»Ich … ich weiß nicht, was ich glauben soll. Entweder hast du recht, und es gibt wirklich einen verdammten Dämon auf diesem Berg, oder es ist das Verdorbenste und Kränkste, was ich je einen Menschen habe tun sehen. Verdorbener noch als ich, was etwas heißen will.«

»Du bist nicht verdorben«, sagte sie leise. »Du bist nur vom rechten Pfad abgekommen.«

»Das sagst du nur, weil du mich nicht kennst, Schätzchen. Glaub mir: Ich weiß, was ich bin.« Er lächelte traurig. »Dass meine Seele noch mal errettet wird, diese Hoffnung habe ich schon lange begraben. Aber das da … das ist etwas anderes. Das hat nichts Menschliches mehr.« Er nahm einen tiefen Atemzug. »Habe ich dir übrigens von den anderen Bündeln erzählt, die ich gesehen habe? Luftlinie, etwa eine Meile entfernt, in Richtung des Berges?«

Sie nickte. »Das hast du, und ich bin nicht überrascht. Ich hatte so etwas erwartet.«

»Als hätte jemand eine Spur aus Brotkrumen gelegt …«

»Brotkrumen?« River runzelte die Stirn.

Er winkte ab. »Nicht so wichtig. Stammt aus einer alten Erzählung. Ein Märchen. Vielleicht erzähle ich sie dir mal.«

»Dann wirst du mich also begleiten?«

Er sah sie an, und sie glaubte eine Veränderung in seinen Augen zu sehen. Ob zum Guten oder zum Schlechten, hätte sie nicht zu sagen vermocht.

»Also?«

»Aber ja«, sagte er. »Natürlich werde ich dich begleiten.«

34

Inzwischen war es Nachmittag geworden. Der Fluss lag hinter ihnen, vor ihnen nichts als menschenleere Wildnis. Wolken zogen träge über den Himmel und verhüllten die Bergspitze. Es war immer noch kalt, wenn auch nicht mehr ganz so frostig wie in den letzten Tagen. Nathan war kein Wetterexperte, aber wenn er die Zeichen richtig deutete, würde es bald freundlicher werden – was ihm sehr entgegenkam.

Er stammte aus dem Süden und war diese Kälte nicht gewohnt. In seinen Adern kochte das Feuer der Kreolen, der französischen, portugiesischen und spanischen Einwanderer, die im sechzehnten Jahrhundert Kolonien in Südamerika gegründet und von dort aus mit ihren Schiffen den Karibischen Ozean überquert hatten. Er brauchte die Sonne und die Hitze, wie er die Luft zum Atmen brauchte. Ohne würde er verenden wie eine Pflanze, die zu lange im Dunkeln stand.

Schwer atmend versuchte er, mit River Schritt zu halten. Das Gepäck drückte ihm ins Kreuz. Er spürte, dass in seiner Schulterwunde noch immer eine Entzündung steckte, die selbst Rivers Behandlung nicht auszukurieren vermochte. Vermutlich würde es noch Wochen dauern, bis er wieder schmerzfrei war. Auch sein Fuß bereitete ihm Probleme, wobei er froh war, überhaupt noch laufen zu können. Die Sache mit dem Pferd hätte auch anders ausgehen können, und was dann? Zugegeben, die Dinge waren nicht ganz rundgelaufen in letzter Zeit, aber es hätte auch wesentlich schlimmer kommen können.

Mitten in diese Gedanken hinein vernahm er ein grauenvolles Heulen. Es war ein Geräusch so voller Schmerz und Pein, dass Nathan unwillkürlich stehen blieb. Ma'iingan hatte es offenbar ebenfalls gemerkt. Die Nase in den Wind gestellt, die Ohren aufgerichtet, nahm er Witterung auf. Seine Schwanzspitze zuckte hin und her. Nathan kannte sich mit Hunden aus, er hatte früher selbst welche besessen. Das Tier zeigte keine Anzeichen von Furcht. Neugier ja, und auch Erregung, aber keine Furcht.

»Hast du das gehört?«, fragte er.

River stand da und lauschte. »Habe ich«, flüsterte sie. »Klang wie ein Tier.«

»Aber ein sehr großes Tier«, entgegnete er. Oder war das ein Mensch?

Unvermittelt hatte Nathan wieder diese furchtbar zugerichtete Leiche vor Augen. Die gebrochenen Gliedmaßen, der abgetrennte Kopf, das Herz aus Stein. Der Gedanke war nicht gerade dazu angetan, seine Nerven zu beruhigen. Er brauchte jetzt wirklich langsam einen Schuss.

Das Geheul hielt an.

Die Geräusche kamen aus einem dichten Waldgebiet rechts von ihnen.

»Sollen wir mal nachsehen?«

River überlegte kurz, dann nickte sie. »In Ordnung. Ich gehe voran.«

Überrascht hob er die Brauen. Ihre Entschlussfreudigkeit beeindruckte ihn. Einer Frau wie ihr war er noch nie begegnet, und er hatte schon so etliche getroffen. Stolze Frauen, starke Frauen, Huren, Jungfrauen und Matronen. Keine von ihnen konnte ihr das Wasser reichen. In ihr gingen Mut und Unschuld eine perfekte Harmonie ein. Eine solche Kombination fand man nur höchst selten. Sie war so überzeugt davon, das Richtige zu tun, dass sie sogar bereit war, dafür zu sterben. Sie war wie ein Feuer, das gleichzeitig wärmend wie auch verzehrend sein konnte. In ihrer Gesellschaft war es, als würde der Wind nicht mehr ganz so kalt wehen und die Sonne ein wenig wärmer strahlen.

Und sie sorgte sich um ihn. Es kümmerte sie, wie es ihm ging, und sie schien die Hoffnung zu hegen, dass aus ihm noch mal ein rechtschaffener Mann würde. Eine Vorstellung, die er selbst längst aufgegeben hatte.

Davon abgesehen war sie wunderschön. Keine von diesen Modenschauschönheiten oder aufgeblasenen Dämchen, die gepudert und parfümiert mit einem Gefolge von schwarzen Dienern durch das Vieux Carré von New Orleans flanierten. River besaß diese natürliche Schönheit, wie man sie bei freilebenden Mustangs oder Raubkatzen finden konnte. Unschuld gepaart mit Stolz und einem unstillbaren Hunger nach Leben. Eine höchst anziehende Mischung.

Das Heulen war jetzt näher.

Der Gedanke an das, was sie dort finden mochten, jagte ihm einen Schauer über den Rücken. Wenn er doch nur seinen Revolver hätte. Aber River war in dieser Hinsicht stur. Immerhin war sie so vertrauensvoll, dass sie ihm das Bowiemesser überlassen hatte. Zur Not musste eben das genügen.

River war stehen geblieben. Sie hatte den Finger auf die Lippen gelegt und deutete nach vorne. An ihr vorbeisehend, gewahrte er etwas Dunkles zwischen den Bäumen. Im ersten Moment dachte Nathan, es würde sich um ein weiteres von diesen Bündeln handeln. *Bis es sich bewegte.*

*

Der Anblick der Leiche war mehr, als sein Magen verkraftete. Josh Tanner gelang es gerade noch, hinter einem Baum zu verschwinden, als die Magensäure seinen Hals emporschoss und sich schwallartig in den Schnee entlud. Eine heiße, scharfe Brühe, gemischt mit Resten des Frühstücks.

Hustend und keuchend stützte er sich am nächstgelegenen Baum ab und wartete, bis das Gewitter in seinem Bauch vorüber war. Als er sicher war, dass nichts mehr kam, griff er in den Schnee, schaufelte sich ihn in den Mund und spuckte aus. Dann nahm er noch eine Hand voll Schnee und rieb sich das Gesicht damit ab. Gegen den widerlichen Geschmack trank er noch einen Schluck aus seiner Whiskeyflasche. Mochten die anderen denken, was sie wollten, er brauchte das jetzt. Joseph Albright streckte die Hand aus. »Ich hätte auch gerne einen, wenn es Ihnen nichts ausmacht.«

Verwundert hob Tanner die Brauen. Er konnte sich nicht erinnern, dass der Bürgermeister jemals auch nur den kleinsten Schluck Alkohol getrunken hatte. »Sind Sie sicher?«

»Hören Sie auf zu fragen und geben Sie mir die verdammte Pulle.« Zitternde Finger nahmen ihm die Flasche aus der Hand und führten sie zum Mund. Ein Schluck, zwei, drei. Tanner sah, wie sich der Kehlkopf des Bürgermeisters auf und ab bewegte. Ein kleines Rinnsal lief den Hals hinab und verschwand im Kragen. Albright hielt die Augen geschlossen. Als er die Flasche absetzte, rang er nach Atem. Er wischte sich über den Mund und gab sie zurück. »Danke.«

Tanner hielt die geöffnete Flasche in die Runde. »Sonst noch jemand?«

Niemand nickte. In diesem Moment kam Scott zwischen den Bäumen hervor. Sein Gesicht war rot vor Anstrengung, seine Miene verriet Aufregung.

»Und, hast du etwas entdeckt?«, fragte Tanner.

»Kanu«, keuchte Scott. »Sie haben ein Kanu genommen und den Fluss überquert. Keine Meile von hier. Dort ist ein großer See, von dem aus man den Berg sehen kann. Die Spuren führen direkt dorthin.«

»Ein See?«, knurrte Tanner.

»Ziemlich breit. Unwahrscheinlich, dass wir dort mit den Pferden rüberkommen. Entweder wir lassen sie stehen, oder wir müssen uns eine andere Stelle zum Überqueren suchen.«

»Auch das noch.« Als hätten die Mustangs ihn verstanden, standen sie da, die Köpfe gesenkt, die Ohren angelegt. Tanner seufzte. »Na schön, Scott. Gut gemacht. Wir werden eine Lösung finden. Erst mal müssen wir uns um diese Leiche kümmern. Hat jemand von Ihnen schon einmal so etwas gesehen?«

»Ich nicht«, sagte Bürgermeister Albright. »Ich muss allerdings gestehen, dass ich noch nicht weit herumgekommen bin. Was sagen Sie dazu, Mr. Brimstone?«

Der Detektiv blickte auf die Leiche und schüttelte den Kopf. »Nein.«

»Eine Idee, wer das getan haben könnte? Indianer vielleicht?«

»Nicht, dass ich wüsste«, sagte Brimstone. »Durchaus möglich, dass manche von ihnen zu so etwas in der Lage wären. Ich weiß, dass einige Stämme ihre Opfer zu skalpieren pflegen oder Tabaksbeutel aus den Hodensäcken herstellen. Aber das hier, das ist etwas anderes.«

Tanner versuchte den Gestank zu ignorieren und sich auf die Einzelheiten zu konzentrieren. In seinem ganzen Leben hatte er noch nicht so etwas Grausames gesehen.

Enthauptet, verdreht, durchbohrt – was da vor ihm lag, war kaum noch als menschliches Wesen zu identifizieren. Immerhin wusste er, dass es ein Indianer vom Stamm der Ojibwe gewesen sein musste. Er erkannte die Stammesmarkierungen auf Brust und Schultern. Aber mehr ließ sich beim besten Willen nicht sagen.

Vielleicht waren sie doch etwas voreilig gewesen, als sie Rivers Geschichte als Lügenmärchen abgetan hatten. Außer Scott hatte niemand die Geschichte der Indianerin ernst genommen. Oder war dies das Werk von Blake?

Was ihn am meisten befremdete, waren die Ranken, die den Leichnam durchdrangen. Als wäre der Mann unter einen Webstuhl gekommen. Es schien sich dabei um Efeu oder Giftsumach zu handeln, auch wenn er dafür nicht seine Hand ins Feuer legen würde, er war kein Pflanzenexperte. Offenbar hatte die Leiche im Baum gehangen, wo sie von jemandem heruntergeholt worden war. Von wem, darüber brauchten sie sich nicht lange den Kopf zu zerbrechen. Die Flüchtigen hatten sich nicht die Mühe gemacht, die Spuren zu verwischen. Zwei Personen und ein Hund.

»Die Verletzungen an der Leiche sind mehrere Tage alt«, sagte er, womit Blake als Täter eigentlich ausschied. »Sie befindet sich in einem fortschreitenden Stadium des Zerfalls.«

»War das ein Tier, das den Mann so zugerichtet hat?«, fragte Scott, der sich angesichts des grausigen Fundes erstaunlich wacker hielt.

»Das bezweifele ich«, sagte Tanner. »Tiere sind zu vielem fähig, aber nicht zu Grausamkeit. Wenn sie töten, dann, um zu fressen. Das hier spricht eher für Rache oder eine religiös motivierte Tat. Jedenfalls glaube ich das.«

»Aber es ergibt keinen Sinn. Warum sollte jemand einen Menschen so zurichten und dann in einen Baum hängen?«

»Dass ich daran glaube, heißt nicht, dass ich es verstehe«, sagte Tanner. »Ich habe schon viele Verbrecher hinter Schloss und Riegel gebracht. Schlimme Kerle. Den Abschaum der Menschheit. Aber immer – selbst in den abartigsten Fällen – hat es einen Grund für die Taten gegeben. Eifersucht, Habgier, Neid – nichts geschieht ohne Motiv. Der Glaube treibt stellenweise schreckliche Blüten. Religiös motivierte Taten sind häufig die schrecklichsten.« Er warf einen kurzen Blick in Albrights Richtung. »Verstehen Sie mich nicht falsch, Bürgermeister. Religiös nicht im Sinne von christlich, sondern von *fanatisch*. Vielleicht war hier ein urzeitlicher Naturglaube am Werk. Irgendein heidnischer Unsinn, der nach Menschenopfern verlangt …«

»Ein Ungeheuer«, murmelte Albright. »Ein verdammtes Ungeheuer …«

»Was meinen Sie?«

Der Bürgermeister hob den Kopf. »*Es bedarf eines Ungeheuers, um ein anderes Ungeheuer zu töten* – das ist es, was Blake gesagt hat. Ob er vielleicht etwas wusste?«

»Was soll er denn gewusst haben?«

»Nun, vielleicht hat er es durchaus wörtlich gemeint. Vielleicht war er besser über diese Gegend informiert als wir.«

»Unsinn«, sagte Brimstone. »Blake ist ein Irrer. Der redet viel, wenn der Tag lang ist.«

Tanner wiegte den Kopf. »Verdreht und kriminell, ja, aber dabei durchaus intelligent. Möglich, dass er tatsächlich etwas wusste. Zugegeben, als ich erfuhr, dass River ihn befreit hat, dachte ich natürlich zuerst, er habe das arme Mädchen manipuliert. So wie er das mit uns die ganze Zeit getan hat. Ihr irgendwelche Flausen in den Kopf gesetzt, damit sie ihn befreit. Doch inzwischen habe ich daran meine Zweifel ...«

»Wie kommen Sie darauf?«, fragte Scott.

»Weil River immer noch am Leben ist. Du hast gesagt, du hast ihre Spuren bis zum See verfolgt?«

Der Deputy nickte.

»Das beweist, dass sie noch lebt. Ich habe nicht darüber gesprochen, um dich nicht zu beunruhigen, aber ich hatte vermutet, er würde sie fesseln oder töten und dann rasch einen Abgang machen. Auf eine Leiche mehr oder weniger kommt es ihm doch wirklich nicht an.«

»Er kann sie immer noch töten«, warf Albright ein.

»Durchaus«, sagte Tanner. »Aber warum sollte er mit ihr zusammen den Fluss überqueren? Irgendetwas sagt mir, dass er nicht vorhat, sie zu verlassen, aus welchen Gründen auch immer. Vielleicht ist er wirklich der Meinung, dass ein Ungeheuer in diesen Wäldern umgeht.«

»Sie meinen, er könnte sie auf ihrer Suche nach dieser Hexenmeisterin begleiten?«

Tanner nickte.

»Ich verstehe nicht, warum Sie um dieses Bündel so ein Gewese machen«, sagte Brimstone. »Es ist eine Indianerleiche, mehr nicht. Sie fangen schon wieder an, sich in Nebensächlichkeiten zu verzetteln, Tanner. Sie denken zu viel und handeln zu wenig. Anstatt hier Volksreden zu halten, sollten wir lieber die Verfolgung fortsetzen.«

»Nur eine Indianerleiche?« Tanner spürte Wut in sich aufsteigen. »Haben Sie sich mal die Mühe gemacht, diesen Leichnam näher zu begutachten? Ich wette mit Ih-

nen, es gibt keinen Pathologen im ganzen Land, der Ihnen dafür eine plausible Erklärung bieten kann. Ich war nie ein besonders gläubiger Mann, aber ich erkenne das Zeichen des Teufels, wenn ich es sehe.«

Eine tiefe Pause entstand. Nicht einmal Brimstone fiel eine passende Entgegnung ein. »Mal angenommen, Sie haben recht«, sagte Albright mit leiser Stimme, »wie sollen wir dagegen vorgehen? Wir sind keine Priester. Ich bin nicht qualifiziert, gegen Dämonen und Teufel zu kämpfen.«

»Das ist keiner von uns«, sagte Tanner. »Aber vorerst brauchen wir das auch gar nicht. Durch die Überquerung des Flusses hat Blake einen beträchtlichen Vorsprung herausgeholt. Was immer dort auf dem Berg haust, er wird zuerst darauf stoßen. Folgen wir ihm und beobachten, was passiert. Schlimmer kann es ohnehin nicht mehr werden.«

»Ihr Wort in Gottes Ohr«, sagte Albright mit einem letzten Blick auf die grausam verdrehte Leiche. »Ihr Wort in Gottes Ohr.«

35

Die Klaue des Bären steckte in einer Falle. Sein schwarzer Pelz war verklebt von Blut. Rund um die Kette war der Schnee aufgewühlt. Die Luft stank nach Angst und Schweiß.

Nathan presste die Zähne zusammen. Er kannte diese Fallen. Wie das eisenstarrende Maul eines Haifischs warteten sie verborgen unter Gras oder einer dichten Schneedecke auf den Fehltritt eines Unglücklichen. Mistige, feige Scheißgeräte, von denen er schon mehr als genug gesehen hatte. Im Krieg waren die Dinger zur Absicherung von Uferböschungen und unzugänglichen Waldgebieten ausgelegt worden, und viele seiner Freunde hatten, ihretwegen einen Fuß oder sogar ein ganzes Bein verloren. Einmal zugeschnappt, ließen sie sich nur noch mit Gewalt öffnen. Tiere, die nicht wussten, was sie da erwischt hatte, bissen sich in ihrer Verzweiflung häufig die Pfote ab und verbluteten jämmerlich.

Der Bär stieß jammervolle Rufe aus und versuchte rückwärts von der Unglücksstelle zu entfliehen. Doch kaum wähnte er sich weit genug weg, spannte sich die Kette, und der Tanz begann von neuem.

»Armer Kerl«, sagte Nathan. »Gibt es Wilderer in dieser Gegend?«

»Ich weiß nicht«, entgegnete River. »Ich komme nur selten hierher.«

»Ich stelle mir gerade vor, was wohl passiert wäre, wenn eines eurer Kinder in diese Falle getreten wäre. Ein verfluchter Mist ist das.«

»Ich habe das noch nie gesehen.«

»Da hast du nichts verpasst, glaub mir, Schätzchen. Wenn du Glück hast, trennen dir die scharfen Zacken das Bein am Unterschenkel glatt ab. Wenn es nicht so gut läuft und es dir wie dem armen Kameraden dort geht, bleibst du unter furchtbaren Schmerzen gefangen. Dann hast du die Wahl, dir das Bein selbst zu amputieren oder darauf zu warten, bis die Jäger kommen und dir den Rest geben.«

River zog den Revolver. »Dann müssen wir ihn töten. Er soll sich nicht quälen.«

Nathan fixierte den Bären mit prüfendem Blick. Für einen Schwarzbären schien er ihm ganz schön groß. Er hatte noch nie einen aus dieser Nähe gesehen und war immer davon ausgegangen, dass sie kleiner waren. Er fragte sich, ob es nicht vielleicht doch ein solches Exemplar gewesen sein könnte, das die Verwüstung im Dorf angerichtet hatte. Vielleicht sogar genau dieser? Aber schon im selben Moment verwarf er den Gedanken wieder. Kein Bär, und war er noch so dämlich, würde sich sechs bewaffneten Männern entgegenstellen. Nicht mal, wenn er Tollwut hatte. Und erst recht wäre es ihm unmöglich gewesen, ihre Leichen so zu verunstalten und in den umliegenden Bäumen zu verteilen. Das Brüllen und Schnauben nahm kein Ende.

Der Bär konnte einem leidtun, er verstand ja nicht, was los war. River hatte recht: Sie mussten etwas unternehmen.

»Warte hier!«

Ehe sie noch etwas sagen konnte, ging Nathan auf das Tier zu. Er wusste selbst nicht genau, was er da tat, er hatte nur dieses drängende Bedürfnis, den Leidenskampf zu beenden. Augenblicklich unterbrach der Bär seine Befreiungsversuche. Misstrauisch starrte er den Neuankömmling an. Geifer troff aus seinem Maul. Der Atem stieg in weißen Wolken aus seinem Rachen.

»Bist du verrückt«, zischte River hinter ihm. »Was tust du denn?«

Ihren Einwand ignorierend, ging Nathan mit einer ausgestreckten Hand langsam auf den Bären zu. »Ruhig«, sagte er mit sanfter Stimme. »Ganz ruhig. Ich werde dir nichts tun. Wenn du mir auch nichts tust, werden wir bald gute Freunde. Hm, was meinst du, möchtest du mein Freund werden?«

Blödsinnige Frage. Dieser Bär wollte niemandes Freund sein. Nichts war gefährlicher als ein Tier in einer Falle. Doch es war weniger der Inhalt der Worte als vielmehr der beruhigende Klang seiner Stimme, auf den Nathan zählte. Er hatte schon früh die Erfahrung gemacht, dass seine Stimme eine besondere Kraft besaß. Eine Eigenschaft, die vor allem auf der Bühne von Nutzen war. Die Zuschauer glaubten ihm, sie nahmen ihm die Rollen ab. Räuber, Händler, Edelleute – seine Stimme verlieh den Figuren Gestalt und Authentizität. Ob das bei einem verletzten Bären allerdings auch funktionierte, blieb abzuwarten.

Das Tier wischte mit der Tatze durch die Luft und stieß ein wütendes Gebrüll aus. Aus seinem schweißgetränkten Fell stiegen Dampfschwaden in die Luft.

»Ruhig. Ganz ruhig, Großer«, sagte Nathan, während er weiterging. Er wählte seine Schritte mit Bedacht, und zwar dergestalt, dass sie ihn nicht ins Innere dieses unsichtbaren Kreises führten, den der Radius der Kette bildete. Sollte er die Barriere übertreten, lieferte er sich dem Tier aus. Schon jetzt konnte er sich nicht sicher sein, ob der Bär ihn bei gespannter Kette und ausgestreckter Tatze nicht doch erwischen würde.

Er blieb stehen. Die Tatze sah übel aus. Das rostige Eisen saß tief im Fleisch. Das dauernde Gezerre hatte die Wunde vergrößert.

»Komm zurück«, hörte Nathan River flüstern. »Er macht sich bereit für den Angriff, ich kann es sehen.«

Es stimmte, was sie sagte, Nathan sah es auch. Aber aus einem unerfindlichen Grund fühlte er sich zu dem Tier hingezogen. Die Kette, die Wunde, das nahende Ende ... es war, als blicke er in einen Spiegel.

In frühen Jahren war er recht gläubig gewesen. Regelmäßige Kirchgänge, der Glaube an Jesus – er hatte die Bibel nicht als Geschichtsbuch gesehen, sondern als ein Quell ewiger Wahrheit. Aber dann war etwas geschehen, das seinen Glauben in den Grundfesten erschüttert hatte. Was er an Hoffnung und Vertrauen in sich getragen hatte, wurde erstickt und war für immer verschwunden. Was blieb, waren Kummer und Qual.

Zu sagen, der Krieg sei an allem schuld, entsprach nicht der Wahrheit. Für ihn war der Krieg gut gewesen. Er hatte seinen Blick auf andere Dinge gerichtet, hatte ihn abgelenkt und ihm geholfen, nicht aus der Bahn zu geraten. Als irgendwann Friede einkehrte, fingen die Dinge an, aus dem Ruder zu laufen. Drogen, Spielsucht – das Bedürfnis zu töten. All das hatte mit dieser unsäglichen Leere und dem Schweigen in seinem Inneren zu tun.

Doch jetzt hörte er etwas. Eine Stimme. Leise. Kaum mehr als ein Flüstern. Sie sprach von Liebe. Von Hoffnung und Vertrauen.

Vertrauen? Zu einem wilden Tier?

»Gib mir etwas zum Reinigen«, sagte er.

»Du willst ...?«

»Verbandsmaterial und Kräuter. Schnell.«

Er vernahm Rascheln, dann spürte er, wie River ihn von hinten anstupste. Sie drückte ihm einen Streifen Stoff sowie einige Blätter in die Hand. »Kräftig zwischen den Fingern reiben«, sagte sie. »Dann auf die Wunde legen und den Verband drum.«

»In Ordnung.«

»Besser wäre, es nicht zu tun.«

»Ich weiß.«

Er ging einen Schritt nach vorne. Jetzt war er im Inneren des Kreises. Sein Leben lag nun in der Hand des Bären.

»Ich werde jetzt zu dir kommen und dich von der Falle befreien«, sagte er. »Wenn du mich tötest, tötest du dich selbst. Ich bin dein einziger Freund hier draußen.«

Der Bär knurrte zornig. Nathan konnte sehen, wie kleine Speicheltropfen aus seinem Maul flogen. Die Muskeln unter dem schwarzen Pelz wirkten einschüchternd. Die rostbraune Nase bebte vor Erregung. Ein männliches Tier. Strotzend vor Kraft und Verzweiflung. Der Schnee ringsherum war übersät mit Blut- und Urinspritzern. Die Ausdünstungen waren atemberaubend.

Er versuchte sich in das Tier hineinzuversetzen. Er wollte seine Angst und seine Wut in sich aufnehmen, spüren, was der Bär spürte. Seine Augen leuchteten wie Kupfermünzen. Er sah sich selbst durch diese Augen. Er sah, wie der Mann mit ausgestreckter Hand ins Innere des Kreises trat. Ein ausgezehrter Kerl, der beim Gehen hinkte und dessen Schulter schief herabhing. Es war, als würde sein Geist den Körper wechseln. Der Mann bewegte die Lippen, doch er verstand nicht, was er sagte. Die Worte waren fremd. Alles, was er vernahm, war ein beruhigender Klang, der ein wenig an das Murmeln eines Bachs erinnerte.

Der Bär atmete langsamer. Er fühlte, dass ihm der Fremde nichts Böses wollte. Noch einmal schüttelte er seine Tatze, doch es war kaum mehr als eine symbolische Geste. Tief in seinem Inneren überwog die Hoffnung.

Den sengenden Schmerz ignorierend, beobachtete er, wie der Mann näher kam. Sein Körper war gebeugt, die Augen gesenkt – eine Geste der Unterwerfung. Er hätte den Fremden jederzeit mit einem Schlag seiner Pranke und einem Biss ins Genick töten können, doch er spürte, dass der andere das wusste. Dass er sich trotzdem nicht von den Drohgebärden einschüchtern ließ und weiterging, ließ auf Mut und Willensstärke schließen. Der monotone Singsang der Worte tat sein Übriges.

Der Bär ließ sich auf sein Hinterteil sinken.

Der Mann ging ebenfalls in die Hocke und streckte seine Hand aus. Der Bär zuckte zurück. Die Berührung war zärtlich und erschreckend zugleich. Noch niemals war er auf diese Art berührt worden.

Er brüllte.

Die Hand des Mannes blieb, wo sie war. Jetzt fing sie sogar an, ihn sanft zu kraulen. Der Bär entspannte sich. Jetzt, wo er nicht mehr daran zerrte, ließ das Pochen und Brennen in seiner Tatze etwas nach. Was blieb, war dumpfer Schmerz. Er starrte auf das hässliche Metallding. Er wusste nicht, was das war, er hatte so etwas noch nie gesehen.

Der Mann fuhr mit den Fingern über die rostigen Zacken. Seine Stimme bekam etwas Beschwörendes. So gerne der Bär seine Pranke zurückgerissen hätte, so ließ er sie doch dort, wo sie war. Er ging sogar noch weiter und erlaubte dem Fremden, sie zu begutachten. Er spürte, dass etwas geschehen würde, er konnte es riechen.

Dieser Mensch wusste, was ihn da gefangen hielt. Er schien zu verstehen, was das für ein Ding war und wie man es entfernte. Und dann – beinahe, als habe er die tiefsten Wünsche des Bären erraten – griff der Mann in die metallenen Kiefer und begann sie auseinanderzudrücken.

*

River schlug das Herz bis zum Hals. Sie hatte schon viel erlebt, aber noch nie so etwas. War das jetzt Mut oder Tollkühnheit? Im Zweifelsfall beides, ergänzt durch eine gehörige Portion Todessehnsucht.

Mit einer Mischung aus Grauen und Faszination beobachtete sie, wie Nathan die eisernen Klammern auseinanderdrückte. Wie schwer das sein musste, erkannte sie an seinen gepressten Atemgeräuschen. Nathan hatte vorsorglich Handschuhe angezogen, das scharfkantige Eisen wäre sonst vermutlich wie ein Messer durch seine Haut gefahren.

Das Erstaunlichste aber war der Bär. Drohend ragte er über Nathan auf. Er hätte ihn mit einem einzigen Biss töten können, stattdessen hielt er still. Er hielt auch still, als Nathan die Falle endlich mit einem hörbaren Schnappen öffnete und damit anfing, die Blätter zwischen den Fingern zu zerreiben und aufzulegen. Er arbeitete still und konzentriert, versäumte es aber nicht, den Bären fortwährend mit seiner Stimme zu beruhigen. Er erzählte eine Geschichte. Irgendetwas über ein kleines Mädchen, das sich im Wald verirrte und dort einem Wolf begegnete.

River ging in die Hocke und griff in Ma'iingans Fell. Sosehr sie ihren Hund auch liebte und ihm vertraute, nun musste sie sicherstellen, dass nichts schiefging. Selbst er, den sie seit dem Welpenalter kannte, konnte in bestimmten Situationen etwas Unüberlegtes tun. Sie durfte nicht riskieren, dass er bellte oder lospreschte. Das hätte mit Sicherheit schlimme Folgen gehabt.

Nathan hatte die Blätter auf die Wunde gelegt und wickelte jetzt den Stoff um die Tatze. Dazu musste er sie sogar einmal anheben. Es war faszinierend, wie ruhig der Bär das alles mit sich geschehen ließ. River musste sich immer wieder klarmachen, dass dies keine dressierte Kreatur war, sondern ein wildes Tier, das vermutlich noch nie einen Menschen zu Gesicht bekommen hatte.

Und dann war es vorbei.

Der Bär schnupperte an dem Verband, stieß ein verhaltenes Brüllen aus und verschwand im Wald.

River ließ sich zurücksinken. Erst jetzt fiel ihr auf, dass sie am Schluss sogar den Atem angehalten hatte. Das abrupte Ende hatte sie ein wenig enttäuscht, aber was hatte sie erwartet? Einen tränenreichen Abschied, einen feuchten Bärenkuss? Dies war keine Fabel, sondern die Realität. Und dafür war sie verdammt außergewöhnlich.

Nathan drehte sich um und kam zu ihr zurück. Müde sah er aus, ausgezehrt. Der Bartschatten machte ihn älter. Auf seiner Stirn glänzte der Schweiß. Als er direkt vor ihr stand, sah sie, dass seine Hände zitterten.

»Und, wie fandest du meine kleine Vorstellung?«

Sie war immer noch sprachlos. Nathan wirkte so ganz anders als vor ein paar Tagen, als sie ihn kennengelernt hatte. Gereifter, aber auch aufgewühlter. Sein schmales Lächeln konnte nicht darüber hinwegtäuschen, dass er mit den Nerven am Ende war.

»So schlecht also?« Er nahm einen Schluck aus der

Wasserflasche. »Zugegeben, meine besten Zeiten liegen schon länger zurück, aber dafür, dass ich aus der Übung bin, finde ich, dass ich meine Sache eigentlich ganz gut gemacht habe.«

»Das … war unglaublich«, sagte sie. »So etwas habe ich noch nie gesehen.«

»Dann hat es dir also gefallen?«

Sie nickte.

»Ja, wenn das so ist …« Nathan hielt die Hand auf. »Vielleicht dürfte ich dich dann um eine kleine Belohnung bitten? Etwas von meiner Medizin könnte ich jetzt brauchen. Nur ein bisschen, damit das Zittern aus meinen Händen verschwindet, siehst du?«

Er hielt ihr die Rechte hin, und sie zitterte tatsächlich beträchtlich. Als wäre er von Schüttelfrost befallen. Trotzdem war sie skeptisch. Woher wusste er überhaupt, dass sie es noch bei sich trug? Dass sie es ihm abgenommen hatte, war lange her, und sie hätte es längst weggeworfen haben können. Aber vermutlich beobachtete er sie genauer, als ihr bewusst war. Das Misstrauen regte sich wieder.

»Nein«, sagte sie. »Aber wenn du willst, gebe ich dir Geisterkraut.«

So konnte sie wenigstens die Dosierung kontrollieren.

Seine Schultern sanken herunter. »Na ja, besser als nichts. Deine Pfeife habe ich noch in bester Erinnerung. Und danach würde ich gerne den Männern, die das getan haben, einen kleinen Besuch abstatten. Ich habe Spuren entdeckt. Sie liegen genau auf unserem Weg.«

36

Angewidert starrte Pete Hawking auf das halbverkohlte Streifenhörnchen. Seine gute Laune war schlagartig verflogen. Die Aussicht auf ein halbwegs genießbares Abendessen konnte er jetzt wohl vergessen.

»Wie oft habe ich dir schon gesagt, dass du das Tier nicht zu lange über dem Feuer lassen sollst, Sam. Himmel, Arsch und Zwirn, jetzt sieh dir das an.«

»Wieso, is' doch all's in Ordnung. 'n bisschen braun v'lleicht, a… aber dafür wenigstens durch.« Sein Begleiter nahm das Tier vom Feuer, riss ihm ein Bein aus und begann demonstrativ darauf herumzukauen. »Is' richtig gut. Musst mal probieren.«

Pete hockte sich in den Schnee und betrachtete den Braten. Da wusste man ja nicht, wo man anfangen sollte. An diesen mageren Dingern war eh nichts dran, und jetzt ließ dieser Depp es auch noch halb verbrennen. Er entschied sich für das andere Bein und biss vorsichtig zu. Sein Mund fühlte sich an, als wäre er voller Asche.

»Gut, oda?« Die dumpfen Augen blickten hoffnungsvoll. »Sch… schön knusprig.«

Sam Winston war ein Idiot. Er war schon ein Idiot gewesen, als sie sich damals beim Baumfällen in Hawkesbury kennengelernt hatten, und er war seitdem nicht klüger geworden. Ein Berg von einem Mann mit einem Gehirn wie eine Pekannuss. Hätte der Riese Pete damals nicht aus dem Ottawa gefischt und so verhindert, dass er zwischen zwei Baumstämmen zermalmt wurde, ihre Wege hätten sich schon lange getrennt. Aber wie das Leben eben so spielte. Als Pete entschied, dem Holzflößen den Rücken zu kehren und sich auf den Pelzhandel zu verlegen, hatte er Sam kurzerhand mitgenommen. Es war immer gut, ein Muskelpaket bei sich zu haben, vor allem, wenn er bedingungslos jedem seiner Befehle Folge leistete. Dass er zum Kochen nicht taugte, hätte Pete sich denken können, aber hinterher war man immer klüger.

»Gut, oda?«

»Ja.«

Das Vieh war zäh wie eine Schuhsohle. Wie konnte etwas so Kleines nur so hart sein? Das nächste Mal mussten sie definitiv zwei oder drei fangen und dann vielleicht lieber einen Eintopf draus machen. Oder aber sie hatten endlich mal Glück und fingen ein paar Nerze, Biber, Otter oder Bären.

Pete lief das Wasser im Mund zusammen, als er an all die Delikatessen dachte, die man aus Bärenfleisch bereiten konnte. Bärenwurst, Bärenpastete, Bärensteak. Das Problem war nur: Man fand sie so selten. Aus den Uferwäldern des Ottawa waren sie fast vollständig verschwunden, und mittlerweile musste man tief in die Wildnis vordringen, um überhaupt noch welche aufzustöbern. Aber mit den neuen Fallen sollte es besser funktionieren.

Bären waren notorische Gewohnheitstiere. Liefen tagein, tagaus immer dieselben Strecken ab. Erst gestern hatten sie im Schnee eine Fährte gefunden und ihre Fallen plaziert. Müsste doch mit dem Teufel zugehen, wenn morgen nicht mal was anderes auf dem Teller lag als verkohlte Streifenhörnchen.

Vom Fleisch abgesehen, waren es vor allem die Felle, auf die Pete es abgesehen hatte. Ein unbeschädigtes Fell brachte beim Kürschner acht bis zehn Dollar. Sechs, sieben solcher Stücke, und sie konnten sich mal wieder einen Besuch im Bordell leisten, Vollbad und Rasur inbegriffen. Er grinste. Während er so darüber nachdachte, fiel ihm ein, wie lange es jetzt her war, dass er eine Frau gehabt hatte. Schon der Gedanke daran ließ ihn rollig werden. Diese Colette im *Gem*, das war ein heißes Luder. Ganz Hawkesbury war scharf auf sie. Klar, sie kostete ein bisschen mehr, aber wenn sie mit den Titten wackelte, gingen einem die Augen über. Außerdem hatte sie nichts gegen Dreier oder Vierer. Gruppentarif – welche Nutte hatte das schon in ihrem Programm?

Versonnen nagte er den winzigen Schlegel ab und warf die Knochen hinter sich ins Gebüsch. Jep, er war jetzt definitiv bereit für ein bisschen Liebe.

In diesem Moment vernahm er ein leises Geräusch. Offenbar ein ganzes Stück entfernt, aber doch so ungewöhnlich, dass es augenblicklich seine Aufmerksamkeit erregte. Kerzengerade richtete er sich auf und lauschte. Sam hatte aufgehört zu kauen. »Was'n los?«

»Keine Ahnung. Klang wie das Schluchzen einer Frau. Was aber eigentlich unmöglich ist. Hier draußen gibt's keine Frauen.«

»Nö, gibt's keine Frauen«, echote Sam.

Pete drehte den Kopf und wartete. Hatte er sich getäuscht, hatten ihm seine Sehnsüchte einen Streich gespielt?

Nein, da war es wieder. Kam von schräg hinten, aus dem Flusstal.

»Wenn ich's nicht besser wüsste, würde ich sagen, da flennt eine«, sagte er. »Aber das haben wir gleich. Schnapp dir eine Waffe und komm mit.«

Die Stimme kam von jenseits eines sanft abfallenden Hangs, der mit jungen Birken bestanden war. Unter einer dieser Birken saß jemand. Misstrauisch hob Pete sein Gewehr. Mann, das gab's doch nicht. Es war tatsächlich eine Frau. Vielleicht fünfundzwanzig oder auch dreißig Jahre alt. So genau konnte man das bei der Aufmachung nicht sagen. Sie war angezogen wie eine Indianerin, ihr Gesicht sah aber nicht indianisch aus.

Als sie die beiden Männer hörte, schrak sie auf. Pete runzelte die Stirn.

Diese Wilden waren normalerweise hässlich wie die Nacht, da bedurfte es schon einer gehörigen Portion Phantasie, um auf Touren zu kommen. Diese hier war anders. Sie saß einfach da und weinte. Neben ihr lag so ein komisches Tragegestell im Schnee. Pete sah sich um. Außer Sam war niemand zu sehen, sie waren ganz allein. Er leckte sich über die Lippen.

»Hallo, mein schönes Kind. Was machst du hier? Bist du allein?«

Sie sah ihn mit großen Augen an. Dann wischte sie die Tränen aus den Augen und machte Anstalten, aufzustehen. Er hob beruhigend beide Hände. »Kein Grund, gleich wegzugehen, Süße. Wir sind nur zwei harmlose Jäger. Wir werden dir bestimmt nichts zuleide tun, ist doch so, oder, Sam?«

»Jaaa.« Sams Augen waren groß wie Wagenräder. Wie er so dastand, konnte man meinen, er habe noch nie eine Frau gesehen.

»Ja, also …«, räusperte sich Pete. »Wie gesagt, nur zwei harmlose Jäger auf der Durchreise. Unser Lager liegt gleich dort hinter der Kuppe. Wir waren gerade beim Essen, als wir dich gehört haben. Was ist los, warum weinst du?«

Sie sah sich um und schüttelte den Kopf.

»Versteht uns nicht, hm?«, sagte Pete. »Aber das war nicht anders zu erwarten. Diese Wilden konnten weder Englisch noch Französisch, ist immer das Gleiche. Ich frag mich, wo ihr Stamm wohl ist. Hast du in der Gegend irgendwelche Indianer gesehen?«

Sam schüttelte den Kopf, immer noch glotzend. Pete seufzte. Von dieser Seite war wenig Hilfe zu erwarten. Er musste es auf anderem Wege versuchen.

»Wo ist dein Stamm? Hast du dich verlaufen? Was ist in deiner Tasche? Sam, sieh mal nach, ob sie Waffen oder irgendetwas von Wert dabeihat.«

Als die Frau sah, was Sam vorhatte, wollte sie aufspringen, doch Pete drückte sie zurück in den Schnee. »Na, na, Kleine, wir wollen dir doch helfen.«

»Nur Grünzeug«, sagte Sam, während er Blätter, Wurzeln und anderes Gestrüpp aus der Tasche zerrte. Er hielt die Nase drüber und verzog das Gesicht. »Stinkt irgendwie.«

»Heilpflanzen vielleicht«, sagte Pete. »Stimmt das? Bist du eine Medizinfrau? 'n bisschen jung dafür, oder? Diese Kräuterweibchen sind normalerweise steinalt und hässlich.« Er befeuchtete sich die Lippen, während er seinen Blick über ihren Körper wandern ließ. »Du bist nicht hässlich.«

Ihr schlichtes Gewand verhüllte mehr, als es preisgab, trotzdem glaubte er ausgeprägte Wölbungen zu erkennen. Die Kleine schien ordentlich Holz vor der Hütte zu haben. Er spürte, wie er hart wurde.

Ohne lange darüber nachzudenken, streckte er die Hand aus und griff ihr an den Busen. Oh ja, er hatte sich nicht getäuscht. Richtig schöne Sahnestückchen.

Die Reaktion folgte prompt. Mit einer schwungvollen

Handbewegung holte sie aus und schlug ihm ins Gesicht. Er taumelte zurück. Seine Wange war eine Wand aus Flammen. Eigentlich hätte er damit rechnen müssen, war aber trotzdem überrascht. Immerhin war sie nur eine Wilde.

»Halt sie fest, Sam.«

Der Große ließ sich nicht lange bitten. Mit einer Bewegung, die für einen Mann seiner Statur überraschend schnell war, schoss er vor, packte das Weibsbild von hinten und drückte ihr die Arme zurück. Das Mädchen schrie und strampelte, doch gegen eine solche Naturgewalt konnte sie nichts ausrichten.

»Du hast mich geschlagen, du Schlampe.« Pete ging auf sie zu. Jetzt, da ihr Gewand straff nach hinten gespannt war, sah er, wie groß ihre Brüste tatsächlich waren. Er band seinen Revolvergurt ab. »Niemand schlägt mich, es sei denn, ich will es.« Er grinste dreckig. »Sam, halt sie fest. Wenn ich mit ihr fertig bin, darfst du ran. Wollen doch mal sehen, ob diese Indianermösen genauso rutschig sind wie die unserer Weiber.«

Er wollte ihr gerade die Kleider vom Leib reißen, als mehrere Dinge gleichzeitig geschahen. Wie aus dem Nichts erklang ein Knurren, das urplötzlich lauter wurde. Dann sah er, wie etwas mit braungelbem Fell und scharfen Zähnen an ihm vorbeiflog. Es stürzte sich auf Sam und warf ihn rücklinks hintenüber. Fast im selben Moment blitzte etwas Metallisches neben seinem Auge auf und legte sich an seinen Hals. Ein Messer!

»Eine falsche Bewegung, und ich tränke den Schnee hier mit deinem Blut. Rot auf Weiß, sicher ein schöner Anblick. So, und jetzt Flossen hinter den Rücken, und zwar ein bisschen plötzlich.« Eine Männerstimme. Hart und schneidend. Pete war viel zu erstaunt, um zu reagieren. Die Indianerin stand auf, klaubte ihren Gürtel vom Boden auf und zog Pete den Lederriemen durchs Gesicht. Der Hieb brannte wie Feuer. Wutentbrannt wollte er vorspringen, doch die stahlharte Hand des Mannes hinter ihm packte ihn und bog ihm den Kopf nach hinten. Ehe er sichs versah, wurde er herumgewirbelt und mit dem Gesicht voraus in den Schnee gedrückt. Ein furchtbarer Druck lastete zwischen seinen Schulterblättern. Die Hände wurden ihm zurückgerissen und mit grobem Strick umwickelt. Von nebenan erklangen Sams Schreie. Hätte er nicht gewusst, dass es sein Partner war, er hätte nicht mal sagen können, ob das ein Mensch war, der da so schrie.

Er versuchte, den Kopf zu heben, wurde jedoch sofort wieder niedergedrückt. Schnee verklebte ihm die Augen und drang in Nase und Mund. Er musste husten.

Inzwischen waren die schrecklichen Geräusche nebenan leiser geworden. Das Knurren war verstummt. Von Sam hörte man nur noch ein leises Wimmern.

Endlich ließ der Druck nach. »Hoch mit dir.« Pete wurde auf die Knie gerissen. Orientierungslos sah er sich um. Das Erste, was er erblickte, war eine geöffnete Bärenfalle, direkt vor seinem Gesicht. Die Kette gab ein leises Klingeln von sich. »Sind das eure?«

Der Mann, der das fragte, war hochgewachsen und schlank. In seinen Augen leuchtete ein kaltes Feuer.

»Ich …«

»Ob das eure Fallen sind, will ich wissen.«

Pete nickte.

»Wie viele von den Dingern habt ihr ausgelegt?«

»V…vier.«

»Vier Stück.« Die Falle kam näher. Sie war jetzt nur noch eine Handbreit von seinem Gesicht entfernt. Pete versuchte den Kopf zu drehen, aber es ging nicht. Die Hand hielt ihn wie ein Schraubstock gepackt.

»Ich hätte nicht übel Lust, deinen Kopf da reinzustecken. Was meinst du, soll ich dir die linke Gesichtshälfte wegschnippeln?«

Pete hätte liebend gerne den Kopf geschüttelt, aber er wagte nicht, ihn zu bewegen. Er wagte nicht zu atmen, er wagte überhaupt nichts. Aus dem Augenwinkel schaute er hinüber zu der Indianerin. Sie saß neben Sam und drückte ihm eine Pistole an die blutüberströmte Schläfe. Daneben hockte der Wolf, seine Schnauze voller Blut. Offensichtlich das von Sam.

»Was meinst du, River, soll ich dem Kerl ein neues Gesicht verpassen?« Er ließ die Falle auf und ab wippen. »Er ist so hässlich, dass es im Zweifelsfall sogar eine Verbesserung darstellen würde.«

»Nein, lass ihn.« Die Indianerin warf Pete einen finsteren Blick zu. »Die Fallen müssen weg, dann kann er gehen. Und der hier auch. Sie sollen nie wieder herkommen.«

»Du … du kannst ja reden«, stieß Pete aus.

»Halt dein Maul.« Der Mann, der Pete gefangen hielt, kam ganz nah an sein Ohr. »Habt ihr das gehört? Sie will euch laufenlassen. Ihr habt mehr Glück als Verstand, wisst ihr das eigentlich? Ich hätte euch die Kehlen aufgeschlitzt und euch am nächsten Baum zum Ausbluten aufgehängt. So macht man das doch unter Wilderern, oder?«

»Ich … wir werden die Fallen beseitigen, versprochen«, stammelte Pete.

»Ja, das wirst du. Und ich werde dich begleiten, damit du keine Dummheiten machst. Was ist mit dem anderen, River? Kommst du mit ihm klar?«

Sie nickte. »Ma'iingan wird aufpassen. Ihm schmeckt das Ohr.«

Sam stieß ein leises Wimmern aus.

Der Mann riss Pete unsanft auf die Füße. »In Ordnung, Scheißkerl. Gehen wir.«

Sie brauchten nicht lange.

Etwa eine halbe Stunde später waren sie wieder zurück. Als sie das Lager betraten, bot sich ihnen ein seltsamer Anblick. Sam saß rücklings auf einem ihrer Pferde und glotzte dumpf vor sich hin. Seine Hände waren zusammengebunden, ebenso wie seine Füße, die man unter dem Leib des Pferdes verknotet hatte. Sein Kopf war mit einer einfachen Bandage umwickelt, die ihn noch dämlicher aussehen ließ. Die Tier war gesattelt und bereit für den Aufbruch. Das andere Pferd stand etwas weiter hinten und wurde gerade von der Frau beladen. Immer wieder kehrte sie zu Sam zurück, durchwühlte ihre Satteltaschen, fand noch das eine oder andere und trug es fort.

Pete runzelte die Stirn. »Was wird denn das, wenn's fertig ist?«

Die Frau fuhr schweigend fort, ihren Proviant zu plündern.

»Und unser Pferd?«

»Behalten wir.«

»Aber das ist Diebstahl!«

Die Indianerin unterbrach ihre Tätigkeit und musterte ihn scharf. »Willst du, dass er dir die Kehle durchschneidet? Er wartet nur darauf, das zu tun.«

»Nein, warte mal, ich ...« Pete wandte sich seinem Entführer zu. Das eisige Lächeln ließ ihn erschauern. »Nein, ich denke, es wird auch so gehen.«

»Bist ja gar nicht so dumm, wie du aussiehst«, sagte

der Mann und hielt ihm die Klinge vors Auge. »So, und nun setz dich vor deinen Freund in den Sattel und halt schön still. Ich werde dir die Beine zusammenbinden. Die Hände werde ich frei lassen, dann kannst du zumindest die Zügel halten. Solltest du irgendwelche Dummheiten machen, hacke ich sie dir ab, verstanden?«

»Verstanden.«

Mit vorgehaltener Waffe wurde er gezwungen, vor Sam in den Sattel zu steigen und sich die Beine fesseln zu lassen. Das Gefühl war unangenehm, fast, als würde man auf einem Fass reiten.

»Und was ist mit dem Rest unserer Habseligkeiten?«

Der Mann steckte das Messer zurück in die Scheide. »Eure Waffen und Fallen behalten wir mal besser hier«, sagte er. »Wir wollen ja nicht, dass ihr auf dumme Gedanken kommt. Zurück geht es in diese Richtung.« Er deutete nach Süden. »Immer am Fluss entlang, dann könnt ihr euer Ziel gar nicht verfehlen. Und ein kleiner Tipp am Rande: Lasst euch nicht abwerfen.« Er lächelte schief und versetzte dem Pferd einen Klaps auf das Hinterteil, worauf sich dieses mit bedächtigen Schritten in Bewegung setzte.

»Ach ja, eine Sache noch«, rief er. »Es könnte sein, dass ihr unterwegs auf einen Trupp Reiter stoßt. Lauter rechtschaffene Bürger, also erzählt ihnen lieber nicht, was ihr hier treibt. Sollten sie euch fragen, was los ist, richtet ihnen einen schönen Gruß von mir aus. Erzählt ihnen, was passiert ist. Sagt ihnen, Nathan Blake erwartet sie am Mont Tremblant.«

37

River schüttelte den Kopf. »Warum hast du das getan? Warum hast du gesagt, wohin wir gehen?«

»Das wissen sie ohnehin. Du hast erzählt, dass du auf der Suche nach Mooka'ang bist, erinnerst du dich? Abgesehen davon finde ich es nur fair, dass sie wissen, dass es diesmal nicht so leicht sein wird, mich in die Finger zu kriegen. Psychologische Kriegsführung, verstehst du?«

River verstand nicht. Sie ärgerte sich darüber, dass er so eine Entscheidung eigenmächtig fällte, ohne sich vorher mit ihr abgestimmt zu haben.

Blake schien ihren Unmut nicht zu bemerken. Stattdessen wirkte er ausgesprochen redselig. Vielleicht als Folge des Geisterkrauts, vielleicht aber auch, weil die Wilderer sich so anstandslos hatten vertreiben lassen. Zumindest für den Moment machte er einen sehr zufriedenen Eindruck auf sie.

»Willst du mir etwas über diese Frau erzählen?«, fragte er. »Wer ist sie und wo du sie zu finden glaubst?«

»Oben auf dem Berg. Ozawadj hat mir einen Hinweis gegeben. Er sagte: Suche dort, wo die ersten Sonnenstrahlen des Tages den Felsen berühren. Das waren seine Worte.«

»Klingt für mich so, als hätte er damit die Ostflanke gemeint. Irgendwo auf halber Höhe zwischen dem Gipfel und den darunterliegenden Wäldern.«

»Gut möglich.«

»Mooka'ang«, sagte Nathan. »Ein seltsamer Name.«

»Es bedeutet so viel wie *Dämmerung*. Wenn die Geschichten stimmen, ist sie eine mächtige Zauberin.«

»Wozu brauchst du sie überhaupt? Du bist doch selbst eine Zauberin.«

»Ich?« Sie sah ihn überrascht an. »Ich bin eine Heilerin. Dunkle Magie ist mir fremd. Geisterwesen bekämpft man am besten mit Zauberei. Wir müssen sie finden.«

»Falls sie noch lebt«, warf Blake ein. »Sagtest du nicht, du hättest bereits von ihr gehört, als du noch ein kleines Mädchen warst?«

River nickte. Mit Schaudern erinnerte sie sich an die Geschichten. Als Kind war sie zutiefst beeindruckt davon gewesen, später waren ihr Zweifel gekommen, ob die Erzählungen wirklich wahr waren. Vieles daran kam ihr doch sehr übertrieben vor. Sie hatte den Namen schon beinahe vergessen gehabt, bis Ozawadj ihn erwähnte.

»Kürzlich hast du erzählt, dass sie mit den Geistern reden könnte. Du sagtest, sie sei eine Hexenmeisterin, die Tote erwecken kann.«

»Eine Bruja, ja«, sagte River. »Es heißt, sie würde nicht wie normale Menschen altern oder sterben. Auch könne sie sich bei Bedarf in ein Tier oder eine Pflanze verwandeln. Ihr Reich ist mit Fallen gespickt. Man sagt, sie sei die Herrscherin der Buckelmänner …«

»Geschöpfe, Fallen, *Buckelmänner?*« Blake sah sie mit einer Mischung aus Skepsis und Belustigung an. »Das klingt ja ziemlich abenteuerlich. Übertreibst du nicht etwas?«

»Das erzählt man sich über sie. Gesehen habe ich sie noch nie. Aber mit einer Bruja ist nicht zu spaßen, es sei denn, du liebst es, wenn sie deine Seele frisst.«

Später am Nachmittag erreichten sie einen von mächtigen Felsen gesäumten Platz, der dank der angrenzenden

Kiefern über genügend trockenes Brennmaterial verfügte. Vor ihnen lag der Mont Tremblant. Düster und geheimnisvoll ragte er aus den umliegenden Wäldern empor. Über seiner Spitze brauten sich dunkle Wolken zusammen, aus denen vermutlich bald frischer Schnee fallen würde. An der Ostflanke war der Himmel aufgerissen. Die niedrig stehende Sonne zauberte schimmernde Jakobsleitern in den Himmel, die wie Finger über die Landschaft wanderten und vereinzelte Lichtflecken auf Schluchten und Täler zauberten. Der Anblick erfüllte River mit dunklen Vorahnungen.

»Das ist er, nicht wahr?«, fragte Nathan. »Dein geheimnisumwitterter Berg.«

»Das ist er.« Der Gedanke an Mooka'ang ließ sie tief atmen. »Besser, wir besorgen Brennholz und richten uns ein Lager für die Nacht ein. Weiter werden wir heute nicht kommen.«

Schon bald knisterte ein wärmendes Feuer. Die Flammen tauchten die Felsen in rötliches Licht und spendeten Wärme und Behaglichkeit. Nicht weit entfernt rauschte der Rivière de Diable. Das Pferd stand angeleint an einem Baum, während Ma'iingan im Unterholz herumstromerte, auf der Suche nach etwas Fressbarem.

Während Blake das Essen vorbereitete, streckte River die Beine aus. Ihre Füße taten weh, sie fühlte sich schmutzig und ausgelaugt. Die Hitze stieg aus ihrer Kleidung und zwang sie, die obersten Knöpfe zu öffnen. Im Gegensatz zu Blake, der trotz der direkten Nähe zum Feuer immer noch zu frieren schien, glühte sie von innen heraus. Vielleicht lag es an ihrer robusten Konstitution, vielleicht hatte es auch etwas mit kindlicher Prägung zu tun, jedenfalls konnte sie das ganze Jahr barfuß laufen, ohne jemals eine Erkältung zu bekommen.

Während sie ihn bei seiner Tätigkeit beobachtete, überkam sie ein Anflug von schlechtem Gewissen. Sie sah ihm an, dass er unter Entzugserscheinungen litt, daran hatte auch das Geisterkraut nichts ändern können. Hätte sie ihm doch etwas von seiner Medizin geben sollen, nur ein wenig, damit ihm wieder warm wurde? Nein, sie durfte in ihrem Entschluss nicht wanken. Sie wusste nicht, was das für ein Zeug war, aber nach allem, was er erzählte, musste es ungleich stärker als Geisterkraut sein. River war erfahren genug, um zu wissen, dass Entzugserscheinungen oft von unkontrollierten Gewaltausbrüchen begleitet wurden. Sie hatte gesehen, wozu Menschen fähig waren, wenn sie nicht bekamen, wonach ihr Körper so dringend verlangte. Standen die Morde vielleicht in unmittelbarem Zusammenhang mit dieser Droge? Denn dass es eine Droge war, dessen war sie gewiss. Seine fiebrigen Augen, das Zittern in den Händen und seine Stimmungsschwankungen – all das deutete darauf hin, dass es weit mehr war als nur Medizin.

Sie richtete sich auf. *Nein,* sagte die Stimme in ihrem Inneren. Du darfst jetzt nicht an deiner Entscheidung zweifeln. Jetzt einzuknicken, wäre das Falscheste, was du tun kannst. Deine Probleme würden wieder von vorne beginnen. Nur noch ein paar Tage, dann hat er das Schlimmste überstanden. Bis dahin muss er eben durchhalten.

Sie beobachtete, wie er mit Töpfen und Pfannen hantierte. Er war krank. Krank an Leib und Seele. Der Schatten des Mannes, der er einmal gewesen war. Andererseits war noch genug übrig, um River zu faszinieren.

Seine Klugheit, sein Mut und seine Kompromisslosigkeit waren beeindruckend. Er war kein guter Mensch, das gewiss nicht – aber er hatte Prinzipien, und das war mehr, als sich von den meisten Menschen sagen ließ. Von den Dingen, die er in seiner Vergangenheit getan hatte, wusste sie nicht viel, es war auch nicht wichtig. Entscheidend war, was sie sah, und das wirkte auf eine bestimmte Art durchaus anziehend.

Das Erlebnis im Wald wollte ihr nicht mehr aus dem Kopf gehen. Sie war Zeugin eines bedeutenden Ereignisses geworden: der Begegnung eines Menschen mit seinem Totemtier. Jeder Mensch besaß eines, Nathan genau wie sie. Seines war der Bär. Es musste so sein. Was ihr eigenes betraf, so hielt es sich noch im Verborgenen. In ihren Träumen glaubte sie gesehen zu haben, dass es ein Vogel war. Ein großer Vogel, vielleicht ein Adler oder eine Eule, aber mit einem langen und gebogenen Schwanz. Doch etwas daran war merkwürdig. Irgendwie schien es zu viele Beine zu besitzen. Sie konnte nicht sagen, wie viele es waren, aber eindeutig zu viele für einen Vogel. Wie oft schon hatte sie versucht, das Bild dieser Kreatur vor ihrem geistigen Auge heraufzubeschwören, aber je intensiver sie sich bemühte, desto weiter wich es von ihr zurück. Als wollte das Tier seine Existenz vor ihr verborgen halten.

River schrak auf. Sie war so in Gedanken versunken gewesen, dass sie nicht bemerkt hatte, wie die Zeit vergangen war. Inzwischen war die Sonne untergegangen, und die blaue Dämmerung hatte eingesetzt.

»Essen ist fertig.« Blake deutete auf einen Platz neben dem Feuer und auf einen gut gefüllten Teller. »Ich hoffe, es schmeckt dir. Die Jungs waren nicht gerade Feinschmecker. Ich musste mit dem klarkommen, was sie dabeihatten. Bohnen, Kartoffeln, etwas Speck, mehr gab es leider nicht.«

Sie setzte sich und hielt die Nase über den Teller. Erstaunlicherweise roch es recht gut, was bei den Zutaten nicht unbedingt zu erwarten gewesen war. Noch besser wurde es, als sie den ersten Löffel in den Mund schob.

»Und?«

Es war so heiß, dass sie nicht mehr als ein Nicken zustande brachte. Er griff in den Beutel mit dem Salz und krümelte etwas davon über seine Kartoffeln. Sie nahm auch etwas davon und verteilte es über den Bohnen. Dann aßen sie schweigend. Irgendwann war der gröbste Hunger gestillt.

Blake wischte sich über den Mund. »Diese Frau, von der du mir erzählt hast: Was weißt du sonst noch über sie, außer, dass sie steinalt wird und Fallen auslegt? Was hat es mit diesen Buckelmännern auf sich?«

»Ein Volk, das vor vielen hundert Jahren hier gelebt hat«, sagte River. »Man vermutet, dass sie inzwischen ausgestorben sind, denn seit Ewigkeiten hat niemand mehr etwas von ihnen gesehen oder gehört.«

»Aber diese Mooka'ang ist doch eine Ojibwe, oder?«

River nickte. »Einst gehörte sie zu unserem Stamm, doch dann entschied sie sich für die schwarze Magie. Das war lange vor meiner Zeit, Ozawadj war damals noch ein junger Mann. Sie ließ sich auf verbotene Beschwörungen ein und brachte das Dorf damit in Gefahr. Ozawadj verbannte sie daraufhin aus unserem Dorf. Seitdem soll sie allein in der Wildnis leben, wo sie sich mit Wölfen und Schlangen paart.«

»Nett. Und das alles weißt du aus Erzählungen?«

»Meine Ziehmutter hat mir davon erzählt, als ich noch klein war. Sie sagte, wenn ich Mooka'ang je über den

Weg laufen sollte, müsse ich dreimal gen Osten spucken und dann so schnell wegrennen, wie mich meine Füße tragen. Du kannst dir vorstellen, welche Angst ich hatte.«

»Lebhaft. Also wenn ich das recht verstanden habe, dann willst du sie bitten, dieses Wesen ausfindig zu machen und zu töten, nicht wahr?«

»So ist es.«

»Und wenn sie sich weigert?«

River biss sich auf die Lippen. Er sprach da etwas an, das ihr selbst schon seit geraumer Zeit im Kopf herumging. Was, wenn Mooka'ang nicht existierte oder sie sich tatsächlich weigerte? Konnten sie sie zwingen? Wohl kaum. Sie hob das Kinn. »Dann bleibt uns nur eine Wahl.«

»Und die wäre?«

»Wir werden es selbst tun müssen.«

38

N*athan Blake erwartet uns am Mont Tremblant?*«

»Ich gebe nur wieder, was der Kerl gesagt hat.«

Sheriff Tanner sah die beiden Männer scharf an. Der eine schien ein ausgemachter Vollidiot zu sein, groß, dumpf und mit einer gehörigen Kopfverletzung. Der andere, der auf den Namen Pete Hawking hörte, war etwas heller, hatte aber etwas an sich, was Scott auf Anhieb unsympathisch war. Vielleicht lag es daran, dass er einem nie direkt in die Augen schaute. Dass die beiden Dreck am Stecken hatten, konnte man auf eine Meile gegen den Wind riechen.

»Also noch mal langsam und zum Mitschreiben«, sagte Tanner. »Was ist geschehen? Was wollten die beiden von euch?«

»Das habe ich Ihnen doch alles schon erzählt. Wir wissen es nicht, stimmt's, Sam?«

»Is' so, wie der Boss sagt. Wissen's nich'.«

»Wir waren ganz friedlich beim Essen, als die Indianerschlampe und dieser Kerl auftauchten und uns überfielen. Der Scheißköter hat meinem Freund fast ein Ohr abgerissen. Und mir hat man ein Messer an die Kehle gehalten, sehen Sie?« Er deutete auf einen schmalen roten Strich am Hals. Kaum mehr als ein Kratzer. »Jedenfalls kamen sie wie aus dem Nichts, fingen an, Stunk zu machen und uns mit Waffen zu bedrohen.«

»Einfach so, ohne Grund?«

»Ich schwör's. Bei der Bibel.«

Scott glaubte den Kerlen kein Wort.

»Wir kennen die beiden«, sagte Albright. »Wir verfolgen den Mann schon seit einer geraumen Weile, und ich kann euch eines versichern: Ihr hattet verdammtes Glück, dass ihr mit dem Leben davongekommen seid. Vermutlich habt ihr es nur der Frau zu verdanken, dass er euch nicht umgebracht hat.«

»Was hattet ihr beiden überhaupt in dieser Gegend zu suchen?«, hakte Tanner nach. »Das ist Indianerterritorium.«

»Das Land gehört der kanadischen Regierung, da kann jeder machen, was er will«, protestierte Hawking. »Ist es einem freien Mann nicht mal mehr gestattet, herumzureisen? Muss er jetzt jedem Rechenschaft ablegen?«

»Grundsätzlich nicht, wenn er sich an die Regeln hält. Wilderei steht unter Strafe und wird mit Geldbußen und Freiheitsentzug geahndet.« Tanner verschränkte die Arme. »Wenn ihr also wildert und euch obendrein in Stammesgebieten aufhaltet, müsst ihr damit rechnen, Probleme zu bekommen. Der Wildbestand unterliegt der Kontrolle der Indianer, und die reagieren sehr empfindlich, wenn man ihnen ihre Lebensgrundlage entzieht.«

»Zumal, wenn es um Fellhandel geht«, ergänzte Scott und deutete auf die Fuchspelze am Sattel.

»Mal was anderes«, sagte Tanner. »Wir haben ein paar Wegstunden von hier und auf der anderen Flussseite eine Indianersiedlung gefunden. Klingelt da etwas bei euch?«

Die beiden sahen einander an und schüttelten den Kopf. »Warum fragen Sie?«

»Offenbar hat es dort Tote gegeben. Uns liegt eine Zeugenaussage über sechs massakrierte Indianer vor. Eine der Leichen haben wir selbst gesehen. Ziemlich übel zugerichtet. Ihr wart nicht zufällig daran beteiligt, oder?«

»Quatsch.«

»Vielleicht wollten euch die Indianer ja am Wildern hindern, und ihr habt ihnen einen Denkzettel verpasst. Ich frage mich, was die Royal Canadian Mounted Police wohl dazu sagen würde, wenn wir ihnen den Vorfall schildern.«

»Die Mounties? He, Moment mal ... wovon reden Sie da? Es gab keinen *Vorfall.*« Der Typ kniff die Augen zusammen. »Hören Sie, Mister, ich schwöre Ihnen, wir haben mit der Sache nichts zu tun. Leichen, sagen Sie? Wir wussten nicht mal, dass da Leute wohnen. Wir wollten ein paar Felle abgreifen und dann wieder verschwinden. Mit allem anderen haben wir nichts zu tun.«

»Jaja, geschenkt.« Tanner winkte ab. Ganz offensichtlich glaubte er selbst nicht, dass die beiden etwas mit dem Mord zu tun hatten, und wollte sie nur etwas aus der Reserve locken.

»Auf was für Felle seid ihr aus?«, fragte Scott.

»Na ja – Otter, Biber, Nerze und so«, entgegnete Hawking, jetzt schon deutlich redseliger. Die Angst hatte ihm offenbar die Zunge gelockert. »Alles andere lohnt sich nicht. Besonders Bären, die sind ziemlich rar geworden. Seit die Viecher aus dem Ottawatal verschwunden sind, bekommt man bei den Kürschnern in Montreal einen guten Preis dafür.«

»Mit dem Gewehr oder wie?«

»Mit Fallen. Wir hatten welche dabei, aber diese Schweine haben sie uns abgenommen. Die Dinger haben richtig Geld gekostet.« Er massierte seine Handgelenke. »Oh Mann, wenn ich die in die Finger bekomme. Den Kerl würde ich ja einfach abknallen, aber die Kleine würde ich anders bezahlen lassen. Von vorne und von hinten, wenn Sie wissen, was ich meine.« Er leckte sich über die Lippen.

Scott kümmerte sich nicht um das Geschwätz. Er wollte nur wissen, was vorgefallen war. »Ich bin sicher, die beiden hatten einen guten Grund, euch die Fallen wegzunehmen«, sagte er. »Ich bin sowieso der Meinung, dass diese Mistdinger verboten werden sollten. Habt ihr eine Ahnung, wie viele Unfälle damit jedes Jahr passieren? Ganz abgesehen von den Tieren, die elendig verrecken? Ich bin froh, dass man euch in die Schranken gewiesen hat.«

»*Euch in die Schranken gewiesen hat*«, echote Hawking. »Was soll das geschwollene Geschwätz? Man hat uns bestohlen. Das wiegt ja wohl schwerer als ein paar verletzte Viecher.« Mit einem Mal stahl sich ein Grinsen auf sein Gesicht. Die kautabakgebräunten Zahnreihen schienen Scott zu verhöhnen. »Hast wohl ein Auge auf die Squaw geworfen, was? Na ja, ich kann's verstehen, die ist ja auch wirklich eine Augenweide.«

Scott schluckte. War er so leicht zu durchschauen?

»Ich muss dich leider enttäuschen«, sagte der Wilderer. »Hab schon 'ne Menge verliebter Weiber gesehen. Ich kenne diesen Blick. Dieser Wigwam ist bereits besetzt, um es mal so zu sagen. Wenn einer an ihr Allerheiligstes darf, dann dieser Blake; wenn er es nicht längst schon getan hat.«

Scott ballte die Fäuste, doch diesmal hatte er sich unter Kontrolle. Das Erlebnis mit Brimstone steckte ihm noch in den Knochen. Abgesehen davon hätte er gegen diesen Sam nicht die geringste Chance gehabt. Hawking schien das ähnlich zu sehen und schenkte ihm ein schmutziges Lächeln. Scott wandte sich ab.

»Ja, dreh dich nur um. Du weißt, dass ich recht habe. Und was Sie betrifft, Sheriff: Wenn Sie nichts Konkretes gegen uns vorbringen können, würden wir jetzt ganz gerne gehen. Wir haben Ihnen alles gesagt, und Sie haben kein Recht, uns noch länger festzuhalten. Dafür, dass Sie uns freigebunden haben, sind wie Ihnen dankbar, aber das macht uns noch nicht zu Freunden.«

»Nich' zu Freunden«, echote Sam.

»Von mir aus«, sagte Tanner. »Haut ab, ich habe keine Fragen mehr. Um ehrlich zu sein, ihr gehört nicht zu der Art Mensch, auf deren Gesellschaft ich gesteigerten Wert lege. Wenn ihr euch auf dieser Seite vom Rivière de Diable haltet, kommt ihr bald wieder in vertrautes Gebiet. Und macht nicht noch einmal den Fehler, in Indianergebiet zu wildern.«

Hawking klopfte seinem Kollegen auf die Schulter, tippte an seinen Hut und saß auf. Ein merkwürdiges Bild, die beiden hintereinander auf einem Pferd sitzen zu sehen.

Als sie hinter der nächsten Baumreihe verschwunden waren, machten Scott und seine Begleiter sich auf den Weg zu ihren Pferden. Sie hatten ein ganzes Stück den Fluss hinabreiten müssen, bis eine Stelle schmal genug für die Tiere gewesen war. Doch Scott war froh, sie bei sich zu wissen. Sie gaben ihm das Gefühl, immer noch Herr der Lage zu sein.

Der Sheriff trat an ihn heran und legte ihm die Hand auf die Schulter. »Ich bin stolz auf dich, Scott. Du hast die Situation gut gemeistert und dich nicht provozieren lassen. Weiter so. Ich kann mir vorstellen, dass dir das nicht leichtgefallen ist, oder?«

»Geht so.«

Tanner strich sich über den Bart. »Ich verstehe dich.

Das Mädchen ist hübsch. Du solltest dir nur gut überlegen, ob sie es wert ist, Gefühle für sie zu entwickeln. Es gibt doch genug andere Frauen, die glücklich wären, jemanden wie dich zum Mann zu bekommen.«

»Bei allem Respekt, Sheriff, *Sir*«, Scott räusperte sich. »Es wäre mir recht, wenn wir über etwas anderes reden könnten.«

»Natürlich, du hast recht. Ich weiß auch nicht, was in mich gefahren ist. Ich bin zwar um einiges älter als du, aber dass ich dich belehren will, ist geradezu absurd, bin ich in puncto Frauen wirklich nur ein Amateur. Streng genommen glaube ich sogar, dass du über mehr Erfahrung verfügst als ich. Also Schwamm drüber. Am besten, du vergisst einfach, dass ich mit dem Thema angefangen habe, okay?«

»Ja, Sir. Ich meine *nein*. Ich weiß zu schätzen, dass Sie sich Sorgen machen. Es ist nur so, dass ich mir über meine Gefühle selbst nicht im Klaren bin. Ich sage mir ja selbst, dass das keine Zukunft hat. Trotzdem muss ich immer wieder an sie denken, und alles spielt verrückt. Sie geht mir einfach nicht aus dem Kopf, wenn Sie verstehen, was ich meine …«

Tanner klopfte ihm auf den Rücken. »Lass gut sein, Scott, ich weiß, was du meinst. Ich habe es mit meiner unbeholfenen Art einfach nur gut gemeint. Aber vielleicht bietet sich für euch am Ende unserer Reise ja noch mal die Möglichkeit, miteinander zu reden. Doch bis es so weit ist, haben wir noch einen weiten Weg vor uns. Im Moment macht sie gemeinsame Sache mit unserem Feind, was die Chancen nicht eben steigen lässt, dass alles im Guten endet. Aber wie meine Mutter immer zu sagen pflegte: Am Abend macht man das Licht aus. Du brauchst also noch nicht alle Hoffnung aufzugeben.

Nur, ein Spaziergang wird das nicht werden. Sehen wir zu, dass unsere Waffen geölt und unsere Sinne geschärft bleiben, einverstanden?«

»Einverstanden, Sir.«

Tanner hob den Kopf. »Alle mal aufgepasst: Ihr habt gehört, was der Mann gesagt hat. Nathan Blake erwartet uns am Mount Tremblant. Ich finde, die Botschaft war eindeutig. Schwingen wir uns auf die Pferde, und sehen wir zu, dass wir die verlorene Zeit wieder reinholen. Wir sollten unseren Gastgeber nicht warten lassen.«

39

Einige Stunden später, weiter südlich …

Pete Hawking war noch immer wütend. Er bekam sich gar nicht mehr ein, so sehr steckte ihm das Erlebnis in den Knochen. Am wütendsten war er auf die beiden Gesetzeshüter, die Sam und ihn, anstatt ihnen zu helfen, grundlos rundgemacht hatten. »Arschgeigen, allesamt«, schimpfte er, während er ins Feuer starrte. »Uns so von oben herab zu behandeln. Wer glauben die eigentlich, wer sie sind? Besonders dieser Sheriff und sein verblödeter Deputy. Taten gerade so, als wären wir die Kriminellen und nicht diese durchgeknallten Irren aus dem Wald. Glaub mir, noch ein Wort, und ich hätte denen die Fresse poliert. Na ja, reden wir nicht mehr davon.« Er nahm einen Schluck aus seiner Whiskeyflasche und reichte sie an Sam weiter. Der Große streckte freudig die Hände aus und trank ebenfalls einen ordentlichen Schluck.

»Nicht so viel, hörst du«, mahnte Pete. »Wir haben noch einen weiten Weg vor uns, und ich habe keine Lust, frühzeitig auf dem Trockenen zu sitzen.« Er schüttelte den Kopf. »Aber so leicht geben wir nicht auf. Nicht Pete Hawking und Sam Winston. Willst du hören, was ich vorhabe?«

»Ja?«

War das eine Frage oder eine Antwort? Wie auch immer. Pete hatte vor, den Abend ohne weiteren Ärger ausklingen zu lassen. Wer zuletzt lachte, lachte ja bekanntlich am besten. Er streckte die Beine aus und lehnte sich gegen den Baum.

»Heute Abend ziehen wir nicht mehr weiter. Wir erholen uns, holen eine Mütze Schlaf nach und setzen unsere Reise morgen fort. Wir steuern den nächstbesten Ort an, der über eine ordentliche Schmiede verfügt, besorgen uns neue Fallen und kommen wieder. Ich habe eben mal mein Geld nachgezählt. Für ein Pferd wird's nicht reichen, aber ein Maultier kriegen wir auf jeden Fall und einen Satz neuer Fallen. Und damit kommen wir zurück. Ich kann es riechen, diese Gegend stinkt förmlich nach Bären. Das nächste Mal werden wir vorsichtiger sein. Sollten wir tatsächlich Indianern oder irgendwelchem anderen Pack über den Weg laufen, lassen wir uns auf keine Diskussion ein. Erst schießen, dann Fragen stellen, das ist meine Devise.«

»Guter Plan, Boss.«

»Nicht wahr?« Pete nahm noch einen entschlossenen Schluck, verkorkte die Flasche und legte sie zurück ins Gepäck. Dabei stieß er auf ein Stück Brot. Er biss herzhaft ab und kaute ein paarmal darauf herum. Alles, was sie noch hatten, war dieses lausige Brot und ein bisschen ranziger Käse – nichts, was einen Mann zufriedenstellen konnte. Sie mussten auch Proviant besorgen. All das kostete Geld, und viel hatten sie nicht mehr. Aber wo ein Wille war, war auch ein Weg. Hauptsache, sie gaben jetzt nicht auf.

Er schluckte das trockene Essen herunter, spülte mit einem Schluck Wasser nach und streckte die Arme. »Ich hau mich aufs Ohr«, sagte er. »War ein langer Tag, und ich bin hundemüde. Wart's ab, nach einer Mütze Schlaf sieht alles schon wieder ganz anders aus. Am besten, du legst dich auch hin, morgen früh geht's zeitig weiter.«

»Is' klar, Boss.«

Sam verkroch sich brav unter seine Decke, faltete die Hände und sprach ein leises Gebet. Einfältig, aber fromm, dachte Pete, das passt. Doch er wollte nicht undankbar sein, er hätte es schlechter treffen können. Er selbst hielt es nicht so mit dem Schöpfer. Irgendwie schien dieser immer nur auf der Seite der Stärkeren zu stehen und interessierte sich einen Scheiß für seine Probleme. Diese Beziehung war ihm auf Dauer zu einseitig geworden. Er wusste sich die Zeit vor dem Einschlafen besser zu vertreiben, als Engelchen zu zählen. Wenn schon nicht in der Realität, so würde er es dieser Indianerschlampe wenigstens in der Phantasie ordentlich besorgen. Komm schon, blas mir einen, du dreckige Squaw!

Er hatte sich gerade so richtig in Stimmung gebracht, als ein kalter Lufthauch über ihn hinwegströmte. Die Bäume knarrten. Ein feines Wispern umspielte die Zweige. Es war mehr eine Ahnung als ein tatsächlicher Windstoß.

Als hätte irgendwo jemand ein Fenster geöffnet.

Er drehte den Kopf und lauschte.

»Ist da jemand?«

Er wusste selbst nicht, warum er fragte, denn eigentlich war das Blödsinn. Hier war niemand. Trotzdem war ihm nicht wohl. Er hörte auf zu masturbieren und tastete nach seinem Revolver. Das Spannen des Hahns erzeugte ein sattes Klicken. Sam schrak hoch und sah ihn mit großen Augen an.

»Is' was, Boss?«

»Still. Ich meine, ich hätte was gehört.«

Die beiden lauschten angestrengt in den Wald. Pete fröstelte. Er hatte das Gefühl, die Temperatur sei in den letzten Minuten um mehrere Grad gefallen. Das Feuer versuchte knisternd und knackend dagegen anzukämpfen, verlor jedoch den Wettstreit und verlosch. Der Mond, bisher eine verlässliche Lichtquelle, wurde von Wolken verhüllt.

»K… kommt mir k… komisch vor, Boss.« Pete hörte die Furcht in Sams Stimme.

»Quatsch. Ich bin sicher, da ist nichts.« Doch sosehr er sich auch bemühte, er wurde dieses unbestimmbare Grauen nicht los. Systematisch ließ er seinen Blick durch die Dunkelheit gleiten.

»S…sieh mal, Boss, da drüben kommt Nebel auf.« Sam deutete entlang des Flusses in nördliche Richtung.

Pete schluckte: Tatsächlich, wie aus dem Nichts war flussaufwärts eine Nebelwand aufgetaucht. Wie ein lebendes, atmendes Wesen schlängelte sie hierhin und dorthin, umhüllte die Bäume und tauchte nach und nach immer größere Teile des Waldes in milchiges Weiß. Pete kroch ein Schauer über den Rücken. Lange her, dass er so etwas Merkwürdiges gesehen hatte. Und als wäre der Nebel nicht schon unheimlich genug, schien die Luft auf einmal erfüllt von dem Geruch nach Fäulnis und Moder. Wie wenn man in einen alten Keller steigt.

Ein Klopfen ertönte.

Bumm, bumm, bumm.

Das genügte! Pete nahm seinen Revolver und feuerte in die Dunkelheit. Der Knall zerriss die Stille. Das Mündungsfeuer warf grelle Lichtreflexe ins Unterholz.

»Wer ist da? Stehen bleiben, wenn Ihnen Ihr Leben lieb ist.« Er versuchte die Dunkelheit mit den Augen zu durchdringen. »Tanner, sind Sie das?«

Bumm, bumm, bumm.

»Sagen Sie was, Sie dämlicher Vollidiot. Wenn Sie versuchen, uns Angst einzujagen, ziehen Sie den Kürzeren.«

Die Stille schlug ihm entgegen wie eine Wand.

»Ich werde schießen«, rief er. »Und sagen Sie hinterher nicht, ich hätte Sie nicht gewarnt.« Noch einmal gab er einen Schuss ab.

Sam war aufgestanden und hatte ebenfalls nach einer Waffe gegriffen. In langer Unterwäsche stand er da, das Gewehr schussbereit angelegt. Ein bleicher Riese mit einem ängstlichen Kindergesicht.

»Ich … ich glaub, ich hab was gesehen, B… Boss.«

»Wo?«

»Da drüb'n, bei der alten Zeder.«

Pete blieb keine Zeit, sich über die Botanik-Kenntnisse seines Freundes zu wundern, als er etwas sah. Es war hell und groß und bewegte sich mit geisterhafter Geschmeidigkeit durch den Nebel.

Bumm, bumm, bumm.

Der Anblick hatte etwas Unwirkliches. Pete fragte sich, ob es möglich war, dass er träumte.

Bumm, bumm, bumm.

Das klang jetzt weniger nach einem hohlen Baumstamm als vielmehr nach einer Trommel. Einer großen Kesselpauke. Aber wer trommelte denn da mitten in der Nacht? Konnten doch bloß ein paar bescheuerte Indianer sein. Ob die ihnen absichtlich Angst einjagen wollten? Aber da hatten sie sich den Falschen ausgesucht.

»He, du da. Ja, der große Kerl mit dem Umhang, keinen Schritt weiter!« Als dieser immer noch nicht reagierte, visierte Pete ihn über Kimme und Korn an, spannte seine Muskeln und zog den Abzug durch. In Erwartung des Rückstoßes biss er die Zähne zusammen.

Aber der Revolver gab nur ein Klicken von sich. Ladehemmung. Er drückte noch einmal ab. *Klick!*

Komisch, seine Waffe war sonst sehr zuverlässig. Und geladen war sie auch.

»Los, Sam, brenn du ihm einen auf den Pelz. Meine Waffe spinnt rum.« Er musste seinen Freund nicht lange bitten. Sam war ein guter Schütze, einer der besten. Breitbeinig ging er in Stellung, legte an und zog den Abzug.

Klick.

Pete schaute verwundert auf Sam, wie er den Repetierhebel betätigte und die nächste Patrone in die Kammer lud.

Klick.

Klick, Klick.

»Was ist los?«

»Lade'emmung, Boss. Versteh ich nich'.«

Ein atemloses Kichern drang aus dem Nebel.

Jetzt bekam es Pete Hawking zum ersten Mal wirklich mit der Angst zu tun. Bisher hätte er für alles eine vernünftige Erklärung abgeben können – Kälte, Nebel, Trommeln –, all das ließ sich irgendwie herleiten. Dass aber ihre Waffen im selben Augenblick eine Ladehemmung haben sollten, war unmöglich.

Vor ihnen teilte sich der Nebel.

Eine dunkle Öffnung entstand. Irgendetwas kam auf sie zu. In der Dunkelheit war das Ding nicht wirklich erkennbar, aber es war hell und bewegte sich mit graziler Eleganz. Abgesehen von seiner Schnelligkeit schien es irgendwie zu schweben. Lederne Knorpel und Gelenke hielten es zusammen und erzeugten knarrende Geräusche. *Bumm, bumm, bumm.*

Pete sah, wie sein Freund gepackt und in die Luft gehoben wurde. Sam, der Zwei-Zentner-Mann – *in die Luft gehoben*. Als wöge er nicht mehr als eine Schneeflocke. Pete spürte, wie sein Verstand aussetzte. Wenn die Belastung groß genug war, brach alles irgendwann – auch der Verstand. So wie eine Stahlfeder, wenn man fest genug daran zog. *Pling!*

Vor seinen Augen segelte Sam durch die Luft. Wurde emporgehoben und zu Boden geschmettert. Wieder emporgehoben und nochmals zu Boden geschleudert. Das Wesen war dürr, besaß aber gleichzeitig etwas Reptilienhaftes. In den kalten Augen war keine Gnade.

Auf und ab, wie ein Ball.

Ein kindliches Lächeln stahl sich auf Petes Gesicht. Die Szene erinnerte ihn an eines jener albernen kleinen Theaterstücke, mit denen Schausteller über die Dörfer tingelten und Puppen an Fäden über die Bühne bewegten. Punch und Judy, die allseits geliebten Marionetten. Wobei Judy wohl gerade freihatte.

Pete stand da mit großen Kinderaugen. Mr. Punch alias Sam wurde gerade vom großen bösen Krokodil nach allen Regeln der Kunst zerlegt. Das Brechen der Knochen und das animalische Kreischen wurden konterkariert von einer geradezu lächerlich unbeholfenen Luftnummer, die irgendwo zwischen Ballett und Fingerpuppentheater angesiedelt war. Doch so schrill die Todesschreie auch waren, irgendwie prallten sie von ihm ab. Er hatte sich längt von dem Geschehen distanziert. Er war nur ein weiterer Zuschauer im Publikum und von der Bühne durch eine unsichtbare Mauer getrennt. Er war gleichzeitig drinnen und draußen – ein höchst bemerkenswerter Zustand, der ihm das Gefühl völliger Ablösung vermittelte.

Das Krokodil beendete sein Werk und faltete den am

Boden liegenden Punch wie einen Umschlag zusammen und warf ihn ins Unterholz – gleichsam Höhepunkt und Schlussakkord dieses morbiden kleinen Theaterstücks, das mit dem Fallen des blutroten Vorhangs endete.

Applaus brandete auf, das Publikum sprang von den Stühlen. Bravo, bravo. *Encore!*

Ein letztes Mal hob sich der Vorhang. Das Krokodil trat vor, bedankte sich artig und lächelte. Sein Maul reichte von einem Ohr zum anderen. Seinen Blick über die Köpfe schweifend, entdeckte es Pete in der Menge und winkte ihm zu. Er durfte auf die Bühne kommen. Welch eine Ehre, welch ein Privileg!

Pete presste seine Eintrittskarte an die Brust und ging auf das Krokodil zu. Wie herrlich seine Zähne schimmerten. Wie wunderbar rot seine Zunge leuchtete.

Und dann diese Augen.

Sie waren von so allumfassender Schwärze, dass sie das Licht gänzlich zu schlucken schienen. Zwei Brunnen, an deren Grund je ein winziger roter Punkt leuchtete. Hoffnungsschimmer oder ein erster Ausblick auf das immerwährende Höllenfeuer?

»Vater, in deine Hände lege ich meinen Geist.«

Mit diesen Worten stieg er hinab in diesen Brunnen, stieg tiefer und tiefer, bis er gänzlich von ihm verschlungen wurde.

40

Nathan erwachte nassgeschwitzt und mit rasendem Puls.

Gott, was für ein Alptraum.

Er hatte von den beiden Wilderern geträumt, wie sie von einer dunklen Kreatur im Wald gestellt und zerfetzt worden waren. Das Wesen hatte mit ihnen gespielt wie eine Katze mit Mäusen. Das Schlimmste waren die Details. Er hatte so realistisch geträumt, dass er sich an jede Einzelheit erinnern konnte. Bis hin zu den furchtbaren Geräuschen, die ihm immer noch in den Ohren widerhallten. Er musste diese Bilder rasch loswerden. Es gab Erinnerungen, die einen auffraßen, wenn man sie nicht verdrängte. Er hatte viele davon, mehr, als für ein ganzes Menschenleben reichten. Schon allein deswegen brauchte er seine Medizin.

Schlotternd setzte er sich auf und starrte hinauf in den Sternenhimmel. Die Wolken waren davongezogen. Der abnehmende Mond verströmte ein geisterhaftes Licht. Das Feuer war nur wenig heruntergebrannt. Er konnte kaum geschlafen haben. Eine Stunde, maximal zwei.

River lag einige Armlängen von ihm entfernt und hielt ihm den Rücken zugewandt. Ihr Atem ging langsam und gleichmäßig. Ihre Haare waren hochgerutscht, so dass ihr Nacken sowie Teile ihres Rückens zu sehen waren. Ma'iingan schlief neben ihr, den Kopf auf seine Pfoten gebettet.

Eine Hand unter der Decke hervorziehend, berührte Nathan sein Gesicht. Er war klatschnass, fast, als hätte er Fieber.

Stöhnend richtete er sich auf. Er fühlte sich wie vom Pferd getreten. Alles tat ihm weh. Seine Zunge klebte am Gaumen, und seine Gelenke schmerzten. Er musste etwas trinken, jetzt gleich. Vielleicht sogar eine Kleinigkeit essen, um diese schreckliche Erinnerung zu vertreiben.

Der Gedanke daran verursachte ihm Brechreiz.

Mit Mühe stand er auf. Seine Decke verströmte einen abgestandenen Leichengeruch.

Kaum auf den Füßen, streckte auch schon die Kälte ihre Krallen nach ihm aus. Sie durchdrang seine verschwitzte Kleidung und klammerte sich ins Fleisch. Er ging ein paar Schritte, um den Kreislauf in Schwung zu bringen, doch die Bewegung ließ seinen Magen rebellieren. Er zuckte zusammen und krümmte sich. Er taumelte aus dem Kreis des Feuers, beugte sich vor und übergab sich. Als alles draußen war, richtete er sich auf, rang nach Luft und übergab sich erneut. Die Krämpfe waren die schlimmsten, die er bis je erlebt hatte. Schlimmer noch als nach dem Biss einer Klapperschlange.

Es dauerte eine Weile, bis sein Magen sich so weit beruhigt hatte, dass er an etwas anderes denken konnte. Er wartete noch ein bisschen, dann trank er einen Schluck und wankte mit unsicheren Schritten zum Schlaflager zurück. Ihm war so todeselend, dass er sich am liebsten die Pistole an die Schläfe gesetzt hätte. Er wollte nur noch schlafen, ewig schlafen.

Sein Blick fiel auf den Proviant. Die Ledertaschen lagen achtlos verstreut im Schnee, Teller und Pfannen daneben. Etwas dahinter, im Schatten der Kiefer nur schablonenhaft zu erkennen, stand Rivers Rückentrage. Er wusste, dass sie seine Medizin dort aufbewahrte, sie hatte kein Geheimnis daraus gemacht. Rechts neben dem

Ledergurt war eine kleine Seitentasche, in der sie die wichtigsten Dinge aufbewahrte. Ihr Amulett, sofern sie es nicht um den Hals trug, den faustgroßen Brocken Geisterkraut, den sie geerntet hatte – und seinen schmalen Lederbeutel.

Sein Blick wurde starr. Das Zittern ließ nach, und auch der ekelhafte Geschmack in seinem Mund war mit einem Mal verschwunden. Alle seine Gedanken wurden auf einmal von dieser einen Vorstellung beherrscht. Wenn er doch nur ein kleines bisschen davon haben dürfte. Nur so viel, dass es die Kälte aus seinen Gliedern vertrieb. Was konnte das schon schaden? Er wusste jetzt, dass er vorsichtiger damit umgehen musste. Sein Fehler war immer gewesen, dass er das richtige Maß nicht gefunden hatte. Das *Zuviel* an Medizin war schuld daran, dass er die Kontrolle verloren hatte. Wenn er die Dosis verringerte, durfte es keine Probleme geben.

Komm schon! Die Stimme in seinem Kopf sprach leise und eindringlich. *Nur ein bisschen.* Was hast du davon, wenn dein Kreislauf zusammenbricht? Langsam aus der Sucht herausstehlen, ist die beste Strategie. So wie man sich ja auch erst abkühlt, ehe man überhitzt ins kalte Wasser steigt. Und River? Die braucht davon nichts zu erfahren. Sie schläft tief und fest, und ohnehin geht sie die Sache nichts an. Es ist dein Problem. Du bist alt genug, um alleine damit fertigzuwerden.

So leise ihn seine Füße trugen, schlich er in Richtung Baum. Das Pferd, das dort angeleint stand, schüttelte bei seiner Ankunft kurz die Ohren, dann döste es weiter. Nathan spürte sein Herz schlagen. Das Blut pochte ihm so heftig in den Ohren, dass er glaubte, den Widerhall von den Felsen zu hören.

Nach zwei Handgriffen hatte er gefunden, wonach er

suchte. Eine kurze Schrecksekunde lang fürchtete er, der Beutel wäre leer, doch als er ihn öffnete, sah er das Fläschchen im Mondlicht glitzern. Schnell noch die Kerze, den Löffel und die restlichen Utensilien zusammengesucht, dann stahl er sich ins Unterholz.

*

»Nathaniel!«

Er spitzte die Ohren. Die Stimme war glockenhell. Wie ein sonniger Frühlingsmorgen.

»Wo bist du, mein Schatz, komm zu mir.«

Er lauschte in die Nacht hinaus. Diese Stimme. Er kannte diese Stimme – oh, wie gut er sie kannte. Aber hier? Das war unmöglich, er musste sich irren.

»Nathaniel! Mommy vermisst ihren kleinen Schatz.«

Mit der flachen Hand schlug er sich ins Gesicht, und für einen Moment kehrte er in die Wirklichkeit zurück. Er blickte an sich herab. Er sah die Kerze, den Löffel und die Nadel, die immer noch in seinem Unterarm steckte und ihr wärmendes Gift verbreitete. Er zog sie heraus, reinigte sie und verstaute die Spritze mit dem Rest seiner Utensilien im Lederbeutel. Die Eiseskälte, die ihn so lange gequält hatte, war verflogen. Dahingeschmolzen wie Butter in der Pfanne. Stattdessen wohltuende, alles durchströmende Wärme. Als läge er an einem Sommertag im Gras, die Augen geschlossen, dem Zwitschern der Vögel lauschend.

Ein perfekter Tag. Er schloss die Augen.

Von ferne war das Bimmeln der Dorfkirche zu hören. Hinter ihm erklang das Klappern von Geschirr und Besteck. Der sonntägliche Mittagstisch wurde gedeckt. Bratengeruch wehte zu ihm herüber, vermischte sich mit dem Duft von Rosenbüschen und Magnolien nebenan. Nathan hörte die schwarzen Bediensteten, ihre dunklen Stimmen, ihr Lachen. Und dazwischen etwas anderes.

Die Stimme!

»Darling, ich warte.«

Cathleens Ruf kam aus dem ersten Stock des prächtigen, von weißen Säulen flankierten Herrenhauses.

»Glaub nicht, dass du dich verstecken kannst, ich sehe dich.«

Widerwillig setzte er sich auf. »Ja, Mom!«

War das wirklich seine Stimme? Sie klang so viel höher als gewohnt. Als wäre er wieder ein kleiner Junge.

Im Schatten der mächtigen Virginia-Eiche, die mit Bärten von Spanischem Moos behangen war, wurde bereits die Tafel eingedeckt. Sie würden heute im Freien speisen.

Mann, hatte er einen Hunger. Und durstig war er auch. Vielleicht, wenn er brav war, würde er auch ein Glas Wein bekommen. Eigentlich durfte er mit seinen elf Jahren noch keinen Alkohol trinken, aber wenn Mom zufrieden war, genehmigte sie ihm schon mal einen Schluck. Wehmütig blickte er über die Wiese. Er wäre lieber liegen geblieben, aber das war nun nicht mehr möglich. Aufsässigkeit wurde bestraft. Mit Stubenarrest, mit dem Ledergürtel oder – im schlimmsten Fall – der dunklen Kammer. Ihn schauderte bei dem Gedanken daran, wieder an diesen Stuhl geschnallt zu werden, in völliger Dunkelheit die Stunden zählend. Wie gerne wäre er ins Gras abgetaucht, eins geworden mit der Erde und dem Grün.

»Nathaniel, ich werde nicht noch einmal rufen!« Ihre Stimme hatte jetzt eine andere Klangfarbe.

Er wusste, dass die Zeit drängte. Rasch zog er seine

Schuhe an, streifte sein weißes Baumwollhemd über die gebräunte Haut und schlurfte los. Die Stufen hinauf zur Veranda, durch die säulenflankierte Eingangstür und hinein in die Empfangshalle, wo ihm Moses über den Weg lief, der alte schwarze Butler. Er war gerade damit beschäftigt, die Magnolien zu pflegen und die Vasen abzustauben. Bei Nathans Eintreten hob er den Kopf.

»Guten Tag, junger Herr. Ihre Mutter erwartet Sie.«

»Ich weiß, ich habe sie gehört.«

»Dann werde ich dafür sorgen, dass Sie nicht gestört werden. Das Essen wird in einer Stunde aufgetragen. Soll ich der Köchin sagen, dass sie noch etwas warten soll?«

»Ich denke, das wird nicht nötig sein. Mutter scheint es heute etwas besserzugehen. Vielleicht kommt sie zum Essen sogar runter.«

»Ist recht, junger Herr.« Moses warf Nathan einen mitfühlenden Blick zu. Er wusste, was los war, alle im Haus wussten das, auch wenn nie offen darüber gesprochen wurde.

Zum ersten Stock ging es über eine geschwungene Holztreppe, an deren schnörkeligem Geländer in regelmäßigen Abständen Blumenampeln mit Magnolien aufgehängt waren. Mutter liebte Magnolien, besonders die weißen. Sie waren die offizielle Blume des großen Staates Louisiana und damit von hoher patriotischer Symbolkraft. Ihr Duft hatte etwas Lähmendes, und Nathan fühlte sich wie betäubt, als er auf dem obersten Treppenabsatz ankam.

Mutters Zimmer lag im Ostflügel, am Ende eines langen Flurs. Überall hingen Blumenampeln mit Magnolien darin. Es war wie auf einer Beerdigung. Noch während er den Gang entlangschritt, hatte er das Gefühl, als würde dieser in die Länge gezogen. Als bestünden Wände, Böden und Decken aus Kautschuk, die man beliebig ausdehnen konnte. Als er schon fast nicht mehr damit rechnete anzukommen, stand er plötzlich vor der Tür. Zaghaft hob er die Hand und klopfte.

»Ist offen.«

Den Kopf gesenkt haltend, trat er ein.

Seine Mutter stand am Fenster, nur mit einem Nachthemd bekleidet. Das Licht ließ den Stoff beinahe transparent werden. Ihre hochgesteckten, goldenen Haare umrahmten ihren Kopf wie einen Heiligenschein. Als sie hörte, wie er eintrat, drehte sie sich um. Sie trug Ohrringe und um den Hals eine Perlenkette. Der Windstoß, der vom geöffneten Fenster in Richtung Tür strömte, ließ ihr Nachthemd flattern. Man brauchte keine besonders guten Augen zu haben, um zu erkennen, dass sie darunter nackt war.

Ein Lächeln huschte über ihr verblühtes Gesicht. Sie war jenseits der vierzig. Nach vielen gescheiterten Versuchen war schließlich Nathan zur Welt gekommen. Ihr einziges Kind, ihr kleiner Prinz. Sein Vater war vor fünf Jahren auf mysteriöse Weise ums Leben gekommen, seitdem hatte sie nur noch ihn.

»Da ist ja mein kleiner Schatz.«

»Hallo, Mutter.«

»Tritt näher, mein Sohn. Schließ die Tür. Wir wollen doch nicht, dass jemand hereinkommt, oder?«

Nathan konnte riechen, dass sie getrunken hatte. Seine Hoffnung sank.

»Das Essen ist gleich fertig«, sagte er. »Sie decken schon ein, unter der Eiche.«

Ihre Stimme verlor den samtigen Klang. »Sie werden warten, das tun sie immer. Und nun komm her. Deine

Mommy hat heute Nacht wieder einmal ganz schrecklich geschlafen. Sie ist ganz verspannt, siehst du?« Sie berührte ihren Nacken und strich sanft darüber. »Nur du kannst machen, dass die Schmerzen weggehen. Du und deine Zauberhände. Magst du das, willst du das tun? Willst du Mommys kleiner Schatz sein?«

Nathan war wie gelähmt, unfähig, ein Wort zu sagen.

Ihr Ton wurde schärfer. »Ich bitte dich, mir zu helfen, und du wirst tun, was ich dir sage. Ansonsten muss ich dich wieder bestrafen. Ist es denn zu viel verlangt, dass der Sohn für seine Mutter da ist? Auf jetzt, dreh den Schlüssel herum und komm zu mir.«

Zögernd tat Nathan, was sie von ihm verlangte. Er wusste, was sonst folgte.

Er ging auf sie zu. Sie war eine große Frau mit langen, knochigen Armen und einer Haut, die schon erste Verwerfungen aufwies. Früher war sie eine Schönheit gewesen, das Zimmer war mit Gemälden und Jugendfotos dekoriert. Als er vor ihr stand, überragte sie ihn um etwa eine Kopflänge. Sie griff in seine Haare und drückte sein Gesicht zwischen ihre Brüste. Er konnte ihr Parfüm riechen, ihren Schweiß und den Alkohol. »Wenn du brav bist, bekommst du beim Essen auch ein bisschen Wein. Möchtest du das?«

Nathan rührte sich nicht. Alles, was er wollte, war, dass das hier schnell vorüberging und er wieder nach unten durfte. Also hielt er still und schwieg.

Nach einer Weile ließ sie ihn los und lächelte ihn an.

»Siehst du, schon viel besser. Und jetzt wirst du tun, was ich von dir verlange. Dort drüben steht die Flasche mit dem Hautöl. Du beginnst wie immer zuerst am Nacken und gehst dann weiter runter.«

Sie setzte sich mit dem Rücken zu ihm auf den Hocker vor ihrem Schminktisch und löste die Schleife ihres Nachthemds. Wie die Haut eines Reptils glitt der weiße Stoff von ihren Schultern, den Armen und Brüsten bis hinunter zu ihrer Taille. Der Spiegel offenbarte jedes Detail. Sie hielt die Augen geschlossen und das Kinn erhoben.

»Was ist los, worauf wartest du? Fang an.«

Nathan schluckte den Kloß hinunter. Was blieb ihm anderes übrig, als sich in sein Schicksal zu fügen? Besser, er brachte es schnell hinter sich.

Er träufelte etwas Öl auf die Finger, knetete sie, bis sie warm wurden, und legte sie um Cathleens Hals. Dabei sagte er den kleinen Abzählvers auf, den sein verstorbener Dad ihm beigebracht hatte.

»Eins, zwei, Papagei.
Drei, vier, Offizier.
Fünf, sechs, alte Hex.
Sieben, acht, Kaffee gemacht.
Neun, zehn, weitergehn.
Elf, zwölf, junge Wölf.
Dreizehn, vierzehn, Haselnuss.
Fünfzehn, sechzehn, du bist druss.«

Ein erschrecktes Keuchen drang an sein Ohr. Die Frau unter ihm versuchte sich zu befreien, aber es war aussichtslos. Er war einfach zu stark. Er drückte fester zu.

In seinem vernebelten Hirn verwirbelten die Eindrücke. Wo war er?

Wo waren das helle, sonnendurchflutete Schlafzimmer, das Bett und der Schminktisch? Und warum hatte seine Mutter plötzlich dunkles Haar?

Ein nervtötendes Knurren drang an seine Ohren. Ein

Geräusch, das begleitet wurde von einem scharfen Brennen in der Nähe seines Halses.

Nathan schrie auf. Wie aus dem Nichts war plötzlich ein Wolf aufgetaucht und hatte sich in seiner Schulter verbissen. Der Schmerz zwang ihn, die Frau loszulassen.

Moment mal, *ein Wolf?*

41

Er hörte ein scharfes Klicken. Der silberne Lauf eines Revolvers schimmerte in der Dunkelheit auf. Die Mündung war auf ihn gerichtet.

»Nimm die Hände von mir.«

Er zuckte zurück. Was für ein Spuk war das? Eben noch war da seine Mutter gewesen, jetzt lag eine dunkelhaarige Frau mit zornig funkelnden Augen auf der Erde, den Revolver schussbereit auf ihn gerichtet.

»River?«

»Noch eine Bewegung, und ich drücke ab.«

Er ließ sie los. Seine Hände sahen aus wie zwei missgestaltete Wurzeln. Erschrocken zuckte er zurück. Noch immer lächelte ihm Cathleen aus der Ferne zu, doch das Bild verblasste. Wie sollte es auch anders sein, seine Mutter war seit Jahren tot.

»Ich …«

»Halt den Mund und steh auf!« Der Lauf zuckte. »Hast du nicht gehört, runter von mir!«

Zitternd leistete er dem Befehl Folge. Wankend trat er aus dem Schein des Feuers. Noch immer spürte er die Droge in seinen Venen pulsieren, doch sein Kopf wurde sekündlich klarer. Der Wahnsinn verflog. Er war so erschrocken über das, was er beinahe getan hatte, dass ihm die Worte versagten. *Er hatte seine Hände um Rivers Hals gelegt!*

Mit der Klarheit kam die Scham.

Was hatte er getan? Was hatte er nur wieder angerichtet?

»River, bitte …«

»Ich will nichts hören.« Die Waffe war unverändert auf ihn gerichtet.

»Ich …«

»Halt den Mund!«

Er nickte. Ihre Reaktion war wahrlich verständlich. Um ein Haar hätte er ein riesengroßes Unheil angerichtet. Er brauchte jetzt einen Kaffee. *Dringend.*

Er hob die Hände, um ihr zu signalisieren, dass er ihr nichts tun wollte. Mit unsicheren Schritten wankte er zur Feuerstelle. Er setzte einen Topf Wasser auf und gab drei Handvoll gemahlene Kaffeebohnen hinein. Weniger durften es nicht sein. Dazu Unmengen von Zucker und etwas Salz. Am Ende war das Zeug so stark, dass ein Löffel darin stehen konnte.

»Nathaniel!«

Er sah auf. Halb in der Erwartung, eine Frau in Weiß zu sehen, blickte er auf die andere Seite des Feuers. River beobachtete ihn mit unverhohlenem Hass.

Hastig nippte er an der heißen Blechtasse. Der ölige Inhalt brannte sich seinen Weg die Kehle hinab. Er musste husten, verschluckte sich und trank weiter. Das Gesöff tat ihm gut, weckte seine Lebensgeister.

Was war er nur für ein Idiot. Er war schwachgeworden, rückfällig. Ein erbärmlicher, drogensüchtiger Wicht. Das Schlimmste aber war, dass River die einzige Person auf diesem gottverdammten Planeten war, der etwas an ihm lag. Und ausgerechnet ihr hätte er um ein Haar ein Leid zugefügt.

Es mochte gut eine halbe Stunde vergangen sein, ehe er es wagte, ihr wieder in die Augen zu sehen. Sie schien inzwischen zu der Überzeugung gelangt zu sein, dass er in seiner jetzigen Verfassung keine Gefahr für sie darstellte, und war hinüber zum Pferd gegangen, fütterte es und packte ihre Sachen. Obwohl es noch mitten in der Nacht war, verspürte sie offensichtlich auch kein Bedürfnis nach Schlaf.

»Es tut mir leid«, sagte er leise. »Was ich getan habe, ist unverzeihlich.«

Sie würdigte ihn keines Blickes. Tat einfach so, als gäbe es ihn gar nicht, und fuhr damit fort, ihre Habseligkeiten in die Taschen zu stopfen. Vermutlich mit dem Gedanken, von jetzt an alleine weiterzuziehen. Ihr Hund saß neben ihr und starrte ihn an.

»River?«

Sie drehte sich um. Ihr Gesicht eine Maske aus Stein.

»Was?«

»Komm. Setz dich zu mir, ich muss mit dir reden.«

Sie legte die Hand auf den Revolvergurt. »Komm bloß nicht auf dumme Gedanken. Ich knalle dich ab wie einen räudigen Köter. Wenn du mir etwas zu sagen hast, dann tu es von da drüben.«

Der Wind hatte gedreht und blies ihm Rauch ins Gesicht. Hustend und tränend wich er ein Stück zur Seite.

»Bitte, River. Ich verspreche dir, dass ich dir nichts tun werde. Du kannst die Waffe die ganze Zeit auf mich gerichtet halten, wenn du möchtest, aber ich würde dir beim Reden gerne in die Augen sehen. Und bitte bring meinen Beutel mit.«

»Ich soll *was?*«

»Meine Medizin. Bring sie mit. Sie liegt nur ein paar Schritte von dir entfernt.« Er deutete in den Wald.

Vielleicht lag es an seiner Stimme, vielleicht aber auch daran, dass sie nicht so wütend war, wie er gedacht hatte, jedenfalls klaubte sie tatsächlich den Medizinbeutel vom

Boden auf und kam zu ihm herüber. Der Revolver blieb auf ihn gerichtet.

»Gib sie mir.«

Sie warf ihm die Tasche vor die Füße.

»Bitte setz dich.«

»Ich bleibe lieber stehen.«

»Wie du willst.« Er öffnete das Band, rollte das Leder aus und breitete den Inhalt auf dem Boden aus. Der Anblick der Spritze verursachte ihm Übelkeit. Ohne zu zögern, ergriff er einen Stein und zertrümmerte die Glasampulle. Das Morphin leerte er in die Flammen, ebenso die Ascorbinsäure und alles, was sich sonst noch in der Tasche befand. Am Schluss nahm er den Lederbeutel, knüllte ihn zusammen und warf ihn in hohem Bogen ins Unterholz. River sah ihm schweigend dabei zu.

Als er fertig war, goss er sich eine weitere Tasse Kaffee ein und bot auch ihr eine an. Sie lehnte ab. Vermutlich kannte sie es gar nicht.

Er überlegte, wie er das Gespräch am besten einleiten könnte, verwarf aber die langen Erklärungen und kam direkt zum Punkt. »Vielleicht tröstet es dich zu erfahren, dass nicht du es warst, um den ich meine Hände gelegt hatte«, sagte er. »In meinen Gedanken warst du jemand anderes.«

»Es fühlte sich sehr real an.«

»Natürlich tat es das. Ich war nicht bei Sinnen, ich stand unter Drogeneinfluss. Aber das ist keine Entschuldigung. Es wird nicht mehr geschehen. Nie mehr, verstehst du?«

»Aha.«

Er nickte. »Ich habe eine Entscheidung getroffen. Willst du sie hören?«

»Mir egal.«

Er ließ den Kaffeepott in den Händen kreisen. »Ich bin zu dem Schluss gelangt, dass ich einen Punkt in meinem Leben erreicht habe, an dem ich etwas ändern muss. Ich werde nicht länger davonlaufen. Ich tue das bereits mein halbes Leben lang, und sieh, wohin es mich gebracht hat.«

Nathaniel, was redest du denn da?

Rivers Blick blieb verschlossen. Weder sah sie wütend aus, noch lächelte sie. Ihr Ausdruck war der einer Sphinx.

»Jeder von uns gelangt irgendwann an den Punkt, an dem er glaubt, die ganze Welt habe sich gegen ihn verschworen. Oft bemerken wir den Auslöser nicht einmal. Ein einzelnes Wort, ein falsch abgesendeter Brief, ein böser Streich oder eine Pechsträhne. Plötzlich befinden wir uns auf einer schiefen Ebene, die uns tiefer und tiefer sinken lässt.«

Oh, wie recht du hast, mein Liebster.

»Das Unglück erscheint, wenn wir am wenigsten mit ihm rechnen. Vielleicht sind wir ihm bereits begegnet und haben es nur nicht erkannt, weil es mit seinem grauen Hut und dem zerlumpten Mantel aussieht wie all die anderen kleinen Rückschläge, die uns am Wegesrand des Lebens begegnen. Aber irgendwann drängt es nach vorne, klopft an unsere Tür und hebt sein hässliches Haupt.«

Mein Schatz, ich bin hier. Ich warte.

»Mein Fehler war, mich selbst zu belügen – das Unvermeidliche vor mir herzuschieben und zu hoffen, es würde schon irgendwann besser werden.« Er starrte nachdenklich in die Flammen, die hartnäckige Stimme in seinem Kopf ignorierend. »*Lebenslüge* nennt man so etwas, glaube ich, aber ich könnte mich auch irren. Ich habe mich schon in so vielen Dingen geirrt.« Er lachte, doch es war ein zynisches Lachen. »Ich habe so viel

Scheiße in meinem Leben gebaut, dass ich mir überlegt habe, dass es doch mal nett wäre, zur Abwechslung etwas Gutes zu tun. Dieses ewige Weglaufen hat mir nur Unglück gebracht. Mir und den vielen unschuldigen Seelen, die das Pech hatten, meinen Weg zu kreuzen.« Diesmal schwieg die Stimme. Er sah River an, doch sie wich seinem Blick aus.

»Ob du es glaubst oder nicht, aber seit ich mit dir zusammen bin, geht es mir besser. Es scheint plötzlich wieder einen Sinn in meinem Leben zu geben, ein Ziel. Dass ich rückfällig geworden bin, bleibt unentschuldbar, aber vielleicht tröstet es dich, zu erfahren, dass das ein singuläres Ereignis war. Ich stehe in deiner Schuld und werde nie wieder etwas unternehmen, was dich in Gefahr bringt oder einem Risiko aussetzt. Versprochen.«

»Spar dir die Worte, ich werde alleine weitergehen«, sagte sie emotionslos. »Es war ein Fehler, dich um Hilfe zu bitten. Ich werde die Bruja alleine suchen.«

Er nickte. Er hatte mit dieser Reaktion gerechnet. »Wäre ich an deiner Stelle, ich würde wohl genauso handeln. Aber du bist stärker als ich. Bitte gib mir noch eine letzte Chance. Ich verspreche dir, dich nicht noch einmal zu enttäuschen. Hör dir erst mal an, was ich noch zu sagen habe, das war nämlich nur der erste Teil.«

»Ach ja?« Regte sich da Neugier in ihren Augen?

Er nickte. »Sobald wir das erledigt haben, werde ich umkehren und mich Sheriff Tanner und seinen Leuten stellen. Ich werde nicht mehr versuchen zu fliehen. Sollen sie mit mir tun, was ihnen beliebt …«

Diese Nachricht schien River nun doch zu überraschen, auch wenn sie versuchte, es vor ihm zu verbergen. »Ist das dein Ernst?«

»Mein voller Ernst. Allerdings erst, wenn alles getan

ist. Ich habe da so ein unbestimmtes Gefühl, dass wir auf Gefahren treffen, die wir uns im Moment noch nicht ausmalen können.« Er schluckte und fügte leise hinzu: »Ich könnte es nicht ertragen, wenn dir etwas geschieht.«

Es stimmte, was er sagte. In diesem Moment war sie das Wichtigste in seinem Leben. Wichtiger sogar als er selbst.

Schweigend fuhr sie damit fort, ihre Schlafutensilien seitlich am Sattel zu verzurren. Ihre Bewegungen waren sparsam, aber effektiv. Ob seine Worte sie erreicht hatten oder nicht, wusste er nicht. Nach einer gefühlten Unendlichkeit sagte sie: »Wusstest du, dass ich damit gerechnet habe?«

»Womit?«

»Dass du das tun würdest. Ich habe erwartet, dass so etwas passieren würde. Um ehrlich zu sein, ich war darauf vorbereitet. Der geladene Revolver lag nicht ohne Grund neben mir. Mein Fehler, dass ich vor dir eingeschlafen bin. Das wird nicht wieder vorkommen. Das nächste Mal drücke ich ab.«

Er runzelte die Stirn. Hoffnung keimte in ihm auf. »*Das nächste Mal?* Heißt das, ich darf mitkommen?«

Sie zurrte weiter an ihrem Gepäck herum. »Ich glaube, es ist eine gute Entscheidung, dich zu stellen«, sagte sie. »Geh zurück zu deinen Leuten und mach reinen Tisch.«

»Das habe ich vor.« Nathan fühlte, wie die Nachricht die Kälte aus seinen Gliedern vertrieb. Oder war es der Kaffee?

»Ich werde gehen, sobald du mich freigibst. Ich bin mir zwar nicht sicher, was uns erwartet, aber ich werde mein Bestes geben. Vielleicht gelingt es mir ja, diese Welt ein kleines bisschen besser zu machen. Immerhin wäre es das erste Mal …«

»Nein«, sagte sie.

Verwirrt blinzelte er sie an. »Nein, *was?*«

»Es wäre nicht das erste Mal. Eine Seele hast du bereits gerettet.«

»Habe ich …?«

»Der Bär. Ohne dich wäre er jetzt tot.«

Stimmt, den hatte er fast vergessen. Nun, vorausgesetzt, ein Bär hatte wirklich eine Seele. Die Kirche behauptete da etwas anderes.

Einen kurzen Moment lang glaubte er ein Glitzern in Rivers Augen zu sehen, doch sie wischte sich übers Gesicht, beendete ihre Vorbereitungen und kam zu ihm ans Feuer. An dem Topf schnuppernd, verzog sie den Mund.

Er hielt ihr einen Becher hin. »Ich kann ihn dir gerne verdünnen, wenn du möchtest.«

»Nein, so etwas rühre ich nicht an. Aber wenn du erlaubst, würde ich dir gerne noch eine letzte Frage stellen.«

»Klar. Was immer du auf dem Herzen hast.«

Sie warf ihm einen schwer zu deutenden Blick zu. »Wer ist Cathleen?«

42

Die Nacht dämmerte davon, Morgen und Mittag vergingen, und die Sonne hatte ihren höchsten Punkt bereits überschritten, als sie immer noch schweigend dem Pfad weiter hinauf in die schneebedeckten Berge folgten. Es war eine seltsame Prozession, die da durch die frostige Novemberlandschaft marschierte – ein Mann und eine Frau, ein Hund und ein Pferd. Zwar hatten die vergangenen Abenteuer sie zu einer Einheit zusammengeschweißt, doch keineswegs zu einer, die man als homogen bezeichnen konnte. Dafür war zu viel vorgefallen und zu viel unausgesprochen geblieben. Wunden brauchten Zeit, um zu verheilen. Zeit, die sie nicht hatten.

Nathan folgte River mit ernster Miene. Schroffe Felsen versperrten ihnen den Weg, immer wieder unterbrochen von zu kurz geratenen Bäumen und dornigem Gestrüpp. Wer den Pfad einst angelegt hatte, hatte sie ihm nicht erklären können, doch der schlechte Zustand legte die Vermutung nahe, dass er bereits viele hundert Jahre alt und vermutlich von einem längst vergessenen Volk stammte.

Sie hatten eine halb zerfallene Brücke überquert und wollten sich gerade nach Norden wenden, als sie zum ersten Mal auf Anzeichen einer fremden Präsenz stießen. Nathan wäre an dem Busch vermutlich achtlos vorbeigelaufen, hätte River nicht angehalten und ihn darauf aufmerksam gemacht. Voller Furcht tippte sie an einen der merkwürdig gekrümmten Zweige und flüsterte: »Sieh dir das an.«

Nathan trat näher und stellte fest, dass es sich keineswegs um Zweige handelte. Es waren mumifizierte Schlangen, die an Schnüren aufgehängt leise im Wind pendelten.

»Abwehrzauber«, sagte River. »Dieser Strauch markiert eine Grenze. Jemand will verhindern, dass wir weitergehen.«

»Jemand? Du meinst *sie*.«

River warf ihm einen vielsagenden Blick zu.

Nathan tippte die Schlangen an. Sie bestanden aus Knochen und getrockneter Haut. Nur ein Indianer hätte die Symbolik verstanden, weswegen Nathan schlussfolgerte, dass die Warnung nicht an Weiße gerichtet war.

»Wie lange die da wohl schon hängen?«

»Schwer zu sagen. Könnten Monate sein, vielleicht aber auch Jahre. Aber sie stammen nicht von den Buckelmännern, dafür sind sie nicht alt genug. Lass uns weitergehen.«

Sie erklommen einen Steilhang und befanden sich nun etliche hundert Meter über der Talsohle. Kleine krüppelige Eichen stachen wie Pilze aus dem unregelmäßig geformten Berghang. Hier, auf der Ostseite des Berges, lag deutlich weniger Schnee. Wo die Sonne den Boden erreichte, schmolz der blanke Fels aus dem Untergrund hervor.

Der alte Pfad war als schlecht erkennbare Spur auf dem Untergrund zu erkennen. Wie ein vertrocknetes Reptil schlängelte er sich durch die Landschaft. Nathan konnte sich nicht erinnern, jemals eine so einsame Gegend erlebt zu haben. Dass hier jemand lebte, erschien ihm ganz und gar abwegig.

»Was tun wir, wenn sie tot ist?«

River würdigte ihn keines Blickes. »Das habe ich dir

gesagt. Dann werden wir alleine auf den Gipfel steigen. Ich bin mir aber ziemlich sicher, dass sie noch lebt.«

»Woher nimmst du deine Zuversicht?«

»Beobachtung.« Sie lächelte grimmig. »Kleinigkeiten am Wegesrand. Abgeerntete Beeren, ein Stück Rinde, das entfernt wurde. Nimm zum Beispiel das hier.« Sie deutete auf eine Ansammlung von Steinen, die zufällig beieinanderzuliegen schienen – bis man sie von der anderen Seite betrachtete.

»Die hat jemand übereinandergeschichtet«, sagte Nathan verblüfft. »Wäre mir nie aufgefallen.«

»Das Land ist voller Geschichten«, sagte River. »Man muss sich nur die Zeit nehmen, zuzuhören. Einst waren die Buckelmänner ein mächtiger Stamm. Sie wurden von einem machtbesessenen Häuptling angeführt. In dem Wunsch, seinen Herrschaftsbereich auszuweiten, ließ er sich auf dunkle Magie ein. Zur Strafe wurden er und seine Gefolgsleute in Stein verwandelt. Sie wurden gezwungen, mit gebeugten Rücken dazustehen und ihr Haupt vor Ehrfurcht zu beugen. Mit den Jahren versanken sie aufgrund ihres Gewichts in der Erde. Nur stellenweise sollen sie noch herausragen, als Mahnung für Wanderer, sich niemals mit dunklen Mächten einzulassen.«

Die Sonne trat hinter einer Wolke hervor und beleuchtete den Boden unter ihren Füßen. River hob den Kopf und schloss für einen Moment die Augen.

»Meine Ziehmutter Oshkinnah wusste viele Geschichten über das Land und die Menschen zu erzählen. Sie war eine Schamanin und vertraut mit den Geheimnissen der Geisterwelt.«

»Klingt, als hättest du sie sehr geliebt.«

»Das habe ich. Sie fehlt mir. Sie hatte Humor und

wusste immer, was zu tun ist. Ihre Weisheit und ihren Rat könnten wir jetzt gut brauchen.«

Sie sah ihn an, und ihr Zorn schien in der Wärme zu schmelzen. Sogar ein Lächeln huschte ihr übers Gesicht. Es war lange her, dass er sie das letzte Mal hatte lächeln sehen. Ein schöner Anblick. Als würde man den Wind in den Baumwipfeln beobachten oder das sanfte Dahinströmen eines Bachs.

Sie waren etwa eine halbe Stunde weitergegangen, als sie erneut anhielten. Der Nachmittag war bereits fortgeschritten, und weite Teile der Bergflanke lagen im Schatten. Einzig die höher aufragenden Bäume und Felsen wurden vom Licht der Sonne erfasst, wodurch sie sich wie leuchtende Fackeln vom Untergrund abhoben.

Nathan spitzte die Ohren. Ein seltsames Pfeifen wehte zu ihnen herüber. Zuerst hielt er es für ein Tier, doch dann fiel ihm auf, dass die Geräusche aus verschiedenen Richtungen kamen. Obendrein klangen sie recht unmelodisch und willkürlich. Sie wechselten die Tonhöhe in einem unvorhersehbaren Muster und schienen sich an keinerlei Melodie zu halten. Rasch erklomm er einen Felsblock und blickte über die Büsche und niedrigen Steineichen hinweg nach Norden. Es war, als würde jemand auf einer schlecht gestimmten Flöte spielen.

»Kannst du etwas erkennen?«

Er schüttelte den Kopf. »Nichts.«

Sie band das Pferd an einen Baum und kletterte zu ihm herauf. Er bot ihr seine Hand, und sie ergriff sie. Als er ihr den Arm um die Taille legte und sie stützte, schien sie auch da keine Einwände zu haben. Lauschend stand sie neben ihm und hielt den Kopf in den Wind.

»Na, was denkst du«, fragte er. »Sind das Tiere?«

»Wenn, dann keine, die ich kenne. Weder Murmeltiere noch Pfeifhasen oder Vögel. Ich frage mich …« Sie riss erschrocken die Augen auf. »*Buckelmänner.*«

Er zog eine Braue in die Höhe. »Moment mal. Du sagtest doch, die wären seit Jahrhunderten verschwunden.«

»Vielleicht habe ich mich geirrt. In den Geschichten Oshkinnahs war die Rede davon, dass sich die Buckelmänner untereinander mit pfeifenden Lauten verständigen.« Sie schwieg einen Moment, dann sagte sie leise: »Vielleicht haben sie etwas dagegen, dass wir ihr Territorium durchqueren …«

»Unsinn, hier lebt niemand mehr. Sieh dir doch nur mal den Weg an. Wenn, dann müssten es Geister sein. Und vor denen fürchte ich mich nicht.«

»Die Seelen toter Menschen können mächtige Gegner sein. Gibt es keine Geister, da, wo du herkommst?«

»Nur in Geschichten«, sagte er. »Natürlich – wenn man sich mit den Leuten unterhält, dann gibt es immer einen, der einen kennt, der schon mal einen Geist gesehen hat. Aber mir persönlich ist noch keiner untergekommen. Ich würde vorschlagen, dass wir uns nicht davon verrückt machen lassen, sondern weitergehen und sehen, was uns erwartet. Meine Erfahrung sagt, dass hinter solchen Phänomenen meist eine ganz einfache Erklärung steckt. Und sei es nur, dass uns jemand fernhalten will.«

River nickte, auch wenn es ihr schwerzufallen schien.

Und nicht mal eine halbe Viertelstunde später sah sich Nathan mit seiner eigenen Ignoranz konfrontiert.

Vor ihnen auf dem Pfad hockte eine Kreatur.

Auf die Entfernung sah es aus wie ein Mensch, wenn auch ein ziemlich verwachsener. Breit und klobig blockierte sie den Weg und beobachtete sie aus schlitzförmigen Augen. Eine Nase schien sie nicht zu besitzen, dafür aber einen Mund, der zu einem kreisförmigen Loch erstarrt war. Der Wind trieb Nebelfetzen über den Hang, was die Kreatur doppelt groß und bedrohlich wirken ließ. Der Anblick war so unwirklich, dass Nathan wie angewurzelt stehen blieb.

»Geh hinter mich, schnell.«

Überraschenderweise gehorchte River ihm diesmal sofort.

Eine Weile beobachtete Nathan das seltsame Wesen, dann schluckte er seine Furcht herunter. »Ich sehe mir das mal an.«

»Hier, nimm das.«

Als er nach unten schaute, sah er Brimstones Revolver in seiner Hand funkeln. »Ist schon in Ordnung«, sagte sie. »Ich kann mit dem Ding ohnehin nicht umgehen.«

»Hoffen wir mal, dass Kugeln ihm Angst einjagen.«

Das Wesen war groß. Mindestens so groß wie ein Mann, aber von deutlich stämmigeren Proportionen. Das Pfeifen kam ganz klar aus seiner Richtung. Mal schwoll es an, dann wurde es wieder leise, und auch an der seltsamen Melodie hatte sich nichts geändert.

Nathan nahm seinen ganzen Mut zusammen und richtete seinen Revolver auf die Kreatur. »He, du. Wer bist du, und was willst du?«

Der Koloss rührte sich nicht. Hockte einfach nur da und glotzte.

»Gib dich zu erkennen!«

Keine Reaktion. Der Nebel machte es nicht leicht, ihm in die Augen zu sehen. »Ich warne dich«, rief Nathan. »Wenn du uns angreifst, schieße ich. Ich verpasse dir eine Ladung direkt hinein in deinen großen hässlichen Mund …«

Er verstummte.

Er machte noch einen Schritt auf das Ding zu, dann blieb er erneut stehen. Er beugte sich vor, klaubte einen Stein vom Boden und schleuderte ihn mit einem gezielten Wurf auf sein Gegenüber. Es gab ein trockenes Knacken, sonst passierte nichts. Nathan stand einen Augenblick fassungslos da, dann fing er an zu lachen. Laut und schallend.

»Was sind wir nur für Idioten«, rief er. »Da hat man uns ja schön hinters Licht geführt.«

»Was ist?«, hörte er River von hinten.

»Es ist ein Buckelmann, wie du vermutet hast«, rief er. »Ich glaube allerdings nicht, dass der uns Probleme bereiten wird. Komm her!«

River rührte sich nicht vom Fleck.

»Keine Angst, es sind Steinfiguren«, rief er. »Der Wind pfeift durch das Loch, und das erzeugt diesen eigenartigen Ton. Clever gemacht, das muss ich schon sagen. Und ganz schön unheimlich. Ich bin sicher, wenn wir die Gegend absuchen, werden wir noch mehr davon finden. Um ein Haar hätten sie uns aufs Glatteis geführt.«

Er kletterte auf den Rücken der Figur, legte seinen Mund an die Öffnung und sprach mit verstellter Stimme: »Wehe, River! Du betrittst heiligen Boden. Kehre um, solange du noch kannst.« Er war selbst überrascht, wie laut seine Stimme auf der anderen Seite herauskam.

River ging mit schreckgeweiteten Augen ein paar Schritte zurück. Selbst das Pferd wurde unruhig. Rasch kletterte Nathan wieder hinunter. »Du brauchst keine Angst zu haben. Die Öffnung wirkt wie ein Stimmverstärker, ähnlich, wie wenn ich meine Hände zu einem

Trichter forme. Bitte entschuldige, wenn ich dich erschreckt habe.«

»Das ist nicht komisch.« Vorsichtig kam sie näher und strich mit der Hand ehrfürchtig über den rauhen Stein. Ihre Bewegungen waren sanft, fast so, als hätte sie Angst, die Skulptur zum Leben zu erwecken.

»Bist du sicher, dass es keine versteinerten Menschen sind?«

»Es ist nur eine Statue. Nichts, wovor du dich fürchten musst«, sagte er. Er versuchte zu begreifen, was diese Entdeckung für sie bedeuten mochte, doch es fiel ihm schwer. Wer so lange mit einer Legende gelebt hatte, würde nicht so schnell davon abweichen.

»Die scheinen tatsächlich ziemlich alt zu sein«, sagte sie. »Sicher einige hundert Jahre, wenn nicht sogar mehr.«

»So viel wurde gar nicht an ihnen gemacht«, sagte er. »Viele der Steine haben von Natur aus eine menschliche Form. Man brauchte nur hier und da ein paar Kanten wegzunehmen und ihnen ein Gesicht einzumeißeln, fertig ist der Buckelmann.«

»Wenn es nur Steinfiguren sind, ist es seltsam, dass Oshkinnah das nicht erwähnt hat.«

»Vielleicht ist sie selbst hinters Licht geführt worden«, sagte Nathan. »Das Schwierigste dürfte der Mund gewesen sein. Um ihn so hinzubekommen, bedarf es einiger Kunstfertigkeit. Dieses Volk scheint einige erfahrene Baumeister hervorgebracht zu haben.«

»Aber warum?«, flüsterte River. »Zu welchem Zweck hat man sie hierhin gestellt?«

»Aus denselben Gründen, warum jemand Schlangen in Büsche hängt. Zur Abschreckung.«

»Du meinst, es hat vielleicht nie irgendwelche Buckelmänner gegeben?«

»Das habe ich nicht gesagt. Ich bezweifele aber, dass sie zu Stein verwandelt wurden. Dies ist das Werk eines sehr kunstfertigen Volkes.«

River untersuchte die Figur von Kopf bis Fuß und stieß dabei auf ein kleines, schwarzes Element rechts unten am Sockel.

Sie ging in die Hocke, rieb mit dem Finger darüber und schnupperte daran. »Was ist das?«

»Das ist neu«, sagte sie. »Eine Woche, vielleicht weniger. Es wurde mit Kohle geschrieben. Ein Namenssymbol, wenn ich mich nicht täusche.«

»Ein Name? Wie lautet er?«

Sie stand auf und klopfte den Staub von ihrem Gewand. »Dreimal darfst du raten.«

43

Zuerst waren da Krähen. Massen von Krähen. Einige im Aufwind kreisend, die anderen dicht gedrängt und krächzend auf einem abgestorbenen Baum im oberen Abschnitt des Hangs hockend. Neben dem Baum stand eine weitere Buckelmannfigur, die ebenfalls von den Vögeln belagert wurde. Wann immer sich einer von ihnen erhob und seinen Sitzplatz freigab, sah man, dass die Figur über und über mit Vogelkot gekalkt war. Ein scharfer Gestank wehte zu ihnen herüber. Aber es war nicht der Kot, der Rivers Misstrauen erregte. Ihre Aufmerksamkeit galt etwas anderem. Prüfend hielt sie die Nase in die Höhe. »Rauch«, sagte sie. »*Feuer.*«

»Du hast recht.« Nathan deutete nach Nordwesten, zum höher gelegenen Abschnitt des Hangs. »Und sieh mal da drüben. Sieht auf den ersten Blick wie ein herabgestürzter Felsen aus.«

Am Fuß einer schroff aufragenden Steilwand sahen sie ein Gebäude. Die Hütte duckte sich zwischen zwei übermächtigen Felsen, die von uralten Steineichen flankiert wurden. Ihre krüppelige Form zeugte von Stürmen, Wasserknappheit und harten Wintern. Zwischen den Felsen grasten Bergziegen, die keine Notiz von ihnen nahmen.

Die Hütte sah verlassen aus. Die Fenster gähnten dunkel, und obwohl beide diesen beißenden Geruch in der Nase hatten, drang aus dem Schornstein kein Rauch. Allerdings war die Dämmerung inzwischen so weit fortgeschritten, dass es schwer war, Einzelheiten zu erkennen.

Nathan schlug vor, die Hütte zu untersuchen, doch River hielt ihn davon ab. »Wir warten lieber.«

»Worauf?«

»Vertrau mir.« Sie stellte ihr Gepäck ab, band das Pferd an einen Baumstumpf und gab ihm zu fressen.

»Verstehe ich nicht«, sagte Nathan. »Warum gehen wir nicht hinauf und sehen nach, ob jemand da ist? Deswegen sind wir doch den weiten Weg gekommen, oder?«

»Näher an das Haus heranzugehen, wäre nicht nur unhöflich, es wäre gefährlich«, sagte River. »Eine Bruja weiß ihren Besitz zu schützen. Glaub mir, in diesen Dingen kenne ich mich aus.«

»Und wenn die Hütte nun leersteht? Willst du einfach so auf ein gutes Nachtquartier verzichten?«

»Wir warten«, wiederholte sie.

Nathan schüttelte den Kopf. »Du bist der Boss. Ich denke zwar, dass wir mit einer alten Frau problemlos fertigwerden sollten, aber gut. Wenn es dein Wunsch ist, warten wir eben. Dürfen wir wenigstens ein Feuer machen?«

»Besser nicht.«

»Na, fabelhaft.« Mürrisch breitete er seine Decke auf dem Boden aus und nahm darauf Platz. Ma'iingan, zunächst misstrauisch, kam zu ihm herüber und nahm auf der Decke Platz. Vermutlich nicht, weil er sein Vertrauen wiedergefunden hatte, sondern, weil ihm der Boden zu kalt war.

River blickte zu den Holzpfosten, auf denen zwei halb vergammelte Ziegenköpfe moderten. War es das, was die Krähen anlockte?

»Diese Frau ist mächtig«, flüsterte sie. »Mächtiger, als wir es uns nur entfernt vorstellen können. Ich habe Geschichten von Schamaninnen gehört, die dir das Blut in den Adern gefrieren lassen würden. Geschichten von Verwandlungen, von nächtlichen Flügen durch die Nacht und vom Blut getöteter Säuglinge. Diese Hexenmeisterinnen haben alle eine Gemeinsamkeit: Sie ziehen ihre Kraft aus der Erde. Sie sind tief mit dem Land verwurzelt. Allerdings beherrschen sie nur ihr näheres Umfeld. Mooka'ang hat ihren Grund und Boden markiert, siehst du?« Sie deutete auf eine Gruppe kleiner Steintürme, die den oberen Hang wie eine Perlenkette umfasste. »Solange wir hierbleiben, haben wir nichts zu befürchten. Überschreiten wir jedoch diese Grenze, begeben wir uns in ihre Hand. Daher müssen wir warten, bis sie uns einlädt.«

»Und wie lange wird das dauern?«

River zuckte die Schultern. »Minuten, Stunden, vielleicht Tage. Sie wird uns zu sich rufen, wenn sie den Zeitpunkt für gekommen erachtet.«

»Wir wissen ja noch nicht mal, ob da oben wirklich jemand ist.«

»Oh doch«, sagte River. »Sie ist da, verlass dich darauf. Ich kann ihre Präsenz spüren.«

»Na, dann hoffe ich, dass sie nichts dagegen hat, wenn ich es mir ein bisschen gemütlich mache. Der Weg war anstrengend, und ich sehe nicht ein, warum nur das Pferd etwas zu fressen bekommen soll.« Er durchwühlte seine Umhängetasche. Schon bald hielt er einen Kanten Brot und ein Stück zähes Trockenfleisch in seinen Händen und kaute darauf herum.

»Willst du auch etwas?«

River verneinte, beobachtete aber, wie er aß. Sie fand, dass er schon weitaus erholter aussah. Die nahrhafte Ernährung und die Bewegung in der Sonne taten ihm gut.

Jetzt, da er sich nicht mehr rasierte und sein Bart wuchs, sah er richtig verwegen aus. Männlich.

Sie wandte ihre Aufmerksamkeit wieder der Hütte zu. Das Eintreffen der Dunkelheit ließ das Gebäude noch düsterer und bedrohlicher erscheinen. Tür und Fenster wirkten wie Nase und Augen einer monströsen Fratze. Das Gesicht eines Riesen, der halb im Erdreich versunken war. Schweigend kauerte River sich neben Nathan und wartete.

Die Sterne waren am Himmel erschienen, als sie mit einem Schlag aus ihrem Schlummer erwachte. Angespannt blickte sie hangaufwärts, dann tippte sie Nathan auf die Schulter. Ihr Begleiter war eingeschlafen. Sein Kopf war auf die Brust gesunken, und leise Atemgeräusche drangen aus seinem Mund. Er zuckte zusammen. »Hm, was ist denn los?«, brummte er.

»Sieh dir das an«, flüsterte sie. »Die Hütte.«

Wie aus dem Nichts war im Inneren plötzlich ein Feuer entflammt. Flackerndes Licht zuckte über die Wände, ließ das Gebäude von innen heraus glühen. Die Tür stand offen, und darin stand eine Frau. Klar und deutlich zeichnete sich ihre Silhouette vor dem rot beleuchteten Hintergrund ab. Auf ihrer Schulter saß ein Vogel, eine Eule vielleicht oder ein Rabe. Sie tat nichts, stand einfach nur da.

River hielt den Atem an. *»Mooka'ang«*, flüsterte sie.

Die Frau sah zu ihnen herüber. In ihrem Blick lag keine Freundlichkeit, nur abwartendes Lauern. Als wolle sie die Gefühle der Fremden erforschen. Eine wahrhaftige Bruja war in der Lage, durch Raum und Zeit zu greifen und in das Innerste der Menschen vorzudringen. Niemand war vor ihr sicher.

River fühlte sich, als würde die fremde Frau sie mit ihren Blicken ausziehen. Schamesröte stieg ihr ins Gesicht. Am liebsten hätte sie sich hingekauert und ihre Blöße bedeckt, aber da das nichts nutzte, blieb sie standhaft. Sie hatte nichts zu verbergen.

Dann, mit einem Mal, war es vorüber. Der Rabe gab ein dunkles Krächzen von sich, und die Frau ging wieder ins Innere des Hauses.

River atmete auf. Sie hatten die Prüfung bestanden.

»Komm!«, sagte sie zu Nathan. »Lass uns gehen. Wir werden erwartet.«

Das Innere der Hütte war größer, als es von außen den Anschein hatte. Entweder täuschten die Lichtverhältnisse über die wahren Abmessungen hinweg, oder es war Magie am Werk.

In der Mitte des Raumes befand sich ein großer Steinkreis, in dessen Mitte seltsam farbige Flammen in die Höhe schossen. In einer Kochnische rechts von ihnen brannte ein zweites, kleineres Feuer. Dort stand Mooka'ang. Sie hielt ihnen den Rücken zugewandt und schichtete frisches Brennholz auf. Ihren Gehstock hatte sie an die Wand gelehnt. Aus ihrem Mund kamen leise gemurmelte Worte. Der Rabe auf ihrer Schulter starrte die Neuankömmlinge feindselig an. River sah, dass er nur ein Auge besaß, das andere war blind.

Die Luft war gesättigt mit dem Geruch verschiedenster Substanzen, manche angenehm, manche weniger. Es roch nach verbranntem Kiefernharz, getrockneten Pilzen und verfaulten Eiern. Dazwischen schwebte ein Blütenduft sowie etwas, das River an frisch geschnittene Minze erinnerte. Auf dem Feuer stand ein Topf, in dem es heftig brodelte.

Nachdem Mooka'ang mit dem Anfachen fertig war, wandte sie sich dem Hackbrett zu. Ein frisch geschlachtetes Lamm war dort zu sehen. Die Alte portionierte das Tier in handliche Teile und warf diese in den Sud. Ein kleines Stück gab sie dem Raben, der es auf einen Schlag verschluckte.

River stieß ein leises Räuspern aus. »Mooka'ang?«

Ohne ihre Arbeit zu unterbrechen, hob die Alte den Kopf. »Ich grüße dich, *Ziibi.*«

River erschrak. Nicht darüber, dass die Alte sie in der Sprache der Fremden anredete – was sie erstaunlich gut tat –, sondern, dass sie ihren Namen wusste. Ihren *richtigen* Namen. Nur eine Bruja konnte das wissen.

Nathan kam näher und flüsterte: »Ziibi, was bedeutet das?«

»Das ist mein Name in der Sprache der Ojibwe. Ziibi, das bedeutet Fluss.«

»Und woher weiß sie das? Sie hat uns doch noch nicht einmal angesehen.«

»Sie ist eine Bruja.«

»Ich freue mich, dass du meinem Ruf gefolgt bist, Ziibi«, krächzte die Alte, ihnen immer noch den Rücken zugewandt. »Wenn auch mit einiger Verspätung. Was hat dich aufgehalten?«

»Mir war nicht bewusst, dass ich gerufen wurde.«

»Ach ja?« Die Alte hob den Kopf. »Ich dachte, meine Stimme wäre laut genug gewesen. Aber lassen wir das. Du bist Ziibi, vom Stamm der Ojibwe. Ich kenne dich. Sehr gut sogar. Besser, als du glaubst.«

»Aber … woher?«

»Hast du das noch nicht begriffen? Ich war es, die dich gerufen hat. Ich war es, die dir einst das Leben rettete. Nun bist du endlich gekommen, um deine Schuld einzulösen.« Sie hielt kurz inne und malte mit dem Finger ein Zeichen in die Luft. »Und wie ich sehe, hast du einen Gast mitgebracht. Einen seltsamen Gast. Ich glaube, die Zeit ist gekommen, ihn näher in Augenschein zu nehmen.«

Und mit diesen Worten drehte sie sich um.

44

Nathan hielt den Atem an. Der Anblick war wie ein Schlag in die Magengrube.

Mooka'angs linkes Auge war – genau wie das des Raben – blind. Tiefe Furchen durchzogen die Wange, so dass sie aussah wie getrockneter Schlamm. Die umliegenden Hautschichten waren schneeweiß, genau wie das abgestorbene Auge, das einer gekochten Zwiebel glich. Ihr Mund hing schief, als hätte sie eine Gesichtslähmung. Ein Eindruck, der sich beim Sprechen bestätigte. Irgendetwas musste der Frau zugestoßen sein. Etwas Schreckliches.

Misstrauisch humpelte sie näher und hielt witternd die Nase in die Höhe.

»Ein Chimookomaanag. Was hat er hier zu suchen?«

River hob das Kinn. »Sein Name ist Nathan Blake. Er begleitet mich. Ich habe ihn zu meinem Schutz mitgenommen.«

»Zu deinem Schutz? Dass ich nicht lache. Er muss gehen.«

»Wenn er geht, gehe ich auch.«

»Niemand kann dich schützen außer dir selbst.«

»Er soll bleiben.«

Mooka'angs Auge funkelte bösartig. Ohne ein weiteres Wort wandte sie sich ab und humpelte zurück zur Kochstelle. Nathan beugte sich vor und flüsterte: »Wenn du möchtest, kann ich draußen warten. Die Luft ist mir hier drin ohnehin zu stickig. Nimm aber zur Sicherheit die Pistole.«

»Bleib.« River drückte seine Hand. Mooka'ang, die

diese Geste unmöglich sehen konnte, zuckte zusammen. Vielleicht nur ein Zufall, aber Nathan vermutete, dass mehr dahintersteckte. Die Hexe schien durch Wände blicken zu können. Mit einer wütenden Geste griff sie nach einer pulverartigen Substanz aus einer der unzähligen Tonschalen und schleuderte sie ins Feuer. Augenblicklich schossen giftig grüne Flammen empor.

»Keine Sorge«, flüsterte River. »Das ist nur Theater. Sie kann uns nichts anhaben, schließlich hat sie uns hereingebeten.«

»Dass du dich da mal nicht täuschst«, zischte Mooka'ang. »Ich habe *dich* hereingebeten, nicht ihn. Und auch nicht deinen Wolf.«

»Die beiden gehören zu mir. Wenn du mich willst, musst du auch sie akzeptieren. Also, was willst du von mir? Warum behauptest du, du hättest mir das Leben gerettet? Ich kann mich nicht an dich erinnern.«

»Vielleicht, weil du zu klein warst. Sehr viel wahrscheinlicher ist aber, dass etwas in deinem Inneren die Erinnerung zurückhält.« Die Bruja machte eine Bewegung mit der Hand, und die Flammen beruhigten sich wieder. »Zumindest an deine Muttersprache scheinst du dich ja zu erinnern, nicht wahr, *Em?*«

Nathan spürte, wie River zusammenzuckte. Es war, als habe die Alte eine Beschwörung ausgesprochen. Als habe sie zielsicher das eine Wort gesagt, mit dem man Menschen in Stein verwandeln kann.

Er warf ihr einen verstohlenen Blick zu. »River?«

Keine Reaktion.

Er versuchte es mit einer sanften Berührung, doch auch die schien sie nicht zu bemerken. Wie vom Donner gerührt stand sie da, die Augen weit aufgerissen, den Mund vor Erstaunen geöffnet. Nathan wurde es unheimlich. Er zog den Revolver und richtete ihn auf die Alte. »Was hast du zu ihr gesagt? Los, rede, oder ich blas dir den Schädel weg.« Es war offensichtlich, dass sie irgendeine Teufelei mit River veranstaltet hatte.

Die Bruja kicherte leise. »So schnell mit der Waffe, ja? Kennst dich wohl damit aus.«

»Darauf kannst du wetten.«

»Schon viele umgebracht? Oh ja. Brauchst es mir nicht zu erzählen. Auf dir liegt ein Schatten. Ich kann deine Seele an den Rändern deiner Augen sehen. Sie ist ätzend wie Säure.«

»Was du mit ihr gemacht hast, will ich wissen.« Er richtete die Waffe auf Mooka'angs Kopf. Die Alte wich keinen Meter zurück. Sie tat gerade so, als könnten Kugeln ihr nichts anhaben.

In diesem Moment spürte er, wie River aus ihrer Starre erwachte. Sie ergriff seine Hand. »Ist schon gut«, flüsterte sie. »Nimm die Pistole runter.«

»Was ist los?«, fragte er, ohne die Alte dabei nur eine Sekunde aus den Augen zu lassen. »Du warst wie weggetreten. Hat sie dich verhext, oder was?«

»Es geht mir gut. Ich war nur gerade zu verblüfft, um zu reden. Aber jetzt bin überzeugt davon, dass es richtig war, herzukommen.«

Nathan fragte sich, was sie wohl bewogen haben mochte, so sanftmütig zu reagieren, aber er blieb ruhig. Manche Enthüllungen benötigten Zeit.

Rivers Ausdruck hatte sich verändert. Sie sah jetzt jünger aus, entspannter. Auch ihre Stimme klang anders.

»Bist du sicher?«, fragte er.

»Vertrau mir. Wir haben von ihr nichts zu befürchten.«

»Das würde ich gerne selbst entscheiden, wenn du erlaubst.« Doch um seinen guten Willen zu zeigen, senkte er die Waffe.

Mooka'angs Lächeln jagte ihm einen Schauer über den Rücken. Sie neigte den Kopf. »Immer noch voller Misstrauen? Das wird sich nie ändern. Weißt du, was man über das Böse sagt, dass es nur sich selbst vertraut? Aber nicht du bist es, über den wir reden wollen, sondern über Ziibi. Tritt näher, mein Kind. Komm ans Feuer. Wärme dich und lass mich dir etwas zur Stärkung bringen.« Sie führte River hinüber zum großen Feuerplatz und bat sie, dort Platz zu nehmen.

Die Vertiefung war kreisrund und seitlich mit großen Steinen befestigt. Schwer vorstellbar, dass die Alte sie alleine hierhergeschafft hatte. Direkt über ihnen befand sich ein Loch in der Decke, durch das der Rauch abziehen konnte.

Nathan beobachtete die beiden Frauen. Von einer auf die andere Sekunde kam er sich vor wie das fünfte Rad am Wagen. Erstaunlich, wie schnell die Alte es geschafft hatte, ihn in die Schranken zu weisen. Zielsicher hatte sie ihm den Spiegel vors Gesicht gehalten. Nicht schlecht für jemanden, der ihn gar nicht kannte. Aber so schnell gab er nicht auf.

Er steckte den Revolver zurück ins Holster und nahm neben River Platz. Ma'iingan ließ sich auf der anderen Seite nieder. Nathan spürte, wie die Wärme seine Kleidung durchdrang und die Kälte aus den Knochen vertrieb. Trotzdem blieb er misstrauisch.

Mooka'ang war zu ihrer Kochstelle zurückgekehrt, wo sie mit Küchenutensilien herumklapperte. Nach einer Weile kam sie mit einer dampfenden Schale Suppe zurück. Sie reichte River das Gefäß. »Iss das«, sagte sie. »Es wird dich wärmen und dir Kraft geben.«

»Was ist mit meinem Freund?«, fragte River.

»*Freund?* Er ist ein Mörder, weißt du das denn nicht?«

»Natürlich weiß ich das. Aber kein Mensch ist von Natur aus böse. Ich habe ihn auch schon Gutes tun sehen.«

Die Alte schnalzte mit der Zunge.

»Er hat zum Beispiel einen *Makwa* aus einer Falle befreit. Das Tier hätte ihn jederzeit töten können, doch es hat ihn verschont. Es hat das Gute in ihm erkannt, und das solltest du auch.«

Mooka'ang sah sie prüfend an, dann schüttelte sie den Kopf und wackelte, mürrisch vor sich hinmurmelnd, zur Kochstelle zurück.

Kurze Zeit später kam sie mit einer weiteren Schale wieder und reichte sie ihm. Nathan hatte keine Ahnung, woraus der Eintopf bestand, aber er schmeckte gut. Eine willkommene Abwechslung zu dem Einerlei aus Bohnen, Speck und Brot, das er seit einer gefühlten Ewigkeit zu sich nahm. Für ihn, der er die schmackhaften und würzigen Speisen des Südens gewohnt war, war die Reise in den Norden ein kulinarischer Rückschritt, der von seinem Verdauungsapparat mit entsprechenden Problemen quittiert wurde. Nicht so hier. Die Alte mochte zwar miese Umgangsformen haben, aber kochen konnte sie.

Schweigend leerte er das tönerne Gefäß und stellte es neben sich auf die Erde. Dass er keinen Nachschlag angeboten bekam, war in Ordnung. Er benötigte nicht mehr so viel wie früher. River hatte ihre Mahlzeit ebenfalls beendet. Sie dankte ihrer Gastgeberin auf Ojibwe, wechselte aber gleich darauf ins Englische. »Jetzt erzähl«, sagte sie. »Wer bist du, und wieso beherrschst du die Sprache der Weißen?«

Die Alte stocherte in der Glut und sorgte dafür, dass die Flammen höherschlugen. »Mein ursprünglicher Name lautet *Mani wastete yo*. Ich bin eine Dakota und stamme vom Oberlauf des Mississippi. Genauer gesagt, aus dem Gebiet der tausend Seen. Wir nennen das Land *Bwaan Akiing*. Meine Eltern flohen vor den Soldaten des Nordens, als diese sie in Reservate einsperren wollten, und schlossen sich den Ojibwe des Ostens an. Als sie starben, war ich noch ein junges Mädchen. Doch ich lernte schnell und folgte dem Weg meiner Mutter, die eine bedeutende Schamanin war. Sie war es, die mich die Sprache der Weißen lehrte. Sie war der Meinung, dass es immer gut wäre, die Worte des Feindes zu kennen.« Sie lächelte versonnen, was sie noch hässlicher machte.

»Oh, wie sie die Weißen hasste«, fuhr sie fort. »Sie machte sie für all das Böse verantwortlich, das meinem Volk widerfahren war. Als mein Blut zu fließen begann, wurde ich mit dem Sohn des Häuptlings verheiratet, einem stattlichen jungen Mann, der sich anschickte, der nächste Häuptling zu werden. Sein Name lautete *Ozawadj uwesi*.«

River hob überrascht den Kopf. »Du sprichst doch nicht etwa vom Häuptling unseres Dorfes?«

»Genau von dem. Ich war seine erste Frau, lange bevor er diese Schlampe Waseyabin geheiratet hat.«

»Aber das ist unmöglich«, sagte River. »Ozawadj hat mir erzählt, du wärest tot.«

Die Alte kicherte. »Das wäre ich auch, wenn er nur etwas fester zugeschlagen hätte. Aber ich habe überlebt. Er war es, der mir das hier angetan hat. Hübsch, nicht wahr?« Sie hielt ihr zerstörtes Gesicht ins Licht. »Ich floh in die Berge und nannte mich fortan *Mooka'ang*, *die Dämmerung.*« Sie fuhr sich mit der Zunge über die braunen Zähne. »Jedes Mal, wenn ich mein Antlitz im Wasser sehe, verfluche ich seinen Namen. Möge sein Körper zu Staub zerfallen und in alle vier Himmelsrichtungen davongetragen werden.«

»Du kannst dir deine Flüche sparen«, sagte River mit leiser Stimme. »Ozawadj ist tot.«

Mooka'angs blindes Auge leuchtete wie eine glühende Kohle.

»Er fiel im Kampf, zusammen mit fünf seiner besten Krieger, ich habe es gesehen.«

»So ist ihm letztlich sein Ehrgeiz zum Verhängnis geworden.« Die Alte wiegte den Kopf. »Ein gerechtes Ende. Ob du es glaubst oder nicht, ein wenig tut es mir leid um ihn. Es gab Zeiten, da habe ich ihn geliebt.«

River schüttelte den Kopf. »Ich verstehe nicht viel von dem, was du sagst. Alles, was ich weiß, ist, dass er starb, als ich ihn fand. Er sagte zu mir: *Finde Mooka'ang! U*nd genau das habe ich getan. Später fanden wir dann seine Leiche und die seiner Männer in den Bäumen verteilt. Sie wurden enthauptet und ihre Herzen durch einen Stein ersetzt.«

Mooka'ang presste die Lippen zusammen. »Ein uraltes Ritual. Das ist SEINE Art, mit denen umzugehen, die es wagen, sich gegen ihn zu erheben. Und es wird noch viel schlimmer, wenn wir nicht umgehend etwas unternehmen.«

»Von wem sprichst du? Ozawadj erwähnte einen Namen: *Knochen, umhüllt von Haut.*«

Mooka'ang nickte. »Hat Ozawadj dir sonst noch etwas gesagt?«

»Nur, dass ich mich vor den Totentrommeln in Acht nehmen soll.«

»Das ist wahr«, murmelte Mooka'ang. »Die Totentrommeln …«

»Wer ist das, was ist das für ein Wesen?« River umklammerte den Saum ihres Gewands. »Ich muss das wissen, verstehst du, Mooka'ang? Mein ganzer Stamm ist geflohen. Männer, Frauen, Kinder – alle fort. Ich bin die Letzte.«

»Das warst du doch immer schon. Seit ich dich gefunden habe. Hängt dein Herz wirklich so sehr an den Menschen, die dir einst den Tod gewünscht haben?«

»Den Tod? Ich verstehe nicht …«

»Ich rede von Ozawadj, Waseyabin und all den anderen. Sie hatten einst dafür gestimmt, dich zu opfern. Ich war die Einzige, die auf deiner Seite stand.«

»Aber das ist unmöglich«, stammelte River. »Sie haben mich aufgenommen, mir Nahrung, Kleider und Schutz gegeben. Sie waren meine Familie …«

Mooka'ang murmelte einige unverständliche Worte, die sich in Nathans Ohren wie Verwünschungen anhörten. Schließlich sagte sie: »Um zu erklären, muss ich etwas weiter ausholen.«

»Ich habe einen weiten Weg zurückgelegt, um Antworten auf meine Fragen zu erhalten. Ich werde nicht eher gehen, als bis ich erfahren habe, was das für ein Fluch ist, der da aus heiterem Himmel auf uns herabgekommen ist.«

»Aus heiterem Himmel?« Mooka'ang wippte ein paarmal vor und zurück. »Nichts geschieht aus Zufall. SEINE und meine Geschichte sind untrennbar miteinander verwoben. Ich muss es wissen, denn ich war es, die diesen Fluch auf uns herabbeschworen hat. *Knochen, umhüllt von Haut*. Doch in der dunklen Sprache der Bruja trägt er einen anderen Namen. Er lautet *Baykok*.«

45

River runzelte die Stirn. »Davon habe ich noch nie gehört.«

»Wie solltest du auch, liebes Kind? Das Wissen um diese Kreatur wird nur von Bruja zu Bruja weitergegeben. Er ist einer der schlimmsten Flüche der alten Welt. Die Buckelmänner waren die Ersten, die ihn heraufbeschworen, und sieh, wie Manitu sie dafür gestraft hat. Doch der Baykok existierte weiter und lebt seither in den Tiefen dieser Welt.« Mooka'ang beugte sich vor und streute eine Handvoll wohlriechender Kräuter ins Feuer. »Ich war noch eine junge Frau, als die ersten Weißen in unser Gebiet kamen. Zuerst waren es Jäger, später Fallensteller. Auch einige Goldsucher verirrten sich hierher. Grobe und ungehobelte Kerle, ohne jeglichen Respekt vor unseren Bräuchen und Traditionen. Dann kamen die Männer von der Eisenbahn. Landvermesser, Holzfäller, Ingenieure. Sie suchten nach Strecken, auf denen sie ihre Dampfrösser fahren lassen konnten, ohne sich darum zu scheren, ob uns das recht war oder nicht. Für sie existierten wir nicht. Wasser, Holz, Eisen – all das war im Überfluss vorhanden, und so stand den Bauarbeiten nichts im Wege. Es war absehbar, dass wir über kurz oder lang überrollt werden würden.

Es war meine Mutter, die zum ersten Mal von den dunklen Mächten dieses Berges sprach. Sie war eine mächtige Zauberin und unterwies mich in den dunklen Künsten. Sie sagte, etwas Uraltes und Böses würde in der Erde lauern und darauf warten, ans Tageslicht zu gelangen. Sie wüsste, wie es zu beschwören sei, weigerte sich aber, es zu tun. Sie war der Meinung, dass es sich auf Dauer nicht bändigen lassen würde. Wie recht sie doch hatte. Doch ich war jung und fühlte mich unbesiegbar. Ich war geblendet von meinen eigenen Fähigkeiten, und als der alte Häuptling seinem Sohn Ozawadj den Stab der Macht übergab, nahm das Unglück seinen Lauf.« Sie spuckte ins Feuer.

»Ozawadj war ein ehrgeiziger, gutaussehender junger Mann. Alle Frauen begehrten ihn, doch keine mehr als ich. Ich war vollkommen vernarrt in ihn. Um ihm meine Liebe zu beweisen, bot ich ihm an, diesen Zauber für ihn zu wirken. Er war besessen von der Idee, die Weißen ein für alle Mal von diesem Gebiet fernzuhalten. Jedes Mittel war ihm recht – sogar die schwarze Magie. Er versprach, mich zu heiraten, wenn ich ihm diesen Wunsch erfüllte, und so willigte ich ein.« Mooka'angs Blick verdüsterte sich. »Es war ein dunkles Ritual. Ein Ritual aus Blut – dem Blut von Neugeborenen. Im Gegensatz zum Wendigo oder dem Sasquatch ist der Baykok kein natürliches Wesen. Er wurde nicht geboren, also kann er auch nicht sterben. Als Untoter muss er heraufbeschworen werden und ist danach praktisch unzerstörbar. Er kann jede Form annehmen und ist nur schwer aufzuspüren. Herkömmliche Waffen können ihm nichts anhaben, weder Äxte noch Speere noch Feuerwaffen. Er ernährt sich von den Herzen der Krieger. Wer es wagt, die Hand gegen ihn zu erheben, dessen Kopf nimmt er mit und trägt ihn als Trophäe hinauf auf seinen Berg. Der Baykok ist ein Erdgeist und somit an bestimmte Gegenden gebunden.«

River hing an ihren Lippen. »Sprich weiter.«

»Ich lockte den Baykok auf die Erdoberfläche und kontrollierte ihn mittels dunkler Zauberkräfte. Wann immer ich wollte, kam er und hielt grausame Ernte unter den Eindringlingen. Unseren eigenen Leuten tat er nichts, sie standen ja unter meinem Schutz. Den Weißen aber setzte er mächtig zu. Viele kehrten zurück, ohne zu wissen, was mit ihnen geschehen war. Sie glaubten, von einer seltsamen Krankheit heimgesucht worden zu sein, und fühlten sich ihres Lebenswillens beraubt. Alle starben unter unvorstellbaren Qualen. Die Ärzte vermuteten eine Seuche und erklärten das Gebiet zur verbotenen Zone. Die Eisenbahnstrecke wurde weiter nach Süden verlegt. Zwar kamen weiterhin Menschen in unser Gebiet, doch es wurden von Jahr zu Jahr weniger. Deine Familie gehörte zu den Letzten, die hierherkamen.« Sie sah River mit einem Ausdruck von Bedauern an. »Es war das Jahr 1856, du warst damals acht Jahre alt. Dein Vater war Landvermesser. Er hatte den Auftrag, die Gegend rund um den Mont Tremblant zu kartographieren. Er musste von den Geschichten gehört haben, jeder wusste davon, doch er ließ sich nicht abschrecken. Sein Leichtsinn wurde bitter bestraft. Eines Nachts wurde das Lager überfallen. Niemand wusste genau, was sie da angriff, nur, dass es weder Mensch noch Tier war. Dein Vater und einige andere Männer waren tapfer genug, sich dem Baykok entgegenzustellen, aber was konnten sie gegen einen solchen Gegner ausrichten? Als dein Vater einsah, wie aussichtslos der Kampf war, befahl er deiner Mutter und dir, in den Wald zu fliehen und euch zu verstecken. Doch der Baykok fand euch und tötete deine Mutter. Nur du bliebst am Leben. Ich spürte, was geschah, und bannte den Fluch. Doch es war zu spät, der Schaden war bereits angerichtet.

Ich fand dich unten am Fluss und nahm dich mit in unser Dorf. Ein kleines Mädchen, verstört, panisch und halb verrückt vor Angst. Ich wusste, was geschehen war. Dass jetzt sogar Familien in Mitleidenschaft gezogen wurden, war mehr, als ich ertragen konnte. Schon länger hatte ich mit dem Gedanken gespielt, dem Fluch ein Ende zu bereiten, ich wusste nur nicht, wie. Keiner der üblichen Verbannungszauber funktionierte, und es gab niemanden, den ich fragen konnte. Aber ich war des Tötens müde. Es war falsch. Ich sehnte mich nach einem anderen Weg, einem Weg des Friedens.

Doch Ozawadj war dagegen. Für ihn war der Pakt mit dem Dämon das Einzige, was uns auf Dauer ein Überleben ermöglichte. Um ihn zu stärken, war er sogar bereit, das Äußerste zu tun.«

River zog die Brauen zusammen. »Was meinst du?«

»Dich. Er wollte dich zurück in den Wald bringen und dich opfern. Doch das ging mir zu weit. Ich bestand darauf, dass du lebst und im Dorf bleibst. Ich drohte damit, unser schmutziges Geheimnis preiszugeben und allen anderen davon zu erzählen. Für mich warst du mehr als nur eine einfache kleine *Chimookomaanag*. Du warst ein Symbol des Friedens und der Hoffnung. Die Jahrzehnte des Blutvergießens sollten endlich vorbei sein.« Sie seufzte. »Ozawadj und ich gerieten darüber so heftig in Streit, dass er sich entschloss, mich zu beseitigen. Er führte mich zum Fluss, um mich zu töten.«

»In seinen Erzählungen hieß es, du wärest von einem Bären angegriffen worden.«

»Das hat er erzählt, ja?« Die Alte kicherte.

»Er hat erzählt, er wäre dem Bären drei Tage lang gefolgt, ehe er ihn in einem mörderischen Zweikampf besiegt habe. Die Tatzen hat er als Beweis mit ins Dorf gebracht.«

»Nun, vielleicht hat er tatsächlich einen Bären getötet.

Ganz sicher aber war nicht er es, den er verfolgt hat. Ich war seinem schrecklichen Axthieb entkommen, und auch wenn es mich ein Auge gekostet hat, so floh ich doch in die Berge, dorthin, wohin er mir nicht folgen konnte. Dort reinigte ich die Wunde und brannte sie mit Feuer aus. Eine Zeitlang überlegte ich, ihm den Dämon auf den Hals zu hetzen, doch hatte ich nicht gelobt, dem Bösen abzuschwören? So blieb ich auf dem Berg und kehrte nie wieder zurück.«

»Und der Baykok?«

»Ihn nahm ich mit mir. Ich hatte endlich einen Weg gefunden, ihn unschädlich zu machen. Ich verbannte ihn in eine Höhle auf der Bergspitze und versperrte ihm den Zugang zur Welt. Er war zwar noch da, aber er konnte sie nicht verlassen. Außer in Zeiten des Blutmonds.« Mooka'ang stieß ein Seufzen aus. »Denn das ist die einzige Schwäche des Bannzaubers: Wenn der Mond rot wird – was alle zwei bis drei Jahre geschieht –, erwacht der Dämon aus seinem Schlaf. Dann dürstet es ihn nach Blut, so wie der Mond es ihm verspricht. Da ich ihn in diesen Zeiten nicht wieder einschläfern konnte, legte ich einen magischen Schutzwall um den Berg. Unter Aufbringung all meiner Fähigkeiten brachte ich Opfer, sprach Schutzzauber und lähmte ihn mit Flüchen. Doch es war jedes Mal ein Kraftakt, der mich an die Grenzen meiner Fähigkeiten führte. Ich benötigte Wochen, um mich davon zu erholen. Über zwanzig Jahre lang praktizierte ich diesen Zauber. Sieben Blutmonde sind seither vergangen, doch beim letzten – dem achten – habe ich versagt. Meine Kräfte verließen mich, ich brach zusammen.«

»Das heißt, er hat die Barriere durchbrochen und sucht das Land heim?«

Die Alte nickte.

»Aber das ist ja furchtbar. Das bedeutet, dass er unkontrolliert durch die Wälder streift. Kannst du ihn nicht wieder einfangen?«

»Vielleicht. Aber dieser Zauber verlangt einem alles ab. Nur ein junger, frischer Geist kann dem Druck standhalten.« Mooka'ang senkte den Kopf. »Umso wichtiger, dass du jetzt bei mir bist.«

»Ich? Aber wieso …?«

Auf Mooka'angs Gesicht lag ein trauriges Lächeln. »Ich bin alt, Ziibi. Viel älter, als du vielleicht ahnst. Ich war schon alt, als Ozawadj mich zur Frau nahm. Er selbst wusste nichts davon, denn sowohl meine Mutter als auch ich beherrschen die Kunst der Verjüngung. Aber jetzt ist das Ende meines Pfades erreicht. Ich sehe die Tage kommen, an denen ich nicht mehr hier sein werde, und brauche jemanden, der mein Werk fortführt.« Sie warf River einen bedeutsamen Blick zu. »Du wirst meine Position einnehmen, so ist es vorherbestimmt. Ein Leben für ein Leben, wie der Brauch es verlangt. Ich weiß, es ist eine schwere Bürde, aber es geht nicht anders. Du bist meine letzte Hoffnung.«

»Die Stimme«, brach es aus River heraus. »Die Stimme auf dem Berg. Das warst du!«

Die Alte lächelte. »Du verfügst bereits über große Kräfte, doch du musst noch viel lernen, ehe du die neue Hüterin des Berges werden kannst. Gleich morgen früh werden wir mit der Ausbildung beginnen.«

»Und wenn ich nicht will?«

»Das ist keine Frage des Wollens. Jemand muss meinen Platz einnehmen, oder dieses Land, und alles darum herum, ist dem Untergang geweiht. Die Menschen werden kalt. Sie versteinern und werden sich und ihresgleichen fremd. Jeder denkt nur noch an sich und stirbt einsam und allein. Und mit jedem Opfer, das dem Baykok in die Hände fällt, wird seine Macht größer. Er wird schneller, größer, mächtiger – bis er sich die ganze Welt einverleibt hat. Stell dir nur vor, die Chimookomaanag würden tatsächlich dieses Land besiedeln, es würde zu einer Katastrophe kommen. Deshalb ist es so wichtig, dass du hier bist.« Sie hielt ihren Kopf über den Rauch und atmete die heiligen Essenzen ein. »Wir müssen den Baykok wieder in sein Grab zwingen. Schon diese Aufgabe wird uns einiges abverlangen, glaub mir. Deswegen solltest du morgen gut ausgeruht sein.«

River ließ den Kopf sinken. »Und ich dachte, es wäre alles meine Schuld gewesen.«

»Deine Schuld?« Mooka'ang sah sie belustigt an. »Wie meinst du das?«

»Ich habe in dem Glauben gelebt, dass ich für das Unheil verantwortlich sei. Weil ich den Berg unerlaubterweise betreten und Geisterkraut gesammelt habe. Ich habe einen Schwurbrecher gebaut und entgegen Ozawadjs Anweisungen gehandelt …«

»Unsinn«, sagte Mooka'ang. »Du warst nur zur falschen Zeit am falschen Ort.«

»Und was ist mit meinem Versprechen gegenüber Ozawadj? Seine letzten Worte, ich dachte …«

»Du dachtest, dies sei der Fluch der Götter, weil du unartig warst?« Mooka'ang kicherte. »Ja, das haben sie den kleinen Kindern früher immer erzählt, wenn sie nicht ins Bett wollten, nicht wahr? Nein, mach dir keine Gedanken. Wenn es jemanden gibt, der die Verantwortung dafür trägt, so bin ich das. Und zwar aus dem einzigen Grund, dass ich diese Kreatur überhaupt erst ins Leben gerufen habe. Aber ich tat es aus Liebe, und vielleicht ist das ein Hoffnungsschimmer. Denn dass du hier bist, sagt mir, dass ich damals richtig gehandelt habe. Und gräme dich nicht, die Arbeit ist nicht so schlimm, wie du denkst. Du darfst dir sogar einen Mann nehmen und eine Familie gründen. Hauptsache, du hältst die Beschwörung aufrecht. Außerdem habe ich noch eine Belohnung für dich. Du wirst das alles nicht umsonst tun müssen …«

River war viel zu sehr in Gedanken versunken, um wirklich richtig zuzuhören. Mehr beiläufig sagte sie: »Eine Belohnung? Es gibt nichts, was ich von dir haben will, Mooka'ang.«

»Das sagst du, weil du nicht weißt, was es ist. Aber glaube mir: Es ist etwas, wonach du dich schon dein ganzes Leben verzehrst.«

Jetzt wurde River doch hellhörig. »So etwas gibt es nicht.«

»Oh doch. Wie wäre es zum Beispiel mit deinen Eltern? Deiner Familie? Möchtest du sie nicht wiedersehen? Willst du nicht wissen, wie du wirklich heißt?«

»Moment mal.« River fuhr erschrocken zurück. »Du hast doch wohl nicht vor, ihre Geister zu beschwören. Mit so einem Ritual will ich nichts zu tun haben. Lass die Toten ruhen. Niemand soll ihren Frieden stören.«

Die Alte winkte ab. »Wer redet denn von Geisterbeschwörung? Viel zu aufwendig, viel zu dramatisch. Nein, es ist viel einfacher. Also was ist, gehst du auf meinen Vorschlag ein? Willst du wissen, wer du wirklich bist, *Em?*«

46

London …

Dindong, dingdong.

Ich spähte in Richtung Haustür. Nicht *schon wieder.*

Dingdong, dingdong.

Das Klingeln hatte etwas Penetrantes.

Einen leisen Fluch ausstoßend, wuchtete ich mich aus dem Sessel. Dass einen die Leute aber auch nicht in Frieden lassen konnten. Hatten die denn nichts Besseres zu tun? Ausgerechnet jetzt, wo ich so kurz davorstand, das Geheimnis um Rivers Herkunft zu lüften.

Ein müder Blick hinüber zur Standuhr. Kurz nach fünfzehn Uhr. Zweiunddreißig Stunden, ohne ein Auge zugemacht zu haben. Ich befand mich in einem seltsamen Zustand zwischen Wachsein und Schlaf, aber auch zwischen Vergangenheit und Zukunft. Die Lektüre hatte ich nach unten verlegt, da mich zwischendurch eine heftige Hungerattacke überkommen hatte. Ich hatte alles in mich reingestopft, was nur irgendwie essbar gewesen war. Kulinarisch gesehen ein echtes Alamo, schließlich war ich nicht zum Einkaufen gekommen und der Kühlschrank dementsprechend leer. Schwarze Bohnen aus der Dose, Tubenkäse und Zwieback. Nun ja, es gab Schlimmeres.

Fünfzehn Uhr also. Aber welcher Tag?

Dingdong, dingdong.

»Jaja, nur Geduld. Ich komm ja schon.«

Ich legte das Buch auf die Vitrine und schlurfte durch die Eingangshalle. Dann öffnete ich die Tür – und erstarrte. Hätte ich mich doch nur schlafend gestellt.

Meine Mutter war das blühende Leben. Ihre Energie und ihr Tatendrang fluteten durch die Tür wie ein warmer Sommerregen. Und ich stand da ohne Schirm.

Hinter ihr standen Alfred und Rupert, die ein bisschen wie bestellt und nicht abgeholt wirkten.

»Hallo, mein Engel. Wir dachten, wir statten dir einen kleinen Besuch ab und sehen mal nach, wie es dir geht.« Margret deutete auf das Päckchen in Alfreds Hand. »Sieh mal, Schatz, du bist doch bestimmt nicht zum Einkaufen gekommen. Wir haben dir Kuchen mitgebracht. Applecrumble mit reichlich Clotted Cream, den magst du doch so gerne. Wir sind extra zu Feiningers gefahren. Teuer wie die Sünde, aber dafür ist es auch der beste. Wo sind die Teller?«

Ich war wie erschlagen.

»Alfred, steh nicht so da, bring den Kuchen in die Küche, solange er noch warm ist.«

Einen Schritt nach hinten taumelnd, ließ ich Margret und Alfred eintreten. Rupert aber hielt ich zurück. Als ich sicher war, dass meine Eltern mich nicht mehr hören konnten, flüsterte ich ihm zu: »Was wird das hier? Doch wohl hoffentlich keine Familienkonferenz?«

Rupert sah reichlich geknickt aus. »Ich kann nichts dafür. Deine Mutter ließ sich einfach nicht von der Idee abbringen. Sie ist der Meinung, dass du gerade in einer emotional schwierigen Situation steckst und seelischen Beistand benötigst.«

»Was hast du ihr erzählt?«

»Nichts, was sie nicht ohnehin schon wusste. Dass dich das Tagebuch sehr beschäftigt und du gerade so richtig in die Familiengeschichte abtauchst. Dass dein Blick gerade eher auf die Vergangenheit gerichtet ist anstatt auf die Zukunft. So halt.« Er zuckte die Schultern.

»Hättest du nicht wenigstens anrufen und mich vorwarnen können?«

»Ich hab's ja versucht, aber du warst nicht zu erreichen. Das Festnetz ist abgeschaltet, und ans Handy gehst du ja nicht. Wir waren für heute Nachmittag verabredet, erinnerst du dich?«

Ich verstummte. Schachmatt. Mein Handy lag vermutlich unaufgeladen irgendwo in den Tiefen meiner Handtasche, wo es einen einsamen Tod starb. Ich hasste es, immer und überall erreichbar zu sein. Eigentlich trug ich es nur bei mir, weil alle das von mir erwarteten und man ja heutzutage nicht mehr ohne aus dem Haus ging.

Nun also Familienbesuch.

In einem Anflug von Panik ließ ich Rupert stehen und folgte meinen Eltern in die Küche. Margret hatte bereits Löffel und Teller organisiert und plazierte sie zusammen mit ein paar Tassen und Servietten auf einem Tablett. Der Wasserkocher schnurrte, und sogar eine Teekanne stand dort. Mochte der Himmel wissen, wo sie die gefunden hatte, ich hatte bereits erfolglos danach gesucht. Dafür, dass meine Mutter dieses Haus so verabscheute, schien sie sich verdammt gut auszukennen.

»Ich habe mir erlaubt, einen schönen Earl Grey mitzubringen, Kleines. Lizzys komischen Grüntees konnte ich noch nie etwas abgewinnen. Wärst du so gut, schon mal alles ins Wohnzimmer zu tragen?« Es klang wie eine Frage, war aber ein Befehl.

Rupert schnappte sich das Tablett. »Komm, ich nehme dir das ab. Wir erledigen das schnell zusammen, nicht wahr, Käferchen?«

Ich stand in der Küche und wusste nicht, was ich sagen sollte. Ich hatte plötzlich das Gefühl, als gäbe es mich zweimal. Die eine Eve, die ob der Absurdität der Situation kurz davorstand, einen Lachanfall zu bekommen, die andere, der gleich der Kragen platzte. Während ich noch unschlüssig war, für welche der beiden ich mich entscheiden sollte, stieg mir der Duft des warmen Kuchens in die Nase und vertrieb die Gewitterwolken. Applecrumble hatte immer diesen Effekt auf mich.

Der Anblick meines Dads, wie er so dastand und sich nicht vom Fleck bewegte, rührte mich. Er wirkte ebenso zerknirscht und krümelig wie die Butterstreusel auf dem Gebäck.

»Komm, ich nehme dir den Kuchen ab, Dad.«

Er lächelte und bewegte die Lippen. Ich meinte ein »Tut mir leid« zu hören, aber beschwören würde ich es nicht.

Irgendwann war auch der Tee fertig, und wir saßen zusammen um den Tisch und aßen Kuchen. Die Gespräche drehten sich um das Wetter, die Politik und die Wirtschaft, streiften aber nicht für einen Moment das Vermächtnis meiner Großmutter. Und das, obwohl ihr Tagebuch kaum zu übersehen auf der Vitrine lag. Möglicherweise lag es am Schlafmangel, aber irgendwie hatte ich das Gefühl, als würde das Buch die Umgebung beeinflussen. Der Raum, die Möbel, die Personen, das ganze Haus kreiste darum. Wie bei einer Singularität, die sowohl den Raum als auch die Zeit und das Licht krümmte. Ein schwarzes Loch in Form eines Buches.

Irgendwann, als Margret mit den Erfolgen Ruperts in der Kanzlei prahlte, stand ich wortlos auf, holte es von der Vitrine und kehrte an meinen Platz zurück.

Augenblicklich erstarben die Gespräche.

Margret sah mich an, als wüsste sie nicht, ob sie mich streicheln oder ohrfeigen sollte. In ihren Augen lag eine Mischung aus Amüsiertheit, Wut und Furcht.

Dad deutete auf das Lesezeichen. »Du scheinst ja recht weit gekommen zu sein. Schon etwas Interessantes gefunden?«

»Mehr als nur etwas«, sagte ich. »Die Geschichte lässt mich nicht mehr los. Ich weiß zwar immer noch nicht hundertprozentig, wie das alles enden wird, aber ich fühle eine seltsame Unruhe bei dem Gedanken, dass das alles wirklich so passiert sein könnte und dass es etwas mit uns zu tun hat. Mit unserer Familie, letztlich also auch mit mir.« Stichpunktartig berichtete ich, was sich zugetragen hatte, und alle hörten zu – sogar Mutter. Obwohl sie mich spüren ließ, dass ich es nur ihrer guten Erziehung zu verdanken hatte, dass sie mich nicht unterbrach, saß sie da und nippte an ihrem Tee. Am Schluss aber konnte sie sich ihren Sarkasmus dann doch nicht verkneifen.

»Lass dich ja nicht täuschen«, sagte sie. »Dieses Buch ist gefährlich. Deine Großmutter war sehr gut darin, Menschen zu manipulieren und für ihre Sicht der Dinge zu gewinnen. Darin hat sie es zu großer Meisterschaft gebracht.«

Ich hob herausfordernd den Kopf. »Hast du es gelesen?«

»Nein. Und das gedenke ich auch nicht zu tun«, erwiderte Margret. »Wenn mir nach seichter Unterhaltung ist, bevorzuge ich Barbara Cartland. Was ich weiß, stammt aus kurzen Gedankenskizzen, die sie in Vorbereitung dieses *Opus*«, sie spie das Wort beinahe aus, »zu Papier gebracht hatte.«

»Bisher habe ich nicht das Gefühl, manipuliert zu werden«, entgegnete ich. »Mir scheint eher, dass Lizzy die bestehenden Fakten zu einer Geschichte verwoben hat, die keinen Anspruch auf Vollständigkeit erhebt. Und wertend ist das Ganze schon gar nicht, eher dokumentarisch.«

»Das glaubst du, weil du ihr bereits verfallen bist«, sagte Margret. »Deine Großmutter war eine Hexe. Sie entstammt einer langen Tradition von Hexen, wie dir ja nicht entgangen sein dürfte. Hexen natürlich nicht im wortwörtlichen Sinne, sondern in der Art, Menschen eine bestimmte Sichtweise zu oktroyieren.«

»Demnach wärst du ja auch eine Hexe«, sagte ich und verwünschte augenblicklich meine lockere Zunge. Das war wohl meiner Übermüdung geschuldet.

»Wie meinst du das?«, fragte sie scharf.

Fieberhaft suchte ich nach einer Ausrede. Ich wusste aus Erfahrung, dass es kontraproduktiv war, Öl ins Feuer zu gießen. Es war geradezu fahrlässig und würde Tage benötigen, bis die Flammen wieder erstickt waren. Natürlich hätte ich jetzt zum Thema Manipulation Stellung nehmen können, aber ich versuchte es anders.

»Na, ich meine, dass du doch ebenfalls dieser Familie entstammst, so wie ich.«

Ihr Blick war kühl, aber sie schien den Köder zu schlucken. »Ja, das stimmt wohl. Aber manchmal überspringen bestimmte Charaktereigenschaften eine Generation. Vielleicht auch zwei, jedenfalls würde ich mir das in Bezug auf dich sehr wünschen. Schlimm genug, dass du mit Lizzys Verschrobenheit so hautnah konfrontiert wirst. Zu dumm, dass sie mich nicht früher in ihre Pläne eingeweiht hat. Ich hätte ihr die Idee mit dem Haus sicher ausreden können.«

Ja, das hättest du, dachte ich. Und ich hätte nie etwas über das dunkle Familiengeheimnis erfahren.

»Ich habe mich jedenfalls frei davon gemacht«, fuhr sie fort. »Und es geht mir besser damit. Ich wünsche nicht, weiter damit belästigt zu werden, und fände es schön, wenn wir über etwas anderes reden könnten.«

»Welches Thema schwebt dir denn vor?« Ich war immer noch ein bisschen kratzbürstig aufgelegt. Andererseits war ich froh, die Kuh vom Eis zu haben. So glimpflich lief das selten ab.

Mutters Zornesfalten ebneten sich langsam, und ein gleichsam warmes wie überlegenes Lächeln umspielte ihren Mund. Ich spürte, dass mir das dicke Ende erst noch bevorstand. Der Grund, warum sie überhaupt hier aufgekreuzt war. Die Erwähnung des Tagebuchs hatte das Unvermeidliche nur hinausgezögert.

»Oh, da fällt mir schon etwas ein«, sagte Margret. »Was hältst du zum Beispiel davon, wenn wir mal über den Termin eurer Vermählung reden?«

»Wie bitte?«

»Heiraten, Schätzchen. Du bist mit Rupert jetzt fast ein halbes Jahr verlobt. Es wird Zeit, dass ihr Nägel mit Köpfen macht.« Ihr Lächeln wurde breiter. »Glaub mir, eine Hochzeit wird dich auf andere Gedanken bringen. Schluss mit der Grübelei. Hinein ins pralle Leben. Da gibt es so viel zu organisieren, dass du keine Zeit mehr für irgendwelche Flausen hast. Und dann der Umzug. Wir werden euch helfen, wo wir können, nicht wahr, Alfred? Na ja, und was dann kommt, wirst du dir ja denken können.«

»Du redest jetzt nicht im Ernst von Kindern, Mutter, oder?«

»Enkelchen, mein Schatz. *Enkelchen.* Ach, du ahnst

gar nicht, wie sehr ich mich darauf freue. So ein Kind verändert alles. Man sieht die Welt plötzlich mit ganz anderen Augen. Ich behaupte ja immer, dass diejenigen, die nie ein Kind hatten, nicht den blassesten Schimmer haben, um was es im Leben eigentlich geht. Genauso gut könntest du einem Blinden versuchen, Farben zu erklären. Was einem vorher so wichtig erschien, wird mit einem Mal völlig nebensächlich. Dann gibt es nur noch dich, deinen Mann und das Baby. Eine Familie halt – so wie es sein sollte.«

Mir blieb der Applecrumble im Hals stecken.

»Und deswegen sind wir hier. Deine Familie. Um dich bei der wichtigsten Entscheidung deines Lebens zu unterstützen.« Sie zwinkerte mir fröhlich zu. »Nun, dann erzähl mal, wie hast du dir das vorgestellt? Welchen Termin hast du ins Auge gefasst, wie sehen deine Pläne aus?«

47

1878 …

Da war es wieder. Dieses Wort. *Em*. So vertraut und dennoch so weit entfernt. River richtete ihren Blick auf das Buch. Es war alt, fleckig und an den Kanten abgestoßen. Einzelne Seiten schauten heraus, Kanten von Briefen und Fotografien.

Eigentlich war es kaum mehr als ein Ordner, ein Sammelsurium persönlicher Dinge, die Rivers Eltern auf die lange Reise aus dem fernen England mitgenommen hatten und die sie stets bei sich getragen hatten – bis zum Moment ihres Todes.

»Ich habe es bei ihren Leichen gefunden«, sagte Mooka'ang. »Ich denke, es dürfte viele deiner Fragen beantworten. Wenn du möchtest, gebe ich dir eine kurze Zusammenfassung, wie ich in den Besitz des Buches gekommen bin und was seitdem damit geschehen ist. Möchtest du das?«

River nickte.

Mooka'ang berichtete, wie sie es an sich genommen hatte, als sie im Wald auf die Leichen gestoßen war. Eigentlich hatte sie vorgehabt, es River schon viel früher zu überreichen, doch dann hatten sich die Ereignisse überschlagen, und sie hatte fliehen müssen. Jetzt, mit knapp dreißig Jahren, hielt River zum ersten Mal ihre Familienchronik in Händen.

Sie atmete tief durch.

Das Buch wirkte, als wäre es nicht von dieser Welt.

Real zwar, aber gleichsam entrückt. Als befände sich eine unsichtbare Barriere zwischen ihm und dem Rest der Welt. Alleine Rivers Finger waren in der Lage, die unsichtbare Barriere – Zauberschlüsseln gleich – zu durchbrechen und den ledernen Einband zu berühren. Ein Schauder durchfuhr ihren Körper. Dies war nicht einfach nur ein Buch. Es war ein Tor in die Vergangenheit. Sie spürte, dass sie durch die Zeit reisen würde, zurück an einen Ort, weit weg von hier. An den Ort, von dem sie stammte, und zu den Menschen, die sie geboren und geliebt hatten. Und es erzählte ihr sogar etwas über ihr Totemtier. Das Geschöpf, das sie zeitlebens in ihren Träumen verfolgt hatte. Es war auf dem ledernen Einband zu sehen. Ein Flugwesen, halb Adler, halb Raubkatze. Es besaß vier Pfoten, einen langen Schweif und mächtige Schwingen. Kluge Augen blickten aus einem Gesicht, das von einem hakenförmigen Schnabel dominiert wurde. Umrahmt wurde die Gestalt von einem blumengekränzten Oval, unter dem ein einzelnes Wort ins Leder geprägt worden war. Vorsichtig zeichnete sie die Linien mit dem Finger nach.

»Gr … i … ff … in.«

Sie sah sich hilfesuchend um. »Was bedeutet das?«

»*Greif*«, sagte Nathan. »Ein mythisches Mischwesen, halb Adler, halb Löwe. Es entstammt den Sagen des alten Persiens und Ägyptens und ist das Symbol der Klugheit. Ganz offensichtlich ist das nicht nur dein Familienname, sondern auch euer Wappentier. Darf ich mal?« Ehe sie noch etwas sagen konnte, zog er das Buch zu sich herüber, schlug es auf und blätterte darin herum. Fotos, Briefe und Karten purzelten heraus. Unter ihnen eine Darstellung, die River an eine Pflanze erinnerte.

»Oh, sieh mal hier«, sagte Nathan, der ihre Gedanken

erraten zu haben schien. »Ein Stammbaum. Eine Abstammungslinie, die – wenn ich das recht erkenne – bis zurück ins siebzehnte Jahrhundert reicht. Na, sieh mal einer an, deine Familie hat sogar adelige Wurzeln. Der Name Griffin scheint eng verbandelt mit den Cromwells zu sein. Das ist ja interessant …« Und dann war aus ihm für lange Zeit nichts mehr herauszubekommen.

Da River des Lesens kaum mächtig war und auch Mooka'ang ihre Schwierigkeiten damit zu haben schien, warteten die beiden Frauen geduldig und beobachteten, wie Nathan sich durch die Dokumente arbeitete. Irgendwann war er fertig. In seinen Augen lag ein spezieller Glanz.

»Jetzt sehe ich klarer«, sagte er. »Interessiert es dich, wie du heißt? Möchtest du deinen Vornamen erfahren?«

River zögerte. Ihr kam das Ganze wie ein Traum vor. Ein Traum, aus dem sie Angst hatte, zu erwachen.

»Dein Name ist Emily Griffin. Geboren wurdest du 1848 in London. Deine Eltern hießen Mary und Alexander. Dein Vater war königlicher Geograf und Landvermesser.« Er zog eine Fotografie hervor. »Auf dieser Daguerreotypie aus dem Jahre 1849 ist er im Kreis seiner Studienkollegen an der Akademie der Königlich-Geographischen Gesellschaft zu sehen. Er ist auf dieser Aufnahme jünger, als du jetzt bist. Erstaunlich, oder?« *Emily Griffin*. Das war also ihr Name? Er klang fremd, aber doch irgendwie vertraut.

Emily.

Em.

Wie ein Echo aus längst vergangenen Tagen. Im Licht des Feuers waren undeutlich kleine Gesichter zu erkennen. River hatte noch nicht oft Abbildungen dieser Art zu Gesicht bekommen. Es war verblüffend, wie seltsam lebensecht die Menschen darauf wirkten. Fast, als würden sie gleich aus dem Bild herausspazieren. Sie sah zwei Reihen junger Männer, in schwarze Anzüge gekleidet und mit seltsamen Hüten auf dem Kopf. Einer von ihnen, der, auf den Nathan mit dem Finger tippte, war etwas größer als seine Nachbarn.

Jung sah er aus. Jung und hoffnungsvoll. Das Gesicht eines Mannes, der bereit war, die Welt zu erobern.

»Und das … das ist mein Vater?«

Nathan nickte. »Alexander Griffin, kurz nachdem er seine Abschlussprüfung bestanden hat. Erkennst du ihn wieder?«

Sie schüttelte den Kopf.

»Hier ist eine zweite Aufnahme. Ein paar Jahre später und offenbar schon hier in der Neuen Welt aufgenommen. Darauf ist auch deine Mutter zu erkennen, jedenfalls vermute ich mal, dass sie das ist.«

River sah eine Gruppe von verwegen aussehenden Männern, die unter freiem Himmel an einem Tisch standen. Zwischen ihnen stand ein seltsames dreibeiniges Gerät, dessen Zweck sich ihrem Verständnis entzog. Bestimmt hatte es etwas mit den vielen Karten zu tun, die auf dem Tisch ausgebreitet lagen. Ihr Vater hatte jetzt einen Bart, trug ein kariertes Hemd und Stiefel und hatte die Hände in einer lässigen Geste in die Hosenträger geschoben. Hinter ihm war eine Frau zu sehen. Mittelgroß, kurzgeschnittene helle Haare, eine Art Schürze oder Kittel umgebunden. Es waren noch andere Frauen auf der Aufnahme zu sehen, aber diese hier erregte sofort Rivers Aufmerksamkeit. Sie hielt den Atem an. Es war, als blickte sie in einen Spiegel. Als besäße sie eine Zwillingsschwester, von der sie bislang nichts gewusst hatte.

»Ist das meine Mutter?«

Nathan nickte. »Mary. Die Aufnahme wurde 1855 in der Ortschaft Trois-Rivières gemacht, kurz ehe die Abordnung der Königlich-Geografischen Gesellschaft nach Norden in die Berge aufbrach. Aufgrund der Dauer der Expedition war den Geografen das Recht zugestanden worden, ihre Familien mitnehmen zu dürfen. Siehst du die Kleine, die sich hinter deiner Mutter versteckt? Meine Augen sind leider nicht so gut, und ich habe keine Lupe dabei, aber ich würde meine Hand dafür ins Feuer legen, dass du das bist. Du musst damals sieben Jahre alt gewesen sein.«

River ergriff das Bild und hielt es so dicht vor ihr Auge, dass ihre Nasenspitze beinahe die Oberfläche berührte. Die Kleine war niedlich. Die gleichen Haare wie ihre Mutter, aber deutlich länger und zu Zöpfen geflochten. Sie wirkte weder scheu noch verängstigt. Vielmehr, als würde sie mit dem Betrachter des Bildes spielen wollen. *Em.* Wie unbedarft sie war. Sieben Jahre alt, glücklich und voller Vertrauen in die Welt.

Ein überwältigender Schmerz fraß sich in Rivers Brust. Die Aufnahme war gemacht worden ein Jahr, ehe ihre Familie ausgelöscht worden war. Ausgelöscht von diesem … diesem *Ding* da oben auf dem Berg. Diese Kreatur hatte ihr die Familie geraubt, die Vergangenheit gestohlen und ihren Stamm vertrieben. Hundertfach hatte sie getötet und gemordet, hatte das Blut Unschuldiger vergossen, ihre Leichen entstellt und Terror verbreitet. Und noch immer hauste sie dort oben auf der Bergspitze und wartete wie eine Spinne auf ihr nächstes Opfer.

Das musste ein Ende haben.

River wischte sich eine zornige Träne von der Wange.

Alles, woran sie geglaubt hatte, hatte sich als falsch entpuppt. Ihre Kindheit, die Geschichten, die man ihr erzählt hatte, einfach alles. Der Mann, den sie wie einen Vater geliebt hatte, war in Wirklichkeit der Mörder ihrer Eltern. Sie selbst hatte er nur am Leben gelassen, weil Mooka'ang für sie eingetreten war. Und welchen Preis sie dafür gezahlt hatte!

Ihr Leben war eine einzige Lüge. River spürte, wie ihr die Kontrolle entglitt. Ihre Gefühle rollten, einer Lawine gleich, talabwärts und rissen dabei alles mit, was sich ihr in den Weg stellte. Werte, Erinnerungen, Liebe. Nichts blieb verschont, ein totaler Kahlschlag. Sie war so voller Wut und Enttäuschung, dass ihr die Worte im Hals stecken blieben. Sie wusste nicht, was schlimmer war, das Monster, das in diesen Wäldern hauste, oder die Falschheit und Lügen der Menschen, die sie als ihre Familie erachtet hatte und mit denen sie so viele Jahre verbunden gewesen war.

Nathan, der ihre Tränen als Trauer misszudeuten schien, wollte schon seinen Arm um sie legen, zuckte jedoch zurück, als er ihren Blick sah.

River musste Antworten bekommen, und sie brauchte sie jetzt.

»Dieser Dämon ... dieser *Baykok*«, sagte sie. »Wo ist er? Wie sieht er aus?«

»Wie er aussieht, kann ich dir nicht sagen, ich habe ihn nie mit eigenen Augen gesehen«, erwiderte Mooka'ang. »Mir wurde berichtet, dass er jede beliebige Form annehmen kann. Wie ein Schemen, der durch die Nacht gleitet. Er kündigt sich durch einen bestimmten Geruch an, einen Gestank nach Fäulnis und Verwesung. Und man kann ihn hören. Wenn du die Totentrommeln hörst, weißt du, dass er in der Nähe ist. Er lebt oben auf der

Bergspitze, nahe einem scharf aufragenden Felsrücken. Es ist lange her, dass ich zum letzten Mal dort war, aber ich meine mich an einen See zu erinnern, der von seltsamen gerundeten Steinen umgeben ist.«

»Und du sagst, er könne in seine Höhle verbannt werden?«

Die Alte nickte. »Mit Mühe, ja – wenn wir zusammenarbeiten. Ich werde dich die notwendigen Rituale lehren. Aber wir müssen bald anfangen, denn die Zeit drängt.«

Nathan beugte sich vor. Seine Augen leuchteten im Schein des Feuers wie zwei flammende Speere. »Was müsste man tun, um ihn zu töten? Und nur, damit wir uns nicht missverstehen: Ich rede nicht davon, ihn zu bannen, einzuschläfern oder zu verhexen. Ich rede davon, ihn zu *töten*. Seine hässliche Fratze für immer von diesem Erdboden zu tilgen.«

»Ihn …?« Die Alte schüttelte den Kopf. »Ich fürchte, du hast mir nicht zugehört. Dieses Wesen ist bereits tot, es kann nicht getötet werden.«

»Alles kann getötet werden, das darfst du mir glauben«, sagte er. »Der Tod hat viele Gesichter, und ich kenne sie alle. Also noch einmal meine Frage: Was müsste ich tun, um seiner Existenz ein Ende zu bereiten?«

»Du? Gar nichts.« Mooka'ang lehnte sich zurück. »Ich sehe, dass du sehr wenig von den Mysterien unseres Landes verstehst. Dieses Wesen existiert schon seit langer Zeit. Ich habe ihm lediglich eine materielle Form gegeben.«

»Dann nimm sie ihm wieder. Schick ihn dahin zurück, woher er gekommen ist.«

Die Alte schüttelte den Kopf. »Das kann ich nicht, ich bin kein Mann. Außerdem fehlen mir die nötigen Rituale – wie ich bereits sagte.« Sie schüttelte ungeduldig den Kopf. »Dieses Gespräch führt zu nichts, wir bewegen uns im Kreis.«

»Nicht so schnell.« Nathan hielt die Zauberin mit seinem Blick gefangen. »Ein *Mann?*«

Mooka'angs Lippen wurden zu einem Strich. Als wolle sie versiegeln, was ihr soeben unabsichtlich herausgerutscht war.

»Vergiss lieber ganz schnell, was du gehört zu haben glaubst«, sagte sie. »Es war dumm von mir, das überhaupt zu erwähnen.«

»Aber jetzt hast du es getan. Ein Mann also. Was für ein Mann? Ein Krieger vielleicht?«

Die Alte schlang die Arme um die Knie und hüllte sich in Schweigen.

River blickte zwischen den beiden hin und her. Sie spürte, dass Nathan da einer Sache auf die Spur gekommen war. »Rede, Mooka'ang! Wir sind zu dir gekommen, um Rat zu suchen. Wir werden erst wieder gehen, wenn über alles – ich meine, *wirklich alles* – gesprochen wurde. Wovon hast du gesprochen? Was ist das für eine Sache, und was kann ein Mann dabei ausrichten?«

Die Alte wippte vor und zurück, wie Schwachsinnige das manchmal tun, wenn sie verwirrt sind. Doch Mooka'ang war alles andere als schwachsinnig. Sie schien verschiedene Möglichkeiten im Geiste durchzuspielen. Irgendwann seufzte sie.

»Ich erkenne, dass ihr nicht lockerlassen werdet. Je eher ich euch von dieser fixen Idee abbringe, desto besser.« Sie starrte ins Feuer. »Um zu wissen, wie aussichtslos euer Ansinnen ist, erzähle ich euch am besten die ganze Geschichte. Der Baykok war einst ein Mensch. In der Sprache der Algonkin bedeutet das Wort *bakaak*

Skelett, oder auch *Knochen, überzogen von Menschenhaut.* Geboren als siebenter Sohn eines siebenten Sohnes, war er zu schwach, um zu überleben. Sein Vater, der Mitleid mit ihm hatte und ihn von seinen Leiden erlösen wollte, führte ihn hinaus in die Wildnis, damit er dort sterben könne. Doch der Junge starb nicht. Er saß einfach nur da und wartete. Er wartete, dass sein Vater zurückkäme, doch der kam nicht. Er wartete, dass jemand aus dem Dorf käme, doch niemand kam. Da er Hunger hatte, aß er zuerst einen Vogel, dann eine Schlange, am Schluss einen Fuchs. Doch noch immer kam niemand, um ihn zu holen. Nach sieben Tagen setzte ein heftiger Schneesturm ein und überzog das Land mit eisiger Kälte. Da sah der Junge ein, dass sein Dorf ihn zum Sterben ausgesetzt hatte, und da er ein böses Herz hatte, verfluchte er seine Leute. Er schloss einen Pakt mit *Jiibay*, dem höchsten der Erdgeister. Er versprach ihm seine Seele, sollte dieser ihm einen unsterblichen Körper schenken. Jiibay erhörte die Worte des Jungen und zog ihn zu sich in die Erde. Dort, in den Tiefen der Erde, verwandelte er den Jungen zu Stein und schenkte ihm eine unsterbliche Seele. Dies war die Geburt des Baykok. Fortan, wann immer jemand ihn mittels entsprechender Beschwörungen herbeiruft, kommt er an die Oberfläche, geistert durch die Wälder und stiehlt den Menschen ihre Herzen. Er ist ein Untoter, ein Wiedergänger, der jenseits des Grabes durch die schiere Kraft seines übernatürlichen Willens existiert.

Wie gesagt, der einzige Weg, einen bevorstehenden Angriff zu spüren, ist, das Schlagen der Knochen zu hören. Doch selbst wenn man sofort die Flucht ergreift, rettet das einen häufig nicht, denn der Baykok ist ungeheuer schnell. Er öffnet den Bauch des Opfers mit einem kleinen, silbernen Messer, stößt mit seiner knochigen Hand hinein und entfernt das Herz. Danach schiebt er einen Stein in den leeren Hohlraum und verschließt die Wunde mit einem magischen Faden, der alle oberflächlichen Zeichen eines Einwirkens verbirgt. Das ahnungslose Opfer wacht am nächsten Morgen auf, meist ohne Erinnerung und ohne zu wissen, wo es sich befindet. Der Betreffende lebt für Tage oder sogar Wochen ohne Nebenwirkungen, obwohl er unwissentlich lebenswichtige Organe verloren hat. Dann wird er plötzlich heftig krank, verkümmert und stirbt. Doch das macht er nur mit schwachen Opfern. Gegner, die ihm Widerstand leisten, werden an Ort und Stelle hingerichtet und enthauptet.«

»Und wo sind seine Schwachstellen?«

»Schwachstellen?« Die Alte gab ein schrilles Lachen von sich. »Diese Kreatur hat keine Schwachstellen. Sie ist weitaus flexibler und schneller als jeder Mensch und frei von den Beschränkungen schwerer Muskeln, von Kleidung oder Rüstung. Der Baykok kann sich verwandeln, in was oder wen er will. Wie die meisten Untoten besitzt er eine gewisse Anfälligkeit für Feuer, doch töten kann man ihn damit nicht. Stählerne Waffen und Zaubersprüche können ihm ebenfalls nichts anhaben.«

Nathans Augen wurden klein wie Kiesel. »Und trotzdem gibt es eine Möglichkeit, ich lese es aus deinen Gedanken.«

»Du hast doch gehört, was den Männern im Dorf passiert ist. Sechs gestandene Männer, dahingemetzelt. Und sie waren allesamt Krieger.«

»Trotzdem …«

»Tss.« Mooka'ang machte eine Handbewegung, als

wollte sie einen Schwarm Fliegen verscheuchen. »Sollte es wirklich jemanden geben, der verrückt genug wäre, gegen diesen Dämon antreten zu wollen, so müsste er ihn auf seinem ureigenen Territorium stellen. Nah seiner Höhle, oben auf dem Berg. Ziel wäre es, seine brüchigen Knochen zu zerstören und sie zu Staub zu zermahlen, doch dafür müsste man den Baykok in seiner wahren Form antreffen, was höchst selten geschieht.«

»Und dann?«, insistierte Nathan.

»Eine Keule würde vermutlich am besten funktionieren. Auf jeden Fall eine Waffe aus Holz, nicht aus Metall. Einmal zu Boden gestreckt, besteht die Möglichkeit, den Baykok in seiner wahren Form anzutreffen. Dann muss es schnell gehen. Die Knochen müssen mit einer Keule gebrochen und die Splitter zu einem Haufen aufgeschichtet und angezündet werden. Wenn nur noch Asche übrig ist, sollte das die Kreatur bannen und verhindern, dass sie sich wieder erhebt. Aber wie gesagt, das alles weiß ich nur vom Hörensagen. Niemand kann sagen, ob es wirklich funktioniert. Aber all das ist ohnehin nur blanke Theorie. Für uns ist dieser Weg versperrt.«

»Warum?«

Mooka'ang machte ein Gesicht, als müsse sie einem Kind die einfachsten Dinge erklären. »Weil der Krieger ein Ojibwe sein muss, deshalb. Und alle unsere Krieger sind entweder tot oder geflohen.«

»Alle bis auf ihn.« River war beeindruckt, wie weit Nathan mit seiner Hartnäckigkeit gekommen war. Ihr war längst bewusst geworden, wie gut es gewesen war, ihn mitzunehmen.

»Er ist ein Krieger. Er hat in dem schrecklichen Krieg im Süden gekämpft. Er kann helfen.«

»Kann er nicht«, sagte Mooka'ang. »Hört mir denn hier niemand zu? Er muss ein Ojibwe sein. Niemals könnte ein Chimookomaanag diese Aufgabe übernehmen. Außerdem sind es zwei Paar Schuhe, ob du ein Mörder bist oder ein Krieger. Letzterer muss einen ehrenwerten Charakter haben und frei von Schuld sein. Ich brauche diesen Mann nur anzusehen, um zu wissen, dass sein Herz vergiftet ist. Also vergesst es.«

River schüttelte den Kopf. »Ich glaube, wir können uns weitere Worte sparen, Nathan«, sagte sie. »Ganz offensichtlich will Mooka'ang uns nicht helfen, aus welchen Gründen auch immer.«

»Natürlich will ich das ...«

»Ach ja?«, fuhr sie die Alte an. »Warum tust du es dann nicht?«

»Und wie stellst du dir das vor, *Heilerin?*« Mooka'angs Stimme troff vor Hohn. »Wie gedenkst du, aus diesem Mann einen Ojibwe zu machen, einen Krieger? Glaubst du, Hexerei könnte so etwas bewerkstelligen? Einmal mit den Fingern schnippen, und schon bekommt er glatte Haare und ein reines Herz? Ich glaube, da überschätzt du meine Fähigkeiten. Ich bin dazu jedenfalls nicht in der Lage.«

»Nein«, sagte River und holte tief Luft. »Aber ich.«

»*Du?*«

River zögerte. Ihr war bewusst gewesen, dass sie ein Opfer bringen musste, aber dass es ein solches Ausmaß annehmen würde, überraschte sie selbst. Dennoch – es gab jetzt kein Zurück mehr. Sie hatte sich entschieden, und sie würde es tun. Jetzt und hier.

»Ja«, sagte sie.

Auf Mooka'angs Gesicht erschien ein feines Lächeln. »Da bin ich aber gespannt.«

48

Die Hochzeitszeremonie war kurz und schmucklos. Ein paar Gesänge, einige Schutzzauber, ein gemeinsamer Schluck aus einem Becher, der mit einer streng riechenden Flüssigkeit gefüllt war. Nathan fragte lieber nicht nach, woraus das Zeug bestand, und schottete seine Geschmacksnerven gegen den Geschmack ab. Trotzdem blieb das süßliche Aroma von Blut zurück.

River saß ernst und aufrecht neben ihm. Sie schien fest entschlossen, das Ritual durchzuziehen, mochte der Himmel wissen, warum. Anfangs hatte er die Sache für einen Scherz gehalten, doch inzwischen nicht mehr. River war fest entschlossen, mit ihm die Ehe einzugehen, und das, obwohl er versucht hatte, sie umzubringen. Er wurde nicht schlau aus ihr. Was fand sie an ihm? Ging es ihr wirklich nur um diesen bizarren Dämon, oder war das mehr?

Je länger Mooka'ang vor sich hinmurmelte, desto mulmiger wurde ihm. Es kam ihm mit einem Mal falsch vor. So, als sollten sie nicht hier sein.

Doch irgendwann war es vorbei. Mooka'ang beendete die Zeremonie und verstummte. Beißender Geruch erfüllte die Hütte. Die verbrannten Substanzen verwirrten seine Sinne und ließen ihn schwindelig werden.

»Es ist vollbracht«, sagte die Alte. »Ihr seid jetzt Mann und Frau. Zumindest, was mich betrifft. Der Rest bleibt euch überlassen.«

»Der … Rest?« Nathan runzelte die Stirn.

Mooka'ang lächelte wissend. »Aber natürlich. Die

Ehe ist erst gültig, wenn ihr den Geschlechtsakt vollzogen habt. Ist das in eurer Kultur etwa anders?«

»Den …?«

Jetzt wusste er, was er die ganze Zeit übersehen hatte. Was war er nur für ein Idiot.

»Hast du ein Problem damit? Du bist doch nicht etwa … kraftlos, oder?«

»Ich, nein … aber … ja.« Jesses! Diese verdammten Kräuter ließen ihn stammeln, als hätte er nicht alle Tassen im Schrank. »Ich bin völlig gesund, wenn du das meinst.«

»Gut. Dann steht der endgültigen Vermählung ja nichts im Weg.«

Nathan sah River an. Ein nervöses Lächeln umspielte ihre Lippen. Ihm schoss die Frage durch den Kopf, ob sie wohl schon viele Männer gehabt hatte.

»Es gibt eine kleine Höhle, weiter oben in der Felswand«, sagte Mooka'ang. »Sie ist über eine Strickleiter erreichbar. Ich nutze sie für meine Gebete. Es gibt einige Decken und Kissen. Dorthin könnt ihr euch zurückziehen und die Nacht miteinander verbringen. Ich werde euch Proviant und Wasser für den morgigen Tag bereitstellen.«

River runzelte die Stirn. »Heißt das, du wirst uns nicht begleiten?«

Die Alte schüttelte den Kopf. »Der Anstieg wäre zu steil für mich. Es gibt nur den Weg über das alte Flussbett, und das ist voller Felsen und Geröll. Ich würde nur eine Behinderung darstellen. Die Stärke des Baykok liegt in seiner Geschwindigkeit, und dabei könnte ich euch ohnehin nicht behilflich sein. Ich werde aber von hier aus versuchen, Schutzzauber über den Berg zu legen und ihn zu lähmen. Zumindest während der ersten

Minuten könnte das von entscheidendem Vorteil sein.« Sie seufzte. »Als ich sagte, meine Kräfte würden schwinden, so war das keinesfalls übertrieben. Ich fürchte, dass ich das Ende dieses Mondzyklus nicht überleben werde.«

River stand auf. »Das ist Unsinn, Mooka'ang. Du wirst noch viele Winter erleben und noch lange als Herrin über diesen Berg wachen.« Sie sah Nathan schüchtern an. »Was ist, gehen wir? Es könnte sonst sein, dass ich es mir noch einmal anders überlege.« Ein unsicheres Lächeln stahl sich auf ihr Gesicht.

»Du kannst gehen«, sagte Mooka'ang, »aber dein Gemahl sollte noch einen Moment hierbleiben. Er muss sich dem Reinigungsritual unterziehen.«

»Ist das wirklich nötig?«

»Allerdings. Oder willst du, dass ihm der Baykok gleich an Ort und Stelle das Herz aus der Brust reißt?«

»Nein. Natürlich nicht.« River senkte den Kopf. Sie pfiff Ma'iingan zu sich und trat an die Tür. Beim Hinausgehen warf sie Nathan noch einen letzten Blick zu. »Ich warte auf dich. Sieh zu, dass es nicht zu lange dauert.« Mit diesen Worten verschwand sie.

Der Vorhang schaukelte im nächtlichen Wind hin und her.

Nathan wandte sich der Alten zu. »Ein Reinigungsritual also, hm? Nun, ich glaube, dass eine einzige Nacht kaum ausreichen wird, um all den Unrat wegzuräumen, der sich vor meiner Tür gestapelt hat.«

»Schweig!«, fuhr Mooka'ang ihn an. »Die Sache ist ernst. Ich mag zwar alt und klapprig erscheinen, aber ich habe noch genug Kraft in meinem kleinen Finger, um dich Respekt zu lehren. Also setz dich und tu, was ich dir sage.«

Nathan fühlte, wie eine unsichtbare Kraft ihn auf die Matte zurückdrückte. Lag das an diesen verdammten Substanzen? Für einen Moment lang hatte er das Gefühl gehabt, eine fremde Macht würde ihn kontrollieren.

»Na schön, Mooka'ang«, sagte er. »Jetzt, da wir unter uns sind, sollten wir Klartext reden. Es gibt da nämlich noch einiges, was ich zu sagen hätte.«

»Ist das so …?«

»Allerdings. Zuerst einmal solltest du wissen, dass River der einzige Grund ist, warum ich jetzt vor dir sitze. Ihr zuliebe spiele ich dieses kleine Spielchen mit, ich glaube nämlich nicht für eine Sekunde an den Unsinn, den du uns erzählt hast.«

Die Alte lächelte geheimnisvoll. »Das weiß ich doch längst.«

»Ach ja?« Na, wenigstens versuchte sie nicht um den heißen Brei herumzureden. »Dann stimmst du mir also zu, dass diese Reinigungszeremonie reine Zeitverschwendung ist?«

»Das hängt einzig und alleine von dir ab.«

»Wer ich bin und was ich getan habe, lässt sich nicht mit Baumharz und ein paar Zaubersprüchen aus der Welt schaffen. Schlimm genug, dass du River gezwungen hast, mit mir die Ehe einzugehen. Das war ziemlich geschmacklos, finde ich.«

»Ich hatte nichts damit zu tun. Es war ihre Entscheidung.«

»Das war es nicht. Sie ist verwirrt und überfordert. Du hättest es ihr ausreden können.«

»Ich glaube, du unterschätzt sie, wenn du glaubst, sie besäße keinen eigenen Willen. Sie möchte das tun. Warum also sollte ich sie davon abhalten?«

»Vielleicht, weil selbst jemand wie du ein Gewissen hat …«

»Findest du sie nicht attraktiv?«

»Doch, schon, aber …«

»Worüber beklagst du dich dann? Sie will das tun. Nicht für Geld oder weil du sie dazu zwingst, sondern aus Liebe und dem Wunsch, etwas Gutes zu tun. Ist dir das Gute in deinem Leben so selten begegnet, dass du es nicht erkennst, wenn es vor dir steht? Gerade du solltest das zu schätzen wissen. Jemand, der Dutzende Männer getötet und mindestens ebenso viele unschuldige Frauen in ihr Grab geschickt hat.«

Er kniff die Augen zusammen. »Woher weißt du das?«

»Ich sehe so einiges, Nathan Blake. Mehr, als du ahnst. Bereits ehe du meine Hütte betreten hast, wusste ich, dass du ein Teufel bist. Ich hätte dich niemals hereingelassen, wäre da nicht River gewesen. Genau wie du spiele ich dieses Spiel nur ihr zuliebe.«

Das kam überraschend. Eigentlich hatte Nathan geglaubt, die Zügel fest in der Hand zu halten, doch nun war er sich nicht mehr sicher, wer hier das Pferd war und wer der Reiter.

»Na schön, du glaubst mich also zu kennen«, sagte er. »Wozu dann also dieses Reinigungsritual? Ist doch sinnlos, oder?«

»Ein wenig Hoffnung gibt es immer. Glaub mir, du wirst jede Hilfe brauchen, die du bekommst. Im Gegensatz zu deiner Vermutung ist der Dämon nämlich höchst real. Er kann direkt in dein Herz sehen und wird alles, was er dort findet, gegen dich verwenden.«

»Das sind alles nur Worte«, sagte Nathan. »An diesen Dämon glaube ich erst, wenn ich ihn gesehen habe.«

»Dann wird es zu spät sein. Außerdem, was hast du

schon zu verlieren? Hast du vielleicht Angst davor, was das Ritual offenbaren könnte?« Sie fing an, ihre Zeremonienpfeife zu stopfen. Ihre Finger füllten fremdartige Substanzen in die Brennkammer und pressten sie sanft zusammen.

»Ich habe vor gar nichts Angst«, sagte Nathan.

»Dann ist es ja gut.« Mooka'ang entzündete die Pfeife und zog ein paarmal daran. Bläulicher Rauch stieg auf und verteilte sich rasch unter dem Dach der Hütte. Er hatte eine fließende Qualität. Fast, als bestünde er aus Wasser.

»Hier.« Sie reichte ihm die Pfeife. »Schauen wir doch mal, was sich hinter der Maske verbirgt.«

»Fängt das Ritual jetzt an?«

»Ja.«

Er streckte die Hand aus. »Na schön, dann gib her.«

*

»Nathaniel!«

Die Stimme ließ ihn zusammenzucken. Er lag in seinem Bett und starrte unter die Decke. Unten in der Eingangshalle hörte er das Ticken der Standuhr. Ansonsten war es ruhig im Haus, die Sonne hinter den Vorhängen war längst untergegangen.

»Nathaniel!«

Nicht schon wieder. *Himmel!*

Sollte er sich schlafend stellen? Eine verlockende Vorstellung angesichts dessen, was ihn erwartete. Andererseits: Sie wusste um seinen leichten Schlaf, sie würde sich nicht täuschen lassen. Und wenn er nicht reagierte, würde sie kommen und ihn wecken.

Er spürte, wie das Haus mithörte. Als besäße es Ohren, die alle in seine Richtung gerichtet waren. Das Personal konnte nichts hören, es war in einem Nachbargebäude untergebracht, ein kurzes Stück die Allee hinunter. Mutter wollte es so. Sie konnte die Vorstellung, belauscht zu werden, nicht ertragen. Dabei war es das Haus selbst, das lauschte.

»Wo bist du, mein Liebster?«

Diese Stimme. Diese verhasste Stimme!

In einem Monat war sein sechzehnter Geburtstag. Er war jetzt fast ein Mann. Die Arbeit draußen auf den Feldern mit den Sklaven tat ihm gut. Seit einem Jahr wuchsen ihm Haare im Genitalbereich, und er musste sich zweimal die Woche rasieren. Seither war er deutlich größer geworden, männlicher – und zwar am ganzen Körper. Das Gefühl war neu und ungewohnt, und Mutter reagierte darauf mit einem gesteigerten Bedürfnis nach Zärtlichkeit. Hatte sie seine Dienste früher ein- bis zweimal im Monat in Anspruch genommen, war es jetzt mindestens einmal die Woche. Meistens am Sonnabend, wenn die Gäste wieder fort waren. Sie hatte dann immer etwas Absinth getrunken, und der brachte sie in Stimmung. Sie wurde romantisch und auch ein bisschen melancholisch, was zu noch mehr Absinth führte und ausnahmslos im Bett endete. Sonntags konnte sie dann wieder beichten, und alles war gut.

Für sie.

Er zählte die Sekunden.

Tick, tack. Tick, tack.

Er konnte spüren, wie sie lauschte. Das Schlimme war, dass sie ihn jedes Mal herumbekam. Was sie sagte, was sie tat – sie wusste genau, wie sie es anstellen musste. Er spürte, dass es falsch war, trotzdem konnte er nichts dagegen unternehmen. Die Natur war ein dreckiger Verräter. Der Gedanke an das, was vor ihm lag, erregte ihn, verursachte ihm aber gleichzeitig Übelkeit. Es war, als würde er in der Mitte gespalten. Körper und Geist existierten auf verschiedenen Ebenen. Die Welt zerfiel in Gegensätze: Liebe und Hass, Lust und Ekel, Geilheit und Abscheu – ein Höllenkreis, aus dem es kein Entrinnen gab. Leichte Beute für die Spinne. Sie brauchte nur in ihrem Netz zu sitzen und zu warten. Irgendwann packte sie ihn und zog ihn zu sich hinab. Dann machte sie sich über ihn her, verspeiste ihn und spuckte ihn erst wieder aus, wenn sie auch das kleinste bisschen Lebensenergie aus ihm herausgesaugt hatte. Geschunden und beschmutzt kroch er dann wieder zurück in sein Nest und wartete. Bis zum nächsten Mal.

Es gab ein Mädchen, drüben auf dem Nachbaranwesen. Sie war die zweitälteste Tochter der Wilfords und bildschön. Sie war in ihn verliebt, das wusste er. Aber jedes Mal, wenn sie sich gegenüberstanden, war er wie gelähmt, denn sie war das genaue Abbild seiner Mutter. Jünger natürlich und von fröhlicherem Wesen, aber mit einer Ähnlichkeit, die erschreckend war. Es fiel ihm schwer, sie auch nur anzusehen, ohne diese tiefe Wut in sich zu spüren. Was fand sie an ihm, warum konnte sie ihn nicht einfach in Ruhe lassen?

Nathan erstarrte.

Er hatte ein Geräusch gehört, draußen vor der Tür. Das leise Schlurfen von Füßen über Teppich. Im Schein des Mondes, der ein kaltes Licht in sein Zimmer warf, sah er, wie die Klinke heruntergedrückt wurde.

Sie war es. Er wusste es, noch ehe die Tür so weit aufgegangen war, dass er sie sehen konnte. Ihre langen blonden Haare hingen wie ein Vorhang herab. Ihr weißes Nachtgewand flatterte geisterhaft im Wind.

»Nathaniel.« Ihr Flüstern klang wie Peitschenhiebe in seinen Ohren. Stocksteif blieb er liegen.

Leise schlich sie ins Zimmer und schloss die Tür. Durch seine halb geschlossenen Augen sah er, wie sie die Haare aus dem Gesicht strich und ihn betrachtete. Das Mondlicht strich über ihre vorgewölbten Brüste. Der Stoff war so transparent, dass sich die dunklen Vorhöfe darunter abzeichneten. Ebenso wie das dunkle Dreieck unter dem leicht gerundeten Bauch. Gemessen an anderen Frauen ihres Alters, war Cathleen immer noch sehr schön. Die eine Schwangerschaft hatte ihren Körper nicht verwelken lassen. Es war seltsam, dass sie nie wieder geheiratet hatte, Anwärter hätte es genug gegeben. Andererseits – warum sollte sie? Sie war alleinige Herrscherin über die Blakeschen Besitztümer, und was ein Ehemann ihr geben konnte, das bekam sie von ihm. Sie war eine der mächtigsten Frauen hier im Süden, sie brauchte niemanden, der ihr sagte, was sie zu tun oder zu lassen hatte.

Er spürte, wie Erregung ihn durchflutete, auch wenn er es nicht wollte. Dieses Licht. Dieser verdammte Mond. Der warme Wind, der durch das geöffnete Fenster hereinwehte, führte den Duft von Magnolien mit sich. Süß, schwer, klebrig. Oder war sie es, die so roch?

Eine Weile stand sie stumm und regungslos im Zimmer, dann kam sie näher. Als sie neben ihm stand, konnte er den zarten Anisgeruch des Absinths riechen. Ehe er sichs versah, streifte sie schlangengleich das Nachthemd ab, schlug die Decke hoch und kroch zu ihm ins Bett.

»Hallo, mein Liebling«, flüsterte sie. »Mommy ist schon wieder sehr einsam. Wird mein kleiner Schatz sie wohl trösten?« Sie hatte geraucht. Der Gestank kalter Asche drang aus ihrem Mund.

Er biss die Zähne aufeinander, mühsam bestrebt, seine Erregung vor ihr zu verbergen. Doch genauso gut hätte er versuchen können, den Mond auszuknipsen. Von seiner Reglosigkeit unbeeindruckt, ließ sie ihre Finger seinen Bauch herabwandern. Als sie die Stelle zwischen seinen Beinen erreichte, hielt sie inne. Weiße Zähne blitzten wie Perlen im blauen Dämmerlicht auf.

»Wen haben wir denn da, einen kleinen Simulanten?«

»Mom ...«

»Hallo, mein Engel. Ich freue mich, dass du mich erwartet hast. Wolltest mir wohl eine kleine Überraschung bereiten, nicht wahr? Das ist dir gelungen.« Ihre Hände wurden zielstrebiger. »Wie groß er ist. Es kommt mir vor, als würde er von Woche zu Woche größer.« Ihre Finger umkreisten seinen Bauchnabel. »Du bist ein so viel besserer Liebhaber als dein Vater. Er war so grob und unsensibel. Kam immer nur zu mir, wenn er gerade keine Lust auf seine schwarzen Huren verspürte und sich abreagieren wollte. Aber ich habe ihn dafür bezahlen lassen.« Ein sphinxhaftes Lächeln umspielte ihre Lippen, während sie ihn berührte. Sosehr er sich auch konzentrierte, er konnte seine Erregung nicht verbergen.

Er fragte sich, was diese Bemerkung wohl zu bedeuten hatte. Hatte sie seinen Vater umgebracht? Es hatte Gerüchte gegeben. Über seine lange, unheilbare Krankheit und den qualvollen Tod. Der Arzt hatte nichts feststellen können, aber vielleicht war ja doch Gift im Spiel gewesen. Seine Mutter kannte sich gut mit Arzneimitteln aus, hatte sie doch viele Jahre lang starke Drogen zu sich genommen. Angeblich wegen ihrer schweren Migräne, aber das hatte niemand so recht glauben mögen. Viel wahrscheinlicher war, dass sie ihrem trostlosen, sinnentleerten Alltag hatte entfliehen wollen, den ständigen

Demütigungen und gewaltsamen Übergriffen. Hatte sie seinen Vater vergiftet? Zuzutrauen war es ihr. Und wenn das stimmte: War er – Nathan – vielleicht selbst nur Teil ihres perfide ausgeklügelten Plans, mit dem sie sich auch nach seinem Tod noch an Dad rächen wollte?

Die Gedanken ließen ihm keine Ruhe. Seine Abneigung wurde mit einem Mal unerträglich. Er versuchte, sie wegzuschieben.

»Mom ... ich möchte das nicht.«

»Möchtest was nicht?« Ihre Finger strichen sanft über seine Männlichkeit.

Sein Hals war furchtbar trocken. »Das.« Er drückte sie von sich weg.

Er musste eine klare Linie ziehen, oder er würde wahnsinnig werden.

»Bitte ... ich möchte nicht von dir berührt werden.«

Cathleen hockte sich breitbeinig vor ihn aufs Bett und sah ihn einen Moment lang verblüfft an, dann ließ sie ein glockenhelles Lachen ertönen. »Bist du sicher?«, fragte sie. »Er scheint das nämlich anders zu sehen.« Sie deutete auf seine Körpermitte.

»Er ... das bin ich, Mom. Ich will das nicht mehr.«

»Unsinn«, erwiderte sie barsch. »Du redest dir das nur ein. Selbstzweifel gehören zu einem heranwachsenden Mann wie das Amen in die Kirche. Es bedarf einer starken Mutter, ihm den rechten Weg zu weisen. Lass mich dir zeigen, was gut für dich ist. Sieh dich doch an, dein Körper spricht eine klare Sprache. Aber ich verstehe, wenn du das Bedürfnis verspürst, selbst das Ruder in die Hand zu nehmen.« Ihr Lächeln bekam etwas Räuberisches. »An mir soll es nicht liegen. Lass deinen Phantasien freien Lauf.« Sie senkte sich zu ihm herab und umschloss ihn mit dem Mund.

Nathan ließ sich zurückfallen. Auf seiner Netzhaut tanzten Sternchen. Es war sinnlos. Er konnte sich gegen diese Frau nicht zur Wehr setzen. Was immer er sagte, was immer er tat, sie verkehrte es ins Gegenteil. Sie würde ihn niemals gehen lassen. Mit ihrem giftigen Atem und ihrem wollüstigen Körper machte sie alles Gute zunichte, verkehrte Anstand in Abschaum und Tugend in Sünde. Er kam sich vor wie Prometheus über dem Abgrund, dessen Leber von einem Adler gefressen wurde, während sie immer wieder nachwuchs.

Tränen der Wut rannen ihm übers Gesicht. Seine Hände krallten sich um Mutters Kopf, während sie ihn verschlang.

Es war spät in der Nacht, als er das Haus verließ. Der Mond war ein großes Stück nach Westen gewandert und verbarg sein Antlitz hinter einer kleinen Wolke. Die Frösche hielten ihr nächtliches Konzert ab. Sein Rucksack hing über der Schulter, sein brauner Mustang wartete gesattelt drüben am Stall, unruhig mit den Hufen scharrend.

Nathan hob den Kopf und sog die Luft ein.

Durch die geöffneten Türen und Fenster drang der Geruch des Alkohols bis zu ihm nach draußen. Absinth, Whiskey, Cognac – Mutters Bestände waren beeindruckend. Sie hätte eine ganze Ortschaft damit versorgen können. Er hatte jede einzelne Flasche geöffnet und sie ausgeleert. Über Tische, Kommoden und Vitrinen, auf Vorhänge, Teppiche und Gobelins. Alles, was brennbar war, hatte er getränkt, vor allem aber die hölzerne Treppe, die hinauf in den ersten Stock führte. Nichts sollte lebend von dort oben herunterkommen.

Die lodernde Fackel in der Hand, stand er da und

wartete. Worauf, das wusste er selbst nicht so genau, vielleicht auf ein Wunder. Doch Wunder gab es keine. Die Fackel züngelte im warmen Wind, der vom Mississippi heraufkam. Er presste die Lippen zusammen, dann warf er sie im hohen Bogen durch das geöffnete Fenster. Ein kurzes Verharren, ein unstetes Zucken, dann nahm das Unheil seinen Lauf.

Einen Moment wartete er noch, um sicherzugehen, dann wandte er sich um und ging. Und mit einem letzten Gedanken an seine Mutter, die gefesselt und geknebelt oben in seinem Bett lag, gab er seinem Pferd die Sporen und kehrte seiner Heimstatt den Rücken. Er kam nie wieder zurück.

49

Am nächsten Morgen …

Es war kalt, als River in Begleitung Nathans die Höhle verließ und die Strickleiter hinabstieg. Mooka'angs Hütte lag still und wirkte seltsam entrückt. Kein Licht, nicht einmal Rauch stieg aus dem Schornstein. Die Behausung wirkte, als wäre sie schon seit Jahren verlassen.

In der Nacht war wieder Schnee gefallen. Zwei Finger hoch breitete er sich über den Hang aus und dämpfte ihre Schritte.

River begrüßte Ma'iingan, schulterte ihr Gepäck und sah ein letztes Mal zurück. Auf dem toten Baum rechts von ihnen hockten die Krähen und ließen hin und wieder ein heiseres Krächzen hören. Die Köpfe tief ins Gefieder versenkt, schienen auch sie ihren eigenen Gedanken nachzuhängen.

River war von einer seltsamen Unruhe befallen. Erinnerungen durchkreuzten ihre Gedanken. Erinnerungen an die Hochzeitszeremonie und das anschließende bange Warten auf ihren Gatten. Als er endlich den Weg zu ihr gefunden hatte, war er verändert gewesen. Aufrichtiger, ehrlicher. Er hatte sie berührt, und zum ersten Mal hatte sie das Gefühl gehabt, dem echten Nathan gegenüberzustehen. Als hätte das Reinigungsritual etwas freigesetzt, was bisher verschüttet unter der Oberfläche gelegen hatte. Sie vermied es, ihn danach zu fragen, denn was sie in dieser Nacht gemeinsam erlebt hatten, war wunderschön gewesen.

Sie warf ihm einen verstohlenen Blick zu.

Er hatte das Pferd losgebunden und folgte ihr. Ihm schien nicht nach Reden zumute zu sein. Was hätte es auch zu sagen gegeben? Er hatte sich tatsächlich verändert. Sein Gang war aufrechter, die Schultern straffer und der Rücken weniger gebeugt. Den markanten Schimmer in seinen Augen hatte er behalten, aber er strahlte etwas aus, was damals, als sie einander zum ersten Mal begegnet waren, noch nicht vorhanden gewesen war.

Als er ihren Blick bemerkte, verlangsamte er seinen Schritt.

»So nachdenklich heute Morgen?«, fragte er. »Ich hoffe, ich habe dich nicht verärgert.«

»Verärgert, nein. Eher das Gegenteil.« Sie berührte seine Hand. »Die Nacht war wundervoll. Es ist nur einfach so viel geschehen, über das ich mir Gedanken machen muss, verstehst du?«

Er nickte. »Nur zu gut. Mir war nicht bewusst, dass du noch Jungfrau warst.«

Verlegen sah sie ihn an. »Das ist nichts, worüber sich zu reden lohnt. Hat es dich gestört?«

»Nein … ich …« Er wurde tatsächlich ein wenig rot. »Es mag jetzt albern klingen, aber du bist die erste Jungfrau, mit der ich zusammen war. Was wohl auch damit zusammenhängt, dass ich noch nie verheiratet war. Bei uns legen die Familien großen Wert auf die Unberührtheit der Braut.«

»Bei uns nicht«, sagte sie. »Klar, geredet wird viel darüber, aber niemand würde deswegen eine Frau zurückweisen.«

»Interessant«, sagte er.

»Was?«

»Nun, dass du immer noch von *deinem Volk* sprichst. Das muss alles ziemlich verwirrend für dich sein.«

»Das ist es.« River tastete nach dem Buch unter ihrem Gewand. Sie trug es ganz nah an ihrem Körper, damit sie es spüren konnte.

»Der Gedanke ist neu und aufregend. Ich werde Zeit brauchen, um mich daran zu gewöhnen. Genau wie an meinen Namen.«

»Emily.«

Wie er ihn aussprach, klang er weich und anmutig. »Ich mag diesen Namen, ich mochte ihn immer schon.«

Sie sah ihn neugierig an. »Kanntest du mal eine Emily?«

»Nicht persönlich, nein. Aber er ist sehr verbreitet in meiner Generation. Als ich jung war, hießen viele Mädchen so. Heute hört man den Namen nur noch selten. Soweit ich weiß, stammt er aus dem Lateinischen und bedeutet: *aus dem Geschlecht der Aemilier stammend.* Die Aemilier waren eine bedeutende Adelsfamilie im antiken Rom.«

»Du weißt sehr viel, nicht wahr?«

»Ich habe viel gelesen, das stimmt, aber *wissen* ist etwas anderes. Wissen kann man nur, wenn man gelebt hat. Und ich habe das Gefühl, dass ich erst jetzt anfange, richtig zu leben.«

»Aber du warst ein Kriegsheld.«

»Das stimmt, aber was für ein Leben soll das sein? Versteh mich nicht falsch, der Krieg war wichtig für mich. Er hat mir die Kraft gegeben zu überleben. Rang und Stellung waren egal. Nur der Moment zählte. Der Augenblick, über sich selbst hinauszuwachsen, ein Held zu werden. Sühne, Vergebung, Untergang. Es gab Zeiten, da habe ich den Krieg vermisst. Er hat mir geholfen zu vergessen. Aber *überleben* ist etwas anderes als *leben*. Ich fange erst langsam an zu begreifen, was das bedeutet.« Er blieb stehen und sah sie liebevoll an. »Darf ich dich küssen?«

Sie lächelte schüchtern. »Du bist mein Mann.«

Er trat vor, nahm sie in den Arm und senkte seine Lippen auf ihre. Sein stacheliger Bart kitzelte sie, aber es störte sie nicht. Männer aus ihrem Volk hatten keine Bärte.

Als sie sich voneinander lösten, glitzerte es in seinen Augen. Rasch wischte er mit der Hand darüber. »Das war wunderschön. Ich würde dich gerne öfter küssen, aber leider bleibt uns so wenig Zeit. Und ich habe keine Ahnung, wie es weitergeht.«

Sie lächelte. »Immer geradeaus, das Flussbett hinauf. Folge mir einfach. Und pass auf den Weg auf, es könnte ziemlich rutschig werden.«

Je weiter sie kamen, desto nebliger wurde es. Die Wolken hingen so niedrig, dass sie die Bergspitze komplett einhüllten. Die Schlucht war schmaler geworden, die Felsbrocken, die es zu umrunden galt, wurden größer und klobiger. Jetzt konnte es nicht mehr weit sein. Mooka'ang hatte die Strecke grob skizziert, so dass sie sich einigermaßen sicher sein konnten, auf dem richtigen Pfad zu sein.

Düster und bedrohlich ragten die Ruinen abgestorbener Bäume um sie herum auf. Zeugen einer Zeit, in der der Gipfel noch grün und fruchtbar gewesen sein musste. Der Nebel ließ sie wie die Leiber verkrüppelter Riesen wirken. Das Plätschern des Bachs und der Hufschlag des Pferdes waren die einzigen Geräusche in dieser menschenleeren Gegend. Ein umgestürzter Baum versperrte ihnen den Weg und zwang sie, über das höher gelegene rechte Ufer auszuweichen. River war schon halb oben, als sie sich umdrehte und sah, dass Nathan stehen geblieben war.

»Was ist los?«

Er schwieg. Stand nur da und sah sich um.

»Komm«, flüsterte sie.

»Irgendetwas stimmt nicht«, sagte er. »Die Bäume, die Sträucher ... nichts wächst hier in die richtige Richtung.«

Sie fragte sich, wie er das wohl meinte, als er plötzlich sein Bowiemesser zog, zu dem umgestürzten Baum zurückging und einen der Seitenäste abtrennte. Er arbeitete schnell und schweigsam. Sein Atem kondensierte zu weißen Schleiern. Die Messerhiebe hallten durch die Schlucht wie Pistolenschüsse. River blickte empor. Die Bäume schienen näher gerückt zu sein. Lauschend beugten sie ihre abgestorbenen Wipfel zu ihnen herunter, die Äste wie Krallen nach ihnen ausgestreckt.

Eine Eiseskälte kroch unter ihrem Gewand die Beine empor. Sie hatte das Gefühl, beobachtet zu werden. Von wem oder von was, wusste sie nicht, nur, dass diese Augen nicht freundlich gesinnt waren.

Nathan war beinahe fertig. Mit einigen gezielten Schlägen beendete er seine Arbeit und begutachtete dann sein Werk. Das Holz war schön gewachsen, gerade, hell und glatt und lief an einem Ende zu einer knollenförmigen Verdickung aus. Ein gut ausgewogener Stab, der in der Hand eines Mannes, der damit umzugehen verstand, sicherlich zu einer tödlichen Waffe werden konnte.

Nathan ließ das Holz ein paarmal durch die Luft sausen und hieb am Schluss hart auf einen Fels. Der Stab hielt. Endlich dämmerte es River.

»Mooka'angs Weissagung«, flüsterte sie.

Er nickte grimmig. »Damit hätten wir uns nun offiziell angekündigt. Keine Versteckspielchen mehr. Wenn hier oben etwas ist, dann weiß es jetzt, dass wir kommen.«

*

Scott fiel es zunehmend schwer, sich zu konzentrieren. Sosehr er sich auch bemühte, er bekam diese Bilder einfach nicht aus seinem Kopf. Sobald er die Augen schloss, und sei es nur für einen kurzen Moment, waren sie wieder da. River und Blake. Nackt. In einer Höhle, ihre Leiber eng aneinandergeschmiegt, als würden sie sich der Wollust hingeben.

Er hatte nie Visionen gehabt, nicht mal, als er mit vier einige Wochen fiebrig im Bett gelegen hatte. Aber seit sie ihren Fuß auf diesen verfluchten Berg gesetzt hatten, war es, als würde in seinem Kopf etwas nicht stimmen.

»Probleme, Scott?« Bürgermeister Albright war neben ihn getreten und sah ihn besorgt an.

»Nein, alles klar. Wieso?«

»Ich fühle, dass dich etwas beschäftigt. Ist es die Frau?«

Scott schwieg. Albright war nun wirklich der Letzte, mit dem er darüber reden wollte.

»Nichts für ungut«, sagte der Bürgermeister lächelnd. »Ich verstehe dich, ich kenne die Zeichen. Nichts, dessen man sich zu schämen brauchte. Ich gebe nur zu bedenken, dass es besser wäre, sich nicht davon verwirren zu lassen. Die nächsten Stunden werden die Entscheidung bringen, ich spüre es.«

»Na klar«, murmelte Scott, der gar nichts verstand. Wovon zum Geier redete Albright da? Zum Glück endete das Gespräch, ehe es richtig begonnen hatte.

Der Umriss eines abgestorbenen Baumes schälte sich vor ihnen aus dem Dunst. Es war eine uralte Kiefer, die von Dutzenden und Aberdutzenden von Krähen bevölkert wurde. Dicht an dicht saßen die Vögel beieinander und unterhielten sich mit krächzenden Stimmen. Links daneben, am Fuße einer Felswand, stand eine verlassen aussehende Hütte.

Sheriff Tanner saß ab und zog seine Waffe. »Hallo, ist da jemand?«

Seine Stimme hallte von der Felswand zurück. Keine Antwort. Ein paar trockene Krächzer der Krähen, das war alles. Um sicherzugehen, feuerte er einmal in die Luft. Die Vögel stoben auf und verteilten sich schimpfend in den umliegenden Kiefern.

»Scheint niemand da zu sein. Kommen Sie, sehen wir uns das mal an.«

Sie banden ihre Pferde an und betraten die Behausung.

Der Eingang war niedrig. Sie mussten den Kopf einziehen, um nicht anzustoßen. Drinnen war es stickig und düster. Spinnweben und Staubschleier hingen vor den Fenstern. Im hinteren Teil der Hütte war ein Stück des Dachs eingestürzt, und trübes Tageslicht sickerte herein.

Das Gebäude machte einen heruntergekommenen Eindruck. Tanner ging zu der zentral gelegenen Feuerstelle und hielt den Finger in die Asche. »Noch warm«, konstatierte er. »Keine fünf Stunden.«

»Wir sind ihnen dicht auf den Fersen«, sagte Brimstone.

Scott konnte sich den Zweck der Hütte nicht recht

erklären. »Was ist das hier? Wer wohnt denn in solch einer Einsamkeit?«

Der Sheriff fuhr mit den Fingern über die staubigen Nischen und Ablageflächen. »Wer immer hier gelebt hat, ist jedenfalls schon lange fort. Die Hütte ist seit Jahren verlassen.« Er nahm einen Gegenstand von der Wand, blies den Staub fort und hielt ihn ins Licht. »Ein Traumfänger. Schätze mal, es waren Indianer.«

»Sehen Sie hier«, rief Bürgermeister Albright. Er war ein Stück nach hinten gegangen und betrachtete einen merkwürdigen Sack, der in einer Nische in der Wand aufbewahrt wurde. »Sieht aus wie eine Leiche.«

»Ein Mumienbündel«, sagte Tanner. »Ich habe so etwas schon einmal gesehen. Begräbnisrituale bei manchen Indianerstämmen.«

»Sieht alt aus«, bemerkte Scott, wobei er versuchte, sich seinen Ekel nicht anmerken zu lassen. Das Bündel war grotesk. Wer bewahrte denn seine Toten in einem Wandregal auf? Arme und Beine der Person waren angezogen, die Haut wie Pergament über die dünnen Knochen gespannt. Die Lippen waren hinter den hervortretenden Zähnen zurückgeschrumpelt, und statt der Augen gähnten leere Höhlen. Daneben standen Tonschalen, in denen Pulver und allerlei vertrocknete Kräuter aufbewahrt wurden. Die Erscheinung trug ein langes Kleid, das weitere Details verhüllte.

»Scheint eine Frau zu sein«, sagte Albright und deutete auf die spinnwebförmigen Haare und den Schmuck. »Vielleicht die Hexe, die River gesucht hat.«

»Wenn Sie recht haben, dürfte das für die Flüchtigen eine ziemliche Enttäuschung gewesen sein.«

»Ich muss hier raus.« Brimstone wandte sich um. »Kommen Sie, beenden wir unsere Untersuchung und setzen die Verfolgung fort. Im Neuschnee sind ihre Spuren gut zu erkennen, das sollten wir ausnutzen.«

»Nicht so eilig«, sagte Tanner. »Wir wissen, dass die beiden hier die Nacht verbracht haben, und ich würde die Hütte gerne noch absuchen, ehe wir weiterreiten. Vielleicht finden wir etwas Wichtiges.«

»Tun Sie, was Sie nicht lassen können. Ich werde jedenfalls rausgehen. Mir ist nicht wohl in dieser Hütte.«

»Ich komme mit«, sagte Scott. »Ich habe draußen eine Strickleiter gesehen, die zu einer kleinen Höhle oben in der Felswand führt. Die werde ich mir mal ansehen.«

»Mach das!« Tanner nickte ihm zu. »Aber pass auf dich auf. Wenn du dir ein Bein brichst oder dir sonst wie weh tust, werden wir dich nicht den ganzen Weg runterschleppen können. Hast du mich verstanden?«

Scott tippte an seinen Hut und verließ die Hütte. Als er ins Freie trat, atmete er auf. Brimstone hatte recht gehabt: Irgendetwas war mit dieser Hütte, und das war nicht der Staub. Dieser Ort war geprägt von Tod und Verfall und einer düsteren – um nicht zu sagen, *teuflischen* – Magie. Als wären hier unheilige Kräfte am Werk, die verhinderten, dass etwas wuchs oder gedieh.

Die Krähen hatten inzwischen ihren Schrecken überwunden und sich wieder auf dem Baum niedergelassen. Krächzend beobachteten sie die Eindringlinge.

Von einer inneren Unruhe getrieben, ging Scott hinüber zur Felswand, packte das untere Ende der Strickleiter und setzte einen Fuß auf die unterste Schlaufe. Das Material ächzte und knarrte. Die Seile waren brüchig und ausgefranst und offenbar schon mehrere Jahrzehnte alt. Sein Gewicht gleichmäßig verteilend, stieg Scott Meter um Meter hinauf.

Die Höhle befand sich etwa fünfzehn Fuß über dem Boden.

Unbeschadet erreichte er den Eingang. Das Loch war klein, nicht mehr als ein Meter im Durchmesser. Er musste sich vorbeugen und auf allen vieren hindurchklettern. Seine Augen benötigten eine Weile, um sich an die trüben Lichtverhältnisse zu gewöhnen. Doch was er sah, entlockte ihm einen Schrei der Verwunderung.

Die staubigen Felle, die rituellen Federn und Knochen, das bestickte Kissen –

er hatte diesen Ort schon einmal gesehen. Letzte Nacht, während seines Traumes.

Hier, direkt vor seinen Füßen, hatten River und Blake gelegen. Hier war es, wo sie sich geküsst, umarmt und geliebt hatten. Er brauchte bloß die Augen zu schließen, und alles war sofort wieder da. Er sah Rivers leicht geöffneten Mund, ihre Lippen, die im Mondlicht sanft schimmerten. Die Art, wie sie den Kopf in den Nacken legte, während Blake sie von hinten küsste. Wie sie sich ins Fell krallte, während sie sich den rhythmischen Stößen seiner Lenden hingab. Er hörte ihr Stöhnen, ihre kleinen heiseren Schreie, er glaubte sogar ihren Duft zu riechen, das Parfum ihrer Weiblichkeit, vermischt mit dem Geruch nach Kräutern und Heilpflanzen. Nicht nur ein Mal hatten die beiden sich hier geliebt, sondern zwei Mal. Drei Mal.

»Aufhören«, presste er zwischen den Zähnen hervor. »Sofort.«

Die Bilder verblassten, verschwanden jedoch nicht gänzlich. Was übrig blieb, war schmerzhaft genug. »Schatten und Illusionen«, stammelte Scott. »Nichts als Trugbilder.«

»Alles in Ordnung mit dir da oben?« Tanners Stimme

unterbrach den Spuk. »Geht es dir gut? Ich hab dich schreien gehört.« In seiner Stimme schwang Sorge mit.

Scott kroch zum Höhleneingang. »Alles in Ordnung. Scheint eine Art Gebetskammer zu sein, aber sie ist leer. Ich komme gleich wieder runter!«

»Beeil dich, wir wollen weiter.« Der Sheriff und die anderen hatten bereits ihre Pferde bestiegen.

»Alles klar, ich komme.« Scott blickte noch einmal ins Innere. Wie lange war er denn schon hier oben? Sekunden, Minuten, Stunden? Er hatte jedes Zeitgefühl verloren. Dieser Ort war tatsächlich nicht geheuer. Je eher sie von hier verschwanden, desto besser.

Er wollte gerade die Leiter betreten, als er etwas bemerkte, das, halb verborgen, unter einem der Felle hervorlugte. Es war klein, rund und von blauer Farbe. Scott zog es hervor und betrachtete es. Es war ein schwarzblauer Stein mit glitzernden Einschlüssen, der an einem ledernen Band befestigt war. Augenblicklich wurde ihm bewusst, was er da sah. *Rivers Talisman.*

50

»Halt mal an!«

Nathan drehte sich um. River war ein Stück zurückgefallen, ihre Umrisse kaum noch zu erkennen. Die Wolken hingen so niedrig, dass man keine drei Pferdelängen weit sehen konnte, und die Kälte nahm von Minute zu Minute zu.

»Was ist los«, fragte er. »Kann ich dir helfen?«

River tastete ihr Kleid ab. »Ich finde mein Amulett nicht.«

»Hast du es in die Tasche gesteckt?«

»Nein, ich habe bereits alles abgesucht. Wir müssen umkehren.«

»Was sagst du?« Er glaubte, sich verhört zu haben. Er war immer noch ziemlich aus der Puste vom letzten Anstieg.

»Ohne meinen Talisman kann ich nicht weiter. Gestern hatte ich ihn noch bei mir.«

»Vielleicht in einer der Satteltaschen?«, schlug er vor.

»Da habe ich schon nachgesehen. Außerdem würde ich ihn nie dorthin tun. Er war immer um meinen Hals. Bis zu dem Moment, in dem wir uns geliebt haben.« Sie sah ihn eindringlich an. »Ich glaube, ich habe ihn in der Höhle vergessen.«

»Und was sollen wir jetzt machen?«

»Ich brauche meinen Glücksbringer, ich war noch nie von ihm getrennt.«

»Das hieße, den ganzen Weg zurückzugehen.«

»Natürlich. Oder kannst du fliegen?«

Wenn es witzig gemeint war, konnte er nicht darüber lachen. »Ausgeschlossen«, sagte er.

»Der Talisman ist wichtig.«

»Es ist nur ein Stein. Er wird schon nicht davonlaufen. Sobald wir auf dem Rückweg sind, werden wir bei Mooka'ang haltmachen und ihn holen. Er wird dort auf dich warten, versprochen.«

»Wir müssen ihn jetzt holen. Sofort. Ohne ihn kann ich dich im Kampf gegen den Baykok nicht unterstützen.«

Nathan presste die Lippen zusammen. Da waren sie wieder: ihre Meinung gegen seine. Und River konnte so unglaublich stur sein.

»Nein«, sagte er.

»Nein, *was?*« Sie sah ihn überrascht an. »Was soll das heißen? Du hast versprochen zu tun, was ich sage.«

»Ich habe versprochen, dich bis zu Mooka'ang zu bringen. Das habe ich getan. Ich habe mich bereit erklärt, dich auf diesen Berg zu begleiten, auch das habe ich getan. Alles in allem sehr entgegenkommend, findest du nicht?«

»Aber das hier ist wichtig.«

Er seufzte. »Ist es das nicht immer? Vielleicht könnten wir zur Abwechslung ja mal das machen, was ich vorschlage. Und mein Rat lautet: weitergehen.«

»Die Dinge haben sich geändert.«

»Inwiefern?«

»Wir sind verheiratet, hast du das vergessen? Wir haben ein Versprechen voreinander abgegeben. Du hast dich bereit erklärt, an meiner Seite zu stehen und mich bei allem, was ich tue, zu unterstützen.«

»Das gilt umgekehrt genauso. Wo steht eigentlich geschrieben, dass die Frau immer das letzte Wort haben muss?« Der erste Ehekrach, und das nach nicht mal einem halben Tag. Er fragte sich, ob alle weiblichen Vertreter der First Nations so dominant waren.

»Du bist mein Krieger und solltest auf meinen Rat hören«, sagte sie leise. »Tust du das nicht, hätte ich dich gar nicht zu heiraten brauchen.«

»Hör mal. Ich unterstütze dich, wo ich kann. Das tue ich seit Tagen. Du bist mir wichtig, und ich weiß, dass ich etwas wiedergutzumachen habe. Auf dein Drängen bin ich dir in das Haus dieser Frau gefolgt, habe mir ihre Geschichten angehört und bin mit dir sogar die Ehe eingegangen. Versteh mich nicht falsch. Du bist eine wunderbare Frau, jeder Mann könnte sich glücklich schätzen, dein Gatte zu sein. Aber mittlerweile kommen mir Zweifel, ob das aus den richtigen Gründen geschehen ist.«

»Von welchen Gründen sprichst du?«

»Na, du kannst Fragen stellen. *Liebe* natürlich. Der einzige Grund, warum man überhaupt heiraten sollte.«

Noch während er das sagte, spürte er, dass er einen Fehler gemacht hatte. Ihre Reaktion setzte auch unvermittelt ein. Tränen schimmerten in ihren Augen. Aber nicht aus Trauer.

»Bitte entschuldige«, sagte er. »Es tut mir leid, ich hätte das nicht sagen sollen. Ist mir so rausgerutscht. Das ist weder der richtige Ort noch der richtige Zeitpunkt, um darüber zu sprechen.«

»Doch, das ist er. Genau jetzt und hier. Los jetzt, raus mit der Sprache. Was willst du mir sagen – dass du mich aus Mitleid geheiratet hast?«

Er atmete tief durch. Es war zu spät. »Na schön. Wenn du es unbedingt wissen willst – ich habe Zweifel, dass es überhaupt einen Dämon gibt. Gestern sprach ich mit

Mooka'ang darüber, heute sage ich es dir: Für mich gibt es nicht den geringsten Beweis, dass es eine solche Kreatur überhaupt gibt. Klar, die Leichen waren sehr seltsam, aber inzwischen glaube ich, dass sich das alles auch auf normalem Wege erklären lassen könnte.«

»Und warum bist du dann hier?« Sie sah ihn herausfordernd an. »Wenn du so denkst, warum hast du überhaupt in die Ehe eingewilligt?«

»Weil ich in deiner Schuld stehe. Himmel, mach es mir doch nicht so schwer. Ich habe das Spiel so weit mitgespielt, wie ich konnte, doch irgendwann muss mal Schluss sein.«

»Ein *Spiel?*« River stand da, den Kopf trotzig erhoben. »Und deine Liebe heute Nacht, war auch die nur gespielt?«

»Natürlich nicht.«

»Aber du weißt nicht, was du fühlen sollst, ist es das?«

Er schüttelte frustriert den Kopf. »Ich empfinde etwas für dich, aber ob das wirklich Liebe ist, weiß ich nicht – ich war noch niemals verliebt. Du bist das schönste Mädchen, das mir jemals begegnet ist. Dich in meinen Armen zu halten, war unbeschreiblich. Aber eine schöne Nacht wird mich nicht dazu bringen, dir den Weg zurück zur Hütte zu folgen, um dein albernes Halsband zu holen. Alles nur Aberglaube.«

River presste die Lippen zusammen. »Aberglaube, soso. Ich dachte, du würdest unserer Tradition gegenüber mehr Respekt empfinden. Hat dir Mooka'ang nicht die Quelle deiner Wut gezeigt? Hast du mir nicht letzte Nacht erzählt, dass all diese Frauen sterben mussten, weil sie wie deine Mutter aussahen? Wenn du glaubst, es war nichts als Aberglaube, der das zutage gefördert hat, hast du nichts verstanden.«

»Was Mooka'ang getan hat, hat nichts mit Zauberei zu tun. Es war eine Kombination aus Rauschmitteln und längst verloren geglaubten Erinnerungen. Seelenklempnerei, nichts weiter.« Er schüttelte den Kopf. »Außerdem bin ich mir gar nicht mehr so sicher, ob das so stimmt, was ich dir gestern Nacht erzählt habe. Meine Erinnerungen sind reichlich verschwommen. Als hätte ich das alles nur geträumt …«

»Träume sind Wirklichkeit.«

»Sind sie nicht, sie sind nur Spiegelbilder. Glaube ist nicht real. Glaube heißt *nicht wissen*. Übernatürliche Kreaturen, Zauberei, Legenden, Mysterien … das sind nur Geschichten.« Er zuckte die Schultern. »Du hast dich da verrannt, River. Wir Menschen tendieren dazu, in allem einen höheren Willen zu sehen, das ist unsere Natur. Wenn der Blitz zweimal an dieselbe Stelle einschlägt, glauben wir gleich an ein Muster, an eine göttliche Vorsehung. Für alles, was wir uns nicht erklären können, haben wir sofort eine Lösung parat. Woher kommt der Wind? Ganz klar, aus einer Höhle in einem Berg, in der ein Gott von seiner Liebsten träumt. Sein sehnsuchtsvolles Seufzen – das ist der Wind. Zumindest glaubten das die alten Griechen.

Wir verstricken uns so schnell in unseren eigenen Lügengeschichten, dass wir Wahrheit und Dichtung irgendwann nicht mehr auseinanderhalten können. Gleichzeitig aber leugnen wir das, was uns so erfolgreich hat werden lassen: den gesunden Menschenverstand. Wenn ich einen Stein loslasse, fällt er nach unten, das ist ein Naturgesetz, das war nie anders. Trotzdem sind wir nur allzu schnell bereit, jedem Glauben zu schenken, der behauptet, etwas anderes gesehen zu haben. Wir verzichten sogar auf den Beweis und geben uns nur mit seinem Wort zufrieden. Warum tun wir das? Weil wir süchtig sind. Süchtig nach Hoffnung. Süchtig nach der Vorstellung, mehr zu sein als nur Materie. Süchtig nach dem Glauben an eine unsterbliche Seele.

Aber letztlich sind diese Geschichten nichts anderes als Drogen. Unbewiesene Behauptungen, die uns einlullen, uns gefügig machen und uns Hoffnung schenken. Drogen für den Geist.«

Er ging auf sie zu, wollte sie berühren, aber sie entzog sich seinem Griff.

»Bitte, nimm es doch nicht so schwer«, sagte er. »Lass mich dich auf den Berg führen und dir zeigen, dass da oben nichts ist. Gemeinsam werden wir den Gipfel erkunden und jeden Stein umdrehen. Wenn wir das getan haben, wirst du erkennen, dass es kein übernatürliches Wesen gibt. Nichts, wovor man flüchten oder sich fürchten müsste. Würdest du das für mich tun? Bitte. Ich bin sicher, dass wir …«

Weiter kam er nicht. Etwas hatte seinen eloquenten Gedankengang rüde unterbrochen. Ein Keuchen. Ein diabolisches, kratzendes Geräusch, das hinter ihm aus dem Nebel drang. *Ein Lachen.*

Nathan erstarrte.

51

Er hastete durch den Nebel. Der Dunst wurde von Minute zu Minute dichter. Fünf Armlängen, dann war die Welt zu Ende. Nicht gerade viel Spielraum für schnelle Reaktionen. Noch einmal hatte er das Lachen gehört, jedoch von etwas weiter entfernt. Jetzt war es still.

Was zum Geier war das gewesen?

Nathan entsicherte die Pistole, prüfte, ob sie geladen war, und ließ sie ins Holster gleiten. Den Stab mit beiden Händen umklammernd, eilte er die letzte Anhöhe hinauf. Aller Logik zum Trotz versprach dieser Stock mehr Sicherheit als zwanzig geladene Gewehre. Im Nebel richteten Schusswaffen mehr Schaden an, als dass sie nutzten. Er hatte mit dieser Art des Kampfes Erfahrung. Während des Gefechts bei McDowell, dem zweiten von insgesamt vier großen Gefechten des Shenandoah-Feldzugs, hatten sie es mit plötzlich auftretendem Nebel zu tun gehabt. Der achte Mai war ein besonders regnerischer Tag gewesen. Der Boden war aufgeweicht gewesen, und die Flüsse und Bäche waren übergequollen. In den Nachmittagsstunden zwischen halb vier und halb acht – dem Zeitraum der Schlacht – war es in dem dichten Nebel nahezu unmöglich gewesen, Freund von Feind zu unterscheiden. In diesen wenigen Stunden hatte Nathan mehr über das Kämpfen gelernt als in seiner gesamten bisherigen Laufbahn. Er war zwanzig Jahre damals und auf dem Höhepunkt seiner körperlichen Leistungsfähigkeit. Mit seinem messerscharfen Gehör war er in der Lage, anhand des Klapperns der Proviantdosen seinen Gegner zu identifizieren. Zweiundzwanzig Männer hatte er an diesem Tag getötet und dabei nicht eine einzige Fehlentscheidung getroffen. Seine Strategie wurde später in Militärcamps als Grundlage für akustische Trainingseinheiten verwendet, bei denen es darum ging, blind zu agieren. Soweit er wusste, gab es diese Kurse noch immer, und noch immer wurden Rekruten in der von ihm erfundenen Lauschtechnik ausgebildet.

Im Nebel lauerten tausend Gefahren. Man durfte seinen Augen nicht trauen und musste mit den Ohren sehen. Um die richtigen Entscheidungen zu treffen, musste man sich einen inneren Geräuschkatalog anlegen, der einem die Orientierung erleichterte. Die drei großen Themenkomplexe waren: Natur, Tierlaute und menschliche Klänge. Zu jedem dieser Komplexe gab es unzählige Einzelposten, die wiederum unterteilt werden mussten. Hinzu kamen intensive Übungen zum räumlichen Denken. Was verraten mir Geräusche über die Umgebung? Wie lange benötigt der Schall, um zu mir zu gelangen? Wie kann ich Originallaute von Echos unterscheiden, was sagen mir akustische Reflexionen über die Umgebung? Diese Art der Kriegsführung ermöglichte sogar das Kämpfen bei Nacht, was bis zu diesem Zeitpunkt aufgrund der hohen Verlustrate tunlichst vermieden worden war. Mit seiner Fähigkeit und seinem Wissen hätte Nathan in der neu geschaffenen Armee problemlos Karriere machen können, doch ihm war ein anderes Schicksal bestimmt gewesen. Es hatte ihn weitergezogen, weg von der Armee, hin zur Schauspielerei und auf einen Weg, der steil bergab führte.

Ein kurzes Stück vor ihm hörte er das Knacken eines Zweiges. Nicht die Art von Knacken, die entstand, wenn etwas herabfiel. Jemand war auf einen Ast getreten. Wer immer da so unvorsichtig gewesen war, er besaß Gewicht. Geister und Gespenster wogen nichts. Konnte natürlich auch ein Tier sein, ein Hirsch oder eine Raubkatze.

Vorsichtig zog er die Pistole und spannte den Hahn. »Wer ist da?«

»Chimookomaanag.«

Die Stimme klang, als würde eine Feder über Papier kratzen.

»Chimo … okoma … anag.«

Er zielte in den Nebel. »Zeig dich, oder ich werde dich töten.«

Ein heiseres Kichern. Dann ein schemenhafter Umriss.

Nathan hob die Pistole. Vor ihm schälte sich eine Person aus dem Nebel. Sie war nicht besonders groß und schien mit jedem ihrer Schritte kleiner zu werden. Graue Haare, rissige Haut, eine Narbe quer übers Gesicht. Schultern und Rücken vom Alter gebeugt. Das rechte Auge blind.

»Mooka'ang?« Verwirrt ließ er die Pistole sinken. »Was tust du hier? Ich dachte, du wolltest unten bleiben. Ziemlich riskant, hier durch den Nebel zu schleichen. Sagtest du nicht, du wärst zu schwach, um mit auf den Berg zu steigen?«

»Das sagte ich«, erklang das Kratzen. »Aber etwas hat sich geändert. Fremde kommen den Berg herauf. Sie verfolgen euch.«

»Fremde? Hast du sie gesehen? Wie viele sind es?«

Die Alte hielt vier Finger in die Höhe.

»Vier?« Tanner und seine Männer. Diese verdammten Halunken. Aber er hatte damit gerechnet. Argwöhnisch blickte er die Alte an. »Wie konntest du vor uns hier oben eintreffen? Ich kann mich nicht erinnern, dass du uns überholt hättest.«

»Gibt viele Wege, manche gewunden, manche gerade.«

Die Alte war noch ein gutes Stück von ihm entfernt. Halb verborgen im Nebel stehend, schienen ihre Umrisse mal hierhin, mal dorthin zu fließen. Der Umhang, den sie über die Schultern geworfen hatte, wogte leicht hin und her. Dabei wehte kein Lüftchen. Nathan hielt den Kopf schräg. Alle seine Sinne sagten ihm, dass hier etwas nicht stimmte. Misstrauisch wedelte er mit der Waffe. »Komm näher. Ich will dich besser sehen.«

»Du weißt doch, wie ich aussehe.«

»Komm her, habe ich gesagt!«

Das Lächeln in ihrem zerstörten Gesicht hatte etwas Irritierendes. »Wie du willst.«

Mit einer Bewegung, zu schnell und geschmeidig für das Auge, glitt sie auf ihn zu. Als sie anhielt, war sie nur mehr drei Schritte von ihm entfernt.

»Zufrieden?« Sie hob den Kopf.

Er erstarrte. Ihr Auge. Das blinde Auge. Es war auf der falschen Seite. So – *als wäre sie nur ein Spiegelbild!*

Er machte einen schnellen Schritt zur Seite. Keinen Moment zu früh. Die Hand der Alten war vorgeschnellt und hatte in die Luft gegriffen – dorthin, wo vor einer Sekunde noch sein Herz gewesen war. Knöcherne Finger, lang wie Dolche, zuckten durch die Luft, krümmten sich und suchten tastend nach lebendem Fleisch. Die Enden waren zu gelblichen Krallen verformt. Die Krallen eines Tiers. Der Arm, an dem diese Klauen hingen, war viel zu lang.

Er riss die Waffe hoch und feuerte.

Einmal, zweimal, dreimal. Das künstliche Gewitter

ließ den Nebel aufleuchten. Er wusste, dass er getroffen hatte, denn er sah die Einschusslöcher auf dem Umhang. Der Stoff verformte sich unter dem Aufprall der Geschosse, allein, die Wirkung war gleich null.

»Chimookomaanag.«

Eiseskälte schlug ihm ins Gesicht. Mooka'ang stand da, die rissigen Lippen zu einem Loch geformt. Ein heftiger Wind setzte ein. Schneekristalle bohrten sich wie Glassplitter in seine Haut. Entsetzt wich Nathan zurück.

Dann, einer Eingebung folgend, ließ er die Pistole fallen, packte seinen Stab und schwang ihn mit beiden Händen durch die Luft. Er erwischte ihren Kopf und spürte den Aufprall. Das Genick brach mit einem hässlichen Knacken. Der Wind legte sich, das Schneegestöber hörte auf.

Mooka'ang stand da mit weggeknicktem Kopf, wirkte verblüfft über den Hieb. Hatte sie den Angriff nicht kommen sehen, oder hatte sie damit gerechnet, dass er ihr nichts anhaben konnte? Einen Moment lang verharrte sie noch so, dann ging eine Veränderung mit ihr vor. Sie zuckte, als würde sie von Krämpfen geschüttelt. Gleichzeitig wurde sie länger und größer. So groß, dass sie mehr Ähnlichkeit mit einer Vogelscheuche hatte als mit einer alten Frau. Ihr Umhang wurde löchrig und löste sich auf, während ihr fauliger Gestank aufstieg und die Luft verpestete. Ein Heulen erklang, als würde Luft durch eine kleine Öffnung gesaugt. Die Erscheinung löste sich auf. Vermoderte Fetzen flogen empor, wurden herumgewirbelt und von dem plötzlich aufkommenden Wind in alle Himmelsrichtungen geschleudert. Nathan musste aufpassen, nicht getroffen zu werden. Um nichts in der Welt hätte er eine Berührung mit diesen ekelhaften Fetzen riskieren wollen, die in ihrer Konsistenz wie die Überreste menschlicher Haut wirkten. Mit einem Knall verschwand die Kreatur. Fort – puff – wie durch einen magischen Trick. Wo sie eben noch gestanden hatte, war ein kugelförmiger Raum im Nebel entstanden, in dem die Luft klar und transparent erschien. Keinerlei Dunst oder Eintrübung. Eine Art Korridor hatte sich dahinter gebildet, der in einer schnurgeraden Linie den Berg hinaufführte.

Nathan blieb in Angriffshaltung, den schweren Stab zum Schlag erhoben. Konnte ja sein, dass die seltsame Erscheinung zurückkam. Doch als nichts geschah, senkte er das Holz und warf einen Blick in die Runde. Der Berg war so ruhig, wie man es von ihm gewohnt war. Nicht der geringste Hinweis auf eine paranormale Existenz.

Er spürte, wie seine Beine zitterten. Seine Hände waren kraftlos und verschwitzt. Noch immer war die Luft erfüllt von schwefeligen Ausdünstungen. Was in Gottes Namen war das gewesen? Prüfend blickte er zu Boden. Keine Trittspuren. Weder von einer Frau noch von einem Tier. Dabei war Mooka'ang ihm so echt vorgekommen, so lebendig, als hätte sie leibhaftig vor ihm gestanden. Was natürlich die Frage aufwarf, inwieweit die Mooka'ang, die sie unten bei der Hütte kennengelernt hatten, echt gewesen war. Aber es gab jetzt Wichtigeres zu tun. Der Korridor im Nebel war noch da, aber er begann sich wieder zu füllen.

Nathan hob die nutzlose Pistole auf, lud nach und steckte sie zurück ins Holster. Nachdem er geprüft hatte, dass sein Messer griffbereit war, umklammerte er den Stab und eilte weiter.

Er war ein kurzes Wegstück gelaufen, als er bemerkte, wie es um ihn herum heller zu werden begann. Zuerst dachte er, seine Sinne würden ihm einen Streich spielen, doch nach ein paar Schritten konnte es keinen Zweifel mehr geben. Der Nebel löste sich auf, wich, wie von Geisterhand verschoben. Nathan war im Freien.

Wie angewurzelt blieb er stehen, beschirmte die Augen und zwinkerte ein paarmal gegen die Helligkeit an. Es dauerte eine Weile, bis er sich an das Licht gewöhnt hatte. Er hatte den Gipfel erreicht. Sonnenstrahlen durchdrangen die lockere Wolkendecke und warfen Lichtflecken auf den Boden. Von River keine Spur. Sie war hinter ihm im Nebel zurückgeblieben.

Vor ihm lag ein weites Rund, aus dem ein rauher, steiniger Grat in den Himmel ragte. Die Kuppe selbst war schroff und zerklüftet und, bis auf ein paar hartlaubige Sträucher, komplett kahl. Ebenmäßig gerundete Steine bedeckten den Boden, die in ihrer Perfektion an zu groß geratene Eier erinnerten. Zu Füßen des Felsgrats befand sich ein kleiner See, der wie ein Fremdkörper in dieser toten Landschaft wirkte. Ein Ausschnitt des Himmels spiegelte sich darin und ließ ihn wie ein weit aufgerissenes Auge aussehen.

Nathan schlug den Kragen hoch. Kein Lebenszeichen, weder Mensch noch Tier. Ein vertrautes Bild, doch etwas war seltsam. Er brauchte eine Weile, bis er erkannte, was es war. Der Schnee war fort!

Ein Umstand, der umso merkwürdiger war, als das weiße Element bis vor wenigen Minuten sein ständiger Weggefährte gewesen war.

Einer Eingebung folgend, drehte er sich um und ging ein paar Schritte zurück. Und siehe da, kaum war er in den Nebel getreten, war der Schnee wieder da.

Er wiederholte den Vorgang an verschiedenen Stellen, immer mit demselben Ergebnis. Der Schnee reichte exakt bis zu dem Punkt, an dem der Nebel endete. Als gäbe es eine unsichtbare Barriere, die beides zurückhielt.

»Das gibt's doch nicht«, murmelte er. »Wie kann das sein?«

Erst die Begegnung mit Mooka'ang, jetzt das hier. Man musste schon ein Ignorant sein, um zu leugnen, dass da etwas sehr, sehr Merkwürdiges vorging. Etwas, das er mit all seinem Wissen und all seiner Bildung nicht erklären konnte. Und was hatte er River vorhin noch für Vorträge gehalten. Jetzt war er derjenige, der sprachlos war.

»Hexerei«, murmelte er. »Himmel noch mal, River, du hast recht gehabt. Und ich Idiot habe an deinen Worten gezweifelt.«

In diesem Moment hörte er wieder etwas. Kein Kratzen und Kichern wie vorhin, sondern etwas anderes. Eine Stimme. Eine schöne Stimme. Weiblich, sinnlich, verführerisch. Und erschreckend vertraut.

»*Nathaniel.*«

Die Stimme ließ ihm das Blut in den Adern gefrieren.

»Nathaniel.«

Er kniff die Augen zusammen. »Mutter?«

»Wer sonst?«

Er erstarrte. Das konnte nicht sein. Unmöglich. Es war eine Illusion, ein Trick. Eine Falle.

»Mommy ist ganz allein. Wird ihr kleiner Schatz kommen und sie trösten?« Die Worte waren klebrig wie Honig. Sie entfalteten eine Kraft, der er sich nur schwer entziehen konnte. »Du bist nicht meine Mutter«, stieß er zwischen zusammengepressten Zähnen hervor. »Meine Mutter ist tot.«

»Ebenso tot wie du selbst«, säuselte die Stimme.

»Bullshit!«

»Viele, die glauben, sie leben, sind schon tot. Und manche, die gestorben sind, denken, sie würden noch leben. Glaubst du, du könntest den Unterschied erkennen?«

Seltsame Worte.

»Du bist mein Sohn«, fuhr die Stimme fort. »Ich habe dir das Leben geschenkt. Du hingegen gabst mir den Tod. Wusstest du, dass ich schwanger war, als du mich verbranntest? Ich erwartete ein Kind, Nathaniel. *Dein Kind*. Jetzt komm und sieh dir deine Tochter an.«

Die Worte trafen Nathan wie ein Schlag in die Magengrube. Während die Stimme noch säuselte, erschien drüben auf der anderen Seite eine Kluft im Fels. Ein schmaler Spalt, der, einer steinernen Vagina gleich, Dutzende von Fuß in die Höhe ragte. Darin leuchtete ein Licht, das tief aus dem Berg zu kommen schien. Mit bloßem Auge schwer zu erkennen, stand dort eine Frau. Sie hatte langes, wogendes Haar und hielt etwas in den Armen. Etwas Kleines, in Decken Gehülltes.

Er wusste, dass er einen schrecklichen Fehler beging, aber er konnte nicht anders. Er setzte sich in Bewegung. Nicht nach hinten, wie sein Verstand ihm riet, sondern nach vorne. Und obwohl jede Faser in seinem Körper aufschrie und ihn warnte, dass dies eine Falle war, ging er weiter.

»Meine Tochter«, murmelte er.

»Deine Tochter. Ihr Name ist Myra.«

»Myra.« Er schluckte. Was für ein wundervoller Name.

Die runden Steine glitten unter seinen Füßen dahin, als würde er über einen Teppich wandeln. Ehe er sichs versah, hatte er den See umrundet und stand vor der Kluft. Das Licht war tiefer in den Berg gesunken und glomm noch schwach, so dass er die Frau nur als Umriss wahrnahm.

»Komm näher, Mutter. Ich möchte dich besser sehen.«

»Du weißt doch, wie ich aussehe.«

»Bitte.«

Irrte er sich, oder hatte er diesen Dialog schon einmal geführt? Die Dinge fingen an, aus dem Ruder zu laufen. Formen, Bilder und Erinnerungen begannen zu verschwimmen. Es fiel ihm zunehmend schwerer, zwischen dem zu trennen, was war und was nicht.

Die Frauengestalt löste sich aus dem Hintergrund und trat ins Licht. Nathan hielt den Atem an. *Cathleen.* Wie schön sie war. Mit ihrem halbdurchsichtigen Nachthemd und dem Baby auf dem Arm sah sie aus wie ein Marienbild. Wie eine Sixtinische Madonna, gemalt von Raffael. Zu schön. Zu perfekt, um echt zu sein. Doch er konnte den Blick nicht abwenden.

»Möchtest du deine Tochter in den Arm nehmen?«

Er schrak aus seinen Gedanken. »Was hast du gesagt?«

»Ob du sie halten möchtest.«

Er nickte. Eine Illusion. Nur eine Illusion. *Töte sie. Tue es, solange du noch kannst.*

Cathleen kam näher, ihr perfekt geschminktes Gesicht nur noch wenige Armlängen von ihm entfernt. Der Duft von Magnolien stieg ihm in die Nase. Die Frau senkte ihre Augen und strich den Stoff zurück, damit er das Baby besser sehen konnte. Der Anblick der Kleinen versetzte Nathan einen Stich ins Herz. Seine Tochter. Seine ungeborene Tochter. Wie schön sie war. So klein und doch so perfekt. Die großen Augen, die runden Bäckchen. Die kleinen Hände, die durch die Luft griffen, als wollten sie nach ihm tasten.

Er spürte, wie etwas in ihm zerbrach. Tränen rannen ihm über die Wangen. Nur noch wenige Augenblicke, dann würde er zusammenbrechen. Dann würde er nicht mehr die Kraft haben, noch irgendetwas zu unternehmen.

Er hob den Kopf und sah Cathleen fest in die Augen.

»Vergib mir, Mutter.«

Der Stab krachte mit voller Wucht gegen ihren Kopf. Ihr Schädel knackte und kippte seitlich weg. Aus einer Stirnwunde strömte Blut. Mehr Blut, als er jemals gesehen hatte. Es tränkte das weiße Gewand, lief über Brust und Arme und tropfte auf das schreiende Kind.

Das Gesicht seiner Mutter zerfiel, wurde alt und spröde. »Was hast du getan?« Die Stimme war auf einmal nicht mehr lieblich und schön, sondern dunkel und kratzend. Das Bündel in ihren Armen löste sich auf, wurde dunkel und flog als schwarzer Vogel davon.

Eine Woge stinkender Luft schlug ihm entgegen, ließ ihn zurückwanken und stolpern. Er fiel hintenüber und schlug hart auf den steinigen Boden. Ein scharfer Schmerz durchzuckte seinen Arm, während er mit schreckgeweiteten Augen zusah, wie die Gestalt vor ihm sich auflöste. Das Licht im Berg verlosch, und alles, was er sah, war Dunkelheit.

»River«, flüsterte er. »Hilf mir.«

52

River versuchte, schneller voranzukommen, doch das Pferd hatte Schwierigkeiten auf dem steinigen Untergrund. Die Geräusche aus dem Nebel waren schrecklich. Entfernte Schüsse, Schreie und dazwischen etwas, das wie das Heulen eines Sturmes klang. Das klang nicht gut, das klang gar nicht gut. Nathan brauchte Hilfe.

Rasch band sie das Pferd an den nächstgelegenen Baumstumpf, warf alles, was ihr überflüssig und schwer vorkam, auf den Boden und prüfte, was noch an Waffen vorhanden war. Pistole und Bowiemesser hatte Nathan mitgenommen, aber sie hatte immer noch das alte, abgewetzte Armeemesser aus seinen Beständen. Besser als nichts, obwohl sie nicht glaubte, dass sie damit etwas ausrichten konnte. Nicht gegen einen solchen Gegner.

Warum nur hatte sie ihr Amulett abgelegt? Das hatte sie noch nie getan, selbst dann nicht, wenn sie krank geworden war oder sich sonst wie unpässlich fühlte. Aber kaum kam ein Mann daher, warf sie alle Vorsicht über Bord. *Idiotin, hirnverbrannte!*

Dabei war es so schön gewesen. Die nächsten Male sogar noch schöner als das erste. Nathan hatte sie zur Frau gemacht. Erst jetzt wusste sie, was ihr all die Jahre gefehlt hatte. Möglich, dass sie sich das nur einbildete, aber sie glaubte bereits die Veränderung zu spüren, die mit ihrem Körper vorging. Lag das alles nur daran, dass sie miteinander geschlafen hatten? Oder war da noch etwas anderes? Als sie merkte, in welche Richtung ihre Gedanken drifteten, fuhr sie erschrocken zusammen.

Hör auf, schalt sie sich. Hör auf, in diesem Moment an so etwas zu denken. Nathan ist in Schwierigkeiten, und du kannst nur daran denken, mit ihm wieder das Lager zu teilen. Sie schüttelte den Kopf. »Los, Ma'iingan. Wir dürfen keine Zeit verlieren.«

*

Nathan spürte den Kampf in seinen Knochen. Sei es, dass ihm die dünne Luft zu schaffen machte, sei es, dass ihn die Magie auf dieser Bergkuppe schwächte, jedenfalls spürte er, wie er mit jeder Minute kraftloser wurde. Humpelnd umrundete er den See und ging den Weg zurück, den er gekommen war. Er wollte nur noch weg von hier. Fort von der Felsklippe und dem schrecklichen Spalt. Ob das Geschöpf noch einmal auftauchen würde? Was würde sich diese Ausgeburt der Hölle als Nächstes ausdenken? Noch nie hatte er solche Visionen erlebt, nicht einmal in seinen schlimmsten Drogenträumen. Wie konnte es sein, dass dieses Wesen so viel über ihn wusste, zapfte es irgendwie sein Gehirn an? Seine Seele? Und wenn ja, wie konnte er es töten? Zweimal schon hatte er Mooka'angs Rat befolgt, zweimal war es der Kreatur geglückt zu entkommen.

Unsicher stolperte er weiter. Der Nebel umrahmte die Bergkuppe wie die Wände einer Arena. Wie die Ränge eines Kolosseums, in dem römische Gladiatoren gegeneinander antraten. Nur, dass es hier keine Zuschauer gab.

Es gab niemanden. Nur ihn und den Baykok.

»River, Liebste«, flüsterte er. »Bitte, komm! Ich brauche dich jetzt hier. Gemeinsam werden wir das Biest erledigen.«

Wie auf ein Zauberwort teilten sich die Wolken und gaben den atemberaubend blauen Himmel frei. Sonnenstrahlen fielen herab und berührten sein Gesicht, spendeten Wärme und Licht. Es war wie eine Umarmung, wie eine Liebkosung, die ihn Hoffnung schöpfen ließ. Und als sei das des Glücks noch nicht genug, sah er sie aus dem Nebel kommen. River! Ihre Wangen waren vom Aufstieg leicht gerötet, die pechschwarzen Haare hatte sie nach hinten gebunden. Sie begrüßte ihn mit erhobener Hand und kam ihm mit eiligen Schritten entgegen. Ma'iingan trottete neben ihr, seine wachsamen Augen nach allen Seiten gerichtet. Hoffnung stieg in ihm auf. Hoffnung – und Argwohn.

Niemanden hätte er in diesem Moment lieber sehen wollen, und wie durch Zauberei tauchte sie auf einmal auf. Sollte ihn das nicht skeptisch werden lassen?

Seine Schritte wurden langsamer. Sein Lächeln verblasste. Unglaublich – allerdings. Ein bisschen zu unglaublich, je länger er darüber nachdachte. Solche Zufälle gab es nicht. Und wenn, dann nicht so oft hintereinander.

Dieses Wesen war raffiniert. Es war in der Lage, seine Gefühle zu lesen, und würde ihn wieder täuschen. Wieder und wieder.

Er blieb stehen.

»Halt!«

River tat, was er verlangte. Ihr Atem war wie Rauch. »Was ist los?«

»Keinen Schritt näher«, befahl er.

»Warum? Droht uns Gefahr?«

Er versuchte, seine Gedanken vor ihr abzuschirmen. Wenn es tatsächlich wahr war, dass dieses Wesen seine Gedanken lesen konnte, dann musste er sich dagegen wappnen. Er musste eine geistige Wand errichten. Auf keinen Fall durfte er seinen Gegner mit weiteren Informationen versorgen. Eine Wand. Ja, das Bild gefiel ihm recht gut. Eine Felswand.

River befand sich einen knappen Steinwurf von ihm entfernt und wirkte recht unglücklich. Es war offensichtlich, dass seine abweisende Haltung sie verunsicherte. Doch davon durfte er sich nicht beirren lassen.

»Wer bist du?«, fragte er.

»Was soll das heißen? Du weißt doch, wer ich bin.«

»Sag es mir.«

»Ist das ein Spiel oder was?«

»Beantworte einfach meine Frage.«

Sie verschränkte die Arme. »Mein Name ist River, vom Stamm der Ojibwe. Mein Häuptling ist Ozawadj, meine Ziehmutter heißt Oshkinnah. Willst du sonst noch etwas wissen?«

»Was ist mit ihm?« Er deutete auf den Wolf.

»Das ist Ma'iingan, mein Wolfshund. An ihn wirst du dich doch wohl erinnern.« Sie schüttelte den Kopf. »Ist alles in Ordnung mit dir?«

»Schweig einfach.« Fieberhaft zermarterte er sich das Hirn, wie er jetzt vorgehen sollte. Wie konnte er herausfinden, ob sie echt war oder nicht? Ihr Äußeres war makellos. Sie sah genauso aus, wie er es in Erinnerung gehabt hatte. Außer vielleicht die Haare, die sie jetzt nach hinten gebunden trug. Ein Zeichen ihrer Echtheit? Wäre er der Baykok, so würde er doch bestimmt auf Nummer sicher gehen und eine exakte Kopie erstellen. Es sei denn, er rechnete mit der Intelligenz seines Gegners, dann würde er vermutlich bewusst kleine Fehler einbauen. Eine falsche Fährte legen, so wie Schachspieler es taten.

Nathan schüttelte verwirrt den Kopf. So kam er nicht

weiter. Er musste nach etwas suchen, das nur River und er wussten, nicht aber die Kreatur. Aber sosehr er auch nachgrübelte, ihm fiel nichts ein.

»Komm näher!«, sagte er. »Ich möchte dich gerne besser sehen. So, wie die letzten beiden Male.« Er hatte die Worte bewusst gewählt. Er hoffte, damit vielleicht eine Reaktion auszulösen. Ein amüsiertes Zwinkern, ein wissendes Lächeln – etwas, das ihm einen Anhaltspunkt lieferte. Doch sein Gegenüber blieb ernst. Ließ sich nicht in die Karten schauen. Als River eine Stablänge von ihm entfernt war, hob er die Hand. »Das reicht.«

Mein Gott, ihr Aussehen war fehlerfrei.

»Du verhältst dich sehr merkwürdig«, sagte sie.

»Ich habe meine Gründe.«

»Willst du mir davon erzählen? Ich habe Geräusche gehört, seltsame Geräusche. Schüsse und Schreie. Es klang, als würdest du Hilfe benötigen. Ich habe mir Sorgen gemacht, ich hatte Angst.« Ihre Stimme bebte, wie sie es immer tat, wenn sie aufgewühlt war. Auch dies eine perfekte Imitation. Oder war sie doch echt? Dann würde er eine Menge zu erklären haben. Ihr das anzutun, tat ihm jetzt schon leid.

Sie machte Anstalten, auf ihn zuzukommen, doch Nathan hielt den Stab auf sie gerichtet. »Stehen bleiben!, habe ich gesagt.«

»Aber warum? Ich verstehe dich nicht, ich will doch nur …«

»Warum ich dich nicht an mich heranlasse? Nun gut, ich will es dir erklären. Wusstest du, dass dieses Wesen seine Form verändern kann? Ich habe es selbst nicht geglaubt, bis es vor mir stand. Beim ersten Mal nahm es die Form von Mooka'ang an, beim zweiten Mal die meiner Mutter.«

»Du hast deine Mutter gesehen? Wie schrecklich.«

»In der Tat. Vielleicht erkennst du jetzt den Grund meiner Vorsicht. Inzwischen bin ich sogar nicht mal sicher, dass es wirklich Mooka'ang gewesen ist, die wir in diesem Haus gesehen haben.«

»Wer denn sonst?«

»Das weiß ich nicht. Einiges daran kam mir jedenfalls äußerst merkwürdig vor. Ihre Art zu sprechen. Die Dinge, die sie wusste.« Er schüttelte den Kopf. »Und ich Idiot habe sie direkt in mein Gehirn gelassen. Jedenfalls habe ich bereits zwei sehr unangenehme Begegnungen hinter mir. Eine weitere will ich nicht riskieren.«

»Natürlich nicht.« Dann auf einmal hellte sich ihr Gesicht auf. »Oh, jetzt verstehe ich. Du glaubst, ich sei jemand anderer.«

»Ich weiß nicht, was ich glauben soll.«

»Doch, gib es ruhig zu, es ist nichts Falsches daran. Im Gegenteil, es ist klug. Wenn es wahr ist, was du mir erzählst, dann würde ich vermutlich genauso handeln.«

»Schön, dass du mein Problem erkennst.«

»Und jetzt suchst du nach einer Möglichkeit, herauszufinden, ob ich echt bin oder nicht.«

»So in etwa.«

»Hast du schon eine Idee?«

»Wenn dem so wäre, so dürfte ich sie dir nicht verraten.«

Sie lächelte wissend. »Es müsste etwas sein, das nur wir beide wissen, nicht aber die Kreatur. Und sie scheint ziemlich viel zu wissen, nach allem, was du mir berichtet hast.«

»So ist es.«

»Weiß das Ding, dass du ein Krieger bist?«

»Inzwischen ja. Ich habe ihm zwei Hiebe verpasst,

und es war gezwungen, das Feld zu räumen. Aber es wird wiederkommen, da bin ich mir sicher.«

»Wenn es Gedanken lesen kann, solltest du unbedingt deine Gedanken verschließen«, sagte River. »Du musst eine geistige Wand errichten. So wie die Felswand in deinem Rücken.«

»Interessant, dass du das sagst. Wie kommst du ausgerechnet auf eine Felswand? Kannst du in meinen Schädel sehen?«

Sie zuckte zusammen. »Das kam mir nur natürlich vor. Ich hätte auch an eine Mauer denken können, aber eine Wand ist solider. Ich würde jedenfalls daran denken, wenn ich du wäre.«

Nathan biss sich auf die Lippen. War das nun der Hinweis gewesen, den er gebraucht hatte, oder nur ein Zufall? Sie drehten sich im Kreis. Es schien, als würde er mit sich selbst diskutieren. Er und sie waren sich geistig so nah, dass es zwangsläufig Überschneidungen geben musste.

Ihm gingen die Optionen aus. Wenn er doch nur sicher sein könnte, dass er die echte River vor sich hatte. Dann hätte er sie jetzt in die Arme schließen und sein Gesicht in ihren Haaren vergraben können. Ihren betörenden Duft einatmen, die Wärme ihres Körpers spüren und über ihre samtige Haut streichen. Die Sache mit dem Geruch bot vielleicht eine Möglichkeit. Es konnte ja sein, dass die Kreatur nur das Aussehen imitieren konnte, nicht aber den Geruch. Aber dafür hätte er sie zu nah an sich heranlassen müssen. Und er wusste, wie schnell diese Kreatur war. Nein, zu riskant.

Die Sehnsucht verzehrte ihn. Er fühlte, wie seine geistige Abwehr zu bröckeln begann. Er musste seine Gedanken abschirmen. *Die Wand*, dachte er. *Denk an die Wand.*

Eine Wand aus Stein. Aus hartem Stein. Unverrückbar und undurchdringlich, wie ein …

Er hob den Kopf.

»Was trägst du unter deinem Hemd?«

»Unter meinem Hemd? Nichts.« Sie zwinkerte ihm zu. »Möchtest du, dass ich mich ausziehe?«

»Vermisst du nicht etwas?«

»Ich, vermissen? Na, dich natürlich. Ich vermisse dich so sehr, dass es weh tut. Möchtest du nicht endlich diesen Stock weglegen und mich in die Arme schließen?«

»Später vielleicht. Erst will ich wissen, was du vermisst. Du hast es dein ganzes Leben lang am Körper getragen, und ausgerechnet letzte Nacht hast du es abgelegt.«

River schaute an sich herab, Ratlosigkeit in ihrem Blick. Sie tastete an sich herum, schien aber keine Idee zu haben, wovon er redete.

Nathan überlief ein Schauer. Argwöhnisch kniff er die Augen zusammen. Niemals – nicht in hundert Jahren hätte die echte River ihr Amulett vergessen. Den Blue Garnet. Er umklammerte den Stab. Seine Knöchel traten weiß hervor.

»Sieh mich an!«

Sie tat es, und sogleich fiel ihm eine minimale Veränderung auf. Als wäre die Form ihrer Augen irgendwie anders.

»Du bist nicht River.«

Ein amüsiertes Lächeln umspielte ihre Lippen. »Wie ich sehe, ist dir zu guter Letzt doch noch eine Idee gekommen. Ich habe schon fast nicht mehr damit gerechnet.«

Das Lächeln wurde breiter. Ihre Gesichtszüge verschwammen. Wie bei einer Luftspiegelung wurden die Konturen unklar. Sein Instinkt hatte ihn also nicht getrogen. Wie gut, dass er auf der Hut gewesen war. Er musste jetzt zuschlagen. Schnell und hart. Aber obgleich er wusste, dass dies nur eine Illusion war, war er wie gelähmt. Vor ihm stand die einzige Frau, die jemals sein Herz berührt hatte.

»Was ist?« Ihre Stimme klang wie ein rostiges Scharnier. »Fehlt die Kraft?«

Die Anstrengung trieb Nathan den Schweiß auf die Stirn. Seine Arme fühlten sich an wie aus Blei. Was war nur los mit ihm, warum war er so schwach?

Das Lächeln seines Gegenübers verwandelte sich in ein höhnisches Grinsen. Die Augen – eben noch haselnussbraun und sanft – fingen an, von innen heraus zu glühen. Wie Kohlen sanken sie tiefer und tiefer in den Schädel, bis nur noch ein roter Schimmer zu sehen war. Eben noch eine schöne Frau, verwandelte sich das Ding vor seinen Augen in eine wölfische Kreatur mit langen, spitzen Zähnen, die aus dem hervortretenden Kiefer wuchsen. Eine grauenhafte Transformation, die Nathan das Blut in den Adern gefrieren ließ.

Grundgütiger, er musste etwas unternehmen. *Jetzt. Hier!*

Seine letzten Kräfte mobilisierend, hob er den Stab. Er holte aus, schwang ihn mit aller Kraft herum und hieb …

Ins Nichts!

Krachend und splitternd landete das Holz auf dem nahe gelegenen Felsbrocken. So mächtig war die Wucht, dass der Stab zerbrach und ihm ein Funkenregen aus Schmerz durch die Schulter fuhr. Ungläubig auf die Erscheinung starrend, ließ er das Holz sinken. Dort, wo eben noch River gestanden hatte, war nur noch eine Rauchsäule. Ein Wirbel aus Qualm und Staub, der im Wind verwirbelte und sich dann auflöste.

Nathan wusste nicht, was er davon halten sollte, als er plötzlich einen brennenden Schmerz in der Brust verspürte. Es war, als habe ihm jemand ein Brandeisen ins Fleisch gerammt.

»STIRB.«

Die Stimme kam von hinten. Sie war so bösartig, so abgrundtief kalt und herzlos, dass sie sein Herz in Stein verwandelte. Und in diesem Moment wusste er, dass er verloren hatte.

53

SIEH MICH AN.«

Nathan wurde herumgedreht wie eine Puppe. Vor ihm stand der Baykok. Nun in seiner natürlichen Form. Groß, dürr und sehnig. Ein Totengerippe, umhüllt von vertrockneter Haut und den mumifizierten Überresten ehemaliger Muskeln. Stofffetzen umflatterten ihn wie Spinnweben. Lederriemen hielten die Knochen zusammen. Sein Gesicht war eine Fratze des Todes.

»HAB ICH DICH ENDLICH – *KRIEGER*.«

»Aber … wie …?«

»DER HUND.«

Nathan erstarrte, dann fiel es ihm wie Schuppen von den Augen. Er hatte nur Augen für River gehabt, Ma'iingan hatte er völlig außer Acht gelassen. Verblendeter Narr!

Die Augen das Baykok glommen vor Freude.

»DIE LIEBE HAT DICH SCHWACH GEMACHT, KRIEGER. DEIN HERZ …«

»Nimm es dir. Deswegen bist du doch hier, oder?«

Der Baykok nickte unmerklich. Mit knarrenden Schritten umrundete er ihn, bis er genau vor ihm stand. Dann streckte er die Hand aus. Sein langer, dürrer Arm senkte sich wie ein Pfahl in Nathans Brust.

Ein Schmerz, greller als sämtliche Flammen der Hölle, durchfuhr ihn. Nathan schrie auf. Seine Sinne schwanden – wenn auch nur für einen kurzen Moment. Als er wieder zu sich kam, hatte der Baykok seinen Arm schon wieder herausgezogen, rot bis zum Ellbogen. Blut tropfte von den vertrockneten Hautschuppen, fiel auf den ausgetrockneten Boden und versickerte dort. Gierig starrte der Baykok auf seine Beute. In seinen gelblichen Klauen pulsierte ein Herz. *Sein Herz.* Es sah nicht wie ein wirkliches Organ aus. Vielmehr ähnelte es einer kleinen, strahlenden Sonne.

Die Schmerzen waren unfassbar. Nathan blickte an sich herab und sah, dass sein Hemd zerrissen war. Quer über der Brust verlief ein Schnitt, doch er verheilte, während er dabei zusah. Das Fleisch wuchs zusammen, Haut und Muskeln bildeten wieder eine Einheit. Als würde die Wunde mit einem magischen Faden zusammengenäht. Noch ein kurzer Moment, dann war nur noch ein roter Strich zu sehen, und selbst der verschwand wie von Zauberhand. Das Brennen verlosch und wich einer eisigen Kälte. Nicht die Art von Kälte, wie man sie an strengen Wintertagen spürte, sondern eine innere Kälte, die weitaus tödlicher war als alles, was Nathan jemals zuvor gefühlt hatte.

Noch ehe er etwas sagen konnte, riss die Kreatur ihr Maul auf und verschlang die kleine Sonne. Er sah das Licht die Kehle hinabwandern und beobachtete, wie es schwächer und schwächer wurde. Nathan fühlte seinen Lebensfunken verblassen. Das letzte Aufzucken eines Sterns, ehe die ewige Nacht hereinbrach. Er bewegte die Lippen. »Tod für Tod. Liebe für Liebe. Bittrer Hass für Hass. Gleiches mit Gleichem zahl ich, Maß für Maß.«

Die Worte drangen einfach so aus seinem Mund. »Doch bläst des Krieges Wetter euch ins Ohr, dann ahmt dem Tiger nach in seinem Tun; Spannt eure Sehnen, ruft das Blut herbei, entstellt die liebliche Natur mit Wut. Dann leiht dem Auge einen Schreckensblick und lasst es durch des Hauptes Bollwerk spähn wie ehernes Geschütz.«

Es war, als spräche Shakespeare direkt durch ihn hindurch. Als zwänge er ihm seinen Willen auf und lenkte seine Hand. Einen Willen, der es ihm ermöglichte, aufzustehen und sich seinem Schicksal zu stellen. Das waren nicht einfach nur Worte, es war Zauberei. Eine andere Form der Zauberei, aber deswegen nicht minder magisch.

Der Baykok beachtete ihn nicht, er war viel zu sehr damit beschäftigt, seinen Triumph auszukosten.

Nathan fühlte, wie Kraft in seine Finger floss und den abgebrochenen Stab umspannte. Er krallte sich ins Holz. Der Stab wurde zu einer Verlängerung seines Arms, einem Teil seines Körpers. Als wäre er ein Anker, der ihn vor dem Davontreiben bewahrte. Ehe ihm bewusst wurde, was er tat, stand er breitbeinig und in Kampfhaltung vor dem Dämon.

»Nun knirscht die Zähne, schwellt die Nüstern auf. Den Atem hemmt, spannt alle Lebensgeister zur vollen Höh! Ich seh euch stehn wie Jagdhund an der Leine, gerichtet auf den Sprung; das Wild ist auf, folgt eurem Mute, und bei diesem Sturm ruft: *Gott mit Heinrich, England und Sankt Georg!*«

Mit diesen Worten hob er den Stab und trieb ihn der Kreatur mit dem zersplitterten Ende voran in die dürre Brust.

Getroffen zuckte der Baykok zusammen. Ein Pfeifen und Heulen wie von einem nahenden Sturm drang aus der Öffnung in seiner Brust. Nathan zog den Stab heraus und schlug nach dem Haupt. Der Hieb verfehlte sein Ziel und traf stattdessen die Schulter, die mit dem Geräusch eines brechenden Reisigbündels zersplitterte. Knochen brachen, Hautschichten rissen, Gelenke sprangen aus ihrer Verankerung. Doch noch immer stand die Kreatur.

Nathan glaubte, es müsse ihm die Brust zerreißen. Was immer er da statt seines Herzens in der Brust trug, es war für diese Anstrengung nicht ausgelegt. Der Schweiß rann ihm in Strömen vom Gesicht. Er konnte kaum atmen. Jeder Luftzug brannte wie flüssiges Feuer.

Wieder ließ Nathan den Stab schwirren, wieder traf er das Biest, das nun mit schreckgeweiteten Augen auf Distanz zu gehen versuchte. Doch er ließ es nicht entkommen. Er schnitt ihm den Weg ab und drängte es mit dem Rücken gegen eine terrassenartige Erhebung, die einen natürlichen Wall bildete. Hier konnte ihm der Dämon nicht mehr entwischen.

Ein letztes Mal ließ er den zersplitterten Stab auf die unheilige Kreatur niedersausen und spaltete ihr den Schädel.

Donnergrollen ertönte. Dumpfe Schläge ließen die Erde erbeben. Wind kam auf und fegte über die Kuppe. Der Nebel, der bis zu diesem Moment beharrlich seine Position gehalten hatte, löste sich in Schleier auf, wurde verwirbelt und davongeweht. Jenseits der Nebelwand tauchten erste Baumwipfel auf. Nathan sank auf die Knie, vor ihm nichts weiter als ein Haufen vertrockneter Äste. Das Holz war so alt und bleich, dass es aussah wie Knochen.

»Betrüger«, flüsterte Nathan. »Selbst im Tod versuchst du dich noch vor mir zu verbergen. Aber ich weiß, dass du es bist. Du kannst mich nicht täuschen. Denk daran, wenn du in die Hölle fährst, du verfluchter Drecksack.«

Mit zitternder Hand griff er in die Innenseite seiner Jacke. Ja, da waren sie, Brimstones Zündhölzer. Klapperten, als warteten sie in stiller Vorfreude auf das, was kommen würde. Aber es waren nur wenige, er musste gut auf sie aufpassen. Die Schachtel war aus Pappe, die selbst gut brannte. Mit beidem zusammen müsste es doch möglich sein, ein Feuer in Gang zu bringen. Wenn ihm nur nicht so sterbenskalt wäre …

*

River sah ihn dort sitzen und spürte, dass sie zu spät kam. Nathan war tot. Mit dem Rücken an die Felswand gelehnt, die Beine ausgestreckt, das Kinn auf die Brust gesunken, sah er aus, als schliefe er, doch das tat er nicht. In seiner Brust, ziemlich genau in Höhe des Herzens, steckte ein Holzpflock. Offenbar ein Stück des Stabes, den er unten vom Baum abgeschlagen hatte. Die Jacke hing ihm in Fetzen vom Körper, ein hässlicher dunkler Fleck verunstaltete Hemd und Hose. Die Spuren des Kampfes waren allgegenwärtig. Aufgewühlte Erde, Blutstropfen und Stofffetzen waren Zeugnis seines Martyriums.

Ein Schluchzen entrang sich ihrer Kehle, sie spürte, wie ihr die Tränen in die Augen schossen. Was immer hier geschehen war, es musste schrecklich gewesen sein. Ein Haufen abgestorbenes Holz – das war alles, was von dem Dämon übrig geblieben war. River sah die Schachtel mit Zündhölzern sowie ein abgebranntes Streichholz in Nathans Hand. Sie erkannte, was er vorgehabt hatte, doch der Tod hatte ihn ereilt, ehe er sein Werk vollenden konnte.

Als sie neben ihm hockte und seine Hand ergriff, spürte sie, dass er bereits zu erkalten begann. Zärtlich schloss sie seine Augen, bettete seinen Kopf an ihre Schulter und streichelte ihm sanft übers Haar. Durch den Tränenschleier hindurch sah sie ein Stück Papier in seiner Hand. Es bereitete ihr einige Mühe, es aus seinen toten, klammen Fingern zu befreien, doch als sie es sah, wusste sie, dass es eine Botschaft war. Die letzte Nachricht eines Sterbenden, geschrieben mit einem abgebrannten Zündholz. Rivers Kenntnisse reichten gerade so aus, um die Worte zu entziffern.

Sollte es eine Tochter werden, bitte nenne sie Myra.

Endlose Liebe, Nathan.

Sie runzelte die Stirn. Eine Tochter, wie meinte er das?

Sie strich sich über den Bauch, während ihr Blick wieder und wieder über das Gekritzel wanderte. Glaubte er, sie sei schwanger, nach nur einer Nacht? Und wieso Myra? Die Antworten würde sie nun nie erhalten, sie waren mit ihm gestorben.

Müde und niedergeschlagen kauerte sie neben ihm. Kaum verheiratet, und schon wieder Witwe. Ihre Zeit als Ehefrau hätte kaum kürzer sein können. Ganz offensichtlich hatte das Schicksal sie dazu auserkoren, alleine zu bleiben. Aber sollte sie ihren Weg tatsächlich vom Schicksal bestimmen lassen?

Sie hob den Blick und erkannte, dass sie oberhalb einer steil aufragenden Felskante saß. Der Nebel hatte sich verflüchtigt, und das Land lag wie ein Teppich unter ihren Füßen. Es war, als wäre sie ein Vogel, der seine Kreise zog, während er einen Blick auf die majestätisch wirkenden Berge werfen durfte. Ganz am Horizont glaubte sie einen schmalen, blauen Streifen zu sehen. Das musste die See sein, von der Nathan ihr berichtet hatte. Das große, unendliche Meer, das zu überqueren sein sehnlichster Wunsch gewesen war. Ein Wunsch, der niemals in Erfüllung gehen würde.

Sie wischte sich die Tränen aus dem Gesicht, stand auf und erklomm das flache Plateau hinter ihrem Rücken.

Sie wollte mit eigenen Augen sehen, was Nathan da oben gefunden hatte.

Die Kuppe des Berges ragte wie die Schneide einer Axt in den Himmel. Davor lag ein kleiner See, dessen Ufer von unzähligen, perfekt geformten Steinen gesäumt wurde. Zumindest dachte sie, dass es Steine waren, bis sie versehentlich einen von ihnen mit dem Fuß streifte. Polternd und mit einem seltsam hohlen Geräusch fiel er zur Seite. Während er das tat, berührte er andere seiner Art, die ebenfalls hohl waren.

Mit Entsetzen gewahrte River, dass das, was sie für Steine gehalten hatte, in Wirklichkeit Schädel waren. Hunderte von Schädeln, die achtlos zwischen dem Geröll und den kleinen Sträuchern verstreut lagen. An manchen Stellen waren sie zu kleinen Türmen übereinandergestapelt, an anderen waren sie zu komplizierten Mustern ausgelegt. Die ältesten unter ihnen waren so brüchig, dass die kleinste Berührung sie zu Staub zerfallen ließ. Doch es gab auch Opfer jüngeren Datums, manche so jung, dass die Verwesung kaum eingesetzt hatte. Das war kein Friedhof, es war ein verdammtes Massengrab. Eine Stätte des Grauens und Zeugnis eines jahrhundertealten Verbrechens, das bis in ihre Zeit reichte.

Eilig machte sie kehrt und rannte zu Nathans Leiche zurück. Es gab noch etwas zu tun, ehe sie Frieden finden konnte. Sie musste diesem Spuk ein Ende setzen. Nathans Opfer durfte nicht umsonst gewesen sein.

54

Ich glaub, ich spinne. Da oben auf dem Berg. Seht euch das an!«

Wilbur Brimstone reichte sein Fernglas weiter, und Scott schnappte sofort danach. Das Bild, das sich ihm bot, war bemerkenswert. Da brannte ein Feuer. Eine Frau bewegte sich in anmutigen Tanzschritten darum herum. Er hörte nichts, dafür war die Entfernung zu groß. Aber wie sie ihren Mund bewegte, konnte er schwören, dass sie sang.

»Das ist River«, sagte er.

»Das weiß ich auch«, knurrte der Pinkerton. »Was mich interessiert, ist, ob Sie die Mistratte Blake sehen können? Ich werde ihm das Herz aus der Brust reißen, wenn ich ihn in die Finger bekomme.«

»Nein, nicht zu erkennen«, sagte Scott. »Aber der Winkel ist auch ziemlich ungünstig. Möglich, dass er weiter hinten steht.«

»Einerlei. Wir werden es gleich erfahren.« Brimstone zog seine Winchester aus dem Holster und entsicherte sie.

Tanner, der als Nächster an der Reihe war, runzelte die Stirn. »Was macht das verrückte Weibsbild denn da? Sieht aus wie ein Stammestanz, irgendein religiöser Humbug. Aber bei diesen Eingeborenen weiß man ja nie. Kommen Sie, meine Herren, lassen Sie uns nachsehen, was da oben los ist.«

Scott gefiel der Ton zwar nicht, wie er über River redete, aber sein Unmut war durchaus nachvollziehbar. Dabei ging es gar nicht mal um die Mühe und Arbeit, die sie ihnen aufgehalst hatte, sondern vielmehr um den

Vertrauensbruch. River würde viel zu erklären haben, wenn sie bei ihr eintrafen.

Scott zwinkerte in den Himmel hinauf. Die Wolken hatten sich aufgelöst, und die Sonne schien von einem blauen Firmament auf sie herab. Schon begann der Schnee zu schmelzen, und erste Bächlein plätscherten über die Felsen.

Es war Zeit, die Sache zu beenden.

River tanzte noch immer, als sie die Bergkuppe erreichten. Jetzt konnten sie sie auch hören. Sie sang tatsächlich. Die Worte waren dunkel und melancholisch und hatten, zusammen mit Gesten und Schrittfolgen, etwas Hypnotisches.

Scott konnte sich nicht erinnern, jemals so etwas gesehen zu haben. Er spürte, dass er Zeuge eines alten und mystischen Rituals war. Ein Ritual aus einer Zeit, als die Welt noch jung war und nicht zu vergleichen mit den Tänzen, wie sie manchmal in Ortschaften zur Belustigung und gegen Bargeld abgehalten wurden.

Selbstversunken umrundete River das Feuer. Sie schien sich in einer Art Trance zu befinden und reagierte nicht einmal, als sie direkt neben ihr standen. Als sie auch auf keine ihrer Anfragen antwortete, ließen die Männer sie erst mal in Ruhe und widmeten sich der Umgebung.

Brimstone war der Erste, der etwas entdeckte. »Kommt hier herüber, schnell«, brüllte er.

Dem Tonfall nach zu urteilen, war Eile geboten.

Der Pinkerton hatte Schultertasche und Gewehr beiseitegelegt und kauerte am Fuß eines mannshohen Plateaus. Was sein breiter Rücken verdeckte, sahen sie erst, als sie neben ihn traten.

Nathan Blake war tot. Aufgespießt von einem Holzstab, dessen abgebrochenes Ende wie ein dritter Arm aus seiner Brust ragte. Die andere Hälfte lag nur wenige Schritte entfernt auf der Erde.

»Tja, das war's dann also.« Tanner kratzte sich am Kopf. Die Verblüffung stand ihm ins Gesicht geschrieben und ging einher mit einer sichtbaren Enttäuschung über den Ausgang ihres Unternehmens.

»Sieht ziemlich tot aus, würde ich sagen.«

»Ein Unfall, oder was?«, fragte Albright.

»Klingt logisch.« Brimstone zog die Smith & Wesson seines Bruders aus dem Holster des Toten und überprüfte die Munition. Drei Schuss fehlten. »Ich denke, wenn er hätte Selbstmord begehen wollen, hätte er die Waffe genommen. Da er aber keine Kugeln in Brust oder Kopf hat, muss er wohl auf etwas anderes geschossen haben. Vielleicht gestürzt. Die Felsstufe ist hoch genug. Soll öfter vorkommen, dass Leute sich bei Nebel im Gebirge das Genick brechen.«

»Ich glaube eher an einen Suizid«, sagte Albright. »Bei der seelischen Last, die er mit sich herumschleppte, durchaus verständlich. Er hatte allen Grund, durch eigene Hand aus dem Leben zu scheiden, und da er nicht religiös war, brauchte er sich ja nicht vor der ewigen Verdammnis zu fürchten.«

»Aber wieso mit einem Stab?«, fragte Scott. »Ein Schuss in den Kopf wäre doch viel effektiver und weniger theatralisch. Und warum dieses Lächeln? Er sieht aus, als wäre er in seinen letzten Momenten sehr glücklich gewesen.«

»Wen interessiert schon, was diese Mistratte gedacht oder gefühlt hat«, schnaubte Brimstone. »Er ist tot, und das ist die Hauptsache. Ein nicht vollständig zufriedenstellendes Ende, aber immerhin ein Ende. Und das ist mehr, als wir nach all den Entbehrungen erwarten durften.«

»Er hat jedenfalls seine gerechte Strafe erhalten«, sagte Tanner. »Also von mir aus ist das Thema damit erledigt.«

»Von mir aus auch«, sagte Albright. »Und was machen wir jetzt mit ihm?« »Mitnehmen natürlich«, erwiderte Scott. »Gibt es darüber irgendeine Diskussion? Wenn wir das Kopfgeld beanspruchen wollen, brauchen wir einen Beweis. Auf Treu und Glauben wird man uns die Belohnung kaum auszahlen. Eine Menge Papierkram erwartet uns, aber ehrlich gesagt, bin ich nicht bereit, auf das Geld zu verzichten. Dafür habe ich mir zu lange den Arsch platt geritten.«

»Geht mir genauso«, sagte Brimstone. »Meinen Bruder werde ich zwar nicht zurückbekommen, aber ich will ihm in unserer Heimatstadt einen Gedenkstein errichten lassen. Das ist das mindeste, was ich für ihn tun kann.«

»Und Sie, Mr. Albright?«, wandte Tanner sich an den Bürgermeister.

»Mitnehmen. Die Sache muss in die Presse. Beim Bestattungsunternehmer können wir noch eine Fotografie von ihm anfertigen lassen. Die Angehörigen der Opfer sollen erfahren, dass der Mörder seine gerechte Strafe erhalten hat.«

»Dann ist es also abgemacht«, sagte Tanner. »Wir laden Blake auf eines unserer Pferde und liefern ihn bei der nächsten Polizeistation ab.«

Brimstone rümpfte die Nase. »Dann sollten wir nach Sainte-Agathe-des-Monts zurückreiten, dort haben sie einen Telegrafen. Ich hoffe nur, dass Blake so lange frisch bleibt, ich habe keine Lust, eine halbverweste Leiche mit mir herumzuschleppen. Es reicht, wenn er in meinem Kopf herumspukt, ich will ihn nicht auch noch in meiner Nase haben.«

»Und was machen wir mit ihr?« Albright deutete auf River. Die Frau hatte ihren Tanz beendet und kauerte neben dem Feuer. »Wir können sie doch nicht hierlassen. Das ist nicht der richtige Ort für eine Frau.«

»Nach all den Schwierigkeiten, die sie uns eingebrockt hat, soll sie bleiben, wo der Pfeffer wächst«, sagte Brimstone.

Der Bürgermeister sah ihn mit einer Mischung aus Verblüffung und Empörung an. »Wir können eine wehrlose Frau doch nicht einfach alleine in der Wildnis zurücklassen. Wir sind keine Barbaren, Mr. Brimstone.«

Sheriff Tanner schien derselben Meinung zu sein. »Sie macht einen ziemlich verwirrten Eindruck auf mich. Scott, du hast doch einen guten Draht zu ihr. Kannst du nicht mal mit ihr reden? Du könntest ihr zum Beispiel anbieten, sie bis zu ihrem Dorf mitzunehmen. Oder sie begleitet uns bis zur nächsten Siedlung. Was denkst du?«

Scott konnte nicht behaupten, übermäßig begeistert von dem Vorschlag zu sein, aber er sah ein, dass es wahrscheinlich die beste Lösung war. Er erklärte sich einverstanden.

Zu ihr zu gehen, fiel ihm nicht leicht. Der Gedanke an das, was er in seiner Vision gesehen hatte, erfüllte ihn mit Abscheu. Andererseits war es das erste Mal seit Maggies Tod, dass er etwas für eine Frau empfand, und das konnte er nicht einfach ignorieren.

Als er vor ihr stand, war er linkisch und unsicher. Sein Herz schlug ihm bis zum Hals. *Diese Augen.* Wie die Augen eines verletzten Tiers. River war schmutzig, ihre

Haut mit getrocknetem Blut befleckt, wobei es nicht ihr Blut zu sein schien.

»Bist du verletzt?«

Sie schüttelte den Kopf.

»Darf ich mich zu dir setzen?«

Sie deutete neben sich.

Er nahm Platz und suchte nach den richtigen Worten. Sein Blick fiel auf das Feuer, das seinen Höhepunkt bereits überschritten hatte und nun langsam zusammenfiel.

»Was ist hier geschehen?«

»Der Dämon des Berges ist tot. Nathan hat ihn getötet. Ich verbrenne gerade seine Knochen zu Asche.«

»Seine Knochen?« Misstrauisch beäugte Scott die Überreste. Dann beugte er sich vor und zog ein Stück davon hervor. Es war Holz. Stinknormales, ausgebleichtes, altes Holz. Wortlos warf er es wieder zurück.

»Du sagtest, Blake hat ihn erledigt?«

»Der Berg hat wieder Frieden.«

»Er ist tot. Liegt drüben an dem Felsabbruch.«

»Ja, ich weiß. Wir sollten ihn bestatten. Er hat es verdient.«

Scott räusperte sich. »Ich soll dir mitteilen, dass wir aufbrechen werden. Blakes Leiche nehmen wir mit. Wir müssen den Fund in der nächsten Stadt melden.«

Zum ersten Mal seit ihrer Ankunft sah sie ihm in die Augen. »Heißt das, ihr wollt ihn nicht angemessen beerdigen?«

Er warf einen Kiesel in die Glut. »Nein. Jedenfalls nicht hier. Siehst du, er hat vielen Menschen großes Unrecht zugefügt. Sie sollten davon erfahren. Außerdem ist ein Kopfgeld auf ihn ausgesetzt …«

»Ihr wollt seine Leiche *verkaufen?*«

»Die Belohnung kassieren, das ist etwas anderes. Es haben sich bereits fünfzehntausend Dollar angesammelt, das ist ein Haufen Geld. Und du darfst nicht vergessen, dass wir eine Menge Unkosten hatten. Proviant, Munition und so weiter. Du hast uns unsere Arbeit nicht eben erleichtert ...«

»Das dürft ihr nicht. Er sollte in geweihter Erde liegen. Am besten in der Nähe meines Dorfes, am Ufer des Rivière de Diable. Das seid ihr ihm schuldig.«

»*Wir, ihm schuldig?* Ich glaube nicht, dass ich deine Meinung teile. Abgesehen davon ist er tot. Es dürfte ihn kaum stören, was mit ihm geschieht.«

Aber River hörte schon nicht mehr zu. Wütend war sie aufgesprungen und stapfte zum Rest der Gruppe hinüber. Scott eilte ihr hinterher. Die Männer umlagerten Nathans Leiche wie eine Gruppe von Wölfen.

»Ihr da, geht weg von ihm!«, rief sie. »Niemand rührt ihn an, verstanden?«

Im ersten Moment sah Tanner sie verblüfft an, doch dann trat er ihr entgegen. »Was soll der Aufruhr? Was willst du?«

Sie deutete auf den Toten. »Dieser Mann hat euren Respekt verdient. Ihr dürft ihn nicht verkaufen wie ein erlegtes Tier.«

»Ich fürchte, da irrst du dich, Fräulein. Dieser Mann ist ein gesuchter Schwerverbrecher. Wir haben jedes Recht, mit ihm zu verfahren, wie wir das für richtig halten. Sowohl in diesem Staat als auch in den Vereinigten Staaten.«

»Euer Recht existiert hier nicht.« River fuhr ihn so heftig an, dass er unwillkürlich zurückzuckte. »Hier herrscht das Gesetz des Berges. Für das, was er geleistet hat, steht ihm ein ehrenvolles Begräbnis zu. Entweder ihr helft mir, oder ihr geht zur Seite und lasst mich meine Arbeit machen.«

»*Was er geleistet hat?*« Wilbur Brimstone schob sich nach vorne. »*Was er geleistet hat?*« Speicheltropfen stoben von seinen Lippen. »Dieses Monstrum hat meinen Bruder getötet, dafür wird ihm wohl kaum jemand eine Medaille verleihen. Aber tot ist tot. Du hingegen bist quicklebendig. Und wir beide, wir haben noch ein Hühnchen miteinander zu rupfen …«

Ehe Scott etwas unternehmen konnte, blitzte wie aus dem Nichts Rivers Messer auf. Doch diesmal war der Detektiv vorbereitet. Er blockte den Schlag ab und schlug ihr die Klinge aus der Hand. Mit der anderen umklammerte er ihren Hals und drückte zu. River traten die Augen aus dem Kopf.

»Schluss jetzt damit!«, brüllte Tanner. Er packte den Detektiv an der Schulter, der daraufhin seinen Griff lockerte.

»Es reicht. Sie werden die Frau sofort loslassen. Und was dich betrifft, Fräulein, schlimm genug, dass du Blake befreit hast. Aber dass du einen meiner Männer verletzt, werde ich auf keinen Fall dulden. Noch so eine Aktion, und ich werde dir Handschellen anlegen.«

Wutentbrannt starrte sie ihn an. Dann, mit einem Mal, spuckte sie ihm ins Gesicht.

»Jetzt reicht's. Du hast es nicht anders gewollt …«

»Bitte, Sheriff.« Scott legte die Hand auf Tanners Arm und drängte ihn von River weg. »Lassen Sie mich die Sache klären. Ich habe keine Ahnung, warum sie sich so seltsam verhält, aber ich fürchte, dass sie gerade nicht sie selbst ist. Ich will versuchen, die Angelegenheit zu klären.«

»Dann klär es aber auch, und steh hier nicht rum wie

ein verliebter Trottel. Meine Geduld ist endgültig zu Ende.« Tanner wischte sich mit dem Ärmel übers Gesicht und starrte die junge Frau wütend an.

Scott schluckte die Beleidigung und wandte sich River zu. »Könntest du bitte aufhören, dich wie eine Wahnsinnige zu benehmen? Unser aller Nerven liegen blank. Dass du Blake befreit hast, war ein großer Fehler. Du kennst unsere Gesetze nicht und hast viel durchgemacht, deswegen werden wir Gnade vor Recht ergehen lassen. Aber du musst jetzt aufhören, verstanden? Bitte beruhige dich doch.«

Sie atmete schwer. Doch irgendwie schienen seine Worte eine beruhigende Wirkung auf sie zu haben. Jedenfalls hatte sie aufgehört, dem Sheriff und Brimstone wütende Blicke zuzuwerfen, und sah stattdessen ihn an. Die steile Falte zwischen ihren Brauen war verschwunden.

»Was schlägst du vor?«

»Wir müssen Blake mitnehmen, das Gesetz verlangt es so. Was dich betrifft, so könnten wir dir anbieten, dass du uns ein Stück begleitest. Die Gegend hier ist nichts für dich, und in der Gruppe wärst du sicherer. Wir können einen Weg einschlagen, der durch dein Dorf führt, von da an kannst du alleine weiterziehen. Oder du kommst mit uns, und wir bringen dich in besiedeltes Gebiet. Wenn du mich fragst, wäre das die beste Lösung, aber entscheiden musst du.« Er versuchte, die Hoffnung in seiner Stimme zu verbergen. Sie musste ja nicht gleich begreifen, was er empfand. »Voraussetzung ist allerdings, dass du aufhörst, uns fortwährend Schwierigkeiten zu machen …«

River stand mit verschränkten Armen da und dachte nach. Offenbar schien sie sich Scotts Angebot tatsächlich durch den Kopf gehen zu lassen.

Mit einem Mal griff sie in die Innenseite ihres Gewands und holte etwas hervor. Scott glaubte schon, sie zöge eine Waffe, war aber erleichtert, dass es nur ein Buch war. Ein ziemlich altes und abgewetztes Buch.

»Was ist das?«, fragte er.

»Seht es euch an. Ihr wollt doch wissen, was hier oben geschehen ist, oder?«

Brimstone verdrehte die Augen. »Was denn, noch mehr Lügengeschichten?«

»Keine Lügengeschichten. Die Wahrheit. Es sei denn, ihr seid nicht an der Wahrheit interessiert.«

»Doch, das sind wir«, sagte Albright, der die ganze Zeit über recht schweigsam gewesen war. »Erzähl uns, was du weißt.«

»Aber ihr müsst euch die ganze Geschichte anhören, das ist wichtig.«

»Und du versprichst, uns nicht anzulügen?«

»Das tue ich. Mehr noch: Ich werde beweisen, was ich sage.«

55

Schweigend folgten die Männer River über das Plateau. Ihre Gesichter waren wie versteinert. Keine Regung, nicht mal ein Zwinkern. Ganz offensichtlich vermochten sie ihre Gefühle besser zu beherrschen als Scott.

Obwohl er sich vorgenommen hatte, nicht wie ein Schuljunge dazustehen, spürte er doch, wie ihm schwindelig wurde. Irgendwann hielt er es nicht mehr aus. Er hastete hinter einen vertrockneten Busch und übergab sich. Mit wackeligen Beinen stand er da und wartete darauf, dass das Gewitter in seinem Bauch endlich vorbei war.

»Alles klar?« Tanner klopfte ihm auf den Rücken.

»Wir müssen umgehend die Canadian Mounted Police informieren«, röchelte Scott. »Das ist bei weitem die größte indianische Begräbnisstätte, die ich jemals gesehen habe.«

»Das werden wir. Davon sollten die Behörden unbedingt erfahren.«

»Indianische Begräbnisstätte?« River war stehen geblieben und bedachte sie mit einem herablassenden Blick. »So etwas glaubt ihr? Ihr müsst ein sehr schlechtes Bild von den Bewohnern dieses Landes haben, wenn ihr der Meinung seid, sie würden ihren Toten die Köpfe abschlagen und sie ohne Ehre und Würde in der Landschaft verteilen.« Sie schüttelte den Kopf. »Wer immer das getan hat, er hat die *First People* aus tiefstem Herzen gehasst. Aber nicht nur sie, alle Menschen – auch die Weißen.«

»Ich bin kein Fachmann«, sagte Albright, »aber viele

der Schädel sind alt. Vierzig, fünfzig Jahre alt, wenn nicht noch älter. Sie wurden über einen langen Zeitraum hier angehäuft. Manche von ihnen sind so stark verwittert, dass sie kaum noch als menschliche Überreste zu erkennen sind. Andere wiederum wirken relativ frisch, sehen Sie?« Er deutete auf einen Schädel, an dem noch Haut und Haare hingen.

»Seine letzten Opfer liegen drüben auf der anderen Seite des Sees«, sagte River. »Ich führe euch dorthin.«

Der Sheriff schüttelte den Kopf. »Aber wenn das nicht die Indianer waren, wer dann? Wer verübt solch unvorstellbare Grausamkeiten?«

»Wissen Sie das denn immer noch nicht?«

»Der Dämon, ist es das, was du mir sagen willst? Mit Verlaub, es fällt mir schwer, das zu glauben.«

Scott wusste nicht, was er davon halten sollte. Alles, woran er geglaubt hatte, war ins Wanken geraten. Zum ersten Mal war er bereit, Rivers Schlussfolgerungen beizupflichten. Die Beweise waren erdrückend. »Sheriff, Sir«, sagte er. »Sehen Sie sich doch nur an, was hier herumliegt. Da sind Kleidungsreste, Waffen und Schmuck. Wer immer das getan hat, er unterscheidet nicht zwischen Gut oder Böse, Mann oder Frau, Braun oder Weiß. Er will nicht plündern oder rauben, ihm geht es nur darum, Leben zu nehmen. Egal ob Mensch, Tier oder übernatürliche Kreatur – es war etwas Böses. Ich kann River verstehen, wenn sie von IHM als einem Dämon spricht.«

»Es gibt Kräfte in der Natur, gegen die wir Menschen nichts ausrichten können«, sagte Albright, ebenfalls tiefbewegt. »Das ist eine Tatsache, die wir trotz unserer Bildung und unserem Fortschrittsglauben nicht leugnen können.«

»Und du sagst, dass ihr es besiegt habt?«, erkundigte sich Tanner.

»Für den Moment.« River kauerte sich neben Blake nieder, nahm etwas Staub auf die Hand und ließ ihn zwischen den Fingern hindurchrieseln. »Kräfte wie diese verschwinden nie wirklich aus der Welt. Ich hoffe aber, dass diese Art von Magie bald ausstirbt. Bald wird niemand mehr wissen, wie man die dunklen Beschwörungen ausspricht. Vielleicht findet das Land dann Ruhe.«

»Du hast eine alte Frau erwähnt ...«, sagte Scott.

»Mooka'ang.« Sie staubte ihre Hände ab und stand auf. »Wir fanden sie in einer kleinen Hütte, unterhalb der Kuppe. Sie erklärte uns, wie die Kreatur zu besiegen sei, doch sie sagte nichts von dem Preis, den wir zahlen müssten ...«

»Und du sagst, dass sie dir dieses Buch gegeben hat?«

»Ja. Warum fragst du?«

»Wir haben diese Hütte gefunden ...«

»Ihr seid Mooka'ang begegnet?« Sie riss vor Erstaunen die Augen auf.

»Nun ja ...« Scott wandte sich seinen Begleitern zu, doch wie es aussah, erwarteten sie, dass er River von dem verlassenen Haus berichtete. Er entschied sich, es kurz und schmerzlos zu machen.

»Die Hütte war leer.«

Sie neigte den Kopf, als hätte sie sich verhört. »Wie meinst du, *leer?*«

»Verlassen. Und das offenbar schon seit Jahren.«

»Unmöglich.«

»Wir haben eine Leiche gefunden. Den mumifizierten Körper einer alten Frau. Ganz offensichtlich eine Indianerin. Es hingen einige Zaubergegenstände an den Wänden, Traumfänger und so. Uralter Kram. In der Mitte war eine alte Feuerstelle, in der noch Glut war. Das wart ihr, nicht wahr? Du und Blake. Ihr habt dort ein Feuer entzündet.«

Ihre Augen irrlichterten. »Du lügst.«

»Warum sollte ich lügen? Die Hütte ist halb verfallen, dort wohnt seit Jahren niemand mehr. Du kannst es dir selbst ansehen, wenn du magst.«

»Aber …« Prüfend sah sie die Männer der Reihe nach an. Keiner von ihnen verzog eine Miene. »Ich habe mit der Frau gestern noch gesprochen. Sie war da, das schwöre ich. Sie hat mir dieses Buch gegeben. Sie erzählte mir, wie ich damals gefunden wurde, wer meine Eltern sind und was aus ihnen geworden ist …«

»Das Buch ist alt. Vermutlich hat es viele Jahre dort gelegen. Wir glauben dir ja, dass du es dort gefunden hast, aber dort war bestimmt keine alte Frau.«

Die Existenz des Buches war ein Rätsel. Sollte es wirklich Rivers Familienalbum sein, so grenzte es an ein Wunder, dass ausgerechnet sie es dort gefunden hatte. Vielleicht war es ja auch nur irgendeine Familienchronik, bei der zufällige Ähnlichkeiten bestanden? Wer konnte schon sagen, wie River mit acht Jahren ausgesehen hatte. Er griff in die Manteltasche. »Oh, übrigens, für den Fall, dass du Zweifel hast, dass wir wirklich in der richtigen Hütte waren, dies hier habe ich gefunden.« Er zog das Amulett heraus. »Das gehört doch dir, oder?«

River streckte die Hand aus und nahm den Stein.

Behutsam strich sie mit den Fingern darüber, als könne sie es nicht glauben.

»Er lag in der Höhle, etwas oberhalb der Hütte. Es lagen auch einige Decken und Kissen dort. Es sah aus, als habe jemand dort die Nacht verbracht.« Er verstummte. Der Gedanke war schmerzhaft.

Eine Weile hielt River den Stein noch in der Hand, dann legte sie sich das Band um den Hals. Sie ließ ihn unter ihrem Gewand verschwinden und stand auf. »Folgt mir.«

Überall lagen Schädel. Das Gräberfeld sprengte jede Vorstellungskraft. Scott war sehr daran gelegen, keinen der Schädel zu berühren oder ihn gar in seiner Position zu verändern. Wer konnte schon ahnen, was geschehen würde, wenn man die Ruhe der rastlosen Seelen störte.

Der Platz, von dem River gesprochen hatte, lag etwas oberhalb des Sees, an einer Stelle, an der sich in der steil aufragenden Felswand eine Kluft gebildet hatte. Ein dunkler Spalt reichte tief in den Stein hinein. Davor – aufgereiht wie Hühner auf einer Stange – waren acht Köpfe zu sehen. Sie befanden sich in unterschiedlichen Stadien der Verwesung und boten einen grauenerregenden Anblick. Während die auf der linken Seite unzweifelhaft indianischer Abstammung waren, stammten die rechten von Weißen.

»Grundgütiger!« Bürgermeister Albright schlug sich die Hand vor den Mund. »Das sind doch …«

»Sam Winston und Pete Hawking.« Sheriff Tanner trat näher, um die Köpfe in Augenschein nehmen zu können. Er hatte sein Taschentuch gezogen und presste es auf Mund und Nase. »Kein Zweifel. Das sind die Kerle, die uns im Wald begegnet sind. Aber wie ist denn das möglich? Ich meine, wir haben sie doch erst vor zwei Tagen …«

»Sie waren die letzten Opfer des Baykok«, sagte River. »Wie ich schon sagte: Das Ding macht keinen Unterschied zwischen meinen und euren Leuten.« Sie deutete auf die Indianerköpfe. »Das dort sind Makadewigwan, Binesi, Oshkabewi, Biidaban, Waawaashkeshi und Ozawadj. Die getöteten Krieger aus meinem Dorf, von denen ich euch erzählt habe. Was ihr hier seht, ist nur ein Teil dessen, was dieser Dämon über die Jahrzehnte an Opfern gefordert hat. Vielleicht überzeugt euch das ja von meiner Geschichte.«

Albright schlug ein Kreuz. »Gott erbarme sich dieser armen Seelen.«

Wilbur Brimstone schüttelte angewidert den Kopf. »Gott war weit weg, als das hier geschah.«

Der Sheriff war blass geworden. »Ich bin über ein Maß hinaus erschüttert, dass es mir die Sprache verschlägt.«

»Dann versteht ihr jetzt vielleicht, warum ich mich so dagegen verwehre, dass ihr Nathan wie einen räudigen Hund verschachert. Bei allem, was er getan hat, so hat er doch in dieser Sache euren Respekt verdient.«

Tanner kratzte seinen Bart. »Ich weiß überhaupt nicht mehr, was ich glauben soll. Realität und Einbildung vermischen sich hier in einer Weise, die es mir schwermacht, einen klaren Gedanken zu fassen. Ich wäre geneigt, dir zuzustimmen, junges Fräulein, verfügte ich nicht zufällig über einige Erfahrung, die menschliche Natur betreffend. Ich bin alt, und ich habe Taten gesehen, die mit dieser durchaus vergleichbar waren. Taten, verübt von Menschen, wohlgemerkt.«

»Das Maß an Greueln, zu denen der Mensch fähig ist, wird nur durch seine Vorstellungskraft bestimmt«, sagte Albright.

»So wie seine Dummheit.« River ballte in hilfloser Wut die Fäuste. »Was muss ich euch denn noch zeigen, damit ihr mir endlich glaubt?«

Tanner zuckte die Schultern. »Ich will niemandem

meine Meinung aufdrängen. Warum stimmen wir nicht ab? Wer, wie ich, Zweifel hat, ob dies das Werk eines Dämons ist, der möge die Hand heben. Wer aber glaubt, dies könne rationale Ursachen haben, und nicht auf das Kopfgeld verzichten will, der darf seine Hand unten lassen. Also, wer ist dafür, die Sache zu beenden und auf die Belohnung zu verzichten? Ich bitte um Handzeichen.«

Scott blickte in die Runde. Er hatte seine Hand schon beinahe gehoben, doch als er sah, dass niemand seine Meinung teilte, behielt er sie unten.

»In Ordnung, Gegenprobe. Wer will Blakes Leiche den zuständigen Behörden übergeben?«

Tanner, Albright und Brimstone hoben ihre Hände.

»Was ist mit dir, Scott?«

»Ich würde mich gerne der Stimme enthalten, Sir.«

»Das kannst du halten, wie du willst.« Er zuckte die Schultern. »Damit ist es entschieden, wir nehmen ihn mit. Ich weiß, dass Sie das nicht zufriedenstellen wird, kleine Lady, aber Nathan Blake war einer von uns. Es muss nach den Gesetzen unseres Volkes gerichtet werden. Natürlich werde ich die zuständigen Behörden über diesen Ort informieren. Ich verspreche dir, dass alles in unserer Macht Stehende getan werden wird, um den Fall lückenlos aufzuklären. Dafür stehe ich mit meinem Namen. Tröstet dich das ein wenig?«

River antwortete nicht. Sie schien mit ihren Gedanken sehr weit fort zu sein.

»Ja, ich weiß«, sagte Tanner mitfühlend. »Aber unterschätze nie den Arm des Gesetzes. Er reicht weit, selbst über Länder und Kontinente hinaus. Und er wird in den nächsten Jahren noch viel stärker werden.« Er wölbte die Brust. »Wir stehen an der Schwelle zu einem neuen

Jahrhundert. Das Zeitalter der Magie und der Mysterien ist vorüber. Männer wie Blake gehören der Vergangenheit an. Bald werden selbst in dieser Wildnis Technologie und Zivilisation Einkehr halten. Der Bau der Eisenbahn ist nur ein erster Schritt. Siedlungen werden entstehen und kleine Städte. Das Land wird urbar gemacht werden, und Eltern werden mit ihren Kindern in den Flüssen und Seen angeln. Bald wird sich niemand mehr an das erinnern, was hier geschehen ist. Der Fortschritt ist nicht aufzuhalten. Eine solch furchtbare Stätte wie diese gehört bald der Vergangenheit an.«

»Genau wie mein Volk.«

»Sag so etwas nicht! Den Indianern wird Gerechtigkeit widerfahren. Sie werden ihren Teil am Kuchen abbekommen, versprochen. Friede, Wohlstand und Zufriedenheit für alle, auch für die First Nations, denk an meine Worte. Doch wir alle werden unseren Beitrag für dieses neue Utopia leisten müssen. Und dazu gehört, die Gesetze zu befolgen.« Er schob seinen Hut in den Nacken. »In diesem Sinne, Gentlemen. Wollen wir die Heimreise antreten?«

»Ich dachte schon, Sie würden nie fragen«, sagte Brimstone. »Falls Sie mich suchen, ich bin drüben bei Blakes Leiche und lade ihn aufs Pferd. Ich könnte Hilfe gebrauchen.«

»Ich komme mit Ihnen«, sagte Albright. »Jetzt, da alles gesagt ist, gibt es nichts, was mich hier noch länger hält.«

»Ich werde Sie begleiten«, sagte Tanner. »Scott …?«

»Gehen Sie nur schon, Sheriff«, sagte Scott. »Ich möchte gerne noch ein paar Worte mit River alleine wechseln.«

Tanner nickte und tippte an seinen Hut. »Ma'am.«

Scott beobachtete, wie die Männer davongingen und hinter dem nächsten Felsabsturz verschwanden.

Endlich allein.

»Hast du dich schon entschieden, was du tun willst?«, fragte er.

Rivers Blick war gen Osten gerichtet. Als sie sprach, klang ihre Stimme ruhig. »Ich würde euch gerne begleiten, wenn ich darf.«

Sein Herz machte einen Sprung. »Im Ernst?«

»Mich hält hier nichts mehr. Vermutlich ist mein Stamm zu den heimatlichen Weidegründen zurückgekehrt. Sie sind dorthin gegangen, wohin ich ihnen nicht folgen kann. Ich muss meinen eigenen Weg finden.« Sie presste das Buch an ihre Brust. »Ich habe mich entschieden, den Rätseln meiner Vergangenheit nachzuspüren. Vielleicht gelingt es mir, meine Familie ausfindig zu machen. Meine *richtige* Familie. Vorausgesetzt, sie existiert noch. Und ich möchte das Meer sehen …«

Er nickte aufgeregt. »Das wirst du. Ich kann mit dir dorthin fahren, wenn du möchtest. Und was deine Familie betrifft, ich könnte dir bei den Nachforschungen helfen. Ich kann lesen und schreiben und kenne einige Leute in Plattsburgh, die uns bestimmt weiterhelfen würden. Das heißt … natürlich nur, wenn du es mir erlaubst …«

Sie sah ihn an. Der Ausdruck in ihren Augen ließ seine Knie weich werden. »Das würdest du tun? Nach allem, was geschehen ist?«

»Vergeben und vergessen, River.«

Sie ergriff seine Hand. »Nenn mich Em.«

56

Emily Griffin und Scott Preston heirateten im Frühsommer 1879. Im August gebar Emily eine kleine Tochter und nannte sie Myra. Niemand wusste, wie sie auf diesen Namen kam, aber es war ihr ausdrücklicher Wunsch, und deshalb geschah es so. Man vermutete, dass sie damit ihre verstorbene Mutter Mary ehren wollte, die 1856 mit ihrem Mann Alexander im Gebiet des Mont Tremblant verschollen war.

Myra blieb das einzige Kind der Prestons, und so kursierten nach einer Weile Gerüchte über Scotts angebliche Unfruchtbarkeit. Da Scott aber im Ort beliebt war und Tanners Sheriffsposten nach dessen Pensionierung übernahm, vergaß man die alten Geschichten und wandte sich neuen Dingen zu. Die Sache flammte erst wieder auf, als Scott während einer Schießerei im *Green Turtle* anno 1894 ums Leben kam und Emily und Myra von einem auf den anderen Tag alleine dastanden. Böswillige Zungen brachten das Gerücht in Umlauf, Myra könne die Tochter des getöteten Massenmörders Nathan Blake sein, mit dem ihre Mutter kurz vor dessen unrühmlichem Ende noch eine Affäre gehabt haben solle. Es mehrten sich Stimmen, die anzweifelten, ob Emily wirklich die war, die sie zu sein vorgab. Viele ihrer Verhaltensweisen und Gewohnheiten seien nun doch sehr … *indianisch*.

Als das Gerede zunahm und der Druck auf die Mutter und ihre Tochter zu groß wurde, verließen die beiden das Land und kehrten dem Kontinent den Rücken zu. 1895 übersiedelten sie nach England und kehrten nie wieder zurück. Dort stieß Emily tatsächlich auf Reste der Familie und konnte die Lücke schließen, die durch den Fortgang und den Tod von Emilys Eltern entstanden war. Das Buch, das sie gefunden hatte, entpuppte sich im Nachhinein tatsächlich als echt.

Myra heiratete einige Jahre später William Hylton Milner, den Sohn einer wohlhabenden Kaufmannsfamilie aus Devon, und schenkte ihm drei Kinder: George, Anthony und Dorothy, *deine* Urgroßmutter. Sie heiratete 1935 den polnischen Musiker und Komponisten André Wachowski und nahm dessen Namen an. Emily erreichte ein hohes Alter und starb mit neunundachtzig Jahren, zwei Jahre nach der Vermählung ihrer Enkelin mit André Wachowski. Sie wurde auf dem Highgate Cemetery bestattet. Du kannst dort nach ihrem Grab suchen, wenn du möchtest. Auf eigenen Wunsch sind sie und Nathan Blake auf dem Grabstein in Form eines Bären und eines Greifs verewigt.

Und das, liebste Eve, ist das Ende der Geschichte. Anhand des Stammbaums unschwer zu erkennen, waren es schon immer die Frauen, die die Geschicke unserer Familie gelenkt haben. Auch in dir spüre ich diese Kraft, selbst wenn du das selbst noch nicht erkannt hast. Aber das wirst du, glaube mir. Das wirst du.

Manches läuft nicht immer ganz geradlinig, doch sind es nicht oft die Umwege, die sich im Nachhinein als die interessantesten herausstellen? Unsere Familiengeschichte ist voll von Umwegen. Wenn du die Unterlagen, die ich dir hinterlassen habe, studierst, wirst du weit mehr als nur diese eine Geschichte finden. Es gibt so viele, und alle sind sie wert, gelesen zu werden. Du musst dir diejenige heraussuchen, die dir selbst am bedeutsamsten erscheint.

Auch in den besten Familien sind die Dinge nicht immer so, wie sie scheinen. Um zu erkennen, wer wir wirklich sind, müssen wir das ganze Bild betrachten. Sollte dir der Inhalt dieser Truhe dabei behilflich sein, würde es mich freuen, ansonsten wäre es auch nicht schlimm. Schmeiß den alten Kram einfach weg und denk nicht mehr daran. Aber was du auch tust, tue es aus Liebe. Sie ist das einzig Wahre und Echte in unserem Leben. Ich wünsche dir viel Glück dabei.

Aber jetzt genug davon. Lange Abschiede sind nicht mein Ding, und ich habe deine Zeit schon mehr in Anspruch genommen, als mir zusteht. Ich umarme und drücke dich und hoffe, dass wir uns in einem anderen Leben wiedersehen. Hinter jedem von uns weht ein Wind, der uns durchs Leben trägt. Wir sehen ihn nie, und er lässt sich auch nicht lenken. Aber dass er da ist, spüren wir, wenn wir uns ihm entgegenstellen. Stell dich dem Wind und erzähl mir später davon. Ich brenne darauf, zu erfahren, was du erlebt hast. Alles Liebe und Gute.

Deine Großmutter Lizzy.

*

Ich bog in die Elsworthy Road im Stadtteil St. John's Wood ein, parkte meinen Mini auf dem linken Seitenstreifen und stieg aus. Das Haus meiner Eltern lag etwas versetzt, hinter einer vier Meter hohen Hecke und einer Platane, die ihre Äste weit über die Straße reckte. Der Hof sowie das rote Backsteinhaus lagen hinter einem hässlichen Edelstahltor, das absolut blickdicht war und aussah, als stammte es aus einem Küchencenter. Ein Wunsch meiner Mutter, die den Gedanken nicht ausstehen konnte, irgendetwas mit irgendjemandem teilen zu müssen – und sei es nur eine schöne Aussicht. Die Videokamera über der Klingel wirkte wie das i-Tüpfelchen auf diesem paranoiden Ensemble.

Als ich die Autotüren verschlossen hatte und auf das Tor zuging, berührte ich den Stein, der an einem Lederband um meinen Hals hing. Rivers blauen Korund. Seit ich seine Geschichte kannte, war er zu einem Teil von mir geworden. So wie die Fotos, die Briefe, Nathans Abschiedsworte – der ganze Rest. Mit erhobenem Kopf trat ich vor die Klingel und drückte den Knopf.

Es knackte, und eine Stimme erklang. »Hallo?«

»Ich bin's, Eve. Lasst ihr mich rein?«

Ein hässliches Summen, dann glitt die Edelstahltür zur Seite. Ich folgte der kopfsteingepflasterten Einfahrt, ließ die Garage rechts liegen und ging durch den Garten auf die Haustür zu, die bereits offen stand. Dad empfing mich mit einem Lächeln und einem Kuss.

»Hallo, meine Kleine, wie schön, dich zu sehen. Herrlicher Tag heute, nicht wahr? Aber komm doch rein.«

Ich hob die Nase. Oh ja, dieser unverwechselbare Geruch nach Desinfektionsmitteln. Keine Blumen, keine Früchte. Es roch wie in einem Krankenhaus.

»Mom macht gerade einen Tee«, sagte Alfred. »Stell dir vor, sie hat sogar gebacken. Wann hat sie das das letzte Mal getan?«

Das war in der Tat erstaunlich. Margret hielt sich nur ungern in der Küche auf, und wenn, dann lediglich, um zu prüfen, ob die Putzfrau ordentlich gearbeitet hatte.

»Am besten, du gehst schon mal gleich ins Wohnzimmer vor. Wenn ihr jetzt noch ein Missgeschick passiert, werden wir alle unseres Lebens nicht mehr froh.« Er verzog den Mund und eilte in die Küche.

Die Sonne war zwischen den Wolken hervorgekommen, beschien den Garten und drang durch die Glasfront bis ins Wohnzimmer. Ich ging nach vorne und öffnete die Tür. Ein kühler Wind, der den Geruch von Erde mit sich brachte, strich über meine Haut. Ich ließ die Schiebetür offen stehen und setzte mich nebenan auf die Couch. Auf dem Glastisch lagen die neuesten Ausgaben von *Horse & Hound*, *Sports Illustrated* und *Good Homes*. Ich griff nach der *Sports* und blätterte uninteressiert darin herum, als die Tür aufging und meine Eltern hereinkamen. Alfred balancierte ein Tablett mit Teekanne, Zuckerdose und Tassen, Margret einen Sahnekuchen mit kandierten Kirschen und Schokostreuseln. Die beiden steuerten hinüber zum Esstisch und stellten alles ab.

Margret wirkte überlastet. Ihre Schürze war mit Sahnespritzern übersät, und auf ihrer Stirn glänzte der Schweiß. Trotzdem leuchtete ein gewisser hausfraulicher Stolz in ihren Augen.

»Hallo, Herzchen«, rief sie, als sie das Monstrum aus Creme und Kalorien wohlbehalten abgestellt hatte. »Wie schön, dass du da bist. Komm zu uns, gib deiner Mutter einen Kuss. Ich sehe sicherlich furchtbar aus. Warte, lass mich wenigstens die Schürze ausziehen.«

Wenige Minuten später saßen wir bei Tisch und aßen. Der Kuchen war überraschend gut, auch wenn ich den Verdacht hatte, dass Mom sich die Böden hatte liefern lassen. Aber immerhin hatte sie Sahne geschlagen, alles übereinandergeschichtet und dekoriert, und das war immerhin etwas. Es wurde über dieses und jenes geredet, und es war erstaunlich, wie es uns gelang, die heiklen Themen zu umschiffen. Doch aufgeschoben war schließlich nicht aufgehoben. Außerdem war ich es gewesen, die um dieses Treffen gebeten hatte.

Irgendwann, als niemand mehr ein weiteres Stück essen konnte und die Kanne Tee beinahe leer war, begaben wir uns zurück zur Sitzgruppe und sanken in die Polster. Alfred bot mir einen Single Malt an, und ich nickte dankbar. Normalerweise trank ich keine harten Sachen, aber heute war mir danach. Außerdem freute es ihn, dass er nicht alleine trinken musste.

»Nun erzähl mal, Herzchen«, sagte meine Mutter. »Was liegt dir denn auf der Seele? Nicht, dass ich mich nicht freuen würde, dich zu sehen, aber nach allem, was in letzter Zeit geschehen ist, kam deine Anfrage doch etwas überraschend.«

»Ich habe Dekan Milford um meine Freistellung gebeten, und er hat eingewilligt.«

Mutter zuckte kurz zurück, doch dann breitete sich ein seliges Lächeln auf ihrem Gesicht aus. »Aber das ist ja wunderbar«, rief sie. »Dann steht eurer gemeinsamen Zukunft in Edinburgh nichts mehr im Weg. Diese Nachricht macht mich sehr glücklich, Eve. Nach allem, was in letzter Zeit war, hatte ich schon das Schlimmste befürchtet. Nun lässt du dich also doch freistellen und gehst mit Rupert nach Edinburgh. Das ist wunderbar, ganz wunderbar. Alfred, ich glaube, jetzt könnte ich auch ein Schlückchen vertragen. Aber keinen so Starken bitte, du weißt ja, dass ich …«

»Ich werde nicht mitkommen nach Edinburgh.«

Die Bombe platzte mit lautlosem Knall. Einen Moment lang hielt die freudige Anspannung noch an, dann erstarb das Lächeln. Ungläubige Blicke waren auf mich gerichtet. Draußen im Garten zwitscherte ein einsamer Vogel.

»Bitte entschuldige, Eve, ich konnte dich gerade so schlecht verstehen. Was sagtest du?«

»Ich sagte, dass ich nicht mitkommen werde. Rupert wird alleine gehen. Ich habe euch um das heutige Treffen gebeten, um euch mitzuteilen, dass ich die Verlobung gelöst habe. Ich habe mich vorhin mit Rupert getroffen und ihm alles erklärt. Ich glaube, er hat es ohnehin schon die ganze Zeit geahnt.«

»Du … hast die Verlobung gelöst?« Im Gesicht meiner Mutter brach eine Welt zusammen. Es war, als würde man einem Ziegelbau beim Einsturz zusehen.

Betretene Stille setzte ein. Die passende Gelegenheit, um rasch noch ein paar Erklärungen hinzuzufügen.

»Glaubt mir, ich habe mir den Entschluss reiflich überlegt. Entgegen meinen sonstigen Gewohnheiten habe ich mir wirklich Zeit genommen und die Lage von allen Seiten betrachtet. Das mit Rupert und mir hätte nicht geklappt. Wir sind einfach zu verschieden. Unsere Vorstellungen und Erwartungen gehen in völlig andere Richtungen. Und ich fühle mich noch zu jung, um jetzt schon alle Weichen für mein zukünftiges Leben zu stellen. Nicht, dass ich es für grundsätzlich falsch halte, zu heiraten. Wenn man weiß, was man will, mag das die richtige Entscheidung sein, aber so weit bin ich noch nicht. Die letzten Tage waren sehr aufwühlend. Ich musste über so vieles nachdenken und bin zu dem Schluss gelangt, dass mein Leben viel zu gradlinig verläuft. Von A nach B und danach zu C – wie auf einer Perlenkette. Dabei sind es doch gerade die Umwege, die das Leben interessant machen. Ich habe festgestellt, dass es zu wenige Umwege in meinem Leben gibt. Auch auf die Gefahr hin, euch zu enttäuschen: Mir ist klargeworden, dass ich erst einmal herausfinden muss, wer ich wirklich bin – wo ich herkomme, wo ich hinwill, welches Ziel ich verfolge –, ehe ich mich in eine lebenslange

Verpflichtung begebe. Ich habe das Gefühl, bisher immer nur funktioniert zu haben, und das zerbricht mich. Das soll kein Vorwurf sein, ich habe es selbst so gewollt. Ich habe zugelassen, dass man mir die Dinge aus der Hand nimmt und mir sagt, was ich tun soll. Das ist ja auch so schön sicher und bequem.

Lizzys Chronik hat mir eines klargemacht: Unsere Familie wurde aus starken Frauen geschmiedet. River war stark, Lizzy war es, und auch du bist es, Mutter. Ich will nicht als einziges angepasstes und feiges Puzzlesteinchen in die Geschichte eingehen. Ich möchte Spuren hinterlassen und den Glauben pflegen, dass es irgendwann in naher Zukunft ein Mädchen mit Zöpfen und Zahnlücke geben wird, das nachts mit einer Taschenlampe unter der Bettdecke von meinen Abenteuern liest. Ich möchte die Spuren meiner Familie nachzeichnen. Die Fährten in Lizzys Buch sind eindeutig genug, dass ich sie verfolgen und herausfinden kann, was damals wirklich geschehen ist. Vielleicht gibt es noch Nachfahren von uns auf der anderen Seite des Atlantiks. Wäre das nicht toll? Auch das Schicksal der Indianer interessiert mich. Wohin sind sie gegangen, was ist aus ihnen geworden? Und natürlich will ich den Berg sehen. Den Fluss, die Buckelmänner und den Gipfel.

Viel zu tun, wie ihr seht.

In diesem Sinne habe ich Dekan Milford gebeten, mich für ein Jahr freizustellen und mich mein Sabbatical antreten zu lassen. Etwas früh, wie er fand, aber als ich ihm die Geschichte erzählt habe, hat er gelacht und mir erzählt, wie er in meinem Alter acht Monate mit dem Fahrrad in Afrika unterwegs gewesen war – und wie ihm seine Eltern deswegen die Hölle heißgemacht haben. Aber er hat es durchgezogen und es nie bereut.« Ich seufzte. »Lange Rede, kurzer Sinn: Ich werde für eine Weile verreisen. Daher habe ich Rupert gebeten, meine Entscheidung zu akzeptieren und mich aus meinem Versprechen zu entlassen.«

Ich verstummte. Im Gesicht meines Vaters entdeckte ich ein feines Schmunzeln. Ihm schien zu gefallen, was er hörte. Ganz im Gegensatz zu meiner Mutter. Mit ihrem schmallippigen Mund und ihren halb geschlossenen Augen wirkte sie wie eine Sphinx. »Hast du jetzt völlig den Verstand verloren?«

»Nein, das habe ich nicht. Ich habe mir das alles gut überlegt. Ich bin auch nicht hier, um mir euer Einverständnis abzuholen, sondern um euch meine Entscheidung mitzuteilen.«

Langsam, fast in Zeitlupe, richtete sie ihren Finger auf mein Amulett. »Der Stein da … Der stammt doch aus der Truhe, nicht wahr?«

»Es ist Rivers Amulett. Der Blue Garnet.«

Margret nickte, als hätte ich etwas gesagt, was sie längst wusste. »Siehst du, Alfred? Ich habe es dir gesagt. Selbst aus dem Grab heraus verfolgt mich meine Mutter noch. Ich frage mich, was ich ihr angetan habe, dass sie mich so bestraft.«

»Niemand bestraft dich«, erwiderte Alfred mit überraschend fester Stimme. »Es geht hier auch nicht um dich, sondern um Eve. Sie hat recht. Es wird Zeit für sie, das heimische Nest zu verlassen. Und was könnte sich besser dafür eignen als ein handfestes Abenteuer? Andere hängen jahrelang in ihren Jobs ab, ohne jemals zu erfahren, was sie wirklich wollen. Sogar der Dekan hat Verständnis dafür, du hast es selbst gehört. In diesem Sinne, Herzchen, meinen Segen hast du.«

Ich lächelte Dad dankbar an. Doch vor der Reaktion

meiner Mutter graute mir. Sie kam auch. Allerdings auf völlig andere Weise. Statt uns eine Standpauke zu halten und über die Schlechtigkeit der Welt zu lamentieren, schien sie plötzlich in sich zusammenzusacken. Es war nur eine kleine Bewegung, kaum mehr als ein Beben, aber es genügte, um uns zu alarmieren. Alfred rückte nah an sie heran und legte den Arm um sie. Kaum, dass sie die Berührung spürte, brach sie zusammen. Tränen schossen ihr in die Augen, vernichteten das perfekte Make-up und hinterließen eine Spur der Verwüstung. Unter dem harten Beton erschien zerbrechlich wirkendes Mauerwerk, gegen das der Wind des Lebens stürmte. Ich saß da und staunte. Es war, als säße mir mit einem Schlag ein anderer Mensch gegenüber. Jemand, der über Jahrzehnte hinweg das Leid und Elend in sich hineingefressen und eine dicke Betondecke darüber errichtet hatte. So lange, bis am Schluss nur noch Gewohnheit übrig geblieben war. Meine Mutter kam mir vor wie eine Schauspielerin, die ihr Leben lang eine Rolle gespielt hatte, und die nun nicht mehr in der Lage war, Echtes von Unechtem zu unterscheiden und richtig von falsch. Fast wie bei …

Ich sah meine Mutter an, und auf einmal war mir, als sähe ich jemand anderen dort sitzen. War *er* es? War es der Schatten der Vergangenheit, vor dem sie sich fürchtete?

»Nathan Blake«, flüsterte ich.

Der Klang seines Namens ließ sie zusammenzucken.

»Was hast du gesagt?«

»Du hast mich verstanden. Er ist es, nicht wahr? Aber nicht nur er, sondern das, was er symbolisiert. Das Unkontrollierbare, Diabolische. Die dunkle Seite, die danach trachtet, sich und andere auszulöschen. Deswegen diese totale Kontrolle. Du fürchtest das Chaos.«

»Nicht das Chaos«, schluchzte sie. »Den Abgrund.«

»Aber dieser Abgrund steckt in uns allen. In mir genau wie in dir. So wie das Helle tragen wir auch das Dunkle mit uns herum. Wir haben nun mal diese gegensätzlichen Gefühle und müssen lernen, mit ihnen umzugehen.«

»Genau das habe ich versucht. Ich will es verbergen – wegsperren –, aber immer, wenn ich am wenigsten damit rechne, kommt es wieder hoch, dieser unerklärliche Zorn auf die Welt, dass ich am liebsten alles in Brand stecken würde. Und dann muss ich an ihn denken. Er, der über die Generationen zu mir spricht.« Sie erschauerte. »Dieses Gefühl bringt mich schier um den Verstand.«

»Dieser Mann war nicht wirklich böse«, sagte ich. »Er ist nur vom Weg abgekommen. Was er erlebt hat, hätte jeden von uns an seine Grenzen gebracht. Seine Kindheit, der Krieg, die Drogen. Er hatte niemanden, den er um Hilfe bitten konnte. Aber River hat ihn geliebt. Sie hat bis zum Schluss an ihn geglaubt. Bedeutet das etwa nichts?«

»Ich weiß es nicht. Ich weiß ja nicht mal, ob dieser Teil der Geschichte überhaupt stimmt. Es sind diese Zweifel, die mich auffressen …«

Ich stand auf und setzte mich zu ihr. Sie tat mir mit einem Mal unendlich leid. »So etwas nennt man *Familie*, Mutter. Wir können uns unsere Freunde aussuchen, auch unsere Feinde können wir selbst bestimmen, nicht aber unsere Familie. Sie ist etwas, mit dem man geboren wird und das einen das ganze Leben lang begleitet. Aber wir können es lernen zu akzeptieren und dabei etwas über uns selbst erfahren. Das ist der Grund, warum ich diese Reise antreten muss.«

Sie borgte sich ein Taschentuch von meinem Vater und trocknete ihre Tränen. »Und wenn da nur Enttäuschungen auf dich warten?«

»Dann ist das eben so. Ich werde lernen, auch damit umzugehen. Aber ich glaube das nicht. Ich hege die Hoffnung, so viel zu entdecken, dass ich die Geschichte unserer Familie weiterschreiben und vielleicht sogar ein neues Kapitel hinzufügen kann. Ich möchte es zumindest versuchen.«

Margret schwieg. Und dann, als ich dachte, sie würde nichts mehr zu dem Thema sagen, legte sie plötzlich ihre Hand auf meine, sah mich an und nickte.

Das Herz schlug mir bis zum Hals. Das war das erste Mal seit einer gefühlten Unendlichkeit, dass ich mich ihr nah fühlte. Ich genoss die Berührung und die Sonne auf meiner Haut und hoffte, dass dieser Moment nie vergehen würde.

Draußen auf der Einfahrt blieb ich noch einmal stehen. Ein kühler Wind hatte eingesetzt. Er trieb die Wolken wie Wattekugeln vor sich her. Ich fühlte eine Kraft in mir, wie ich sie schon seit langem nicht gespürt hatte. Neugier und Abenteuerlust hatten mich gepackt. Oh ja, ich war bereit für etwas Neues.

Während ich zu meinem Auto ging, wählte ich Ritas Nummer. Ein Tuten, ein Knacken, dann war die Verbindung da.

»Cole.«

»Rita, Eve hier. Ich habe es geschafft. Es ist vollbracht.«

»Im Ernst? Das ist ja großartig. War es sehr schwer?«

»Na ja, ging so. Es lief besser als erwartet, um es mal so zu formulieren. Ich erzähle dir heute Abend davon.«

»Mein Beileid. Aber es ist die richtige Entscheidung, glaub mir. Was hast du als Nächstes vor?«

Ich lächelte. Mir war auf dem Weg zum Auto eine Idee gekommen. Wenn es jemanden gab, der für spontane Ideen zu begeistern war, dann meine Freundin. »Halt dich fest, Rita. Mir ist gerade ein Gedanke gekommen.«

»Schieß los.«

»Was hältst du davon, nächstes Frühjahr nach Montreal zu fahren?«

Danksagung

Kein Roman entsteht im luftleeren Raum. Meist sind eine Vielzahl unterschiedlicher Personen daran beteiligt, und auch *Devil's River* bildet da keine Ausnahme.

Zuerst einmal bedanke ich mich bei meiner Frau Bruni, die mich während des gesamten Entstehungsprozesses begleitet und mir wertvolle Tipps gegeben hat. Auch meiner Lektorin Carolin Graehl möchte ich von Herzen danken. Dies ist nun schon der zehnte Roman, den wir zusammen auf die Beine gestellt haben, und ich könnte mir keine nettere und kompetentere Kollegin wünschen.

Herzlich danken möchte ich auch meinem Freund Vernon Cook, der mir mit seinem historischen Wissen und seinen Kenntnissen über die nordamerikanische Geschichte eine große Stütze war.

Vielen Dank auch an Steffen Haselbach, Patricia Keßler, Theresa Schenkel und das gesamte Knaur-Team für die Chance und das Vertrauen, das man mir bei diesem neuen Projekt entgegengebracht hat.

Last but not least danke ich meinem Agenten Bastian Schlück, der mich jetzt schon über so viele Jahre begleitet. Mögen wir noch viele schöne Bücher zusammen machen.